Georg Jonathan Precht
Richard David Precht

Die Instrumente des Herrn Jørgensen

Roman

GOLDMANN

Bei diesem Buch handelt es sich um die überarbeitete Neuausgabe
des erstmals 1999 erschienenen Romans »Das Schiff im Noor«.

Die Abbildung auf S. 235 ist eine Montage aus zwei dommedags
(dän. = Jüngstes Gericht)-Darstellungen (Kalkmalereien):
Der richtende Christus mit Maria, Johannes und den Posaunenengeln
befindet sich in der Kirche in Bregninge (ca. 1520);
die Sequenz mit den Teufelchen stammt
aus der Kirche Marie Magdalene in Djursland (ca. 1510).

FSC
Mix
Produktgruppe aus vorbildlich
bewirtschafteten Wäldern und
anderen kontrollierten Herkünften

Zert.-Nr. SGS-COC-1940
www.fsc.org

Verlagsgruppe Random House FSC-DEU-0100
Das FSC-zertifizierte Papier *München Super* für Taschenbücher
aus dem Goldmann Verlag liefert Mochenwangen Papier

1. Auflage
Taschenbuchausgabe April 2009
Wilhelm Goldmann Verlag, München,
in der Verlagsgruppe Random House GmbH

Umschlaggestaltung: UNO Werbeagentur, München
Umschlagmotiv: http://www.zeno.org - Zenodot Verlagsgesellschaft mbH
Th · Herstellung: Str.
Druck und Bindung: GGP Media GmbH, Pößneck
Printed in Germany
ISBN 978-3-442-47115-7

www.goldmann-verlag.de

Dem Andenken
an Laurits T.
1925–1996

Vorbemerkung

Zehn Jahre nach seiner Erstveröffentlichung erscheint unser Buch nun unter seinem ursprünglich vorgesehenen Titel »Die Instrumente des Herrn Jørgensen« und in einer leicht überarbeiteten Fassung.
Die Dankbarkeit der Autoren gilt dem Goldmann Verlag, der das Buch nun zum ersten Mal in seiner Originalversion publiziert.

Georg Jonathan Precht
Richard David Precht

Prolog

Hans Larsen wurde nur zweimal gewaschen – nach seiner Geburt und vor seiner Beerdigung, und jeder, der ihm etwas Gutes nachrufen wollte, konnte sagen, er habe diese Welt so sauber verlassen, wie er sie betreten hatte.

So war es eine ziemlich übertriebene Vorsichtsmaßnahme, daß alle, die ihn kannten und ihm das letzte Geleit gaben, den angemessenen Abstand vom Sarg nicht nach der Pietät, sondern dem Geruch bemaßen, den der Verstorbene zu Lebzeiten so reichlich verströmt hatte. Der Pfarrer wußte, daß die Totenfrau mit routinierter Gewissenhaftigkeit ihres Amtes gewaltet und sogar die doppelte Zeit für das gleiche Geld auf ihre Bemühungen verwandt hatte, um Larsen wenigstens nach seinem Ableben wie einen normalen Christenmenschen riechen zu lassen, und gab der Gemeinde mit aufmunternden Gesten vergeblich zu verstehen, daß alle, die Larsen im Leben unvorsichtigerweise einmal nahe gestanden hatten, doch näher treten mögen. Es fiel den Trauernden schwer, zu glauben, daß der Verschiedene nicht mehr derselbe sei, der er im Leben gewesen war. Sie gingen davon aus, daß eine jahrzehntelange Erfahrung sich nicht mit drei Eimern Wasser auslöschen lasse, selbst wenn Anne Kroman damit gewirtschaftet hatte, und hielten es für besser, statt angemessenem Anstand abgemessenen Abstand zu wahren.

Und während sie dort standen, die Köpfe gesenkt, erhob sich vom Kirchdach ein dunkler Schwarm Krähen und trieb mit dem Wind über Wiesen und Weiden dem Meer zu, wo ein neuer Tag anbricht und ein neues Kapitel seinen Anfang nimmt …

I.

Die Schweinswale

Die Sonne hatte sich wie schon so oft in der Geschichte langsam aus dem Meer erhoben, und ihre rötlichen Strahlen verliehen dem aufgehenden Morgen ein wenig von einem Romananfang. Der Mann im hellgrauen Trenchcoat, der an der Reling der Veteranfähre *Øen* stand, wischte sich den Wind aus den Haaren. Sein Blick ruhte erwartungsvoll auf dem nun immer klarer erkennbaren Relief sorgsam gespachtelter Farben in ocker und ziegelrot, das sich einem Fremden beim Anblick der Hafenstadt Leby schon von weitem bietet.

An diesem Morgen war Ansgar Jørgensen, Kriminalassistent beim Kommissariat für Gewaltverbrechen in Kopenhagen, 38 Jahre und sieben Monate alt, und es schien gutes Wetter zu geben. Die Fähre hatte gedreht und glitt nun merklich langsamer. Alles war still, nur der Dieselmotor begleitete leise tuckernd die Morgenstimmung.

Da stieß das Schiffshorn sein Signal in den Himmel, erschrekkend laut in der Leere des erwachenden Tages, und als wäre dies der weckende Ruf, wurde der vor sich hindösende Hafen aus seinem Schlaf gerissen. Die Möwen schwangen sich keifend in die Luft, Autotüren klapperten, zwei Burschen im Blaumann, die wie aus dem Nichts auftauchten, hantierten am Schaltkasten des Anlegers. Auf der herangleitenden *Øen* donnerten die Bugtüren zur Seite, Motoren sprangen an, winkende Hände streckten sich in die Luft.

Die Fähre näherte sich nun rasch der Anlegebrücke und bremste ihren Schwung mit rückwärts laufender Schraube. Das trübe

Hafenwasser sprudelte auf und verlief in flüchtigen Schaumkronen; ein brackiger Geruch zog über den Kai.

Es war ein sonniger und kühler Maimorgen des Jahres 1985. Malte Hansen hatte noch nicht gefrühstückt. Erwartungsvoll stand er mit hochgezogenen Schultern an seinem Wagen und gähnte. Sein Blick fiel auf den schmutzigen Außenspiegel des alten 12 M. Er kramte ein Taschentuch hervor, wickelte es um den Zeigefinger und begann mit der Reinigung. Zuerst zog er einen Kreis entlang der Chromfassung, ohne Erfolg. Geduldig suchte er eine weitere saubere Stelle auf dem Tuch, bespuckte sie flüchtig und begann, mit kurzen vertikalen und horizontalen Bewegungen die Spiegelfläche zu bearbeiten. Das Resultat war wenig befriedigend, der Spiegel verdreckte immer mehr. Jetzt versuchte er es mit dem ganzen Tuch und mit unwirsch kreisenden Bewegungen, aber auch das war so hoffnungslos, daß Malte einen Moment nachdenklich innehielt. Dann stopfte er wieder seinen Zeigefinger in den Lappen, kniff die Augen zusammen und malte auf der trüben Spiegelfläche kleine Schneckenmuster, Schleifen und Wellenornamente.

In diesem Augenblick stieß die *Øen* gegen die Fender, daß die alten muschelverkrusteten Balken knirschten und ächzten. Wie betrunken torkelte die Fähre von Pfahl zu Pfahl, bis sie endlich gegen den Anleger stieß und langsam zur Ruhe kam.

Malte Hansen war an diesem Morgen 63 Jahre und 10 Monate alt, und er hatte keine Ahnung, wie der Mann, den er hier heute morgen abholen sollte, aussah.

Zwei Autos mit deutschen Kennzeichen, ein Volvo und ein VW-Bus, rollten aus dem Schiff. Dahinter tauchte ein Trupp Pfadfinder auf und trottete mit Fahrrädern und Handkarren munter durcheinanderrufend über die Brücke. Eine Familie lief sich mit ausgebreiteten Armen entgegen. Die Fischer, breitbeinig in den aufschaukelnden Booten bei ihrer morgendlichen Arbeit, ließen für einen Augenblick ihre Netze sinken.

Malte erkannte den Kollegen aus Kopenhagen sofort. Ein großer hagerer Mann mit staksigen Beinen und Schnauzbart verließ die Fähre, der Wind verwirbelte ihm die Haare und klatschte ihm die Mantelschöße um Koffer und Beine. Nach ein paar Metern blieb er stehen und blickte suchend umher. Malte ging ihm entgegen.

»Bist du Ansgar Jørgensen? … Ich bin Malte Hansen, herzlich willkommen auf Lilleø …«

Jørgensen hatte einen Koffer abgesetzt; sie gaben sich die Hand. Er war gut anderthalb Köpfe größer als Hansen.

»Mein Wagen steht dahinten, der blaue Ford. Warte, ich nehm dir einen der Koffer ab.«

Jørgensen nickte. Er war ein wenig irritiert und fühlte sich etwas verkleidet, so mit Trenchcoat und Krawatte, neben diesem untersetzten Inselpolizisten in alten Kordhosen von unbestimmbarer Farbe und Gummistiefeln, die aussahen, als hätte er sie beim Entleeren einer Jauchegrube getragen.

»Meine Güte, hat der ein Gewicht; was hast du denn da alles mitgenommen?«

»Vor allem Bücher, da sind ein paar schwere Bücher drin.«

»Bücher? Ein Koffer voller Bücher? Wir haben hier eine große Gemeindebibliothek. Es sind wohl Krimis, was?« Malte grinste. »Bist du das erste Mal auf Lilleø?«

»Ja, dank diesem SASOWA-Erlaß, sonst wäre ich wohl nicht so bald hierhergekommen. Meine Familie stammt aus Sjælland, wir haben hier unten keine Verwandten.«

»Dieser … Erlaß …«, Malte verstaute die Koffer im Wagen und kramte in der Hosentasche, als suche er dort nach den passenden Worten, zog statt dessen aber eine Tüte mit Lakritzbonbons ans Licht.

»Willst du?«

Jørgensen griff zu.

»… die haben mir zusammen mit der Mitteilung von deiner Ankunft einen Berg Papiere zugeschickt. Da war auch eine Broschüre bei, ziemlich dick, ich habe nur mal kurz durchgeblättert, ein sehr schwieriger Stil, worum geht es da eigentlich?«

»Ach, das ist ganz einfach«, nuschelte Jørgensen. Die Bonbons verklebten ihm den Gaumen. Was blieb, war ein brennender Durst. »Also, es handelt sich dabei um eine sozialtechnische Assimilationsschulung zur Stärkung der Orientierungsleistung wahrnehmungsgeographischer Akkomodationsprozesse. Stand das bei dir nicht drauf?«

Malte sah ihn mit offenem Mund an. Jørgensen wiederholte den Satz rasch mit gleichförmiger Stimme und blickte sein Gegenüber dabei lieb und unschuldsvoll an.

»Und wofür soll das gut sein?« brummte Malte abweisend und öffnete Jørgensen die Beifahrertür.

»Es hört sich doch richtig gelehrt an und zeigt, wie wissenschaftlich der Polizeidienst geworden ist, seitdem sie im Ministerium Philosophen und Psychologen beschäftigen. Alle, denen ich diesen Text vorsage, sind erst mal verunsichert und wissen nicht, ob sie lachen dürfen oder ernst bleiben müssen.«

Malte schüttelte den Kopf und ließ den Motor an. »Und wieso kommst du gerade nach Lilleø?«

»Die Stellen wurden verlost. Ich habe richtig Glück gehabt. Eine Kollegin von der Sitte hat es zur Hafenpolizei von Angmagssalik verschlagen, Grönland.«

»Hm …« Malte machte eine Grimasse und legte den Kopf zur Seite. »Sag mal, warum wollten die in Kopenhagen euch eigentlich abservieren?«

»Abservieren ist gut«, sagte Jørgensen.

In der Tat war es ein königlicher Einfall der dänischen Polizeibehörde gewesen, ihre Beamten für einige Monate in abgelegenere Bereiche des Inselstaates zu entsenden, damit sie das Land besser kennenlernten und vielleicht auch deshalb, um zu verhindern, daß sich bei ihnen ein Weltbild festigte, in dem die Kriminalität der Hauptstadt als repräsentativ für das ganze Land galt. Die Wahrheit allerdings lag viel näher. Es gab schon seit einiger

Zeit in Kopenhagen zu viele ambitionierte Nachwuchsbeamte und zu wenige, die bereit waren, auf einer der vielen kleinen Inseln und weit weg von der Hauptstadt Dienst zu tun, weswegen die Polizeidirektion unter dem Deckmantel einer Fortbildungsmaßnahme nach und nach viele ihrer Untergebenen für befristete Zeit in entferntere Distrikte schickte. Zur sozialtechnischen Assimilationsschulung.

Malte lachte laut, als Jørgensen ihm dies erläuterte.

»Na ja«, meinte Jørgensen, »für mich ist es tatsächlich mal eine Gelegenheit, das Land besser kennenzulernen. Auf Lilleø bin ich wie gesagt noch nie gewesen.«

»Dafür war ich schon mal in der Hauptstadt, vor … na, das müssen jetzt knapp zwanzig Jahre her sein. War auch so etwas wie 'ne Fortbildung. Allerdings ging es da um ökologischen Getreideanbau, na ja, was man damals so unter ökologisch verstand. Die meisten Seminarteilnehmer waren junge Leute mit verfilzten Haaren, die in ihrem Leben sicher noch keinen Spaten in der Hand gehalten haben. Aber alle hatten große Pläne im Kopf, tuschelten miteinander und waren sich einig. Ich bin mir noch nie so fehl am Platz vorgekommen. Aber Kopenhagen ist schon eine wunderbare Stadt.« Malte machte eine Geste über den Himmel. »Du hast Glück mit dem Wetter, eigentlich sollte es heute regnen.«

»Aber windig ist es, und trotzdem ist das Meer spiegelglatt und gleißend hell, viel heller als der Himmel, das erinnert mich an was.«

»So? Das ist ja eigenartig.«

»Und auch das Schiff fuhr ganz ruhig. Draußen vor Løborg habe ich Schweinswale gesehen. Weißt du, bei dieser glatten See kann man das schön beobachten, wenn ihre Rücken sich aus dem Wasser krümmen. Drei Stück waren es, herrlich!«

Malte strich sich über seine Stoppelhaare und sah Jørgensen zweifelnd an, als sei dies ein neuer wahrnehmungsgeographischer Jux.

»Schweinswale, das sind kleine Tümmler, so eine Art Delphine. Ich habe gar nicht gewußt, daß es die hier in der Ostsee noch gibt.«

Malte Hansen lebte seit 63 Jahren auf Lilleø und war unzählige Male mit den verschiedenen Fähren der Insel gefahren, aber Schweinswale hatte er noch nie gesehen.

»Ja, Ansgar, wir fahren jetzt noch nicht in dein neues Quartier nach Nørreskøbing. Ich muß vorher noch zum Torsdal-Friedhof, zur Beerdigung eines alten Bekannten, Hans Larsen.«

»Aha«, sagte Jørgensen, der nicht wußte, was er sonst dazu sagen sollte. Eine Beerdigung? Hans Larsen? Womöglich sein erster Fall hier auf Lilleø? Er kratzte sich die Waden. Was war das? Die Finger klebten, stanken nach Dieselöl. Jørgensen beugte sich nach unten. Zu seinem Entsetzen mußte er feststellen, daß seine neue Leinenhose voller Ölschlieren war. Hastig griff er sich einen Lappen und wetzte damit über den Stoff. Er rieb und rieb, und die Flecken wurden auch blasser, dafür aber immer größer. Eine leere Büchse Motoröl kollerte um seine Füße. Er musterte den Wagen. Unter dem Armaturenbrett quollen die Kabel hervor, der Motor hatte ständig Aussetzer, und die Tachonadel regte sich überhaupt nicht. Der Außenspiegel war hoffnungslos verschmiert, der Innenspiegel abgerissen, an der nackten Befestigung baumelte ein kleines Stoffpüppchen. Sein Blick flüchtete aus dem Seitenfenster, streifte den Asphalt der Landstraße, aus deren von Grün und Gräben gesäumten Rändern, regelmäßig gestreut, Kopfweiden emporwuchsen. Über die leicht gewellte Ebene erstreckten sich Felder mit strahlend gelbem Raps und grünem Korn, und weit hinten aus der Ferne hörte man das Brummen einer Propellermaschine, das rhythmisch mit dem Wind mal näher getragen wurde, mal verschwand. Dunkle Wolken sammelten sich am Horizont und überdeckten langsam die Insel.

Er hatte sich nur wenig Gedanken darüber gemacht, was ihn auf Lilleø erwartete. Seine Dienststelle hatte die komplizierte

Verbindung mit Fähren, Bussen und Zug herausgetüftelt und die Fahrkarten besorgt. Die Kommentare seiner Kollegen, die ihn teils neidisch, teils feixend verabschiedet hatten, reichten von ›das schönste Stück Dänemark‹ bis zu ›total tote Hose da‹. Als Dienstkleidung empfahlen sie ihm grüne Latzhosen und Gummistiefel, denn wenn er dort wie ein Kriminaler aus der Hauptstadt rumliefe, würden ihn die Bauern sicher zur sozialtechnischen Assimilationsschulung als Vogelscheuche auf die Felder stellen. Sie hatten überhaupt viele Witzeleien über sich ergehen lassen müssen, die Probanden, die das Los getroffen hatte. In Anspielung auf den Erläuterungstext zum SASOWA-Projekt, wo die Rede davon war, daß es darum gehe, ›die Formel der Erfahrung zu sprengen‹ und ›den Panzer einer im schematischen Denken erstarrten Arbeitsroutine zu knacken, um sich den reichen Schatz menschlicher Erfahrungsfähigkeit wieder zu eigen zu machen‹, war hinter vorgehaltener Hand bald nur noch von ›unserer Panzerknacker-Bande‹ die Rede gewesen.

Aber das alles lag nun weit zurück. Die leichte Anspannung, die er noch auf der Fähre hatte, spürte er jetzt nicht mehr. Hier würde er neben der Arbeit, von der er, außer den süffisanten Entwürfen der Daheimgebliebenen, noch keinerlei Vorstellung hatte, gewiß auch Ruhe und Entspannung finden; genügend Zeit, um seinen außerdienstlichen Interessen nachzugehen.

Was würde die Insel, die zunächst noch ein weißer Fleck in seiner Wahrnehmung war, für ihn bedeuten? Oder, andersherum gefragt, welche Akkomodationsprozesse würde seine Anwesenheit bei den Einwohnern auslösen? Es hat ja immer alles seine zwei Seiten, wie sein philosophisch veranlagter Kollege Iske zu sagen pflegte. Ich komme auf eine kleine idyllische Insel und werde in einem maroden Auto erst einmal zum Friedhof gebracht, noch vor dem Frühstück …

Jørgensen grinste und dachte an gewisse englische Kriminalromane, die mit Vorliebe reizende ländliche Gefilde zum Schauplatz blutiger Ereignisse haben.

»Sag mal, dieser Mann, dieser Larsen …«

»Ja?«

»Woran ist der eigentlich gestorben?«

»Ein Herzinfarkt. Hans Larsen war ein alter Mann. Am vergangenen Sonntag haben ihn zwei junge Leute oben am Hünengrab von Eskebjerg gefunden. Die hatten ihr Boot in Torsdal liegen und waren mit dem Rad unterwegs. Das Grab befindet sich auf der Hügelkuppe oberhalb von Gammelgaard, dem Hof der Larsens. Als sie sich der Anlage näherten, entdeckten sie im angrenzenden Kornfeld eine Erhebung, die wie ein weiterer Findling aussah. Zuerst dachten sie, der gehöre noch zum Grab. Aber als sie näher herankamen, merkten sie, daß da kein Stein lag, sondern eben Hans Larsen. Sie liefen die hundert Meter runter zum Hof, aber da rührte sich niemand. Erst auf dem nächsten Hof, bei Poulsen, trafen sie jemand an. Als ich die Nachricht erhielt, fuhr ich mit Torben Sko, dem Arzt, hinauf. Der hat die Leiche untersucht. Herzinfarkt. Der Schlag traf ihn beim Ausreißen von Flughafer. Reicht das, Herr Kommissar?«

»Wurde die Leiche obduziert?«

»Obduziert?« rief Malte verblüfft. »Um Himmels willen. Warum hätte man sie obduzieren sollen? Hans Larsen war 73. Glaubst du etwa, daß er umgebracht wurde? … Nein nein, Ansgar, hier gab es seit über zweihundert Jahren keinen Mord mehr.«

»Nun, eine Obduktion hat ja nicht zwangsläufig etwas mit einem Mordverdacht zu tun. Er könnte sich doch auch mit irgend etwas vergiftet haben.«

»Vergiftet? Worauf willst du eigentlich hinaus?«

»Ich weiß, das klingt sicher etwas merkwürdig, aber wir hatten da neulich ein Seminar, in dem irgendeine Koryphäe sich darüber beklagte, wie viele Verbrechen allein dadurch unerkannt bleiben, weil die Hausärzte bei der Feststellung der Todesursache schlampig arbeiten. Ein ganz heißes Thema. Vielleicht hatte Larsen ja eine unheilbare Krankheit, vielleicht hat er sich ja auch unabsichtlich vergiftet, mit der Überdosis irgendeines Medikamentes. In dem Alter schluckt man doch meistens eine Menge Pillen.«

»Also, daß er sich umgebracht hat, womöglich noch aus Versehen, ist völlig ausgeschlossen. Mißtrauisch wie der war, hat er, soviel ich weiß, nie irgend etwas eingenommen, eben aus Angst, sich zu vergiften. Und er hat immer nur Sachen aus seinem eigenen Garten gegessen. Noch nicht einmal von Jesper Terkelsen hat er Essen angenommen, weil er befürchtete, die Möhren und Kartoffeln seien mit Pfadfinderscheiße gedüngt von den Klos des Ferienlagers auf Jespers Weiden. Jesper, du wirst ihn nachher kennenlernen, war so etwas wie sein einziger Freund, ebenfalls Junggeselle, da ging er abends schon mal hin zum Fernsehen. Jesper hatte das gar nicht so gern, denn der gute Larsen roch sehr streng, um es einmal nett auszudrücken. Und außerdem wollte er immer von Jespers Jägermeister trinken, der schien ihm unverdächtig. Dabei vertrug er überhaupt keinen Alkohol, und in den letzten Jahren ist er beim Nachhausefahren mehrere Male mit seinem Moped umgekippt. Da lag er dann am Straßenrand, bis ihn wieder jemand mit spitzen Fingern aufrichtete. Torben war öfter mal oben, wenn ihm was fehlte. Er mußte Larsen aber immer in der Scheune untersuchen, denn ins Haus ließ der keinen rein. Noch irgendwelche Verdachtsmomente? Du kannst mir schon glauben, hier passiert nur ganz selten einmal irgend etwas ...«, Malte suchte nach dem passenden Wort, »... etwas Kriminalistisches.«

Er grinste und griff nach der Tüte mit den Lakritzbonbons.

Die Krähen

Gering war die Schar, die sich nach dem Trauergottesdienst auf dem Friedhof von Torsdal versammelt hatte und nun am offenen Grab neben der kleinen weißgekalkten Kirche stand. Ein Fähnlein aufrechter Wegbegleiter des Verstorbenen war es, das, über die Grube gebeugt, Hans Larsens Talfahrt mit gebührender Anteilnahme beiwohnte.

Jørgensen zählte neun Anwesende, sich selbst, Malte Hansen und den Pfarrer mitinbegriffen. Dazu kamen die beiden Totengräber, gestützt auf ihre Spaten, eine kleine und sicherlich sehr alte Frau, ein Mann mit spärlichen grauen Stoppelhaaren, leicht vorgebeugter Haltung und einer Schirmmütze in der Hand, die er unablässig zwischen den Fingern drehte. Zwei weitere Männer, der eine im gut sitzenden Sonntagsanzug, der andere mit leicht abgewetzter Jacke und Hochwasserhose, starrten, jeder für sich, nachdenklich mit gefalteten Händen zu Boden.

Ein wenig verloren wirkten sie schon, die paar alten Leute im weiten Rund des Friedhofs, weniger zahlreich als die Nebelkrähen, die mit aufgeplustertem Gefieder auf der hohen Kirchhofsmauer hockten. Kein Wunder, der Himmel hatte sich in der letzten halben Stunde nach und nach zugezogen, und nun fiel ein gleichmäßiger kühler Regen auf den Kiesweg und rann in dünnen Rinnsalen von der aufgeworfenen Erde ins offene Grab.

Jørgensen spähte vorsichtig nach einer Möglichkeit, sich unterzustellen. Den Mantelkragen hochgeschlagen, die Hände in die Taschen gebohrt, spürte er das Kitzeln der Tropfen, die an seinem Schnauzbart entlangliefen. Die Szene erinnerte ihn an einen verregneten Tag vor der Voliere im Kopenhagener Zoo, und er ertappte sich dabei, wie er die Anwesenden insgeheim als Ohren-, Wollkopf-, Kutten-, oder Kappengeier bestimmte, bis das Pietätsgefühl ihm dieses Spiel verdarb. Hatte er vielleicht sogar gegrinst? Streng rief er sich zur Ordnung, zog die Schultern hoch und bemühte sich um einen angemessenen Gesichtsausdruck. Den Bauern schien der Regen wenig auszumachen. Sie standen da, nebeneinander, sprachen nicht, sahen ins Grab hinunter, während der Regen von ihren Nasen tropfte. Ziemlich merkwürdig, wie er neben ihnen stand, der einzige Fremde unter lauter Menschen, die sich kannten. Man konnte sich schon ein bißchen überflüssig fühlen, wie ein Statist beim Film, dem man versäumt hatte, Anweisungen zu geben. Wie viele Filme beginnen mit einer Beerdigung. Die Kamera fährt von hinten auf die Gruppe der Trauernden zu, zwischen den Grabsteinen hindurch, bis das Blickfeld rechts und links von den Schultern zweier dunkler Figuren im Vordergrund ausgefüllt ist, die nur die Aussicht freilassen auf einen Mann im Trenchcoat und mit Schnurrbart, dem die regennassen Haare wie schlecht aufgehängte Gardinen beidseitig über die Stirn fallen. Aus dem Off ertönt eine Stimme: »Ich traf Ansgar Jørgensen das erste Mal bei Larsens Begräbnis ...«

Minuten später hatte der Pfarrer seinen Part beendet und sah ergeben nach oben, ob wegen der Seele des Toten oder des Regens, Jørgensen wußte es nicht. Aber es war wohl tatsächlich eher der Blick eines Landmannes, der nach dem Wetter schielte, als der bekannte Augenaufschlag, der den bewußten anderen Segen aus dem fahlen Himmel erwartete.

Die alte Frau trat mit bestimmten Schritten nach vorn, nahm eine Handvoll Erde und warf sie mit einer kurzen energischen Bewegung in die Grube. Die anderen folgten ihr. Nur ein einziger blieb ein wenig länger vor dem offenen Grab stehen und murmelte etwas Unverständliches. Sein grobschlächtiges Gesicht blaß und angespannt, der schwere Atem rasselnd, knetete er eine Weile an seinen nassen roten Fingern. Dann stand er einfach nur da, allein vor dem Grab, wandte sich um und trat zurück ins Spalier der anderen. Die Totengräber schaufelten die Erde hinunter, nach und nach füllte sich die Grube. Die Beerdigung war vorbei, die Bauern wandten sich zum Gehen.

Jørgensen löste sich aus dem Abseits. Larsen geht und ich komme, dachte er, doch beide Ereignisse haben nichts miteinander zu tun. Eine zufällige Überschneidung auf dem Friedhof, Bewohner verschiedener Welten treffen zusammen, keine Berührung, ein Stelldichein im Niemandsland, im Reich der Toten, zeitlos, ohne Begegnung zwischen Lebenden und Verstorbenen. Und auch die Anekdoten über Larsen, die Malte vorhin erzählt hatte, haben sie nicht ihr eigenes Leben? Nicht länger sind sie auf ihren Urheber angewiesen; endlich befreit von der schlichten Wirklichkeit, werden sie flügge und ihn in vielfach verzerrter und ausgeschmückter Form um vielleicht zwei Generationen überleben. Sie hätten genausogut erfunden sein können.

Malte hatte alle mit Handschlag begrüßt und stand nun vor der Kirche in ein Gespräch vertieft mit einem Mann, der traurig den Kopf schüttelte und dann seine Schirmmütze mit dem Handrücken aus der Stirn schob. Nach einem flüchtigen Blick zu Jørgensen hin gingen die beiden auf ihn zu.

»Du bist der Kommissar aus Kopenhagen, der uns besucht?«

Der Mann nahm die Mütze ab und kratzte sich geschäftig am Hinterkopf.

»Kriminalassistent«, verbesserte Jørgensen.

»Ich bin Jesper Terkelsen, herzlich willkommen auf Lilleø.«

Offenbar wünschte ihm jeder hier ein herzliches Willkommen. In Kopenhagen war das nicht gerade üblich, wenn jemand vom Land zu Besuch kam. Jørgensen war sich ziemlich sicher, noch niemals eine ähnliche Begrüßungsfloskel benutzt zu haben; die Ankunft eines Kriminalbeamten aus der Hauptstadt schien für Lilleø etwas so Ungewöhnliches zu sein, daß ihn jeder zunächst unschuldig und unverdächtig im Namen der Inselbewohner willkommen hieß. Jørgensen mußte grinsen; erneut war er dabei, jene wahrnehmungsgeographischen Orientierungsgewinne zu erlangen, um deretwillen ihn seine Behörde hierher geschickt hatte.

Jesper Terkelsen betätigte sich umtriebig als Fremdenführer.

»Also, die Frau dort hinten ist Jette Hansen, sie wohnt auf Graasten, wir sind sozusagen Nachbarn. Die beiden anderen sind die Brüder des Schafbauern.«

»Schafbauer«, ergänzte Malte, »das war unser Name für den Verstorbenen. Keiner sagte Hans Larsen, wenn er von ihm sprach.«

»Das stimmt«, bestätigte Jesper. »Eigentlich ganz merkwürdig, wenn man so darüber nachdenkt, denn Bauern sind ja die meisten hier, und natürlich haben mehrere von uns Schafe, nicht nur die Brüder Larsen.«

Jesper Terkelsen hatte offensichtlich eine philosophische Ader. Kollege Iske hätte Gefallen an ihm gefunden.

»Die beiden Brüder sind Jens Christian und Axel. Jens Christian ist der da vorne, der gerade mit dem Pfarrer spricht. Axel steht dahinter.« Jesper erhob Stimme und Zeigefinger. »Den Anzug hat er mal zur Konfirmation gekriegt.« Er lachte, nahm die Schirmmütze ab und kratzte sich mit kurzen Bewegungen den Hinterkopf.

Eine eigenartige Angewohnheit, dachte Jørgensen, und ihm fiel ein, die Redensart vom verlegenen Hinterkopfkratzen schon gelegentlich in Romanen gelesen zu haben. Befriedigt nahm er zur Kenntnis, daß die damit verbundene Geste auch im wirklichen Leben vorkam. Lilleø hatte durchaus etwas zu bieten.

Sie verabschiedeten sich von Jesper und schlenderten Seite an Seite über den Kiesweg zum Ausgang. Malte erzählte Jørgensen von Axel Larsen, der jetzt allein auf Gammelgaard wohnte und der ähnlich wie sein Bruder Hans in der letzten Zeit kaum noch den Hof verlassen hatte. Die ganzen Formalitäten, vor allem das ungeklärte Erbe, wuchsen ihm schlicht über den Kopf. Malte hatte angeboten, sich darum zu kümmern. Ärgerlicherweise aber gab es vom Schafbauern kein Testament. Nicht mal eine Notiz hatte Axel gefunden, mit Hinweisen, welcher Bruder was wann bekommen sollte, und schon gar kein notarielles Schriftstück. Malte konnte sich gar nicht vorstellen, was da Spannendes zu erben wäre. Na ja, auf jeden Fall würden die beiden ernsthaft streiten. Jens, der im übrigen einen großen und prächtigen Hof besaß, hatte seinem Bruder gestern wüste Drohungen an den Kopf geworfen, in dem Sinne: wenn dieser sich alles unter den Nagel reiße, würde er ihn glatt verraten. Er wisse sich schon durchzusetzen, und er habe es satt, sich länger verarschen zu lassen.

»Axel war gestern abend noch bei mir. Ich hatte ihm angeboten, er soll ruhig vorbeikommen, wenn er Probleme hat. Es dauerte verdammt lange, bis er überhaupt mit der Sprache rausrückte. Der arme Kerl war völlig verwirrt. Er versteht nicht, was sein Bruder von ihm will. Ich bin zwar nicht gerade ein Experte in Erbschaftsrecht, aber ich weiß, an wen man sich wenden muß. Nicht direkt was Dienstliches also. Ich versuche ihm zu helfen, das ist alles.«

»›Er würde ihn glatt verraten‹ ... Hast du eine Ahnung, was er damit gemeint hat?« fragte Jørgensen.

»Nein der Bursche ist manchmal etwas aufbrausend, etwas gereizt, wenn er getrunken hat. Aber im Grunde ist er ein lieber Kerl. Der macht keinen Ärger. Nein, ich kann mir nicht vorstellen, was Jens damit meinte. Wir fahren heute nachmittag zu Jesper. Da werden wir noch mal über alles reden, auch über die Erbschaftsangelegenheiten.«

»Dafür seid ihr zuständig? Du und Jesper? Können die das nicht selbst regeln?«

»Ja und nein. Bei uns ist das wohl etwas anders als bei euch. Hier kennt jeder jeden und fühlt sich auch für die anderen verantwortlich. Jesper ist von unschätzbarem Wert. Der Junge weiß viel. Und keiner kannte den Schafbauern besser.«

Als sie kurz darauf den Friedhof verließen, bemerkte Jørgensen, daß ihm die alte Frau einen mißtrauischen Blick nachwarf.

Sie erreichten Nørreskøbing, und der Wagen tauchte in ein kopfsteingepflastertes Gäßchen, gesäumt von buntgestrichenem Fachwerk; Häuser ohne Stockwerk mit orangeroten Ziegeldächern, die eingesunken über altersgebeugtem Gebälk hingen.

In dieser Puppenstube werde ich nun das nächste halbe Jahr arbeiten, dachte Jørgensen, aber wohl auch in einem größeren Distrikt, vielleicht ja sogar auf der ganzen Insel. Lilleø gehörte zum Amt Grølleborg, soviel hatte er schon erfahren, Grølleborg aber lag auf einer anderen Insel. Wie viele Gemeinden mochte es hier geben? Drei Kirchtürme hatte er auf der Fahrt hierher gezählt; wie groß mochte Maltes Zuständigkeitsbereich sein? Na ja, das würde er schon noch rechtzeitig erfahren.

»So, da wären wir.« Malte zeigte auf ein rotes Backsteingebäude. Sie hatten den Ort durchquert und befanden sich nun am Hafen. Er parkte den Wagen neben einem weißen Morris Minor, auf dessen Fronttüren in großen schwarzen Buchstaben POLITI geschrieben stand.

»Mein Dienstwagen«, erklärte Malte. »Ich nutze ihn aber kaum. Zu Dienstfahrten gibt es nur selten Anlässe. Er ist mir auch zu auffällig. Aber du kannst ihn ruhig fahren, wenn du willst, es tut ihm sicher ganz gut, wenn er ab und zu mal ein bißchen bewegt wird.«

Ein Morris Minor, überlegte Jørgensen. Es mußte fast drei Jahrzehnte her sein, daß die Polizei mit solchen Wagen ausgerüstet worden war.

Die Bewölkung war aufgerissen, der Wind fegte den Himmel wieder blank. Malte reichte Jørgensen einen Koffer, ging mit dem anderen voraus und öffnete die dunkelgrüne Eingangstür. Das kleine grüne Blechschild mit der diesmal weißen Aufschrift POLITI an der Hauswand erinnerte Jørgensen daran, daß er in diesem Gebäude arbeiten und nicht die Ferien verbringen sollte. An die Tür war eine Papptafel geheftet mit den Öffnungszeiten. Verbrechen konnten hier offensichtlich nur Dienstag bis Donnerstag zwischen 10 und 16 Uhr, abzüglich einer zweistündigen Mittagspause begangen werden. Für unaufschiebbare Fälle war noch Malte Hansens private Rufnummer in Oldekær angegeben.

Sie betraten einen geräumigen hellgefliesten Vorraum. Geradeaus sah man durch die offenstehende Tür in ein Büro. Malte führte seinen Gast eine Treppe hinauf, die gleich rechts neben dem Eingang steil nach oben anstieg. Der Flur des oberen Stockwerks verband drei weitere Räume, markiert durch ovale weiße Porzellanschilder. Rechter Hand lag das ›Bad‹, das altertümliche Schild am Flurende verhieß eine ›Bibliothek‹.

Als Malte die Tür mit dem Schild ›Privat‹ öffnete, blickte Jørgensen in ein freundlich helles Zimmer.

»Nur herein, ich hoffe, es gefällt dir.«

Jørgensen sog die warme Luft des Raumes in vollen Zügen ein. Der leichte Geruch, der sich aus Spuren von Lack, Fensterkitt und frischer Bettwäsche mischte, versetzte ihn in seine Kindheit, als er die Sommerferien noch bei den Großeltern in der Nähe von Viborg verbrachte.

»Richte dich nur in Ruhe ein, ich mache uns inzwischen ein gutes Frühstück.«

»Danke, Malte.«

Jørgensen hatte außer einem Brötchen auf der Fähre an diesem Morgen noch nichts gegessen.

Allein im Zimmer. Jørgensen packte die Koffer aus. Von Zeit zu Zeit hörte er Malte unten in der Küche klappern. Der Raum maß etwa drei mal vier Meter, hatte weißgetünchte Wände, Holzdielen und zwei Fenster; das eine zeigte im Osten rote Ziegeldächer und üppig blühende Gärten, und durch das andere, an der Südseite, fiel der Blick auf das Meer und einen Teil der Hafenanlagen. Unter diesem Fenster stand ein Tisch mit einer Schublade. In ihr entdeckte er zahlreiche Schreibutensilien und eine aus runden Steinen zusammengeklebte Figur, grob bemalt, die wohl als Briefbeschwerer diente.

Jørgensen wechselte seine beschmutzte Hose und zog ein frisches Hemd an. Dann ließ er sich auf das Bett fallen.

Wo war er hier gelandet?

Gestern morgen hatte Anna, seine Freundin, ihn zum Hauptbahnhof gebracht. Sie würden sich nun für längere Zeit nicht sehen. Fünf Monate. Es war nämlich ein wichtiger Aspekt des Schulungsaufenthaltes, so hatte man ihm mitgeteilt, daß während dieser Zeit alle direkten Kontakte zu Angehörigen und Freunden doch bitte zu unterlassen seien, damit der Erfolg des Experiments nicht in Frage gestellt werde. Nur durch eine strenge Isolation vom vertrauten Milieu ließen sich die exakten wissenschaftlichen Rahmenbedingungen schaffen, die erforderlich seien zur Erlangung sauberer und verwertbarer Daten. Daher müsse man, so schwer dies auch im Einzelfall, gerade bei jüngeren Kolleginnen und Kollegen sein könne, alle Keime der Vertrautheit und Vertraulichkeit vom Operationsfeld fernhalten, damit die Probanden nicht unter Einflüssen stünden, die eine Verfälschung der zu explorierenden Orientierungsleistungen mit sich bringen könnten. Es sei durchaus so etwas wie eine sterile Laborsituation, die man dabei im Auge habe. Dies dürfe nun aber keineswegs als Dienstanweisung mißverstanden werden, sondern müsse völlig auf freiwilliger Basis geschehen, denn ohne die Aufgeschlossenheit der Probanden, die aus eigener Einsicht in die Richtigkeit dieser Maßnahme handelten, sei das ganze Unternehmen zum Scheitern verurteilt.

»Eine positive Einstellung, Herr Jørgensen, und eine freudige Mitarbeit an unserem Projekt«, hatte ihm die Psychologin mit teilnahmsvollem Lächeln auf ihren teilnahmslosen Zügen zu verstehen gegeben, »würde sich sicher nicht negativ auf Ihren weiteren beruflichen Werdegang auswirken.«

Einen Umweg hatte er noch gemacht, einen Abstecher zu Annas Eltern, wo er über Nacht geblieben war. Anschließend heute morgen die Fahrt mit dieser Uraltfähre, die wie ein alter Sonntagsanzug wohl zigmal umgeändert, erweitert, ausgebessert, angeflickt, mit neuem Kragen und Revers versehen und vielleicht sogar gewendet war und nun schon mehr als drei Generationen Passagieren und Seeleuten als schaukelnde Hülle gedient hat. Darauf war er umgestiegen in das nächste Museumsstück und mit dessen Besitzer auf dem Friedhof gelandet, zur Beerdigung eines weiteren, diesmal menschlichen Fossils. Und nun dieses Zimmer seiner Großeltern. Er mußte aufpassen, daß er der Wirklichkeit nicht entglitt.

Die Goldfliegen

Als Jørgensen am nächsten Morgen erwachte, lag er auf dem Rücken. Die Sonnenstrahlen, die durch die Ritzen der nachlässig zugezogenen Vorhänge drangen, kitzelten seine Nase. Eine Weile blinzelte er mit noch lichtempfindlichen Augen in den grellen Tag und schielte dann hinüber zum Wecker.

Es war 7 Uhr 30.

Er schloß die Augen und konzentrierte sich auf die Geräusche seiner Umgebung. Draußen war Dienstag; Blätter, die im Wind raschelten. Aus der Bibliothek erklang der ruhige Schlag einer großen Uhr, ein Stockwerk tiefer vernahm er ein vorsichtiges Kratzen und Schaben.

Ein unbestimmtes, schönes Gefühl erfüllte ihn jedesmal, wenn er morgens in einem Zimmer aufwachte, das ihm noch nicht vertraut war, aber alle Voraussetzungen erfüllte, es zu werden.

Jørgensen seufzte vor Behagen.

Wenn der Sekundenzeiger die Zwölf erreicht hat, stehe ich auf, setzte er sich schließlich unter Druck, strampelte pünktlich die Decke weg und schwang seine dünnen und langen Beine aus dem Bett. Er saß auf der Kante und massierte sich mit den Handballen die Augen. Als er den Blick endlich frei hatte und die Lider sich nicht mehr alle Augenblicke zwanghaft zusammenkniffen, musterte Jørgensen noch einmal in aller Ruhe das Zimmer. Der Körper noch träge, gelähmt von einem tiefen und traumlosen Schlaf, der Geist aber wollte schon los, immerhin – die Augen, der Kopf reagierten schon folgsam.

Sein Blick fiel auf ein Bild, ihm direkt gegenüber. Es hing schräg in einem mürben Holzrahmen, der an etlichen Stellen aufgesprungen war und das Motiv nur noch notdürftig festhielt. Es war nicht das einzige Bild im Raum, an den Wänden rechts und links hingen noch zwei weitere, der karge Schmuck eines unbenutzten Zimmers; Bilder, die niemand ansah und die offenbar nur dazu dienten, den Augen auf den leeren Wänden Orientierungs- oder Ruhepunkte zu bieten, damit sie nicht ziellos und unstet umherzuschweifen brauchten. Er wollte sie betrachten, ihnen wenigstens für einen kurzen Augenblick das Gefühl geben, einen ernsthaften Betrachter gefunden zu haben. Allesamt eingefaßt in mehr oder weniger gewichtige Holzrahmen, zeigten sie unterschiedliche, durch keinen ersichtlichen Sinn miteinander verbundene Motive. Immerhin keine Kalenderbilder, stellte Jørgensen fest, verschwistert nicht durch ihren Mißbrauch für eine Monatssymbolik, die Osterlämmer, Badefreuden und weihnachtlich geschmückte Einkaufsstraßen in ein Verwandtschaftsverhältnis zwingt. Auf dem Bild vor ihm tobte eine Seeschlacht; rechter Hand, neben dem Kleiderschrank, hing ein einzelnes Schiff und links, oberhalb seines Schreibtisches, das altertümliche Porträt eines streng blickenden Mannes von höherem Stand; vielleicht ein Musiker, Händel oder Bach?

Er entschied sich für das Schiff und betrachtete es, den Oberkörper vorgebeugt wie ein Reiher kurz vor dem entscheidenden Beutestoß ins Wasser. Es war eine Zeichnung, die ein kleines, einmastiges Segelschiff darstellte. Sorgfältig mit spitzer Feder ausgeführt, aber ohne künstlerischen Anspruch, ließ sie eher an die Abbildung aus einem Fachbuch denken. Die Segel fehlten zwar, aber jede Einzelheit der Takelage war exakt wiedergegeben. Was mochte das für ein Schiff sein? Eine Bark vielleicht? Diesen Begriff hatte er schon einmal gehört. Auf der Zeichnung fehlte jeder Hinweis auf den Schiffstyp. Nur eine Jahreszahl war in die rechte untere Ecke gekrakelt worden, 18.., mehr war beim besten Willen nicht mehr zu entziffern. Jørgensen wunderte sich, warum man wohl gerade dieses schlichte Motiv in so einen monströsen Rahmen gesperrt hatte. War es ein Seemann, der das Abbild seines Schiffes immer in seiner Nähe haben wollte? Haben die Kapitäne ihre Schiffe nicht immer in Öl verewigen lassen, die Farbe zentimeterdick und speckig aufgetragen wie bei echten Schiffen? Und auf stürmischer See, wie sie stolz und mit vollen Segeln die

Schaumkringel durchschneiden, die so akkurat und gleichmäßig aufgesetzt waren, als hätte sie ein Konditor mit der Sahnespritze erschaffen.

Kurz darauf stolperte Jørgensen die Holztreppe hinunter und betrat die Küche. Er deckte den Tisch, ging dann zur Bäckerei. Auf dem Rückweg hockte er sich eine Weile auf die Kaimauer, lauschte dem Glucksen der sanft anrollenden See in den großen Steinen der Hafenbefestigung und beobachtete, wie die Autofähre rhythmisch stampfend mit zitterndem Rumpf die spiegelglatte See zerteilte und immer kleiner werdend am Horizont entschwand. Wieder zu Hause, setzte er Wasser auf, schnitt drei Scheiben Brot ab und befreite eine Rumkugel aus ihrer Papierrosette. Als der Kessel anfing zu pfeifen, stimmte Jørgensen freudig ein, machte eine Kanne Tee und frühstückte.

Danach widmete er seine morgendliche Neugier jenem Raum, dessen ovales Porzellanschild ihm gestern so verheißungsvoll eine Bibliothek versprochen hatte. Und wie ein Ameisenbär die letzte Schar versprengter Termiten, leckte er mit schnellen Zungenschlägen die Schokoladenstreusel von den Fingern, erhob sich und ging die Treppe hinauf.

Oben, am Ende des Flurs angekommen, drückte er langsam die Klinke hinunter. Die Tür öffnete sich nur widerwillig dem fremden Besucher und ergab sich mit einem quietschenden Seufzer. Vorsichtig, als ob ihn drinnen jemand erwarten könnte, spähte Jørgensen durch den Spalt, und dann stand er auch schon drinnen. Der unverwechselbar muffige Geruch alter Bücher schlug ihm entgegen. Die trüben, mit längst vergilbtem Pergamentpapier beklebten und von Spinnen zugewebten Fenster tauchten die Bibliothek in ein gedämpftes Licht. Links erhob sich dunkel ein Schreibtisch, übersät mit Büchern und Papieren, überall an den Wänden türmten sich Gestelle, vollgestopft mit Literatur. Er schob die Tür zu und besah sich die andere Hälfte des altertümlichen Raumes. Im schwachen Licht schimmerten auch hier, gleich einer verwischten Kohlezeichnung, überbordende Regale im

Halbdunkel. An die Wand gelehnt, auf einer niedrigen Kommode, thronte, damit sie ihren Sockel nicht auf die staubigen Dielen setzen mußte, eine große antike Standuhr. Feine Risse im emaillierten Blech des Zifferblattes überzogen ihr Antlitz mit einem Schleiernetz, schamhaft und stolz, gleich jener schönen Glücksburger Herzogin Caroline Linstow, deren Gram über das Morden der napoleonischen Heere ihr Gesicht für die Ewigkeit mit der Spur zarter Furchen durchzogen hatte. Standhaft durch die Zeit schlug ihr Puls ruhig und gleichmäßig in der Abgeschiedenheit des vergessenen Domizils. Jørgensen strich dem alten Kasten ein wenig Staub von der Wange und trat näher an das Regal heran. Braungewellte Rippen dichter Bücherrücken schuppten sich in den Borden, so als hätten sie alles Wissen, was in ihnen enthalten war, allein einander mitzuteilen. Doch die Zeit hatte sie mürbe werden lassen, Leinen und Leder faßten viele nur noch unvollständig ein, und statt die Seiten zusammenzuhalten, waren es nun die geleimten Blätter selbst, die ihre verfallende Hülle mühsam an sich drückten. Einige Elende glichen gar unförmigen Schmetterlingspuppen, die, auf eine sachte Berührung wartend, der Stunde entgegenfieberten, wo der ihnen innewohnende Geist dem Kokon geflügelt entschlüpfte und flatternd ins Freie taumelte.

Über alledem lag eine ehrfurchtsvolle Stille, als ob die Zeit selbst sich hier zur Ruhe gesetzt hätte, in dieser ungenutzten Bibliothek des Polizeihauses einer kleinen Insel irgendwo in der Ostsee. Sicher gibt es andere Bibliotheken, die noch viel schöner sind – und Jørgensen hatte einige solcher vignettenartigen Bilder in seiner Erinnerung, Büchersäle in edel poliertem Holz, von denen eine ganz andere, großartigere Wirkung ausgeht als von diesem unscheinbaren verlassenen Ort. Zum Beispiel die Nationalbibliothek in Kopenhagen oder die Bibliothèque Nationale in Paris mit ihren geschichtsträchtigen Orten, den Zellen und Cabinetts, den unendlichen Archiven, Ablagerungen einer tausendmal gewälzten Geschichte. Und dann die wundersame

Bibliothek des Botanischen Museums, ein klassizistischer Bau, angefüllt nicht nur mit Büchern, sondern auch mit getrockneten Pflanzen, Blättern, Stämmen und Früchten aus den tropischen Wäldern Dänisch Westindiens. Auf zahlreichen Expeditionen errungene Schätze, Tribute aus einer fremden Welt, deren bizarre trocken braune Formen die Phantasie um so vieles mehr zu beschäftigen wissen als jedes leibhaftige Grün eines lebenden Gewächses. In staubigen Glasvitrinen, flankiert von den altertümlichen Büchern großer Botaniker wie Adanson, Holmberg, Hagerup, de Candolle, Hornemann und Schimper, dauern sie als Denkmäler ihrer eigenen Geschichte. Erinnerungen an einen fernen Kolonialgeist, dessen urwüchsiger Bart, in getrockneter Tropenflechte konserviert, still in seinem gläsernen Sarg ruhte. Aber keine dieser Bibliotheken, mochten sie auch mit noch soviel Geschichte ausgestattet sein, war dem Bild vergleichbar, das sich hier vor Jørgensens staunenden Augen auftat.

Neben dem Eingang fand er einen schwarzen Porzellanschalter. Von der Decke leuchtete schwach eine alte Schiffslaterne. Jørgensen trat ans Fenster; nur wenige milchige Konturen verrieten blaß hinter der Scheibe den Frühsommer. Auf der Fensterbank schillerten unzählige tote Goldfliegen; die eingetrockneten Beine bizarr verrenkt zu winzigen Skulpturen, lagen sie verstreut wie gestürzte Ballettänzer. Von der anderen Seite summte ein dikkes Insekt gegen die Scheibe.

Er setzte sich auf den klapprigen Stuhl vor dem Tisch, und es dauerte eine geraume Zeit, bis er sich traute, die Bücher um ihn herum zu berühren. Sie lagen überall auf einer Tischplatte aus massivem Kirschbaum. Die Zeit und Tropfen von Flüssigkeit, vielleicht Tee oder Kaffee, hatten darauf runde helle Narben gezeichnet. Ein Thermometer lag auf dem Tisch, daneben stand ein kleines Glas mit eingetrockneter Tinte nebst einem altertümlichen Federhalter und einem fleckigen Lineal mit winzigem Messingknauf. Das wichtigste aber waren die Bücher, schwere Folianten ebenso wie schmale Bändchen in Pappdeckeln, paketiert zu kleineren Blocks, aufgestockt bis zur zwanzigsten Etage; manche von ihnen waren aufgeschlagen, andere mit Zetteln versehen, auf denen sich jemand mit seismographenhafter Handschrift verewigt hatte. Und obgleich oder vielleicht gerade weil die Zeit in dieser Kammer stillzustehen schien, erweckte der Arbeitstisch den Anschein, als ob noch wenige Minuten zuvor ein anderer hier gesessen hätte, jemand mit mehr Recht, die Bücher aufzuschlagen und in ihnen zu lesen – der Besitzer dieser geheimnisvollen Bibliothek, der all diese Schätze zusammengesammelt hatte, die *Encyclopaedia Britannica* dort drüben an der Wand, die Werke Vergils, Horaz' und Senecas in goldgeprägten Lettern. War es wirklich der Zufall, der diese Bücher so zurückgelassen hatte, oder vielmehr eine geheime, für einen Fremden wie ihn undurchsichtige Anordnung, vielleicht ein verborgenes System? Wer mochte das gewesen sein, der als letzter hier wie er am Tisch gesessen hatte, um dann allem Anschein nach fluchtartig den Raum zu verlassen? Seine Hand tastete sich durch den Blätterteig der Bücher und legte sich auf einen Stapel großer Folianten. »Himmel und Hölle« las er auf einem der Buchrücken. Als Jørgensen die schweren Wälzer in die Ecke der Tischplatte schob, hatte er das ungute Gefühl, irgend etwas zu zerstören, ja, ihm kam der phantastische Gedanke, durch das Verrücken der Bücher eine Schandtat vollbracht, das Gewicht verschoben zu haben, das die Welt in ihrem tiefsten Inneren im Lot hält.

Jemand rief laut seinen Namen.

Kurz darauf wurde die Tür geöffnet, und Malte stand auf der Schwelle, breitbeinig, eine Pfeife im Mundwinkel.

»Ach hier bist du, hast du mich nicht rufen hören?«

Jørgensen blickte auf und legte das Buch zur Seite. »Ich war in Gedanken. Sag mal, was ist denn das hier für ein großartiger Raum? Hast du diese Sammlung angelegt?«

»Ich? Nein … einer meiner Vorvorgänger war das, Lars Christian Kirstein. Der war hier früher Polizeimeister, vor vierzig, fünfzig Jahren etwa. Ein ziemlicher Sonderling. Dort hängt ein Bild von ihm.« Malte deutete mit dem Pfeifenstiel auf eine Fotografie. Jørgensen betrachtete den Mann. Er hatte welliges nach hinten gekämmtes Haar, die lange spitze Nase selbstbewußt erhoben zu einem pfiffigen, aber gleichsam etwas freudlosen, müden Gesichtsausdruck, der abwartend hinter einem gekrümmten Messingkneifer lauerte. Der Mann erinnerte ihn ein wenig an eine Federzeichnung von Søren Kierkegaard, die er mal im Stadtmuseum gesehen hatte.

»Nutzt du diesen Raum überhaupt? Der sieht ja aus, als hätte ihn seit Jahrzehnten keiner mehr betreten.«

»Eigentlich nicht. Ab und zu brauche ich mal das Lexikon, um irgend etwas nachzuschlagen, aber das kommt selten vor, ... und dann ziehe ich natürlich einmal in der Woche die Uhr auf. Kommst du runter? Ich habe Kaffee aufgesetzt.«

Jørgensen verließ die Bibliothek und zog sacht die Tür zu. Durch das offene Fenster am Ende des Flures wehte ihm der frische Maimorgen ins Gesicht.

»Wie bist du eigentlich auf die Idee gekommen, Polizist zu werden, Ansgar?«

»Tja, wie kommt man zur Polizei ... Wie oft ich danach schon gefragt worden bin!«

Jørgensen war nicht auf geradem Weg zur Polizei gekommen.

»Mein Vater war Pfarrer in einer Gemeinde am Rande von Kopenhagen. Nach der Schule wußte ich nicht recht, was ich machen sollte. All die anderen Jungs wußten genau, was sie wollten, Karriere machen als Ärzte oder Juristen, den Betrieb des Vaters übernehmen oder in den sicheren Hafen des königlich staatlichen Verwaltungsdienstes einlaufen. Mein Vater hatte ständig versucht, mich für alles mögliche zu begeistern: Botanik, Jura, Medizin. Irgendwann hat er es dann doch geschafft. Er hat mich überredet, Theologie zu studieren.«

»Theologie?« fragte Malte verblüfft.

»Sechs Semester habe ich durchgehalten. Aber irgendwie war das nicht das richtige. Und dann hab ich mich erst einmal eine Zeitlang im Ausland herumgetrieben und mehrere Jahre gejobbt; auf dem Bau, als Kellner, mal in einer Meierei; dann war ich Fahrer bei Brugsen und so weiter. Schließlich hat mich ein Freund gelockt: Die Polizei ist vielseitig, du hast eine gesicherte Existenz – das übliche also.« Jørgensen stand auf und schenkte Kaffee aus.

»Dankedanke ... Na, gut, wie auch immer, jetzt bist du hier, und ich muß dich irgendwie beschäftigen. Gar nicht so einfach. Aber ich habe mir was überlegt. Wenn du willst, kannst du erst einmal das Archiv neu ordnen.«

»Ein Archiv ordnen? Klingt spannend.«

»Ja, unser kleines Archiv. Eigentlich dürften die Sachen schon längst nicht mehr hier sein; die alten Akten, also alles was über dreißig Jahre alt ist, kommen normalerweise ins Landesarchiv nach Odense, und viele der ganz alten Unterlagen aus der Zeit, als wir noch zu den Herzogtümern gehörten, hätten in Schleswig archiviert werden müssen und lägen dann heute im Reichsarchiv in Kopenhagen. Aber die letzten hundert Jahre hat hier nie jemand etwas abgeführt, und der Kram stapelt sich bis zur Decke. Soweit ich weiß, hat sich von außen auch keiner dafür interessiert. Man könnte die Sachen neu strukturieren.« Malte strahlte Jørgensen erwartungsvoll an.

»Was stimmt denn nicht mit der alten Struktur?«

Malte rührte in seiner Tasse und gab noch ein weiteres Stück Zucker dazu. »Ja, also, für die bin ich verantwortlich, zum Teil wenigstens«, lächelte er verlegen. »Hab mal versucht, da ein bißchen Ordnung reinzubringen. Aber ich fürchte, das ist mir nicht so ganz gelungen.«

»Und ich soll das jetzt wieder in Ordnung bringen?« Jørgensen nickte. »Na gut.«

»Wunderbar, darauf sollten wir einen trinken. Hast du Lust auf ein Gläschen Johannisbeerwein? Das ist meine Spezialität, den habe ich selbst aufgesetzt.«

Malte stand auf und verließ das Zimmer. Kurz darauf erschien er mit einer halbvollen Flasche und zwei Aperitifgläsern, stellte sie auf den Tisch und füllte sie mit einer tiefroten Flüssigkeit.

»Skål, Ansgar! Auf gute Zusammenarbeit.«

Das Archiv war ein fensterloser Raum im Winkel zwischen Büro und Arrestzelle. Eine Kammer, völlig überfüllt, voller Ordner, Akten und allem möglichen Krimskrams. Ein kühler Raum, mit hellgrau lackiertem Holzfußboden; an den Wänden standen Regale aus einem Aluminium-Bausystem. Die Fächer quollen über von Papieren und Schriftstücken, auf dem Boden lagerten Pappkartons und Kunststoffkisten, alle randvoll und zum Teil übereinandergestapelt.

»Also«, begann Malte, »von 1960 an steht alles in den Regalen, bis auf die Sachen der drei letzten Jahre, die haben wir im Büro.« Er machte eine unsichere Geste quer durch den ganzen Raum. »Die Akten von 1930 bis 1959 sind in den Plastikkörben, und … äh … in den Kartons liegt der ganz alte Kram. Das hat früher alles mal in der Bibliothek gelegen, aber mein Vorgänger, der dieses Archiv eingerichtet hat, hat alles hier runtergeholt. Sieht allerdings ganz danach aus, als hätte er schnell das Interesse daran verloren. Kein Wunder, das Zeug geht mindestens bis zur Jahrhundertwende zurück, und vielleicht sogar noch weiter.«

Überall lagen kuriose Gegenstände, die Jørgensen kaum mit der Arbeit der Polizei in Zusammenhang bringen konnte. Er fragte sich, ob es sich hier statt einer Registratur und Asservatenkammer nicht eher um den Lagerraum eines Trödlers handelte. An ein Regal hatte jemand, vermutlich Malte selbst, kleine Pappstreifen geklebt, auf denen Jahreszahlen standen. Er las ›1982‹, in diesem Fach lagen nur wenige Akten. Malte hatte sich offensichtlich Mühe gegeben, zumindest ein Element des Regals übersichtlich zu halten, um dem Ruf der Polizei als Ordnungsmacht auf wenigstens einem Regalmeter Rechnung zu tragen.

Malte räusperte sich. »Ja, also, ich muß jetzt gehen, du weißt ja nun Bescheid, und ...«, er schlüpfte in seine Jacke, »...falls du noch Fragen hast, ruf mich an, ich bin zu Hause, wir kriegen wahrscheinlich Nachwuchs. Unsere Bolette kalbt. Komm doch heute abend zum Essen vorbei. In Oldekær, der gelbe Hof am Møllevej. Vielleicht gibt es ja dann schon was zu feiern.«

Jørgensen hörte die Tür ins Schloß fallen. Er ging hinüber zum Archiv und lehnte sich an den Türrahmen. Eine Weile stand er so da, das rechte Bein hinter das linke gehakt und blickte gedankenverloren in den Raum. Dann strich er sich mit Daumen und Zeigefinger langsam über den Schnurrbart.

Die Welt stellt jede Unternehmung vor eine Alternative: vor die Alternative von Erfolg oder Mißlingen, von Sieg oder Niederlage. Die Aufgabe der nächsten Zeit würde es sein, ein Archiv zu ordnen, ein Archiv, nach dem niemand verlangte, von dem kaum einer mehr wußte, daß es existierte und das hier noch nicht einmal hingehörte.

Jørgensen hatte abgewaschen und beschloß, einen kleinen Rundgang durch sein neues Revier zu machen. Er verließ das Polizeihaus, ging zum Hafen und kaufte im Verkehrsbüro ein ›Velkommen til Lilleø‹ mit einer Karte der Insel und Ortsplänen. Anschließend setzte er sich auf die Kaimauer, studierte das Heft, und nach etwa einer halben Stunde stand er auf, ging die Vestergade bis zum Postamt, bog nach links in die Søndergade und blieb am Marktplatz stehen. In der Mitte des Platzes befand sich eine große weiße Handpumpe, die sich sogar noch betätigen ließ; ein kleines Rinnsal kroch über das Pflaster und verteilte sich im Netz der Kopfsteine.

Jørgensen setzte sich auf eine Bank. Eine schöne Stadt, an der die Zeit fast spurlos vorübergegangen war. Schmucke Häuschen, die sich allesamt ins Straßenbild schmiegten, eines noch gediegener als das andere, kombiniert in allen erdenklichen Pastelltönen. Jede Straße und Gasse war mit großen rötlichen Granitsteinen gepflastert. Die Stadt, das Wetter, die Jahreszeit, das Licht, die

Straße, das alles hatte den Hauch von etwas, das bereits die Neigung hat, Erinnerung zu werden. Auch Menschen kamen vor in dieser Erinnerung, alte Menschen hauptsächlich; Menschen, die freundlich grüßten, Menschen, die bereits wußten, daß ein Kriminalbeamter aus Kopenhagen auf ihre Insel gekommen war.

Das Kalb

Am Nachmittag fuhr Jørgensen mit dem Fahrrad in seinem neuen Bezirk Streife. Er war glänzender Stimmung und gab seinen Gedanken die Zügel frei, trieb sie an, daß sie wild galoppierend sich in alle Richtungen hin zersprengten. Von Zeit zu Zeit hielt er an, legte das Rad beiseite, untersuchte einige Pflanzen und machte sich Notizen. Anna hatte ihm eine lange Liste mit Sonderaufträgen mitgegeben. Sie arbeitete im Botanischen Garten von Kopenhagen an einem umfassenden Werk, einem Atlas der Farn- und Blütenpflanzen Dänemarks. Natürlich war Lilleø für die Botaniker kein unbeschriebenes Blatt, kein weißer Fleck in der Kartierung der dänischen Vegetation, jedoch das Auftauchen neuer und das Verschwinden alter Spezies erforderte eine ständige Überprüfung der Artenliste. Der einzig sinnvolle Grund für einen solchen Zwangsurlaub, hatte Anna behauptet.

Sein Weg führte an Ellehavegaard vorbei ins Nor. Das war alles mal Wasser, hatte Malte ihm erzählt, eine flache Meeresbucht zwischen den beiden Teilen der Insel, die man vor 150 Jahren eingedeicht und trockengelegt hatte. Jesper Terkelsen stand in der Einfahrt zum Norweg und unterhielt sich mit einem alten Mann, der, die Beine leicht gespreizt, gegen das Gatter einer Pferdeweide lehnte und sich mit einem großen weißen Taschentuch den Schweiß aus dem Nacken wischte. Mit der anderen Hand stützte er sich auf einen Knotenstock, zwischen Daumen und Zeigefinger hielt er eine Baskenmütze und über dem Unterarm hing seine Jacke. Er trug ein weißes Leinenhemd mit einer dunkelgrauen

Weste, die offen zu beiden Seiten seines Bauches abstand. Lokker um den Hals hingen ihm die zerknitterten Enden eines altmodischen Binders. Der Mann, die Geste, das gesamte Bild kam Jørgensen irgendwie bekannt vor. Er ging auf die beiden zu und grüßte. Jesper nahm sogleich die Mütze vom Kopf.

»Dies ist Lehrer Anders Kristensen. Und dies«, er deutete flüchtig mit dem über das Handgelenk gedrehten Daumen auf ihn, »ist Kommissar Ansgar Jørgensen aus Kopenhagen.«

»Aha, ein echter Kommissar kommt uns besuchen!?« Kristensen hob die Augenbrauen.

»Kein Kommissar. Nur ein Kriminalassistent«, sagte Jørgensen.

Sie tauschten einige Sätze über das Wetter, die sich in nichts von anderen, bei anderer Gelegenheit über das Wetter getauschten Sätzen unterschieden, dann ging Kristensen den Norweg hinunter, Jesper zu einer Pfadfindergruppe, die hinten auf seinen Wiesen zeltete, und Jørgensen radelte weiter zum Drejet. Dort bog er scharf nach rechts ab und fuhr am Meer entlang nach Eskebjerg. Das Wasser warf klatschend kleine Wellen über die rundgewaschenen Kiesel, und es rullerte und kullerte so einladend, daß er Lust bekam, hier einmal schwimmen zu gehen. Nach einer Weile bog der schmale Fahrweg ab und führte einen leichten Hang hinauf. Hinter einem dichten Verhau aus Heckenrosen, Bocksdorn und Weißbuchengesträuch tauchte plötzlich ein völlig verkommenes Gehöft auf und war gleich wieder hinter den Büschen am Wegesrand verschwunden. Die Straße wurde steiler, beschrieb dann einen leichten Bogen. Schwer atmend hielt Jørgensen an. Ein blauweißes Schild wies auf eine Sehenswürdigkeit hin. Er lehnte das Rad gegen eine Weide und folgte mit langen und gebeugten Schritten dem Feldweg hügelan, gespannt darauf, was ihn oben erwartete. Der tief eingeschnittene Weg und das für diese Jahreszeit schon ziemlich hoch stehende Korn versperrten ihm die Sicht. Auf der Kuppe lagerte ein Kranz riesiger Granitblöcke. Einige der Decksteine ruhten noch auf ihrem Platz, oder zumindest sah es so aus. Erfreut nahm er zur Kenntnis, daß keinerlei Spuren picknickender Schulklassen oder Omnibustouristen zu sehen waren, die anderswo die prähistorischen Grabstätten mit Graffiti und Müll überdeckten. Eine Tafel zeigte das Bild vom ursprünglichen Ausmaß und Aussehen der Anlage und datierte sie in die Jungsteinzeit. Hier hatten vor nahezu dreitausend Jahren Menschen mit unendlicher Mühe einigen ihrer Artgenossen eine pompöse Ruhestätte verschafft. Später dann quälten andere Menschen sich damit ab, die Findlinge den Hügel wieder hinunterzuschaffen und zu zerschlagen, als Fundamente für ihre Häuser und Scheunen. Die Anlage verfiel, Wind und Regen wuschen den Erdbewurf herunter, Büsche und Bäume überwucherten sie, und die Bauern zogen ihre Furchen darum herum. Erst vor hundert Jahren wurde man wieder darauf aufmerksam. Jetzt waren es Kulturdenkmäler, die es zu erhalten galt. Aber waren das nicht inzwischen auch die Fundamente der alten Bauernhäuser geworden? Wie alt muß ein Grab sein, damit seine Zerstörung keine Schändung, sondern legitime Rohstoffgewinnung ist? Sechs Semester Theologie und dreizehn Jahre Polizeidienst hatten in Jørgensen Zweifel daran aufkommen lassen, daß die Menschen jemals von anderen Motiven als Habgier, Angeberei und einem barbarischen Sinn für das Praktische beseelt gewesen waren – wenn beseelt hier das richtige Wort ist. Er erinnerte sich an eine Vitrine im Kopenhagener Museum für Frühgeschichte. Dort war ein breiter Bronzedolch neben einer verblüffend ähnlichen Replik aus Feuerstein präsentiert. Die Legende erläuterte das so: Im achten vorchristlichen Jahrhundert, als die Händler aus dem Süden in den Norden kamen, also quasi aus der Bronze- in die Jungsteinzeit, und ihre neuen Metallwaffen feilboten, wollte die zwar jeder haben, aber nur wenige konnten sie sich leisten. Daher ließen sich die ärmeren Häuptlinge ihre Flintsteindolche im Design der Bronzeklingen anfertigen. Die Produkte waren zwar Meisterleistungen der Feuersteinbearbeitung, aber gleichzeitig als Waffen völlig unbrauchbar, viel zu zerbrechlich. Nur was Preiswertes zum Angeben, gefertigt mit einem unerhörten technischen Geschick. Jørgensen war davon außerordentlich beeindruckt gewesen; handwerkliches Können für Prestigeobjekte, bei denen der ursprüngliche Gebrauchszweck zu achtlosem Beiwerk verkommen war. Wieder mal fand er bestätigt, daß die Menschen sich seit Tausenden von Jahren im Grunde nicht geändert hatten.

Die Aussicht rundum war phantastisch, man konnte einen großen Teil der Insel überblicken, und Jørgensen rekonstruierte den Weg, den er entlanggekommen war. Er sah den Damm und folgte der Straße bis zu dem alten Hof unter ihm, auf halber Höhe des Hügels. Eine ganze Weile blickte er vor sich hin, bis ihm mit einem Mal klarwurde, wo er hier stand. Dieser Hof gehörte zweifellos den Brüdern Larsen. Hier, ganz in seiner Nähe, mußte demnach der Schafbauer gefunden worden sein. Nachdem er die Granitblöcke einige Male umschritten hatte, entdeckte er die Stelle, wo der alte Mann gelegen hatte. Das Korn war im Umkreis von drei Metern niedergetrampelt. Vor fünf Tagen hatte hier im Zentrum der Bauer zusammengekauert gelegen, umringt von ein paar Leuten; dem Arzt, Malte, den beiden jungen Leuten und vielleicht noch seinem Bruder Axel.

Zielstrebig bahnte Jørgensen sich einen Weg durch Korn und Feldrain und betrat schließlich den Innenhof. Über einen Haufen verrostetes Gerät gebeugt, stand Axel Larsen und hantierte mit einem Hammer. Als Jørgensen ihn ansprach, zuckte er zusammen und drehte sich um. Sein Blick verriet Erstaunen und Scheu.

»Guten Tag, Axel, erinnerst du dich an mich? Ich bin Ansgar Jørgensen, ich war gestern morgen auf dem Friedhof, zusammen mit Malte Hansen.«

Axels Gesicht entspannte sich, und er versuchte zu lächeln; besonders gut gelang ihm das nicht.

»Ja, ja, der Kommissar aus Kopenhagen, nicht wahr?«

Jørgensen zögerte einen Augenblick. »Ja, richtig ... ich bin ein wenig spazierengegangen, kam zufällig hier vorbei und wollte mal guten Tag sagen.« Er versuchte, einen Blick in eines der Fenster zu werfen, aber vergeblich, die Scheiben spiegelten, sofern sie nicht durch Pappquadrate ersetzt waren, nur den blauen Himmel wider.

Jørgensen lächelte Axel aufmunternd an. »Es wird sicher nicht leicht werden, den Hof allein zu bewirtschaften, oder?«

»Wird schon gehen«, brummelte Axel. Er hatte offensichtlich das Interesse am Kommissar verloren und hämmerte wieder auf einer alten Pflugschar herum, daß der Rost in alle Richtungen stob.

»Auf Wiedersehen«, rief Jørgensen. Axel Larsen drehte sich nur kurz um und nickte.

Jørgensen verließ den Hof und versuchte sich auszumalen, wie es wohl im Inneren des Gehöftes aussah. Ob es drinnen genauso verwahrlost ist wie von außen? Vielleicht ist all dies ja nur eine Täuschung, eine geschickte Maskerade, eine Tarnung vor unerwünschtem Besuch? Hinter der Fassade verbirgt sich ja vielleicht ein prachtvolles Wohnzimmer. Der letzte alte Herrenhof der Insel, unverändert in zweihundert Jahren, mit Stuckdecke, Gobelins und Spiegeln an den Wänden; der Fußboden mit Intarsien und kostbaren Teppichen geschmückt. Ein mächtiger Kronleuchter taucht die Szene in gedämpftes Licht. Versunken in einer dunklen Ecke des Raumes, krallt sich Axel Larsen nach Feierabend in den Sitz seines stattlichen Rokokosessels und starrt böse vor sich hin.

Jørgensen machte ein paar ausgelassene Schlenker über die Landstraße. Und der Schafbauer selbst? Was war er für ein Mensch gewesen? Was hatte er für Sorgen gehabt, worüber konnte er sich freuen? Was hatte ihn begeistert? Hatte er gern gelebt, war er ein Genießer, Zigarrenraucher vielleicht? Oder war er bloß ein alter Zyniker, wortkarg und verbissen? Vielleicht aber auch nur ein normaler alter Dummkopf, zu einfältig, um über sich und die Welt nachzudenken; ein einfacher Mann, dessen tägliches Ziel darin bestand, seinen Eßtrieb zu befriedigen, das Vieh zu versorgen und sein Moped aufzutanken, um dann schließlich den Abend bei Jesper Terkelsen mit einem Gläschen erbetteltem Jägermeister vor dem Fernseher zu verdösen.

Er war das Hätschelkind seiner Mutter gewesen; der Vater war früh gestorben. Doch über die genauen Besitzverhältnisse wußte selbst Jesper nichts. Hans Larsen hat wohl nie darüber gesprochen, und nicht einmal er, Jesper, den man für seinen besten Freund hielt, durfte jemals das Haus betreten. Von einem Wunsch, daß einer der beiden Brüder etwas Bestimmtes erben sollte, war Jesper nichts bekannt. Und er hatte Malte noch gebeten aufzupassen, damit Jens seinen Bruder nicht übers Ohr haute. Jens war geizig und ... ja, scheinbar ein wenig vermögend. Für Axel dagegen wurde es knapp. Zum ersten Mal hatte Jørgensen ein Bild von Hans Larsen zu sehen bekommen. Jesper hatte es aus seiner Mooreichen-Garnitur hervorgekramt, ein Foto, aufgenommen von seiner Schwester im letzten Sommer. Es zeigte eindeutig einen Larsen, fand Jørgensen, der gleiche dumpfe, verlegen lauernde Gesichtsausdruck wie bei seinem Bruder Axel. Er stand wie eine Statue vor einer alten Zündapp, die genauso verwahrlost war wie ihr Besitzer. Noch einmal war der Jägermeister herumgereicht worden, etwas sehr Außergewöhnliches, wie Malte später bemerkte.

Jørgensen trat energisch in die Pedale, schlingerte auf dem wuchtigen Rad die Landstraße hinab und verschwand fuchtelnd hinter der nächsten Wegbiegung.

Am Abend nahm er den Morris und folgte Maltes Einladung. Bolette hatte gekalbt. Jørgensen betrat eine dunkle Stube mit so niedriger Decke, daß er gezwungen war, den Kopf einzuziehen, um nicht an die Balken zu stoßen. Am Tisch saßen eine ältere Frau, ein junger Mann und der Lehrer Anders Kristensen, vertieft in ein lebhaftes Gespräch. Als Jørgensen einen guten Abend wünschte, stand die Frau auf und kam ihm entgegen.

»Hi! Ansgar, ich bin Pernille. Na?« Sie musterte ihn herzlich. »Wie gefällt es dir hier bei uns?«

»Ich habe ja noch nicht alles gesehen. Also hier … die Stube … sehr gemütlich.«

»Nein, nicht die Stube; bei uns auf Lilleø natürlich.«

»Ach so, jaja, ebenfalls sehr gemütlich.«

Pernille sah ihn befremdet an. ›Gemütlich‹, das war ihr doch ein bißchen zu ungenau.

»Ansgar, das ist unser alter Lehrer Anders Kristensen. Anders, das ist Ansgar Jørgensen, Maltes neuer Kollege.«

Der Lehrer stand auf. »Wir haben uns heute schon begrüßt, nicht wahr, Herr Kriminalassistent?« sagte er und zwinkerte ihm zu.

»… und das ist Bjørn«, sagte Malte, stieß seinem Sohn den Ellenbogen in die Seite und raunte ihm für alle hörbar zu: »Nun steh schon auf, Junge.«

»Malte, führe doch deinen Kollegen hier mal ein bißchen rum. Halbe Stunde noch, dann können wir essen«, flötete Pernille. »Anders, möchtest du einen Aperitif? Und ihr? Zum Appetitmachen?«

Maltes Beerenwein, schwante es Jørgensen, traute sich aber nicht abzulehnen, da der Vorschlag mit allgemeiner Begeisterung angenommen wurde. Es war Jørgensen unbegreiflich, wieso sich alle auf dieses Teufelszeug freuten. Selbst der mürrische Bjørn bekam einen ganz zufriedenen Gesichtsausdruck, als Pernille mit der Flasche kam.

Der Farbe nach Stachelbeere, tippte Jørgensen. Die Gläser wurden gehoben, ein kluger Trinkspruch vom Lehrer und hopp. Jørgensen wußte nicht, was er erwartet hatte. Er wollte die Flüssigkeit so vertilgen, daß sie über den Gaumen hinweg direkt in den Rachen glitt, ohne ihr Aroma preisgeben zu können. Aber dieser Aperitif war kein Beerenwein. Schnaps? Sollte Malte etwa auch …?

»Malteserkreuz!« sagte Malte und drehte das Glas vor seinen

zusammengekniffenen Augen im Gegenlicht, als begutachtete er einen Diamanten. »Das muß man den Deutschen lassen; davon verstehen die was.«

Bis zum Essen war es noch Zeit, und Malte führte Jørgensen in den Stall. Dort standen sie eine Zeitlang schweigend vor der völlig erschöpften Mutterkuh und ihrem Kalb.

»In einem halben Jahr«, sagte Malte schließlich, »wird es geschlachtet, das ist die beste Zeit.«

Als sie den Stall verließen, entdeckte Jørgensen zwischen einigen Strohballen und dem üblichen Scheunenschrott die Konturen eines mit Spreu und Hühnerscheiße verdreckten Motorrads.

»Meine Nimbus«, erklärte Malte. »Vom ersten selbstverdienten Geld mühsam zusammengespart. Ja, auch ich war mal ein richtiger Rowdy. Früher sind wir damit Rennen gefahren über die Feldwege und haben ständig an der Maschine rumgebastelt. Aber mit dem Alter wird man bequemer. Im Winter ist das nichts, und für die Landwirtschaft ist das Ding völlig untauglich. Wir haben's mal probiert, im Krieg, haben die Maschine vor einen Pflug gespannt. Aber sie hat sich nur immer tiefer in den Acker gegraben.«

»Ich hatte auch mal ein Motorrad, eine Husquarna; aber das ist schon eine Weile her.«

»Eine Husquarna? Sind das nicht eher so Rennmaschinen?« Jørgensen merkte deutlich, wie in Malte ein altes Feuer aufflammte. Es war schön, daß sie hier ein gemeinsames Interesse hatten.

»Was ist aus deiner Husquarna geworden?«

»Man hat sie geklaut.«

»Hahaha.«

»Und deine Nimbus? Willst du die verrotten lassen?« Jørgensen schob das Stroh beiseite.

»Sie ist kaputt«, sagte Malte mit einem Seufzer.

»Kannst du sie nicht mehr reparieren?«

»Ach weißt du, diese Mechanik und Technik. An Motoren habe

ich im Laufe der Jahre die Begeisterung verloren. Der Traktor macht mir schon genug Sorgen, und wenn der mal wieder seine Mucken hat, bringe ich ihn zu Vesterbro-Niels.«

»Und Bjørn?«

»Bjørn? Der hat in seinem Zimmer Poster von blitzenden Autos und japanischen Rennmaschinen, auf denen sich nackte Mädchen wälzen. Kawasaki, tausend Kubik, Rennverkleidung, damit kannst du ihn beeindrucken. Aber diese olle Nimbus ...?« Malte machte eine Pause. »Oder hättest du vielleicht Lust, die wieder ans Laufen zu bringen? Du hast hier ja reichlich freie Zeit und ... Aber lass uns erst mal was essen.«

Nach dem Essen wurde dann endlich der Beerenwein hervorgeholt. Anders Kristensen lehnte bescheiden ab, die Säure, sein Magen, sehr nett von dir Malte, aber es geht wirklich nicht. Bjørn wurde das Zeug gar nicht erst angeboten, und Pernille trank grundsätzlich keinen Alkohol.

»Ich bin froh, daß wenigstens du dich für meinen Wein begeistern kannst, Ansgar. Skål.« Er hob das Glas und prostete Jørgensen zu.

Da klopfte es zaghaft an der Tür, und ein junges Mädchen schlüpfte in die Stube.

»Hejhej. Ich wollte Bjørn abholen.« Bjørn stand ruckartig auf und verließ mit dem Mädchen eilig und anscheinend in großer Erleichterung den Raum. Malte breitete die Arme aus und zuckte mit den Schultern.

*

Die alte Kieferntür knarrt feierlich und fällt ins Schloß.

Der Mann bleibt einen Moment stehen und blickt sich um. Im Raum ist es dunkel. Er reißt ein Streichholz an und sucht sich einen Weg zum Schreibtisch. Eine Kerze flackert auf und füllt das Zimmer mit warmem Licht, gerade hell genug, um das Nötigste zu erkennen. Dann geht er langsam und bedächtig an das große Regal und läßt den Blick über die unregelmäßige Reihe brauner Buchrücken gleiten.

Schließlich wählt er einen abgegriffenen Folianten mit goldgeprägten Lettern. Er bläst den kaum merklichen Staub in den Raum und streicht vorsichtig über das Leder.

Der Mann setzt sich auf einen Stuhl, legt das Buch vor sich auf den Tisch, schlägt es auf und zieht die Kerze heran. Bevor er anfängt zu lesen, streicht er noch einmal über die dichtbedruckten Seiten.

Im Zimmer ist es totenstill.

Nur von Zeit zu Zeit ächzt ein Balken, und draußen knackt es und klappert, wenn der Wind kommt. Dann wieder Ruhe.

Der Mann hüllt sich tiefer in seinen Schlafrock und beginnt zu lesen. Eine ganze Stunde hockt er hier. Sein Puls ist ruhig, das Nervenzittern, das ihn am frühen Abend befallen hatte, spürt er nicht mehr. Zeile für Zeile schleicht der Zeigefinger nach unten, Seite um Seite. Die gelesenen Worte machen Mut, sprechen ihm Trost zu. Die Sinne sind geöffnet, das Herz lebt.

Dieser Lavendelduft!

Noch eine letzte Seite, und er ist wieder ganz bei sich, in seinem Inneren, wo nur er selbst ist und nichts sonst auf der Welt. Er hört seinen Atem, gleichmäßig und leicht. Das Buch zugeklappt, die Hände auf die Tischplatte geschoben, spürt er das kühle Holz.

Eins wirkt und lebt im anderen, und alles webt sich zu einem Ganzen. Es geht ihm gut, er ist entspannt.

Wenig später steht er am Fenster und blickt hinaus in eine samtverhüllte schwarze Nacht.

Der Wind fällt, und der Regen weht.

Der Knurrhahn

»Ich muß mich für meinen Sohn entschuldigen. Er ist zwar schon 28, benimmt sich aber manchmal noch immer wie ein Halbwüchsiger. Es ist nicht einfach mit ihm, irgendwie können wir nicht richtig miteinander.«

Malte saß am Schreibtisch und löste Kreuzworträtsel. Jørgensen lief alle paar Sekunden ins Archiv und tauchte mit den unterschiedlichsten Gegenständen wieder auf. Er stellte sie auf dem Tisch zu Gruppen zusammen, in die mit und ohne Registriernummer, notierte Nummer und Bezeichnung auf einer Liste und trug in den weiteren Spalten Kriterien ein, mittels derer er dann später über ihr zukünftiges Schicksal entscheiden wollte – nämlich die Frage ›behalten‹ oder ›wegschmeißen‹.

»Aber meine größte Sorge ist, daß er den Hof nicht weiterführen will … und meine Frau unterstützt mich in diesem Punkt nicht gerade. Sie meint, er solle ruhig die Abendschule in Grølleborg besuchen; das Landleben sei nichts für ihn. Weißt du die Hauptstadt von Brasilien?« Malte hatte die Stimme erhoben, um Jørgensens Gerumpel aus dem Nebenraum zu übertönen.

»BRASILIA. Kannst du mir mal erklären, wozu man das hier aufhebt?« Jørgensen erschien in der Türöffnung und hielt eine alte verkrustete Bratpfanne in die Luft.

»Vielleicht wurde damit einmal ein armer betrunkener Ehemann verdroschen«, feixte Malte. Jørgensen notierte ›Bratpfanne‹ und machte in der Rubrik ›Trödel‹ ein Kreuzchen.

»Warum schreibst du das alles auf?«

»Ich finde, das ergibt ein originelles Dokument. Was sich hier allein unter der Rubrik ›stumpfer Gegenstand‹ zusammenfindet, also alles, womit man jemandem den Kopf zerdeppern kann, das ist schon sehr interessant. Hier muß es früher ja mal ziemlich rauh zugegangen sein.«

Ein blonder Kinderkopf tauchte am Fenster auf. Die Hände

an die Scheiben geklebt, die Nase plattgedrückt, starrte er sekundenlang mit hin und her eilenden Augen in die Polizeistube und war wieder weg.

Jørgensen trat ans Fenster. Zwei kleine Mädchen rannten jauchzend die Straße rauf. Sie mußten Räuberleiter gemacht haben, das Fenster lag zu hoch. Jørgensen erinnerte sich, daß er früher meistens derjenige gewesen war, der die Hände hinhalten mußte, um die Schuhe, voll Asphaltgranulat und Straßendreck, nach oben zu wuchten. Die Beine des Kameraden vor Augen, gegen die Hauswand gepreßt, mit hochrotem Kopf und zusammengebissenen Zähnen. Und? Was siehst du? Dann wieder runtergelassen und, je nach Brisanz des Objekts ihrer voyeuristischen Begierde, die Flucht ergriffen. Nun erzähl schon, was hast du gesehen? In atemlosen Fragmenten erzählt, entrückte das Gesehene jeder Realität, und Jørgensen fragte sich, ob er, durch den Frondienst am Freund zwar erniedrigt, nicht trotzdem das bessere Los gezogen hatte, da seine Phantasie um ein Vielfaches mehr angeregt wurde.

Was hätte dieses Kind nun sehen können? Die Momentaufnahme zweier männlicher Erwachsener, der eine sitzend, mit dem Rücken zum Betrachter, der andere ihm zugewandt, nachdenklich in einen Karton blickend. Ansonsten die karge Einrichtung einer Polizeidienststube mit ihren Schreibtischen, Regalen und dem kniehohen Aktenschrank. Für den Stimmungseindruck des Raumes maßgeblich waren sicher die blaßgelb getönten Wände, der rohe Dielenboden, das lichtgefüllte Zimmer; ein freundlicher Raum, keine Räuberhöhle. Jørgensen drehte sich um, ging zum Schreibtisch und schüttete einen weiteren Karton mit Gerümpel über die Platte.

»Wie machst du das überhaupt, Malte … Polizist und Bauer?«

»Wir haben ja nur einen kleinen Hof; ein Teil der Felder ist verpachtet. Pernille und ich, wir schaffen das so gerade. Und solange Bjørn noch bei mir wohnt, muß er mitarbeiten, ob er will oder nicht.«

»Und was kommt dabei rum?«

»Also, wir haben 10 Tønder Land, Wiesen und Weiden, das reicht für 10 Milchkühe, dazu noch die Kälber und ein paar Schweine. Für eine Kuh kannst du im Jahr mit 5000 Litern Milch rechnen, das heißt, wenn ich noch Kraftfutter dazu kaufe. Das Hauptproblem ist allerdings das Wasser. So ein Tier säuft bis zu 60 Liter Wasser am Tag, und wenn wir mal ein trockenes Jahr haben, und das haben wir gar nicht so selten, und die Brunnen wenig hergeben, wird es ganz schön eng.«

Malte schob seelenruhig ein monströses, in Granitstein eingefaßtes Tischfeuerzeug, das sich bei ihm schon gerettet glaubte, auf Jørgensens Schreibtisch zurück.

»Von so einem Hof allein kannst du heute nicht mehr leben. Viele von den kleineren Bauern hier, oder ihre Frauen, haben einen Nebenerwerb. Pernille verdient mit ihrer gefärbten Wolle auch was dazu. Allerdings nur im Sommer, wenn genug Touristen kommen. Tja, Bjørn trägt nicht viel dazu bei. Arbeitet mal hier und da. Aber von diesem Geld sehen wir nichts. Ansgar, hast du eigentlich Kinder?«

»Wie bitte?« klang es dumpf aus dem Archiv.

»Ich fragte, ob du Kinder hast?«

»Ich bin nicht mal verheiratet.«

»Ist das heutzutage noch ein Grund? Man muß doch nicht verheiratet sein.«

»Anna möchte fünf Kinder, das ist mir ein bißchen zuviel. Aber langsam wird's für uns Zeit.«

»Eine Familie ist schon was Schönes«, murmelte Malte teilnahmslos. »Ein Schiffstyp mit fünf Buchstaben ...«

»Eine BARK vielleicht«, sagte Jørgensen zerstreut, der, einen von Motten angefressenen altmodischen hohen Hut mit breiter Krempe auf dem Kopf, wieder im Büro erschien und einen neuen Karton auf den Tisch wuchtete.

»Paßt nicht«, sagte Malte.

»Stimmt, er rutscht mir fast über die Augen.«

Malte blickte hoch und lachte.

»Wo hast du den denn her? Lag der da etwa auch noch rum? Nein, ich meine, BARK paßt nicht. Aber der Hut steht dir. Was schleppst du denn da bloß alles an? Mein Gott, schmeiß doch den ganzen Mist weg, da kräht doch kein Hahn mehr nach!«

»Was ist denn das hier?«

Jørgensen hielt ein zerlöchertes braunes Stück Holz in der Hand, von der Form und Größe eines Straußeneis.

»Laß mal sehen, ... das ist eine Juffer.«

»Eine Juffer?«

»Sie gehörte zur Tauführung auf alten Segelschiffen. Ja, auf den neumodischen Jachten sieht man so was natürlich nicht mehr. Warte mal ... J-A-C-H-T ... paßt genau. Jetzt fehlt nur noch der Speisefisch mit 1, 2, 3, ... 9 Buchstaben. Der erste ein K, der zweite ein N und der fünfte ein R.«

»Versuch's mal mit KNURRHAHN. Wie schreibt man ›Juffer‹?«

»Wie man's spricht, mit zwei f. KNURRHAHN paßt. Woher weißt du denn so was?«

»Woher weißt du, was eine Juffer ist?«

Das Telefon klingelte. Ohne von seinem Kreuzworträtsel aufzusehen, nahm Malte den Hörer ab.

Es war ein kurzes Gespräch, nur wenige knappe Fragen, eine Pause, Kopfschütteln und schließlich ein leicht irritierter Malte, der den Hörer auf die Gabel schmiß und eine Grimasse zog.

»So ein Unsinn. Leute gibt's! Ruft hier doch gerade einer an und behauptet, Hans Larsen sei umgebracht worden.«

»Umgebracht?« fragte Jørgensen und wuchtete einen schweren Ast auf den Tisch, an dem ein schmuddeliges Kärtchen baumelte.

»Hat er noch mehr gesagt? Warum? Wie? Oder hat er jemanden angezeigt?«

»Nee, nichts von allem. Er hat nur gesagt: ›Hans Larsen ist umgebracht worden.‹«

Das Etikett war fast nicht mehr zu entziffern. Das wellige Blatt verriet, daß es feucht geworden war, die Schrift glich nur noch psychedelischen Mustern.

»Hast du eine Lupe?« fragte Jørgensen.

Malte kramte in einer Schublade und angelte ein Vergrößerungsglas heraus. Einen kurzen Moment glaubte Jørgensen, daß es ihm gelingen könnte, die Schrift zu entziffern, aber schon nach wenigen Minuten legte er das Glas beiseite und gab resigniert auf. Immerhin konnte er den Ast selbst bestimmen. Er war etwas über einen Meter lang und dick wie ein Zaunpfahl. Das eine Ende mündete in einer Handvoll Nebenästen, die jemand mit einer Astschere oder einer Säge gekürzt hatte, das andere war geborsten und ausgefranst, als wäre der Stamm mit ungeheurer Gewalt irgendwo abgerissen worden. Ein knochentrockenes Holz, an der Bruchstelle nachgedunkelt. Er notierte ›Ast‹ und entschied sich für ›vorläufig behalten‹. Vielleicht konnte er das Geschmier doch noch entschlüsseln.

»Wer hätte das gedacht, ein Mord auf Lilleø. So ein Zufall. Zweihundert Jahre passiert nichts, alles in Butter, und dann komme ich hierher und zack! haben wir einen Mord.« Er warf einen abschätzenden Blick auf eine Handvoll verrosteter Messer, die mit Blumendraht zusammengebündelt waren.

»Ein Mord auf Lilleø. Das wär's ja noch«, brummte Malte. »Erdfarbe mit fünf Buchstaben?«

»UMBRA oder SIENA?«

»UMBRA. Oho, was haben wir denn da für einen kleinen Schatz? Die Pfeife da in der Kiste, reich mir die mal rüber.«

Es klopfte. Noch ehe jemand ›herein‹ sagen konnte, wurde die Tür aufgerissen, und ein Mann in roter Jacke stürmte ins Zimmer.

»Hi! Die Post.«

»Hi! Tage. Leg sie hier auf den Tisch.«

»Wo soll ich denn da noch was hinlegen. Na, Ansgar, sammelst du für den Trödelmarkt? Oder hast du den Krempel beim Banko gewonnen? Was seh ich denn da?« Tage tippte auf eine alte Küchenuhr. »Verkaufst du die? Was soll die kosten?«

Jørgensen schob abschätzend die Unterlippe vor. »Sagen wir 30 Kronen.«

»Sagen wir 15.«

»Sagen wir 20, dafür kriege ich sie selbst nicht wieder.«

»Abgemacht.« Tage zückte einen 20-Kronen-Schein und versenkte die Uhr in der Posttasche. Malte schüttelte den Kopf.

»Sagt mal, ihr beiden, geht's euch noch gut? Tage, was um Himmels willen willst du mit dieser ollen Uhr?«

»Ich sammle Uhren. Sammelst du etwa nichts? Und du Ansgar, keine Sammelleidenschaft?«

Jørgensen schaute ihn schmunzelnd an. »Wie du siehst, sammle ich alles. Es muß nur alt sein und zu nichts mehr taugen.«

»Halt! Tage, bevor du gehst. Weißt du ein anderes Wort für ›Eilbote‹, mit sechs Buchstaben?«

»KURIER. Also, schönen Tag noch.« Die Tür fiel krachend ins Schloß. Eine Sekunde Stille, dann stieß Jørgensen einen anerkennenden Pfiff aus. »Das ist aber wirklich ein fixer Junge. Ein richtiger brage*-Tage.«

»Ansgar, was sollte das eigentlich mit den 20 Kronen? Findest du das anständig, für den Ramsch auch noch Geld zu nehmen?«

»Das mußt du anders sehen. Die Uhr ist jetzt 20 Kronen wert. Tage hat sie durch ehrlichen Handel erworben. Ich denke, das befriedigt ihn mehr, als wenn ich sie ihm geschenkt hätte.«

»Na schön, dann würde ich vorschlagen, du holst gleich mal ein bißchen Kuchen, so einen Kranz mit Marzipan und Zuckerguß. Übrigens, willst du für die Pfeife hier auch Geld?«

»Wozu brauchst du den alten Plunder?« fragte Jørgensen grinsend.

»Das ist was ganz anderes. Das verstehst du nicht. Die hat bestimmt mal dem alten Kirstein gehört«, murmelte Malte,

* dänisch: krachen

»noch'n Erbstück. Mich würde interessieren, was meine Nachfolger einmal von mir finden werden.«

»Lakritzbonbons wahrscheinlich«, sagte Jørgensen und verschwand im Archiv.

Die Brachvögel

»Dann gehen wir jetzt also gewissermaßen über Meeresboden ... hm ... eigentlich eine merkwürdige Vorstellung.«

»Na ja«, meinte Kristensen, »jetzt wo alles grün ist und blüht, kommt einem das vielleicht merkwürdig vor, aber wenn wir mal einen nassen Winter haben und das Nor unter Wasser steht, sieht es schon eher danach aus.«

Schweigend gingen sie weiter. Aber Jørgensens Gedanken kreisten immer noch um die Vorstellung, eigentlich durch Wasser zu gehen. Irgendwie kam ihm das ganze ziemlich theologisch vor. »Haben, als hätte man nicht«, hatte der Apostel Paulus den Korinthern gepredigt, und mit dem Meer war es ja im Prinzip genauso; oder umgekehrt? Das Bild vom festen Boden unter den Füßen jedenfalls geriet auf diese Weise ganz schön ins Wanken. Seine Neugier war jedenfalls geweckt.

»Malte hat mir erzählt, daß damals ein Arzt dieses Gebiet hier eingedeicht hat – das muß wohl ein bedeutender Mann für die Insel gewesen sein?«

»Jaja, Edvard Biering! Das war wirklich ein bedeutender Mann. Immerhin hat er unsere Insel durch den Dammbau um fast achthundert Tønder Land vergrößert, das sind ungefähr fünf Prozent ...«, und in Jørgensens fragendes Gesicht erläuterte er: »... oder vierhundert Hektar, wie ihr in der Stadt sagt. Man hat ihm auch einen Gedenkstein gesetzt, am Ende des Drejet, gegenüber von Skanserne. Aber eigentlich war er wohl eher ein Spekulant, oder besser gesagt ein Unternehmer, der sich von der Trockenlegung einen enormen Profit versprach. Er war allerdings vom Pech verfolgt, und seine ursprüngliche Kalkulation ging nicht auf. Er mußte das Land in eine Genossenschaft einbringen, anstatt es zu verpachten, weil er anders die Bauern für ihre Fuhrdienste nicht bezahlen konnte.«

»Und warum das?« fragte Jørgensen.

»Nun, anfangs glaubte er, er hätte mit dem Ministerium für Schleswig günstige Konditionen ausgehandelt; das gewonnene Land sollte zwanzig Jahre steuerfrei sein. Obwohl der Damm ursprünglich als öffentlicher gebührenfreier Verkehrsweg bestimmt worden war, erwirkte Biering vom Minister die Genehmigung, dreißig Jahre lang einen Wegezoll zu erheben für alles, was sich darüber bewegt, Fuhrwerke, Reiter, Fußgänger und Viehtrieb. Wo der Pferdefuß steckte, hat er erst später gemerkt; eigentlich verwunderlich bei einem Mann, der ja schon von Berufs wegen mit allen möglichen Risiken hätte rechnen müssen. Aber im Gegensatz zu heute hatten diese Unternehmer früher wohl zwei Seelen in der Brust: neben dem Kalkulator auch noch den Draufgänger und Abenteurer.«

Sie blieben einen Augenblick stehen, um einen Traktor vorbeizulassen, der hinter ihnen auf dem welligen Grasweg im Schritttempo einherschaukelte. Kristensen grüßte den Fahrer, und sie tauschten einige Worte in einem Dänisch, von dem Jørgensen kaum ein Wort verstand. Sein Begleiter hatte dabei ein großes kariertes Taschentuch aus seiner geräumigen Hose gezogen und damit begonnen, sich den Schweiß von der Stirn und den dikken Brillengläsern zu putzen, während er schräg nach oben in das Blättergeflirr der Silberpappeln blickte, die den Weg säumten.

Nach einer schicklichen Pause begann Jørgensen, der das Stichwort ›Pferdefuß‹ unter die unerledigten Dinge gelegt hatte, den alten Lehrer wieder zum Thema zurückzubringen.

»Du sagtest eben, daß Biering sich verkalkuliert hatte.«

»Jaja, das Kleingedruckte, würde man heute sagen. Er sollte für alle Folgekosten aufkommen, die mit der Eindämmung und Trockenlegung verbunden waren, und dann waren an die Höhe,

Breite und Dossierung des Dammes Bedingungen geknüpft. Er hat die Kosten wohl immer vor dem Hintergrund der Mauteinnahmen aus einem regen Fuhrverkehr gesehen, aber merkwürdigerweise stellte sich heraus, daß nun offenbar kein besonderes Interesse an einem Verkehr zwischen den beiden Teilen der Insel bestand. Früher hatte es hier nämlich mal eine Fähre gegeben, von Skovnæs nach Holmnæs, das war seinerzeit die einzig brauchbare Verbindung zwischen den beiden Teilen der Insel, eine wichtige Verbindung übrigens. Denn als Torsdal noch keine eigene Kirche hatte, sondern nur ein Gemeindehaus, mußten die Leute wegen Taufen, Hochzeiten, Beerdigungen und so weiter immer nach Kirkeby hinüber, auf den anderen Teil der Insel. Jeder Sarg und jeder Täufling wurden vom Fährmann hinübergerudert, bei Wind und Wetter, im Sommer und bei Eiseskälte. Mancher Säugling hat sich dabei den Tod geholt. Jaja, das war manchmal schon ein richtiges Totenschiff gewesen, dieser alte Kahn, wie Charons Nachen ... Dann bekam Torsdal Gott sei Dank eine eigene Kirche und auch einen Friedhof, und die Fähre wurde kaum noch gebraucht. Aber ich wollte doch gerade etwas anderes sagen ...«

»Das Kleingedruckte«, erinnerte ihn Jørgensen.

»Das Kleingedruckte? ... ach so, jaja. Es stellte sich dann bald heraus, daß die projektierte Höhe mit sechs Fuß – übrigens eine Berechnung von sogenannten Fachleuten im Ministerium – den Frühjahrs- und Herbststürmen bei weitem nicht gewachsen war, so daß die Krone auf acht Fuß und nach der Sturmflut von 1872, die den Damm durchbrach, sogar auf zehn Fuß erhöht werden mußte. Aber das war später, als das Nor schon in genossenschaftlichem Besitz war. Ja, und dann bekam er Ärger und Prozesse mit den anliegenden Landwirten, wenn der Wind ihnen den salzhaltigen Sand des trockengefallenen Meeresbodens auf die Äcker wehte. Hier, sieh mal ...«

Kristensen zeigte auf eine von der Grasnarbe entblößte Stelle. »Dieser feine helle Sand muß damals einen großen Teil bedeckt haben. Bei einem richtigen Sturm war es hier wie in der Wüste.«

Jørgensen bückte sich nach einigen Muschelresten im Sand und konnte sich nicht zurückhalten, zu denken: ›Hier haben wir die Beweise.‹

»Erst allmählich hat sich hier eine Vegetation eingestellt«, fuhr Kristensen fort, »ausgehend von den Rändern der zurückgebliebenen Teiche, wo genug Feuchtigkeit das Wachstum von bodenbefestigenden Salzpflanzen ermöglichte.«

Kristensen schritt jetzt langsamer aus, blieb immer öfter mal stehen. Gehen und reden, das war in seinem Alter beschwerlich geworden, da langte der Atem nicht mehr so recht für beides.

»Ja, das Nor hat seine Geschichte. Aber die hat noch niemand geschrieben. Die Torsdaler sahen immer nur ihren Hafen; sie blickten aufs Wasser hinaus, nicht ins Hinterland. Und die Leute aus Nørreskøbing trieben Handel, Ware gegen Geld. An Kraut und Rüben interessierte die nur der Profit. Das Nor liegt dazwischen, sozusagen im Niemandsland, im Bauernland. Und Bauern schreiben keine Geschichte. Sie machen ja auch keine, höchstens mal ein paar Geschichten, aber die sind dann bald wieder vergessen.«

»Und Biering«, fragte Jørgensen, »wo kam der her?«

»Biering war kein Einheimischer, sondern ein Fremder auf der Insel, ein Udenø, wie wir hier auf Lilleø sagen, auch das muß man bedenken. Er kam aus Jütland, von der Nordseeküste, ein Friese. Wenn der das Nor trockenlegen will, bitteschön, seine Sache. Wenn er uns bezahlt, helfen wir ihm auch. So etwa.«

»Hat Biering selbst keine Aufzeichnungen hinterlassen? Diese Eindämmung war doch, für damalige Verhältnisse, ein technisches Großprojekt, da macht man doch Erfahrungen, die mitteilenswert sind.«

»Sicher hat er. Aber nur über den geologischen Sachverhalt, über die Entwässerungsmethode, die Entsalzung des Bodens und dann sehr ausführlich über den botanisch-vegetationskundlichen Aspekt, die Sukzession der Pflanzengesellschaften und so weiter. Alles vor dem Hintergrund einer möglichst schnellen landwirtschaftlichen Nutzung. Darauf wollte er doch in erster Linie hinaus. Er wollte ja auch sein investiertes Geld irgendwann mal wiedersehen. Schließlich war er Unternehmer und kein Weltverbesserer.«

»Ein Arzt erbaut einen Damm. Das klingt heute so verrückt, als würde ein Schneider einen Blinddarm operieren. Er muß doch Fachleute als Berater gehabt haben, einen Hafenbaumeister oder einen Spezialisten aus Holland.«

»Darüber weiß man nichts. Über den Dammbau selbst, die Technik, die organisatorische und handwerkliche Bewältigung dieser für einen Laien gewaltigen Aufgabe hat er nichts geschrieben. So eine Eindämmung war ja auch prinzipiell nichts Neues, außer für ihn, als Arzt. Aber: wie kann man aus salzigem Meeresboden Wiesen, Weiden und Ackerland machen, wann kommen die ersten Erträge – das fand er mitteilenswert. Soweit reichte auch die naturwissenschaftliche Allgemeinbildung, die die Ärzte früher hatten. Die kannten noch alle Pflanzen, nicht nur die offizinellen, aus denen sie ihre Pillen drehten und Tinkturen mixten.«

Kristensen war stehengeblieben und fummelte mit Daumen und Zeigefinger in einer seiner Westentaschen herum, wobei die übrigen Finger flossenartig vor seiner Brust herumwedelten. Schließlich förderte er eine kleine Blechdose hervor, aus der er sich eine Prise Schnupftabak auf den Handrücken schüttete.

»Übrigens merkwürdig«, sagte er, indem er das Pulver aufschnupfte, »daß die besten Darstellungen von Lilleø im vergangenen Jahrhundert von Ärzten stammen, die nicht von hier waren. Ich meine damit nicht nur die Listen der Pflanzenarten, sondern auch Aufzeichnungen über Steuern, Dialekte, Kirchengeschichte, Sagen, Brauchtum und Aberglauben. Nun ja, die Ärzte kamen viel herum in der Gemeinde, hörten und sahen manches, wenn sie bei ihren Krankenbesuchen in die Häuser kamen. Das war noch Geschichte aus erster Hand. Heute hocken die Heimatforscher in Bibliotheken und Archiven, stöbern in alten

Briefen und Papieren herum, um herauszufinden, wie die Leute früher gelebt haben. Man sollte ja meinen, einem alten Lehrer müßte so was doch auch Spaß machen, aber mir liegt das nicht, das Rascheln in vergilbten Akten. Die riechen auch meistens so muffig, und einen krummen Rücken kriegt man auch davon. Ich brauch was Handfestes, eine Truhe mit altem Plunder, so was kann mich immer noch zum Träumen bringen. Oder Grabungen ... aber dazu bin ich ja nun zu alt. Jaja.«

Wiederum blieb Kristensen stehen. Das noch gerade rechtzeitig hervorgeholte Taschentuch dämpfte die Eruption in den oberen Atemwegen und fing den feuchten Auswurf auf. Kristensen besah sich das Ergebnis, faltete das Tuch zusammen, wischte einmal rechts, einmal links unter dem beachtlichen Nasenzinken her und ließ es in seiner sackartigen Hose verschwinden. Die reinigende Wirkung, die man sonst eher martialischen Ereignissen wie Kriegen und Gewittern anzudichten pflegte, vollbrachte bei ihm offenbar bereits eine Prise dieses harmlosen braunen Pulvers. Wie ein frisch aufgezogener Blechsoldat setzte er sich plötzlich wieder in Bewegung, und Jørgensen mußte rasch einige lange Schritte machen, um zu ihm aufzuschließen.

»Wo war ich eigentlich stehengeblieben, ich glaube, ich war von unserem Thema abgekommen.«

»Wir sprachen gerade ... das heißt, du sagtest gerade, daß Blering nichts über den Dammbau ...«

»Ah, ja, der Damm. Der war übrigens in nur vier Monaten Arbeit fertiggestellt, wenn man den Aufzeichnungen Glauben schenken darf. Ich habe früher mal ein bißchen vermessen und herumgerechnet. Da bleibt vieles, was ich bis heute nicht begriffen habe. Wie kriegt man in der kurzen Zeit mit Pferd und Wagen zwanzigtausend Kubikmeter, also annähernd vierzigtausend Tonnen Erde bewegt und woher und mit wieviel Leuten? Und das ganze im Sommer, während der Zeit der Heu- und Getreideernte, wo die Bauern ihre Fuhrwerke selbst benötigten und jeden Mann. Darüber kann man nichts lesen, Ansgar, und genau das sind doch die Fragen, die uns heute interessieren, mich wenigstens. Von der Finanzierung mal gar nicht zu reden.«

Sie waren die ganze Zeit am Rande des Nors entlanggegangen, die dem Meeresboden abgewonnenen ausgedehnten Wiesen und Weiden zu ihrer Rechten, zur Linken einen hinter Pappeln, Buschwerk, mannshohen Brennesseln und Klettenstauden halb verborgenen sumpfigen Graben, der den Feldweg begleitete und in dessen schwärzlicher Sohle die fauligen Gerüche entstanden, die ihnen nun stellenweise entgegenschlugen. Der Weg wurde immer enger, da jetzt auch von der Nor-Seite her hohes Gebüsch seine Zweige ausstreckte. Sie mußten hintereinander gehen. Das Gespräch war verstummt. Jeder war damit beschäftigt, um die Pfützen und Schlammlöcher herumzubalancieren, die hier, wo die Sonne nicht bis auf den Boden durchdrang, auch im Sommer nicht ganz austrockneten. An besonders glitschigen Stellen griff Jørgensen seinem Begleiter fürsorglich unter den Arm, eine Hilfe, die dankbar angenommen wurde. Zum Glück hatten sie diese Dschungelpartie bald hinter sich gebracht, und der Weg wurde wieder licht, hell und trocken.

»Und mit was für Kapiteln aus Lilleøs Vergangenheit hast du dich noch beschäftigt? Ich meine, außer dem Nor und seiner Geschichte?«

»Keine Stadtgeschichte, keine Hafengeschichte, keine Kirchengeschichte«, erwiderte Kristensen knapp und wischte dabei mit drei kurzen begleitenden Handbewegungen diese Forschungsbereiche aus dem Blickfeld.

»Mich interessiert das Land. Über unsere Städte und die Häfen haben andere schon genug geschrieben, über Sitten und Trachten unserer Urgroßeltern, über den Schiffsbau, über die Jachten, über die Ereignisse während der Kriege, Beschießungen und Truppenstationierungen und so weiter. Auch die alten Gemeindeakten sind schon ausgewertet worden, Steuerhebelisten, Krankenstatistiken, Seuchen und Epidemien – das hat alles schon seine Chronisten gefunden. Und die Kirchengeschichte wird von den Pfarrern besorgt, die haben ihre Unterlagen ja direkt zur Hand.«

»Und was bleibt da für dich noch übrig?«

Sie gingen jetzt wieder nebeneinander.

»Nun, alles andere, der ganze Rest, um nicht zu sagen, das meiste.«

»Zum Beispiel?«

»Zum Beispiel die alten verschwundenen Herrenhöfe. Ich kann immer nur staunen, daß man nicht mehr genau feststellen kann, wo sie gelegen haben. So was geht doch nicht verloren, ohne irgendwelche Spuren zu hinterlassen. Oder, anderes Beispiel: Ich finde mitten auf einem Acker eine alte Türangel, die der Pflug zutage gefördert hat, wie sie in dieser Form sonst nirgendwo weit und breit anzutreffen ist. Solche toten Dinge möchte ich wieder zum Leben erwecken und zum Sprechen bringen. Oder den Quellen irgendeines Aberglaubens nachgehen, gewissermaßen die bösen Geister vertreiben, von denen er seinen Ausgang nahm. Ich halte das für eine ebenso wichtige Aufklärungsarbeit wie die Tätigkeit der professionellen Spurensucher, die meist doch nur Berge von Material anhäufen und, im Gegensatz zu mir, dafür noch bezahlt werden.

Ich gehe umher mit offenen Augen, sehe, untersuche, denke nach und stoße dabei immer mal wieder auf kleine, scheinbar unbedeutende Dinge, die mir Rätsel aufgeben.

Auf den meisten Höfen bin ich ein freundlich geduldeter Gast, die Bauern und ihre Frauen haben ja alle mal bei mir auf der Schulbank gesessen; da bekomme ich dann Kaffee und Kuchen und manchmal auch Suppe. Aber es gab auch andere«, fuhr Kristensen mit erboster Miene fort, »die beobachteten mein Treiben voller Mißtrauen. Das ist nun allerdings schon viele Jahrzehnte her; ich war als junger Lehrer von Jütland hierhergekommen, und es hatte sich noch nicht herumgesprochen, daß ich nur ein harmloser Narr war. Da habe ich öfter Ärger bekommen.

Ich wollte mal den Damm vermessen, weil ich vermutete, daß

seine damaligen Abmessungen schon nicht mehr mit denen der Bieringschen Pläne übereinstimmten, und ich wollte die Ursache dafür herausfinden. Und als ich da oben auf der Dammkrone, weithin sichtbar, mit meinen primitiven Instrumenten hantierte – mein Gott, ich hatte ja damals nur ein paar Bohnenstangen, einen Zollstock und eine Wasserwaage –, kamen bald ein paar alte Bauern angelaufen, die in mir ein verdächtiges Individuum von der Behörde sahen, das finstere Pläne im Schilde führte. Der Damm gehörte ja nicht der Kommune, sondern war Eigentum der Nor-Genossenschaft. Ich mußte mit Engelszungen reden, damit sie mich nicht verdroschen. Als sie wieder gingen, hörte ich sie noch lange lachen und sah, wie sie sich immer wieder nach mir umdrehten und sich an die Stirn tippten. Ihre Kinder haben ihnen dann wohl erzählt, daß ich ihr Lehrer sei, denn danach ließen sie mich meistens in Ruhe. Nur einer ist mal richtig bösartig geworden und hat mich mit seinem Hund vom Acker gejagt.«

»So wie dir ist es früher sicher vielen Heimatforschern gegangen«, meinte Jørgensen.

Der Weg war wieder schmal geworden. Links und rechts wuchs kniehohes Gras, und Kristensen reinigte damit seine Stiefel vom Schlamm des Dschungelpfades.

»Ich weiß ja nicht, wieviel Zeit mir noch bleibt, viel ist es sicher nicht mehr. Die Geheimnisse des Nors möchte ich aber gerne noch herausfinden bis zum Ende meiner Tage, wie es in der Bibel so schön heißt. Das sehe ich als meine Aufgabe, meine Mission sozusagen. Große Sachen kann ich ja nun nicht mehr unternehmen, der Weg wird mir beschwerlich. Früher, bis vor fünf Jahren etwa, war ich fast nur mit dem Rad unterwegs. Bei unwegsamen Strecken mußte ich es durch das Gesträuch schieben oder tragen. Das kann ich heute nicht mehr. Und darum bewege ich mich nur noch per pedes apostolorum, på apostlenes heste*.«

Jørgensen verspürte in den Beinen immer schmerzhafter die

* dänisch: auf den Pferden der Apostel

Anstrengung, neben dem nur langsam voranstapfenden alten Lehrer einherzutrotten und seine natürliche Gangart ständig zu zügeln. Es juckte ihn in den Waden und Schenkeln, und so hüpfte er plötzlich wie ein junges Fohlen, das seinen Bewegungsdrang nicht länger beherrschen kann, seitab durch das hohe Gras.

Kristensen war stehengeblieben und betrachtete ihn eine Weile.

»Ansgar«, sinnierte er, als Jørgensen mit schneller gehendem Atem wieder an seine Seite zurückgekehrt war, »wie kamen deine Eltern ausgerechnet auf diesen Namen? Er ist hier bei uns nicht gerade häufig.«

»Mein Vater war Pfarrer, und der heilige Ansgar muß ihn wohl sehr beeindruckt haben. Als Kind hat er mir häufig aus seinem Leben erzählt, aber ich weiß nicht mehr viel davon. Das meiste war wohl auch nur fromme Legende. Er war, glaube ich, Franzose und soll uns das Evangelium gebracht haben.«

»Ansgar, der Apostel des Nordens«, rief Kristensen emphatisch aus. Er sah, die Arme halb in die Höhe gestreckt, Jørgensen mit prüfendem Lehrerblick an, als wollte er ihn examinieren. Jørgensen zuckte die Schultern.

»Sieh mich nicht so an, ich habe mir den Namen nicht ausgesucht!«

Aber Kristensen, einmal in Fahrt geraten, war nicht mehr zu bremsen, und Jørgensen mußte wieder einmal die Personalakte seines berühmten Namenspatrons über sich ergehen lassen.

»Geboren 801 in Amiens, aufgewachsen im Kloster Corbie in der Picardie. Das war seinerzeit ein berühmtes Benediktinerkloster, in dem Carolus Magnus die Eliten der besiegten Sachsen und andere Dissidenten kaserniert hatte. Sozusagen ein christliches Umerziehungslager. Mit 21 Jahren Vorsteher der Klosterschule in Corvey an der Weser, mitten im Feindesland, wohin auch die inzwischen zu frommen Mönchen umgeschulten Sachsen repatriiert wurden, um ihre wilden Stammesgenossen zu bekehren. Und danach schickte ihn Ludwig, Karls Sohn, hierher zu uns heidnischen Wüstlingen, damit er auch uns zu zahmen und folgsamen Christenmenschen machte. Angestiftet hatte ihn dazu einer unserer Fürsten, ein gewisser Harald Blauzahn, der eigentlich nur des Kaisers Beistand gegen seine Widersacher erbitten wollte und, um das Wohlwollen des Herrschers zu erlangen, schnell zum christlichen Glauben übergetreten war. Aber anstatt eines Expeditionskorps schickte der fromme und sparsame Ludwig nur den Ansgar an die Front. Er hatte ihn aber, für alle Fälle, falls die Glaubenskraft allein nicht ausreichen sollte, vorsorglich mit Geld versehen. Das hat er dann unter anderem dazu verwendet, unseren Vorfahren ihre Jungens abzukaufen, um sie in sein christliches Erziehungsheim zu stecken.

Es lief aber schlecht mit diesem finsteren und mißtrauischen Volke, und in Schweden, wohin er gerufen wurde, erging es ihm auch nicht besser. Doch sein unermüdlicher Eifer wurde endlich belohnt. Erst machte ihn der Kaiser zum Erzbischof von Hamburg, und als die Normannen die Stadt und seine schöne Kirche mitsamt Kloster und Bibliothek verwüstet hatten, verlegte der fromme Ludwig den Bischofssitz ins Exil nach Bremen, wo ihn keiner mehr bei der Entfaltung seines Bekehrungswerkes störte oder vertrieb. Er starb im Alter von 64 Jahren – leider nicht als Märtyrer, wie er es sich gewünscht hatte.«

»Bravo.« Jørgensen applaudierte. Er spürte, wie glücklich der alte Lehrer war, daß er mal wieder einen Schüler gefunden hatte, an den er sein Wissen weitergeben konnte.

»Und hast du diese Geschichte deinen Schulkindern früher genauso vorgetragen, ich meine ohne diesen sonst üblichen erbaulichen Ton?«

»Natürlich. So herumsalbadern wie ein Pastor, das liegt mir ganz und gar nicht. Allerdings mit kleinen Abweichungen und Schwindeleien. Ich bin bei den Bauernkindern mehr auf die landwirtschaftlichen Gesichtspunkte eingegangen, ich habe ihnen erzählt, wie Ansgar einmal einen wildgewordenen Stier gebändigt hat, so was erwarten die Kinder doch von einem richtigen Heiligen, und ich habe auch von seinen Jugendstreichen berichtet, also von meinen. Das erhöht die Glaubwürdigkeit.« Kristensen lachte laut.

»Und das haben sie dir alles geglaubt?«

»Kinder glauben alles, was sie glauben wollen. Es war doch auch vieles dabei, was sie aus ihrem eigenen Erleben schon kannten. Nur als ich ihnen erzählte, daß Lilleø früher einmal vollständig bewaldet war, das haben sie mir nicht geglaubt. So geht das oft mit der Wahrheit. Sie ist wenig überzeugend. Ich habe mich mit der Geschichte unseres Waldes ausführlich befaßt und in den 40er Jahren auch mal was darüber in der Lokalzeitung *Ugeavis* geschrieben. Denk doch nur an die vielen Ortsnamen, die auf Bewaldung und Bäume hinweisen. Heute gibt es auf Lilleø allerdings keine natürlichen Bestände mehr. Was du siehst, ist alles künstlich angelegt. Die Kiefern am Drejet ebenso wie das Wäldchen da drüben.«

Vor der Horizontlinie des Dammes, den sie jetzt vor sich liegen sahen und auf dem der junge Kristensen einmal wie Rumpelstilzchen mit seinen Bohnenstangen herumgehüpft war, erhob sich eine dichte Gruppe hoher Laubbäume, ein genau begrenzter Bestand, und noch nicht einmal klein, aber wie ein Fremdkörper inmitten der Wiesen, Weiden und Tümpel gelegen.

»Hat es diesen Wald früher schon gegeben?« fragte Jørgensen, »ich meine vor der Eindämmung? Ist das eine ältere Anpflanzung, vielleicht auf einer Landzunge oder Insel?«

»Wieso denkst du an eine Insel? Gewiß, hier gab es mal eine, aber das war nur ein grasbewachsener flacher Holm, auf dem die Bauern ihre Schafe weideten. Jetzt ist nichts mehr davon zu sehen. Der Damm läuft zum Teil darüber hinweg. Das Wäldchen ist später angelegt worden, eine Anpflanzung verschiedener Laubbaumarten.«

»Auf dem Meeresboden also? Und das Salz hat ihm nicht geschadet?«

»Damals war der Boden durch die Dränage wohl schon einigermaßen vom Salz freigewaschen. Der Baumbestand ist nicht älter als etwa hundertzwanzig Jahre.«

Jørgensen blieb stehen.

»Ich stelle mir gerade vor, heute käme so einer auf die Idee, das Nor trockenzulegen. Nicht auszudenken, welchen Leidensweg der vor sich hätte: Gutachten, Anträge, Ablehnung, Einspruch, Planfeststellungsverfahren, ökologische Unbedenklichkeitsprüfung, Gegengutachten ...«

»Gründung von Bürgerinitiativen pro und contra«, fiel ihm Kristensen ins Wort.

»Und Unterschriftensammlungen, Pressekampagnen ...«

»Gründung einer Anti-Damm-Partei, Flugblattaktionen der Heimatfreunde und Naturschützer ...« Die beiden begeisterten sich an ihrer Vorstellung.

»Aber dann die Sicherung des Standorts Lilleø für die Zukunft der südfünischen Landwirtschaft ...«

»Der Fremdenverkehrsverein ..., die Ornithologen ... schützt unsere einzigartige Vogelwelt ...«

»Und die Botaniker ... die einmalige Salzpflanzenvegetation ...!«

»Die Fischer blockieren die Häfen, weil sie um ihre Existenzgrundlage ..., ihre Aalreusen ...«

»Verjagt die Udenøs!«

»Friesen runter von Lilleø!«

Nein, das hätte auch ein Biering nicht durchgestanden.

Der Pfad erhob sich rampenartig bis zur Dammkrone, und oben angekommen, ließ sich Kristensen, nachdem er seine Blase entleert hatte, zufrieden seufzend auf eine kleine Bank fallen.

»Da drüben, die Insel, da, siehst du sie? Das ist Næbbet.«

Vor dem Damm, rechter Hand und im gleißenden Licht kaum deutlich zu erkennen, zeichnete sich in vielleicht hundert Meter Entfernung eine Art Sandbank ab, ein unregelmäßig gestaltetes Gebilde, mit Hügeln und Mulden, umgepflügt wie das Innere einer Kiesgrube, übersät mit Steinen und Wasserlöchern, die man hinter dem sich scharf gegen den Himmel abzeichnenden Randbewuchs mit Schilf und Binsen erahnen konnte.

»Wenn du dich für Seevögel interessierst, mußt du mal hinüberrudern. Viele Arten brüten dort, und auch botanisch ist dieses Fleckchen interessant«, erläuterte Kristensen.

Zur Seeseite hin war die Böschung des Damms mit großen Findlingen belegt, zwischen denen dicke Büschel von Strandwermut, Gänsedisteln und breitblättriger Kresse wuchsen. Einige Brachvögel staksten eilig zwischen den Steinen umher, schreckten auf und flogen über das flache stille Wasser. Jørgensen turnte in Windeseile die Steine hinunter, lief auf dem schmalen Sandstreifen zwischen Dammfuß und dem vom Wind angetriebenen schaumigen Spülsaum hin und her und ließ flache Steine über das Wasser titschen. Næbbet, ja, da kam er wohl auch noch mal hin, irgendwann. Man brauchte dazu allerdings ein Boot. Aber das würde sich schon irgendwo auftreiben lassen.

Kristensen sah ihm träumerisch und aufmerksam zu, wie einem jungen Hund, den sein Herrchen von der Leine losgemacht hat, und der nun schnüffelnd, pinkelnd und scharrend von seiner Freiheit wie unsinnig Gebrauch macht.

»Du erinnerst mich an wen!« rief er ihm zu.

»So? An wen denn?« rief Jørgensen, der mit erhobenen Armen und Storchenschritten eine unsichtbare Kreisbahn entlangstelzte.

»An mich!«

Jørgensen brach seine Freiübungen ab, kletterte auf allen vieren wieder zu Kristensen hinauf und hockte sich neben ihm nieder.

»Ja, an den jungen Anders Kristensen. Der konnte nie eine Treppe normal herauf- und heruntergehen, sondern übersprang immer mehrere Stufen. Hast du schon mal Bauern laufen sehen? Ich meine, wenn sie nicht gerade eine Kuh einfangen müssen oder wenn es brennt. Bauern laufen nie. Die gehen immer gemessenen Schritts, als kämen sie gerade vom Klo oder gingen in die Kirche.«

Zur Nor-Seite hin war der Damm nur mit Gras bewachsen, das am Fuße unmittelbar in eine sumpfige Wiese überging, voll mit langgezogenen Wasserlöchern, mit schwarzbraunen Rändern, an denen stellenweise Schilf und Binsen wuchsen. Darüber zogen Kiebitze und Rotschenkel ihre himmlischen Karussellbahnen, auf und nieder, ihre markanten Rufe ausstoßend. Jørgensen hatte sein Hemd ausgezogen, sprang einige Meter die Böschung hinunter und bremste seinen Lauf mit einer Vielzahl kleiner Trippelschritte.

Und Kristensen überlegte, wann er hier wohl zum letzten Male hinuntergehüpft war und unten wie ein Stelzvogel, die Arme steif nach hinten gestreckt, mit vor verhaltener Konzentration gespreiztem Gefinger und bei jedem seiner federnden Schritte mit dem Kopf nach vorn zuckend, sich behutsam an die Vogelteiche herangeschlichen hatte. Oder mit wackelnden Beinen und rudernden Armen über die Bulte zur anderen Seite des Tümpels hinüberbalanciert war, oder auf dem Bauch gelegen hatte, wie dieser verrückte Polizeibeamte aus Kopenhagen, der nun mit beiden Händen im Wasser herumstrich, als wollte er eigenhändig einen verdächtigen Frosch festnehmen.

Die Wespen

Der 12. Mai war ein kalter Tag. Jørgensen zog die Schultern an und vergrub die Hände tief in den Taschen. Der schwere Pullover aus ökologisch aufbereiteter Schafwolle gaukelte nur Wärme vor, in Wirklichkeit drang der Wind ungehindert durch das mit dicken Nadeln gestrickte Stück. Das Kälteempfinden sei nur eine Frage der mentalen Einstellung, hatte er einmal in einem von Kollegin Gittes Esoterikbüchern gelesen. Jette und Malte standen wie zwei gut geheizte Kanonenöfen vor dem Rübenacker, und Jørgensen glaubte, Wärmeschlieren über ihren Köpfen tanzen zu sehen. Er schlenderte fröstelnd durch den weit ausgedehnten Zier- und Nutzgarten von Graasten. Drüben bearbeitete Peder Hansen, Jettes Sohn, munter mit einer quietschenden Heckenschere den Liguster und stutzte ihn auf ein Bonsai-Format zurück. Durch den regelmäßigen Schnitt hatten die Pflanzen eine bizarre Wuchsform entwickelt; die Äste umschlangen sich verzweifelt, nur wenige wagten kühn, sich aus dem Zusammenhang zu lösen. In dem ölverschmierten Overall, mit leicht schief gesetztem Schirmkäppi, erinnerte Peder mehr an einen Tankwart als an einen Bauern. Er nickte Jørgensen freundlich zu und tippte zum Gruß mit Zeige- und Mittelfinger an die Mütze.

Die Johannisbeeren hier im hinteren Teil des Gartens hatten sich wild und üppig in alle Richtungen hin entfalten dürfen. Jørgensen griff wahllos ein paar Zweige und ließ sie zurückschnellen. Dann kauerte er sich nieder und spähte in das Unterholz. Johannisbeeren begrenzten früher auch den Garten seiner Eltern. Sie boten die besten Versteckplätze, und er hatte als Kind in ihren Innereien ein regelrechtes Tunnelsystem angelegt, indem er mit der Gartenschere heimlich die toten Äste kappte und neue Triebe zurückschnitt, die sich auf der verzweifelten Suche nach Licht in seine Stollen bogen. Der Boden wurde von Steinchen und Astresten gesäubert, die Gänge mündeten an verborgenen Stellen. Für den Fall, eines Tages beim Spiel oder auf der Flucht vor elterlichen Strafen entdeckt zu werden, hatte er, wie bei einem Kaninchenbau, mehrere Ausgänge angelegt. Tränen der Verzweiflung waren ihm in die Augen geschossen, als er eines Tages seinen Bruder mit der heißbegehrten Nachbarstochter in diesem Palast erwischte. Neue Versteckplätze mußten her, aber keiner konnte es mit den Johannisbeersträuchern aufnehmen. Die meisten verbargen ihn nur für kurze Dauer. Da hatte er gehockt, nervös, mit wild klopfendem Herzen, in fast lustvoller Erwartung, endlich entdeckt zu werden. Und dann ließ er den Dämon der

Anspannung mit einem lauten Schrei ausfahren, wenn der Suchende ihn ergriff – ja, er wartete diesen Augenblick nicht erst ab, sondern kam ihm stets mit einem Schrei der Selbstbefreiung zuvor.

Jørgensen erhob sich wieder und schlenderte durch die Beete. Der Garten zu Hause. Die Mutter hatte ihn angelegt, der Vater davon Besitz ergriffen. Mit qualmender, tief nach unten gekrümmter Pfeife wandelte er eitel und selbstgefällig wie Gottvater in den alten Schriften durch die Blumen- und Gemüsebeete und erklärte dem kleinen Ansgar die Wunder der Schöpfung, zeigte ihm auf der flachen und erdverkrusteten Hand sich windende nackte Regenwürmer und Engerlinge, als habe er sie gerade erschaffen und ihnen seinen Tabaksodem eingehaucht. Von ihm lernte Jørgensen die langweiligen theoretischen Zusammenhänge der Botanik, seine Mutter bewunderte er. Wenn sie mit flinken Fingern das Grün umstrich und die zugewucherten Rabatten durch Jäten, Schneiden, Rupfen und Zupfen wieder in einen ordentlichen Zustand versetzte, stand er in stiller Freude neben ihr. Er hatte eine eigene Parzelle zugewiesen bekommen, auf der er absichtlich die als Unkräuter verunglimpften Pflanzen kultivierte, deren angebliche Wertlosigkeit und Schädlichkeit er nicht einsah. Einige blühten in schönen Farben, andere entwikkelten komplizierte und faszinierende Blattstrukturen. Die Mutter hatte ihn walten lassen, der Vater aber die sofortige Vernichtung befohlen, damit nicht der Wind die Samen über den ganzen Garten verteile.

Ähnlich verfuhr er mit den Wespen. Stundenlang konnte er über ihre Biologie predigen, das Wunder der Metamorphose, das Geheimnis ihres Staatsverbandes, ihr Jagdverhalten und ihren Platz im großen, immer verehrungswürdigen Bauplan der Schöpfung. Näherte sich ihm aber eine beim Kuchenessen, wurde sie unverzüglich totgeschlagen. Jørgensen hatte einmal über Wochen den Bau eines Wespennestes im Komposthaufen verfolgt. Aber als er eines Tages aus der Schule heimkehrte und wie jeden Tag zuerst die kleine Baustelle inspizierte, fand er ein Massaker vor. Der Eingang des Nestes war über und über mit toten Wespen bedeckt, einzelne krümmten sich noch im Todeskampf. Eilig hatte er mit zwei Händen voll Erde die traurige Szene abgedeckt. Auf dem Gartentisch lag die Ungezieferspritze, eine Art Luftpumpe aus Weißblech mit einem zylindrischen Kropf, voll mit giftiger Brühe, daneben die Arbeitshandschuhe des Vaters.

Über den Kiefern, drüben am Drejet, erhob sich langsam ein großer Vogel und war gleich darauf wieder verschwunden. Ein Bussard oder Milan? Jørgensen war irritiert. Das Gebilde erschien ihm viel zu groß. Vielleicht ein Reiher?

Sein Vater hatte ihm einmal erzählt, wie Franz von Assisi zum Sterbebett eines Kirchenfürsten gerufen wurde. Auf seinem Weg durch die Gartenanlagen zerstörte er aus Versehen ein Spinnennetz. Und obwohl der Kardinal dem Tode geweiht und jede Minute kostbar war, flickte Franz vorher noch liebevoll und geduldig das Netz. Von der Güte dieses Heiligen angerührt, hatte Jørgensen eines Tages ebenfalls versucht, ein von ihm aus Unachtsamkeit beschädigtes Spinnennetz zu reparieren und es dabei völlig zerstört. Die Hände des jungen Ansgar verfügten offenbar nicht über die feinfühligen Uhrmacherfinger des großen italienischen Tierfreundes.

Viel später erst war ihm das Revolutionäre dieser Handlung des Poverello bewußt geworden, denn damit hatte er sich, um der Gleichwertigkeit aller Geschöpfe willen, schroff gegen die Orthodoxie gestellt, die die Tiere in heilsgeschichtlich Gute und Böse einteilte, wobei die Spinne und ihr zerbrechliches Netz als Symbol der Vergeblichkeit irdischen Schaffens aus Habgier und Ruhmsucht galt. So gesehen konnte die brüderliche Tat des Heiligen Franz durchaus als Beihilfe zu einer der sieben Todsünden gelten.

Malte und Jette, seitlich von den Johannisbeersträuchern halb verdeckt, unterhielten sich lebhaft, aber zu Jørgensen drangen nur gelegentlich einige verständliche Wortfetzen herüber.

Und dann die Apfelernte. Nicht die Augustäpfel, von denen Jette hier einige Bäume stehen hatte, sondern eine späte Sorte, die erst gepflückt werden darf, wenn das Laub sich bereits kräftig verfärbt. Frühmorgens raus, mit Händen, deren Bettwärme man vergeblich durch Hauchen und Kneten zu erhalten suchte. Stapfen durch den Rauhreif. Hinten beim Komposthaufen qualmte schon das erste zusammengeharkte Laub, zogen dicke milchige Schwaden durch den Garten. Das Rascheln der Baumkronen, wenn mit dem Obstpflücker die Äpfel gerupft wurden. Jørgensen stand unten an den Stämmen und untersuchte die zahlreichen Löcher und Höhlungen im Holz. Käuze und Ziegenmelker sollen in ihnen den Tag verbringen; er hatte nie welche entdeckt. Die Äpfel wurden in Spankörbe gelegt, dann kamen sie in den Keller auf die Darre. Krähen zogen lärmend über die Vorstadtsiedlung. Wenige Jahre später hatte er das Interesse an dem Garten verloren.

Wieder stieg der große Vogel am Himmel auf, und Jørgensen drehte sich zu Jette und Malte um.

»Seht ihr das da? Da drüben; was ist das?«

»Sieht aus wie ein Vogel«, sagte Malte und beschattete die Augen.

»Das sind die Pfadfinder.« Jette kicherte. Es klang, als würden ein paar Stricknadeln klappern. »Die haben einen Drachen gebaut.«

Sie saßen zu dritt in Jettes Küche, bei Kaffee und Kuchen, und plauderten lebhaft durcheinander. Hin und wieder stand Jette abrupt auf, humpelte mit gebeugtem Rücken und munter plappernd zum Herd, fuhrwerkte in Schränken und ordnete verschiedene Dinge. Dann wieder verschwand sie in der Stube und kam mal mit diesem und mal mit jenem Buch, einem Schriftstück oder einer Landkarte zum Tisch und breitete alles aus. Als Jørgensen hilfsbereit Tellerchen und Tasse an den Rand des Tischchens zog, schwappte Kaffee auf ein paar notdürftig zusammengeheftete Blätter. Maltes tadelndem Blick ausweichend, tupfte er die Seiten hilflos grinsend mit einem Taschentuch ab.

»Was hat unser Kommissar denn da entdeckt?« fragte Jette und wölbte aufmerksam die Brauen. »Ach, das habe ich ja alles mal aufgeschrieben …«

Durch die Küchenfenster drang das Klappern der Gartenschere, in der Ferne erspähte Jørgensen den Saum des Wäldchens, über dem in gravitätischen Bahnen der Flugdrachen kreiste. Gleich einem lebendigen Vogel, stieg er auf und nieder oder verharrte im Rüttelflug. Wie aufwendig es wohl ist, so ein Ding zu bauen, überlegte Jørgensen und wandte sich wieder der Kuchengesellschaft zu.

»Das habe ich nie richtig begriffen«, sagte Malte. »Was macht er da eigentlich die ganze Zeit am Drejet?«

»Der Mann ohne Kopf sucht die Laterne.« Jette schlürfte an ihrem Kaffee und schob Jørgensen den Zucker hin.

Ein Wind schüttelte das Haus, überall knackte und seufzte es im Gebälk. Der Drachen war plötzlich verschwunden.

»Ich glaube, Sie kennen die Geschichte noch nicht, Herr Kommissar, oder?«

»Nein, was für eine Geschichte?« Warum siezte Jette ihn bloß, warum dieses alberne ›Herr Kommissar‹?

»Wenn Sie hier jetzt eine Zeitlang wohnen, müssen Sie sich auch ein bißchen mit den Geschichten dieser Insel vertraut machen«, lächelte Jette.

»Na schön, wer sucht wo eine Laterne? Malte, reichst du mir mal die Milch?«

»Wir haben hier bei uns so eine alte Sage. Die kennen nur noch wenige auf Lilleø. Ich interessiere mich ein bißchen für so etwas. Sagen, alte Geschichten und Lieder.«

»Und was ist das nun für eine Gruselgeschichte, ein Mann ohne Kopf?«

Jette schnitt drei Stücke Kuchen ab, reichte sie herum und verzehrte ihren mit kleinen schnellen Bissen.

»Da drüben, das flache Stück Land, das ist unser Nor. Ich weiß nicht, ob Sie das schon wissen, aber da war früher mal Wasser. Na, wie auch immer, vor vielen, vielen Jahren, vielleicht vor dreihundert, das ist bei Sagen etwas schwierig, die machen immer ein großes Geheimnis mit genauen Daten, also, da ist hier mal ein Schiff gestrandet, ein ganz großes, mit drei Masten, Kanonen, einer schwer bewaffneten Mannschaft und, ja, und einer geheimnisvollen Fracht. Einen gewaltigen Sturm gab es damals, über Wochen, der Häuser und Ställe schrecklich verwüstete. Da war kaum ein Hof, der ohne Schaden davongekommen war. Allein in Skovnæs sind drei Höfe völlig zerstört worden, da war nichts mehr zu machen. Heute gibt es solche Unwetter gar nicht mehr.«

Malte nahm dem andächtig lauschenden Jørgensen die Zuckerschale aus der Hand und reichte seinerseits die Kuchenplatte Jette rüber, die ein Stück herunternahm und es auf Jørgensens Teller legte.

»Eines Nachts, der Sturm tobte bereits seit zwei Wochen, trieb dann etwas Großes und Schweres in die Bucht. Gegen das fahle Mondlicht zeichnete sich ein riesiger Schatten ab. Völlig lautlos glitt er bedrohlich näher. Ein Mann aus Eskebjerg, der in dieser Nacht keinen Schlaf finden konnte, hatte es beobachtet und Alarm geschlagen. Wie ein Feuer in einer Scheune verbreitete sich die Nachricht über die Insel. Überall ritten Boten, Fackeln wurden entzündet, Lager am Ufer aufgeschlagen. Es muß ein beachtliches Schauspiel gewesen sein; rund um die Bucht standen die Leute und warteten.« Jette brach ab und sah einen Moment zerstreut aus dem Fenster.

»Ja, Herr Kommissar, das waren schon andere Zeiten damals, heute kann man sich das kaum noch vorstellen. Heute haben die Menschen keine Angst mehr vor Dingen, die sie sich nicht erklären können. Sie wollen alles begründen und nachweisen. Sie haben die Scheu verloren vor dem Übernatürlichen. Man geht unerschrocken auf die Dinge zu und hat sofort eine einfache Erklärung bei der Hand. Ich weiß nicht so recht. Damals passierte etwas Ungeheuerliches, Unerklärliches. Es paßte, wenn man so will, zur Dramatik dieser Nacht. Der Sturm brach mit dem Auftauchen des Schiffes schlagartig ab, und die Wolkendecke riß auf. Ein Zufall? Was meinen Sie, Herr Kommissar? Wochenlang Sturm und dann absolute Windstille. Erst jetzt, als der Mond das Schiff beleuchtete, sah man, daß es sehr mitgenommen war. Die Segel hingen in Fetzen, die Takelage ein wirres zerlumptes Durcheinander. Zwei Masten waren geknickt, da, wo einst der Klüverbaum und der Bugspriet mit der Galionsfigur prangte, klaffte nur noch ein großes Loch. Was war mit der Mannschaft? Kein Laut kam von dem Schiff, es trieb einfach nur immer tiefer in die Bucht. Die Bauern am Ufer waren wie erstarrt, sie standen da und betrachteten das Schauspiel. Was wird passieren? Man hielt die notdürftig zusammengesuchten Waffen fest umklammert. Ein paar rostige Flinten, Sensen und Dreschflegel, was konnten die im Notfall gegen die Kanonen ausrichten? Es war schon eine etwas tragische Situation. Aber vorerst passierte nichts. Wie lange? Ich weiß nicht, vielleicht Stunden? Auf andere Fragen gibt es dafür genaue Antworten. Die Mannschaft war tot, die Pest, so sagte man später. Ob die Bauern es damals schon ahnten? Der alte Christian Terkelsen hat als erster reagiert; unter keinen Umständen durfte jemand das Schiff verlassen. Waren wirklich alle tot?« Jette sprach laut und mit lebhaft blitzenden Augen, und obwohl es sich ja hier nur um eine Sage handelte, sprach sie mit einer Bestimmtheit und einem Selbstverständnis, als berichte sie über den Alltag ihrer Landwirtschaft.

»Nein, einer hatte überlebt. Er hörte die drohenden Schüsse aus den klapperigen Flinten, das Geschrei, er sah die Brände am Ufer. Verzweifelt suchte er nach einem Ausweg, und tatsächlich gelang ihm die Flucht. Er schlug sich nachts, am dritten Tag der Belagerung, im Silberschein des Mondes durch die Reihen der Wachen. Es war der Kapitän, der einzige auf dem Schiff, der überlebt hatte. Als er sicheres Gebiet erreicht hatte, entzündete er eine vom Schiff mitgenommene Laterne und suchte ziellos nach einem Versteck. Es war wohl eine reine Verzweiflungstat, als er schließlich an die Tür der alten Skovnæs-Mühle klopfte.«

Das Klappern der Gartenschere hatte sich ein wenig verlagert. Jørgensen rieb sich die Augen. Wo war er hier gelandet? Im abgedunkelten Zirkuswagen einer Wahrsagerin, mit glimmender Glaskugel in der Tischmitte? Märchenstunde bei einer kauzigen Bäuerin. Er merkte, wie langsam eine taube Schläfrigkeit durch seine Glieder kroch. Gleichzeitig brachte der Kaffee sein Herz auf Trab und ließ ihn nervös am Ärmelknöpfchen seines Hemdes spielen und mit dem Fuß wippen. Zu allem Überfluß spürte er nun auch noch ein beängstigendes Rumoren im Darm, und er wechselte ständig die Sitzposition, um den zur Explosion drängenden Gärungsprozeß im Zaum zu halten. Angestrengt versuchte er sich darauf zu besinnen, welche unverdaulichen Nahrungsmittel ihm jetzt diese Schwierigkeiten bereiteten, und er wurde den Verdacht nicht los, daß es sich nur um Maltes Beerenwein handeln konnte, den sie heute morgen, um dem kalten Wetter zu trotzen, gleich gläserweise in sich hineingeschüttet hatten.

»Der Kapitän konnte nicht wissen«, fuhr Jette fort, »daß er an die Tür schlug, die ihm zum Verhängnis werden sollte. Der Müller gehörte zu den wenigen, die sich am Boykott nicht beteiligt hatten. Zunächst wähnte er sich im Glück, unser Kapitän. Der Müller pflegte ihn, denn der arme Kerl war vom Fieber befallen. Er muß viel geredet haben in jener Nacht, während draußen der Sturm von neuem losbrach, und er sich schweißüberströmt von einer Seite auf die andere wälzte. Schätze lägen an Bord, unendliche Reichtümer, Gold und Edelsteine. Der Müller war zwar gegen Geisterschiffe gefeit, nicht aber gegen die Macht des Goldes, und als der Kapitän plötzlich Hals über Kopf entfloh, setzte der Müller ihm nach, ein Beil in der Hand, in irrsinniger Raserei vom Wahnsinn gepackt oder sagen wir ruhig … vom Teufel. Man erzählt, der Müller habe ihn eingeholt und gestellt, drüben am Drejet.« Jette wies mit dürrer Hand zum Fenster.

»Der Kapitän war krank, geschwächt vom Fieber, und der Müller enthauptete ihn mit einem einzigen fürchterlichen Schlag. Das Gold sollte niemand anderem gehören als ihm allein.«

Einen Moment war es still.

»Aber warum findet er bis heute keine Ruhe?« Jørgensen lächelte geduldig.

»Objecta magica«, murmelte Jette versunken. »Bring sie zurück, zurück! Er hatte etwas vom Schiff genommen, es war nicht mehr komplett. Die Geister des Schiffes brauchen diesen Gegenstand, nur er kann sie erlösen und ihre Seelen ewige Ruhe finden lassen.«

»Die Laterne!« rief Jørgensen.

»Richtig, die Laterne. Er hatte sie in der Mühle zurückgelassen; was aus ihr geworden ist, weiß niemand.«

»Und der Müller, hat er den Schatz gefunden? Malte, ist noch Kaffee in der Kanne?«

»Ich weiß es nicht. Niemand weiß es. Die einen sagen, er hätte das Gold gefunden und wäre ein reicher Mann geworden, in Kopenhagen. Andere bezweifeln das, und wiederum andere wollen wissen, daß man ihn später gefunden hat, erhängt, an einem Flügel seiner Mühle.«

Die Tür ging auf. Ein großer Hund, prall wie eine Wurst, trottete herein und legte seinen Kopf in Maltes Schoß.

»Brav, Buster, brav.«

Die Katze

Jemand berührte ihn sacht.

Jørgensen drehte sich um und sah einen alten Mann, dessen Hand auf seiner Schulter ruhte, leicht und grazil, so wie Balletttänzer es machen. Unter den rechten Arm hatte er ein dickes Buch geklemmt.

Der Alte starrte ihn an und schien zu wachsen.

»Herr Biering, wollen Sie mir bitte folgen.«

»Ja … natürlich.«

Jørgensen hatte Mühe, Lehrer Kristensen nicht zu verlieren; häufig verschwand er irgendwo, sein weißer Umhang löste sich auf.

Er schrie jedesmal laut, mit kindlichem Entsetzen, und jedesmal stand der Alte wieder hinter ihm und berührte seine Schulter.

»Sie dürfen mich nicht verlieren, Herr Biering, Sie wissen doch warum.«

»Ja … natürlich.«

Als Jørgensen sich umschaute, sah er überall Schränke, Regale mit Schubladen, Kisten und Schließfächer. Alle waren mit Jahreszahlen versehen, großen, kleinen und solchen, die er nicht kannte. Kristensen stand vor ihm auf einer Leiter und reckte seinen dünnen Arm nach einem fernen Türchen, auf dem die Zahl 1857 leuchtete.

Plötzlich sprang der Deckel auf, und er sah, wie der Alte keuchte und kämpfte. Klebrige Schlingpflanzen quollen hervor, Goliathstauden, Labkraut und dornige Brombeerranken wucherten aus dem Kasten, widerspenstig züngelten sie um Kristensens Hände, drangen unbändig ans Licht. Der greise Lehrer schwankte bedenklich auf dem Stuhl hin und her, seine Hände aufgerissen von rauhen Stengeln und spitzen Dornen. Aus klaffenden Wunden rieselte feiner weißer Sand auf die Holzdielen. Jørgensen sah, daß der Alte um sein Leben kämpfte, und nur mit letzter Kraft gelang es den berstenden Händen, die Tür wieder zuzudrücken.

Zitternd am ganzen Körper stieg er langsam Stufe für Stufe die Leiter herunter. In der linken Hand hielt er einen Gegenstand fest umschlossen, und Jørgensen spürte eine unbeschreibliche Angst. Er wollte weglaufen, konnte sich aber nicht rühren.

Der Alte stand nun vor ihm, riesig groß, und zog das Stück Stoff, das den Gegenstand umhüllte, beiseite.

Voller Entsetzen erkannte Jørgensen eine Lampe, eine Schiffslaterne, in deren Inneren er durch die milchigen Scheiben Gestalten wahrnahm, die rastlos hin und her liefen, blutverschmiert und mit faulenden Gliedern. Er vernahm feine Schreie, horchte genau und drang immer tiefer in eine ungeheure Geräuschkulisse. Es brauste und toste; nur undeutlich hörte er, daß die Stimmen Namen riefen; seinen und solche, deren Sinn ihm verborgen blieb.

Und wieder berührte jemand seine Schulter, doch jetzt tat es weh, ein stechender Schmerz ...

Jørgensen schlug die Augen auf und blickte ins Dunkel. Irgend etwas lag auf seinem Oberkörper und bewegte sich. Ein furchtbares Entsetzen überkam ihn; vorsichtig tastete er nach dem Nachttischlämpchen, konnte es aber nicht erreichen. Seine Augen, die sich rasch an die Dunkelheit gewöhnten, erspähten zwei leuchtende Punkte. Er schrie auf, schlug das Wesen mit beiden Händen von sich und knipste das Licht an.

Gegen den Bettpfosten schnurrend, stand eine schwarzweiß marmorierte Katze auf den Dielen, maunzte und blickte ihn zärtlich an.

Als Jørgensen am nächsten Morgen aufwachte, war er schweißgebadet. Gestern war er mit dem Fahrrad noch in einen heftigen Regenschauer geraten und hatte schon am gleichen Abend dieses beunruhigende Kratzen im Hals gespürt, das wie immer Vorbote einer ausgewachsenen Erkältung war.

Jetzt lag er matt in seinem Bett, mit verquollenen Augen und verstopfter Nase. Die Glieder taten ihm weh, und nur mit Mühe gelang es ihm, sich aus dem Bett zu schälen.

Im Bad ließ er sich eine Wanne heißes Wasser ein.

Nach dem Frühstück ging er ins Archiv, nahm ein paar Akten mit ins Büro und setzte sich an den Schreibtisch. Um den Hals hatte er einen langen Schal geschlungen. Seine Freundin hatte ihn kurz vor der Reise fertiggestellt und darauf bestanden, daß er ihn mitnahm, obwohl Frühling und Sommer außergewöhnlich heiß werden sollten. Du bleibst lange weg, hatte sie gesagt, und Jørgensen verspürte plötzlich stechende Sehnsucht nach ihr.

Seine Hand tastete nach einem Taschentuch, und bevor er anfing zu lesen, schnaubte er sich ausgiebig die Nase. Vor ihm stand eine dampfende Tasse mit Kamillentee.

Gegen Mittag tauchte Malte auf. Er trug eine Katze im Arm, setzte sie, sobald er im Zimmer stand, auf dem Boden ab.

»Hej Ansgar. Darf ich dir vorstellen: das ist Maja ... und dort«, er deutete mit einer übertriebenen Geste auf Jørgensen, »und dort sitzt der berühmte Kriminalassistent Ansgar Jørgensen und bearbeitet einen komplizierten Fall.«

»Ich glaube, wir kennen uns schon. Sie hat mich letzte Nacht ordentlich erschreckt; aber alles vergeben und vergessen, einverstanden?«

Er hielt ihr die Hand hin, und Maja rieb sich schnurrend.

»Was meinst du damit, erschreckt?«

In diesem Augenblick klingelte das Telefon.

Jørgensen nahm den Hörer ab und angelte sich gewohnheitsmäßig einen Kugelschreiber.

»Polizeistation Nørreskøbing, Jørgensen am Apparat.«

Die Stimme klang dumpf und schleppend. Ob er der Kommissar sei.

»Nein, hier spricht Kriminalassistent Jørgensen. Was kann ich für Sie tun?«

Die Stimme wurde nun schärfer. Der Anrufer fühle sich gezwungen, dem Kommissar mitzuteilen, daß dieser einen großen Fehler mache.

Jørgensen bedeutete Malte, den zweiten Hörer abzunehmen.

»Soso.«

Ja, er habe schon mal angerufen und müsse nun wiederholen: Hans Larsen wurde umgebracht, vergiftet. Und er wisse auch, von wem. Er wurde von seinem eigenen Bruder getötet, von

Axel. Axel Larsen ist ein Mörder. In der Leitung knackte es, das Gespräch war beendet.

Malte und Jørgensen starrten sich an und legten gleichzeitig die Hörer auf.

»Das ist jetzt schon das zweite Mal«, Malte lief im Zimmer auf und ab. »Das darf doch nicht wahr sein, was ist denn das für ein Blödsinn? Verdammt noch mal. Weißt du, was so ein mieses Gerücht hier alles anrichten kann?«

»Ja, ich denke schon, daß ich das weiß. Ich kann es mir zumindest lebhaft vorstellen.«

»So? Aha. Wenn ich nur wüßte, wer diesen Mist verzapft, ... der Schafbauer umgebracht von seinem Bruder. Es war ein Infarkt, fertig aus! Ein Herzinfarkt, was finden daran plötzlich alle so verdächtig? Das kommt doch öfter vor, daß alte Menschen an einem Herzschlag sterben. Und ausgerechnet unser alter Schafbauer soll das Opfer eines Verbrechens geworden sein. Lustig ist das, hahaha!«

»Du hast natürlich recht, Malte. Und so gesehen tut es mir leid, daß ich neulich so dämliche Fragen gestellt habe. Aber immerhin bin ich ja jetzt nicht mehr der einzige, der da eine verdächtige Spur sieht. Wie sollen wir diesen Anruf werten? Was willst du tun? Kennst du jemanden, der ein Interesse daran hat, Axel Larsen mit solchen Anschuldigungen aus dem Verkehr zu ziehen?«

»›Aus dem Verkehr ziehen‹ ..., ist das der Jargon von euch Großstadtbullen? Aber mal im Ernst, ich kenne keinen, der daran Interesse haben könnte. Axel Larsen ein Mörder! Das wird ja immer doller!«

»Vielleicht hat es ja was mit dieser Erbschaftssache zu tun, dem Streit mit dem anderen Bruder.«

»Ja, im Kriminalroman kommt so was vor. Mensch, Ansgar, Jens ist unbeliebt und das nicht ohne Grund. Aber Axel, den eigenen Bruder, als Mörder zu verdächtigen ...«

Maja hatte sich unter dem Schreibtisch verkrochen. Jetzt, als Malte sich auf den Stuhl setzte, sprang sie auf seinen Schoß und rollte sich ein.

»Kam dir die Stimme denn bekannt vor?«

Malte schüttelte den Kopf. »Nie gehört, aber was heißt das schon. Sie war verstellt, durch ein Tuch gesprochen oder was weiß ich. Na ja«, er seufzte tief, »wollen wir hoffen, daß sich das nicht noch mal wiederholt. Dann müssen wir uns allerdings ins Zeug legen. Dann kriegst du hier richtig was zu tun. So, jetzt Kaffee!« Malte machte sich an der Maschine zu schaffen. »Du wolltest mich eben was fragen, vor dem Anruf.«

»Na, was war denn das gleich«, Jørgensen kramte zerstreut in den Papieren auf seinem Tisch. »Ach ja, hast du den alten Kirstein eigentlich noch persönlich gekannt?«

Malte stopfte seine Pfeife.

»Kirstein?« nuschelte er. »Ja, aber da war er schon nicht mehr im Dienst. Er hat irgendwann einen Anfall gekriegt; so was mit den Nerven. Dadurch war er ziemlich verwirrt und wurde vom Dienst suspendiert. Dann hat er bis zum Tod in der Obhut und Pflege seiner Schwester gelebt, die in Torsdal wohnte. Soviel ich weiß, zumindest sagte man das damals, hat er nie wieder einen Fuß nach Nørreskøbing gesetzt. Gar nicht so einfach auf einer so kleinen Insel.«

»Und dann warst du der Chef hier?«

»Nein, nein. Wir hatten für kurze Zeit, ... was heißt kurz, vierzehn, fünfzehn Jahre vielleicht, einen Polizisten aus Odense hier. Mit dem hab ich dann die erste Zeit zusammengearbeitet. Er ist früh gestorben. Übrigens an Herzversagen; verdächtig, nicht?«

»Aber um noch mal auf diesen Kirstein zurückzukommen. Was hat denn den Mann so beschäftigt? Von was war er besessen? So muß man das ja wohl ausdrücken. Ich habe mal einen Blick in seine merkwürdigen Schriften geworfen. Werd ich nicht schlau draus.«

»Schlau ist aus dem nie jemand geworden. Er war ein schwieriger Mensch, aber man konnte gut mit ihm auskommen, wenn man seine Schrullen in Kauf nahm. Die meisten konnten das ja auch, und eigentlich hat es nie Probleme gegeben, bis auf die Sache mit dem alten Terkelsen, die waren wie Feuer und Wasser.« Malte nickte nachdrücklich.

»Der alte Terkelsen? Ein Verwandter von Jesper und diesem Christian Terkelsen, von dem Jette gestern erzählt hat?« Jørgensen nieste.

»Gesundheit. Ja, die Terkelsens sind eine alte Familie, die gab's hier schon immer. Hans Jakob Terkelsen war Jespers Großvater. Christian ist ein noch älterer Verwandter. Frederik Terkelsen schließlich war Jespers Vater. Ein strenger und wortkarger Bursche, baumlang, mit Händen wie Mühlsteine. Ich habe einige unangenehme Erinnerungen an ihn.«

»Und Jakob Terkelsen?« fragte Jørgensen hartnäckig.

»Jespers Großvater? Der soll im Kopf nicht ganz richtig gewesen sein.« Malte ließ einen Zeigefinger über der Stirn kreisen. »Er war ungefähr gleich alt mit Kirstein. Sie haben zusammen die Schulbank gedrückt. Doch dann trennten sich ihre Wege, soweit die sich hier trennen können. Kirstein ging zur Polizei, und Terkelsen … tja, was hat er gemacht … gar nicht so einfach zu sagen. Er hat auf dem Hof gearbeitet, bei seinen Eltern, und dann wurde er irgendwie religiös, ich weiß auch nicht, 'ne Art Sekte oder so.«

»War Kirstein nicht auch sehr religiös? Also, wenn ich diese vielen Theologiebücher in der Bibliothek sehe und das große Kreuzigungsbild mit dieser entstellten Christusfigur …«

»Ja, schon richtig, aber das hatte nichts mit dem zu tun, was Terkelsen so trieb. Ich habe den Alten nicht mehr kennengelernt. Er ist früh gestorben, ein tragischer Unfall, verbrannt in seiner eigenen Scheune.«

»Moment, Malte …«, rief Jørgensen plötzlich mit kieksiger Stimme, hob in einer unterbrechenden Geste die Hand und fummelte mit der anderen ein Taschentuch aus der Hose. Ein Augenblick totaler Erstarrung und Stille, und dann folgte die befreiende Explosion.

»Gesundheit! Was ist denn los mit dir? Du siehst ja völlig fertig aus. Bist du krank?« Malte blickte zärtlich auf seinen jüngeren Kollegen.

Krank? Ja, tatsächlich. Jørgensen fühlte sich krank. Zu Hause hätte er jetzt dienstfrei und würde bei seiner Freundin im Bett liegen; warm eingepackt, mit Kamillentee und Gebäck, verwöhnt und umsorgt.

»Ich bin gestern vom Gewitter überrascht worden. Als ich hier ankam, war ich völlig durchweicht. Das war der reinste Weltuntergang.«

Malte stand auf, setzte Maja auf Jørgensens Schoß und stieß die Fenster auf. Vom Hafen her tönte eine Sirene; in weichen Wolken drang der laue Morgen ins Zimmer und kitzelte Jørgensens verschnupfte Nase. War das nun typisch für das gesunde Landleben? In der Stadt schloß man gewöhnlich das Fenster, wenn einer erkältet war. Hier schien das Rezept für eine rasche Genesung in der frischen Luft zu liegen. Er streichelte versonnen das dichte warme Fell der Katze und fühlte sich trotz seines leicht angeschlagenen Gesundheitszustandes glücklich und zufrieden. Maja ging es sicher nicht schlechter, sie rekelte sich behaglich und schlug ihre Krallen in Jørgensens Bein. Doch das brachte ihn nicht aus der Ruhe; schon eher die Feststellung, daß Majas Fell nicht schwarzweiß marmoriert war, sondern graubraun getigert. Hatte er sich getäuscht, oder war es eine andere Katze gewesen, die vergangene Nacht an seinem Bett gestanden hatte?

Die Blindschleiche

»Nun, wie sieht's aus?«

Malte stand, die Arme auf dem Rücken verschränkt, mit vorgebeugtem Oberkörper und betrachtete gespannt seinen Kollegen. Jørgensen lag rücklings auf dem Boden, wischte sich die ölverschmierte Linke an der Hose ab und fummelte mit der Rechten an den Nervensträngen der Elektrik der Nimbus.

»Die Hose steht dir wirklich gut«, fuhr Malte fort und feixte, »und das Hemd, wie angegossen.«

Ich liege hier wie ein Lump und muß mich verspotten lassen, dachte Jørgensen freundlich. Er hatte beide Kleidungsstücke von Malte bekommen, seine eigenen waren auf Reparaturen nicht vorbereitet. Er richtete sich auf und wischte sich die Hände.

»Die Batterie ist im Eimer, die Reifen sind platt, der Bremszug ist gebrochen, der Motor laßt sich nicht mehr durchdrehen. Ich muß ihn wohl auseinandernehmen.«

Malte war viel zu neugierig, um ruhig im Büro hocken zu bleiben, während sein neuer Kollege an seiner alten Jugendliebe herumfummelte, und erschien alle Augenblicke wieder in der Tür.

Jørgensen hatte die Teile des zerlegten Motors um sich herum ausgebreitet und hockte plattsohlig dazwischen wie ein arabischer Händler im Bazar.

»Na, das sieht hier ja aus wie ein Archiv. Bist du sicher, daß du das auch alles wieder richtig zusammenkriegst?«

»Bestimmt leichter als das Archiv. Im Gegensatz dazu steht bei einem Motor jedes Teil in einer logischen Beziehung zu einem anderen. Da kann ich gar nichts falsch machen. Sieh her: Diese Schraube hier und diese Dichtung passen nur auf diesen einen Flansch. Alles Plan, alles System. Wie eine saubere Kette von Indizien. Jedes Teil ist Teil eines sinnvollen Ganzen, keine isolierten Einzeldinge, keinerlei Willkür, keine unsinnigen Freiheiten wie bei der Zerlegung, ich meine der Auslegung der Evangelien. Verstehst du nun, warum ich kein Theologe werden wollte? Mein Sinn für Ordnung kam dabei zu kurz.«

»Komisch, daß immer die Leute, die um sich herum die größte Unordnung verbreiten, am liebsten und leidenschaftlichsten von Ordnung reden. Wo hast du das alles gelernt?« fragte Malte.

»Das brauchte ich nicht erst zu lernen, Ordnung entspricht

meinem innersten Wesen. Übrigens, hier fehlen ein paar Teile. Hast du die mal abmontiert?«

»Kann sein, ich glaube, ich habe mal eine Schraube für den Trecker gebraucht, und weil das Ding sowieso kaputt war …«

»Die Zündkerzen müssen auch ausgewechselt werden. Habt ihr hier eine Werkstatt, wo man so was noch kriegt?«

»Geh zu Erik Mommsen in der Kirkestrade; der hat bestimmt alles, was du brauchst, oder er kann es dir schnell besorgen.«

Stunden später lagen die neuen Teile fein säuberlich gereiht auf dem Garagenvorplatz, und Jørgensen begann mit sicheren Griffen, alles wieder zusammenzusetzen.

Dann schwang er sich in den Sattel und erprobte wippend Sitzposition und Federung.

»Alle Achtung, das hast du ja prima hingekriegt«, sagte Malte, der sich einen Stuhl nach draußen geholt, sich mit untergeschlagenen Armen darauf niedergelassen hatte und Jørgensen nun bei den letzten Handgriffen zusah. »Von wem hast du das? Ich denke, dein Vater war doch eher so'n Bücherwurm.«

»Das Praktische ist wohl Erbteil meiner Mutter. Und …«, er zog ein Papiertaschentuch heraus, und sein Gesicht tauchte für einen Augenblick schnaubend in den weißen Zellstoff, »… und vielleicht … hat mir ja auch … mein berühmter Namensvetter einige seiner vielseitigen Talente vermacht – Ansgar, der Apostel des Nordens.«

»Der Apostel des Nordens? Wer ist denn das nun wieder?«

»Hast du noch nie was vom heiligen Ansgar gehört, der als erster versucht hat, uns zum Christentum zu bekehren?«

»Na, das wird schon ein komischer Heiliger gewesen sein«, sagte Malte, der durchaus nicht die Absicht hatte, sich von Jørgensen einen Wundermann aufschwatzen zu lassen.

»Im Gegenteil.« Jørgensen, in der Hocke vor dem nun schon wieder fast kompletten Motorrad, blickte schräg zu Malte hoch und grinste ihn mit ölverschmiertem Gesicht an.

»Das war ein stattlicher Mann, ein Mönch mit schwarzen Haaren und einem modischen Schnauzbart, braungebrannt und abgehärtet, ein Franzose, ein richtiger Frauentyp.«

»Quatsch«, erwiderte Malte. »Mönche haben eine Glatze, eine Schnapsnase und einen Bierbauch unter ihrer Kutte.«

»Ansgar aber nicht! Du mußt ihn dir eher wie James Bond vorstellen, im Dienste seiner päpstlichen Majestät. Ich sehe, du hast keine Ahnung. Also hör zu. Als Karl der Große die gefangenen Sachsenhäuptlinge zur Christianisierung oder, wie wir es heute nennen würden, zur religionstechnischen Assimilationsschulung ins Kloster Corbie steckte, machte Ansgar dort gerade Dienst. Und jetzt paß auf! Weil es da aber schon zu viele ehrgeizige Mönche gab, schickte sein Chef den jungen Ansgar – mit 21 Jahren, stell dir das mal vor! Ich weiß ja nicht, was du in dem Alter schon für Taten vollbracht hast, wahrscheinlich für den alten Kirstein Blätterteigstücke gekauft und Kaffee gekocht und nach den Mädchen geschielt.«

»Mit 21 habe ich nach Dienstschluß bei meinem zukünftigen Schwiegervater auf dem Hof gearbeitet, gepflügt, die Ställe ausgemistet, schwere landwirtschaftliche Knochenarbeit. Und braungebrannt und abgehärtet war ich auch. Wahrscheinlich mehr als dein Weiberheld. Du hättest mich damals mal sehen sollen!«

»Hör doch erst mal zu, du weißt ja noch gar nicht, wie es weiter geht. Also mit 21 Jahren schickte ihn sein Abt, zusammen mit den bekehrten Sachsen, weit weg ins Ausland, in die armen und finsteren Urwälder Norddeutschlands, in ein provisorisches Kloster, wahrscheinlich nur eine Holzhütte, wo es durchs Dach regnete und nachts die Wölfe ums Haus heulten – zur Vervollkommnung seiner wahrnehmungsgeografischen Akkomodationsfähigkeiten. Wenn du verstehst, was ich damit meine.«

»Und wieso ›Apostel des Nordens‹?« Malte hatte seinen Stuhl näher herangezogen und sah zu, wie Jørgensen sich mit einem ›Engländer‹ abmühte.

»Weil …« er zog ächzend eine Mutter fest, »… weil er … später … dann zu uns kam. Vielleicht war er sogar auch auf Lilleø, um das Evangelium zu predigen. Er wurde hier aber ziemlich schlecht empfangen, mit stumpfer Gleichgültigkeit, vielleicht auch, weil er viel jünger war als der Häuptling, der dort das Sagen hatte. Es war eben noch ein finsteres und mißtrauisches Volk von Bauern und Seeräubern, deren Sprache er zwar gelernt hatte, aber nicht verstand. Später hat er es sogar bis zum Erzbischof gebracht. Er hat auch einige Touren nach Schweden unternommen, um die Säufer dort zu bekehren. Die brannten ihren Fusel damals noch aus Holz, so wie heute die Finnen. Aber auch die verstanden ihn nicht und kotzten ihm auf die Kutte.

Aber alles in allem war dieser Ansgar ein sympathischer Mensch. Er hatte eine leicht erregbare Phantasie und forschte mit großem Eifer in alten Schriften, in Bibliotheken und Archiven. Dabei lebte er persönlich sehr bescheiden. Bei der Missionsarbeit trug er die abgelegten Hosen seines Vorgesetzten und trank seinen Tee aus einem schmutzigen Becher. Das Besondere an ihm war sein Einfallsreichtum bei der Verfolgung seiner Ziele. Er hat für die Wikinger den ganzen Schreibkram erledigt und ihre Schiffsdiesel repariert und ihren Frauen beim Bärenhäuten und Kräutersammeln geholfen, nur damit sie ihm ihre Jungens in den Konfirmandenunterricht gaben.«

Als Malte später noch einmal hinaus auf den Vorplatz kam, war das Werk vollbracht. Jørgensen stemmte sich auf und trat mit einer kraftvollen Bewegung den Motor an. Und aus der Maschine, die so lange geschlafen hatte, heulte, wie von einem Zauber erweckt, ein befreiter Schrei. Eine rußige Wolke schoß aus dem Auspuff und nebelte den Vorplatz ein.

Tage später saß Jørgensen, immer noch leicht erkältet, allein im Polizeihaus an der Brogade. Der Raum hatte sich verändert. Wie jeder Mensch, der ein neues Revier bezieht, oder besser gesagt, der in das Revier eines anderen eindringt, um es mit ihm für längere Zeit zu teilen, war auch Jørgensen bemüht, die Dienststube durch kleine Veränderungen in ein Refugium zu verwandeln. Wie ein Kater verteilte er überall seine Markierungen. Hätte man einen flüchtigen Besucher wie brage-Tage gefragt, ob die Dienststube für ihn sichtbar ihren Charakter geändert habe, so wäre die Antwort sicher nicht mehr als ein Achselzucken gewesen. Bei näherer Sicht aber, gleichsam durch die Lupe eines Detektivs betrachtet, ließen sich eine Vielzahl von Neuerungen aufspüren.

Auf der Fensterbank standen Marmeladen- und Einmachgläser, in denen Jørgensen seine botanischen Funde zwischenlagerte, neben zwei Steinen vom Strand mit blassem Seeigelabdruck und ein paar angeblichen Faustkeilen und Flintsteinklingen, die er bei seinen Spaziergängen vom Wegesrand aufgelesen hatte. Zwischen diesen Findlingen lagen erstarrte Käfer und vertrocknete Libellen, ruhten auf den aufgeschlagenen Seiten von Jørgensens Bestimmungsbüchern, von Angesicht zu Angesicht mit ihren illustrierten Artgenossen. An der Wand, unmittelbar neben seinem Arbeitstisch, hatte Jørgensen einige Haken befestigt, an denen griffbereit Fernglas und Fotoapparat baumelten. Ganz besondere Aufmerksamkeit aber hatte er dem Schreibtisch gewidmet. Dieser Ort, belagert von den Utensilien der wegen Mutterschaft beurlaubten Schreibkraft, konnte nur durch einen groben Eingriff seiner Fremdartigkeit enthoben werden. Das Porträt von Kim Larsen wurde gegen ein Bild von Anna ausgetauscht, die abgekauten Bleistiftstummel durch schlanke, gespitzte Schreiber ersetzt, schwärzliche Radiergummiknösel, angeknabberte Lineale, eingetrocknete Klebstofftuben wichen fabrikneuem Material. Die Schale für die Stifte, in Form einer venezianischen Gondel, versenkte Jørgensen tief hinten in die Schublade und bettete ihren Inhalt statt dessen in eine alte Zigarrenkiste.

Nun saß er am Schreibtisch, ein wenig melancholisch, und nagte an dem Ende eines nagelneuen Bleistifts.

Wenn man zu den vielen unwissenschaftlichen Gesetzmäßigkeiten noch eine weitere hinzufügen sollte, dann vielleicht die, daß man nach einem Hochgefühl des Neuentdeckens und nach freudigem Sicheinleben ganz sicher in das Tief völliger Lustlosigkeit stürzt. Jørgensen blickte auf die Wanduhr und stellte fest, daß er seit nunmehr vier Stunden gegen dieses Gefühl ankämpfte. Langsam, aber sicher schlich sich die Erkenntnis ein, in der jetzigen Situation absolut überflüssig zu sein. Früher pflegte er in solchen Fällen aggressiver Langeweile seinen kleinen Bruder zu quälen und ihn zu Wutausbrüchen zu treiben, indem er beim gemeinsamen Spiel irgendwelche einfältigen Sätze monoton wiederholte. Der kleine Bruder, von der Macht des älteren paralysiert, sah sich nicht in der Lage, die Triezerei durch das schlichte Verlassen des Schauplatzes zu beenden. Im Laufe der Jahre hatte Jørgensen diese Art pubertärer Launigkeit zwar ablegen können, und er würde sich selbst durchaus als einen ausgeglichenen Menschen beschreiben, aber nun …

Er seufzte, stand auf, machte sich Tee, zum wiederholten Mal.

Zwar war sein Bruder außerstande gewesen, sich der Quälerei zu entziehen, aber auch Jørgensen hatte sich nicht aus der Langeweile reißen können und steuerte wohl deshalb die Wutausbrüche seines Bruders gezielt an, um der Lethargie verregneter Nachmittage noch einen gewissen Kitzel abzugewinnen. Zumeist beendete das resolute Einschreiten seines Vaters diese Episoden. Es wurden Ohrfeigen verteilt und der Familienfriede wiederhergestellt.

Jørgensen schmunzelte, und ein kleiner Sonnenstrahl lichtete ein wenig das dunkle Gewölk seiner tristen Gedanken.

Sein Blick fiel auf den Ast aus dem Archiv, für den er immer noch nicht den richtigen Platz gefunden hatte und der immer noch sperrig in der schmalen Lücke zwischen Schreibmaschinentischchen und Wand klemmte. Und immer noch hing da dieser Zettel, den er nicht hatte entziffern können. Langsam erhob sich Jørgensen und näherte sich entschlossen dem hölzernen Kameraden. Wenn er die Botschaft auch nicht mehr entziffern konnte, so wollte er doch wenigstens das Holz bestimmen. Er wuchtete den Ast auf den Tisch. Die silbrig-graue Rinde war fein geriffelt. Eindeutig ein Laubbaum.

Er langte sich sein Fachbuch *Dänemarks Bäume und Sträucher.* Beim Hin- und Herblättern fand er, daß da so manches in Frage kam: Pappeln, Ulmen, Eschen und noch ein paar andere. Leider waren die Abbildungen der Borke nicht besonders aufschlußreich, doch ein Schnitt durch den Stamm würde ihm vielleicht weiterhelfen. Er schulterte den Ast und trug ihn in die Garage. Dort spannte er ihn in die Werkbank ein und sägte ein Scheibchen ab. Mit Schleifpapier glättete er die Schnittstelle, rieb sie mit etwas Öl ein und trug den Ast und das Präparat wieder zurück ins Büro. Dann nahm er den Fall unter die Lupe.

Das Holz war schön gemasert, hart, schwer und von zarter Bräune.

Nach zehn Minuten stellte er die Diagnose: Juglans regia, die Echte Walnuß. Prächtiger Baum, bis zu 30 Meter hoch, mit breiter Krone, hellgrünem, glänzendem Laub. Ein schweres Holz, wertvoll und dauerhaft. Jørgensen klappte das Buch zu, trug den Stamm in die Ecke zurück und fegte die Späne von der Tischplatte. Er nahm das Holzscheibchen und wollte es gerade in den Papierkorb werfen, als er sich eines Besseren besann. Er legte die Scheibe in eine leere Pappschachtel und verstaute sie sorgsam in einer der Schubladen.

Die kommenden Tage beschäftigte Jørgensen sich mit dem Archiv. Zuerst einmal trennte er Papier und Gegenstände, sortierte in und aus Kisten und Aktenfächern, schmiß eine Menge weg und beschriftete schließlich die Regalsegmente. Teils chronologisch, teils ihrem Inhalt nach, ordnete er die Papierflut und bettete sie respektvoll und nahezu andächtig in ihre entsprechenden Abteilungen. Neben den vorschriftsmäßigen Akten in wackeligen altmodischen Schreibmaschinenlettern – es handelte sich hier höchstwahrscheinlich um Abschriften der Originale –, bestand der Löwenanteil des Kirsteinschen Erbes aus Handgeschriebenem. Diese teilweise vergilbten, zerknitterten und vollgeschmierten Blätter behandelte Jørgensen mit besonderer

Aufmerksamkeit. Sie stapelten sich auf seinem Schreibtisch und wurden wie ein Schatz eifersüchtig bewacht, wenn Malte von Zeit zu Zeit belustigt mit seinen Bauernpranken an ihnen herumzupfte. Abends dann vollzog Jørgensen ein immer gleiches Ritual: Er kochte Tee, griff sich die Dose mit dem feinen Kopenhagener Gebäck, ein paar erlesene Schriften aus dem Archiv und zog sich, frisch geduscht, mit Schlafanzug und Bademantel, zurück in die Bibliothek. Im Schein einer Kerze versank er dann in die Welt des Polizeimeisters Lars Christian Kirstein.

Und so schuftete er auch am Morgen des 16. Mai wie besessen in der engen Kammer des Archivs, als plötzlich die Deckenlampe durchbrannte. Jørgensen lief in den Keller und kehrte mit einer neuen Glühbirne zurück, stieg auf einen Stuhl und fummelte das noch immer heiße Ding aus der Fassung. Akrobatisch warf er die kaputte Birne vom Stuhl aus durch die Tür in den Mülleimer im Nebenraum, traf sogar genau, obwohl oder weil er gar nicht sorgfältig gezielt hatte, und reckte sich wieder nach oben. Da machte er eine Entdeckung. Die Holzbretter der Decke, die zugleich auch den Fußboden der Bibliothek bilden mußten, wiesen in einem Rechteck mit einer Kantenlänge von ungefähr sechzig mal vierzig Zentimeter einen kleinen Spalt auf. Jørgensen drückte gegen das Holz, aber nichts bewegte sich. Sofort flitzte er raus aus dem Archiv, durchs Büro, die Treppe hoch, über den Flur in die Bibliothek. Dort hob er einen alten abgetretenen Teppich an, und siehe da, auch hier war eine feine Naht zu erkennen. Es handelte sich zweifellos um eine Falltür. Die Scharniere waren allerdings in einem desolaten Zustand, und außerdem hatte jemand die Klappe mit einem Dutzend großer Nägel verschlossen, daß sie sich um keinen Millimeter bewegen ließ. Jørgensen stürmte zum zweiten Mal in den Keller und war gleich darauf wieder da, bewaffnet mit Schraubenzieher und Zange. Mühselig stemmte, porkelte, stocherte er herum und zog dem Türchen nacheinander die Zähne. Dann steckte er den Schraubenzieher in den Spalt und hebelte die Klappe auf; ein Scharnier brach ganz weg, das andere hing schon ziemlich lose. Er betrachtete das Archiv nun von oben: hinten, schräg durch die Tür, der Schreibtisch. Jørgensen hörte sein Herz schlagen. Die unvermittelte Entdeckung eines Zusammenhangs zwischen zwei Räumen, die vorher nur über einen umständlichen Weg zu erreichen waren, erzeugte in ihm ein kribbeliges Gefühl, wie er es aus seiner Kindheit kannte. Er setzte sich auf den Rand, ließ die Beine baumeln und schob dann den Körper nach. Einige Regalbretter als Stiege benutzend, kletterte er in das Archiv hinab und blickte diesmal nach oben, durch die Decke, durch den Boden in die Bibliothek. Dann stieg er wieder hinauf, wieder runter und schließlich wieder hoch. Jørgensen war begeistert, seine Kindheitsphantasien von geheimen Gängen und doppelten Böden wurden Wirklichkeit. Jetzt konnte er sich unbeobachtet zwischen Archiv und Bibliothek bewegen, und der Reiz wurde auch dadurch nicht getrübt, daß ihn außer Malte ohnehin kaum jemand beobachten würde. Die Räume standen mit einem Mal nicht nur in inhaltlicher, sondern auch in direkter architektonischer Beziehung zueinander; das Archiv war zum Vorzimmer der altehrwürdigen Bibliothek geworden.

Als erstes müssen neue Scharniere her, überlegte Jørgensen, glitt durch die Luke, ging ins Büro, tastete den Schreibtisch nach Geld ab und wollte gerade los – da klingelte das Telefon. Er blieb unschlüssig stehen und trippelte wie ein Kind, das dringend auf die Toilette muß. Jetzt bloß kein aufwendiges Telefongespräch, alte Akten für den Zoll rauskramen, nach Formularen suchen, schnell irgendwo hinkommen. Schon wollte Jørgensen den Raum verlassen, als ihn ein neuerliches Klingeln, vielleicht eine Nuance lauter, ein wenig flehender, zurückhielt. Mit drei Schritten war er am Apparat, riß den Hörer ab und sagte sein Sprüchlein vom Kriminalassistenten. Es war Malte. Warum Jørgensen eigentlich immer noch diesen kindischen Satz aufsage, und, nun, eigentlich wolle er fragen, ob Ansgar nicht Pernille helfen könne. Sie müsse dringend eine Bestellung Wolle färben, und Jørgensen könne doch beim Pflanzensammeln behilflich sein. Mit seinen Kenntnissen sei er doch wirklich eine große Hilfe. Malte erwähnte das Wort ›Hilfe‹ noch ein halbes Dutzend Mal in allen möglichen Zusammenhängen, so daß Jørgensen allmählich zu der Überzeugung kam, es handele sich hier wirklich um einen Notfall. Er versprach, in einer Stunde zur Stelle zu sein, schmiß den Hörer auf die Gabel und rannte los. Im Bocksprung auf das Motorrad, ein kräftiger Kick, und die Maschine lief donnernd an. In Torsdal kaufte er Schrauben und Scharniere und raste zurück nach Nørreskøbing. Im Polizeihaus angekommen, stolperte er die Treppe hoch und lief in die Bibliothek. Eine halbe Stunde brauchte er für die Montage und die Beseitigung aller Spuren. Dann wieder aufs Motorrad; kurz nach zwölf erreichte er Maltes Hof, preschte durch die Einfahrt und machte eine Kavaliersbremsung, daß der Kies in einer weitgefächerten Kaskade wegspritzte und über das angrenzende Korn niederprasselte.

Pernille hatte schon auf ihn gewartet. Mit Gummistiefeln, Kopftuch und Körbchen geschmückt, stapfte sie, Jørgensen einen auffordernden Wink gebend, burschikos ins Kraut. Schweigend umrundeten sie mehrere Felder; hinter ihnen schmolz der Hof zu einem rotweißen Tupfen. Mit der Sicherheit einer Fähe, die ihren gut versteckten Bau aufsucht, bahnte sich Pernille einen Weg durchs Gestrüpp, während Jørgensen verzweifelt versuchte, Schritt zu halten. Immer wieder schlangen sich böse Ranken um seine Füße, verhakten sich in den Sandalen, oder streichelten flammende Brennesseln seine nackten Knöchel. Sollte er den Anschluß verlieren ... er wäre der erbarmungslosen Natur hilflos ausgeliefert. So verstrich etwa eine halbe Stunde, bis Pernille stehenblieb: »So! Siehst du den Baum da drüben? Das ist der Gamle Holger; Malte hat ihn so getauft. Wenn wir uns aus den Augen verlieren, treffen wir uns dort wieder!« bestimmte sie und kramte eine gefaltete Plastiktüte aus dem Korb.

»Schöllkraut, Rainfarn und Luzerne. Wenn du danach suchen würdest ... Ich zeig dir mal, welche Pflanzen das sind.«

Jørgensen seufzte tief. Die Sache wurde komplizierter, als er sich vorgestellt hatte. Daß sie ihn mit der eitlen Fürsorglichkeit einer Kindergartentante behandelte, war schon schwer herunterzuschlucken, daß sie ihm aber nicht zutraute, über Chelidonium majus, Tanacetum vulgare und Medicago sativa Bescheid zu wissen … Er nahm ihr die Tüte aus der Hand und schüttelte sie auf. Pernille zeigte ihm nun die Pflanzen und schickte ihn dann zu einem Strauch, denn da sollte der Rainfarn geradezu büschelweise wachsen. Jørgensen trottete zur besagten Stelle, fand aber nichts außer Brennesseln und Kletten. Als er dies Pernille mitteilte, bemerkte sie tröstend, daß das nicht weiter schlimm sei. Man müsse eben Geduld haben; suchen, suchen, suchen. Wie bei der Polizei, da findet man den Täter ja auch nicht immer sofort.

Jørgensen spürte seinen Blutdruck steigen. Er entfernte sich wieder und pflückte die Plastiktüte in kürzester Zeit voll mit den von Pernille gewünschten Färbepflanzen.

»Doch nicht alle in eine Tüte. Jetzt muß ich hinterher alles wieder auseinandersortieren, das ist doch so mühsam. Waren denn da nicht noch andere Tüten drinnen? Jede Art in ihre eigene Tüte.«

Mit gespannten Kiefermuskeln schüttete Jørgensen seine Beute wieder aus und stopfte sie in getrennte Tüten. Dann zog er auf ein neues los. Niederkniend rupfte er gereizt am Schöllkraut, als auf einmal ein grausilbriger Strich sich durch die Grashalme schlängelte und verschwand. Jørgensen schrak zusammen, teilte aber sofort mit beiden Händen das Gras, doch zu spät; was immer es gewesen sein mochte, es war fort.

Ein Frosch? Nein, die Farbe stimmte nicht. Die Bewegung – mehr wie eine Schlange oder eine Blindschleiche. Jørgensen stöberte durch das Gebüsch und wälzte dann behutsam einen großen Stein zur Seite, und siehe da, da lag tatsächlich eine Blindschleiche regungslos in einer kleinen Mulde. Jørgensen hielt den Atem an und wurde zur Statue. Mit beiden Händen den Stein umklammernd, starrte er auf das ungefähr 20 Zentimeter lange Reptil.

»Na, was hast du denn da entdeckt?« Pernille dicht neben ihm. Ein Husch, das Tier war fort, der Stein rollte ins Loch zurück.

Mühsam kämpfte Jørgensen sich aus dem Gesträuch. Dabei ritzten ihm tote Äste über das Gesicht, seine nackten Zehen stießen gegen einen aus dem Boden kriechenden Aststumpf. Er hielt die Tüten so fest umschlossen, daß die Knöchel weiß wurden.

»Ich such da drüben noch mal«, murmelte er zwischen zusammengepreßten Zähnen und ging steif und verbissen den Weg ein paar Meter zurück, bis hinter der nächsten Biegung Pernille nicht mehr zu sehen war. Jørgensen rannte, als gelte es sein Leben. Über Stock und Stein, mit Seitenstichen, Schweiß auf der Stirn und schlenkernden Plastiktüten kam er auf den Hof und lief dem aus der Scheune tretenden Bjørn geradewegs in die Arme.

»Da bist du ja. Pa hat gerade angerufen. Da hat jemand ein Auto geklaut, einen roten Opel Kadett. Du sollst hinterher, der Dieb ist wohl unterwegs nach Leby.« Jørgensen sagte nichts. Er drückte Bjørn die Tüten in die Hand und schwang sich aufs Motorrad.

Das Blubbern des Auspuffs zog sich wie ein langes Band hinter ihm her und wurde schon bald von der Geschwindigkeit abgehängt. Er hörte nur den Schrei des Windes, den sein vorgereckter Kopf zerteilte. Mit steigendem Tempo erhob sich dieser Schrei zu einem Kreischen, und die kalte Luft strömte ihm wie zwei eisige Wasserstrahlen in die tränenden Augen. Er kniff sie zu Schlitzen zusammen und richtete den Blick auf die wellenförmigen Bewegungen des kiesbestreuten Teers. Er brauste über das Drejet, rechts der Kiefernwald, links das strahlend blaue Meer.

Wie Pfeile stachen ihn kleine Fliegen in die Wangen, und von Zeit zu Zeit knallte ihm etwas Schweres, eine Wespe oder ein Käfer, wie eine abgeschossene Kugel gegen Gesicht, Lippen und Hände. Er blickte auf den Tacho: einhundertzehn, die Nimbus wurde warm. Nun stemmte er die Füße auf die Rasten, stieß mit den Armen vor und klemmte seine Knie gegen den Tank. Sein

Kopf war jetzt so durchgeblasen, daß er nichts mehr hörte. Geräuschlos wirbelte er durch die sonnenvergoldeten Felder.

Viel zu spät bemerkte Jørgensen die zwei uniformierten Ledermänner, die winkend neben ihren Motorrädern standen. Polizei? Er begriff nicht und war auch schon vorbeigeschossen. Motorradstreife auf Lilleø? Wo kamen die beiden her? Sollten sie etwa dem Autodieb hier auflauern? Warum hatte man ihn nicht informiert? Egal, keine Zeit jetzt. Vorwärts!

Kurz hinter Laurup sah er die zwei im Rückspiegel auftauchen. Also gut, die fliegende Brigade auf dem Weg zum Hvidsø-Nor. Jetzt hatte der Dieb keine Chance mehr.

Die beiden schoben sich näher und näher an Jørgensen heran und machten ihm Zeichen. Routiniert, mit dieser typischen und durch ihren Gleichtakt fast gespenstischen Autorität, deuteten sie mit langsamen Bewegungen immer wieder zum Straßenrand. Was zum Teufel soll das heißen? Soll ich anhalten? Aber warum? Der eine Uniformierte setzte gerade zum Überholen an, als Jørgensen Gas gab. Der Motor heulte wütend auf. Wie ein Pfeil schnellte er über die kurvenreiche Landstraße.

Die Polizisten fuhren moderne Motorräder, und es wäre für sie ein leichtes gewesen, die Nimbus einzuholen, aber sie fielen plötzlich zurück und waren hinter der nächsten Biegung verschwunden. Jørgensen überlegte, ob er nicht lieber anhalten sollte, um sich mit den Kollegen zu besprechen. Sie wollten ihm doch offensichtlich etwas mitteilen. Aber die Zeit drängte. Vielleicht hatten sie ja nur eine neue Abfangposition bezogen. Hier, kurz hinter Svanninge war die Landstraße so eine Art Nadelöhr. Außer ein paar unwegsamen Traktorpfaden lief keine Straße parallel. Wenn ihm der Autodieb oben in Hvidsø entwischen sollte, könnte man ihn hier ohne Probleme abfangen.

Drei Minuten später waren sie wieder da, oder nein, nun war es nur noch einer. Sie gehen also davon aus, daß ein Posten genügt. Der andere will mir helfen. Na schön, kreisen wir den Autoklauer ein. Diesmal war es Jørgensen, der seinem Kollegen

Zeichen gab. Der Uniformierte war nun fast auf gleicher Höhe mit ihm und schrie irgend etwas in den Wind. Jørgensen bedeutete ihm geradeaus zu fahren, indem er mit dem Zeigefinger energisch nach vorn tippte. Dann bremste er und bog hinter dem Kollegen nach links in einen Feldweg ein. Er wollte sich dem Nor von Süden nähern, während der andere von Norden kommen sollte. Die Reifen schleuderten Steinchen auf, und er zog eine dichte Staubfahne hinter sich her. Verdutzt sah Jørgensen, wie aus diesem Dunst der Uniformierte wild gestikulierend auftauchte. Jetzt wurde es ihm doch zu bunt. Er zog die Bremse, hielt schlitternd, schwang sich vom Sattel und bockte die Maschine auf. Sein Kollege hatte die gleichen Bewegungen zehn Meter hinter ihm synchron ausgeführt, und während er sich den Helm abnahm, näherte er sich mit wütendem Gesicht. Er war bestimmt einen Kopf größer als Jørgensen, breitschultrig mit langen blonden Haaren und ebensolchem Bart. Es fehlte nur die Streitaxt.

»Bist du noch zu retten, Kerl?« schrie er, hart an der Grenze der vorgeschriebenen dienstlichen Beherrschung. »Die Papiere, aber ganz schnell!« Er schlug sich mit kurzen barschen Schlägen den Staub vom Lederdreß und zückte ein Büchlein. Jørgensen verstand überhaupt nichts mehr. Hier lag ganz offensichtlich ein Mißverständnis vor.

»Ich bin Polizist«, sagte er, »ich dachte, ihr wolltet mir helfen. Da oben sitzt irgendwo ein Dieb mit einem gestohlenen Auto.«

Der Uniformierte musterte ihn.

»Komm, reich schon die Papiere rüber.« Er winkte provozierend langsam mit dem Zeigefinger. Jørgensen überlegte, ob er dem augenscheinlich bedeutend jüngeren Kollegen eine kleine Lektion erteilen sollte, aber er war nicht sicher, ob seine Weisungsbefugnisse in dieser Situation vielleicht eingeschränkt waren. Dazu kam, daß alle Papiere in seinem Zimmer lagen. Den Führerschein oder gar einen Dienstausweis mitzunehmen, hatte er sich hier schon längst abgewöhnt. Und die Nimbus war schon vor vielen Jahren abgemeldet.

»Ich hab die Papiere nicht dabei«, sagte er schnell. »Mein Gott, ich bin ein Kollege von Malte Hansen, ich komme aus Kopenhagen, von der Kripo und heiße Ansgar Jørgensen. Wo kommt ihr auf einmal her?«

»Willst du mich verarschen?« fragte der Uniformierte, nun aber doch schon ein wenig verunsichert und nicht mehr ganz so forsch. »Du kannst mir viel erzählen. Komm, wir fahren zu Malte, dann werden wir ja sehen.«

»Mensch, begreifst du denn nicht, wir sind hier im Einsatz, Malte muß gleich nachkommen. Er fährt sicher die Landstraße weiter. Verdammt noch mal, das solltest du eigentlich machen. Wo ist dein Kollege überhaupt?«

»Reifenpanne. Er wartet da hinten auf uns und will auch noch ein paar Takte mit dir reden. Der hat eine Stinkwut, das kannst du mir glauben. Los, komm, wir fahren zurück.«

Jørgensen überlegte kurz, ob er nicht vielleicht zum Beweis für seine Glaubwürdigkeit irgendeinen Paragraphen der Strafprozeßordnung zitieren sollte, aber in diesem Augenblick näherte sich ein Auto. Erleichtert erkannte Jørgensen den Morris. Der Uniformierte, der Jørgensens Gesichtsausdruck allem Anschein nach falsch gedeutet hatte, blickte sich lässig um und grinste.

»Na, da bin ich ja mal gespannt.«

Der Morris bremste. Malte stieg aus, sah die beiden mit zusammengekniffenen Augen an und brach in schallendes Gelächter aus. Mit hochrotem Kopf quälte sich der andere Uniformierte aus dem engen Fahrzeug heraus.

»Kannst du mir mal verraten, was es da zu lachen gibt?« fragte Jørgensen.

»Also wirklich«, prustete Malte.

»Ihr kennt euch?« fragte einer der Polizisten.

»Tja«, sagte der andere, »das ist ein Kollege von uns, Lars. Ansgar Jørgensen, Kriminalassistent aus Kopenhagen.«

»Entschuldige, Ansgar, aber woher sollte ich ...«

»Schon gut«, winkte Jørgensen ab, »aber was macht ihr hier?«

Malte schüttelte, immer noch vor sich hin kichernd, den Kopf. »Das sind Lars und Erik aus Grølleborg, Distrikt 112. Sie kommen uns dreimal im Jahr besuchen, um nach dem Rechten zu sehen, Fahrzeuge, Führerscheine kontrollieren und so weiter. Ich hab ganz vergessen, dir Bescheid zu sagen, Ansgar, tut mir wirklich leid, aber du müßtest jetzt mal dein Gesicht sehen.«

»Sehr witzig. Und inzwischen geht uns der Autodieb durch die Lappen.«

»Da mach dir man keine Sorgen«, sagte Lars, »wie soll der denn von hier abhauen können, von so einer kleinen Insel.«

Das war nun wirklich zuviel. Nicht nur, daß Malte hier blöde herumkicherte, jetzt erdreistete sich auch noch dieser Streifenbulle, ihn zu belehren. Jørgensen kam sich wie ein Idiot vor. Nicht ohne eigenes Zutun. Warum steigerte er sich hier in eine zugegebenermaßen lachhafte Verfolgungsjagd. Natürlich hätte er sich nicht so wahnsinnig beeilen müssen, natürlich waren die Fähren längst informiert, der Mann ausführlich beschrieben. Ein Boot klauen oder gar einen von diesen Stoppelhopsern entführen, dazu würde dieser Provinzstrolch wohl kaum die Nerven haben.

»Du, Lars, steigst jetzt wieder auf deinen Bock und fährst mit mir diesen Weg zurück«, sagte Jørgensen im Ton einer Dienstanweisung. »Wir kommen dann von oben.«

»Gut«, sagte Malte, »wir fahren hier weiter. Wäre doch gelacht, wenn wir den Typ nicht schnappen. Also, vorwärts, Jungs!«

Sturzbetrunken erwartete Kalle Erik Karlsson, notorischer Gelegenheitsdieb und Autoknacker, gestützt auf die Motorhaube des geklauten Autos, den Feind. Ein Kampf fand nicht statt. Die Beute wurde beschlagnahmt, und noch vor Anbruch der Dunkelheit kehrten die Sieger zurück Richtung Nørreskøbing. Schade nur, daß so wenige Bauern am Straßenrand standen, denn so verpaßten sie den grandiosen Triumphzug, der an diesem Abend über Lilleøs Landstraße donnerte; hinten der Abschleppwagen mit der schrottreifen Karosserie der Kriegsbeute und einem plattgefahrenen Polizeimotorrad, davor Maltes Morris mit dem gefangenen Feind, eskortiert von zwei Streifenpolizisten auf dem verbliebenen Motorrad und vorneweg Ansgar Jørgensen, der glorreiche Feldherr mit Siegerlächeln und Nimbus.

Kalle Erik Karlsson war ein alter Bekannter der Polizei in Grølleborg. Schwedischer Abstammung und somit dem Erbe verfallen, alkoholischen Getränken gegenüber noch ein wenig aufgeschlossener zu sein als der Rest der skandinavischen Welt, klaute, trickste und trank sich Karlsson, wie amtlich vermerkt wurde, seit seinem 16. Lebensjahr – und das lag immerhin schon 30 Jahre zurück – durch Grølleborg und Umgebung. Sein Vorstrafenregister war entsprechend umfangreich, aber seiner Ansicht nach wohl noch unvollständig, und so hatte er am Morgen dieses herrlichen Maitages beschlossen, seinen Radius auszudehnen und endlich mit der Umsetzung einer lang geplanten Tour de Danemark zu beginnen. Doch ähnlich wie beim Brettspiel, hatten die Falschen die richtige Zahl gewürfelt und ihn kurz nach Erreichen des ersten Abschnitts auf seine Startposition zurückgeworfen. Kalle Karlsson ärgerte sich nicht und ergab sich widerstandslos den beiden Wikingern Lars und Erik, die ihren Gefangenen noch am selben Abend nach Grølleborg überführen wollten. Malte schlug den dreien aus dem 112. Distrikt vor, doch erst morgen früh zu fahren und statt dessen dieses köstliche Ereignis hier im Polizeihaus zu feiern, mit Bier und Fleischbällchen. So verlängerte sich Kalle Erik Karlssons Odyssee um einen gemütlichen Abend im roten Backsteinhaus an der Brogade.

Und dann saß man zusammen, bei Pfeifenqualm und Bier, während Jørgensen in Schürze mit brutzelnder Pfanne ins Zimmer kam, Malte das Brot brach, Erik und Lars sich zuprosteten und Kalle Karlsson in das Waschbecken seiner gemütlichen kleinen Zelle kotzte. Es wurde viel gesungen an diesem Abend, viel gelacht und noch mehr gegessen und getrunken. Gegen zwei suchte Malte schwankend und vergeblich nach dem Zellenschlüssel, schickte dann achselzuckend Kalle mit dem Gebot ins Bett, die

Tür doch bitte bis morgen zehn Uhr geschlossen zu halten. Kalle, schon weit jenseits davon, mit dem Wort ›Tür‹ oder den verschwommenen Gestalten, die ihn umgeisterten, etwas anfangen zu können, seufzte tief durch, sackte auf die Pritsche und schlief bereits. Gegen drei gingen die Lieder zur Neige, das Bier floß nur noch stoßweise. Gegen vier war Malte als einziger noch ein wenig Herr über seine Sinne. Er raffte sich mühsam auf, bastelte aus Teppichen und Wolldecken ein Nachtlager und verschob die willenlosen Gestalten über den Boden wie Schachfiguren, bis sie strategisch vernünftig positioniert waren. Er deckte Jørgensen zu, öffnete ein Fenster, wankte zur Tür, drehte den Lichtschalter, taumelte die Treppe hoch und stürzte kopfüber in Jørgensens Bett. Während Erik und Lars sich infantil lächelnd in ihre Lederanzüge kuschelten, glitt Jørgensen, begleitet von ein paar zufriedenen Grunzlauten, langsam ins Reich der Träume.

*

Die Sonne sinkt rasch, und ein lauer Wind aus Nordwest weht den leicht fauligen Geruch der Bucht über den Mühlendamm. Ein roter Wolkenstreifen leuchtet vom Horizont in die Dämmerung; eine Möwe schreit wehklagend und begrüßt auf ihre Art die hereinbrechende Dunkelheit. Die Felder auf der anderen Seite des Deiches sind vom Nebel überzogen, von Zeit zu Zeit brüllt in diesem Zwielicht eine Kuh und verkündet damit eine unendliche Stille.

Viele hätten diese Einsamkeit gemieden, nicht aber der Mann, der auf dem Damm geht, bisweilen stehenbleibt und über das Meer blickt. Seine Hände sind feucht, und er versucht, sie durch Aneinanderreiben zu trocknen, aber vergeblich, die Luft ist gesättigt mit dem Dunst der Nacht, seine Kleidung klamm und klebt am Körper.

Als er etwa die Mitte des Damms erreicht hat, klettert er die Böschung hinunter zum Wasser. Ein wenig nach links noch und der Schlehenbusch steht vor ihm. Geschickt drückt er die Zweige auseinander. Da liegt es, wohlversteckt im Gesträuch.

Kurze Zeit später schwimmt das kleine Boot im Wasser, treibt langsam auf das Eiland zu. Stoß um Stoß fährt die große Stange in den schlammigen Meeressand und schiebt das Gefährt vorwärts.

Der bleichgesichtige Mond schimmert fahl durchs trübe Wolkenmeer, als der Mann das andere Ufer erreicht, das Boot verankert und auf den Strand springt.

Zielstrebig geht er seinen Weg durchs Gestrüpp, an den dunklen Teichen vorbei. Mondlicht spiegelt sich darin, und schwere Dünste erfüllen die Luft. Jetzt steigt der Boden an, und kurz darauf sieht er es vor sich stehen, groß und schön im Abendwind.

Er zieht die Flasche mit Wein aus der Manteltasche und setzt sich auf einen Findling.

Unter der dunklen Kuppel des Himmels blitzen die Sterne, die Mondgeister hüllen sich in ihre Festgewänder, die Geister des Merkur vertiefen sich in ihre Studien, auf dem Jupiter verlassen sie ihre Betten und wandeln nackt durch die Sphäre der Weisheit. Mit segenduftenden Schwingen zersicheln sie den hellen Tag.

Nur auf unserem Erdkörper ist jetzt Nacht. Kein Gequake der Frösche ist mehr zu hören, kein Vogel schreit. Jetzt schläft das Meer, kein Licht glitzert am Horizont.

Und während er den Wein in gleichmäßigen langen Zügen trinkt, überfällt auch ihn eine angenehme Müdigkeit.

Die Hornhechte

Maren Poulsen hob den Kopf und zwinkerte ihrem Gegenüber freundlich zu. Sie schneuzte in ein großes geblümtes Taschentuch, räusperte sich und fuhr fort, ihre mit monströsen Schnörkeln untermalte Schrift über ein zerknittertes Stück Papier zu ziehen.

Jørgensen glaubte nicht richtig verstanden worden zu sein und wiederholte diesmal lauter:

»Ich bin Ansgar, Ansgar Jørgensen, ein Kollege von Malte.« Er streckte seine Hand aus. Maren betrachtete sie einen Moment nachdenklich, griff aber dann mit beiden Händen zu und schüttelte sie herzlich.

»Du kennst also Malte. Ich bin Maren. Wie geht es Malte, hat er denn keine Lust, mal selbst herzukommen. Was kann ich für dich tun, Ansgar?« Sie tupfte sich den Schweiß von der Stirn.

»Tja, also ich …«

Maren unterbrach ihn mit einer Handbewegung. »Sag mal, du bist doch …, ja natürlich, wo hab ich denn meine Gedanken? Du bist doch der Kommissar aus Kopenhagen! Willkommen, willkommen.« Maren stand auf und drückte Jørgensen noch einmal herzlich die Hand. »Ich mach uns schnell einen Kaffee.«

Jørgensen beobachtete verblüfft, wie die quirlige alte Frau in die andere Ecke des Raumes fegte und eine Kaffeemaschine in Gang setzte.

»Weißt du, Ansgar, ich will ja nichts sagen, aber du bist hier schon so was wie eine Berühmtheit.«

»Tatsächlich?«

»Na ja, also ein echter Kommissar hier auf Lilleø, da machen sich die Leute schon so ihre Gedanken, weißt du. Wieso kommt ein Kommissar nach Lilleø?«

»Es kommt kein Kommissar nach Lilleø, sondern nur ein Kriminalassistent, versetzt für fünf Monate.«

»Du bist aber bescheiden, Ansgar – möchtest du Milch und Zucker?«

»Ja, gerne.«

Jørgensen nahm einen tiefen Schluck aus der Tasse. Der Kaffee, den Maren gebrüht hatte, war stark, und das war, angesichts der Zecherei von gestern abend, gut so.

Als er am Morgen aufgewacht war, waren Lars, Erik und Kalle schon unterwegs gewesen, und Malte hatte wild gestikulierend vor ihm gestanden, ihm zu erklären versucht, daß vor der Tür im Flur Touristen und Bürger dieser Stadt mit wichtigen Beweggründen ständen und Einlaß begehrten. Es sei nun mal Maltes Beruf, sich um diese Menschen zu kümmern. Mit zwei, drei Handgriffen hatte er die Teppiche wieder verlegt, mit einem vierten Jørgensen und die zerwühlten Wolldecken in die frei gewordene Arrestzelle gestopft. Und da hatte er wie ein krankes Sünderlein mit zerknautschtem, stoppeligen Gesicht gehockt, während Malte die Sorgen und Nöte der Menschen kurierte. Nie war so viel passiert auf Lilleø. Geldbörse und Handtasche geklaut, Fahrrad weg, Schlägerei in der Hafenkneipe, Kinder hatten einen angefahrenen Igel gefunden und so weiter. Die Luft in der Zelle stank nach Schweiß, Urin und Kalles leicht angetrockneter Kotze im Waschbecken. Verzweifelt hatte Jørgensen versucht, das kleine Fenster zu öffnen, hatte es dann nur auf Kipp stellen können, und auf einem Hocker stehend und mit den Händen die Gitterstäbe umkrallend, hatte er wohl eine Stunde lang seine Nase durch den Spalt gesteckt, bis Malte schließlich die Tür wieder geöffnet und ihm mitgeteilt hatte, daß die Luft nun rein sei.

Beim Frühstück hatte er ihm dann von dem Schiffahrtsmuseum in Torsdal erzählt und für den Rest des Tages frei gegeben.

Jørgensen musterte Marens völlig überfüllten Schreibtisch; sein Blick blieb auf einem eigentümlichen Gegenstand haften, dessen Funktion ihm nicht klar war.

»Was ist denn das hier?«

»Oh das, das ist ein Sextant. Ist dir der Kaffee stark genug? Ein bemerkenswertes Exemplar. Ich habe nachgeguckt, er könnte tatsächlich noch aus dem 18. Jahrhundert stammen.«

Jørgensen trank einen Schluck und strich mit der Hand über das korrodierte Messing; an einigen Stellen klebten Sandreste. »Und wozu braucht man so was?«

»Der Sextant ist ein Instrument für die Seefahrt. Man braucht ihn zur Navigation. Du peilst zwei Punkte an, zum Beispiel Sonne und Horizont und kannst so aus dem Winkel, der Uhrzeit und den Tabellen der nautischen Jahrbücher deine eigene Position bestimmen.« Maren hob den Sextanten vors Gesicht.

»Ich peile zum Beispiel die beiden Masten da draußen an, schau her, da drüben durchs Fenster …« Sie drehte sich ruckartig im Kreis. Jørgensen wich zurück und stieß sich dabei den Kopf an einer aus der Wand wachsenden Galionsfigur.

»Ich glaube, das Ding wurde sogar von Newton erfunden. Hier kann man übrigens noch mehr sehen.« Maren hielt ein Vergrößerungsglas über einen der Schenkel. »Siehst du? Da ist ein Monogramm eingraviert, wahrscheinlich der Hersteller. Ist aber kaum noch zu erkennen. Ich versuche schon den ganzen Morgen, die Buchstaben herauszukriegen. Probier du es mal.« Maren reichte Jørgensen die Lupe.

Jørgensen wendete den Sextanten hin und her, kniff die Augen zusammen, trat ans Fenster und hielt ihn ins Licht. Aber es ließ sich beim besten Willen nichts entziffern.

»Wo hast du das Ding her?«

»Von Axel Larsen. Ich weiß nicht, ob du ihn kennst; er wohnt hinten in Eskebjerg. Sein Bruder ist vor kurzem gestorben. Axel hat wahrscheinlich Geld gebraucht. Neulich kam er vorbei und hat einen ganzen Sack mit allem möglichen Gerümpel angeschleppt. Hat wohl alles seinem Bruder gehört. Möchtest du noch einen Kaffee?«

Jørgensen blieb keine Zeit zu antworten. Wieder hastete Maren quer durch den Raum.

»Hat er denn noch viel für die Sachen gekriegt?«

»Ich habe ihm einen Pauschalpreis gemacht. Für Axel hat es sich gelohnt.« Maren grinste übers ganze Gesicht. »Für mich allerdings auch.«

Jørgensen nickte bedächtig mit dem Kopf. »Das kann ich mir vorstellen.«

»Nicht, daß du mich falsch verstehst, ich rede von ideellen Werten, kein Trödler hätte Axel mehr gegeben.«

»Man kann also davon ausgehen, daß der Sextant Hans Larsen gehört hat. Ist er mal zur See gefahren?«

»Davon weiß ich nichts, aber das muß er auch gar nicht. Du ahnst ja nicht, was man so in den Nachlässen von Verstorbenen findet. Die merkwürdigsten Sachen tauchen da auf, ohne erkennbaren Bezug zu ihrem Besitzer. Auf einer Auktion habe ich mal eine Bergsteigerausrüstung erstanden. Der Verstorbene war Kapitän der Handelsmarine. Stell dir mal vor, ein Kapitän im Gebirge!« Maren lachte in ihr Taschentuch.

Jørgensen versuchte sich vorzustellen, wie Maren in der von ihr erstandenen Ausrüstung in den Bergen herumturnte, und lachte mit.

Maren kramte im Gerümpel. »Sieh mal hier, diese Gleitschuhe. Was soll ich damit anfangen? Sehen aus, als hätte die mal einer selbst gebastelt.« Sie drückte die Dinger Jørgensen in die Hand. Der drehte die Gleitschuhe höflich eine Zeitlang in den Händen und legte sie schließlich auf den Tisch zurück.

Maren war plötzlich aus dem Zimmer verschwunden, polterte eine Zeitlang im Nebenraum. Dann stand sie wieder vor Jørgensen.

»Du bist doch heute zum ersten Mal hier, dann kennst du unser Museum ja noch gar nicht. Komm mal mit.« Maren sprang auf und rannte davon, als gelte es – alle Mann an Deck – ein feindliches Schiff zu entern, und Jørgensen hatte Mühe, ihr auf den Fersen zu bleiben. Das Museum bestand aus einer unübersehbaren Abfolge kleiner und kleinster Räume, die vollgestopft waren mit allem, was sich auch nur entfernt mit der Seefahrt in Verbindung bringen ließ: Schiffs- und Hafenmodelle, Fragmente von Segelschiffstakelagen, Laternen, Galionsfiguren, endlose Reihen von Porträts alter Fahrensleute, die genauso aussahen, wie Porträts alter Fahrensleute auszusehen haben, Buddelschiffe, eine Segelmacherstube, Mitbringsel von Seeleuten aus Grönland und der Südsee, Eskimo-Harpunen, ein vertrockneter Kajak, Massai-Speere; neben, vor, über, hinter und unter ihm verschrumpeltes

Meeresgetier, Buddhafiguren, Seekarten vom Rio Parana und der Bucht von Tokio, kistenweise Feuersteinwerkzeuge, die man beim Ausbaggern des Hafens gefunden hatte, Festtagsgewänder der Schifferfrauen und die Bratenröcke, die ihre Männer wohl beim sonntäglichen Kirchgang getragen haben – all das rauschte an ihm vorbei, und er mußte seine ganze Aufmerksamkeit darauf richten, seine Führerin nicht aus den Augen zu verlieren, die treppauf, treppab – »Vorsicht, stoß dir nicht den Kopf!« – pausenlos redend ihm vorauseilte und immer wieder in irgendwelchen Nebenräumen verschwunden war. Das Museum erinnerte ihn an das höhlenartige Labyrinth des von zwei tütteligen alten Damen betriebenen und bis unter die Decken vollgestopften Handarbeitsgeschäfts in Brøndby, wo Anna Wolle kaufte.

Zu seinem Glück wurde Maren zwischendurch zum Telefon gerufen und die atemlose Hetzjagd durch die Geschichte der Seefahrt für eine Weile unterbrochen. Jørgensen konnte in einer stillen Bucht irgendwo auf dem Dachboden vor Anker gehen. Hier sah er durch das Fenster einer mit Ziegelstein ausgefachten Fassade in eine gemütliche Schifferstube, in der lebensgroße Panoptikumsfiguren in historischen Kostümen dem Voyeur Einblick in ihr Leben gewährten: Ein junges Paar drehte sich im Tanz, zu dem ein Mann in der Tracht eines Fischers auf dem Bandonion aufspielte. Am Tisch saß eine ältere Frau über eine Handarbeit gebeugt, während ihr Gatte im Hintergrund am Fenster stand und mit dem Perspektiv die einlaufenden Schiffe musterte.

So sollte es sein, das Leben, dachte Jørgensen, alles wohlgeordnet, jeder an seinem Platz, alle agierenden Personen werden auf ihre klischeehafte Rolle stilisiert: der Mann beim Fernsehen, die Frau bei der Hausarbeit und die Jugend bei ihrem Vergnügen. Gott sei Dank hatte eine weise Regie den Ton unterdrückt, und so wurde diese Idylle nicht durch Anschnauzereien, Quengeleien und Klagen über das unglückliche Los im Leben gestört. Alles still und friedlich. Es gab auch keine unangenehmen Gerüche, keine müffelnden Stockflecken an Decken und Wänden, keinen sauren Bierdunst, keinen scharfen Körperschweiß. Der Raum war weder überhitzt noch empfindlich kalt, alles wohlklimatisiert. So muß es im Paradies sein, dachte Jørgensen, man braucht gar keinen Garten Eden, wieso überhaupt einen Garten. Reicht es nicht, wenn man aus dem irdischen Leben einfach nur die Geräusche und Gerüche entfernt? Im reinen Betrachten liegt die Ruhe und der Frieden, etwas abseits, durch ein Fensterglas. Jørgensen schaute sich um. Ein wenig düster war es hier freilich, aber da gab es einen Lichtschalter. In neugieriger Erwartung, welche verborgene Illumination sich nun entflammen würde, drückte er die Taste. Da schien der Raum zu explodieren. Jørgensen begriff erst gar nicht, was passiert war; benommen griff er sich ans Herz. In orchestraler Lautstärke und Wucht schepperte wie aus hundert Instrumenten fidele Akkordeonmusik durch die Gänge. Wie wild drückte Jørgensen die Taste, in der Hoffnung, den höllischen Lärm wieder in den Orkus zu bannen, vergeblich. Nun dachte er an Abhauen, wie früher, bloß schnell weg, doch rechtzeitig fiel ihm ein, daß der Lärm ein legitimer Bestandteil dieser Inszenierung war und keine Alarmanlage, die er aus Versehen ausgelöst hatte.

Und da tauchte Maren schon wieder auf und lotste ihn herunter auf einen der kleinen Innenhöfe, wo all die Schaustücke plaziert waren, die man beim besten Willen nicht mehr in die engen Stuben hineinstopfen konnte. Ein großes hölzernes Gangspill, eine kleine Kombüse, die man aus einem abgewrackten Kutter herausgesägt hatte, ein Auslegerboot von den Fidschis, alles lag hier kreuz und quer. Über diesen Hof ging es in einen weiteren abgelegenen Trakt des Museums. Wo war noch gleich der Eingang? Jørgensen wußte es nicht mehr. Jetzt ja nicht den Anschluß verlieren. Legte man nicht eine Spur aus Sand oder kleinen Steinen oder aus Bonbonpapier, um sich durch so ein Labyrinth wieder zurückschlängeln zu können? Maren hob die Hände zu einer feierlichen Geste und bremste seinen Schwung.

»Jetzt bekomm keinen Schreck. Nicht daß du glaubst, wir rüsten hier heimlich auf, haha. Das gute Stück hat mal den Deutschen gehört, die hatten '44 eine Flakstellung hinter der Meierei von ...« Maren trat zur Seite, und Jørgensen blickte unvermittelt in die Mündung einer Schnellfeuerkanone.

»Die hat mal einen echten Amerikaner vom Himmel geholt«, schwärmte Maren. »Eine Mustang. Die Maschine ist in die Skovnæs-Mühle gekracht. Den Piloten haben wir auf dem Torsdal-Friedhof beigesetzt.«

Wir? Maren mußte damals noch ein Kind gewesen sein, überlegte Jørgensen.

»Na, so geht es«, seufzte sie, ganz in ihren Erinnerungen. »Viel mehr haben wir vom Krieg auch nicht mitbekommen. Nur ab und an zogen die Bomberstaffeln hoch oben über Lilleø hinweg.«

»Und das Geschütz? Wie ist es in eure Hände gefallen? Habt ihr es erobert?« fragte Jørgensen.

»Die Deutschen haben es '45 zurückgelassen, es war wohl auch kaputt. Dann wurde es erst mal sichergestellt oder sagen wir besser requiriert und kam nach Odense. Meiner Zähigkeit und Ausdauer ist es schließlich zu verdanken, daß dieses historische Stück 1970 wieder an seinen historischen Ort kam. Briefe schreiben reichte da nicht. Ich bin selber rüber und habe Dampf gemacht. Die waren vielleicht verstockt, diese Brüder. Das Ding mußte erst von einem Fachmann so manipuliert werden, daß man damit nie mehr einen Schuß abgeben kann. Was haben die denn geglaubt? Daß wir das Feuer gegen die Touristenjachten eröffnen oder die Udenøs? Also, das Geschütz kam dahin zurück, wo es hingehört. Nicht hinter die Meierei selbstverständlich, sondern hier in mein Museum.«

Der Wind wehte den salzigen Geruch nahen Meerwassers übers Land. Jørgensen entschied sich, einen kleinen Abstecher zu machen. An der Abzweigung fuhr er die Landstraße nach Frederikshale. Rechts und links, zwischen sanften Hügeln verstreut, lagen einige Höfe; dann wurde die Landschaft flacher, und wenig später erstreckte sich das tiefblaue Meer vor ihm. Ein paar bunt bemalte Strandhäuschen zogen sich rot, gelb, violett und grün über die Dünen. Im Sand entdeckte Jørgensen die ersten Urlauber, ein paar Familien mit Kindern.

Er parkte die Nimbus an einem Weidezaun und schloß sie routinemäßig ab. Erst dann kam ihm in den Sinn, daß Abschließen hier ziemlich überflüssig war. Eine Weile überlegte er hin und her, gewohnte Vorsicht gegen neues Vertrauen, und ließ den Schlüssel stecken.

Ein schmaler Streifen Sand trennte das Meer von einem größeren Brackwasserhaff. Inseln von Strandhafer und Salzastern verteilten sich über den Sand, dazwischen Findlinge, eine Unzahl kleinerer Steine und die seltene Strandplatterbse, Lathyrus maritimum. Jørgensen zog Schuhe und Strümpfe aus. Wie lange schon hatte er kein Meerwasser mehr an den Füßen gespürt. Er knatschte die Zehen in den nassen Sand, wagte sich vorwärts und hüpfte dann schnell wieder zurück, um der gleich einem seelenlosen Feind heranzischenden Gischt zu entkommen. Hinter ihm füllten die Wellen die Spuren mit Wasser und glätteten den Strand.

Natürlich hatte er keine Badehose dabei. Ans Schwimmengehen während seines Schulungsaufenthalts hatte er gar nicht gedacht. Jørgensen spähte nach einer geschützten Stelle zwischen Dünen und Strandhafer und zog sich aus. Dann rannte er spornstreichs ins Wasser. Das Meer war so eisig kalt, daß er wild mit den Armen ruderte und auf und ab hüpfte. Auffälligerweise war das Wasser überaus klar und sauber, eigentlich merkwürdig, wenn man bedachte, was alles in die Ostsee gekippt wird.

Nach einer Weile wurde ihm das Meerwasser dann doch zu kalt, und er eilte hinüber in das von der Sonne aufgeheizte Brackwasser. Schnell und geräuschlos glitt er hinein. Hier war es tatsächlich wesentlich wärmer als im Meer. Ein altes Fischerboot, das im Brackwasser langsam vor sich hin faulte und schon arg skelettiert war, lag halb versunken mitten im Haff. Es wimmelte von kleinen grünlich blinkenden Fischen. Jørgensen versuchte einige von ihnen mit den Händen zu fangen, war aber viel zu langsam.

Beim vierten Versuch schließlich hatte er Glück. Ein einzelner, vom Schwarm abgetrennter Fisch landete unversehens in seiner Hand und Jørgensen zog ihn heraus. Erst jetzt bemerkte Jørgensen, daß der Oberkiefer des Fischs zu einem Horn verlängert war, das ihn exotisch aussehen ließ. Ohne Zweifel, es war ein winzig kleiner Hornhecht, der hier mit seinen Geschwistern die Kindheit verbrachte. Jørgensen setzte ihn wieder ins Wasser und schwamm weiter.

Hinter dem versackten Boot wurde das Schilf dichter, und Jørgensen wählte eine gut gedeckte Stelle, um aus dem Wasser zu steigen. Dann lief er zum Dünenversteck und zog sich an. Wie spät mochte es jetzt sein? Er hatte keine Uhr, der Sonne nach war es schon später Nachmittag. Wenn er jetzt einen Sextanten hätte, wäre er dann in der Lage, die Uhrzeit genau zu bestimmen? Oder nur seine Position: Frederikshale, Kommune Torsdal, Insel Lilleø, irgendwo in der Ostsee. Wahrscheinlich brauchte man neben dem Sextanten auch noch die nautischen Tabellen, von denen Maren Poulsen gesprochen hatte.

Als er den Feldweg erreichte, war von der Nimbus keine Spur zu sehen. Das durfte ja wohl nicht wahr sein. Er rannte zum Weidezaun. Tatsächlich, das Motorrad stand nicht mehr an seinem Ort. Wild um sich blickend, verfluchte er Himmel und Hölle und … sah die Maschine ein paar Meter weiter hinter einem Busch am Zaun. Es war wohl ein Bauer gewesen, der das störende Motorrad beiseite geschoben hatte, um mit seinem Trecker besser durch den engen Sandweg zu kommen. Er fand alles unversehrt, bis auf einen wohlplazierten Klecks weißer Möwenscheiße mitten auf dem Sitz. Jørgensen wischte den Kot mit einem Grasbüschel ab und brachte die Maschine in Gang. Den Feldweg entlang ging es zurück zur Hauptstraße. Jørgensen dachte immer noch an den Sextanten. Was machte ein alter Bauer wie Larsen mit so einem Instrument? Wo mochte er es hergehabt haben? Jørgensen kam ins Grübeln. Maren hatte gesagt, daß es mal ein bemerkenswertes Stück gewesen sein mußte, auch wenn man das kaum noch sehen konnte. An einen solchen Sextanten kommt man doch nicht durch Zufall? Was immer sich dahinter verbarg, die Sache schien interessant zu sein.

Als er, eine Weile später, Nørreskøbing von weitem in der Abendsonne glühen sah, hatte er das unbestimmte Gefühl, daß das letzte Kapitel über den Sextanten noch nicht geschrieben war.

Der Steinkauz

Die grüne Eingangstür war nur angelehnt. Der Geruch, der ihm entgegenschlug, hatte schon etwas Vertrautes. Er war bereits jetzt ein unauslöschbarer Bestandteil dieses Hauses, und würde Jørgensen vielleicht viele Jahre später diesen oder einen ähnlichen Geruchsmischmasch in irgendeinem Gebäude aufnehmen, so wäre ihm das kleine Polizeihaus in der Brogade wohl sofort wieder gegenwärtig.

Jørgensen bereitete sich ein Abendessen aus gebratenen Nudeln, Speck, Eiern, Salat und Bier. Auf der Fensterbank plapperte leise das Radio. Er telefonierte zwei Stunden mit Anna. Anschließend versuchte er vergeblich, ein paar Gräser zu bestimmen, und als er darüber müde wurde, löschte er das Licht im unteren Stockwerk und ging hinauf in sein Zimmer, zog sich aus und schlurfte ins Bad. Nach einer halben Stunde hatte er den Sand aus den Ohren und zwischen den Zehen herausgepult, das Salz abgespült und die Haare gewaschen. Sein letzter Gang führte ihn in Kirsteins Bibliothek, wo er sekundenlang apathisch mitten im Raum verweilte. Dann ging er zurück in die Kammer, schlug die Decke auf, krabbelte ins Bett und verfiel in einen tiefen, traumlosen Schlaf.

Am nächsten Morgen saß Ansgar Jørgensen gut gelaunt im Morgenmantel und mit duschnassen Haaren am Schreibtisch und kaute lebhaft sein Frühstück, griff mal zum Becher, mal zum Kugelschreiber, summte und brummte unzusammenhängendes Zeug. Zwei Telefonate, ein Mädchen aus Burma und ihr dänischer Seemann, die um Einbürgerungsformulare baten. Gegen zwölf kam Malte mit dem Essen. Schnuppernd umtänzelte Jørgensen ihn wie ein junger Hund, während Malte das warme Alufolienpaket in immer andere Richtungen hielt.

Beim Essen versuchte Malte ihm mitzuteilen, daß er vorhabe, morgen Axel Larsen zu besuchen; Jørgensen alberte wie ein Teenager. Das Telefon klingelte zum dritten Mal an diesem Tag. Malte ging rüber ins Büro und nahm den Hörer ab. Jørgensen folgte ihm und verkantete sich schlaksig und abwartend im Türrahmen. Eine Zeitlang lauschte Malte mit versteinertem Gesicht, sagte ein paarmal »ja, ja« und »sofort«, legte auf und sah Jørgensen an. Langsam, ganz langsam verzog sich sein Mund zu einem breiten Grinsen.

»Hans Christian Groth sind die Schweine ausgebüxt. Herr Kriminalassistent, du fährst sofort hin und hilfst ihm, die Viecher einzufangen. Dies ist eine dienstliche Anweisung. Ich habe hier noch zu arbeiten.« Und mit einem flüchtigen Blick auf Jørgensens Morgenmantel fügte er hinzu: »Zieh dir was Vernünftiges an, alte Klamotten am besten, die du nicht mehr brauchst.«

Den ganzen Nachmittag spurtete Jørgensen über die Äcker, glitt etliche Male aus, wurde von einer Sau gebissen und zerfetzte sich das Hemd am Stacheldraht. Als er später dann winselnd und sich die Wunden leckend nach Hause kam, war von Malte keine Spur, oder genauer gesagt, nur eine ganz kleine, zu sehen. Auf dem Schreibtisch lag ein Zettel: »Habe früher Schluß gemacht. Bin mit Pernille im Konzert in der Kirkeby-Kirche, anschließend beim Banko. Bis morgen, Malte.«

Sehnsüchtig dachte Jørgensen an seine gute Laune von heute morgen und steuerte mißmutig auf das Badezimmer zu. Er konnte sich nicht erinnern, sich jemals soviel gewaschen zu haben wie in den letzten Tagen. Nachdem er den Abfluß mit dem dafür vorgesehenen Stöpsel verschlossen hatte, verteilte er eine Kappe Eukalyptus-Schaumbad ins ansteigende Wasser. Er stolperte aus seiner dreckigen Hose und verbuddelte den Schweinegestank ganz tief unter den anderen Kleidungsstücken im Wäschekorb. Dann zündete er sich eine Kerze an, kletterte behutsam in die Wanne, lehnte sich entspannt zurück, streckte die langen Beine aus, wackelte wohlig mit den Zehen und begutachtete zum hundertsten Mal im Leben seine ausgesprochen großen Füße. Nach einer Weile löste sich der Tag wie die alten Fetzen Hornhaut von seinen Fußsohlen, weißes Licht durchflutete seinen Geist. Und als die Schweinebrühe das heiße Wasser bräunlich färbte wie die Tintenpatrone eines Kraken, spürte er wohltuend den ganzen Frust des Nachmittags aus sich herauskochen. Er befand sich jetzt in seiner Lieblingslage, der Marat-Stellung, einen Arm aus der Wanne gehängt, den Kopf an den kühlen Wannenrand gelehnt und stellte befriedigt fest, wie sich sein Tiefpunkt nach unten verlagerte und, von allein in diese ideale Position gerutscht, ein jeder Muskel sich nach und nach entspannte.

Eine Viertelstunde lag er so da, dann stieg er aus der Wanne, trocknete sich ab und schlang das Handtuch um die schmalen Hüften. In Bademantel und Schlappen begab er sich in die Bibliothek, ein feierliches Vergnügen, dessen Aussicht ihm während der bitteren Stunden in Matsch und Schweinedreck Trost gespendet hatte. An diesem Abend nahm er mit verbrauchtem Körper, aber unverbrauchtem Geist jene Erkundungen wieder auf, mit denen er vor zwei Wochen begonnen hatte, als er zum ersten Mal die quietschende Tür der Bibliothek geöffnet hatte, die ihn seitdem, Abend für Abend, in das verborgene Reich Lars Kirsteins geführt hatte. In Kopenhagen hätte er sich jetzt einen Krimi aus dem Regal gefischt und einige Stunden im Bett gelesen. Doch hier, umgeben von Staub und dem Ledergeruch alter Folianten, lag ihm der Gedanke an ein frühes Zubettgehen fern. Die Maiwärme vor dem Fenster drang sanft durch die Ritzen und machte den Aufenthalt in der Bibliothek angenehm. Auf den Genuß, bei violettem Sonnenuntergang in heißem Wasser zu baden, folgte jetzt das: auf leisen Sohlen durch die Bibliothek zu streifen und in Kirsteins Büchern zu stöbern. Eine Weile schweifte sein Blick über die Buchrücken, wurde aufgehalten von der einen oder anderen Aufschrift, dem Namen eines Verfassers, einem merkwürdigen Titel, etwas, das ihm bekannt vorkam, etwas Fremdem, das er nicht einzuordnen wußte. Und als seine Augen auf diese Weise die rechte obere Ecke des Regals abtasteten, entdeckten sie einen Kasten, kaum größer als ein Schuhkarton. Jørgensen stellte sich auf Zehenspitzen und reckte sich danach, bekam ihn schließlich an der Seite zu fassen und hob die Kiste behutsam aus dem Bord. Er sah, daß das Holzkästchen mit einer kleinen eingehakten Messingsichel verschlossen war. Dem Gewicht nach zu urteilen, enthielt es einen Inhalt, der freilich nicht allzu schwer war. Jørgensen schloß die Augen, hob das Kästchen ans Ohr und schüttelte es vorsichtig hin und her. Ein leises Rumpeln, zu mehr war der Bewohner des Kastens nicht bereit. Mit langsamen Schritten steuerte Jørgensen auf Kirsteins Schreibtisch zu und setzte das Kästchen auf die Tischplatte. Dann löste er vorsichtig die Messingsichel aus ihrer Verankerung und klappte den Deckel auf.

In der Kiste lag, auf einen kleinen Ast geschraubt, ein ausgestopfter Steinkauz. Das war nun zweifellos eine Enttäuschung. Er starrte dem Kauz in die toten Augen. Merkwürdig, solche ausgestopften Vögel. Ihre trockenen, bleichen Federn eingehüllt in Staub, drapiert in einer möglichst natürlichen Pose und aufgespreizt zu kesser Totenmaske, erweckten sie die völlig illusionslose Illusion einer allseits präsenten Lebendigkeit. Gerne war Jørgensen in seiner Kindheit ins Naturkundemuseum gegangen und hatte die ausgestopften Tiere betrachtet, wie sie in ihren Glasvitrinen hockten, oder besser noch in stimmungsvolle Dioramen gesetzt, wo sie sich zwischen Baumstümpfen und Heidekraut im fahlen Abend auf einer Lichtung, am frühen Morgen in den

Rohrkolben am Rande eines Binnenmeeres oder mittags am gläsernen Tümpel ihr Stelldichein gaben. Er liebte diese immer gleichen, stillgestellten Welten, die tote Natur, die dem Betrachter zeigte, daß alles in diesem Kosmos seinen ordentlichen Platz hatte; die Wildschweine im winterlichen Schnee, die nacheinander aus der Tannenschonung traten und sich dabei doch nicht um einen Zentimeter bewegten; der Habicht auf seinem Horst in der Baumkrone eines lichtdurchsprenkelten Waldes, der, den Kopf über die Schulter zurückgewandt, von oben auf das ferne gemalte Dorf blickte; die Biberfamilie im Abendlicht, die lautlos umtriebig ihren Bau ausbesserte.

Und während er noch darüber nachdachte, stöberte er unschlüssig in Kirsteins Regalen umher, bis er nach einer Weile wahlloser Suche eine leicht zerfledderte Broschüre hervorzog. Obgleich seine Gedanken noch immer den Dioramen nachhingen, zurückgeblieben waren wie Wolkenfetzen nach einem Gewitter, blätterte er unschlüssig in ihr herum. Nach einer Weile erst wurde ihm klar, daß es ein Buch über Lilleø war, das er hier in den Händen hielt, Aufzeichnungen über das Landleben auf der Insel. Der Verfasser dieses Büchleins war ein gewisser Bende Bendsen, und die kartonierte Broschüre in Jørgensens Hand war ein Reprint aus den zwanziger Jahren. Soweit beim flüchtigen Lesen ersichtlich, stammte das Tagebuch aus der Zeit zwischen 1790 und 1810 und erwies sich als ein Sammelsurium aus tagesaktuellen Eintragungen und Notizen, die offensichtlich älteren Quellen entnommen waren. So erfuhr er, daß man im Jahr 1758 die Insel in drei größere Gemeinden teilte, Kirkeby mit Torsdal, Nørreskøbing mit Laurup und Svanninge mit Leby. Von einer alten Wikingersiedlung Visby war die Rede, die an der südlichen Seite von Hvidsø gelegen hatte. Nach Zerstörung der Stadt gründeten die Visbyer Nørreskøbing als Fischerort mit dem Hafen Snekkeballe, beschützt durch einen Steindamm und eine Pfahlburg.

In der südlichen Feldmark von Skovbrynke stand eine Steinmauer so dicht am Rande des Kliffs, daß man nicht herumgehen konnte. Früher, so erzählte eine alte Frau, die dort als Mädchen in Stellung war, habe man vor der Mauer noch vierzehn Kühe anpflocken können. An solchen Veränderungen erkennt man die Auswirkung von Erdbeben auf der ganzen Insel. Als nächstes zählte Bendsen alle Fischarten auf, die man zu Beginn des 19. Jahrhunderts in den Gewässern um Lilleø fangen konnte. Am Strand unter dem Kliff von Linskov fand man eine Zeitlang besonders viele Versteinerungen von Seeigeln und anderen Meerestieren. In Snekkeballe lag ein Feldstein, der eine Höhlung aufwies, in der einmal, erkennbar an den Schleifspuren, Flintsteinkeile und -meißel geschliffen worden waren. Im Jahr 1765 wurde auf der Feldmark bei Gravensteen ein silberner Handgriff eines Sarges hochgepflügt, der wahrscheinlich zu der zerstörten St. Alberts Kirche gehörte, und 1777 fand man ein Grab mit einer Degenklinge von außergewöhnlicher Größe sowie ein paar Stiefel.

Während Jørgensen angeregt herumblätterte, riskierte der Kauz ab und zu ein Glasauge auf den seltsamen Detektiv, der vor ihm auf dem Fußboden hockte und durch die Zeit reiste. Eben wanderte Jørgensen zurück in die Gegenwart und überlegte, was Bende Bendsen wohl für Auswahlkriterien gehabt haben mochte in einer Zeit ohne Fernsehen, Radio und Telefon. Es schien, als habe er nahezu alles für aufschreibenswert gehalten; ein geistiger Verwandter Kirsteins, ein Archivar des gelesenen und des gelebten Lebens. Der gleiche Geist, der solche Museen wie das von Maren Poulsen entstehen ließ, angefüllt mit Dingen, die, anders als der Zivilisationsmüll moderner Großstädte, noch voller Poesie waren. Ob sich heute wohl noch jemand die Mühe machte, so etwas zu notieren? Und wäre er selbst dann nicht zumindest eine kleine Notiz wert? ›Im Mai 1985 kam der Kommissar Ansgar Jørgensen aus Kopenhagen auf die Insel und untersuchte den Tod des Schafbauern Hans Larsen. Nach fünf Monaten ergebnisloser Recherche trat er unverrichteter Dinge wieder seine Heimreise an.‹ Jørgensen seufzte. Zu schade, daß es niemanden mehr gab, der ihn in die ehrenwerte Liste sonderbarer Begebenheiten auf Lilleø einreihte, ihm ein kleines Stück Bedeutsamkeit verlieh und sein persönliches Schicksal unauslöschbar mit jenem der Insel verband. Eine kleine Bemerkung, mehr wünschte er sich gar nicht, eine Erinnerung an Ansgar Jørgensen, der hier nur einen Sommer tanzte; eine kleine Mücke, eingefaßt in den Bernstein schriftlicher Überlieferung.

Jørgensen blätterte weiter. Von mysteriösen Sextanten im Besitztum des Bauerngeschlechts der Larsens war natürlich nicht die Rede, auch nicht von einer gleichnamigen Seemannsfamilie. Statt dessen entdeckte er lediglich eine Liste der Pfarrer und Bischöfe vom Beginn des 18. bis Anfang des 19. Jahrhunderts. Einige frühgeschichtliche Nadelholzbäume waren vor Lilleø aus dem Wasser gefischt worden, und Bauer Christian Pedersen hatte in der Nacht ein schallendes Hohngelächter vernommen, das er für einen übersinnlichen Spuk ausgab. Am Freitag, den 19. Dezember 1806 erhängte sich ein Mann in Østerby, der zu den sogenannten Heiligen gehörte, in einem Anfall von Schwermut. Bei Styrnø wurden zwei Schwertfische gefangen; eine alte Säuferin verbrannte in ihrem Bett, ein schwachsinniger Trinker hatte sich die Kehle durchgeschnitten. In einer Frühjahrsnacht 1809 trieb ein schwer beschädigtes Schiff ins Graasten-Nor. Die Bauern verhinderten die Rettung der Besatzung …

Jørgensens Augen weiteten sich. Ein Bild tauchte vor ihm auf, Jettes Gesicht. »Vor vielen, vielen Jahren ist hier ein Schiff gestrandet, drüben im Nor. Es war ein großes Segelschiff mit geheimnisvoller Fracht. Ein gewaltiger Sturm wütete damals, mehrere Wochen lang, der die Häuser und Höfe schrecklich verwüstete. Der Schaden war groß, und die Menschen waren auf so etwas nicht vorbereitet …« Gab es für den Schnack tatsächlich einen historischen Anlaß? War dies das Schiff mit der ominösen Fracht und dem überlebenden Kapitän, den der Müller aus Goldgier erschlug? Immerhin, von einem ›Mann ohne Kopf‹ war bei Bendsen nicht die Rede, obgleich der für Spukgeschichten durchaus zu haben war. Doch sosehr er auch nach weiteren Textpassagen über das Schiff fahndete, der eine Hinweis, den er gefunden hatte, blieb der einzige. Die ganze Geschichte hatte offenbar kein großes Aufsehen erregt, obgleich, Jørgensen wunderte sich, es doch zumindest eine amtliche Untersuchung des Vorfalls gegeben haben mußte. Doch weder fand er Angaben über den Schiffstyp noch über die Nationalität des Schiffs, geschweige denn einige Sätze über die Ladung. Ob Kristensen vielleicht davon wußte? Aber der war ja nun den Sommer über bei seinen Enkeln auf Jütland.

Jørgensen vertiefte sich wieder in das Buch. Doch nach einer Weile wurde ihm der Kopf schwer, und er stand vom Fußboden auf, reckte sich und bemerkte, daß die Fugen der Dielen deutliche Abdrücke in seinen Hintern gezeichnet hatten. Er stellte das Buch zurück ins Regal, wünschte dem Kauz eine gute Nacht und schloß die Tür. Das Schlafzimmerfenster stand noch vom Morgen offen; kühle Luft strömte in den Raum. Die Arme auf die Fensterbank gestützt, blickte Jørgensen hinaus in die Nacht. Schräg gegenüber im Hinterhaus brannte noch Licht und erhellte ein kleines Stück Garten. Ein Nachtfalter taumelte vorbei und entfernte sich. Jørgensen grub die Handrücken in die Augenhöhlen, strich sich durchs Gesicht und schloß das Fenster. Der Bademantel glitt zu Boden, kurz darauf folgten die Schlappen. Unter die Decke schlüpfend, warf er sich mit einem kurzen Ruck zur Seite und winkelte die Beine an. Als wenige Minuten später der Nachtfalter erneut am Fenster vorbeigaukelte, schnarchte Jørgensen bereits in tiefen Zügen.

Die Ratte

Der Hof war 230 Jahre alt. Unter den unzähligen Schriften Kirsteins hatten sich Listen, Tabellen und Karten befunden, die der emsige Polizeimeister angelegt hatte, Statistiken, die unter anderem die Höfe ihren Entstehungsjahren zuordneten.

Einer der wenigen Höfe, denen man das Alter ansieht, dachte

Jørgensen. An allen Ecken geflickt, das ursprüngliche Reet war schon vor langer Zeit dem Blech gewichen; das Dach schimmerte rostigrot im Glast der Mittagshitze. Ein Teil des Fachwerks war verschwunden, verrottet, verfault und notdürftig mit Bimszementsteinen ausgebessert worden. Die überwucherten Pflastersteine des Innenhofes brachen an etlichen Stellen auf oder senkten sich zu Trichtern, in denen sich Schlamm gesammelt hatte, der nun in der warmen Luft rissig aufbröckelte.

Malte steuerte zielstrebig auf die Scheune zu.

»Axel? Bist du da?«

Hinter einem landwirtschaftlichen Gerät richtete sich der Körper des übriggebliebenen, im Stich gelassenen Bauern Larsen auf. Er wischte sich die Hände an einem Lappen ab und legte ihn auf den hohen Reifen des Traktors.

»Was gibt's denn, Malte?«

Sie gingen hinaus auf den Hof, wo Axel sich die Finger unter der Handpumpe wusch.

»Können wir nicht ins Haus gehen?«

»Nein«, kam die rasche Antwort.

»Ist gut. Wie geht es dir denn?«

»Es geht schon, ist viel Arbeit ... so ganz ohne Hans ... viel Arbeit.«

»Hör mal, Axel, ich habe gehört, du hast in letzter Zeit ein paar Sachen verkauft; Jensen 'ne Egge und dem Museum von Maren Poulsen hast du einen ganzen Sack alten Plunder gebracht. Brauchst du Geld?«

»Geld? ... Nein, ich brauchte die Sachen nicht mehr. Was soll'n die hier rumliegen.«

»Nicht, daß du hier heimlich den ganzen Hof verscherbelst?« Malte drohte verschmitzt mit dem Finger, wurde aber sogleich wieder ernst.

»Du sagst mir Bescheid, wenn du Hilfe brauchst!?«

»Woher hattest du eigentlich den Sextanten?« fragte Jørgensen.

»Ein Sextant? Was ist das?« Axel blickte Malte fragend an.

»Das ist ein nautisches Instrument; für die Seefahrt. Es sieht ungefähr so aus.« Malte zeichnete mit einem Stöckchen eine Figur in den Staub.

»Du mußt dich doch erinnern. Soviel wirst du dem Museum ja nicht verkauft haben.«

»Ach so, ja. Er gehörte Hans. Er lag bei seinen Sachen.«

»Weißt du, wo Hans ihn herhatte?« fragte Jørgensen.

»Nein, keine Ahnung. Er kam vor ein paar Wochen damit an. Er hat ihn irgendwo gefunden.«

Als ob ich Luft für ihn bin, dachte Jørgensen. Ich stelle eine Frage, und Malte bekommt die Antwort.

»Und wo?« versuchte er es noch einmal.

»Das weiß ich nicht mehr.«

»Weiß Jens, daß du hier alles verkaufst?« fragte Malte.

»Ich verkaufe nicht alles. Nein, er weiß nichts.«

»Ist er denn mit der Regelung einverstanden, die wir getroffen haben? War er noch mal hier und hat was gefordert?«

»Nein.«

»Und da ist noch etwas. Hast du dich in letzter Zeit mit jemandem gestritten? Hat dich vielleicht jemand bedroht?«

Axel zog die Brauen zusammen und blickte Malte unverwandt an.

»Nein. Wieso?«

Jørgensen ließ seinen Blick über den Hof schweifen. Was für eine Trostlosigkeit. Der Eindruck, den er beim ersten Anblick dieses schäbigen Gehöftes gehabt hatte, stellte sich auch diesmal wieder ein. Andererseits hatte dieses Heruntergekommene, Provisorische auch seinen Reiz. Im Winter etwa, wenn die ganze Armseligkeit eines landwirtschaftlichen Betriebes, der nicht genug abwirft, um den Verfall aufzuhalten und die dringendsten Reparaturen durchzuführen, zu einem Sinnbild der Melancholie erstarrt.

Aber jetzt im Frühsommer sind alle Bäume und Sträucher grün. Dort drüben der Flieder ... Ob Axel das überhaupt noch wahrnimmt, ob er wohl einige Zweige in eine leere Schnapsflasche gesteckt hat, um seinen Küchentisch zu dekorieren? Der süßliche Duft würde wenigstens im Umkreis von einigen Zentimetern den Pissegeruch der Altmännerwirtschaft überspielen. Aber vielleicht ist ja auch alles ganz anders. Wenn Axel das Haus betritt, wird er von seinem versteckten Diener entkleidet, gewaschen, desinfiziert und parfümiert. Dann angezogen; natürlich nur feinster Zwirn. Ein dienstfertiger Arm reicht ihm die bereits angezündete Pfeife, ein anderer das »Amtsavis«. Dann begibt sich der feine Herr in den Salon und lacht sich ins Fäustchen über unsereins, während er den Börsenbericht studiert. Zu so einem edlen Herrn paßt natürlich auch kein Flieder. Er muß nach feinem Tabak und teurem Whisky duften. Was ist denn das Weiße da drüben?

Jørgensen entfernte sich langsam von den beiden Bauern und schlenderte zur Scheune hinüber zu den Fliedersträuchern. Tiefviolette Blütentrauben hingen schwer an den zarten Zweigen und verströmten einen satten Duft. Er pflückte einen Zettel aus dem Gesträuch und steckte ihn mechanisch ein, weil er seine Aufmerksamkeit auf einen neuen Gegenstand gerichtet hatte. In Kopfhöhe zwischen den Zweigen klemmte ein Vogelnest. Jørgensen schob den Kopf tiefer in das Geäst und blickte in eine grünlich schimmernde Höhle. Über den Rand des kunstvoll geflochtenen Zweig- und Grasgespinstes reckten sich vier nackte magere Hälse, die knallgelben Schnäbel weit aufgerissen. Grotesk überproportioniert, vermittelten sie eine eindeutige Botschaft: fressen, fressen. Die Köpfchen wippten hin und her, und Jørgensen überlegte einen Moment, ob er nach Regenwürmern graben sollte, um die vier zeternden Geschwister für eine Weile zur Ruhe zu bringen. Eure Mutter kommt ja gleich. Die Sonne brannte ihm allmählich unangenehm im Nacken, und er zog sich vorsichtig zurück, drehte langsam den Kopf und sah, wie Malte und Axel ihn nachdenklich musterten. Er zuckte lächelnd die Schultern, vergrub die Hände in den Hosentaschen und schlenderte an den Stallungen entlang.

Es mußte ihm doch gelingen, einen Blick durch diese Fenster zu werfen. Er kickte ein Steinchen in Richtung Wohngebäude, ging ihm gemächlich nach und pfiff sich ein Liedchen. Dabei beobachtete er Malte und Axel aus den Augenwinkeln. Axel stand mit dem Rücken zum Wohnhaus, Malte ihm direkt gegenüber. Was sollte Malte schon dagegen haben, wenn ich mal kurz durch die Fenster gucke?

Zu seiner Linken wechselte jetzt die Ziegelsteinwand der Scheune in das Fachwerk des Wohnhauses über. Zum Fenster waren es noch knapp drei Meter. Jørgensen wagte gar nicht mehr, zu den beiden hinüberzublicken. Ich gehe erst einmal ganz normal vorbei und werfe einen kurzen Blick über die Schulter, als Generalprobe gewissermaßen. Ganz schön dämlich, wie er sich anstellte. Im Fensterglas spiegelte sich der blaue Himmel. Verflucht, also noch mal, jetzt oder nie. Jørgensen machte auf dem Absatz kehrt und schielte kurz zu Malte hin. Die beiden waren noch in ihr Gespräch vertieft. Gut so. Schritt für Schritt wagte er sich wieder auf das Fenster zu. Noch drei Schritte. Sein Herz bubberte. In der Glasscheibe tauchte seine Gestalt auf, die den Himmel langsam abdunkelte. Noch zwei Schritte. Gleich würde sein Körper das Fenster beschatten und ihm die Innenwelt offenbaren. Noch ein Schritt.

»Ansgar!«

Jørgensen zuckte zusammen.

»Ansgar«, rief Malte, »kommst du, wir wollen los.«

Als sie den Hof verließen, drehte Jørgensen sich noch einmal um. Wahrscheinlich wäre an jenem Tag, an dem man das Gehöft fertig restauriert hätte, der Zauber zerstört, überlegte er. Vielleicht ist es ja auch gut so, daß dieser Hof zusammen mit der Familie Larsen langsam zerfällt.

Der Morris brummte über die Landstraße, drosselte sein Tempo und bog in einen gewundenen Feldweg ab. Kunstvoll wich er den Schlaglöchern aus und schaukelte wie ein Schiff durch die Weiden. Dieser Pfad führte über den Mühlendamm, eine Abkürzung zwischen Torsdal und Nørreskøbing, so, wie Biering es sich seinerzeit wohl vorgestellt hatte. Natürlich mußte man heute keine Maut mehr zahlen; der Damm war Eigentum einer Genossenschaft, zu der sich die Pächter und Eigentümer der Felder und Wiesen im Nor zusammengeschlossen hatten. Sie mußten für den Erhalt des Dammes Sorge tragen, übernahmen die Reparaturen und besserten von Zeit zu Zeit die Fahrspur mit Erdreich und Bauschutt aus.

Der Wagen torkelte gelassen über den holprigen Weg. Das hohe Gras prasselte gegen die Karosserie, Sträucher peitschten den Wagen, und Äste streiften quietschend das Blech. Jørgensen kurbelte das Fenster runter und legte den Arm raus. Mit der Hand griff er nach den vorbeischnellenden Blättern.

Der Sextant gehörte also tatsächlich Hans. Und er hatte ihn irgendwo gefunden.

Aber wo?

Vielleicht hatte Hans ja einen Schatz gehoben, verwittert wie das gute Stück war, hatte es sicher eine ganze Weile im Boden gelegen. Sandreste hatten daran geklebt.

Aus dem 18. Jahrhundert. Verdammt altes Ding. Hundert Jahre älter als dieser Damm hier.

Na ja, wie auch immer, viel haben wir ja nicht herausgelockt aus diesem Axel. Malte hat ihn gefragt, ob er bedroht werde. Nein? Ob er wisse, daß ihm jemand einen Mord unterschieben will? Und wer da in Frage kommen könnte?

Aber weshalb eigentlich unterschieben?

Vielleicht hat er es ja tatsächlich getan. Vielleicht hat er seinen Bruder umgebracht.

Und warum? Kann es da wirklich ein ernsthaftes Motiv geben? Dieser merkwürdige Sextant kann wohl kaum der Grund gewesen sein. Dafür ist er sicher nicht wertvoll genug.

Und dann dieser Zettel.

Er war schon ein wenig vergilbt und verwittert. Die eine Seite war ohne Schrift oder Aufdruck, die andere mit feinen Linien und einem Stempel versehen. Zwischen diesen Linien hatte jemand mit sorgfältig gemalten Buchstaben »DIGIFOL nat. N2« geschrieben, da standen ein Datum und darunter eine unleserliche Signatur. Es handelte sich ohne Zweifel um ein ärztliches Rezeptblatt. Für wen es ausgestellt war, konnte man dem Wisch so ganz ohne die Hilfe des kriminaltechnischen Institutes allerdings nicht mehr entnehmen.

Jørgensen hatte den Zettel hinübergereicht zu Malte.

Das ist ein Rezept. Könnte Torbens Schrift sein, hatte Malte gesagt, ja, ja, hier die Unterschrift, das ist Torben. Wo Jørgensen das herhabe?

Torben. Jørgensen hatte sich dunkel erinnert und Malte gefragt, ob das Torben Sko oder Skov wäre, derselbe, der Larsens Tod festgestellt habe.

Ja, der sei das.

Jørgensen hatte Malte erzählt, wie er das Rezept im Fliederbusch gefunden habe. Malte wußte gar nicht, daß Axel Medikamente nahm, aber er könne ja auch nicht alles wissen.

Jørgensen starrte aus dem Fenster. Malte kuppelte den Wagen aus, und der Morris rollte geräuschlos wie ein Spielzeugauto die leicht abschüssige Straße hinab. Eine eigenartige Angewohnheit von Malte. Er nutzte jedes noch so geringe Gefälle, um den Wagen auszukuppeln. Wollte er Sprit sparen oder den Motor schonen?

Der Zettel habe sicher schon eine ganze Weile dort gehangen, so wie der aussehe. Das Datum sei ja nicht mehr zu entziffern, und theoretisch sei es durchaus möglich, daß er noch vom Schafbauern stamme, hatte Jørgensen eingeworfen.

Na und?

Aber Malte habe doch selbst erzählt, daß Hans Larsen keine ernsthaften Beschwerden gehabt habe. Jørgensen war hartnäkkig geblieben.

So genau wisse er das doch auch nicht. Vielleicht handele es sich ja nur um Vitamine. Und überhaupt sei das Rezept bestimmt von Axel.

Vielleicht, hatte Jørgensen gemurmelt, vielleicht aber auch nicht.

Malte war aufgebraust. Worauf er eigentlich hinauswolle? Es seien wohl die Anrufe, die hätten ihm ganz schön den Kopf verdreht. Da erlaubte sich jemand einen geschmacklosen Scherz, und er, Jørgensen, wittere sofort Mord und Totschlag. Es sei ihm unerklärlich, was ein Rezeptblatt mit diesem Quatsch zu tun haben solle.

»Wahrscheinlich hast du recht, vergessen wir den Zettel.« Jørgensen hatte das Papier zerknüllt und in den Aschenbecher gestopft, als Symbol seines guten Willens.

Malte wich einer Gruppe Radfahrern aus und umfuhr sie in großem Bogen.

Jørgensen seufzte.

»Axel hat mir heute nicht gefallen«, sagte Malte unvermittelt.

»Was war denn?«

»Tja, schwer zu sagen, wie soll ich dir das erklären. Wir Jungs vom Lande, wir merken das sofort. So 'ne Art elektrische Wellen, die irgendwie gestört sind. Axel redet nie besonders viel, aber heute mußte ich ihm jedes einzelne Wort aus der Nase ziehen. Das war nicht normal; das macht mir Sorgen. Aber vielleicht«, fügte er mit einem flüchtigen Blick auf Jørgensen hinzu, »lag's auch an dir.«

»An mir?«

»Er wurde etwas gesprächiger, als du dich entfernt hast. Ich fürchte, wir geraten da in einen richtigen Schlamassel. Dieser dämliche Anrufer war anscheinend nicht untätig in der letzten Zeit. Hier wächst langsam, aber sicher ein mieses Gerücht heran, verflucht! Und irgendwie muß das auch was mit dir zu tun haben, mit deiner Anwesenheit hier. Die Leute scheinen sich darauf ihren eigenen Reim zu machen. Axel hat sich wohl neulich mit einem Nachbarn gestritten, wegen irgendeiner Lappalie. Und dieser Nachbar habe zu ihm gesagt, er solle ihm nicht so unverschämt kommen, er sei ja wohl der letzte, der sich das leisten könne. Er wisse schon warum.«

»Und jetzt?« Jørgensen fiel nichts mehr ein. Daher also Maltes schlechte Laune.

»Ich würde mir ja gern mal diesen Nachbarn vorknöpfen, aber Axel wollte mir nicht sagen, wer es war, und es grenzen, warte mal«, Malte ließ die Finger nacheinander in die Luft schnellen, »eins, zwei, drei, vier Höfe an seinen. Nachbar! Im Prinzip sind wir ja alle Nachbarn. Was weiß ich, wen er gemeint hat.«

Malte blickte Jørgensen mürrisch an und startete ein neues Überholmanöver.

Als Jørgensen sich Stunden später bettfertig machte, betrachtete er, die Zahnbürste im Mund, für einen Augenblick das oval gerahmte Bildnis dieses barocken Herren, dieses Musikers über dem Schreibtisch. Offensichtlich eine Reproduktion. Er trug eine Perücke, wie alle Welt damals. Aber wahrscheinlich keine Person von Stand, schlicht gekleidet erinnerte er mehr an einen Bürgerlichen, an einen, der wußte, wer er war, denn sein Blick war ruhig und selbstsicher, und in der Rechten hielt er einen Stoß Papiere, die offensichtlich auf seine Leistungen, sein Lebenswerk verwiesen. Vielleicht die Noten zu einem Oratorium oder so.

Andererseits glaubte Jørgensen in der verschnörkelten Beschriftung auf den Papieren die Buchstabengruppe ›...ysis‹ entziffern zu können. ›Analysis‹? Dann war es wohl eher ein Mathematiker oder Naturwissenschaftler, so einer wie Newton, oder hieß es ›Paralysis‹, dann könnte er ein Arzt sein. Die kreisenden Putzbewegungen mit der Zahnbürste wieder aufnehmend, schlurfte er zurück ins Bad.

Es war kurz nach Mitternacht, als Jørgensen nach dem Nachttischlämpchen tastete und den Schalter drückte. Er konnte nicht einschlafen und wälzte sich schon seit Stunden von einer Seite auf die andere, lag mal auf dem Rücken und drehte sich Sekunden später wieder auf den Bauch. Er zog die Decke fröstelnd bis an die Ohren und strampelte sie im nächsten Augenblick wieder ans Fußende.

Der Mond hatte sich in den letzten Tagen zu einem verbeulten Ei geformt und hing jetzt träge in einem Bett aus wattigen Wolken. Müde blinzelte der Trabant auf das kleine dunkle Backsteingebäude und tauchte es friedlich in einen milchigen Schimmer. Die Stadt schlief. Eine Katze schritt durch den Lichtkegel einer Straßenlaterne und huschte in die Dunkelheit, zu irgendeinem geheimen Treffen, einem Stelldichein oder einem Festgelage, drüben im Hafen, wo die Fischer ihre Abfälle hinkippten.

Nur ein paar Häuserzeilen entfernt, in der Hafenkneipe, brannte noch Licht, die Laternen zogen ein löchriges Netz durch die engen Gassen. Alles war Menschenwerk, was sich dort unten ausbreitete, Licht, Strom, produziert von dröhnenden Kraftwerken, weit weg lärmende Autos, die sich nun schlafend an den Straßenrand drückten, Baumaschinen, Hammerschläge und was noch alles nötig war, um so eine kleine Stadt zu errichten, instand zu halten und mit Leben zu füllen … Und über all dem lauern die Kirchenglocken in mittelalterlicher Tradition, die Gemeinde bei Gefahr aus den Betten zu reißen.

Und obwohl alles, was dort geschaffen wurde, mit Lärm und mannigfaltigem Geräusch verflochten war – nun diese absolute Stille. Wie von einem Zauberspruch gebannt, war die Stadt zum Schweigen gebracht worden, zumindest für einige Stunden noch; dann werden die Vögel ihre Stimmen erheben, sich zu übermütigen Gesängen aufschwingen, den nahenden Morgen zu grüßen.

Aber noch war es nicht soweit, noch schlief die Stadt, bis auf die Handvoll Deserteure in der Kneipe, die, jeglicher metaphysischen Stimmung trotzend, ihr Gemüt mit Alkohol vernebelten. Aber waren es wirklich nur die paar Nachtschwärmer?

Nein, hier unten im Polizeihaus flammten plötzlich Lichter auf.

DIGIFOL. Wie ein Vogel, der sich versehentlich in eine Wohnstube verirrt hatte, flatterte das Wort in Jørgensens Kopf herum, ohne einen Ausschlupf zu finden. DIGIFOL. Das ist doch kein Vitamin. Warum habe ich diesen Zettel bloß weggeschmissen? Vielleicht hätte man das Datum ja doch noch entziffern können. Halt! Er müßte eigentlich noch im Aschenbecher stecken, unten im Morris. Er schlüpfte in den Bademantel, schlich barfüßig die Treppe runter, öffnete die Haustür und trat in die Nacht. In langen Sätzen huschte er zum Auto und griff nach der Fahrertür. Verschlossen. Seine ewige Manie, alles zuzuschließen. Wer trieb sich wohl im Halbdunkel auf dem Vorplatz des Polizeigebäudes herum, klaute diesen vorsintflutlichen Morris und fuhr dann seelenruhig mit der weithin sichtbaren Aufschrift POLITI über die Insel oder zur nächstbesten Fähre. Natürlich gab es auch Idioten wie Kalle Karlsson, aber der saß ja nun wieder hinter seinen schwedischen Gardinen. Leise fluchend eilte Jørgensen zurück ins Haus und kam kurz darauf zurück. Zweiter Versuch, diesmal mit Schlüssel. Ein trübes Lämpchen erleuchtete schwach den vorderen Teil des Wagens. Jørgensen faßte den Aschenbecher und zog ihn ein Stückchen raus. Das Papier war weg, der ganze Aschenbecher leer. Mist! Malte mußte ihn ausgeleert haben, aber wohin? Wo steht der nächste Abfalleimer? Ins Haus ist er sicher nicht gegangen. Dahinten vielleicht. Jørgensen griff sich die Taschenlampe aus dem Handschuhfach und schlich, halbnackt wie er war, zur Mülltonne auf der anderen Straßenseite.

Die Metallscharniere kreischten auf, mit einem scharfen Schlag klappte der Deckel gegen die Tonne. Jørgensen hielt die Taschenlampe in den Müll und schreckte jäh zurück. Quiekend sprang ihm eine Ratte entgegen und verhedderte sich mit den Krallen im Frotteestoff des Bademantels. In einem Anfall von Ekel und Panik schlug Jørgensen mit der flachen Hand nach dem

Tier, wirbelte im Kreis herum, bis die Ratte endlich frei kam und laut schreiend davonrannte.

Das Herz schlug ihm bis zum Hals.

Wie der standhafte Zinnsoldat hatte er sich nicht gerade benommen. Er atmete tief durch und beugte sich wieder über die Tonne, die Lampe wie eine Waffe vor sich haltend. Der kleine Nager hatte sich offensichtlich über die halbverfaulten Äpfel hergemacht, welche die Tonne mit schwerem süßlichen Duft ausfüllten. Widerwillig streckte Jørgensen den Arm in den Müll und zog nacheinander allen möglichen Unrat vor den Lichtstrahl der Taschenlampe. Seine Finger klebten bereits wie von Leim überzogen, als er endlich zwischen Zigarettenkippen und einem angebissenen Butterbrot den zusammengeknüllten Zettel fand.

Jemand tippte ihm auf die Schulter. Jørgensen fuhr zusammen, die Lampe fiel in die Tiefe, ihr Lichtkegel verschwand federnd im Müll.

Vor ihm stand ein restlos Betrunkener, der letzte Gast aus der Hafenkneipe.

»Hallo Kollege, suchst du was Bestimmtes?« lallte er und bemühte sich, Jørgensen in den Arm zu nehmen. Der hielt ihn mit klebrigen Fingern auf Abstand, wobei er gleichzeitig das Flanellhemd seines Gegenübers zum Abwischen benutzte.

»Mußt du mich denn so erschrecken, jetzt ist die Taschenlampe weg.«

»Was denn für 'ne Lampe? Vergiß doch die Lampe, wozu brauchst du die blöde Lampe! Komm, du gehst jetzt mit mir einen trinken«, befahl er schwankend, begann mit voller Lautstärke den Anfang eines Schlagers zu lallen, unterbrach sich dann aber abrupt. »Hej, ich hab da noch was ganz Feines«, flüsterte er geheimnisvoll, fiel Jørgensen wiederum vor die Brust und hüllte ihn in eine Wolke aus Alkohol und Magensäure. Jørgensen schob ihn sachte, aber bestimmt von sich weg.

»Am besten, du gehst jetzt nach Hause, komm, hau ab!«

Der Betrunkene starrte ihn an, als habe er nicht richtig begriffen, was er auch sicher nicht hatte.

»Eine Flasche Gammel Dansk, sieh hier, die trinken wir jetzt, weißer Mann.« Er musterte Jørgensen aus wäßrigen Augen, die im kargen Licht der Straßenlaterne gespenstisch schimmerten. Der Gürtel von Jørgensens Bademantel hatte sich bei dem Gerangel gelöst, und er beeilte sich, sein exhibitionistisches Erscheinungsbild zu korrigieren.

»Wie siehst du überhaupt aus, Kollege? Bist du ein Engel oder was? Aber nee … warte mal, warte mal, du bist kein Engel, hab ich recht? Du bist bestimmt ein Bulle.«

Leute diesen Schlages waren Jørgensen von Berufs wegen durchaus vertraut. Er konnte nicht mehr sagen, wie oft sich, als er noch bei der Ordnungspolizei Dienst tat, Besoffene, die auf den Säuferfähren randalierten, über seine Uniform erbrochen hatten.

Energisch und routiniert packte er den Gammel-Dansk-Mann am Arm und schob ihn einige Meter die Straße herunter.

»Ich bin kein Bulle, ich bin ein Erzengel, mein Lieber, ich bin Ansgar, der Apostel des Nordens und Hüter des Mülls, und jetzt zeige ich dir den wahren Weg.« Mit einem letzten sanften, aber energischen Schubs ließ er ihn frei. Durch diese Bewegung in eine Bahn gleichförmiger Geschwindigkeit gebracht, torkelte er wie ein schlecht ausgewuchtetes Projektil schimpfend, singend und gestikulierend die Straße hinunter, durch Laternenlicht und Schatten, in deren Gleichmaß er wie ein Irrwisch flakkernd hineinfuhr.

Als der Säufer außer Sicht war, ging Jørgensen zur Tonne zurück und angelte die Taschenlampe aus dem Müll. Beim Schließen des Deckels spürte er unter dem linken Fuß etwas Weiches. Er zog ihn sofort zurück und erzeugte dabei ein schmatzendes Geräusch. Voll schlimmer Vorahnung tastete er vorsichtig nach der nackten Fußsohle und schnüffelte an den Fingerspitzen. Hundescheiße! Herr im Himmel, was habe ich dem Teufel bloß getan, daß er mich so straft?

Links nur mit dem Hacken auftretend, stelzte er steifgliedrig und ruckartig wie ein Pirat auf seinem Holzbein zum Haus zurück.

Auf der Schwelle drehte er sich noch einmal um, blickte in den Himmel und sah gerade noch, wie der Mond sich grinsend hinter eine dicke Wolke schob.

Die Kormorane

Der Kommissar, der – wie inzwischen offenbar jeder argwöhnte – nach Lilleø gekommen war, um Ermittlungen anzustellen über den mysteriösen Tod des Schafbauern, oder, richtiger, der Kriminalassistent, der den Auftrag erhalten hatte, ein nicht minder mysteriöses Archiv zu ordnen, welches eigentlich und von Rechts wegen …, oder, wie es die Sache noch am genauesten trifft, der Proband Nr. 671-176, der im Rahmen eines weniger mysteriösen Schulungsprogramms seine im alltäglichen Dienst verkrustete Wahrnehmungs- und Verhaltensstrukturen der Katharsis eines fremdartigen Arbeitsumfeldes aussetzen sollte, stand in der Dienststube und betrachtete sein Konterfei im Rahmen eines alltäglichen Spiegels.

Er fand, daß er noch genau so normal aussah wie immer.

Überhaupt nicht, wie man sich einen Kriminalen vorstellt, mit scharfem Blick und energischen Zügen, dessen schiere Anwesenheit jeden Ort in einen Tatort verwandelt. Im Gegenteil, eigentlich blickte er doch ziemlich lieb und treuherzig drein, harmlos, wie ein Hausmann mit Schürze. Möglich, daß ihm seine herabhängenden Bartzipfel, die schwarzen Haare und dunklen Augen sowie die schwache Bräune, mit der die gesunde Landluft seinen sonst eher blassen Teint überzogen hatte, etwas Bedenkliches verliehen. So wie es ein Kaffeehausgeiger im Tivoli vor hundert Jahren für Mütter gewesen sein muß, die um das Seelenheil ihrer Töchter besorgt waren. Oder doch eher ein südländischer Typ? Habe ich vielleicht etwas von einem Italiener? Jørgensen klebte sich die Haare mit Spucke zu zentimeterlangen Koteletten, runzelte die Augenbrauen und schob das Kinn vor, brabbelte irgendein mediterranes Kauderwelsch und fuchtelte mit den Händen herum. Die Leute sehen seit Jahrzehnten Krimis im Fernsehen und glauben, die wahren Helden fallen immer ein wenig aus der Rolle. Richtige Typen eben. Und er selbst? War er auch ein Typ? Er konnte an sich nichts Typhaftes entdecken. Malte ist ein Typ, Lehrer Kristensen ebenfalls, und der Schafbauer war ganz gewiß auch einer gewesen, aber ich doch nicht. Und doch war er sich sicher, daß die Leute später einmal sagen würden ›Vorigen Sommer hatten wir hier so'n Bullen aus Kopenhagen, das war vielleicht 'ne Type.‹

Jørgensen zwinkerte seinem Spiegelbild zu, trottete zum Schreibtisch, ließ sich auf den Sessel plumpsen und vertiefte sich in seine Papiere.

Ein neuer Tag auf Lilleø.

In Kopenhagen hätte der Kriminalassistent nicht in einen Spiegel geschaut, sondern ein Blättchen vom Kalender gerissen, das auf der Rückseite einen weisen Spruch trug und auf der Vorderseite das Datum, 25. Mai. Hier, im Schulungsaufenthalt, ohne Konferenzen, Gesprächstermine und Einsatzplanungen, war es nichts weiter als irgendein neuer Tag in unserer kleinen Polizeistation.

Am Bild hatte sich nicht viel geändert. Jørgensen am Schreibtisch, Malte am Schreibtisch, Malte Pfeife rauchend, Jørgensen am Kugelschreiber knabbernd. Der eine Tisch zeugte von einem gewissen Ordnungssinn: Die Papiere lagen vorbildlich in ihren hölzernen Ablageschalen, das Telefon, diagonal gestellt, füllte den toten Winkel in der hinteren rechten Schreibtischecke; die Lampe, die klassische schwarze Schreibtischlampe aller dänischen Behörden aus dem ersten Jahrzehnt nach dem Krieg, bildete einen markanten amtlichen Akzent in der hinteren rechten Ecke. Büroutensilien standen an der Tischkante Spalier, die Ränder der Schreibunterlage waren parallel zu denen des Tisches ausgerichtet. Im Zentrum dieser Unterlage thronte, sorgfältig auf einem kleinen geblümten Tellerchen abgesetzt, eine dampfende Tasse mit heißem Kaffee.

Auf dem gegenüberliegenden Tisch stand, irgendwo im Niemandsland über- und durcheinander gelagerter Akten, ein gräulicher Becher, halb gefüllt mit einer lauwarmen Flüssigkeit, die nur noch entfernt an Kaffee erinnerte. Wie bei der Skala einer Wasserstandsanzeige schichteten sich braune Ringe unterschiedlicher Farbintensität an der Innenseite des Gefäßes. Auf der Tischplatte und der Unterlage befanden sich ebenfalls bräunliche Ringe, hier aber in einer Ebene angeordnet und ebenso über- und durcheinander wie die Akten. Die Aufnahme geistiger und körperlicher Nahrung hatte gleichartige Spuren hinterlassen, was auf einen harmonischen Charakter schließen ließ. Wie ein Schneerest im Frühjahr lag ein Häufchen Zucker neben einem angebissenen Butterbrot und bildete zusammen mit dem Aktenturm an der linken Tischkante einen schon etwas gewagteren Akkord. Die Schreibunterlage war vollgekritzelt mit surrealen Mustern und Figuren, dienstlichen Notizen, außeramtlichen Gedankenblitzen, Memorabilien sowie Einkaufslisten und Abrechnungen.

»Mir will einfach nicht in den Kopf«, sagte Malte und schüttelte ihn demonstrativ, als wollte er es auch gar nicht hereinlassen, »wie jemand, der das Archiv so vorbildlich ordnet, ein derartiges Chaos auf seinem Schreibtisch veranstaltet.« Er hob die Tasse mitsamt Untertasse bis zur Höhe seiner Nase und nippte affektiert wie eine englische Lady mit abgespreiztem kleinen Finger an seinem brühheißen Kaffee.

Jørgensen blickte verwirrt auf. »Was hast du gesagt?« Er tastete zerstreut nach dem Becher und soff ihn in einem Zug leer.

»Was machst du da eigentlich, Ansgar?«

Jørgensen starrte Malte irritiert an. »Ich mache die Abschrift von der Anzeige, der Fahrraddiebstahl, du weißt doch.«

Malte pustete nachdenklich in seinen Kaffee. »Das meine ich nicht. Ich meine«, er blickte auf und machte eine Armbewegung über den Tisch, »das da. Das sind doch nicht alles Fahrraddiebstähle.«

Jørgensens Augen bekamen einen geheimnisvollen Glanz. »Das da«, er machte eine bedeutungsschwere Pause, »ist viel spannender.«

»Noch spannender als Fahrraddiebstähle auf einer Insel?« fragte Malte belustigt.

»Ja, noch spannender. Du wirst es noch früh genug erfahren. Wart's ab.«

»Das hat wohl alles mit deinen verrückten Ideen zu tun. Mit dem Sextanten, möchte ich wetten. Ich würd ja mal liebend gern deinen Arbeitstisch in Kopenhagen sehen. Liegt da etwa auch so'n Müll rum?« Malte langte sich einen zerknitterten Zettel von Jørgensens Tisch und versuchte ihn zu entziffern. Seine Miene verdüsterte sich dabei so schlagartig, als zöge sich ein Sommergewitter über ihr zusammen.

»Das ist doch ...«

Jørgensen reckte sich über den Tisch und nahm Malte das Papier aus der Hand.

»Das ist doch ...«, hob Malte erneut an. Jørgensen schoß das Blut in den Kopf. Jetzt Vorwärtsverteidigung und selbst die Gesprächsführung übernehmen. Keine Diskussionen aufkommen lassen, die nur ins Uferlose führten.

»... das Rezeptblatt, richtig«, vervollständigte er Maltes Satz und wischte das Thema mit einer Handbewegung weg. »Was ich dir übrigens noch erzählen wollte: Ich war heute vormittag auf dem Friedhof von Torsdal – und da hab ich etwas Merkwürdiges entdeckt.«

»So, was denn? Noch'n Rezept?«

»Nein, da liegt ein Engländer begraben.«

»Ach, du meinst sicher den amerikanischen Flieger, den die Deutschen hier '44 abgeschossen haben«, fiel ihm Malte ins Wort, »die hatten eine Flakstellung hinter der Meierei von …«

»Nein, nein, nicht dieser Amerikaner, ein richtiger Engländer, geboren …«, Jørgensen sah kurz auf seine Schreibunterlage, » … 1868 in Snodland, gestorben 1927 hier auf Lilleø. ›Giv mig, o Gud, din fred‹; oben drüber das Blatt einer Silberpappel.« Jørgensen zeichnete mit der linken Hand die Kontur in die Luft, während er mit der rechten das verdächtige Blatt unauffällig in die Schublade gleiten ließ.

»Na und?«

»Na ja, ich meine, warum liegt er hier und ist nicht nach England überführt worden?«

»Vielleicht hatte er dort keine Angehörigen mehr, oder es wollte niemand die Überführung bezahlen. Was glaubst du, wie teuer so was ist. Vielleicht hat er ja auch hier gelebt und gearbeitet, im Hafen, auf der Werft, als Ingenieur oder so, Engländer sind gute Maschinenbauer. Oder denkst du mehr an einen Weltreisenden, mit Knickerbockerhose und karierter Jacke?«

»Geoffrey Arthur Adams«, sinnierte Jørgensen, »ein klangvoller Name, hört sich irgendwie aristokratisch an und nach Geld.«

»Wahrscheinlich verarmter Adel, das kennt man doch. Ich habe gar nicht gewußt, daß mittellose englische Gentlemen unsere Insel aufsuchen, um hier zu sterben. Möchtest du noch Kaffee?«

Malte nahm Jørgensens Becher mit spitzen Fingern entgegen.

»Schade, daß die Todesursache nicht auf dem Grabstein steht«, sagte Jørgensen, »besonders alt ist Mr. Adams ja nicht geworden. Ich glaube, Herr Kollege«, fuhr er mit verstellter Stimme fort und lehnte sich gemächlich im Stuhl zurück, »wir können mit Sicherheit davon ausgehen, daß er an Herzversagen gestorben ist.«

Schallendes zweistimmiges Gelächter. Malte war aufgestanden, hatte eingeschenkt und reichte Jørgensen den dampfenden Becher.

»Das kannst du doch feststellen.«

»Ob es Herzversagen war?«

»Nein, aber ob er«, Maltes Stimme senkte sich zu einem Flüstern, »vielleicht keines natürlichen Todes gestorben ist.«

»Als Opfer eines Verbrechens?«

»Glaub ich nicht. Der letzte Mord geschah hier vor über 200 Jahren. Aber vielleicht fahrlässige Tötung, eine Schlägerei mit tödlichem Ausgang, oder ein Unfall auf der Werft, was weiß ich. In diesem Fall müßten wir auch noch Protokolle hier haben.«

»Du meinst im Archiv könnte man vielleicht ...?«

»Nicht vielleicht, sondern bestimmt! 1927 sagst du, das war doch die Zeit, als Kirstein hier regierte, da wurde jede Kleinigkeit sorgfältig protokolliert. Wenn irgend etwas an Adams' Tod unnatürlich war, dann gibt es noch Aufzeichnungen darüber. Kirstein hat nie etwas weggeworfen und nie etwas fortgegeben. Der saß auf seinen Akten wie eine Henne auf ihren Eiern. Nach seiner Pensionierung wollte er ein dickes Buch über Lilleø schreiben, über die Menschen, ihre Sorgen und Probleme, ihre Absonderlichkeiten, ihre Kabbeleien. Aber das konnte er dann ja nicht mehr. Wie weit bist du eigentlich?«

»Du meinst mit *meinen* wahrnehmungsgeographischen Akkomodationsprozessen?« fragte Jørgensen erstaunt.

»Laß den Unsinn, Ansgar! Ich meine natürlich mit dem Archiv.«

»Schon nach '27. Aber eine Akte ›Geoffrey Arthur Adams‹ ist noch nicht aufgetaucht.«

»Na siehst du, Herzversagen«, brummte Malte zufrieden.

»Das will nichts heißen. Bei dem Durcheinander, was da jemand veranstaltet hat, finden sich immer wieder ältere Akten, die zwischen neuere gerutscht sind. Bis das mal wieder alles richtig in Ordnung gebracht ist ...«

»Ausgerechnet du redest von Ordnung.« Malte warf einen verächtlichen Blick auf Jørgensens Schreibtisch.

»Ich verstehe nicht«, fuhr Jørgensen ungerührt fort, »wie jemand, der so einen ordentlichen Schreibtisch hat, eine solche Unordnung ins Archiv bringen konnte.«

Malte blieb die Spucke weg. »Was sollen denn diese Sticheleien? Ich habe nie behauptet, ein guter Archivar zu sein. Außerdem solltest du mir dankbar sein. Betrachte es doch als Arbeitsbeschaffungsmaßnahme. Schlimmer als unnötige Arbeit ist, gar keine zu haben.«

Jørgensen pfiff anerkennend. »Das hört sich ja an wie die Theorie von diesem Amerikaner, der damit Wirtschaftskrisen bewältigen wollte.«

»Natürlich, mal wieder ein Amerikaner. Dabei arbeiteten unsere Behörden schon nach diesem Prinzip, als dein Amerikaner noch in den Windeln lag. Aber das ist wohl das Schicksal von uns Skandinaviern, daß unsere Erkenntnisse und Taten nie zu Weltruhm gelangen«, schloß Malte resigniert.

»Vielleicht gackern wir nicht genug, wenn wir mal ein Ei gelegt haben«, sagte Jørgensen. »Nach der Theorie eines anderen Amerikaners soll das der Grund sein, warum wir Hühnereier essen und keine Enteneier.«

»Wo wir gerade von Ökonomie reden«, unterbrach Malte, »unsere Vorräte an Bier, Sahne, Kaffee, Zucker und vor allem an Tee sind in letzter Zeit ganz schön geschrumpft. Wenn du Lust hast, kannst du nach Torsdal einkaufen fahren.«

Ein Fischerboot lag kieloben aufgebockt; speckig glänzte der frisch aufgetragene Teer im Glast der Mittagshitze. Sonnenschlieren flimmerten über dem Asphalt; eine Katze schritt ziehend, drehte den Kopf und verharrte. In satten Schwaden strich das Meer durch den Hafen und schwängerte die Luft mit den Gerüchen von Dieselöl und fauligem Tang. Ein sanfter Windhauch faßte drei welke Blätter, die über die Straße tuschelten und sich in den zum Trocknen ausgespannten Netzen zappelnd verfingen.

Jørgensen war stehengeblieben.

Vor ihm am Kai lag ein großes altes Segelschiff.

Es sah ein wenig so aus wie das Schiff auf dem Bild in seinem Zimmer. Aber dieses hier war größer, mit drei Masten, wie das Schiff in der Sage. Jette hatte ja etwas von einem Dreimaster erzählt. Vielleicht war es ein ähnliches Schiff gewesen, das damals im Nor gestrandet war, eine stattliche Bark mit stolzer Takelage und vielen Kanonen.

»Prächtiger Schoner, nicht wahr?«

Jørgensen fuhr herum.

»Wie bitte?«

»Ich sagte: ein schönes Schiff.«

Der Mann vor ihm verbreitete einen intensiven Geruch von Tabak, Bier und Urin. Sein Gesicht war zusammengeknautscht, wie Jørgensen es von seiner Großmutter kannte, wenn sie ihre Zähne nicht eingesetzt hatte. Ein undurchdringliches Bartgeflecht, nikotinvergilbt, wuchs ihm bis zur Brust. Ein paar flachsige Haare lagen wirr um den Kopf, die Nase war verquollen und gerötet. Lediglich ein paar listig flackernde Augen ließen vermuten, daß hinter der verfallenen Fassade die Bausubstanz noch einigermaßen in Ordnung war. Unter seinem langen grauen Mantel, der offenstand und keine Knöpfe mehr hatte, trug er einen viel zu kurzen roten Sweater, der kaum bis zur Höhe des Bauchnabels reichte, und bis zu dem mit einer grünen Fischerleine zusammengehaltenen Hosenbund zeigte er ein Stück Intimsphäre, die von Unterwäsche namenloser Farbe ausgefüllt wurde. Dieser Typ gehörte wahrscheinlich ebenso zum Hafen, zu allen Häfen der Welt, wie die zerrissenen Netze und verrotteten Fischkisten, der Maschinenschrott und das üppig wuchernde Unkraut, die auf dem Niemandsland zwischen den Schuppen, dem öligen Brackwasser und den ausgemusterten Booten ein unbeachtetes Refugium gefunden hatten.

»Ja, ein schönes Schiff. Ein Schoner?«

Der Mann musterte Jørgensen nun genauer, wobei er die Brauen zusammenzog und sein Kinn immer wieder nach oben wippte, als ob er auf etwas herumkaute.

»Hast du ein paar Kronen für mich?« fragte er schließlich und streckte die Hand aus.

»Kannst du mir etwas über dieses Schiff erzählen?« Jørgensen kramte in der Hosentasche und reichte ihm ein Fünfkronenstück. Die Hand schloß sich blitzschnell, das Geldstück wechselte lediglich die Hose. Der Mann kratzte sich ausgiebig im Schritt, nickte Jørgensen kurz zu und schlurfte davon.

»He, halt! Was ist nun mit dem Schiff?«

Er kam langsam zurück. »Was soll sein mit dem Schiff? Es ist ein Schoner, ein Gaffelschoner, ganz genau: ein Dreimast-Gaffelschoner.«

»Woran erkennt man das? Was ist ein Gaffelschoner?« Jørgensen war fest entschlossen, dem Alten ein wenig Garn zu entrollen.

»Ein Schoner hat keine Rahsegel, sondern Schratsegel. Gaffeln, das sind die Gabeln da oben an den Masten. Es gibt auch Schoner ohne Gaffeln und Schoner mit Toppsegeln. Warum willst du das wissen? Wer bist du?«

»Ich bin Ansgar, ich komme aus Kopenhagen. Und du?«

»Ich bin Mausen.«

»Bist du von hier?«

»Von hier, von da, von überall.« Mausen breitete emphatisch die Arme aus, wobei sein Mantel weit auseinanderklaffte und der rote Pullover noch weiter heraufrutschte. Wie ein Prophet auf den Holzschnitten der illustrierten Familienbibel stand er da. Waren das nicht auch Sonderlinge gewesen, illuminierte Außenseiter, die man erduldete, die man reden ließ und die wahrscheinlich ebenfalls nicht besonders angenehm gerochen haben?

»So, du kommst also aus Kopenhagen. Ich kenne Kopenhagen, eine schöne Stadt. Ich kenne viele schöne Städte, ich kenne Hamburg und London … God säf se king«, rief er pathetisch und legte die Hand grüßend an den Kopf. »Ich kenne Lissabon und Bilbao, und ich war auch schon mal in den Staaten. Du glaubst mir nicht? Du denkst, der alte Mausen spinnt? Warst du schon mal in den Staaten?«

Jørgensen verneinte.

»Siehst du, aber ich. Ich habe da gearbeitet, ich habe Baumwolle gepflückt und Straßen gebaut und ich bin auf den großen Flüssen gefahren … Ohmissuri schieße meiti woter …«

Aber das traurige Lied von der Häuptlingstochter, die für eine Flasche Feuerwasser verkauft wurde, erstickte in einem Hustenanfall, der Mausen wieder aus der weiten Welt nach Torsdal zurückbrachte.

Das könnte wohl stimmen mit Amerika, dachte Jørgensen, immerhin kannte Mausen den Shanty von Shenandoah und sagte ›Staaten‹ statt Amerika.

»Du wolltest mir doch was über das Schiff erzählen.«

»Geduld, Geduld, mein Junge.« Mausens Stimme klang leicht gereizt. »Du hast mich gefragt, und ich werde dir antworten. Setzen wir uns doch, da drüben auf die Bank, da ist Schatten. Sag mal, Arthur, meinst du nicht auch, das Bier da in deiner Tüte wird zu warm? Wir sind hier ja schließlich nicht in England. Es wäre doch schade drum, verstehst du?« Er zwinkerte Jørgensen zu und knuffte ihn in die Rippen.

»Ja, in der Tat, das wäre es, wäre es nicht?« lachte Jørgensen und holte zwei Flaschen Faxe aus der Tasche. Sie machten es sich auf der Bank bequem. Mausen drehte sich eine Zigarette, und Jørgensen hatte die Beine ausgestreckt, die Ellenbogen auf die Rückenlehne gesetzt und nippte an seinem Bier.

»Du kennst dich wohl aus mit Schiffen. Bist du mal zur See gefahren?«

Wie zum Beweis seiner Seemannschaft spuckte Mausen erst einmal Tabakssaft durch die Gegend.

»In meinen jungen Jahren habe ich alle Weltmeere befahren, als Schiffsjunge, als Matrose, als Maat.« Er machte eine Pause, wie um genügend Anlauf zu nehmen für die nächste Behauptung.

»Ich war sogar Steuermann«, erklärte er, und als Jørgensen

keine Einwände erhob, setzte er noch eins drauf. »Und jetzt bin ich Kapitän und Schiffseigner!«

Jørgensen verschluckte sich beinahe an seinem Bier.

»Du willst mich wohl verarschen!«

Statt einer Antwort stand Mausen auf, reckte sich, blickte Jørgensen in die Augen, stemmte die Linke in die Hüften und wies mit der ausgestreckten Rechten zum Anlegesteg hinunter.

»Mein Boot.«

Jørgensen erhob sich ebenfalls, um besser sehen zu können. An dem hölzernen Steg lag eine ganze Reihe angeleinter Fischerboote, teils aus Holz, teils aus Plastik, mit diesen winzigen Steuerhäuschen, kleiner noch als ein Baustellenklo, in denen man, im Gegensatz zu diesem, noch nicht einmal bequem Platz zum Sitzen hatte.

Irgendwo dazwischen lag ein sonderbares Gefährt. Es war kleiner als seine Nachbarn und irgendwie eckiger, und anstatt der Stehkajüte hatte es mittschiffs einen länglichen Aufbau, der aber so flach war, daß man darin weder stehen noch sitzen, sondern allenfalls liegen konnte, vorausgesetzt, der Seemann war schlank oder nüchtern genug, um überhaupt hineinzukommen. Der vielfach verspannte und ansonsten nackte Mast hatte dann wohl hauptsächlich die Funktion eines Laternenpfahls, der einem schwankenden Mausen auch an Bord den nötigen Halt verlieh. Das Boot war kunterbunt angestrichen, als hätte sich sein Eigner die Farbreste ebenso zusammengeschnorrt wie seinen Alkohol.

»Na, wie gefällt dir meine *Galathea*?«

»Ein originelles Fahrzeug«, nickte Jørgensen. »Es paßt zu dir, bis auf die Farben, die erscheinen mir etwas zu frisch.«

»Ich liebe es bunt! Außerdem dient es zur Tarnung. Es erschwert auf See die Infi ..., die Infekts ...«

»Die Identifikation«, half Jørgensen. Gleichwohl äußerte er seine Zweifel an der Wirksamkeit dieser Art von Tarnung.

»Die Kriegsmarinen aller Staaten malen ihre Schiffe aber grau an, damit sie nicht gesehen werden.«

»Typisch Militär!« rief Mausen. »Die haben doch keine Ahnung von Tarnung, keine Phantasie, die Jungens, außer grau fällt denen doch nichts ein!«

»Und was für eine Art Boot ist deine *Galathea*?«

»Das ist mein Hausboot.«

»Gratuliere! Dann bist du ja auch Hausbesitzer.«

»Hausbesitzer zur See«, präzisierte Mausen. Und mit der Dreistigkeit des Eigentümers, der ohne Skrupel in anderer Leute Taschen greift, langte er sich eine neue Flasche Bier aus Jørgensens Tüte.

»Skål!«

»Bist du eigentlich ein echter Torsdaler?« fragte Jørgensen.

»Das will ich meinen! Ich bin hier geboren und sogar zur Schule gegangen. Ich war der beste Schüler und habe Schiffbau studiert.«

»Du meinst wohl, du hast Schiffbauer gelernt?«

»Richtig, mein Sohn. Zu diesem Beruf braucht man viel Intelligenz und vor allem ein gutes Auge, ein richtiges Seemannsauge, was alles sieht. Kannst du die Vögel da auf den Pricken erkennen?«

Draußen vor dem Hafen, auf den Markierungen der Fahrrinne, hockten schwarze Vögel mit gebogenen Hälsen.

»Kormorane, vermute ich«, sagte Jørgensen.

»Ich sehe, du kennst dich aus. Die Kormorane sind meine Freunde. Das sage ich schon, um die Fischer zu ärgern, die haben nämlich eine Stinkwut auf diese Tiere, weil sie ihnen die Fische stehlen. Sagen sie. Die ganze Ostsee sollen die Biester schon leer gefischt haben, angeblich. Aber das ist alles Quatsch! Die Menschen sind es, die den Hals nicht voll genug kriegen können, nicht die Kormorane!«

Eine weitere Flasche Bier gluckerte in Mausens unersättlichen Schlund.

»Du sagtest eben, du hättest Schiffbau gelernt. Was für Schiffe hast du denn gebaut? Dein Boot etwa auch?«

»Die *Galathea*? Nee, die habe ich gekauft. Das war ein Sonderangebot. Ich habe sie nur verschönert und seetüchtig gemacht. Das sieht man ihr nicht an, nicht wahr? Ich bin mit dem alten Mädchen aber schon bis nach Kopenhagen geschippert!«

»Und womit hast du sie angetrieben? Ich sehe keine Segel. Hast du vielleicht Schweinswale davorgespannt?«

»Schweinswale!« krächzte Mausen aus vollem Hals und stellte die leere Flasche zu ihren Kameraden neben die Bank. »Schweinswale, keine schlechte Idee. Ich brauche aber niemanden davorzuspannen. Die *Galathea* hat einen Hochleistungsmotor!«

Ein paar Fischer, die auf ihren Booten hantierten, waren durch Mausens lautes Organ auf die beiden aufmerksam geworden und grinsten herüber.

»He, Mausen, hast du einen neuen Freund? Oder willst du dir einen Schiffsjungen shanghaien?«

»Ihr könnt uns lieber Bier holen, wenn ihr sonst nichts zu tun habt, ihr Kormorane!« rief Mausen zurück. »Auf die mußt du nicht hören, Alfred, die sind nur neidisch.«

Nachdem er noch eine Flasche aus Jørgensens Plastiktüte geangelt und vor dem Wärmetod gerettet hatte, war diese ebenfalls leer gefischt.

»Erzähl doch mal was von den Schiffen, die du gebaut hast! Hier in Torsdal?«

»Jachten. Ich habe Jachten gebaut. Hier wurden früher die besten Jachten gebaut. Torsdal war dafür in der ganzen Welt berühmt. Ich habe mal einen Kapitän gekannt, aus Schlicktaun, der war…«

»Aus Litauen?« fragte Jørgensen.

»Nein, Schlicktaun. Kennst du nicht? Wilhelmshaven. So nennen wir Seeleute die Stadt. Also dieser Kapitän hatte mit einer Jacht aus Torsdal eine Weltumsegelung gemacht! Aber sag mal, weißt du überhaupt, was eine Jacht ist?«

»Natürlich. Hier liegen doch ein paar. Und da draußen kreuzen eine ganze Menge herum. Teure Boote für reiche Leute.«

Mausen verzog sein Gesicht zu einer eindrucksvollen Grimasse und ließ einen verächtlichen Rülpser los.

»Das sind doch keine Jachten! Das ist Kinderspielzeug. Auf so was würde kein echter Seemann seinen Fuß setzen. Ich will dir mal erklären, was eine Jacht ist, ich meine, eine richtige!«

Er machte eine bedeutungsvolle Pause, blickte Jørgensen an, dann die leere Tüte zu seinen Füßen, dann wieder Jørgensen, und schließlich meinte er: »Ich sehe gerade, unser Bier ist alle. Du könntest mal zu Brugsen rüberlaufen und neues holen. Hier hast du fünf Kronen.«

Er kramte so ausdauernd in der Hosentasche herum, daß Jørgensen schließlich aufstand.

»Laß dein Geld man stecken, ich geb einen aus.«

»Kommt gar nicht in Frage«, protestierte Mausen, »diese Runde geht auf mich!« Er hielt das Fünfkronenstück in der Hand, machte aber keine Anstalten, es Jørgensen auszuhändigen.

»Steck's wieder ein. Behalte es als Gebühr dafür, daß du mir den Platz auf der Bank freihältst.«

»Aye, aye, Sir«, sagte Mausen und legte die Hand an die Schläfe, »so hält der eine den anderen frei. Ein faires Geschäft.«

Als Jørgensen mit einer vollen Tüte Bierflaschen zurückkam, verspeiste Mausen gerade ein Stück Räucherfisch aus einer zerknüllten Zeitung, die er mit beiden Händen vor sich hielt und in die er immer wieder den Kopf eintauchte wie ein Geier in den Kadaver eines Zebras. Jørgensen nahm seinen alten Platz wieder ein, blinzelte über die leicht dümpelnden Boote hinweg in das grelle Lichtgeflirr auf dem Wasser. Als sein Nachbar schmatzend und Gräten spuckend sein Mahl beendet hatte, faltete er die Zeitung mit den Fischresten sorgfältig zusammen, wischte seine Finger am Mantel ab und griff sich eine Flasche Bier.

Jørgensen wartete, bis Mausen die Flasche wieder abgesetzt hatte und sich mit dem Mantelärmel schwungvoll über Mund und Bart gefahren war.

»Du wolltest mir doch erzählen, wie echte Jachten aussehen.«

»Echte Jachten – ja, die siehst du heute nicht mehr. Mein Großvater hat noch richtige Jachten gebaut – ich stamme nämlich aus einem alten Geschlecht von Schiffbauern. Jachten, das waren breit gebaute, äußerst seetüchtige Einmaster, mit Gaffeltakelung und zwei bis drei Focksegeln und einem Toppsegel. Kannst du mir folgen?«

»Von Focksegeln habe ich schon mal was gehört, ja.«

»Also, du weißt nicht, was Focksegel sind. Das sind diese dreieckigen Dinger, die zwischen Klüver und Mast aufgeriggt sind. Und das Toppsegel ist ein Rahsegel ganz oben am Mast. Verstanden? Wenn du mehr wissen willst: Bei Maren Poulsen kannst du dir ein Modell ansehen. Das habe ich mal gebaut.«

»Ich dachte, du hättest richtige große Jachten gebaut?«

»Richtige große Jachten wurden zu meiner Zeit nicht mehr aufgelegt. Die waren zu klein geworden, die rentierten sich nicht mehr für den Seehandel. Aber früher, da fuhren Jachten aus Torsdal überall auf der Ostsee und der Nordsee. Zu Hunderten. Sie waren nämlich auch für flache Gewässer geeignet, weil sie nur geringen Tiefgang hatten, aber schneller und manövrierfähiger waren als die holländischen Plattfische, Flatsch ... ne, Plattschiffe. Schweres Wort.«

Schweres Wort oder zuviel Bier – bevor Mausens sprachliche Feinmotorik weitere Fehlzündungen produzierte, wollte Jørgensen noch einiges mehr erfahren.

»Und was hast du noch alles gemacht, außer Seefahrt, Schiffbau und Baumwolle pflücken in den Staaten?«

»Ich versteh auch 'ne Menge von Landwirtschaft. Ich habe auf den großen Gütern gearbeitet, in Mecklenburg und auf Fehmarn, als junger Mann, in den dreißiger Jahren. Jawohl, ich bin ein echter Monarch. Ich kann auch deutsch sprechen.«

»Monarch?« fragte Jørgensen, »wieso Monarch?«

»Monarch: so nannte man uns Landarbeiter. Aber ihr jungen

Leute kennt das ja alles nicht mehr. Wir waren wie eine große Familie. Nach der Ernte haben wir gefeiert, gesungen und getanzt!«

Mausen sprang auf und krähte aus voller Brust: »Puppche, du bist mein Ågestään, Puppche, hab dich zum Fresse gään ... Ich habe auch einen deutschstämmigen Hund. Paß mal auf!«

Mausen legte die Hände als Schalltrichter an den Mund und rief in die Richtung seines Bootes: »Frederik!«

Auf dem Deckshaus erhob sich ein scheckiges Tier, das entweder mit der bunten Bemalung eine perfekte Mimikry eingegangen oder von Mausen aus Versehen mit angestrichen worden war, so daß Jørgensen es bislang nicht bemerkt hatte. Der Hund reckte sich, sprang auf den Anlegesteg, lief zu seinem Herrn hin und blickte ihn schweifwedelnd an.

»Hier, Arthur, das ist Frederik, ein hochintelligentes Tier, sein Vater war ein deutscher Schäferhund, Karl-Heinz, seine Mutter hieß Senta, ein treues Tier, sie hat mich überallhin begleitet, und als sie starb, hat sie ein echtes Seemannsgrab bekommen. Ja, und nun ist Frederik mein bester Freund, er bewacht mein Boot, er ist auf dem Boot geboren, es ist sein Zuhause, nicht wahr, Frederik? Du hast mir auch schon mal das Leben gerettet.«

»Der Hund, der einem Monarchen das Leben rettete – das ist eine schöne Lesebuchgeschichte aus der Zeit meiner Oma.«

»Hast du gehört, Frederik, wir kommen sogar in einem Buch vor. Aber dieser Hund war sicher nicht auf See geboren. Das hat es bisher erst einmal gegeben«, rief Mausen voller Stolz.

Er faltete die Zeitung auseinander, und Frederik tauchte seine Schnauze gierig in die Fischreste.

»Der Hund paßt recht gut zu dir«, grinste Jørgensen, »noch besser paßt er allerdings zu deinem Schiff.«

Sie sahen dem Hund eine Weile beim Essen zu. Schließlich fragte Jørgensen: »Mausen, hier vor Lilleø soll früher mal ein Schiff auf Grund gelaufen sein, im Graasten-Nor, vor dem großen Dammbau. Kennst du die Geschichte?«

Mausen überlegte sichtlich angestrengt. »Noch nie gehört. Im Nor, sagst du? Was soll denn das für'n Schiff gewesen sein?«

»Ein ziemlich großes, mit mehreren Masten.«

Mausen mümmelte auf seinen Lippen herum und machte ein kompliziertes Gesicht.

»Mit mehreren Masten, sagst du?«

»Und Kanonen«, ergänzte Jørgensen.

»Glaub ich nicht«, sagte Mausen plötzlich. »Das Fahrwasser ist dort viel zu flach für so ein Schiff. Höchstens eine Jacht. Höchstens! Wahrscheinlich war es nur ein morscher Fischerkahn, total überladen, weil er den Kormoranen nichts übriglassen wollte.«

Jørgensen kam eine Idee. Er stand auf, ging zum Papierkorb und kramte darin herum.

»Da findest du nichts«, rief ihm Mausen nach, »den habe ich schon durchsucht.«

Jørgensen fand dennoch, was er gesucht hatte.

Er kam mit einer verschmierten Pommes-Schale zurück, trat sie platt und fing an, die noch leidlich saubere Außenseite mit seinem Kugelschreiber zu bemalen, mit Strichen, die Dinge darstellen sollten, deren korrekte Namen er nicht kannte, die am Ende aber so etwas wie ein Schiff ergaben, ähnlich dem, so hoffte er, was als Zeichnung in seinem Zimmer hing.

Mausen sah ihm zu und kommentierte jeden Strich.

»Ah, der Klüver ... der Mast ist etwas zu kurz ... die Gaffel muß höher rauf ... der Besanbaum, richtig ... noch eine Rah am Topp ... und was soll das sein, die Ruderpinne? ... Die Wanten hast du vergessen, aber sonst sehr gut, mein Sohn.«

»Und was für ein Schiff ist das?«

»Eine Jacht natürlich, das sieht doch jeder. Fehlen nur noch die Segel, aber das ha'm wir gleich.« In Mausen erwachte der Künstler.

Er wischte mit dem Zeigefinger unter der Pappe her, zog ihn voll Ketchup wieder hervor und begann Jørgensens Werk zu vollenden, was nicht ganz einfach war, weil sich Frederiks gierige Zunge immer dazwischenschlängelte.

»Rote Segel, wie ein Piratenschiff«, sagte Jørgensen, »nicht schlecht. Kann so ein Schiff ins Graasten-Nor getrieben sein?«

»Ja, kann.«

»Eine Jacht also, kein großes Schiff mit Kanonen und so.«

»Was redest du da? Hier, wir haben noch was vergessen.«

»Was denn?«

»Na, die Taufe, wir müssen es taufen«, rief Mausen, nahm erst mal einen langen Schluck und goß dann mit einer großzügigen Geste den Rest seiner Bierflasche über das Kunstwerk.

»Wie war dein Name? Alfons?«

»Ansgar.«

»Also dann, ›Ansgar‹, allzeit gute Fahrt! Und jetzt kommt der Stapellauf.«

Mit einem gekonnten Tritt beförderte er die Pappe in Richtung Kaimauer. Sie schlidderte über das Pflaster und segelte ins Wasser. Frederik sprang ihr nach und konnte seinen Schwung mit gespreizten Pfoten gerade noch rechtzeitig bremsen, sonst wäre er auch ins Wasser gesegelt und getauft worden, oder gewaschen, je nachdem. So bellte er der entgangenen Beute nur einmal matt hinterher, die langsam davonschaukelte und sich dann in einem Winkel des Hafenbeckens zwischen dem zusammengetriebenen Unrat verfing.

Der Skorpion

Der 27. Mai begann mit einer Enttäuschung. Nein, Torben Sko sei nicht da, flüsterte eine schnippische Mädchenstimme durchs Telefon, er befinde sich auf Fünen, auf einer Tagung. Ja, richtig, für eine Woche, und er sei in dieser Zeit nicht zu erreichen, auch nicht für die Polizei. Ob es denn dienstlich sei? Wie bitte, nicht dienstlich? Nein, der Doktor sei auf gar keinen Fall zu sprechen. Man könne nichts machen, auf Wiederhören.

Jørgensen haderte mit seinem Schicksal.

In der Schiffsgeschichte kam er nicht weiter. Das Gespräch mit Mausen hatte zwar ein Fünkchen Klarheit in die Sache gebracht, aber eben nur ein Fünkchen. Es gab keine Spur, die sich in der Sache noch weiterverfolgen ließ. Die Fahndung war zum Stillstand gekommen. Ja, und dann, vor zwei Tagen, als er am Schreibtisch saß und lustlos in seinen Schubladen kramte, war ihm wieder dieser Zettel in die Finger geraten, dieses Rezeptblatt. Das war immerhin etwas, etwas, das noch nicht ganz erledigt war. Ein Indiz, vielleicht sogar eine mögliche Spur im Fall ›Schafbauer‹. Jørgensen hatte viele Gedanken gehabt in den letzten Tagen, und nicht wenige davon beschäftigten sich noch immer mit DIGIFOL.

Digger, Dighton, Digitalia… DIGITALINE nennt man im allgemeinen die wirksamen Präparate, die aus den Blättern der Fingerhutpflanze (Digitalis purpurea L.) dargestellt werden und die ein wichtiges Medikament bei Herzaffektionen sind. Die vielfachen Versuche, den wirksamen Bestandteil der Digitalis zu charakterisieren und rein darzustellen, haben noch keine Klarheit in diese Körperklasse gebracht. Man unterscheidet mehrere Körper: Digitonin, Digitalein, Digitalin und Digitoxin, von denen das erste keine Herzwirkung zeigt, das Digitoxin aber ein sehr stark wirkender giftiger Körper ist. Digitaline sind häufig Gemenge und oft verschieden nach der Fabrik, aus der sie stammen. Chemisch ist so viel festgestellt, daß diese Körper Glykoside sind und keinen Stickstoff enthalten.

Ein Herzmittel.

Er klappte das Lexikon zu; aus Kirsteins Bibliothek, Jahrgang 1892.

Genau in dem Moment, wo er sich dazu durchgerungen hatte, den Arzt anzurufen, war der natürlich für eine ganze Woche nicht da. Zu ärgerlich, daß Sko gerade jetzt auf Fünen sein mußte. Eine Berufskrankheit, die das Arztleben so mit sich brachte, nie zur Verfügung zu stehen, wenn man dringend gebraucht wurde. Mißmutig schnippte Jørgensen das zerknitterte Rezeptblatt mit dem Zeigefinger über den Tisch.

Draußen ertönte das Geräusch der zugeschlagenen Fahrertür

von Maltes 12 M, ein herrischer Knall, dem ein Klappern folgte, hervorgerufen durch die heruntergedrehte Fensterscheibe.

Maltes Holzschuhe klackten über die Fliesen der Diele.

»Kannst du die Pantinen bitte draußen ausziehen, ich hab gerade gefegt. Guten Morgen, Malte.«

»Wieso fegst du denn hier dauernd? Das Büro wird doch jeden Donnerstag saubergemacht. Morgen, Ansgar.«

»Gefegt wird, wenn es dreckig ist und nicht, wenn Donnerstag ist und die Putzfrau kommt. Das hieße, das Verhältnis von Zweck und Mittel auf den Kopf stellen. Schließlich sind wir die Ordnungsmacht. Wie wollen wir denn glaubhaft machen, daß wir unser Land sauberhalten können, wenn wir das noch nicht einmal bei unserem eigenen Fußboden schaffen, oder immer erst bis Donnerstag warten müssen.«

»Und das da, was ist denn damit?« Malte deutete mit einer knappen Kopfbewegung auf Jørgensens Schreibtisch.

»Das ist kein Dreck, das sind die Spuren der Arbeit. Arbeit ist ein schöpferischer Akt, von Gott selbst erfunden, gleich Montag morgens, als er in seine Werkstatt kam. Es bedeutet, aus Chaos Ordnung zu schaffen. Und wenn du überdies mal bedenkst, welche Verwüstungen das Wirken der ordnenden Vernunft angerichtet hat, dann lernst du wieder das Chaos schätzen. Es enthält noch alle Möglichkeiten. Räumst du eigentlich gern auf, oder ist das für dich nur eine lästige Pflicht?« Diesmal nickte Jørgensen zu Maltes Schreibtisch hin.

»Doch, manchmal schon, in meiner eigenen Werkstatt, wenn ich das Durcheinander nicht mehr mit ansehen kann. Da staune ich immer wieder, wieviel Platz da plötzlich entsteht. Ein schöner Anblick. Ich sehe dann alle Augenblicke mal wieder rein und freue mich. Bjørn hat das allerdings nicht besonders gern, weil mir dann auffällt, wieviel Werkzeug er verschusselt hat.«

Jørgensen dachte an seinen eigenen Vater, die Schachteln mit den Schreibutensilien. Während seine Lineale, Radiergummis und Bleistiftspitzer nach einer unbekannten Gesetzmäßigkeit in kürzester Zeit wieder verloren gingen, hielten die väterlichen Schachteln die ihrigen wie durch einen geheimen Magnetismus über Jahre und Jahrzehnte fest, ein Zauber, der erst dann gebrochen wurde, wenn Jørgensen sich die eine oder andere Reliquie stillschweigend ausborgte, die, der Magie der Schachtel beraubt, bald darauf unter seinen unkundigen Händen abhanden kam. Je sicherer die kleinen Schreibschreine des Vaters das ihnen Anvertraute bargen, um so empfindlicher bemerkte dieser den Verlust jedes einzelnen Bleistifts, Radiergummis oder Lineals, und der Zorn des Patriarchen ergoß sich mit frommer Unbarmherzigkeit auf den leichtfertigen Frevler.

»Weißt du, Malte, eine wahre, eine einzig sinnvolle Ordnung verknüpft das Wichtigste: Sie stellt die innere Zusammengehörigkeit der Dinge her. Obwohl Ordnungen, die unlogisch sind, aber schön aussehen, sich großer Beliebtheit erfreuen, denk doch nur mal ans Militär.«

Malte grunzte. »Von wegen Beliebtheit!«

»Da mußtet ihr euch doch auch der Größe nach aufstellen, warum bloß? Denn beim Marschieren kommen so die Großen nach vorn und die Kleinen nach hinten und können nichts sehen als die Köpfe und Rücken ihrer Vordermänner. So ein Blödsinn. Die Kleinen gehören nach vorn, dann können alle sehen, wo es langgeht, und schon damit sie in den hinteren Reihen keinen Unfug treiben, wie jeder Lehrer weiß. Aber vielleicht ist es ja auch Absicht, daß nur die großen Leithammel vorn sehen, wohin es geht, und die anderen dahinter nicht auf dumme Gedanken kommen, denn wer nichts sieht und nur hinterhertrottet, kann auch keine unbequemen Fragen stellen.«

»Selig sind die, die nichts sehen und doch glauben oder gehorchen«, frotzelte Malte. »Und woher soll ich wissen, daß dein Chaos insgeheim eine wundervolle Ordnung ist? Daß du mich nicht beschwindelst, nur weil du keine Lust zum Aufräumen hast? Zu einem Kaiser kamen einmal zwei Betrüger, die sich für Weber ausgaben und wahrscheinlich verkrachte Theologen waren ...«

Er hatte sich unterdessen auf seinem Stuhl niedergelassen und blickte auf Jørgensens Schreibtisch.

Schwer zu sagen, was er da sah, wenn er überhaupt etwas sah, das mehr war als ein bloßes Muster auf seiner Netzhaut, ein Bild ohne Sinn und Bedeutung, nicht zum Leben erweckt durch einen ordnenden und erkennenden Willen, ohne Betriebssystem, wie man heute sagt, das die Ansammlung von Einzeldingen zu einer sinnvollen Struktur beseelte. Und so konnte er nicht sicher sein, daß die Dinge, die er erblickte, die gleichen waren, die gestern dort gelegen hatten. Die Akten sahen, unabhängig von ihrem jeweils verschiedenartigen Inhalt, alle gleich aus, und auch die losen Bögen und Zettel trugen wenig charakteristische Merkmale für jemanden, der sich nicht ausführlich mit ihnen beschäftigt hatte. Außerdem lagen sie so chaotisch durcheinander, daß sie ebensowenig identifizierende Anhaltspunkte boten, wie wenn sie alle geordnet nebeneinander gelegen hätten. Das ist ja die schöne Gemeinsamkeit von Chaos und Ordnung, daß ihre gleichmacherische Monotonie die Wahrnehmungsfähigkeit gleichermaßen ermüdet. Erst eine Störung innerhalb der Ordnung oder eine Ordnungsinsel inmitten des Chaos: die Abweichung also erweckt unsere Aufmerksamkeit. Und nur so gelang es Malte, in dem Wust von Jørgensens Papieren genau jenen ominösen Zettel zu bemerken, aufgrund der individuierenden Tatsachen, daß er nicht nur ein besonderes Format hatte, sondern auch in spezifischer Weise vergilbt und verknittert war, welchen er erst gestern wieder stirnrunzelnd betrachtet hatte, unwillig, mißmutig, er wußte selbst nicht genau warum. Vielleicht weil alles, was diesem Jørgensen in die Finger geriet oder unter die Augen kam, dem Risiko ausgesetzt war, von dessen nimmermüder Neugier befragt, befingert, beäugt, belauscht, beschnüffelt und verkostet zu werden. Und man konnte nie sicher sein, ob sich nicht lästige Verstrickungen daraus ergeben würden.

»Das Rezept von Larsen, mir ist immer noch nicht klar, wozu du das brauchst. Oder sammelst du jetzt außer Steinen und Unkraut auch noch Papierschnipsel, Eintrittskarten, Fahrscheine und so? Ich meine doch, du hattest es neulich im Auto zerknüllt und weggeworfen. Wo hast du das denn wieder hergeholt?«

»Aus der Mülltonne.«

Malte, der gerade nach dem Zettel greifen wollte, zog die Hand zurück.

»Kramst du jetzt auch schon in Mülltonnen? Reicht dir denn das Archiv nicht für deinen Forscherdrang?«

»Du wirst es kaum glauben, aber so etwas habe ich tatsächlich auch schon mal machen müssen.«

»Wie, hast du als Theologiestudent bei der Müllverwertung gejobbt?«

»Nein, beim kriminaltechnischen Institut, im Rahmen meiner Polizeiausbildung. Da sollten wir mal aus der Analyse des Inhalts einer Mülltonne Rückschlüsse ziehen auf die Eß- und Lebensgewohnheiten eines Verdächtigen. War eigentlich sehr spannend, wie aus dem Unrat allmählich ein Mensch entstand.«

»Und ist dir dabei nie der Gedanke gekommen, als was man dich wohl rekonstruiert hätte, aus deinen Abfällen?« fragte Malte.

»Tja, da gäbe es das Problem, Anna und mich, ich meine, unseren Müll, auseinanderzuhalten. Weißt du, wir haben viele Gemeinsamkeiten, glaube ich, und der Laborant konnte auf die Idee kommen, es handele sich bei uns um zwei Homos oder einen Zwitter. Eigentlich erzeuge ich gar keinen charakteristischen Müll, im Gegensatz zu Anna, na ja, sie hinterläßt vielleicht typischere Spuren, da sie ihre botanische Arbeit oft mit nach Hause nimmt. Aber in Zukunft wird die Müllsortierung wohl nicht von der Polizei, sondern von Recyclingfirmen übernommen werden.«

»Also wirst du dich mit dem Archiv begnügen«, stellte Malte erleichtert fest.

Archiv oder Mülltonne, die Unterschiede wären nicht groß. Was unterscheidet eine Mülltonne von einem Archiv? Eine interessante Frage. Man kann es von verschiedenen Seiten sehen. Ein Archiv ist gewissermaßen eine Edel-Mülltonne, die Ablage all dessen, was keiner mehr wirklich braucht, aber niemand wegschmeißen will. Andererseits aber ist die Mülltonne auch die Negation eines Archivs: hier das Bewahrenswerte, dort das Entbehrliche. Aber wo verläuft die Grenze? Enthält nicht auch ein Archiv, und besonders unseres hier, viel Müll, und anders herum, welche Schätze findet man manchmal im Müll, nicht nur vom kriminalpolizeilichen Standpunkt aus. So herum geht es also nicht, es müssen neue Kriterien her: Eine Mülltonne stinkt, ein Archiv nicht. Der Geruch rührt her von verwesenden organischen Substanzen. Ein Archiv enthält nur unbelebte Materie, non olet, wie der Lateiner sagt. Aus Verwesung und Zersetzung wird wieder Humus gebildet, der Stoffkreislauf geschlossen. Ist ein Archiv diesem Prozeß enthoben, zumindest nach den Maßstäben eines Menschenlebens? Nein, denn auch ein Archiv kann wieder fruchtbar gemacht werden, Leben erzeugen. Und ist es nicht so, daß ich das gerade mache? Bin ich nicht der große Zersetzer, der versucht, aus für tot erklärten Dingen wieder Lebensfunken zu schlagen, die Vergangenheit von den Toten zu erwecken?

Wie immer verströmte das Holz in der Bibliothek seinen harzigen Geruch und begrüßte ihn so wohltuend wie ein warmes Bett. Ein Teil des Archivs lagerte nun hier oben, Jørgensen hatte alle Akten vor 1930 in die Bibliothek transferiert, dorthin zurück, wo Kirstein sie ursprünglich auch angelegt hatte. Sechs volle Kisten waren es insgesamt, die darauf warteten, nach vielen Jahrzehnten liebloser Unordnung ihren rechten Platz zugewiesen zu bekommen. Einer spontanen Eingebung folgend, hatte Jørgensen die Tür zum Archiv abgeschlossen, und er beabsichtigte nicht, sie in Zukunft noch zu benutzen. Durch diesen entschiedenen Akt verwandelte sich das Archiv in einen Tiefkeller der Bibliothek, mit dem Unterschied, daß hier die neuen Dinge unten lagerten und die alten oben; ein abgelegener Raum, der nur von oben, über eine in die Luke gestellte Leiter betreten werden konnte. Gegenüber Malte hatte Jørgensen behauptet, den Schlüssel verlegt zu haben, er könne sich einfach nicht entsinnen, wo er abgeblieben sei. Und da Malte nichts von der Falltür wußte, war es ihm möglich, abgeschieden in seinem Versteck zu hocken, ein unbemerkter Beobachter, mit dem Blick durch das Schlüsselloch ins Büro, das verborgene Auge, dem nichts entging.

Der Preis der Isolation allerdings war das Dunkel, denn das eingeschaltete Licht im Archiv mußte unter der Tür hervorscheinen und den von ihm erklärten Verlust des Schlüssels Lügen strafen. Jørgensen nutzte das Archiv hingegen allein als Ablage, für all den uninteressanten Krimskrams, die Abschriften, Kopien und Requisiten, deren archäologischer Wert hinter den handschriftlichen Akten zurückstand, die sich in dicken Packen über die Dielen der Bibliothek verteilten und ihrer weitergehenden Ordnung entgegensahen. Nachdem alles auf den ersten Blick Wesentliche von scheinbar Unwesentlichem getrennt war, begab sich Jørgensen daran, die vielen Aktenstapel, die sich, gleich einer dichten Kolonie Seepocken an den Pfählen der Hafenmole, auf den Bodendielen festgesetzt hatten, aufzuräumen. Zu diesem Zwecke benötigte er eine Strategie, die anfallende Arbeit übersichtlich und effektiv zu erledigen, ohne die Verwüstung des Materials, die sich entweder im Laufe der Jahrzehnte im Archiv oder bereits vorher, unter Kirsteins nervösen Händen, zugetragen hatte, noch weiter zu steigern. Dabei standen Jørgensen verschiedene Methoden des Aufräumens zur Verfügung. Es gab das militärische Aufräumen mit Schlachtplan, mit dem alles sorgfältig und gründlich erledigt wurde und das nichts zurückließ als ein paar schwer Verwundete oder Tote, Akten, die in keine Ordnung mehr paßten und in eine getrennte Ablage, ein Aktenhospital wanderten, in einen toten Winkel des Raumes. Ein anderes Verfahren war die berühmte Goldgräbertaktik, Stollen in den ungeordneten Wust zu bohren, ihn auszuschürfen, zum nächsten Claim zu wandern und den Rest wegzuschmeißen. Ein drittes Prinzip tastete sich langsam vor, fing bedächtig in einer Ecke an und hatte den vertrauten Nachteil, vor lauter zaghafter Gründlichkeit am Ende nicht fertig zu werden. Doch da die Zeit in diesem Schulungsurlaub für ihn keine Rolle mehr zu spielen schien, versuchte er es mit der dritten Strategie. Er hockte sich auf den Fußboden, entnahm hier und da eine Mappe von einem der Stapel und bildete aus ihnen neue Stapel, die alsbald wiederum zu neuen Türmen anwuchsen. Um sich dabei ein wenig mehr Platz zu verschaffen, verschob er die Packen über die Dielen hin und her, rochierte von rechts nach links und hüpfte mit dem einen über den anderen hinweg. Bot ihm der eine Stapel Schach, so wich er zur Seite aus und übersprang mit der Dame zwei weitere Päckchen, denen er sich nun widmen mußte, da sie zur Auflösung anstanden. Bedrohlich türmte sich zwischen Standuhr und Regal ein Dreierpack aktenbewehrter Stapel, bereit, die Mühle zu öffnen und den Kriminalassistenten in ihren Schlund einzusaugen, wenn Jørgensen nicht schnell genug reagierte und einen neu eröffneten Aktenstapel davorsetzte, den Dreier zu blockieren. Wie wenig Sinn hingegen hatten seine Polizeikollegen in Kopenhagen für die mystischen Vorgänge des Aufräumens, die unendliche Arbeit des Geistes – der schon Knöpfe kannte, ehe Jahrhunderte später das Knopfloch erfunden wurde –, Zweckmäßigkeiten zu entdecken, die völlig unabhängig von Zwecken existierten.

Die Häufchen bewegten sich jetzt immer enger um den Tisch herum, und Jørgensen hatte schon kaum noch eine Ausweichmöglichkeit. Bald würde sich der Belagerungsring schließen und die Packen ihn endgültig festsetzen. Es wurde Zeit, daß er sich befreite und ein Ordnungssystem erdachte, die Früchte seines Hin- und Herräumens wegzuschaffen. Doch wie sollte diese endgültige Ordnung aussehen? Als erstes wohl stünde eine umfassende Bestandsaufnahme an, notiert in einem Schlagwortkatalog mit den wichtigsten Stichwörtern. Dazu brauchte man ein ausgeklügeltes Abkürzungssystem, etwas Originelleres und Einprägsameres als die aus alphanumerischen und alphabetischen Sigeln gekreuzten Systeme, die gut gemeint und schlecht gemacht als babylonische Kürzelverwirrung die Universitätsbibliothek der theologischen Fakultät in Kopenhagen in eine Weihestätte mittelalterlicher Zahlenmystik verwandelten. Jørgensen erwog Tier- und Pflanzenordnungen als Oberkategorien, Familienbezeichnungen als Kategorien, Gattungen und Arten für die Feindifferenzierung. Vielleicht war der Gedanke gar nicht so verkehrt, lieber Anleihen bei der Exaktheit der Naturwissenschaften zu machen, als in den Sphären des Geistes jenen imaginären Käfig zu finden, in den er die überbordende Aktenflut, die Kirsteins umtriebiger Geist ihm hinterlassen hatte, einzusperren vermochte. Denn zwischen einem Polizeiarchiv und einem botanischen Museum bestanden zweifellos genug Parallelen, um den Versuch zu wagen. Jede Pflanze hatte ihre Akte, ihre Karteikarte und als identitätssichernde Maßnahme gepreßtes Herbarmaterial, ihr persönliches Foto und Fingerabdruck sozusagen. Als Ort der Festnahme kam der größte und bedeutendste Fundort in Frage; besondere Merkmale und Kennzeichen wurden akribisch notiert. Im Lehrgebäude der Botanik lag ja nicht alles wie Kraut und Rüben durcheinander. Eine Zeitlang erwog Jørgensen, Kirsteins Akten nach dem klassischen Muster der Biologie, dem Linnéschen System, zu ordnen, der Erfindung jenes Schweden, der im 18. Jahrhundert die ganze belebte Welt mit Fachnamen versehen und eisern systematisiert hatte. Doch wenn er diesen Wurf zweifelhafter Größe auf das Archiv anwenden wollte, mußte er dann nicht die Akten nach der Farbe ihrer Deckel aufstellen oder ihrer Größe oder ihrer Dicke? Und sollte er tatsächlich den alten **A**st neben die **B**ratpfanne stellen, wegen der alphabetischen Reihenfolge, oder die Pfanne neben das Bügeleisen, nur weil beide einen Griff haben, aus Eisen sind und erwärmt werden können?

Derweil stapelten sich die Aktenberge um ihn herum in so bedrohlichen Mengen, daß Jørgensen beschloß, sich zunächst mit einer provisorischen Ordnung zufriedenzugeben, die Handschriften in den zerfledderten braunen Pappdeckeln auch weiterhin nach ihrer Jahreszahl zu sortieren und in Ordner abzuheften. Natürlich vermied er beim Beschriften der Ordner Selbstklebeetiketten, die nach geraumer Zeit doch nur wieder abwellten. Seine Ordnung sollte dem Gesetz jeder Ordnung gehorchen, Ordnung für die Ewigkeit zu sein, auch wenn Jørgensen wußte, daß das horizontale Gesetz der Zeit das vertikale seiner räumlichen Anordnungen langfristig zermürbte. Er überlegte, was wohl der nächste Aufräumer in fünfzig oder hundert Jahren beim Durchstöbern der Bibliothek über ihn denken würde. Wahrscheinlich nähme er an, dies sei das Werk eines gewissen Malte Hansen, der hier in den 60er bis 80er Jahren des 20. Jahrhunderts Dienst tat. Die Vorstellung reizte ihn zum Lachen. Sollte er nicht besser ein paar sichtbare Spuren hinterlassen, Signaturen und persönliche Vermerke, um sicher zu gehen, das Ordnungswerk für die Nachwelt an seinen Namen zu binden? Nach kurzem Zögern entschied er sich jedoch dafür, das Geheimnis zu bewahren und im Bewußtsein, etwas von dauerndem Wert geschaffen zu haben, inkognito zu bleiben. Ob sich überhaupt je jemand für diese Akten interessieren wird? Sehr wahrscheinlich war das nicht. Vielleicht vergrößerte es ja auch den Reiz, diese Ordnung nicht für eine andere Person, sondern in Ewigkeit allein um ihrer selbst willen angerichtet zu haben. Ein endgültiger Abschluß, eine Beerdigung. Jørgensen wurde etwas sentimental, und um den Akt der Bestattung der Kirsteinschen Aufzeichnungen abzurunden, pfiff er leise ein altes Kirchenlied, während er die ein letztes Mal geschauten Aktenberge feierlich in die große Holzkiste des Regals einfriedete.

Als er beim Abtragen eines Stapels die beiden oberen Mappen abhob, sah er plötzlich zwischen den Akten etwas hervorkrabbeln, ein winziges Tier mit acht Beinen und zwei gigantischen Armen, an deren Enden gewaltige Scheren staken. Trotz seiner Größe von einem halben Zentimeter war das ganze Tier so flach, daß es sich problemlos zwischen zwei Blätter Papier zu zwängen und zwischen ihnen herumzukrabbeln vermochte. Ein Afterskorpion. Geschickt hob Jørgensen den kleinen Gesellen auf eines der alten Zeitungspapiere, die einen eigenen Stapel bildeten, und setzte den Buchmilbenjäger, der im Blätterwald der Kirsteinschen Aktensammlung seine ökologische Nische gefunden hatte, auf die Milben der *Encyclopaedia Britannica* an.

Die Mappe, aus der er das Spinnentier hatte herauskriechen sehen, war reichlich zerfleddert, an einigen Stellen mit Tinte beschmiert und, wohl um den Inhalt daran zu hindern, der saft- und kraftlosen Pappe mit gleicher Leichtigkeit zu entfliehen wie der Skorpion, mehrmals mit einem breiten schwarzen Band umwickelt. Obgleich die sorgfältigen Knoten sich ziemlich schwer öffnen ließen, scheute Jørgensen davor zurück, das Band mit einer Schere zu zerschneiden und Kirsteins Mühen so mit einer knappen Bewegung zu spotten. Er porkelte mit dem Fingernagel, krallte Daumen und Mittelfinger ins Geknäuel, zupfte und zerrte, probierte die eine Stelle, bald die andere, fahndete nach dem schwächsten Punkt des Verteidigungssystems und legte das Bänderwerk im Verlauf einer Viertelstunde frei. Zu seiner Überraschung befand sich in der Mappe, anders als in allen anderen, die Jørgensen bislang gesichtet hatte, eine zweite, kleinere Mappe. Jørgensen mußte an ein russisches Püppchenspiel denken und fühlte sich schon veralbert, wie zu Kindergeburtstagen, wenn Freunde ihn mit großen Kisten bescherten, die, außer einem winzig kleinen Präsent, eigentlich nur Verpackungsmaterial enthielten. Die zweite Mappe jedoch ließ sich problemlos öffnen und enthielt einen fingerdicken Stapel handschriftlicher Aufzeichnungen, die allesamt von Kirstein geschrieben waren. Mit schnellen Blicken flog Jørgensen über die Blätter, was durchaus nicht leicht war. Der Kontrast zwischen Kirsteins umfangreichen und vor der unfreiwilligen Verwüstung durch die unordnende Hand seines Nachfolgers aus Odense wohl ehemals penibel geordneten Akten und seiner fast unleserlichen, keinem höheren Ordnungsprinzip unterstehenden Schrift war jedenfalls beträchtlich. Das eine oder andere Mal seufzte Jørgensen tief, dann wieder versank er zurück in die Akten. Mal wechselte er vom Fußboden zum Schreibtisch, hockte sich auf den Stuhl und brütete fäustestöhnend über der Tischplatte. Unaufhörlich wippte er mit dem Fuß, spielte dabei mit seinen Schlappen, die er abstreifte, um sie dann mit den Zehen sogleich zu suchen, zu ertasten, wieder anzuziehen und sie aufs neue abgleiten zu lassen und so weiter und so fort. Schließlich ließ er sich im Stuhl zurückfallen und blickte nachdenklich auf die vergilbte Mappe des Dossiers, auf dessen Titelseite die Jahreszahl 1926 aufgemalt war, versehen mit dem Untertitel:

Notizen und Dokumente, betreffend die Strandung eines Schiffs im Graasten-Nor am 24. März 1809.

Lars Christian Kirstein hatte sich mit dem Schiff beschäftigt – mit seinem Schiff!

Aber er hatte nicht nur vor sich hin spekuliert, im stillen Kämmerlein der Bibliothek, nein, er hatte regelrecht nach dem Schiff gefahndet. Und auch er war bei Bendsen fündig geworden. Wo ein Schiff verlorengeht, muß es auch einen Geschädigten geben, einen Eigentümer, und es muß eine Kommission beauftragt worden sein, das Geschehen zu untersuchen. In seiner Neugier war Kirstein nach Odense gefahren und hatte dort Abschriften aus den Akten des damals auf Lilleø residierenden Landvogts gemacht. Und richtig: Der Landvogt hatte der dänischen Seefahrtsbehörde die Havarie gemeldet und eine Untersuchung in Auftrag gegeben, den Vorfall zu klären.

Das erste, was damit feststand, war nicht das geringste: Die Strandung im Graasten-Nor war keine literarische Erfindung des Bende Bendsen und kein Produkt einer phantasiedurchtränkten Sage: Sie war eine Tatsache. Ein historischer Zwischenfall, passiert in der Nacht vom 23. zum 24. März 1809.

Das zweite, was feststand, war: Das Schiff war tatsächlich eine

Jacht. Jørgensen rieb sich die Hände. So weit war er immerhin auch von allein gekommen.

Das dritte war: Das Schiff kam aus England, gebaut in Bristol im Jahr 1781 und im Besitz der Collins-Reederei in London.

Das vierte, was feststand, war, daß am Morgen des 24. März, als der Landvogt das Schiff inspizieren ließ, niemand an Bord war. Das Wrack war schwer beschädigt und hatte so viel Wasser gezogen, daß es sich nicht mehr lohnte, es ins Schlepptau zu nehmen und zu bergen. Von der Schwierigkeit, im flachen Wasser des Nors ein halb versacktes Schiff wegzuschaffen, ganz zu schweigen. Wenigstens hatte man den Namen entziffern können: *Marygold*.

Das fünfte, was nach dem Bericht des Landvogts feststand, stand nicht fest. Die Bauern nämlich gaben an, bei Mondlicht eine gestikulierende Figur an Bord gesehen zu haben.

Das sechste wackelte noch viel mehr.

Jedenfalls für Kirstein.

Die Ladung.

Aus dem Bericht nämlich ging hervor, daß das Schiff wohl ausschließlich Tee geladen hatte. Zumindest war dies die Schlußfolgerung des Landvogts, obwohl man in dem Wrack nur noch eine einzige Teekiste gefunden hatte, die auch tatsächlich Tee enthielt; der Rest, so die Vermutung des Landvogts, war wohl vorher im Sturm über Bord gegangen oder geworfen worden.

Natürlich war es nichts Ungewöhnliches, auf einer Jacht Tee zu transportieren und von England nach Dänemark zu schaffen. Insoweit war die Geschichte stimmig.

Insoweit.

Das Problem allerdings war: der Adressat.

Lars Christian Kirstein, Polizeimeister in Nørreskøbing, war nämlich weitergegangen, hatte nachgehakt. Er hatte Briefe geschrieben, mit Durchschlag. Und diese Briefe oder besser, die Antworten darauf, hatten es in sich.

Das erste Schreiben ging an die Versicherung in London. Ein

Schiff, das einen Absender hat, hat auch einen Adressaten, und Kirstein hatte Glück. Die englischen Versicherer waren ein ordentliches Unternehmen mit einem ebenso ordentlichen Archiv.

Jørgensen seufzte.

Die Fracht des Schiffes war tatsächlich ausschließlich als Tee deklariert worden, und der Adressat jenes ominösen Schiffes war eine Swedenborg-Gesellschaft in Stockholm gewesen. Ferner war die Havarie registriert und die Versicherungssumme ausgezahlt worden. Das Schiff galt als verschollen.

Eine Handelsgesellschaft? Eine Tee-Company?

Keine Tee-Company. Natürlich nicht.

Kirstein hatte sich kundig gemacht. Diese Gesellschaft, so hatte er herausgefunden, verwaltete offenbar das Vermächtnis eines seinerzeit berühmten schwedischen Gelehrten und Staatsmannes, der umfangreiche naturwissenschaftliche und technische Studien auf vielerlei Wissensgebieten betrieben hatte. Das Dossier enthielt eine Broschüre, in der neben Briefen und einer autobiographischen Skizze die vielfältigen Arbeiten des Gelehrten in Schrift und Bild dokumentiert waren.

Die Antwort auf den ersten Brief provozierte einen zweiten. Wieder an die Versicherung in London. Lars Christian Kirstein konnte sich beim besten Willen nicht vorstellen, warum diese Swedenborg-Gesellschaft in Stockholm so sehr an englischem Tee interessiert war.

Kirstein hatte wieder Glück. Der Sachbearbeiter, an den er geraten war, entwickelte einen persönlichen Ehrgeiz, den mysteriösen Umständen auf den Grund zu gehen. Es entspann sich ein längerer Briefwechsel, aus dem hervorgeht, daß das Schiff von einer Firma, die zuvor als Tee-Exporteur noch nicht in Erscheinung getreten war, bei der Reederei Collins gechartert und daß die Ladung gegenüber der Versicherung ausschließlich als Tee deklariert worden war. Aber der Mitarbeiter war nicht nur über den Exporteur stutzig geworden, sondern auch darum, weil die

Versicherungssumme weitaus höher abgeschlossen worden war als seinerzeit bei vergleichbaren Frachten üblich.

Das war der eine Punkt.

Der andere, der den Mann von Lloyds stutzig machte, war die Tatsache, daß die Versicherungsdokumente von höchster Stelle abgezeichnet waren, mit einem Siegel der Generalverwaltung und einer Unterschrift des damaligen Direktors.

Hier hatte Kirstein seine heiße Spur.

Ein kleines Teeschiff mit viel zu hoch deklarierter Fracht, bearbeitet vom Chef persönlich. Dies war kein Schmugglerschiff und erst recht keine einfache Teebestellung. Auf dem Schiff muß noch etwas anderes gewesen sein, etwas, das nicht durch die Bücher gehen sollte, etwas, das der eigentliche Anlaß dieser Reise war.

Aber was?

Für Kirstein war die Sache klar: Die geheimnisvolle Fracht bestand aus Instrumenten, die der große Gelehrte einmal selbst angefertigt hatte. Sie wurden vielleicht heimlich von den Schweden zurückgekauft, oder gehörten der Swedenborg-Gesellschaft, die vielleicht die legitime oder doch legitimierte Erbin war. Es hatte eventuell politische Verwicklungen gegeben, für die Briten waren diese Gegenstände sicher von hohem Wert. Wer weiß, welche einflußreichen Kreise die Rückgabe seinerzeit verhindern wollten.

Kirstein suchte über den Mitarbeiter bei Lloyds nach weiteren Indizien. Aber da war nichts mehr zu holen, der Mann hatte sein Bestes getan, die Sache lag zu weit zurück, immerhin 120 Jahre.

Darauf hatte Kirstein auch noch an diese Swedenborg-Gesellschaft geschrieben, aber keine Antwort erhalten.

Man muß nämlich auch Lust haben, Fragen zu beantworten, die nervenden Fragen eines kleinen dänischen Provinzpolizisten. Die Fragen nach einem mehr als hundert Jahre alten, vergammelten, verrotteten Schiff, eher einem Schiffchen, einer Jacht, nicht mehr als ein größeres Fischerboot, mit vielleicht vier Mann Besatzung.

Eine Woche, zwei, drei Wochen. Ein Monat. Ein halbes Jahr. Keine Antwort.

Wer nichts erfährt, muß sich begnügen.

Oder er spekuliert.

Überlegungen zu Absender und Fracht, Nørreskøbing 4. Juni 1926

Nach Lage der bekannten Fakten ist davon auszugehen, daß die bezeichnete Jacht keinesfalls nur Kisten mit englischem Tee geladen haben kann. Wahrscheinlicher ist schon, daß, soweit ich die Dinge bisher sehe, die Ladung in eine Verbindung mit dem Adressaten gebracht und nur von diesem her definiert werden kann. Welche Dinge, so wäre die Frage, könnten die Herren der Swedenborg-Gesellschaft zu Stockholm interessieren, daß sie eigens zu diesem Zwecke in London vorstellig geworden sind? Ohne Zweifel nur Gegenstände, die für sie von großem Wert sind. Was aber hätte das sein können? Wahrscheinlich Dinge, die sich mit ihrem Namenspatron in Relation bringen lassen. Derselbe verbrachte seine letzten Lebensjahre in England und hatte sich schon einmal zwischen 1710 und 1712 zu Studienzwecken in London aufgehalten und daselbst für seinen eigenen Gebrauch in der Werkstatt eines Feinmechanikers ›Messinginstrumente‹ nautischen Charakters angefertigt, die allem Anschein nach in England verblieben sind. Wäre es nicht denkbar, daß sich eine Gesellschaft in Stockholm, die sich als sein legitimer Nachlaßverwalter verstand, vierzig Jahre später dieser Gerätschaften erinnerte und in London danach anfragen ließ? Gab es vielleicht einen rechtlichen Anspruch? Oder ein finanzielles Angebot? Und wäre es nicht ebenso denkbar, daß König George III. den Schweden als Staatspräsent jene Instrumente, quasi in geheimer Mission, zukommen lassen wollte, als Dank für ihre bisherige englandfreundliche Haltung? Ich denke, dies alles hat eine gewisse Wahrscheinlichkeit. Es läßt sich hoffen, eines Tages genauere Indizien aufzufinden.

Was nun folgte, war die Aufzählung einiger merkwürdiger Instrumentennamen, mit denen Jørgensen nichts anzufangen wußte. Nautische Instrumente, verpackt in Teekisten. Teekisten auf dem Weg von London nach Stockholm, Adressat: die Swedenborg-Gesellschaft. Kirstein hatte recht: Wieso sollte die Swedenborg-Gesellschaft englischen Tee bestellen?

Nichts gegen englischen Tee.

Jørgensen griff unwillkürlich nach der dampfenden Tasse.

Man mußte kein Historiker oder Ökonom sein, um zu wissen, daß der Import von Tee keine Sache von Vereinen war, sondern Angelegenheit großer Handelshäuser – oder Schmuggler. Man stelle sich einmal vor: das Jahr 1809, es gibt kein Telefon, keine Telegraphie. Also kein ›Hallo, hier ist die Swedenborg-Gesellschaft in Stockholm, schickt uns doch mal 'ne Jacht mit Tee rüber.‹ Die Beschaffung des Tees war aufwendig, kostspielig, und sie dauerte ihre Zeit. Tee war ein teures Genußmittel. Gut, diese Swedenborgianer konnten auch Teehändler sein, aber dann hätten sie dafür sicher eine eigene Importgesellschaft gegründet, wahrscheinlich ausgestattet mit den Privilegien des Königshauses.

Kirstein mußte den richtigen Riecher gehabt haben. Was auch immer sich an Bord befunden hatte – es war nicht nur Tee allein.

Aus irgendeinem Grund hatte sich jemand offenbar die Mühe gemacht, die tatsächliche Fracht zu verschweigen, ja, zu tarnen, und die Ladung des Schiffes vorgeblich als Tee zu deklarieren. Dieser Jemand konnte sowohl der Londoner Absender gewesen sein wie der geheimnisvolle Adressat, vermutlich steckten beide unter einer Decke. Fest stand auch, daß die Fracht nicht sehr groß, beziehungsweise wenig umfangreich war. Sie war in Kisten gelagert, und sie ließ sich auf einer kleinen Jacht transportieren. So skurril Kirsteins Hypothese im ersten Moment geklungen hatte, die Fracht bestünde vielleicht aus Swedenborgs in London konstruierten nautischen Instrumenten, von der Größe und der mutmaßlichen Menge her hätten die immerhin wunderbar in eine der Teekisten gepaßt.

Nautische Instrumente.

Sextanten vielleicht?

Kirstein hatte keinen erwähnt. Aber er hatte seine Informationen ja aus dieser Broschüre, und da waren die Instrumente nicht vollständig aufgeführt.

»Hat Axel sonst noch was erzählt? Über den Sextanten beispielsweise«, hatte Jørgensen Malte gefragt, letzten Dienstag, auf der Rückfahrt im Auto.

Malte hatte sich kaum dafür interessiert: »Der Sextant ist wohl deine einzige Sorge. Ja, ich habe noch mal gefragt. Es muß ungefähr anderthalb Monate vor seinem Tod gewesen sein. Er machte immer den gleichen Rundgang. Sie haben ein paar Felder hier in Eskebjerg und im Nor. Hans guckte dann nach den Schafen, kontrollierte die Pflöcke, sah nach den trächtigen Tieren und so weiter. Als er wiederkam, hat er dieses Messingding mitgebracht und irgendwo ins Wohnzimmer gelegt. Axel hat dann später nach dem Tod seines Bruders alles zusammengesucht, was irgendeinen Wert hatte, und es verkauft.«

Er besaß also Felder im Nor.

Sand und Muschelstücke hatten daran geklebt.

Sollte er den Sextanten tatsächlich gefunden haben, unten im Nor? Jettes Erzählung, Kirsteins Dossier. Der Fluch der alten Sage. Ein Schiff strandet im flachen Wasser des Graasten-Nors, in einer Märznacht des Jahres 1809, an Bord die nautischen Instrumente eines gewissen Herrn Swedenborg. Jahrhunderte vergehen. Ein alter Bauer findet einen Sextanten …

Die Strandläufer

Wer auf der Anhöhe von Stenagre steht, kann das gesamte Nor überblicken. Rechts sieht man den langen Damm mit der darüberführenden Straße, der als Düne schon vor der Nor-Eindämmung 1856 die beiden Inselhälften miteinander verbunden hatte; das heißt, eigentlich kann man den Damm selbst gar nicht sehen, sondern nur die lange Kette der Kiefern, die damals als Windbruch angepflanzt worden waren; ein schnell wachsender Baum, der auf dem sandigen Untergrund bestens gedeiht. Der Damm selbst, als Landstraße ausgebaut, liegt dahinter. Über den Kronen der Bäume erspäht man das tiefblaue Meer. Dreht man nun langsam den Kopf, kann man die geometrisch angeordneten Flächen der Weiden überblicken, mit ihren versprenkelten Punkten, den Kühen, Schafen, Pferden. Die Anordnung wird in ihrer Mitte von einem Traktorpfad durchschnitten, die Versorgungsachse, von der aus die Bauern ihre Weiden erreichen, die Wassertröge füllen, die Pflöcke der Schafe umstecken. Dieser Weg verliert sich dann links; die Perspektive verschmilzt die Flächen der Weiden und macht ihn unsichtbar. Dreht man den Kopf noch ein Stück weiter, erkennt man ganz hinten, am Rande des Nors, einige weiße Flecken. Ein paar kleine einmotorige Flugzeuge stehen dort um einen Hangar geschart; nicht anders als die Kühe um ihren Trog.

Aber es gibt noch einen zweiten Weg durch das Nor. Der ist für den Beobachter auf Stenagre unsichtbar, da er sich am Rande, auf der dem Betrachter zugewandten Seite des Nors, in der Kehle am Fuße des Hanges entlangzieht; unsichtbar, weil durch Büsche verdeckt. Man kann den Weg, ähnlich wie das Drejet, nur mit Hilfe der Vegetation erahnen. Dieser Pfad ist der Mühlenweg; er führt zu dem anderen Damm, jenem berühmten Damm des tatkräftigen Landarztes Dr. Biering, auf dem Jørgensen vor zwei Wochen gemeinsam mit Kristensen entlangspaziert war. Die Mühle, die ihm seinen Namen verlieh, hat damals mit ihrem Pumpwerk das eingedeichte Gebiet entwässert; aber sie steht schon lange nicht mehr, und heute besorgt eine elektrische Pumpe die Wasserregulierung durch das Siel.

Hier muß es gewesen sein, überlegte Jørgensen, wo Larsen seine Runde drehte, die Felder kontrollierte und dabei irgendwann den geheimnisvollen Sextanten fand. Der aber kann nicht einfach so auf dem Feld herumgelegen haben, sonst hätte ihn längst schon jemand entdeckt. Sextanten liegen nicht am Wegrand und warten darauf, daß einer vorbeikommt und sie mitnimmt. Zudem war der Schafbauer auf seinem Moped mit Sicherheit nicht querfeldein gefahren, sondern über den Mühlenweg geknattert. Seine Felder lagen nach Holmnæs hin, in unmittelbarer Nähe eines weiteren Hünengrabes, von dem Malte erzählt hatte. Demnach mußte Larsen den ganzen Weg von Ellehavegaard zum Standort der vormaligen Mühle und anschließend weiter über den Damm gefahren sein. Doch plötzlich hält er an. Das Benzin ist ausgegangen, kann ja vorkommen. Was macht er da? Er schaut sich um. Nirgendwo ist jemand zu finden, der aushelfen kann. Also schiebt er das Moped mühselig wieder nach Hause.

Das Benzin war es nicht.

Er hält an, weil er pinkeln muß.

Schon besser. Mitten auf dem Mühlenweg, irgendwo zwischen Ellehavegaard und Damm, verspürt der Schafbauer den unbändigen Druck seiner Blase. Er beschließt, sich heute nicht vollzupinkeln, sondern steigt vom Moped und sucht sich einen Baum. In dem Moment hört er hinter der Biegung einen Traktor näher schaukeln. Er verläßt den Weg und zwängt sich in die Büsche. Erleichtert windet er die Träger seines Blaumanns herunter und läßt die Hose fallen. Der Traktor fährt vorbei, ohne ihn zu sehen. Befriedigt packt sich der Schafbauer wieder zusammen, doch bei der Begutachtung seiner nassen Tat fällt sein Blick auf einen hellen Gegenstand, den sein Strahl kurz zuvor freigelegt hat. Gold, denkt er und bückt sich schwerfällig zu Boden. Tatsächlich, der kleine schimmernde Fleck sieht aus wie Gold. Er sucht sich einen Stein und pumpst mit diesem Faustkeil bewehrt auf den feuchten Boden und gräbt seinen Schatz Stück für Stück aus. Er dreht den Sextanten in den Händen; es ist tatsächlich Gold oder etwas ähnlich Wertvolles. Schließlich richtet er sich mühsam auf, humpelt zurück zu seinem Moped und legt die Beute in den Korb hinter dem Sitz.

Allerdings: War der Sextant nicht völlig korrodiert, von Gold- oder Messingglanz keine Spur mehr zu erkennen? So ein Gerät leuchtet einem nicht beim Pinkeln entgegen, wahrscheinlicher ist, daß Larsen ihn beim Umpflocken der Schafe in einem der Sandlöcher auf der Weide gefunden hat. Nanu, was steckt denn da? Er zieht das Ding heraus.

Es ist der Sextant des Herrn Swedenborg.

Hans Larsen, genannt der Schafbauer, alt und herzkrank, praktisch ohne Freunde, überlebt diesen Tag um mutmaßliche sechs Wochen.

Jørgensen sah auf die Uhr, es war kurz vor drei. Er drehte sich um und schwang sich auf die Nimbus, warf die Maschine an und fuhr den Stenagrehügel hinunter über den Bro-Bach, war kurz darauf nicht mehr zu sehen, tauchte dann wieder auf der Hauptstraße auf in Richtung Ellehavegaard. Dort angekommen, konnte man gerade noch erkennen, wie er vom Gas runterging, die Maschine verlangsamte ihr Tempo und bog links in den Norweg ab, flatterte vorbei an den Stallungen des alten Terkelsen-Hofes. Dann war er verschwunden, verdeckt von den Bäumen und Büschen des Nors. Kurze Zeit später blitzte die Nimbus zwischen den Pappeln auf, ein wildes Stakkato, Motorrad, Baum, Motorrad, Baum, Licht und Schatten, Licht und Schatten. Mit Tempo den Mühlenweg entlang, auf der Fährte des unseligen Larsen. Noch fünfhundert Meter bis zum Damm, noch dreihundert. Jetzt war er wieder weg, hinter der Kurve verschwunden. Aber nun … wieder da! Noch einhundert Meter, noch fünfzig …

Als Jørgensen nach einigen Minuten das Meer erreicht hatte, knatterte er noch ein paar Meter über den zugewachsenen Mühlendamm, stieg ab und parkte die Nimbus am Wegrand. Hier, ganz im Osten von Kirkeby, war die äußerste Spitze der westlichen Insel durch den Damm mit Holmnæs auf der Ostinsel verbunden worden. Und hier hatte, wie er von Lehrer Kristensen wußte, bis noch vor wenigen Jahren diese alte Mühle gestanden. Der Platz ließ sich noch mühelos erkennen, eine befestigte Fläche unmittelbar hinter dem Damm von schätzungsweise hundert Quadratmetern. Auch ein paar schwere alte Balken lagen hier, aber ob die tatsächlich noch von der Mühle herrührten, ließ sich nicht sagen. Dafür brauchte Jørgensen das Wissen der Anwohner oder das allwissende kriminaltechnische Institut. Die verfallene alte Mühle, die schon Jahrzehnte außer Betrieb gewesen war, mußte die Phantasie der Leute erregt haben, ein finsterer, krähenumkreischter, durchlöcherter Turm, die Flügel abgebrochen. Jørgensen strich durch das hüfthohe Gras, rechts die Felder des Nors, Zaunpfähle und Wiesen, zur Linken die flache Bucht, trübes Wasser mit Schlick, das violett schimmerte im Nachmittagslicht. Tülütülütülü pfiffen die kleinen braunen Küstenvögel, gedrungene Gesellen mit viel zu langen Schnäbeln, denen die Ornithologen den sinnigen Namen Alpenstrandläufer verliehen hatten, eine Bezeichnung, über die er sich schon als Kind gewundert hatte und die ihn am Ende sogar zu dem Schluß verleitet hatte, daß es auch in den Alpen, in denen er nie gewesen war, Strände geben müsse. Die unabgeschlossene Nimbus weithin sichtbar geparkt, kletterte er den Damm hinunter, überstieg mit großen Schritten einen Drahtzaun und einige aufgewallte Seetangburgen. Die Strandläufer flitzten eilig davon, eine Mantelmöwe erhob sich gravitätisch von ihrem Pfahl und schwebte dem offenen Meer entgegen.

Wie ein Reiher im Schlick der Strandläufer, mit langen staksigen Schritten, im grauen Mantel und flatternden Rockschößen, hörte er seine Füße Tang und Muscheln zermalmen. Nach einer Weile blieb er stehen und blickte hinaus aufs Meer. Aller Anfang lag im frühen 19. Jahrhundert, bei dieser geheimnisvollen Jacht, die dort am Horizont aufgetaucht und hier in die Bucht hineingetrieben worden war.

Kirsteins Nachforschungen hatten Bendsens Notiz bestätigt, daß die Bauern die Strandung mitverfolgt und keine Anstalten gemacht hatten, dem wahrscheinlich einzigen Überlebenden an Land zu helfen. Jørgensen überlegte. Ihr merkwürdiges Verhalten ließ zwei Fragen offen. Die erste war: Wieso hatten die Bauern die Strandung des Schiffs überhaupt mitbekommen und waren so zahlreich erschienen? Und die zweite: Warum um Gottes willen haben sie dem armen Teufel nicht geholfen? Die Nacht war finster, es tobte ein mächtiger Sturm. Elektrizität gab es noch nicht. Ein paar Tranfunzeln flackerten in den wenigen Bauernstuben. Wie viele Häuser mochten überhaupt nahe der Bucht gestanden haben?

Jørgensen kletterte zurück auf den Damm. Von hier aus sah man gerade zwei Höfe, drüben in Kirkeby, eine gute halbe Meile entfernt. Vielleicht hatte es damals in der Nähe der Bucht den einen oder anderen Hof mehr gegeben. Aber konnte eine Handvoll Bauern die ganze Uferlänge des Nors tatsächlich unter Kontrolle bringen? Und das mit ein paar Flinten, Sensen und Dreschflegeln? Und wie, wenn der Schiffbrüchige durch das seichte Wasser zur entgegengesetzten Seite nach Holmnæs hin entkommen war? Da standen kaum Höfe.

Ein Wrack treibt ziellos ins flache Wasser. Wer sieht das Schiff? Wer geht hinaus in den Sturm, um nachzusehen, ob nicht zufällig eine Jacht in die Bucht driftet? Das Schiff ist seeuntüchtig, kein Flaggensignal und keine Leuchtrakete verrät, wie es um die Besatzung bestellt ist. Einen einzigen haben die Bauern gestikulieren sehen. Aber was heißt das schon. Fest steht nur, daß am folgenden Morgen niemand mehr an Bord war, weder tot noch lebendig.

Jørgensen kam ins Grübeln. Die Geschichte stimmte hinten und vorne nicht. Irgend etwas mußte anders gewesen sein, etwas, das er nicht wußte; etwas, was mit der zweiten Frage zusammenhing, der vermaledeiten Frage, warum um Gottes willen die aus unerfindlichem Grund am Strand versammelten Bauern den oder die Überlebenden der Havarie nicht auf die Insel ließen. Die Rettung Schiffbrüchiger war Pflicht und Ehre zugleich, obendrein wäre sie ohne größere Mühe durchführbar gewesen. Um 1809 war der Fischfang eine lukrative Einnahmequelle, die Ostsee voll von Speisefischen – Bende Bendsen hatte sie ja alle aufgezählt. Selbstverständlich, daß in der Bucht Ruderboote lagen, die hätten losgemacht werden können. Gut, es gab den Sturm. Aber die Bucht war weder groß noch tief noch so abgelegen, daß ein Rettungsmanöver nicht ohne größeres Risiko hätte durchgeführt werden können.

Man wollte nicht. Warum?

Die Beantwortung dieser Frage hing mit einer anderen zusammen, nämlich: Was wußten die Bauern über das Schiff? Zunächst einmal war es natürlich unwahrscheinlich, zu glauben, die Bauern hätten überhaupt etwas über das Schiff, seine Bestimmung, Fracht und Besatzung gewußt. Oder? Für ein dänisches Schiff werden sie es wohl nicht gehalten haben. Man hätte sich dann ja mit der gestikulierenden Figur verständigen können, und die Geschichte hätte sich geklärt. Also kein dänisches. Für ein englisches vielleicht oder ein deutsches?

Eine Jacht aus London, mit dem Namen *Marygold* und mit Kurs auf Stockholm, gerät in Seenot und strandet vor Lilleø. Aber wieso gerade hier? Der normale, kürzeste und einzig sinnvolle Weg durch die dänischen Fahrwasser führte durch das Kattegat, durch die Meerenge zwischen Seeland und Schonen in den Øresund, hinein in die Hanøbucht und dann nordwärts durch den Kalmarsund oder außen herum um Øland nach Stockholm. Kein Sturm im Kattegat hätte das Schiff hundertfünfzig Kilometer weit abtreiben können, in den Großen Belt, an Smørland vorbei bis nach Lilleø.

Ausgeschlossen.

Die *Marygold* mußte einen anderen Kurs genommen haben, und zwar mit Absicht.

Bloß – warum?

Die Gänse

»Und?« fragte Jørgensen, als er am Abend ins Büro trat, ein Bündel Pflanzen in der Hand, »du bist ja immer noch da. Gibt's was Neues?«

»Jens hat gerade angerufen.«

»Was wollte er?« Jørgensen breitete seine Beute auf dem Schreibtisch aus und holte zwei Gläser von der Fensterbank, halbvoll mit Wasser, in denen sich schon etliche Binsen, Simsen und Seggen tummelten.

»Ach, gar nichts Besonderes. Er hat nur erzählt, daß Axel seinen Bruder umgebracht hat; nichts Besonderes.«

»Was?« Jørgensen starrte Malte mit offenem Mund an und stellte mechanisch die Gläser auf den Tisch. »Der jetzt auch?«

»Nix, der jetzt auch. Er ist der geheimnisvolle Anrufer.«

»Komm, Malte, jetzt mal Klartext. Was war los?«

»Wir haben, warte mal, zehn nach halb sechs. Der Anruf kam vor zehn Minuten. Das wurde Jens zum Verhängnis. Er hatte kaum drei Worte gesprochen, da rief irgendwo im Hintergrund ein Kuckuck. Ansgar, wenn das alles nicht so tragisch wäre! Ausgerechnet diese blöde Kuckucksuhr, die Jens beim Banko gewonnen hat. Ich erinnere mich, wie wir das Ding mal aufgeschraubt haben, weil wir uns für den Mechanismus interessierten. Wir wollten sehen, wie diese Schweizer Tüftler das hingekriegt hatten.«

»Die Schwarzwälder meinst du wohl. Daß sich dieser Irrtum auch niemals aufklärt.«

»Du kannst es nicht lassen, was? Alter Besserwisser. Ist mir doch schnuppe, wo die herkommt. Jens wollte den mysteriösen Anrufer spielen, den starken Mann … und dann, es ist zum Lachen, dieser Kuckuck. Hier wird das Vorurteil von der Einfaltigkeit der Leute auf dem Lande mal wieder voll bestätigt«, seufzte Malte.

»Es gibt aber auch ein Vorurteil, das von der besonderen Schläue dieser Leute spricht.«

»Ich glaube, da geht es aber mehr um Gerissenheit; verwegene und rücksichtslose Menschen, diese Bauern. Kennen alle Tricks, um hier und da noch 'ne Krone einzusparen; sind aber zu doof, um vernünftige anonyme Anrufe zu machen. Das meinst du doch Ansgar, oder?«

»Ich meine gar nichts. Ich sagte, es ist ein Vorurteil.«

»So so«, knurrte Malte vielsagend.

Wenigstens hatte Malte, anders als Jørgensens ehemaliger Streifenwagenkollege, nicht die riskante Angewohnheit, seine schlechte Laune beim Autofahren auszutoben. Mit stoischer Ruhe, wie immer, lenkte er das Auto Richtung Laurup, kuppelte brav den Motor bei jedem Prozent Gefälle aus und wartete geduldig, als ein LKW der FAF-Genossenschaft ein kompliziertes Wendemanöver auf der engen Landstraße durchführte. Mit verkniffener Miene und auf dem Pfeifenstiel kauend, daß es nur so knirschte, legte er den Gang ein und vergaß auch nicht, den Fahrer dieses lästigen Ungetüms mit einer kurz auffliegenden Hand zu grüßen.

Der Besuch bei Jens Larsen bestätigte dann auch Jørgensens düstere Vorurteile.

Frau Larsen, eine kleine und unscheinbare Person, schickte die beiden rüber zum Schweinestall. Malte voran, Jørgensen schräg dahinter, in schiefer Schlachtordnung, ganz der Hierarchie ihrer Zuständigkeit entsprechend, schritten sie über den schmutzigen Hofplatz.

Eine Schar Gänse begrüßte sie zischend, die ausgestreckten Hälse pendelten drohend über dem Boden. Hinter der roten Tür schlug ihnen ein teuflischer Gestank entgegen, und wie auf Kommando entfesselten mehr als zwei Dutzend Schweine einen Höllenlärm, ein hektisches Quieken und Grunzen, als sei der Satan in die Säue gefahren oder das Jüngste Gericht gekommen in Gestalt zweier Würgeengel mit Bolzen und Schläger. Sie drängten zu den Trögen und steckten ihre triefenden Schnauzen schnüffelnd durch die Eisenstäbe. Zu spät merkte Jørgensen, daß ihm der Rotz bereits am Hosenbein hinunterlief. Mit einem Seufzer schielte er auf die Gummistiefel seines einheimischen Kollegen. Daß ich auch nie die passende Kleidung anhabe, dachte er mißmutig, morgen kaufe ich mir endlich ein ländliches Outfit. Immer hinter Malte her, hüpfte er um die braunen Pfützen herum, durch das Wegelabyrinth der Schweinepferche.

Jens stand mit einem Bein inmitten der wild umherhoppelnden Ferkel, mit dem anderen hielt er einen Strohballen am Boden, den er mit einer Forke zerteilte und unter die Tiere verstreute. Er hielt inne, als er die beiden auf sich zukommen sah, und musterte sie aufmerksam. Malte baute sich vor ihm auf, und einige Sekunden herrschte Stille. Selbst die Schweine waren, neugierig abwartend, verstummt. Die Ruhe vor dem Sturm. Wie das Grummeln vor dem eigentlichen Gewitter wurden kurze Grußworte getauscht. Doch dann brach es plötzlich aus Malte heraus, mit Donner und Blitz ging das Unwetter hernieder, entluden sich die Schalen des Zorns über dem Verleumder seines Bruders. Jens duckte sich ein wenig und sah mit regloser Miene auf die wimmelnde Ferkelschar zu seinen Füßen. Jørgensen war instinktiv einen Schritt zurückgetreten. Dies hier war Maltes Spiel, zwar ein Auswärtsspiel, aber der Platzherr konnte seinen Heimvorteil nicht nutzen, sondern hatte größte Mühe, seine Abwehr aufzubauen, zumal ihm seine vierbeinige Mannschaft nun auch noch den Rücken kehrte und geschäftig ihre Pferche zu untersuchen begann, als wenn sie ihrem Teamchef auf diese nicht gerade faire Weise klarmachen wollten, daß sie sein Spiel für verloren hielten.

Malte polterte, brüllte und rückte seinem Gegenüber immer näher auf den Leib. Jens hatte die Arme trotzig verschränkt, drückte den Stiel der Mistgabel an seine Brust, schob die Unterlippe vor und gab auf Maltes wütende Fragen knappe und fast gemurmelte Antworten.

Und dann passierte es. Jørgensen spürte, wie ruckartig und unaufhaltsam ein Lachkrampf in ihm hochstieg. Er kniff die Lippen zusammen, starrte auf den Boden und bemühte sich, einen möglichst unbewegten Gesichtsausdruck zu bewahren, während seine Bauchmuskeln zuckten und ihm die angestaute Luft fast in die Nase schoß. Angestrengt bemühte er sich, Ablenkung zu finden, an irgend etwas Abwegiges zu denken, sein Gehirn in Sicherheit zu bringen, indem er seine Wahrnehmung auf harmlose Kleinigkeiten richtete. Wie dick mochten die Eisenstäbe wohl sein, in Zentimetern, oder ob man hier zölliges Material … Er war drauf und dran, fluchtartig den Schauplatz dieses Bauerntheaters zu verlassen.

Natürlich gab es überhaupt keinen Anlaß zum Lachen, vom polizeilichen Gesichtspunkt aus. Aber so ging es Jørgensen oft. Er erinnerte sich an peinliche Situationen aus seiner Kindheit, bei feierlichen oder dramatischen Anlässen, bei Hochzeiten, Taufen, Gottesdiensten, oder an die Standpauken seines Vaters, wo er und sein kleinerer Bruder am unterdrückten Lachreiz fast erstickt wären. Wohl wissend, daß es alles nur noch verschlimmern würde, hatten die beiden Brüder von Zeit zu Zeit verstohlene Blicke getauscht und dadurch den Reiz aufs neue entfacht. Irgendwie war es ihm bis heute nicht gelungen, diese kindische Marotte ganz abzulegen.

Das Gewitter ebbte langsam ab, der Donner rollte nur noch schwach aus der Ferne. Jens blickte Malte eine Weile herausfordernd an. Daß er der anonyme Anrufer sei, na und? Was würde das denn an den Tatsachen ändern? Axel habe doch irgend etwas zu verbergen, das läge doch auf der Hand, das hätten auch andere schon gemerkt. Und der Verdacht, daß er seinen Bruder auf dem Gewissen habe, sei doch nur die logische Schlußfolgerung. Jens begann sich in Schwung zu reden, er wurde immer schneller und lauter. Jeder wüßte doch, was da los war, Hans, das Hätschelkind seiner Mutter, die habe ihm ja noch die Brust gegeben, da kam er schon in die Schule; und Axel, der ungeliebte Sohn; sein Leben lang habe er darunter gelitten, in allem war er benachteiligt. Und dann diese Sache mit der Terkelsen-Scheune. Hans bekam natürlich den Hof, und Axel blieb als Knecht bei seinem Bruder. Auch wenn da später kaum noch ein Unterschied gewesen sei, wie die beiden gelebt hätten, Axel habe das nie vergessen. Es wäre ja wohl ein leichtes für ihn gewesen, fuhr Jens mit hochgeschraubter Stimme fort, dem herzkranken Bruder eine Überdosis seiner Pillen unter das Essen zu mischen, wer sollte das schon merken? Ein kleiner Schritt nur, aber für diesen ewigen Versager von Axel die lang ersehnte Lösung. So hätte der endlich seine alten Tage auf dem eigenen Hof verbringen können, davon habe er doch im Suff ständig gefaselt. Der arme Spinner hätte nicht einmal gemerkt, daß der Hof zusehends verfiel und daß die Gemeinde ihn ohnehin ins Altersheim stecken würde, sobald er nicht mehr allein zurechtkäme. Es sei sowieso ein Rätsel, wovon die beiden in den letzten Jahren gelebt hätten. Bloß das Vieh hätten sie gut versorgt, sonst sei alles verkommen, Wohnung, Gerätschaften und sie selbst. Jens grinste herausfordernd. Und überhaupt, was spielte Malte sich hier so großspurig auf? Er, Jens, habe doch nur seine Pflicht getan, indem er seinen Verdacht der Polizei mitgeteilt habe.

Malte starrte ihn fassungslos an, spuckte aus und verließ wortlos den Stall. Jørgensen überlegte kurz, ob er Jens noch auf den Sextanten ansprechen sollte, ließ es aber bleiben.

Im Polizeihaus begab Jørgensen sich in die Küche, spähte hungrig in den Kühlschrank und entdeckte zu seiner Freude einen Teller mit Salzkartoffeln vom Vortag. Er kramte ein Küchenmesser aus der Schublade, zerschnipselte die Kartoffeln in kleine Scheiben und gab Öl in die Pfanne. Wenig später wandelte er, in der Linken eine Kerze, in der Rechten den Teller Bratkartoffeln, die Stiegen hinauf in die Bibliothek. Mit dem Kopf drückte er die angelehnte Tür auf und ging über den angenehm kühlen Holzboden zum Schreibtisch, wo er den nicht nur zunehmend schwerer, sondern inzwischen auch immer heißer werdenden Teller mit dem Abendessen absetzte. Während er sich mit der Linken die Kartoffeln in den Mund schaufelte, wühlte er mit der Rechten durch die Bücher und Blätter auf seinem Tisch.

Den leeren Teller wegschiebend, blickte er zur Seite und zog sich noch einmal diese Broschüre aus Kirsteins Aufzeichnungen heran. Es war ein schon etwas zerfleddertes Heft, 80 Seiten stark, und herausgegeben anläßlich einer Ausstellung von Swedenborgs naturwissenschaftlichen Arbeiten, die zu seinem 150. Todestag 1922 von der Universität Uppsala veranstaltet worden war.

Was konnte er damit anfangen? Es hatte im 18. Jahrhundert einen Mann namens Swedenborg gegeben, der ein Erfinder und Konstrukteur war. Ein Wissenschaftler, der nicht nur Navigationsinstrumente angefertigt und Studien zur Mineralogie und Botanik getrieben, sondern sich auch mit der physikalischen und baulichen Umsetzung von Kriegsmaschinen, Tauchapparaten und Flugkonstruktionen beschäftigt hatte. Dann später, in den 20er, 30er Jahren dieses Jahrhunderts gab es einen Polizeimeister in Nørreskøbing auf der Insel Lilleø im Königreich Dänemark, der sich ganz offensichtlich mal sehr dafür interessiert hat, zumindest legten die vielen Randnotizen, Unterstreichungen und Eselsohren Zeugnis davon ab. Bei seinen Forschungen nach der Fracht des Schiffes und dem Adressaten war er auf dieses Buch gestoßen und hatte daraufhin seine Hypothese von den Messinginstrumenten aufgebaut. Und dann gibt es vierzig Jahre später einen toten Bauern im Kornfeld, der, wie jedermann wußte, an Herzversagen gestorben war.

So einfach war das, und alles war ganz natürlich.

Wenn – ja wenn es nicht diesen mißtrauischen und neugierigen Kriminalassistenten Ansgar Jørgensen geben würde, der sich verpflichtet fühlte, die seltsamen Spekulationen des kauzigen Polizeimeisters Lars Christian Kirstein zu einem befriedigenden Abschluß zu führen, der geheime Zusammenhänge und Verbindungen witterte, überall verdächtige Spuren fand und … einen Sextanten!

Einen Sextanten unbekannter Herkunft, alt, abgegriffen und korrodiert und ausgerechnet im Besitz eben jenes Bauern Hans Larsen, der zufällig, rein zufällig natürlich, kurz nach seinem Fund tot im Kornfeld lag und der den Sextanten, ebenfalls rein zufällig, auf seinen Weiden gefunden hat, im gleichen Gebiet, das vor rund 180 Jahren eine seichte Meeresbucht gewesen war, in der jenes ominöse Schiff, nach Kirsteins Vermutung mit den nautischen Instrumenten Emanuel Swedenborgs an Bord, gestrandet war.

Ja, ja, die Zufälle. Zufall ist das, was auch anders sein könnte, als es ist. Zufall ist der Gegenbegriff zur Notwendigkeit, demjenigen, was nicht anders sein kann. Wenn aber alles in der Welt nach Gesetzen notwendig ist, gibt es gar keinen Zufall, keinen zufälligen Zufall zumindest. Gewöhnlich aber meint man mit Zufall nicht, was keine Ursache hat, sondern das, dessen Ursache nicht bekannt ist, oder was unter eine bestimmte Ursache, die wir im Sinn haben, nicht fällt.

Wenn man also sagte, die Gleichzeitigkeit zwischen Larsens Tod und seiner, Jørgensens, Ankunft auf Lilleø sei zufällig, ebenso der Fund des Sextanten unten im Nor und auch die Havarie des geheimnisvollen Schiffes, so hieß das natürlich nicht, es bestünden für alle diese Ereignisse überhaupt keine Ursachen, sondern nur, die Ereignisse selbst hätten keine besondere, eben auf eine Verbindung hinwirkende Ursache gehabt.

Wenn man an Zufälle glaubte.

Und Jørgensen glaubte nicht an Zufälle.

Er wollte Fakten.

Im Büro unten griff er zum Telefon und wählte die Nummer von Maren Poulsens Marinemuseum.

Zwanzig Minuten später saß er wieder am Schreibtisch und fischte sich ein Blatt Papier, langte nach einem Bleistift und zeichnete in die obere linke Ecke ein Kästchen. Fein leserlich schrieb er das Wort SCHAFBAUER hinein und malte ein Kreuz dahinter. Als nächstes zog er eine Linie zu einem Kästchen, in das er ANRUFE eintrug, der nächste Baustein, der mit Larsen in Verbindung gebracht werden konnte. Die ANRUFE verwiesen nun erstens auf AXEL, dem des Mordes Bezichtigten, und zweitens auf dessen Bruder JENS, von dem die Anschuldigungen kamen. Von AXEL wiederum führten Pfeile natürlich zu JENS und dann zu DIGIFOL, denn das Rezeptblatt hatte Jørgensen ja auf Gammelgaard gefunden, als er Axel besuchte, und ein besonders dicker Pfeil ging zum SEXTANTEN. Das war nun zweifellos ein wichtiger Knoten, denn vom SEXTANTEN stach sowohl ein Pfeil ab zum SCHIFF wie auch zu SWEDENBORG. Das SCHIFF ließ sich mit BENDE BENDSEN verbinden, mit Jettes mysteriöser SAGE vom Kapitän, dem Mann ohne Kopf, und schließlich mit KIRSTEINS AKTE.

Alles in allem ergab sich ein schönes Schema, und Jørgensen nickte zufrieden vor sich hin. Von nun an brauchte er nur noch den Pfeilen zu folgen, um seine Gedanken Schritt für Schritt zu entfalten: In einer stürmischen Frühjahrsnacht des Jahres 1809 strandete eine Jacht, von England kommend und mit Kurs auf Schweden, in der Bucht des Graasten-Nors. Ihre Fracht, die aus den nautischen Instrumenten des Emanuel Swedenborg besteht, geht zusammen mit dem Schiff unter. 176 Jahre später findet der Schafbauer Hans Larsen zufällig einen Sextanten im Nor, ein letztes Überbleibsel der Schiffsladung. Ungefähr einen Monat später finden Touristen Hans Larsen tot auf seinem Feld.

Soweit die Fakten. Die vermutlichen Fakten.

Um die sicherzustellen, fehlte ihm ein einziger Beweis. Der simple Nachweis nämlich, daß erstens der korrodierte Sextant, den der Schafbauer gefunden hatte, wirklich von der Fracht jenes besagten Schiffes herrührte und daß zweitens die Ladung der Jacht tatsächlich unter anderem aus Swedenborgs Instrumenten bestanden hatte. Dazu benötigte er die Expertise eines Fachmanns für nautische Instrumente. Nun, Maren hatte ihm ja versprochen, sich darum zu kümmern.

Der erste Schritt.

Der zweite war, herauszubekommen, ob man das Medikament DIGIFOL in irgendeine Verbindung mit dem Tod des Schafbauern bringen konnte, also ob Axel mittels dieses Präparates seinen Bruder überhaupt hätte umbringen können, immer vorausgesetzt, er hätte ein Motiv dazu gehabt.

Jørgensen gähnte; sein Blick fiel auf die Standuhr, ihr altes Zifferblatt, das auf halb zwei zeigte. Für heute war es genug. Er faltete das Papier zusammen und legte es auf das Swedenborg-

Buch. Dann löschte er die Kerze, tastete nach dem Licht im Flur und trug den leeren Teller zurück in die Küche. Dort mixte er sich einen Schlummertrunk und begab sich zielstrebig ins Bett. Er löschte das Nachttischlämpchen, und um sich auf andere Gedanken zu bringen, onanierte er noch ein wenig unter der Bettdecke. Zur Sicherheit, daß ihn die Geister, die er geweckt hatte, nicht heimsuchten, zog er die Bettdecke über beide Ohren. Man wußte halt nicht, was alles kommen konnte.

Die Motte

Der Juni kam, und mit ihm kam der Regen. Dicke Tropfen stürzten aus grauen, tiefen Wolken auf die Felder und Höfe der Insel. Gewitterdunkelheit deckte sich über das Land. Wo zuckende Blitze quer durchs Firmament fuhren, leuchtete der Himmel auf für den Bruchteil einer Sekunde, epileptisch erhellt, und hatte sofort wieder sein tintenfarbenes Grau. Hunderte Töne vereinigten sich zu einem donnernden Schlag, der herausbrach und wieder zurückfuhr, von dem einzelne Kracher absplitterten und verflogen.

Jørgensen schloß die Augen und lauschte dem Regen, der aufs Pflaster prasselte. Das Geräusch, das er hörte, war so allgemein, daß er genausogut in Kopenhagen in einer Gartenlaube hätte sitzen können.

Das Türschloß knackte, und Malte trat ins Zimmer.

»Hej Ansgar, alter Stubenhocker, wie wär's mal mit ein bißchen frischer Luft?«

»Raus, in den Regen?« fragte Jørgensen ungläubig.

»Der Regen ...«, Malte räkelte sich aus einem grauen Zelt von Regenjacke, »...der Regen ist gut für die Felder, fürs Korn, für die Rinder. Geh ruhig raus und sieh ihn dir an«, sagte er.

Jørgensen schüttelte den Kopf.

»Aus dir wird nie ein richtiger Landmann, Ansgar. Aber das

macht ja nichts, es gibt Schlimmeres«, fügte Malte versöhnlich hinzu und nahm einen tiefen Schluck aus der Kaffeetasse auf Jørgensens Schreibtisch.

»Bah! Das schmeckt ja scheußlich.«

Jørgensen fischte eine tote Motte aus dem Kaffee und blickte Malte an. »Das ist ein Verlängerter. Wir hatten heute morgen nur noch einen kleinen Rest Pulver, da hab ich den Kaffee mit zusätzlichem Wasser gestreckt.«

»Ein Verlängerter? Du hängst hier rum wie ein Österreicher im Kaffeehaus. Aber wir sind hier auf Lilleø und nicht in Wien.«

»Woher kennst du denn die Österreicher?« wollte Jørgensen wissen.

»Meinst du etwa, ich sehe keine Krimis im Fernsehen? Da gab's mal so einen Kommissar mit einem schwedischen Namen, Kottan hieß der. Na ja, das spielte jedenfalls in Österreich, und die saßen meistens traurig im Kaffeehaus rum. Wo wir gerade von Kaffee reden, jetzt schnell noch einen Kaffee und dann muß ich auch schon wieder los.«

»Du warst aber auch nicht gerade lustig gestern.«

»Erinnere mich bloß nicht an diesen Engerling von Jens.« Malte hob unwillig die Hand. »Ach übrigens, was ich noch sagen wollte, Torben ist wieder zurück. Ich meine, nicht daß ich diesen Quatsch mit dem Rezept ernsthaft unterstütze, aber ich fürchte, abhalten kann ich dich davon sowieso nicht. Also, ruf ihn an, und ich hab's hinter mir.«

»Du hast wirklich nichts dagegen?«

»Ich bin auch nicht dafür«, sagte Malte schnell. »Und interessieren tut's mich auch nicht. Mach bloß keinen Quatsch.« Und als sein Blick auf einen Stoß Papiere, übersät mit Linien, Kürzeln und mathematischen Formeln, auf Jørgensens Schreibtisch fiel, hob er eine mokante Augenbraue: »Na, den Tathergang bei Larsens Tod schon auf die Zehntelsekunde genau ausgerechnet?«

»Nein, das sind Berechnungen aus einem Buch, den technischen Schriften Emanuel Swedenborgs.«

»Swedenborg? Ich kenne keinen Swedenborg«, sagte Malte uninteressiert und schluckte mit einer ruckartigen Bewegung den letzten Rest Kaffee hinunter. »So, wenn du mich brauchst, ich fahre jetzt rüber zum Zoll.« Er sah auf die Uhr. »So'n Mist, ich muß mich beeilen, nur noch fünf Minuten bis Buffalo.«

»Keynes, John Maynard Keynes«, rief Jørgensen plötzlich aus, »jetzt fällt es mir wieder ein.«

»John Maynard, wer ist John Maynard?«

»Ach, dieser Amerikaner, über den wir neulich sprachen.«

»Ja also, was denn nun, du sagtest doch selbst, daß es ein Engländer ist, als ich sagte, es sei ein Amerikaner, dessen Grab du da entdeckt hast.«

»Nein, nein, diese beiden meine ich doch gar nicht, sondern ...«

»Etwa noch einen dritten Mann?«

»Nein, überhaupt keinen Toten, das heißt, tot ist er schon, denn er lebt heute nicht mehr ... ach Quatsch, du machst mich noch ganz konfus! Ich meine doch diesen Erfinder des durcheinandergebrachten Archivs, auf den du so eifersüchtig warst.«

Malte schüttelte den Kopf.

»Daß dich das noch immer beschäftigt. Also, ich bin ungefähr in 'ner Stunde wieder zurück. Und erzähl mir nichts über DIKKEDIG.«

»DIGIFOL«, verbesserte Jørgensen, aber Malte war schon aus der Tür.

Jørgensen kramte das Rezeptblatt hervor, nahm einen letzten Schluck Verlängerten und drehte die Wählscheibe.

In der Leitung knackte es.

»Hier ist die Praxis von Doktor Sko, guten Tag«, sagte eine Frauenstimme.

»Ja, guten Tag, ich bin Kriminalassistent Jørgensen. Ich hätte gern Torben Sko gesprochen.«

»Der Doktor hat jetzt im Moment leider keine Zeit. Kann ich ihm etwas ausrichten?«

»Nein, ich muß ihn selbst sprechen.« Es ist doch immer das gleiche, dachte Jørgensen verärgert. Es entstand eine leichte Unruhe am anderen Ende der Leitung, und Jørgensen hörte, wie eine barsche Stimme fragte, wer am Apparat sei. »Kommissar Jørgensen«, flüsterte das Mädchen.

»Ja, danke … Guten Tag, Ansgar. Du bist doch der Kommissar, der jetzt bei Malte arbeitet. Hast du dich schon eingelebt?«

»Jaja; das ist ja nicht so schwierig hier.«

»Was kann ich für dich tun?« drängte der Arzt.

»Folgendes. Du erinnerst dich doch an Hans Larsen, der vorigen Monat gestorben ist.«

»Ja sicher, der Schafbauer. Was ist mit ihm?«

»Genau, der Schafbauer. Warst du sein Hausarzt?«

»Hausarzt ist gut. Ich durfte ihn immer nur in der Scheune untersuchen.«

»Hatte er Beschwerden? Hat er Medikamente genommen?«

»Sag mal, wofür wollt ihr das eigentlich noch wissen? Das interessiert doch keinen Menschen mehr.«

»Ich möchte es trotzdem wissen«, sagte Jørgensen nicht gerade höflich. Aber offensichtlich war dies der Ton, der bei Torben Sko ankam.

»Soso, die Kriminalen aus Kopenhagen«, bemerkte er, ohne klarzumachen, was er eigentlich damit meinte. »Er hatte Herzprobleme. Ich habe ihm ein Präparat dagegen verschrieben. Sonst war er noch erstaunlich gesund, bis auf sein Prostataleiden. Keine Arthritis, keine Ödeme in den Beinen oder wofür alte Menschen sonst noch anfällig sind. Ein Herzmedikament, mehr hat er nicht genommen.«

»Handelte es sich bei dem Präparat zufällig um DIGIFOL?«

»Ja, warum?« fragte der Arzt erstaunt. »Woher wißt ihr das?«

»Wir haben ein Rezept gefunden. Es hing in den Sträuchern auf seinem Hof.«

»Ach so, jaja; das konnte vorkommen. Er war ein bißchen

schusselig. Aber ich habe ihn ja Gott sei Dank oft genug besucht.«

»Schusselig. Das ist es eben. Es ist folgendes … Digitalis ist doch ein sehr starker Wirkstoff. Ich meine, eine geringe Überdosierung könnte doch schon katastrophale Folgen haben. Und dann sein plötzlicher Tod!«

Jørgensen wurde zunehmend unsicherer. Er wollte dem Arzt auf keinen Fall irgendwelche Nachlässigkeiten unterstellen; weder bei der Medikamentenvergabe noch bei der Todesdiagnose.

Aber Torben schien das alles überhaupt nicht zu berühren. »Ich verstehe, worauf du hinauswillst. Du glaubst, er könnte sich selbst vergiftet haben. Aus Versehen gewissermaßen.«

»Hätte es nicht sein können?«

»Nein, ausgeschlossen«, sagte Torben bestimmt.

»Warum?«

»Soll ich dir das jetzt alles erklären?«

»Ich bitte darum«, sagte Jørgensen ungerührt.

»Also gut. Es hätte passieren können, wenn ich ihm Digitoxin oder ein verwandtes Präparat verschrieben hätte. Diese Medikamente enthalten den reinen Wirkstoff, synthetisch hergestellt. Ich habe ihm aber ein Präparat verschrieben, das aus Digitalis, also Fingerhutblättern besteht. Ich hol jetzt mal ein bißchen weiter aus, damit das auch klar wird. An den Universitäten lernen die Studenten drei Stadien einer Digitalisvergiftung. Nämlich erstens Magen-Darm-Beschwerden, Übelkeit und Erbrechen. Das zweite Stadium ist gekennzeichnet durch Arrhythmien des Herzens. Im dritten Stadium treten ventrikuläre Arrhythmien auf, bei denen die Herzkammern unregelmäßig schlagen. Dieser Zustand kann unmittelbar zum Tod führen. Ich hoffe, ich langweile dich nicht, Ansgar.«

»Überhaupt nicht. Ich bitte dich, erzähl weiter.« Jørgensen schmunzelte. Ihr Ärzte seid doch alle gleich. Wenn ihr einmal die Gelegenheit habt, Fachmonologe zu führen …

»Na schön. Wie gesagt, lernen die Studenten auch heute noch

diese drei Stadien, obwohl sie in ihrer Praxis später dann völlig überrascht sind, wenn sie nur zwei Stadien feststellen können. Es tritt keine Übelkeit auf, sondern es fangen direkt die Arrhythmien an. Ich habe mich neulich noch mit einer Praktikantin, die drüben im Krankenhaus arbeitet, darüber unterhalten. Was ist also mit der Übelkeit passiert? Wo ist sie hin? Die Lehre von den drei Stadien reicht in eine Zeit zurück, in der nur die Blätter benutzt wurden, und das unauffindbare erste Stadium ist für das Blatt charakteristisch, nicht für seine raffinierten Derivate. Welche Verbindungen es auch immer in der Pflanze sein mögen, die den Magen irritieren, es ist nicht Digoxin oder Digitoxin, sondern es sind vielmehr angelagerte Verbindungen, die mit ihnen zusammen auftreten. Ich habe Hans Larsen, wie gesagt, ein Präparat verschrieben, das aus Digitalisblättern besteht. Es gibt größere Sicherheit, weil ich bei den ersten Anzeichen von Übelkeit die Dosis herabsetzen konnte. Eine Selbstvergiftung ist somit so gut wie ausgeschlossen.«

»Das ist ja phantastisch; aber warum verschreibt man überhaupt noch Herzmedikamente, die den reinen Wirkstoff enthalten?«

»Das mußt du meine Kollegen fragen. Die Jüngeren wissen noch nicht einmal, daß der Stoff aus der Fingerhutpflanze kommt. Botanik, Ansgar, spielt im modernen Medizinstudium keine große Rolle mehr, leider.«

»Ist es nicht unheimlich schwierig, bei diesem Blätterpräparat die genaue Dosis zu bestimmen?«

»Sollte man meinen. Aber erstens ist der Sicherheitsspielraum größer, und zweitens lassen sich botanische Drogen durchaus standardisieren. Früher, als fast noch alle pharmazeutischen Unternehmen Digitalisblätter verkauften, und heute Gott sei Dank auch wieder, produzierten sie Kapseln von einheitlicher Stärke, indem sie die Pflanzen unter konstanten Bedingungen anbauten und ernteten. Nur bei der intravenösen Injektion von Digoxin muß man auf ein zehntel Milligramm genau sein, um den Patienten nicht zu vergiften.«

»Dann ist Digoxin ja ein völlig überflüssiges Medikament.«

»Nein. In Fällen plötzlichen Herzversagens kann es lebensrettend sein, intravenöses Digoxin griffbereit zu haben. Aber sag mal, du willst doch nicht hier übers Telefon Pharmazie studieren.«

»Keine Angst. Das ist schon mehr, als ich wissen wollte. Also, ich danke dir.«

»Wenn ich dir weiterhelfen konnte.«

»Oh ja, sehr. Hi!«

»Hi! Diese Kriminalen aus Kopenhagen …«, murmelte Torben Sko und legte auf.

Jørgensen setzte die Ellbogen auf die Tischplatte und kaute an seinem Kugelschreiber. Dann stand er auf, war mit drei Schritten an der Tür, griff nach der zitronengelben Gummijacke und stürzte sich entschlossen in den Regen.

Die Fakten waren klar: Der Schafbauer konnte sich nicht vergiftet haben. Das Medikament war zu schwach, beziehungsweise er hätte es ausgespuckt, bevor die kritische Dosis erreicht worden wäre. Ein bewußtes Vergiften, also Selbstmord, mit einer anderen Substanz war ausgeschlossen. Für eine Verzweiflungstat fehlte jedes Motiv.

Blieb noch die These vom Mord.

Aber auch hier war es kaum möglich, daß dieser mit dem Herzmedikament durchgeführt wurde. Wußte Axel Larsen überhaupt, wie gefährlich Digitalis war? Nicht sehr wahrscheinlich.

Und Jens?

Dem wäre es schon eher zuzutrauen. Aber wie gesagt, DIGIFOL konnte es nicht gewesen sein.

Sollte er sich über das Gespräch mit dem Arzt freuen oder nicht? Er konnte sich freuen, daß allem Anschein nach alles friedlich war auf dieser Insel. Es gab keinen Mord, es gab auch keinen Selbstmord, ja nicht einmal einen tödlichen Unfall. Die Welt war in Ordnung, ausnahmsweise.

Er freute sich nicht.

Er freute sich nicht, weil er einen falschen Einfall gehabt hatte, einer falschen Spur gefolgt war. Die friedliche Wahrheit beleidigte seine kriminalistische Intelligenz. Ein schöner Detektiv war er, er sah überall Spuren, die es nicht gab. Ein schlechter Mensch war er obendrein: Er ärgerte sich über den Frieden. Er war unzufrieden darüber, daß ein, wenn auch übelriechender, so doch immerhin unbescholtener Christenmensch eines natürlichen Todes gestorben war.

Aber was war schon natürlich?

Einen natürlichen Tod gab es nicht. Philosophisch gesehen war jeder Tod natürlich, medizinisch hingegen überhaupt keiner. Zumindest war Digitalis ein natürlicher Wirkstoff. Aber was heißt schon Natur? Ist alles, was wächst, Natur? Also auch eine Krebsgeschwulst? Oder nur der Fingerhut?

Es gibt auch andere Gifte.

Schnellwirkende Gifte. Schleichende Gifte. Nervengifte, Blutgifte, Muskelgifte. Ätzende Gifte, irritierende Gifte, narkotische Gifte, reizende Gifte, zymotische Gifte.

Für einen Mord hätte er immerhin das Motiv.

Besitzgier. Was sonst.

Oder?

Warum sollte Axel eigentlich seinen Bruder umbringen? Wegen des Hofes? Dieses elenden, heruntergekommenen, herabgewirtschafteten Hofes? Axel Larsen – der Mann, der aus einer Bruchbude ein florierendes Agrarunternehmen macht, jahrzehntelang behindert durch einen störrischen Bruder, der ihm die Zukunft vermieste?

Wenn es Axel war.

Zwei alte Junggesellen, ohne Freunde, der eine auf den anderen angewiesen.

Niemals.

Es war Jens. Er war der Mann, der den Hof wieder aufpäppeln konnte. Nicht mehr jung, aber ehrgeizig. Lange genug hat er mitansehen müssen, wie beide Brüder den Hof seiner Eltern in Grund und Boden wirtschaften. Na, Hans, keine Lust zu arbeiten? Nee, laß man, Axel, ich fahr heute zu Jesper, Jägermeister trinken. Und du Axel? Ich schlaf mich lieber aus, die Schafe wollen sicher auch noch ein paar Stündchen schlafen.

So nicht. Da spielt der liebe Jens noch ein klein bißchen mit. Der brave doofe Jens, der Arbeiter, der, der jeden Morgen zeitig aufsteht und die Kühe melkt, der Misanthrop und Krümelkacker, Kümmelspalter, Erbsenzähler.

Aber warum denn nur einen? Warum nicht Axel gleich mit? Oder doch: hübsch einen nach dem anderen? Erst die eine Erbse, dann die andere? Schwebte Axel Larsen vielleicht in Gefahr?

Und das alles nur wegen dieses maroden Hofes? Oder doch wegen etwas anderem? Geld vielleicht, unermeßliche Schätze, Juwelen, Diamanten und Gold, viel Gold? Seine Phantasie verlor sich wieder in das Schloßlabyrinth des Larsenschen Palastes.

Welchen Wert hatte dieser Hof bloß?

Hat Jens seine unglaubliche Anschuldigung gegen Axel nur erfunden, um den Verdacht von sich selbst abzulenken? Irgend jemand hat ihm gesagt, daß mit dem Tod seines Bruders etwas nicht stimmt. Er rechnet sich aus, daß der Verdacht früher oder später auf ihn fallen würde, da er als einziger ein brauchbares Motiv hat. Und er hatte seinen Bruder schon einmal massiv bedroht, vor Zeugen. Die Gerüchte müssen zum Schweigen gebracht werden. Also zeigt er seinen Bruder an, anonym versteht sich, um nicht selbst zu sehr ins Gerede zu kommen. Aber letztlich erreicht er nur das Gegenteil, weil just in diesem Augenblick ein Kriminaler aus Kopenhagen auftaucht. Wäre die Rechnung aufgegangen, wenn er, Jørgensen, sich nicht mit diesem Fall beschäftigt hätte?

Oder war es umgekehrt? Man mußte sich darüber klar sein, daß niemand von einem Mord reden würde, wenn er nicht gerade in dem Moment auf Lilleø erschienen wäre, in dem Larsen gestorben war. Der Kommissar aus Kopenhagen! Das hat die Leute verwirrt. Was will der hier? Keiner begreift irgend etwas.

Vielleicht doch.

Vielleicht gibt es ja auch so etwas wie Fügung, die ihn hierhergebracht hatte. So unsinnig die Behauptung, daß es Mord war, schien, zumal das Motiv ausgesprochen schwach war, das Gegenteil ließ sich so ohne weiteres auch nicht beweisen.

Wie sollte man auch?

Jørgensen blieb einen Moment stehen, um sich zu orientieren. Er war den Strandvej entlanggelaufen, am Hafen vorbei, vorbei an den schmucken Häusern mit Meerblick, den Bootsschuppen und stand jetzt einsam, mit durchweichten Schuhen und schwerer nasser Hose im grauen Regen, der unablässig seine Wirbel auf das Pflaster trommelte. Er zog die Kapuze tief über die Augen und lenkte seine Schritte zurück zum Polizeihaus.

Natürlich könnte man das Gegenteil beweisen; man müßte den Toten nur obduzieren. Eine Autopsie aufgrund eines obskuren Verdachts, zusammengestrickt aus einer Handvoll Spekulationen und Hirngespinsten, ohne erkennbare Gewalteinwirkung, ohne Täter und Motiv.

Er wagte kaum, sich vorzustellen, was Malte dazu sagen würde.

*

Der Wald riecht, und die Stämme, von der Abendsonne beschienen, sind Stangen aus Gold. Ein sanftes Licht glitzert in dem aufdampfenden Dunst und verfängt sich im Unterholz.

Weiter, nur weitergehen, nicht rasten, nur nicht rasten. Morsch ist der Stamm und verderbt sind seine Äste. Der Mann fühlt sich an Armen und Beinen müd, ist gelaufen den ganzen Tag. Warum nicht ein wenig rasten, hier an diesem friedlichen Ort?

Er läßt sich niedersinken und bettet sein Haupt in das weiche, nasse Gras.

Über ihm rauschen die Pappeln, wiegen sich sacht im Wind. Der Himmel schimmert rötlich zwischen den Baumkronen, ein

Greifvogel schraubt sich in engen Kreisen immer höher und entschwindet.

Die Pfeife fällt ihm aus der Hand, bettet sich zwischen die Halme. Noch steigt der Tabakduft in den Abend, süß und schwer. Der Mann schließt die Augen und zieht den brandigen Geruch ein.

Nein, das ist nicht der Pfeifenduft. Durch die halbgeöffneten Lider sichtbar, glimmen in der Ferne die Felder. Es ist an der Zeit. Überall flämmen sie jetzt die Stoppeln ab. Staub wird zu Staub, Asche zu Asche. Der Herr jedoch wird die Seelen auferwecken in der Stunde ihres Todes und sie erlösen aus dem Käfig des irdischen Daseins.

Alle werden erweckt, alle treten in das neue Licht. Alle …? Die Felder glühen, das züngelnde Feuer weht quer durch sie hindurch. Tot alles, was unter die Flammen fällt, ausgelöscht alles Leben.

Unvermittelt fegt eine kühle Bö durch den Wald, und die Sonnenstrahlen auf den Stämmen verblassen. Den Mann fröstelt's. Überall raschelt es, ein morscher Ast fällt irgendwo ins Dickicht; aufgeschreckt drängt sich ein Vogel durch die Ranken der Brombeersträucher. Der Mann steht auf und blickt sich verängstigt um. Dann lächelt er, schlägt den Kragen hoch, vergräbt die Hände tief in den Taschen und macht sich auf den Heimweg.

Die Lerche

Vereinzelt hing der Frühnebel noch in Fetzen über den Feldern. Eine Lerche schaukelte wild flatternd und übermütig schwätzend in der Luft, brachte so ihr Ständchen dem Mann mit den grünen Gummistiefeln und der Kordhose, der mit ruhigem Schritt durch die zugewucherten Nähte zwischen Getreide-, Rüben- und Rapsfeldern streifte. Ein Traktor lärmte auf dem Nachbarhof, brummte mal leise vor sich hin, stieß mal ein kraftvolles Knattern in die Luft und verstummte schließlich. Malte blieb stehen, verschränkte die Arme hinter dem Rücken, verweilte ein paar Minuten und ging dann gemächlich weiter. Hier und da pflückte er blühende Pflanzen, bündelte sie zwischen Daumen und Zeigefinger und ließ den Strauß kopfüber baumeln. Das hohe Gras schmiegte sich weich um die Stiefel und ließ seinen Samen auf dem nassen Gummi zurück.

Kurz darauf kam er zum Gamle Holger, einer mächtigen, vom Kopf bis zur Sohle gespaltenen Pappel, mit grotesk geformter Rinde; Schmarotzerpflanzen hatten in ihrem zu Humus zerfallenen Innereien Wurzeln gefaßt, umschlangen und würgten den alten Krieger. Hier, am Fuße des Baumes, setzte Malte sich wie immer auf den großen Feldstein, fischte Kirsteins Pfeife aus der Jackentasche und tastete nach dem Tabak.

Der Tag wurde allmählich lebendig, überall auf den Höfen sprangen Maschinen an, jaulten Motoren in leierndem Gleichtakt über die Felder. Malte erhob sich und setzte seinen Rundgang fort und kehrte bald darauf auf seinen Hof zurück.

An einer Leine hing in bunten Farben frischgefärbte Wolle; Zinkwannen, Eimer, Plastiktüten voller Blüten und ein großer Kocher, aus dem es nur so dampfte, standen wild durcheinander. Drüben redete Pernille mit der Nachbarin, die sich weit aus dem Traktor gebeugt hielt, eine qualmende Kaffeetasse in der Hand. Malte verknotete seinen Blumenstrauß mit einem Stück Bast und hängte ihn an einen der Nägel, die in regelmäßigem Abstand in das Gebälk der Pergola geschlagen worden waren. Dann schenkte er sich Kaffee ein, gab Zucker dazu und rührte gelassen und viel zu lange in der heißen Flüssigkeit. Die Haustür knarrte, Bjørn erschien im Türrahmen mit blinzelnden Augen, das Frühstück noch in der Faust. Er begrüßte seinen Vater, watete in Strümpfen über den scharfen Kies zur Wäscheleine, befühlte die Kleidungsstücke und rupfte schließlich ein weißes T-Shirt von der Schnur. Dann blickte er hinauf in den Himmel. Zwei Düsenjäger donnerten kreischend über die Insel.

Später fuhr Malte nach Nørreskøbing. Jørgensen hatte sich

ein paar Tage frei genommen; das Polizeihaus lag verlassen, in der Küche fand er die Spuren eines eilig verzehrten Frühstücks. Er wusch ab und setzte sich mit übereinandergeschlagenen Beinen und aufgefalteter Zeitung an seinen Schreibtisch. Auf dem Aktenschränkchen fauchte und röchelte die Kaffeemaschine, in der Zeitung berichteten sie von dem Alltag der Polizeiarbeit im 112. Distrikt Sydfyn. Um kurz nach neun schoß Tage in die Dienststube und erzählte von seiner Tochter, von Windpocken und Krankenhaus und war gleich darauf wieder verschwunden. Malte reckte sich, zog das Telefon heran und führte drei Gespräche. Danach ergriff er einen Stift, zog sein Kreuzworträtselheft aus der Schublade und schenkte sich zum vierten Mal Kaffee nach. Der Raum wurde in diesem Moment von zwei Geräuschen beherrscht: vom Klingeln des Löffels in Maltes Becher und von einem leise ansteigenden und dann rasch immer lauter werdenden schleifenden Geräusch, das schließlich, nach einem kurzen Aussetzer, mit einem dumpfen Schlag erstarb. Malte stand mit dem Gesicht zur Wand, und so war es ihm nicht möglich, die Ursache dieses Geräuschs zu erkennen. Er drehte sich um und betrachtete das Zimmer, ließ die Augen wahllos von einem Punkt zum anderen springen, und als er keine Veränderung erkennen konnte, tastete er Sektion für Sektion systematisch ab. Nichts hatte sich verändert, so schien es, alles wie zuvor. Das Geräusch war ihm nicht fremd vorgekommen, er kannte es irgendwoher, konnte es aber, losgelöst von der Wahrnehmung der Bewegung, die es erzeugt haben mußte, nicht einordnen. Zweifellos kam es hier aus dem Raum und nicht etwa von draußen oder aus dem oberen Stockwerk. Plötzlich ging er zu Jørgensens Schreibtisch, bückte sich, hob ein Buch vom Boden auf und legte es vorsichtig zurück auf den bedenklich geneigten Stapel Akten. Dann ließ er sich, die Hände auf die Knie gestützt, langsam auf dem Stuhl seines Kopenhagener Kollegen nieder. Eine Nische von der Größe eines A3-Blattes war von den bedrohlich anwachsenden Papiertürmen freigehalten worden, und in diesem Atrium lagen ein paar hingekritzelte Skizzen, drei Blätter, mit Kugelschreiber bemalt. Malte glaubte Zahlen zu erkennen, vereinzelt auch Buchstaben. Hier und da durchdrangen Wortfragmente spinnenartige Gebilde, waren manchmal doppelt und dreifach unterstrichen oder wieder wild überkritzelt, als hätte hier ein heftiger Kampf getobt. Selbst durch Drehen und Wenden konnte er diese Vexierbilder nicht entschlüsseln. Die wie wahllos dahingestreuten Figuren und Zeichen waren mal mager und schütter, mal ähnelten sie dicken schwarzen Ungeheuern, bildeten wirre Knäuel oder versuchten über den Rand des Papiers zu entkommen, Fragmente von Berechnungen, römische Zahlen, oder griechische. Malte mußte neulich für eine neugestaltete Blumenrabatte den Umfang eines Kreises ermitteln, hatte sich aber gehütet, Jørgensen danach zu fragen, und statt dessen seinen Sohn angerufen. Peinlich war das gewesen, und er merkte, wie er langsam, aber sicher schlechte Laune bekam. Mit der rechten Hand schob er die Blätter hin und her. Ein wenig erinnerten sie auch an das, was von militärischen Aufmarschplänen übrigbleibt, am Ende der Schlacht, wenn alles aufgelöst, zerfetzt und zerschossen ist, vollgeschmiert mit sinnlos gewordenen Befehlen und Truppenbewegungen. Zum Beispiel die Düppeler Schanzen, dieses Symbol militärischer Eitelkeit, deren Verteidigung ein von vornherein völlig hoffnungsloses Unternehmen war, gegen einen in jeder Hinsicht überlegenen Gegner. Auch einige von Maltes Vorfahren sollten dort ums Leben gekommen sein. Wollte Jørgensen auch dieses makabre Ereignis wieder ausgraben? Na, immerhin besser noch dies als den Schafbauern, dachte Malte.

Er legte die Blätter wieder zurück, stand langsam auf, ging zur Fensterbank und schob gedankenverloren ein Bügeleisen, das Jørgensen aus unerfindlichem Grund dort abgestellt hatte, einige Male hin und her.

In diesem Moment kam ihm eine Idee.

Er griff sich das Fernglas, pinnte einen Zettel mit ›Bin in zwei

Stunden wieder zurück‹ an die Tür, ging entschlossenen Schrittes zum Anleger und nahm die 11-Uhr-Fähre.

Auf dem Oberdeck saßen eine Handvoll Menschen auf weißen Kunststoffstühlen, den Kopf in den Nacken gelegt. Unter dem Vordach spielte eine Familie Malefiz; ein großer senfgelber Hund lag zu Maltes Füßen auf den warmen grüngestrichenen Eisenplatten des Decks und japste von wilden Träumen bewegt im Schlaf, wachte auf, gähnte, reckte sich und beobachtete blinzelnd Malte, der auf die weite See starrte, immer wieder das Fernglas vor die Augen setzte und das Wasser absuchte. Wind, Strömung und Sonnenlicht malten auf der Meeresfläche Felder in unterschiedlichen Blautönen, die sich umschlangen, langsam gegeneinander verschoben, mal glitzernd aufblendeten, dann wieder stumpf zum Horizont hin verflossen. Möwen wippten auf leicht gekräuselten Wasserzungen, flogen auf, umjagten sich kreischend, schwebten eine Weile fast zum Greifen dicht über dem Schiff, doch dann drehten sie in einem eleganten Bogen nach rückwärts ab.

Malte stand auf und folgte der Reling bis zum äußersten Ende des Decks. Hier kragte schräg der Fahnenmast zwei, drei Meter in die Höhe und bildete einen scharfen Farbkontrast zu den rauchigen Schwaden, die der im Maschinentakt leicht vibrierende Schornstein in langem Schweif hinter sich herschleppte. Die hin und her zappelnde Fahne wurde vom Wind gestrafft und knallte wie eine Peitsche, wenn die Böen kraftvoll über den Stoff rollten und den Saum zerfransten.

Malte verließ das Deck, ging nach unten in den Salon und holte sich an der Theke ein Krabbenbrötchen und eine Flasche Bier. An den Tischen saßen einige ältere Menschen, geduldig wartend, die gefalteten Hände im Schoß. Andere nippten an ihrem Kaffee oder blätterten in irgendeiner Zeitung. Malte kannte den einen oder anderen und grüßte hinüber. Der Raum bemühte sich Wohnzimmeratmosphäre auszustrahlen, an den Fenstern hingen dicke gefältelte Gardinen, dazwischen, an den mit Plastiktäfelung und

Eichendekor verkleideten Wänden, waren kleine Schirmlämpchen angebracht. In der Küche plauderte ein Radio. Dort arbeiteten Jugendliche auf zwei Quadratmetern, klapperten mit dem Geschirr oder machten Zigarettenpause.

Malte begab sich mit seiner Beute wieder nach oben und biß vorsichtig mit weit geöffnetem Mund in das Brötchen. Sofort rieselten aus dem aufklappenden Ende einige Krabben zu Boden, die der Hund sogleich mit einer müden Bewegung aufschlabbert. Nach diesem spärlichen Mittagessen stiefelte er, sich die vom Dressing beschmierten Finger leckend, die klingende Metalltreppe hinauf zur Brücke. Der Kapitän in Blaumann und Holzschuhen saß auf einer Art Barhocker, das eine Bein schräg von sich gestreckt, mit dem Knie des anderen das Steuerrad korrigierend, und las mit ernstem Gesicht im *Ugeavis*. Sie unterhielten sich eine Weile vertraut. Malte stellte eine Frage, der Kapitän hob die Augenbrauen und schüttelte nachdenklich den Kopf, unterbrach sich und nickte dann auf einmal ebenso nachdenklich. Sie tauschten noch einige Sätze, bis Malte die Brücke schließlich wieder verließ und seinen Platz auf dem Deckstuhl einnahm. Er hob den Feldstecher an die Augen und starrte über das Meer. Am Horizont sah man die welligen Konturen der Küste von Fünen und darüber eine Reihe rotierender Windräder, die, einem Plan der Regierung zufolge, bald auch auf Lilleø installiert würden. Malte wußte nicht recht, was er davon halten sollte. Einerseits waren diese Geräte Fremdkörper von zweifelhafter Schönheit, andererseits erzeugten sie umweltfreundlichen Strom, und, nach einer Vision des Beratungsbüros, welches vor kurzem in Nørreskøbing eröffnet worden war und fleißig für die Windapparate Werbung machte, könnten bereits ein Dutzend dieser Dinger zehn Prozent des Energiebedarfs von Lilleø abdecken, wenigstens des ländlichen Teils. Malte führte das Glas auf die Wasserfläche zurück, aber außer ein paar verstreuten Seglern gab es da nichts zu entdecken.

Eine Stunde später betrat er wieder das Polizeihaus. Er ging schnurstracks die Treppe hoch über den Flur und öffnete die Tür zur Bibliothek. Tatsächlich hatte er diesen Raum seit der Ankunft seines Kollegen nicht mehr betreten. Einmal in der Woche die Uhr aufzuziehen war für ihn siebenundzwanzig Jahre lang eine Gewohnheit gewesen, ja fast schon ein Ritual, so wie der morgendliche Rundgang und die erste Pfeife. Ansgar hatte ihm nun diese Aufgabe abgenommen. Und damit war auch die letzte Verbindung, die ihn an dieses Zimmer band, gekappt.

Malte blickte sich um. Welche rätselhafte Fäden spannten sich hier zwischen dem cholerischen Polizisten Lars Kirstein, dem sammelwütigen Ordnungsfanatiker und Archivar alles Lebendigen und Toten, und dem Polizeiassistenten Ansgar Jørgensen aus Kopenhagen, diesem großen Kind, der dieses Material vereinnahmt hatte wie ein unermeßliches Weihnachtsgeschenk, und es zu neuen, zweifellos interessanten, aber auch unliebsame Überraschungen offenbarenden Puzzles zusammensetzte? Ob die beiden sich wohl verstanden hätten? Malte hatte seine Zweifel. Wenn Jørgensen sich nicht untergeordnet, nicht den gelehrigen, auf Anweisungen des Meisters wartenden Schüler gespielt hätte – die wären sich ganz schön in die Haare geraten. Allein Jørgensens Schreibtisch hätte Kirstein täglich neu auf die Palme gebracht. Bei allen Gemeinsamkeiten – die unterschiedlichen Temperamente der beiden hätten jegliche Zusammenarbeit unmöglich gemacht. Es sei denn ... es sei denn, bei dem Pedanten wäre ein Funke übergesprungen, nicht aus Einsicht, dazu war Kirstein zu starrsinnig, sondern ohne daß er sich dessen selbst so richtig bewußt geworden wäre, und er hätte Gefallen gefunden an diesem Spund und seiner unermüdlichen Neugier und Unternehmungslust? Wie ist das denn bei mir?, fragte sich Malte plötzlich und war von seiner eigenen Frage so überrascht, daß er unwillig brummte und überlegte, warum er eigentlich in diese verdammte Bibliothek gekommen war.

Er hatte den Raum nicht aufs Geratewohl betreten, sondern mit einem ganz konkreten Anliegen. Er suchte ein Buch, und als er es entdeckt und aus dem Regal gezogen hatte, schlug er eine ganz bestimmte Seite darin auf. Dort fand er neben fettgedruckten Wörtern jeweils einen Block mit erklärendem Text, und einen dieser Texte überflog Malte flüchtig, während er sich unablässig die vom Staub gereizte Nase rieb. Er schlug das Buch wieder zu, stellte es an seinen Platz zurück und betrachtete dann seine Hände. Diese Hände waren es gewohnt, feste zuzupacken, Gänse und Hühner zu schlachten, den Stall auszumisten, in Jauche und Dreck zu greifen. Überall Schwielen, überall Narben, unzählige Male mit Scheuersand geschrubbt, die Haut von Sommer und Winter gegerbt. Jetzt überzog eine feine Staubschicht diese landwirtschaftlichen Werkzeuge, und Malte fühlte auf einmal mit aller Macht ein Widerstreben in sich anwachsen. Die Hände wie Fremdkörper von sich haltend, verließ er die Bibliothek, verschloß die Tür mit den Ellenbogen und ging ins Bad.

Rosa gerieben und naßglänzend wie zwei neugeborene Ferkel ruhten die Hände auf den Schenkeln, als er auf seinem Stuhl vor dem Schreibtisch in einen leichten Schlaf fiel.

So verstrich der Nachmittag. Leute kamen und wollten dies und jenes, und Malte verlor jeden Gedanken an seinen Kopenhagener Kollegen. Die Routine, die Arbeitsmaschine rollte wieder an, und, ihrem vertrauten Rhythmus folgend, reduzierte sich die Inselwelt wieder auf ihre gewohnten und normalen Aufgaben.

Erst als am Nachmittag zwei Wandermusikanten im Büro auftauchten, wurde Malte wieder an Jørgensen erinnert. Altbekannte Kunden waren die beiden, und Malte stellte ihnen Erlaubnisscheine aus für die Kirmes am Wochenende. Ein kleiner Dicker mit zerkauter Zigarre und Bürstenhaarschnitt und ein langer Dünner mit Zylinder und einem Schnauzbart, dessen Zipfel müde herabhingen. Beide in viel zu engen und zu kurzen schwarzen Anzügen, die mit allerlei Firlefanz geschmückt waren. Madsen und Schenstrøm, die Attraktion der Dorffeste. Der Dicke blies Waldhorn und führte in einem Kinderwagen aus den 40er Jahren eine Hackenzugpauke mit sich; der Dünne spielte

Geige, tanzte mit schlenkernden Gummibeinen um seinen Partner und dann immer mitten hinein ins aufjauchzende Publikum. Ein Fest ohne Madsen und Schenstrøm ist kein Fest, da waren sich alle einig.

Als die beiden die Polizeistube wieder verlassen hatten, reckte sich Malte, daß es in den Gelenken nur so knackte und seufzte einmal durch. Er raffte ein Bündel Papiere zusammen und brachte es auf ein ordentlich ausgerichtetes Format, indem er die Blätter hochkant ein paarmal auf die Tischplatte stieß, und bettete den Stapel sorgfältig in eine der Ablageschalen. Dann fuhr er nach Hause.

Im Stallgebäude, welches sich unmittelbar an das Wohnhaus anschloß, streifte er die Schuhe ab, schlüpfte in die Gummistiefel und langte sich eine Forke. Wie besessen schaffte er zwischen Vieh und Gemäuer, räumte den Mist weg, füllte die Tröge, verteilte frisches Stroh, hämmerte und reparierte. Stunden später erschien Pernille und brachte ihm einen Becher mit heißer Brühe und einen Kanten Brot. Malte stand hinter dem Stall und aß und trank, während über ihm eine Lerche ihre Wirbel und Triller schlug. Ob es die von heute morgen ist, ob sie die ganze Zeit ohne Unterbrechung ihre Lieder gesungen hat? Doch plötzlich war sie verschwunden; der Gesang schien noch eine Weile in der Luft zu hängen und war dann weg. Mit einem Mal wurde es still über der Insel. Das Geklapper der Landmaschinen setzte aus, die Trecker krochen müde und schmutzig in ihre Schuppen und unter ihre Vordächer zurück, nur noch gelegentlich schnurrte ein Auto über die nahe Landstraße, überall verschwand man in Stuben und Küchen.

Nur wenige Geräusche blieben zurück: im Vier-Sekunden-Takt schrillte eine Heuschrecke ganz in der Nähe, die Pflanzen flüsterten atemlos, die Scheunentür zirpte in ihren verwitterten Angeln. Malte trank die Suppe, bemüht, dem Abend kein weiteres Geräusch hinzuzufügen; das Gurgeln der Flüssigkeit, das Kauen und Schlucken, ein Schlürfen, ein Schmatzen, der Atem im

Klangkörper des Bechers. Die Sonne stand nun dicht über dem Horizont, und ihre kräftigen und immer noch wärmenden Strahlen ließen die frisch gekalkten Stallwände und die roten Türen aufleuchten, auch legten sich schon die Schatten der Telegraphenstangen lang über die Felder und krochen die Wand hoch. Malte hing den Ereignissen des Tages nach. Während seiner Militärzeit mußte er einmal einen Rapport schreiben über die Vorkommnisse einer sechsstündigen Wache. Da sich seiner Meinung nach nichts von militärischer Bedeutung ereignet hatte, hatte er ›keine besonderen Vorkommnisse‹ auf den Rapportbogen eingetragen und dafür einen Anschiß kassiert. Denn für das Militär ist jedes Ereignis, auch jedes nichtbesondere von Belang, und ein fast leerer Rapportbogen verstieß gegen die Vorschrift und erschien den Vorgesetzten höchst unmilitärisch und somit verdächtig.

Was würde auf dem Rapportbogen des heutigen Tages stehen? Malte schmunzelte und dachte an Jørgensens Kritzeleien, an das Bügeleisen, daran, daß er das erste Mal seit langem das Gefühl gehabt hatte, sich zu langweilen; er dachte an Ansgar, der jetzt vielleicht noch irgendwo herumwuselte, er dachte an Kirstein, die Bibliothek, daran, daß er zuviel Kaffee trinkt, und an seine närrische Idee, draußen auf der Ostsee Schweinswale entdekken zu wollen.

Malte ging in den Stall zurück, zog die Tür zu, stieg aus den Gummistiefeln in die Schlappen und verschwand, sich vor Behagen die Arme reibend, in Stube und Küche.

Die Meerforellen

Der alte Terkelsen-Hof, oder besser, die Stallungen, die von ihm übriggeblieben waren, lagen auf der anderen Seite der Hauptstraße, gegenüber dem neuen Wohngebäude, an der Einfahrt zum Nor. Über dem Anwesen lag Ruhe. Auf der Weide schnatterten die Gänse, drüben tickten die Trafos der elektrischen Weidezäune im leicht versetzten Takt, und zuweilen raschelten die Silberpappeln, wenn der Wind ihnen ins Haar fuhr, kräuselten sich die kleinen Blätter. Schwalben kreuzten die weite Schneise zwischen Gänsestall und der grüngetünchten Werkstatt, dem Fiepen hungriger Kehlen entgegen, die hinter dem kleinen runden Schutzwall unter dem Dach des Schweinestalls hingen. Von Zeit zu Zeit jedoch unterbrach ein dumpfer Schlag die Morgenstimmung. Vor seiner Werkstatt, die blauweißkarierten Hemdsärmel aufgekrempelt und mit blutverschmierter weißer Plastikschürze kniete Jesper Terkelsen, ein Beil in der Hand, vor sich einen Holzklotz. Immer wieder verschwand er im Schweinestall und kam zurück, ein Huhn am Schlafittchen, beruhigte das arme Federvieh und legte es auf den hölzernen Amboß. Nach und nach blieben die Schläge aus, die geköpften Hühner zappelten noch eine Weile in grotesker Lautlosigkeit über den Hof und verfingen sich im Gebüsch.

Malte parkte den Morris zwischen den Apfelbäumen vor dem Schweinestall. Er war noch nicht einmal ausgestiegen, als Jesper ihm aufgeregt winkend entgegenkam.

»Hi, Jesper!«

»Hi, Malte!«

»Was ist los, Jesper, was fuchtelst du so herum?«

Jesper nahm die Schiebermütze vom Kopf und drehte sie in den Händen. Zwischendurch kratzte er sich vergnügt am Kopf. »Der Kommissar«, gluckste er, »er ist drüben in der Scheune.«

»Ja und?«

Jesper hob den Zeigefinger und machte ein geheimnisvolles Gesicht.

»Er macht ein kriminalistisches Experiment.«

Sie gingen über den Hof. Aus der Scheune kamen merkwürdige Geräusche, ein Hämmern und Klopfen, und dann hörten sie, wie jemand fluchte.

Malte stieß die Tür auf. In dem großen Innenraum mit einigen Holzverschlägen, in denen ehemals Pferde gestanden hatten, lagerten große landwirtschaftliche Geräte, ein vorsintflutlicher Mähdrescher, eine völlig verrostete Egge, ein Pflug; schemenhafte Gestalten, halb verdeckt gewaltigen Schatten gleich, Rieseninsekten, gebannt in tiefen Schlaf.

Der Raum war ziemlich düster, nur ein paar Kerzen brannten, gut geschützt, in großen Haltern.

Malte schüttelte den Kopf. »Was ist denn mit dir passiert?«

»Viel Arbeit«, sagte Jørgensen ohne aufzusehen. Er war gerade dabei, mit Bleistift und Zollstock ein Stück Holz zu vermessen.

Malte sah sich im Raum um. Auf dem Boden türmten sich Bretter in allen Größen. An einer der Pferdeboxen stand ein Spalier von langen Leisten und Vierkanthölzern. Überall lagen Werkzeuge, dort eine Axt, hier eine Säge, verschiedene Messer, Zwingen, Holzleim, Schraubenzieher, ein Eimer mit Pech, schwere Ketten und vieles mehr.

In der Mitte des Raumes aber stand ein mannshohes, pyramidenförmiges Gerüst aus Stahl.

»Laß mich raten«, sagte Malte. »Du baust ein Schiff ... obwohl«, fügte er stirnrunzelnd hinzu, »wie ein Schiff sieht es gar nicht aus.«

»Ein Schiff?« fragte Jesper, der sich jetzt ebenfalls in die Scheune traute.

»Ja«, sagte Malte. »Mein lieber Freund aus Kopenhagen hat so einen Spleen: Schiffe, große und kleine, seetüchtige und leckgeschlagene, am liebsten aber mysteriös versackte.«

»Das wird kein Schiff.« Jørgensen stand auf und schob Malte zur Seite. »Du stehst auf meinem Bleistift.«

»Kein Schiff?« fragte Malte enttäuscht.

»Nein«, sagte Jørgensen. »Was soll ich mit einem Schiff. Schiffe gibt es genug, das hier«, er machte eine bedeutungsschwangere Pause, »das hier wird eine Taucherglocke!«

Malte und Jesper sahen sich stumm an.

»Ja, eine Taucherglocke, ihr habt schon richtig verstanden. Ein Tauchapparat, nach dem Archimedischen Prinzip, zurückgehend auf Berechnungen des Assessors Polhem, entworfen von dem genialen Mechanikus Emanuel Swedberg, konstruiert und realisiert von Ansgar Jørgensen, Kriminalassistent der königlich dänischen Reichspolizei.«

»Ach was.« Zwei Kinnladen klappten synchron nach unten.

Jørgensen ging hinüber zur Pferdebox, legte den Zollstock an die Leisten und wählte dann ein etwa zwei Meter langes Stück, das schon an etlichen Stellen vorgebohrt war. »Eigentlich eine ganz alte Idee. Abzutauchen wie die Fische, die Wale, die Robben. Und das nicht nur für wenige Sekunden, sondern schon eine ganze Weile, um, na sagen wir, um etwas Spezielles zu entdecken oder gar zu bearbeiten.«

Jørgensen legte die Leiste auf den freigefegten Boden und warf einen prüfenden Blick in seine Pläne. »Und genau davon träumte wohl auch der junge Mechanikus Swedenborg, der damals noch Swedberg hieß, seit er das erste Mal das Manuskript des Assessors Polhem in den Händen hielt. Swedenborg war gerade achtundzwanzig Jahre alt und voller Bewunderung für seinen väterlichen Freund und Förderer. In der von ihnen herausgegebenen Zeitschrift »Maritimus Hyperboreus« schreibt Polhem eine Abhandlung über die Aquanautik. Swedenborg ist davon völlig fasziniert. Er spinnt die Idee weiter und entwirft Pläne zu einer Taucherglocke und später dann sogar zu einem richtigen U-Boot.«

Er kramte einen völlig zerknitterten Zettel aus der Tasche, stieg auf eine Holzkiste und rezitierte: »Aus den Gedanken, die Assessor Polhem vorgetragen hat, kann man ablesen, daß der Auftrieb der Luft im Element Wasser kalkuliert werden kann. Dementsprechend wäre es leicht genug, auf den Gedanken zu kommen, daß ein Apparat erfunden werden könnte, welcher mit einer Luftblase ins Wasser hinabgelassen werden kann, so daß wir dann von diesem nassen Element nicht ausgeschlossen blieben, auch wenn uns die Natur nicht mit Kiemen und einer Schwimmblase versehen hat. Polhem erwähnt Spinnen, die sich genau dieses Prinzip zunutze machen. Sie umschließen eine Luftblase mit ihrem Netz und krabbeln damit an einer Wasserpflanze hinab. Dort können sie dann eine ganze Weile jagen, können Luft tanken, ohne ständig an die Oberfläche zu müssen. Ihr seht, von der Natur läßt sich lernen.« Jørgensen strahlte.

Jesper hatte die Arme auf dem Rücken verschränkt und blickte den Kopenhagener Polizisten freundlich an. Malte tupfte sich die Stirn.

»Aber dann gibt es Ärger«, fuhr Jørgensen unvermindert fort, »und wie immer ist es die Liebe, die dem menschlichen Geist einen Streich spielt. Der junge Mechanikus begegnet Polhems Tochter und verliebt sich auf der Stelle. Er liebt sie, und sie liebt einen anderen. Ein klassischer Fall von unerwiderter Liebe.« Jørgensen schüttelte bedauernd den Kopf. »Die fertig ausgearbeiteten Konstruktionspläne der Taucherglocke und des U-Boots und auch eines Flugapparates, den er Daedalus nennt, verschwinden in der Schublade. Für immer!«

Er kramte den Schraubenzieher hervor und legte zwei Hölzer in einem bestimmten Winkel übereinander. »Zu allem Überfluß gibt es auch noch Ärger mit Polhem, der seinen ehrgeizigen Assistenten zunehmend als Konkurrenz empfindet. Jeden Tag streiten sich die beiden über philosophische Theorien. Der alte Polhem hegt cartesianische Ideen über den Aufbau und die Entstehung der Welt, mit denen Swedenborg nichts anzufangen weiß. Er beschimpft seinen Mentor als einen Atheisten, und dann macht er sich in Stockholm vom Acker und begibt sich auf eine Studienreise nach Holland und Deutschland.«

Die Leisten waren nun fest verschraubt und wurden zur Seite gelegt, dann vertiefte sich Jørgensen wieder in die Pläne. Jesper nutzte die Pause im Redefluß, um Swedenborgs Flucht zu folgen und sich zurück zu seinem Richtplatz zu begeben. Malte begleitete ihn aus der Tür.

»Und du unterstützt ihn auch noch bei seinen Spinnereien«, sagte er, als er mit Jesper draußen vor dem Schuppen stand. »Ich kann mich nur über dich wundern.«

»Spinnereien? Nein, nein«, lachte Jesper. »Er hat mich gefragt, wie er günstig an alte abgelagerte Bretter kommen könnte, und weißt du … die alten Pferdeboxen, ich wollte sie sowieso abreißen. Das ist noch gutes Holz, freilich mit einem ganz besonderen Aroma, hihi. Du hättest sehen sollen, wie er sich darüber gefreut hat. Ich glaube, ich habe noch nie einen Menschen so gerne arbeiten sehen. Dein seltsamer Kollege erspart mir eine Menge Mühe.« Er tippte sich an die Stirn und ging kopfschüttelnd zurück zur Werkstatt.

Malte stand breitbeinig vor der Scheune, kramte Pfeife und Tabak aus der Tasche und begann den Pfeifenkopf zu stopfen. Er blickte über das Gehöft, das einstmals Hans Jakob Terkelsens Hof gewesen war, und setzte sich dann auf die Pferdetränke zwischen den Ställen. Eine Weile saß er so da und schmauchte seine Pfeife. Viel war nicht geblieben seit dem großen Brand. Er erinnerte sich, wie er als kleiner Junge hier mit Jesper und den anderen Jungs Fangen gespielt hatte. Schon damals hatten die Schuppen voll mit Gerät gestanden, der alten Kutsche und zahlreichen Holzkisten auf dem Heuboden, in denen es Hunderte von Schlupfwinkeln gab. Jespers Vater beobachtete das Treiben der Kinder voll Mißtrauen. Ja, der alte Frederik Terkelsen. Er war ein harter Mann gewesen, groß und hager und immer in Angst vor einer Feuersbrunst. Deshalb sah er es auch gar nicht gerne, wenn die Dorfkinder aus Oldekær oder Torsdal mit Jesper auf dem Hof spielten und Dummheiten machten. Einmal hatte Malte ein Streichholz entzündet, um sich eine Pfeife anzustecken. Natürlich kein Tabak, sondern eine Majoran-Pfeife, Küchenkräuter aus dem Garten seiner Eltern, die er mit Jesper zusammen zwischen den Kopfpappeln hinterm Schuppen rauchte. Der alte Terkelsen hatte ihn damals in den Schuppen gezerrt und fürchterlich verdroschen; Malte rieb sich unwillkürlich das Hinterteil. »Feuer! Der rote Hahn, der rote Hahn!« Die Worte, die sich mit jedem Schlag in seinen Hintern einbrannten, würde er sein Lebtag nicht vergessen. Nachdenklich sah er hinüber zur

Scheune, wo sein kauziger Kollege vom Abtauchen fabulierte und offensichtlich gerade dabei war, Amerika ein zweites Mal zu entdecken. Drüben von der Werkstatt her erklang ein gelegentliches Kreischen. Jesper war noch immer damit beschäftigt, die Hälse seiner Hühner zu bearbeiten. Anders als sein Vater, hatte er mit roten Hähnen offensichtlich keine Probleme.

Malte ging wieder zurück zur Scheune. Jørgensen sägte und bohrte immer noch fröhlich an seinen Brettern.

»Sag mal, Ansgar, was soll eigentlich der Quatsch mit dieser Taucherglocke?«

»Das ist kein Quatsch, Malte. Das hat alles seine Gründe. Du mußt wissen – ich bin auf den Spuren eines mysteriösen Rätsels. Und diese Taucherglocke soll mir dabei helfen. Verdammt noch mal, wo hab ich denn bloß den Bleistift hingelegt?«

Malte lehnte sich an den Türrahmen. Er zog an der Pfeife und sah den Kollegen eine Zeitlang schweigend an. Dann sagte er: »Du bist ein komischer Vogel, weißt du das? Eine richtige Type.«

Jørgensen blickte auf. »Findest du das wirklich?«

»Na, also weißt du, für mich – und nicht nur für mich – ist jemand wie du doch etwas ... sagen wir, ungewöhnlich. Es ist, glaube ich, auch das Tempo, die Geschwindigkeit. Diese Insel hat einen Rhythmus, der geht ungefähr so.« Malte klopfte mit dem Schraubenzieher einen ruhigen Takt auf die halb abgerissene Pferdebox. Jørgensen sah ihn verwundert an.

»Dein Rhythmus ist anders, etwa so.« Jetzt galoppierte er mit dem Schlegel über alles, was ihm vor der Nase war, wild und chaotisch, ein albernes Geklopfe. Malte ließ den Arm sinken und zeigte ein recht törichtes Lächeln. »Nimm es mir nicht übel, aber ein bißchen ist es schon so.«

Jørgensen legte das Werkzeug aus der Hand und setzte sich auf einen Schemel.

Malte schüttelte den Kopf. »Du könntest dir zumindest vernünftiges Licht machen. Jesper hat sicher irgendwo noch eine Lampe und ein Verlängerungskabel. In der Werkstatt gibt es Steckdosen. Arbeiten bei trübem Licht, das verdirbt die Augen. Und das ganze Stroh hier drin. Ich wundere mich, daß Jesper dir erlaubt hat, Kerzen anzuzünden. Sein Vater hätte das nicht geduldet, das kannst du mir glauben. Oder geh doch einfach nach draußen, da lacht die Sonne.«

»Nach draußen?« fragte Jørgensen. »Wo Jesper seinen Hühnern die Köpfe abkloppt? Laß man, Malte, ich kann kein Blut sehen, davon wird mir nur schlecht. Außerdem gefällt mir das Kerzenlicht sehr gut. Faire Bedingungen, wie bei Swedenborg.«

Malte sah Jørgensen lange an und grinste dann breit über das ganze Gesicht. Er besah sich dessen Werk auf dem Fußboden. Das Gestell wies an seinem Sockel noch ein paar rätselhafte Verstrebungen auf; alles in allem eine sehr eigenartige Skulptur.

»Kann man sich noch nicht viel drunter vorstellen«, meinte Malte. »Hast du das Ding etwa zusammengeschweißt? Hier? Ich verstehe nicht ...«

»Nein, ich war auf der Werft in Torsdal. Die haben da nach meinen Anweisungen das Gestell gebaut – gegen Bezahlung selbstverständlich – und auch hierhin geliefert. Sehr nette Menschen, diese Werftarbeiter.«

»Wie du es immer wieder schaffst, die Leute zu becircen, das ist schon beeindruckend.«

»Och, ich habe sogar noch mehr Leute becirct«, sagte Jørgensen munter. »Thomsen vom Schrottplatz zum Beispiel, der bringt mir noch anderthalb Tonnen Alteisen vorbei.«

»Anderthalb Tonnen Alteisen? Du liebe Zeit.«

»Ruhig Blut, Malte, ruhig Blut.«

»Das ist doch alles Wahnsinn. Wenn du dich da mal nicht übernommen hast. Wie willst du das Biest überhaupt dicht kriegen? Und dann die Luft, der Sauerstoff, du erstickst doch drinnen im Handumdrehen.«

»Die Anweisungen sind ausgesprochen durchdacht«, entgegnete Jørgensen. »Wobei die Form ziemlich egal ist. Kreisrund oder eckig, physikalisch gesehen ist das gleich. Aber eckig ist natürlich viel leichter zu bauen, zumal das Ding ja größtenteils aus Holz sein soll. Übrigens ist die Taucherglocke keine Erfindung von Herrn Swedenborg. Die Idee ist schon älter, sehr alt sogar, doch da habe ich keine genaueren Angaben gefunden. Der erste, der wirklich eine solide und funktionstüchtige Taucherglocke entwickelt hat, hieß William Phipps.«

»Ein Engländer mal wieder?«

»Na klar, was sonst? Ein englischer Zimmermann, der irgendwann seine Axt beiseite gelegt hat und sich fortan für die Seefahrt begeisterte, und ganz besonders für versunkene Schätze. Interessiert dich das?«

»Fahr fort, Junge.«

Jørgensen wickelte sich ein Butterbrot aus. »Im Jahre 1662 erschien er in London am Hofe Karls II. und bat um Unterstützung für die Bergung der kostbaren Ladung eines spanischen Seeräuberschiffs. Er wurde zum Kapitän ernannt, hatte aber Pech, denn das Schiff war nicht zu finden. Daraufhin kehrte er resigniert nach England zurück, und auf der Heimfahrt machte er – so erzählt die Chronik – einen Fund, der seine Träume wiederaufflammen ließ. Eines Morgens wollte er nach seinem Diener läuten. Dabei fiel ihm die Glocke durch eine ungeschickte Bewegung in einen Kübel mit Wasser. Er sah sie aufrecht sinken und auch so auf dem Boden stehen bleiben. Als er sie wieder aus dem Wasser nahm, war sie innen bis auf einen schmalen Randstreifen trocken. Diese Beobachtung machen und die Folgerungen daraus ziehen war für Phipps eins: Die Luft in der Höhlung der Glocke hatte verhindert, daß das Wasser eindringen konnte. Also mußte man in einer solchen Glocke, die groß genug war, einen Menschen aufzunehmen, ins Meer hinabsteigen und sich mit entsprechenden Fenstern einen Überblick verschaffen können. Das war das richtige Mittel, nach versunkenen Schätzen zu suchen!«

»Ich versteh immer nur ›Schätze‹. Hat er denn welche gefunden, und hat sein Apparat funktioniert?«

»Wie es immer so ist mit großen Erfindungen, wurde er erst mal nicht ernst genommen, aber später hat es dann doch noch geklappt.«

»Also, Phipps hat die Taucherglocke erfunden. Dann versteh ich nicht, was du immer von diesem Swedenborg faselst.«

»Von Phipps Apparat gibt es keine Pläne mehr. Bei Swedenborg bin ich über die Taucherglocke gestolpert. Dieses Buch hier …«, Jørgensen kramte in seinem Unrat, »… dieses Buch solltest du mal lesen. Darin sind auch sehr detaillierte Konstruktionspläne enthalten. Nur die Unterlagen für sein U-Boot, die hat sein eigener Vater verschlampt. Schade, das wäre auch eine Herausforderung gewesen.«

»Da haben wir aber Glück gehabt, daß die weg sind. Wo willst du mit diesem Ding eigentlich ins Wasser? Du brauchst doch ein Schiff, einen großen Kutter mit Auslegearm, der deine Käseglokke zu Wasser lassen kann.«

»Der Ort steht schon fest, bleibt vorerst aber noch geheim. Das Schiff werde ich sicher irgendwo auftreiben. Glaubst du nicht, daß es genug Fischer gibt, die Zeugen dieses Spektakels werden wollen? Zu sehen, wie jemand in das Reich ihrer Lebensgrundlage hinabsteigt? Zu den Meerforellen, die es nach einem Reklameblättchen für Angler hier in Massen geben soll?« Jørgensen sägte jetzt eine sorgfältige Kerbe in eines der Bretter.

»Ja, die Meerforellen«, lachte Malte. »Ich habe noch keine aus dem Wasser gezogen. Aber, Spaß beiseite, das ist doch nicht der Grund. Du führst doch irgend etwas anderes im Schilde mit dieser Aktion. Du suchst doch keine Meerforellen. Das hat doch sicher was mit diesem mysteriösen Schiff zu tun.«

»Ich weiß nicht, wovon du sprichst«, unterbrach ihn Jørgensen und breitete unschuldig lächelnd die Arme aus. »Was für ein Schiff?«

»Tu nicht so«, knurrte Malte. »Wie groß soll dieser Sarg eigentlich werden? So groß wie dieses Gestell hier?«

»Die Maßangaben waren ziemlich kryptisch«, gab Jørgensen zu. »Swedenborg spricht von einem Volumen von 56 Kubikfuß.«

»Kubikfuß? Was soll das sein?«

Die Kerbe im Brett war nicht groß genug, fügte sich nicht in ein extra dafür vorbereitetes Stück Holz und mußte entsprechend vergrößert werden.

»Sag mal, Malte, weißt du, wo mein Bleistift ist?«

Sie suchten im Schuppen umher. Es war Malte, der ihn fand und Jørgensen reichte.

»Hier, bitte!«

»Tja, Kubikfuß, das war ein ganz schönes Problem. Swedenborgs Größenangaben bestehen ausschließlich aus Fuß und Ellen. Aber das war keineswegs ein einheitliches Maß. Früher hatte jeder seine eigenen Normen. Maren Poulsen hat mir das erklärt, ganz ausführlich. Die Brabanter Elle, die Leipziger Elle, die Dänische, die Englische Elle und so weiter. Vor allem die Deutschen scheinen beträchtliche Unterarme gehabt zu haben. Manche ihrer Ellen sind nahezu 80 Zentimeter lang. Die Schwedische Elle, die uns interessiert, war hingegen knapp 60 Zentimeter lang, vielleicht ein paar Millimeter weniger, aber die fallen nicht ins Gewicht. Und auch die Umrechnung in Fuß ist nicht schwer. Im Gegensatz zu Engländern, Franzosen und Deutschen waren die Schweden davon überzeugt, daß ihre Ellen genau doppelt so lang waren wie ihre Füße. Eine schwedische Elle sind tatsächlich ganz genau zwei schwedische Fuß.«

»Verstehe«, sagte Malte. »Und eine schwedische Nase entspricht millimetergenau einem Sechstel Fuß?« Er tippte sich an die Stirn. »Die spinnen, die Schweden!«

Jørgensen grinste. »Du solltest nicht vergessen, daß Dänemark als letztes Land die Maße von Elle und Fuß aufgegeben hat. Dein Großvater hat sie sicher noch gekannt und mit ihnen gerechnet.« Er legte die Säge weg und steckte das Holzstück in die Kerbe. Es paßte ganz genau.

»Was war jetzt mit den Kubikfüßen?« fragte Malte. Er amüsierte sich prächtig.

»Die Seitenteile haben eine Fläche von zirka 22,5 Quadratfuß, mal vier, plus der Dachfläche von vier Quadratfuß, plus der Bodenfläche von viereinhalb mal viereinhalb Fuß, also 20,25 Quadratfuß, daraus ergibt sich, wenn man die Formel für die Berechnung eines Pyramidenstumpfes kennt, ein Volumen von etwa 56 Kubikfuß.«

»Kannst du jetzt bitte mit diesem Kauderwelsch aufhören? Nenn mal vernünftige Maße.« Malte zog den Kopf ein, um einer Rauchschwalbe auszuweichen, die blitzartig durch die Tür geflogen kam.

»Na, das sind rund 1,7 Kubikmeter Luft. Und das ist auch das Problem, der ungeheure Auftrieb dieser Glocke. Also, ein Volumen von 1,7 Kubikmeter Luft hat den gleichen Auftrieb wie das durch dieses Volumen verdrängte Wasser an Gewicht hat. Also 1,7 Tonnen. Die späteren Taucherglocken wurden aus zentimeterdicken Guß- oder Stahlplatten zusammengeschweißt oder genietet. Das reichte dann schon fast. Bei Swedenborgs Glocke ist das noch etwas anders. Sieh her ...«, Jørgensen zog Malte an das Gestell heran. »Hier, an diese Verstrebungen wird so eine Art Regenrinne montiert, die die nötigen Gegengewichte aufnimmt. Swedenborg nennt als Maßeinheit ›Skeppunds‹. Dementsprechend muß die Glocke mit zehn Skeppunds beschwert werden, das habe ich ausgerechnet.«

»Skeppunds? Bist du sicher, daß das wirklich ein Tauchapparat werden soll und kein Schiff?«

»Du weißt, was ein Skeppund ist?«

»Na klar«, sagte Malte, »ein Handels- und Frachtgewicht. Ein Schiffspfund, das sind so ungefähr dreihundert Pfund.«

»Wenn ich gewußt hätte, daß du dich damit auskennst, hätte ich mir den Weg gestern zu Maren Poulsen ersparen können.« Jørgensen sah Malte anerkennend an. »Du bist ja ein richtiger Schiffsexperte. Na gut, zehn Skeppunds, die muß man erst mal zusammenbekommen. Es ist natürlich letztlich egal, was du in diese Rinne legst, nur schwer genug muß es sein. Also zum Beispiel Feldsteine, Ziegelsteine, oder eben Eisenschrott. Thomsen hat mir auch versprochen, das Ding dann nach … ach, nein, das verrate ich noch nicht … zu transportieren. Du siehst«, lachte er fröhlich, »alles bestens durchorganisiert.«

Die Schwalbe hatte die Fütterung ihrer Jungen im Dachgebälk beendet und steuerte zielstrebig auf Malte zu. Als er sich ruckartig zur Seite drehte, sah er gerade noch, wie sie an ihm vorbei aus der Tür schoß. »Jetzt mal ganz im Ernst, Ansgar, du willst doch damit nicht tatsächlich tauchen, oder? Ich meine, dieses Ding hier, das ist doch mehr so ein Spaß?«

»Natürlich werde ich damit tauchen. Meinst du, ich mach mir die ganze Mühe, ohne den Beweis anzutreten, daß Swedenborgs Glocke auch wirklich funktioniert?«

»Na ja«, meinte Malte und kaute auf seiner Pfeife, »ich meine, wenn du keine Lust mehr hast zu leben und so … ich will sagen … also ich finde, das mußt du nicht gerade auf Lilleø tun.«

»Ich sauf schon nicht ab«, sagte Jørgensen sicher. »Glaub mir, Malte, ich liebe mein Leben durchaus.«

»Ja, aber, wenn doch?«

Jørgensen zuckte die Achseln. »Dann trete ich halt notfalls den Beweis an, daß der Mensch ein Mensch ist und kein Fisch. Aber laß dich nicht beunruhigen, das Ganze ist durchaus kalkuliert. Ein Volumen von 1,7 Kubikmetern, das ist schon eine beachtliche Menge Luft, die dort gespeichert ist. Wenn man davon ausgeht, daß der Mensch etwa anderthalb Liter Luft ein- und ausatmet, und das vierzehnmal in der Minute, und wenn wir dann auch noch so tun, als würde diese Luft, die ja noch immer einen Sauerstoffanteil hat, sich nicht mit der anderen vermischen, sondern man braucht sie Stückchen für Stückchen auf, dann kommt man bei einem Volumen von 1700 Litern auf etwa eine Stunde Tauchzeit. Die Vorführung soll sowieso nur maximal eine halbe Stunde dauern, und außerdem will ich ja gar nicht tief hinab, nur ein paar Meter, so daß ihr mich notfalls auch ganz schnell wieder hochziehen könnt. Wenn's dennoch brenzlig wird, und ihr da oben trotz aller Sicherheitsvorkehrungen davon nichts mitkriegt ... na, das ist doch eine beachtliche Ruhestätte, die ich mir da gezimmert habe. Ein Mausoleum unter Wasser.«

In diesem Augenblick kam Jesper in den Schuppen. Er erkundigte sich schmunzelnd, wie weit der Herr Kommissar inzwischen gekommen sei. Jørgensen bemerkte, wie er Malte einen vielsagenden Blick zuwarf.

»Ich wäre schon viel weitergekommen, wenn ich hier nicht alles erklären müßte«, beteuerte Jørgensen und fügte hinzu, »und wenn ich nicht ständig diesen verdammten Bleistift suchen müßte.«

Malte lehnte sich zurück und sah noch einmal prüfend auf Jørgensens Arbeit.

»Weißt du, Jesper, er baut sich ein Unterwasser-Mausoleum in der Größe von genau dreißig stinknormalen dänischen Füßen.«

Malte sah Jesper an und Jesper Malte. Die Bauern grienten.

»Statt euch über mich lustig zu machen, könntet ihr mir einen Gefallen tun«, sagte Jørgensen. »Für die Aufhängung brauche ich noch Äste, etwa armdick, aus einem sehr zähen Holz. Wer von euch weiß, wo ich die herbekommen kann?«

Jesper kratzte sich den Kopf. »Also, das mit den Brettern war mir lieber, 'ne nützliche Sache. Zähes Holz sagst du, da kommen die Pappeln nicht in Frage. Aber warte mal, drüben im alten Obstgarten, da stehen die Reste vom Walnußbaum. Weißt du noch, Malte, der, in den vor zehn Jahren der Blitz reingefahren ist. Die Äste, die dort wieder ausgeschlagen haben, müßten eigentlich genau richtig sein.«

Jørgensen griff die Säge und sprang auf. »Hinterm Schweinestall, sagst du?« Er war schon aus der Tür. Malte und Jesper trotteten hinterdrein und wandten sich hinüber zu Jespers Werkstatt.

Der alte Obstgarten des Terkelsenschen Hofes lag hinter dem Schweinestall. Die Bäume waren schon lange nicht mehr zurückgeschnitten worden und trugen nahezu keine Früchte mehr; wenige kümmerliche Klaräpfel vom letzten Herbst schrumpelten kläglich an den Zweigen. Wege waren nicht mehr zu erkennen, und überall wucherten wilde Pflanzen. Der Garten war überflüssig geworden, seit Jespers Vater oben bei Ellehavegaard einen neuen Zier- und Nutzgarten angelegt hatte, ein vergessener Ort, gerade gut genug, den umherstreunenden Gänsen Grünfutter zu liefern. Jørgensen bahnte sich einen Weg durch das kniehohe Unkraut; das saftige Grün knirschte unter seinen Sandalen, Grashüpfer sprangen mit leisem Knacken links und rechts davon. Die knorrigen Äste der Obstbäume hingen altersschwach bis auf den Boden herab, verwachsen mit dem üppigen Kraut. Jørgensen trug kurze Hosen, genauer gesagt war es jene Hose, die er sich am Tag seiner Ankunft mit Öl verschmiert hatte. Alle Reinigungsversuche waren zwecklos gewesen, und Jørgensen hatte die Hosenbeine daraufhin kurz entschlossen abgeschnitten. Für diesen Zweck eigentlich nicht vorgesehen, stand der weite Stoff trapezförmig von seinen dünnen Beinen ab und bot einen eher skurrilen Anblick. Ein englischer Kolonialsoldat im indischen Dschungel.

Im Dickicht von Hagebutten und Brombeersträuchern, deren tentakelhafte Ausläufer ein undurchdringliches Gespinst flochten, stand der Torso des Walnußbaumes. Obwohl er nur wenige Meter von ihm entfernt war, schien es Jørgensen unmöglich, sich bis dorthin durchzukämpfen. Die Brennesseln wuchsen immer dichter und reichten ihm bis zur Hüfte, seine Waden brannten und juckten wie verrückt. Mit eingezogenem Bauch schob er sich Zentimeter für Zentimeter vorwärts. Als er auf diese Weise etwa zwei deutsche Ellen zurückgelegt hatte, mußte er schließlich doch kapitulieren. Nein, so hatte das keinen Zweck!

Er sondierte die Umgebung aus zusammengekniffenen Augen und kam zu dem Schluß, daß es ebenfalls sinnlos war, einen anderen Weg einzuschlagen. Hinter dem Stumpf türmten sich die Büsche undurchdringlich, links zog sich der schwarze stinkende Morast des Überlaufs der Sickergrube hin, halb gefüllt mit Jauche; rechts streckte sich übermannshoher Bärenklau, ein fürchterlicher Gegner, wie sich Jørgensen aus einer mal schmerzhaft verlorenen Schlacht erinnerte. Vorsichtig hielt er nach Malte und Jesper Ausschau. Er verspürte wenig Bedürfnis, erneut zur Belustigung der Bauern herzuhalten. Gott sei Dank war von beiden weit und breit nichts zu sehen. Unablässig die vielen juckenden Bläschen kratzend, zog sich Jørgensen zurück und sah sich nach einem Ast um. Man müßte sich den Weg wie mit einer Machete frei schlagen. Schließlich fand er einen brauchbaren Knüppel und holte gerade zum Schlag aus, als Jesper mit geschulterter Sense um die Ecke des Schweinestalls bog. Im Handumdrehen hatte Jesper eine Schneise geschlagen. Befriedigt beobachtete Jørgensen, wie die Brennesseln niedergemäht wurden. Millionen Jahre der Evolution hatten sie gegen den Menschen stark werden lassen, die Sense aber erledigte sie in Minuten, ein Triumph der Technik. Sicherlich war das nicht gerade ökologisch gedacht und nicht sehr mitfühlend gegenüber der Natur, hier ein Biotop für Heerscharen von Insekten und Spinnen zu zerstören, und Jørgensen wurde sich bewußt, daß er ganz offensichtlich doch zu den Menschen gehörte, deren Sympathie für die Natur nicht gerade von Brennesseln, Disteln und Bärenklau umrankt wurde, trotz seines Unkrautbeetes aus Kindertagen. Er stolzierte über die hingemetzelten Nesselpflanzen zu den Überresten des Walnußbaumes. Der alte Stumpf war etwa anderthalb Meter oder fünf schwedische Fuß hoch und hatte einen Durchmesser von zwei Fuß. Das obere Stück war tief gespalten und verkohlt; aus dem unteren Teil, fest in der Gewalt der Brombeersträucher, streckten sich schon wieder stattliche Triebe. Jørgensen sägte sich ab, was er brauchte. Ein wenig tat es ihm schon leid, dem tapferen Baum so zu Leibe zu rücken, und er achtete darauf, saubere Schnitte zu setzen, um ihn nicht noch weiter zu quälen.

»Also, du unterstützt ihn ja doch«, murrte Malte. »Andererseits kann ich dich auch verstehen. Mein lieber Kollege ist wie ein Kind, man kann ihm nichts abschlagen.«

Die Werkstatt war vollgestopft mit allerlei Krimskrams, Werkzeugen, Seilen, eingetrockneten Öl- und Farbtöpfen, Pfosten und Drähten für das Ausbessern der Weidezäune. Außerdem betrieb Jesper einen privaten Pferdeverleih für kleine und größere Mädchen, die mit den Eltern auf Lilleø die Ferien verbrachten. In der Werkstatt stapelten sich Sättel, Reitgerten und Zaumzeug. Ein winziger Raum war abgetrennt und enthielt ein Feldbett. Im Hochsommer, wenn Jesper den größeren Teil von Ellehavegaard an Touristen vermietete, verbrachte er auch die Nächte in seiner Werkstatt. Ein alter klappriger Kühlschrank und eine geschickte Holzkonstruktion, die als Eß- und Waschtisch, Schrank, Trockenbügel und weiß der Himmel noch was diente, vervollständigten diese Sommerresidenz.

»Sieh mal einer an, Andersens Tischchen.«

»Der hat hier doch genauso rumgebastelt wie dein Kommissar. Erinnerst du dich? Er hat auch mal ein Schiff gebaut.«

»Der Herr Kriminalassistent baut kein Schiff, Jesper, sondern eine Taucherglocke.«

Jesper kicherte.

»An Andersen kann ich mich nur noch schwach erinnern«, sagte Malte.

»Er hatte beide Beine gelähmt und ging immer mit den Krükken ganz steif und langsam.« Jesper demonstrierte Malte, wie Andersen sich fortbewegt hatte. »Ein unheimlicher Geselle – aber ein geschickter Tischler.«

»Hatte er nicht damals bei euch gewohnt?«

»Andersen hat für meinen Großvater gearbeitet, ihm die Maschinen repariert und die Ställe ausgebessert. Dafür durfte er bei uns wohnen, in diesem Schuppen hier. Warte mal …« Jesper verschwand in der kleinen Schlafkammer und rumorte in einem Schränkchen. Dann tauchte er wieder auf.

»Was sagst du dazu? Dieses kleine Spielzeugboot hat er mir mal geschnitzt.«

»Sagtest du nicht gerade, daß er auch ein richtiges Boot gebaut hat?« fragte Malte, das zierliche Spielzeug in seinen Händen drehend.

»Ja genau. In der gleichen Scheune, wo jetzt dein Kollege rumfuhrwerkt; das heißt in der alten Scheune, vor dem Brand«, ergänzte Jesper murmelnd und erhob dann wieder die Stimme: »Ein Segelboot, mit einer winzigen Kajüte. Mein Vater hat später noch einen Motor reingesetzt. Tja, eines Tages war der Bursche plötzlich verschwunden. Und dann hat man ihn gefunden, im Wasser, oben beim Leuchtturm. Sein Boot war wohl doch nicht so seetüchtig gewesen.«

»Ach ja, jetzt weiß ich wieder, das war eine Geschichte! Aber das Boot habt ihr doch irgendwie wiederbekommen.«

»Wir haben es an uns genommen, nach dem Unfall. Es stand lange in der Scheune. Irgendwann habe ich das Ding verkauft.«

Oben am Norweg tauchte ein zerbeulter Lastwagen auf und schaukelte, ein paar Fehlzündungen durch die Luft knallend, langsam die Rampe herunter. Der Fahrer, einen schmutzigen braunen Hut auf dem Kopf, als sei er damit verwachsen, streckte grüßend die Hand durchs offene Seitenfenster.

»Ah, da kommt Thomsen«, rief Malte, »mit anderthalb Tonnen Eisenschrott, du lieber Himmel.«

»Anderthalb Tonnen?« Jesper pfiff durch die Zähne und sah Malte prüfend an. »Was klemmt denn da hinter deinem Ohr?«

Die beiden gingen auf den Wagen zu, langsam und mit dieser gewissen Lässigkeit, wie sie Bauern an den Tag legen, wenn sie sich auf ein gemütliches Schwätzchen vorbereiten.

Malte griff sich an den Kopf und zog einen schmalen Gegenstand hervor.

Auf seiner ausgestreckten Hand lag ein kleiner, zerkauter Bleistift.

Die Asseln

Es war Sommer geworden. Die Schulferien hatten begonnen, die Fähren brachten Touristen aus allen Teilen Dänemarks, aus Deutschland und den Niederlanden. Das Wort vom sanften Tourismus, mit dem Urlaubsländer wie Spanien, Portugal und Griechenland die restlose Vernichtung ihrer Küstenlandschaft zu verhindern suchten und sie statt dessen als lukrativen Privatbesitz an wenige reiche Leute und Clubs verscherbelten, hier hatte es seinen Sinn schon immer erfüllt. Es gab auch nicht viel zu zerstören, außer man baute tatsächlich noch jene Brücke hinüber nach Smørland, eine Wahnwitzidee der Fortschrittspartei.

Es kamen fast immer die gleichen Urlauber, die sich in Ferienunterkünften einquartierten oder schon längst eines der schmucken Häuschen erworben hatten, deren Kauf die Regierung nichtdänischen Staatsbürgern nur unter sehr schwierigen Auflagen ermöglichte. Das Ausbluten der Landwirtschaft, Inselflucht und Generationenkonflikt waren auch an Lilleø nicht spurlos vorbeigegangen. Noch gab es Gesetze, die verhinderten, daß Südfünens Bauernhöfe der drohenden Verniedlichung und Enthistorisierung durch die Butzenscheibenästhetik reicher Zahnärzte ausgeliefert wurden. Daher beschränkte sich der Inseltourismus nach wie vor auf Gelegenheitsbummler, vom Butterschiff ausgestreut in die engen Gassen von Nørreskøbing, und jene treuen Partisanen mit VW-Bus und Kinderschar, die noch immer in Lilleø Zuflucht suchten, auch wenn ihre Bärte seit den 70er Jahren an Länge merklich verloren hatten.

All dies interessierte Ansgar Jørgensen, Kriminalassistent auf staatlich verordnetem Bildungsurlaub, wenig. Er saß in der Küche des Polizeihauses und brütete über dem Buch, das die technischen Schriften des Herrn Swedenborg enthielt. Fast ein Monat war vergangen, seit er in Jespers Scheune mit dem Bau der Taucherglocke begonnen hatte.

Jørgensen stand auf und goß sich heißes Wasser nach. Er gab einen Löffel Instantpulver und zwei Löffel Zucker hinzu und kehrte, im Becher rührend, zum Küchentisch zurück. Gestützt auf seine Ellenbogen, in den Händen das Getränk, beugte er sich wieder über seine Lektüre.

»Hier, Malte, das mußt du dir mal anhören:

1710. Ich reiste nach Gothenburg und von da zu Schiff nach London. Unterwegs nach London war ich viermal in Lebensgefahr: 1. Durch eine Sandbank an der englischen Küste, während eines dichten Nebels, wobei sich alle verloren glaubten, da der Kiel des Schiffs nur noch einen Viertelfaden vor der Bank war. 2. Durch die Mannschaft eines Kapers, welche an Bord kam und sich für Franzosen ausgaben, während wir sie für Dänen hielten. 3. Durch ein englisches Wachtschiff am folgenden Abend, welches, infolge eines Berichtes, uns in der Dunkelheit für den Kaper hielt; weshalb es eine volle Lage auf uns abfeuerte, ohne uns jedoch erheblichen Schaden zu tun. 4. In London war ich bald nachher noch größerer Gefahr ausgesetzt; denn einige Schweden, die sich in einem Boot unserem Schiffe näherten, überredeten mich, mit ihnen in die Stadt zu fahren, während allen an Bord befohlen war, sechs Wochen da zu bleiben, indem die Nachricht sich verbreitet hatte, es sei in Schweden die Pest ausgebrochen. Da ich die Quarantäne nicht hielt, wurde nachgeforscht; ich entging jedoch dem Strange, aber mit der Erklärung, daß in Zukunft keiner, der das wieder versuche, seinem Schicksal entgehen werde.«

Malte klatschte auffordernd, verschloß den Ausguß des Spülbeckens und ließ heißes Wasser ein.

»Du kannst mir ruhig mal helfen.« Er deutete auf einen unübersehbaren Berg verkleckerter Kaffeetassen, festgekrustet mit Zuckerresten, ölverschmierter Pfannen und Teller, Messer, Gabeln und Löffel im kalten Sud eingeweichter Schüsseln.

»Nun komm schon. Sonst wird das Wasser kalt«, sagte Malte und klappte ihm das Buch zu.

Jørgensen sah auf.

»Alter Pirat«, murmelte er, erhob sich und trottete artig zur Spüle.

»Wo liegen eigentlich die sauberen Geschirrtücher?«

»Im Schränkchen, in der untersten Schublade. Wie lange wohnst du hier eigentlich schon!?«

Malte griff sich zuerst das Besteck, sammelte die mit Butter und Marmelade verklebten Messer von den Tellern, fischte den Suppenlöffel aus der Terrine und warf alles ins heiße Wasser. Dann angelte er sich nach und nach die Gläser.

»Kannst du mir mal verraten, wie ich die hier jemals wieder sauberkriegen soll?« Er hob zwei Biergläser gegen das Licht, in denen Schlieren von Pflanzensaft eine hartnäckige gelbe Kruste gebildet hatten. »Wenn du das Zeug so lange ins Wasser stellst, bis alles verdorrt ist, kannst du die Gläser gleich mit wegschmeißen.«

»Bei manchen Pflanzen ist es völlig egal, ob sie verblüht sind oder nicht«, rechtfertigte sich Jørgensen, »zum Bestimmen reicht es trotzdem noch.«

»Wahrscheinlich ist es mit dem Unkraut so wie mit Kirsteins Akten, je schäbiger und uninteressanter das Zeug ist, um so hartnäckiger wirst du.«

Malte kämpfte verbissen mit den angetrockneten Resten einer Käse-Sahne-Sauce auf einem geblümten Eßteller.

»Ich verstehe sowieso nicht, warum du dieses ganze uralte Zeug von Kirstein überhaupt liest. Ich meine, Aufräumen und Ordnen würde doch schon völlig genügen.«

Jørgensen langte nach einem Bund nasser Messer. »Du kannst dir gar nicht vorstellen, Malte, wie spannend das ist, diese alten Akten zu studieren.«

Malte schüttelte energisch den Kopf.

»Da hast du vollkommen recht, Ansgar. Das kann ich mir wirklich nicht vorstellen. Der ganze Mist ist doch schon völlig abgestanden, erledigt, aus und vorbei!«

Jørgensen strich mit dem Trockentuch über die Klinge eines Messers.

»Kein Polizeiakt ist jemals endgültig abgeschlossen; kein Fall ist völlig erledigt, nicht mal nach einem Jahrhundert, wenn alle

Beteiligten längst gestorben sind, wie Calloway einmal gesagt hat«, dozierte er.

»Kælleby?« fragte Malte. »Ist das dein Chef in Kopenhagen?«

Jørgensen lachte. »Nein, das ist aus einem Film. Da kommt auch ein Mann auf eine Art Insel, und das fängt auch mit einer Beerdigung an.«

Maja kam und rieb sich an Jørgensens Beinen.

»Ach, was ich noch sagen wollte, die Jungs vom Zoll waren heute vormittag da und haben irgendwelche Akten gebraucht.«

»Stimmt«, sagte Malte, »wegen der Malteser-Bande. Die Segler aus Flensburg. Haben doch tatsächlich geglaubt, die könnten uns verscheißern. Vierundzwanzig Kisten Aquavit! Eigenbedarf? Die können mir viel erzählen. Übrigens, wo wir gerade von Alkohol reden, ich habe gesehen, daß der Bierkasten schon wieder leer ist, wir müssen unbedingt noch …«

Die Haustür wurde aufgestoßen, und einen Lidschlag später platzte Tage in die Küche, knallte einen pfundschweren Brief auf den Tisch und verschwand mit einem weiteren Knall. Malte warf einen kurzen Blick auf den Umschlag.

»He, Ansgar, Post von zu Hause«, säuselte er mit girrender Stimme. Und als Jørgensen sich erfreut vom Fußboden erhob, wo er verzweifelt versucht hatte, im Schrank einen Platz für die Bratpfanne zu schaffen, ergänzte Malte grinsend: »Von deiner Dienststelle.«

Jørgensens Gesicht versteinerte. Er sah aus einem Meter Abstand auf den Umschlag, als enthielte er eine Bombe. Dann riß er das Kuvert rasch auf, schüttelte den Inhalt mit mattem Schwung auf den Tisch und fingerte den Wust von Bedrucktem teilnahmslos durch.

»Ach du Scheiße!«

»Na?« fragte Malte interessiert, »Schularbeiten?«

»Ja«, sagte Jørgensen, »mein schönstes Ferienerlebnis.«

Er schob den Packen zu Malte hinüber. Der zog aufs Geratewohl ein Blatt daraus hervor und las, mit der tropfenden Spülbürste die Zeilen abtastend: »Frage drei: Ich bin von dem Sozityp, nee Soziotop begeistert, angetan, unberührt, enttäuscht. Zutreffendes ankreuzen. Oder hier, Frage sieben: Die Inhabitanten … Moment mal, was soll denn das sein?«

»Inhabitanten? Na, du zum Beispiel.«

»… begegnen mir zuvorkommend, neutral, distanziert, feindlich. Zeichnen Sie ein Akkomodationsprofil. Verdammt, was ist denn das bloß für eine Sprache?«

Malte trocknete sich die Hände ab und zwinkerte Jørgensen zu. »Was macht eigentlich dein Projekt? Warum sitzt du hier rum und bohrst in der Nase, anstatt Bretter zu sägen und deine Pläne zu studieren?«

»Geduld, Malte, Geduld, Rom wurde auch nicht an einem Tag erbaut. Ich habe Zeit. Und außerdem ist das richtige Arbeit, das muß ordentlich ausgeführt werden, da muß alles funktionieren. Schließlich geht es um das deiner Fürsorge anvertraute Leben des Kriminalass …«

»Wieso mir?« unterbrach ihn Malte. »Hast du in deinem Theologiestudium nicht gelernt, daß man sein Leben nur dem Großen Kommissar anvertrauen darf?«

»Für diesen Fall sind vielleicht eher die Herren Neptun und Poseidon zuständig. Schließlich will ich meine Glocke nicht auf den Kirchturm ziehen.«

»Eine hölzerne Glocke? Mit dem Gebammel kriegtest du deine Gemeinde im Ernstfall bestimmt nicht aus den Betten … Übrigens, wo wir gerade von Glocken reden … du interessierst dich doch für Kirchen und so'n Kram? Hier, lies mal.«

Er nahm das kreuz und quer zusammengefaltete *Ugeavis* von der Fensterbank und drückte es ihm in die Hand.

Jørgensens Augen liefen über die Sonderangebote von Brugsen, über die groß wie ein Notruf gesetzte Telefonnummer des Fäkalienabsaugedienstes, die Ankündigungen der am nächsten Wochenende stattfindenden Sommer-, Sportvereins- und Hafenfeste einschließlich der kompletten Listen der dort beim Bankospiel zu gewinnenden Preise, die etwas dezenter präsentierten Annoncen der beiden Häusermakler der Insel, die eine bedenklich angewachsene Zahl leerstehender Objekte offerierten, und blieben dann an einer Schlagzeile hängen, die sich wie ein Posaunenstoß über das irdische Geschäftsgewusel erhob:

RESTAURATOR ENTHÜLLT UNS DAS JÜNGSTE GERICHT

Er las Malte die Zeile vor.

»Meinst du das hier?«

In der Seitenkapelle der Svanninge-Kirche wurden in der vergangenen Woche die Restaurierungsarbeiten an dem in den zwanziger Jahren geschändeten Fresko wieder aufgenommen, nachdem die Regierung endlich das Geld dafür bewilligt hat. Die Arbeiten waren bekanntlich während des Krieges unterbrochen worden, und erst vor vier Jahren, nach zahllosen Eingaben und persönlicher Fürsprache des Bischofs von Odense, hatte man sich in der Hauptstadt daran erinnert, daß es hier auf Lilleø ein Meisterwerk spätmittelalterlicher Kalkmalerei vor dem Verfall zu bewahren galt, und die ersten Schritte eingeleitet. Nun ist der berühmte Restaurator Mikkel Folket vom Nationalmuseum wiederum zu uns gekommen, um sein Lebenswerk zu vollenden.

Das Bild darunter zeigte eine Ecke der Kapelle mit Kreuzgewölbe, darin ein kleines Gerüst und auf der Erde allerlei Dosen und Flaschen und Papiere übereinander, die aussahen wie abgerissene Tapeten. Die freigelegten Teile des Freskos waren deutlich erkennbar.

Jørgensen stutzte.

Aus der offenstehenden Tür drang Orgelmusik in den Kirchgarten. Auf dem Kiesweg vor dem Portal stand, im Schatten der mustergültig gestutzten Platanen, ein fensterloser weißer Kleinbus, und auf den ersten Blick erschien es Jørgensen, als sei während des Gottesdienstes ein Gemeindemitglied vom Schlag getroffen. Gleich würden zwei Krankenträger mit ihrer Last aus dem Inneren der Kirche herausgeeilt kommen.

Er blieb einen Augenblick stehen, um ihnen nicht störend vor die Füße zu laufen. Aber nichts geschah.

Dann trat er ein.

Die Kirche war leer. Von der Empore über dem Eingang dröhnte die Orgel. Plötzlich brach die Musik auf dem Höhepunkt einer raschen Sequenz von Dreiklängen ab, und eine Männerstimme schien kurze Anweisungen zu geben, denn kurz darauf setzte das Spiel mit der gleichen Tonfolge und Lautstärke wieder ein, begleitet von ermunternden Zwischenrufen.

Jørgensens Züge entspannten sich. Offenbar erteilte der Kantor Orgelunterricht.

Über den roten Läufer ging er durch die Reihen hellgrau lakkierter Bänke und sah sich unschlüssig um. Links vorn, kurz vor dem Chor, war eine kleine braune Tür in das dicke weißgekalkte Gemäuer eingelassen. Erst jetzt fiel ihm das schwarze Kabel auf, das, vom Vorraum kommend, wo sich offenbar ein Schaltkasten befand, am Rande des Teppichs entlanglief und hinter dieser Tür verschwand.

Er öffnete sie vorsichtig. Der Raum dahinter war in helles Licht getaucht. Eine Kapelle mit zwei Kreuzgewölbejochen, fast leer bis auf das Gerüst vor der linken Wand, das er schon vom Zeitungsfoto kannte, das nun aber einen völlig anderen Eindruck vermittelte. Unter dem gleißenden Licht der Scheinwerfer glänzte es wie aus Edelstahl, ein Gestänge, wie es Zirkusartisten in Windeseile zusammenzustecken pflegen, bevor sie ihre Trampolinnummer oder einen Balanceakt daran vollführen.

Das Tischchen daneben, ebenfalls aus Edelstahl, trug eine weiße Platte. Die Flaschen, Dosen und Geräte, die darauf angeordnet waren, ließen an die erlesenen Requisiten eines Zauberers denken, und nur die Helligkeit des Raumes sowie die fehlenden goldbetreßten Samtdeckchen in feierlichem Schwarz und Purpurrot, die normalerweise dem Hokuspokus des Illusionisten zu der Würde einer heiligen Handlung verhelfen sollen, wiesen darauf hin, daß die Operationen, die hier ausgeführt wurden, einer weniger zwielichtigen Magie anzugehören schienen.

Und wie um diesen Aspekt zauberhafter Manipulationen zu unterstreichen, wurden diese Utensilien flankiert von einem Stereomikroskop, einer Infrarotkamera, wie sie auch im Kriminaltechnischen Institut benutzt wurde, einigen grauen Kästen magisch-technischen Charakters mitsamt dem dazugehörenden Kabelsalat sowie einer Reihe dieser zierlichen Folterinstrumente, wie sie Jørgensen von seinem Zahnarzt her kannte, schmerzhaft-korrekt nebeneinander angeordnet, damit der prüfende Blick des Operateurs sekundenschnell die richtige Wahl treffen konnte, unbekümmert darum, welche Turbulenzen er damit im Kreislauf seines Patienten anrichtete.

Sein Eintreten wurde entweder nicht bemerkt oder ignoriert. Jørgensen hatte die Tür wieder behutsam geschlossen, mit jener gewohnheitsmäßig andächtigen Rücksichtnahme, die selbst den größten Agnostiker unversehens überfällt, sobald er eine Kirche betritt. Hier galt es überdies noch, den Lärm der Orgel nicht über den ihr zustehenden Wirkungsbereich hinausdringen zu lassen in eine Zone, in der eine geräuschlose Kunst den Ton angab.

Mit erhobenen Händen thronte der Weltenrichter zwischen Maria und Johannes. Zu sehen waren freilich nur Bruchstücke davon. An der unbedeckten Brust des Erlösers machte sich ein hagerer kahlköpfiger Mann mit scharfrandiger Brille zu schaffen, der in einem weißen, hochgeschlossenen Chirurgenkittel steckte. Er trug ein metallenes Stirnband, an dem eine große Lupe befestigt war, und als er den Kopf drehte und hinuntersah, blickte Jørgensen irritiert in ein riesiges zerlaufenes Auge.

Eigentlich hatte er sein Hiersein kurz erklären wollen ... daß er aus der Zeitung erfahre habe, ... na, und daß er eben dieses Bild gesehen habe, und weil er sich interessiere für ... für dieses Fresko. Und daher sei er vorbeigekommen ...

Aber der Chirurg hatte das schreckliche Auge bereits wieder von ihm abgewandt, und so unterließ Jørgensen die gestotterte Offenbarung seiner unklaren Absichten.

»Pfarrer?« fragte Folket.

Er sprach von oben herab, aus vier Metern Höhe. Sein Geist schwebte aber noch um mindestens eine Zehnerpotenz darüber. Es schien, als richtete er die Frage an einen Christus auf dem Operationstisch, über dessen Leib er seinen Kopf gebeugt hatte, die linke Hand gespreizt, die rechte hielt eine Pinzette. Und er fragte mit dem teilnahmslosen Interesse eines Operateurs, der gerade mit geschulter Behutsamkeit ein winziges Partikel aus Christi Einstichwunde entfernt.

»Nein, Polizist.«

»Pfarrer oder Polizist, wo ist da der Unterschied? Es gab einmal eine Zeit, da hatte die Kirche polizeiliche Befugnisse und die Polizei war heilig. In Spanien, die heilige Hermandad. Wußten Sie, daß sich die Capa der Guardia Civil aus geistlichen Gewändern entwickelt hat, und die rituelle Kleidung aller klassischen Rächer von Zorro bis Django klerikalen Ursprungs ist? Darum muß der Kopfgeldjäger auch einen Poncho tragen, eigentlich ist es eine Casel. Wenn die Rache Gottes ist, wollen sich seine irdischen Adepten wenigstens durch die Kleidung den Anschein geben, als handelten sie in SEINEM Namen. In den südlichen Ländern weiß man das noch, aber in unserem nordischen Kulturkreis haben sich die Erscheinungsbilder geistlicher und weltlicher Macht auseinanderentwickelt, trotz einiger Versuche in unserem Jahrhundert, die alte Einheit wieder herzustellen. Ich meine die deutschen Faschisten mit ihrer SS.«

Folket sprach wie zu sich selbst, ohne Jørgensen eines gelegentlichen Blickes zu würdigen, die Augen konzentriert auf die filigranen Bewegungen seiner schlanken, ja fast eleganten Hände gerichtet.

»Sind Sie von hier?«

»Nein, aus Kopenhagen.« Jørgensen grinste. Leuten wie Folket muß man nur Gelegenheit zum Reden geben, und man erfährt alles, was man will.

Die Nachmittagssonne, die durch das obere Fenster einfiel, machte den Tausend-Watt-Scheinwerfern, die Folkets Arbeitsfläche ausleuchteten, nur eine schwache Konkurrenz, schuf aber einen anderen hübschen Effekt, der nur Jørgensen sichtbar war, denn auf der Kugelfläche von Folkets hochglanzpoliertem Schädel spiegelte sich das Fensterkreuz wie auf einer Weinflasche in einem stimmungsvollen Werbefoto.

Zu Füßen des Weltenrichters tummelten sich kleine Teufelchen, die sich mit Toten abschleppten, sie aus ihren Gräbern hervorzerrten und mit allerlei ordnungsdienstlichem Gerät piekten, zwackten und geißelten. Diese schwarzen Gesellen, die nur als Silhouetten dargestellt waren, mit Hundsköpfen, Stelzbeinen und Krähenfüßen, rackerten sich ab und hatten ihre Mühe und Plage mit ihren widerspenstigen Opfern. Offensichtlich waren sie die einzigen, die hier arbeiten mußten, anstatt zu beten oder auf der Posaune zu blasen.

Daneben ragten auch noch einige erst zur Hälfte von den Toten Auferstandene wie eingepflanzte Puppen aus dem Erdreich hervor, aber mit freudigem Gesichtsausdruck, als sei ihnen ihr Freispruch bereits mitgeteilt worden. Jørgensen fragte sich, warum das Jüngste Gericht so wenig differenzierte Urteilssprüche fällte und damit an Erbarmungslosigkeit jede irdische Justiz bei weitem übertraf. Keine Erlösung mangels Beweisen; keine Anrechnung der Zeit im Grabe auf die Höllenstrafe oder Aussetzung des höllischen Feuers zur Bewährung. Auch von vorzeitiger Entlassung wegen guter Führung hatte man noch nie etwas gehört. Einzig der Gnadenweg blieb noch offen.

»Aus welchem Jahr stammt dieses Bild?« fragte Jørgensen.

»Man kann es mit ziemlicher Sicherheit auf 1520 datieren. Es gibt eine ganze Reihe ähnlicher Motive, auf Jütland zum Beispiel, das erleichtert die zeitliche Fixierung. Sie sind uns alle bekannt, denn sie wurden bereits zu Anfang unseres Jahrhunderts wieder freigelegt. Ja, der Jungfrau Maria hier war kein langes Leben beschieden. Bereits im zarten Alter von 20 Jahren wurde sie, als Opfer der Reformation unter Christian III., das erste Mal mit Kalk übermalt. Darum war sie auch noch so gut erhalten, als man sie 380 Jahre später wieder von ihrer Maskierung befreite. Die Damen machen es doch in ihren Bemühungen um die ewige Jugend ähnlich. Sie nehmen Quark oder Joghurt. Sie sollten es vielleicht einmal mit Kalk probieren. Die zweite Übermalung, die uns nun hier zu schaffen macht, kann man nur als einen albernen Scherz bezeichnen. Diese Künstler hatten offensichtlich in die Kalkfarbe uriniert, um die Bindekraft zu verstärken. Wie Diebe in der Nacht waren sie hier eingedrungen, um die Erscheinung der Gottesherrschaft wieder verschwinden zu lassen. Das nenne ich, den Gegner mit seinen eigenen Methoden zu überrumpeln, wenn Sie verstehen, was ich damit sagen will.«

»Matthäus, § 24, 43, wenn ich mich recht erinnere«, sagte Jørgensen.

Folket nickte, ging aber nicht weiter darauf ein. Er sprach routiniert und flüssig, ohne seine Arbeit zu unterbrechen und mit der gesuchten Beiläufigkeit eines Lehrers, der jedes Jahr an der gleichen Stelle im Lehrstoff die gleichen Witzchen macht. Eine Berufskrankheit; die Kollegen von der Spurensicherung hatten auch so ihre Sottisen drauf, Arne etwa, der Fotograf, der bei jeder Leiche ›Bitte recht freundlich‹ sagte.

»Die bunten Segmente«, sinnierte Jørgensen laut, »die da rechts und links unter dem Mantel hervorlugen, sollen wohl einen Regenbogen darstellen. Und Christi Füße müßten dann eigentlich auf einer Weltkugel ruhen.«

Er meinte, schon mal so ein ähnliches Motiv irgendwo gesehen zu haben, vielleicht in einem Kunstgeschichtsbuch oder in einer Karikatur, die den amerikanischen Präsidenten zeigte, wie er gerade das Reich des Bösen bekämpft.

»Wir vermuten es«, sagte Folket. »Dummerweise hat man versäumt, nach der ersten Freilegung 1925 das Fresko fotografisch oder zeichnerisch zu dokumentieren. Eine unverzeihliche Eselei. So bleibt es nun allein unserem Scharfsinn überlassen, unsere archäologischen Bemühungen an den richtigen Stellen anzusetzen.«

Jørgensen stutzte, und um nicht länger im ungewissen zu bleiben, ob Folket im pluralis majestatis oder im professoralen Plural der Bescheidenheit sprach und in das ›Wir‹ irgendwelche ihm unsichtbare Mitarbeiter einbezog, fragte er: »Arbeiten Sie allein?«

»Natürlich. Eine Restaurierung ist keine Varietényummer, bei der eine leichtbekleidete Dame die Requisiten reicht. Und auch keine Baustelle mit Mörtelkelle und Bierflaschen. Hatten Sie so etwas erwartet?«

Jørgensen beeilte sich zu sagen, daß er an so etwas natürlich nicht gedacht habe, obwohl er andererseits verstehen könne, daß ein hochspezialisierter Fachmann wie Folket – Jørgensen sah sich unwillkürlich um, ob ihn auch kein Zeuge, ein grinsender Malte womöglich, bei dieser taktischen Schleimerei belauschte –, daß man also die Schlepperei und den Aufbau der Gerüste und Scheinwerfer doch von Hilfskräften besorgen lassen könne.

Er erhielt darauf keine Antwort; und Jørgensen bemühte sich, durch kluge Bemerkungen Folkets Redefluß wieder zum Sprudeln zu bringen. Stehe nicht die Betriebsamkeit der Teufel im Widerspruch zu dem Gestus des Weltenrichters, der so gar nichts Verdammendes an sich habe, keinen Ausdruck körperlicher Erregung mit Augenrollen und zornig abwärts weisender Linken, wie Michelangelo uns das Jüngste Gericht ausgemalt habe? So daß er als Beamter sich die Frage stelle, wer denn eigentlich dem schwarzen Kommando den dienstlichen Einsatzbefehl zu dieser Razzia gegeben habe. Denn Christus blicke doch äußerst milde drein und mache von seiner Verdammungsbefugnis offensichtlich keinen Gebrauch, und die nächsthöhere Instanz sei nicht in Sicht. Wie im Leben sei das, sagte Jørgensen. Es erinnere ihn an unangenehme Situationen aus dem Polizeialltag, wenn eine armierte Einsatztruppe auf die Sünder eindreschen müsse, die Befehlslage aber unsicher sei und, wenn es dann schiefgehe, die kleinen Bullen den Ärger kriegten wegen Kompetenzüberschreitung, indes ›Die da oben‹ die Hände erheben und ihre Unschuld beteuern.

Folket stieß nacheinander drei kurze Töne aus, die wie das monotone ›Ha-Ha-Ha‹ eines Nashornvogels klangen, aber Jørgensen noch mehr an die mechanischen Lachsilben von Fantomás erinnerten.

Ja, die erhobenen Hände Christi seien nicht eindeutig die eines Richters, denn es fehle, wie richtig erkannt wurde, die Verdammungsgebärde der linken Hand; es sei vielmehr der Gestus eines Oranten, eines Bittenden also, der die Gebete Marias und Johannes' für die Armen Seelen an Gottvater weiterleite, wie um durch Vorzeigen seiner Wunden den Chef daran zu erinnern, daß er durch seinen Opfertod die Menschheit ja bereits entsühnt habe.

»Wie Sie sehen, kennt also auch die Heilsgeschichte ihren Dienstweg. Natürlich war dieses Zeichen nicht an den Allwissenden gerichtet, sondern an die Betrachter dieses Gerichtsprozesses, die Bauernlümmel also, denen auf diese Weise die Ehre widerfuhr, indirekt Bestandteil des Bildes zu sein, als Teilnehmer am Nachhilfeunterricht in Religion, für alle, die vergessen haben sollten, daß Christus auch für sie gestorben ist. Leider wirken die Machenschaften der Teufelchen dadurch nicht mehr so recht überzeugend. Man kann eben nicht beides, Gnade gewähren und dann trotzdem das Vollzugspersonal einfach machen lassen. Die göttliche Autorität leidet schließlich unter solchem höchst irdischen Kompetenzwirrwarr, von der teuflischen erst gar nicht zu reden. Wenn Sie mir ein persönliches Wort dazu gestatten – ich hätte es für besser befunden, den Menschen etwas mehr Angst einzujagen. Übrigens – Sie stellen intelligente Fragen. Erstaunlich. Schon einmal was mit dem Jüngsten Gericht zu tun gehabt?«

»Ja, gewissermaßen. In meinem früheren Leben.«

»Als Erlöster oder Verdammter, wenn ich Ihnen damit nicht zu nahe trete?«

»Ich habe mich noch nicht entschieden«, sagte Jørgensen.

Folket sah plötzlich zu ihm hinunter und runzelte die Stirn. Dann plazierte er Nase und Kinn wieder dicht vor dem zum wiederholten Male geschändeten Heiland, wo er, mit leicht geöffnetem Mund und mit der atemanhaltenden Behutsamkeit eines Philatelisten, der eine ›Rote Sachsen Drei‹ ihrem Portefeuille entnimmt, die Geschehnisse des Jüngsten Gerichts um ein weiteres winziges Stückchen enthüllte.

Trotz der brütenden Hitze draußen und der heißen Scheinwerfer war es hier in der Kapelle kühl und feucht. Was Jørgensen beim Eintreten zunächst als angenehm empfunden hatte, kroch nun allmählich klamm und lähmend in seine Muskulatur. Er zog die Schultern hoch, die zu schmerzen begannen, und verschaffte sich mit einigen Schritten etwas Bewegung.

In einer Ecke, direkt über den Steinplatten des Fußbodens, entdeckte er einen ovalen schwarzen Fleck, und als er darauf zuging, sah er, daß sich dort eine Kolonie von mehreren hundert Asseln angesiedelt hatte, die an dieser Stelle offenbar ein Schlaraffenland gefunden hatten, eine üppige Weidefläche von Schimmelpilzkulturen und vielleicht auch Harnstoffkristallen aus der Kalkbrühe der letzten Übermaler.

Wie dick die Schicht wohl gewesen sein mochte, die das Jüngste Gericht vor den Blicken der Menschen über 380 Jahre lang verborgen hatte? Es war gleichzeitig da und nicht dagewesen, ganz so, wie Jesus den Jüngern die Gottesherrschaft erklärt hatte, die in ihrer Verborgenheit geglaubt und verstanden werden müsse, verborgen mitten unter uns, in einer höchst alltäglichen Gegenwart, wenngleich er dabei kaum an Kalk gedacht haben dürfte. Also brauchte man, anstatt zu restaurieren, ja auch nur zu warten, bis der Kalk sich in eine mächtige Staubwolke auflöste und der Menschensohn wieder zum Vorschein kam, das Bild Wirklichkeit wurde und sich bewegte.

»Die Tiefen der Vergangenheit liegen bei meinem Metier zwischen null und zwei Millimetern«, sagte Folket. »In Bibliotheken braucht man mitunter nur eine Staubschicht fortzublasen, um zu vergangenen Jahrhunderten vorzudringen. Und beim Striptease werden uns Enthüllungen vorgeführt, die sich in Zentimeter pro Sekunde ausdrücken lassen. Und wie ist das in Ihrem Gewerbe?«

Jørgensen ignorierte den anzüglichen Unterton, mit dem Folket zwei moralisch und bekleidungsmäßig so weit voneinander entfernte Berufe wie Polizist und Stripperin in eine sprachliche Intimsituation brachte, ohne, zumindest bildlich gesprochen, einen antiseptischen Schreibtisch dazwischen zu stellen.

»Durchaus verschieden. Die Arbeit der Polizei, sei es nun als Handwerk, Mundwerk oder – wenn ich an die ungezählten Wege denke, die ich schon zurückgelegt habe – auch als Fußwerk, spiegelt die Vielfalt und Buntheit des ganzen Menschenlebens wider. Ich kann mich da nicht auf eine bestimmte Tiefe festlegen. Aber ich glaube, ich brauchte noch nie tiefer als zwei Meter zu dringen, das ist das gesetzlich festgelegte Maß bei Bestattungen. Das meiste allerdings schwimmt an der Oberfläche, unsere Klienten finden selten die Zeit, ihre Spuren tiefer zu verbergen.«

»Nun, wenn man Edgar Allan Poe Glauben schenken darf«, erwiderte Folket, »dann ist das Unverhüllte am schwersten zu enthüllen. Die Gewohnheit und die Vergeßlichkeit sind die gefährlichsten Verhüller. Und natürlich der scharfe Blick, der darum blind ist, weil er etwas Bestimmtes sucht und daher das Unbestimmte nicht sieht. Und dann das, was in den Tiefen der Seele verborgen ist. Da versagen unsere reellen Maßstäbe. Das fällt dann in den Zuständigkeitsbereich der Meterphysik«, witzelte Folket, der merklich aus seiner Reserve herausgetreten war.

»Warum hat man eigentlich das Fresko damals übermalt?«

»Den Gegner in seinen Bildern vernichten. Eine typisch protestantische Säuberungsaktion. Kein Selbstvertrauen im Umgang mit Bildern, diese Jungs. Denen fehlte einfach das vitale heidnische Element der Katholiken, das Vertrauen in die bewährte Macht der eigenen magischen Fähigkeiten. Die hatten keine Angst vor Bildern. Die hätten es sich einfach einverleibt, hätten

es gesegnet, ihren Weihrauch davor geschwenkt, und dann war es ihr Bild, und das war's dann gewesen.«

Folket war einen Schritt zurückgetreten, stützte die Hände auf das Geländer hinter sich und blickte dem Weltenrichter nachdenklich in die Augen.

»Aber was wissen wir schon über Epochen, Jahrhunderte, Traditionen …«, sagte er langsam und zögerlich und mit kaum merklichem Kopfnicken, so als sei er da mit Christus durchaus einer Meinung, »erst an ihren Brüchen und Einschnitten enthüllen sie uns ihr wahres Wesen, verraten sie uns, was in den Menschen vorgeht. Sowenig wir das sind, was in unseren Personalakten steht, sowenig kennen wir das wirklich Wichtige der lebendigen, zerbrechlichen, zitternden Geschichte. Das Unterbewußtsein der Epoche zum Beispiel, die dieses Bild malte«, fuhr er dann etwas lebhafter fort und sah zu seinem Zuhörer aus Fleisch und Blut hinunter, »glaubte schon selbst nicht mehr so recht an ihr Jüngstes Gericht. Der Protestantismus hatte es in einem Moment der Schwäche erwischt, der Nachgiebigkeit. Die es übermalten, hatten offenbar Probleme mit der Auferstehung des Fleisches. Ein Widerspruch in ihrem System. Denn an die Allmacht Gottes glauben und das Wunder leugnen – das mache man den Menschen erst einmal klar. Also weg mit dem Bild, dann gibt's keine Fragen. Sie konnten dann die weiße Wand anstarren. Fast vier Jahrhunderte lang haben sie in ihren nackten Kirchen gehockt, sie nur mit ein paar hübschen Mobiliarstücken ausstaffiert und sich schadlos gehalten an den üppigen Damen, die Claus Berg in das Getümmel seiner Kreuzigungsaltäre hineingeschnitzt hat, das war ihre Transzendenz. Und draußen verfielen sie dann dem abstrusesten Aberglauben.«

»Und die Restaurierung in den zwanziger Jahren?«

»Keine Frage eines neu erwachten Glaubens. Dieses Bild hier hat nur noch dokumentarischen Wert, allenfalls ist es von kunstgeschichtlichem Interesse. Da sehen Sie, wohin es mit der Frömmigkeit gekommen ist. Das muß man sich mal vorstellen: Sie sprechen die gleichen Gebete, singen die gleichen Lieder, sagen das gleiche Glaubensbekenntnis auf wie im 16. Jahrhundert und machen aus ihrem Gotteshaus ein Museum. Sie sind Polizeibeamter, sagten Sie? Nun, könnten Sie sich vorstellen, daß Sie Ihrer Arbeit nicht auf der Wache oder im Präsidium nachgingen, sondern im Polizeimuseum? In einer Art Schreckenskammer, mit all den Requisiten vergangener Verbrechen um sich herum, den unhörbaren Seufzern, Schreien und dem Todesgeröchel, womöglich mit den Wachspuppen berühmter Mörder in Lebensgröße an den Wänden, als Animation und Stimulans, damit der Arbeitseifer nicht nachläßt?«

Jørgensen dachte, daß sein derzeitiger Arbeitsplatz ja nicht allzu weit von Folkets Entwurf entfernt war, wenngleich auch die gruseligen Figuren fehlten. Einen wächsernen Kirstein, der ihm streng und spöttisch über die Schulter blickte, hätte er nun wahrlich nicht hinter sich haben mögen. Dann schon lieber ein Stück museal entschärftes Jüngstes Gericht. Damit ließe sich leben.

Folket war zur Seite getreten, um den Scheinwerfer neu zu richten, und so konnte Jørgensen nun auch den Teil des Auferstehungspanoramas erblicken, der bislang hinter der Gestalt seines Enthüllers verborgen geblieben, auf der Abbildung in der Zeitung aber deutlich zu erkennen gewesen war. Und da sah er für einen kurzen Moment wieder diese schreitende Figur, die etwas vor sich hertrug, einen Kürbis, eine Suppenterrine ... oder aber – ihren Kopf. Und als es ihm gerade wie ein Stromstoß für den Bruchteil einer Sekunde heiß durch den Körper zuckte, war die merkwürdige Erscheinung auch schon wieder verschwunden, im Dunkel, im Schatten, außerhalb des Lichtkegels von Folkets wattstarkem Arbeitsgerät.

Jørgensen hob den Zeigefinger. »Ach bitte, tun Sie mir den Gefallen und stellen den Scheinwerfer noch mal auf die alte Position? Ich habe da eben etwas sehr Merkwürdiges gesehen.«

Folket tat ihm den Gefallen, und das kopflose Wesen erschien wiederum im Blickfeld.

»Meinen Sie diesen Herrn hier?« fragte Folket und wies mit der ausgestreckten Rechten auf die Figur, die sich etwa in Höhe seiner Knie befand.

»Sieht aus wie ein Kellner, nicht wahr? Fehlt nur noch die Serviette über dem Arm. Es handelt sich um ein uns nicht unbekanntes Motiv bei Auferstehungsdarstellungen, manchmal trägt unser Freund den Kopf auch unter dem Arm«, schnarrte Folket.

»Ein enthaupteter Verbrecher, vermute ich mal.«

»Enthauptet schon, aber es muß nicht unbedingt ein Bösewicht sein, es könnte sich auch um das Opfer eines Verbrechens handeln. Immerhin trägt er den Kopf noch bei sich, und es machen sich auch keine Teufelchen an ihm zu schaffen. Die Häupter von Verbrechern hat man damals häufig auf Pfähle gesteckt. Zur Abschreckung.« Folket machte eine nachdenkliche Pause. »Denken Sie an den armen Doktor Struensee.«

Jørgensen dachte an den armen Doktor Struensee.

»Halten Sie den denn für einen Verbrecher? Ich denke doch,

der war das Opfer einer üblen Hofintrige, weil er den Mächtigen zu sehr auf die Füße getreten hat.«

»Ein guter Mann, ein kluger Mann, aber auch ein schrecklicher Dilettant. Ihm fehlte jegliche Professionalität. Er hat seine Gegner und vor allem das Volk völlig falsch eingeschätzt. Er mußte sterben, die Geschichte kennt da kein Pardon. Möge der Herr sich seiner Seele erbarmen.«

Jørgensen hatte inzwischen noch etwas entdeckt, eine recht blasse Zeichnung, ein Krakel schräg unterhalb des Kopfträgers, das ihm auf dem Zeitungsbild gar nicht aufgefallen war. Er versuchte, durch die Einnahme eines besseren Blickwinkels in dem Gebilde etwas Sinnvolles zu erkennen. Folket schien seine Gedanken erraten zu haben und kam ihm zu Hilfe.

»Ein Schiff, ziemlich lädiert, brauchte mal wieder einen neuen Anstrich.«

»Eine Jacht?« fragte Jørgensen.

»Eine Jacht? Nein, diesen Schiffstyp gab es um 1520 noch nicht. Es handelt sich hier um eine Kogge, ein Kauffarteischiff, allerdings in einer zeittypischen, symbolhaft vereinfachten Darstellung. Sehen Sie hier den Mast, die Rah mit dem gerefften Segel, von den Wanten sind nur noch Andeutungen vorhanden. Das Heck fast versunken, vom Kastell ist nur noch ein kleiner Rest zu erkennen. Dieses havarierte Schiff steht für all die ertrunkenen Seeleute, die das Meer am Tage des Jüngsten Gerichts wieder herausgeben wird. Ein bekannter Topos. Und unabdingbar bei einer seefahrenden Nation, wie wir Dänen es sind – oder wenigstens einmal waren«, fügte Folket sarkastisch hinzu. »Und natürlich auch bei den Anrainern des Mittelmeeres, von dem ja schon der Seher auf Patmos bezeugt, daß es seine Toten am Ende aller Tage wieder ausspeien wird. Das Meer – dieser riesige Friedhof! In den zwanziger Jahren hat man einmal die Zahl der jährlich untergehenden Schiffe auf über tausend geschätzt. Ohne die Verluste durch kriegerische Einwirkung, wohlgemerkt. ›Ein großes Grab ist Meeres Grund / Ein Kirchhof Meeres Spiegel / Die Wellen, schwellend all und rund / Das sind die Grabeshügel.‹ Kennen Sie das? Wir haben es früher in der Schule auswendig lernen müssen. Wahrscheinlich als Vorbereitung auf das Leben – bei seefahrenden Nationen.«

Aber Jørgensen hatte schon nicht mehr zugehört. Ein versacktes Schiff und ein Mann ohne Kopf ... der wahnsinnig gewordene Kapitän, nein, das war der Müller gewesen, und irgendwas mit einem Goldschatz und einer Schiffslaterne. Für einen Augenblick sah sich Jørgensen wieder in Jettes Stube sitzen, an einem kühlen Maitag, wie er sich mit triefender Nase und rumorendem Gedärm Kuchen in den Mund stopfte und der alten Frau lauschte, die ihm mit ihrer Lehrerinnenstimme so hingebungsvoll von diesen blutrünstigen Ereignissen berichtete, als erzählte sie einer Kinderschar das Märchen vom Reisekameraden. Und hier bekam er nun, wie auf einem Tablett serviert, zwei Indizien, zwei passende Bausteine für Jettes monströse Geschichte.

»Auch auf die Gefahr hin, Ihnen mit meiner Fragerei allmählich lästig zu werden«, begann Jørgensen seinen erneuten Vorstoß, »könnte es sein, daß es zwischen diesen beiden Bildern, ich meine dem Enthaupteten und dem Schiff, irgendeinen Zusammenhang gibt? Daß der Mann also zu dem Schiff gehört; die beiden Figuren berühren sich ja fast.«

Folket begann nun, die eine Hand lässig am Geländer entlangführend, auf seiner kleinen Bühne langsam hin und her zu wandeln, das Haupt leicht erhoben und den Blick konzentriert ins Nirgendwo gerichtet. An den Wendepunkten verweilte er jedesmal einen Moment und nickte, beide Hände aufgestützt, knapp nach unten, ins Publikum, um seinen Worten besonderen Nachdruck zu verleihen und sich der Zustimmung des gemeinen Volkes zu versichern, ein Advokat, der seinen Mandanten vor dem Jüngsten Gericht verteidigt.

Das sei nun wieder eine hochinteressante Frage, wenngleich er da allerdings nur eine typische Polizeifrage heraushöre, die nach Hausfrauenlogik nicht an Zufälle glaubt, sondern zwischen zwei

Dingen am selben Ort immer gleich einen Kausalzusammenhang wittert, und sei er noch so absurd. Der Unterschied – er meine den zwischen Hausfrau und Polizist – liege nur darin, daß erstere sich ihrer Vermutung meist todsicher sei und durch nichts davon wieder abgebracht werden könne, während es für die Polizei eine Arbeitshypothese darstelle, die der Verifikation durch nachweisbare Fakten bedürfe. Obwohl er allerdings glaube, daß auch die Polizei mitunter ... er habe da insbesondere die Politische Polizei im Auge, eher nach Hausfrauenart verfahre.

Diese letzte Bemerkung gab Jørgensen wenigstens für einen Augenblick einmal das Gefühl eines anerkannten Sachverständigen, eines Insiders, der wußte, wovon die Rede war, und dankbar vermerkte daß Folkets Diffamierung der Kollegen vom 14. Kommissariat sich seiner Zustimmung offenbar sicher war.

»Aber ich nehme an, Sie haben nicht ohne bestimmten Grund gefragt«, fuhr Folket fort, »denn es läge ja nahe, bei einem Bild, das 1520 entstanden ist, an die Verarbeitung eines Motivs aus der Zeit der Vitalienbrüder zu denken, die um 1400 mit ihrer Seeräuberei die Ostsee unsicher gemacht haben, und denen man in der Regel die Köpfe abschlug, wenn sie in die Hände der Hanse fielen. Dachten Sie vielleicht an die Herren Störtebeker und Konsorten?«

Jørgensen erzählte von Jettes Sage, soweit er die Einzelheiten noch zusammenbekam.

»Sehr interessant«, sagte Folket zögerlich und mit Betonung der ersten und der letzten Silbe, um dann rasch fortzufahren, »ich meine natürlich nicht diese alberne Dienstmädchen-Moritat, sondern ihren Entstehungsprozeß. Nein, unser kopfloser Freund hier und das Schiff haben nichts miteinander zu tun. Er hat – um einen Begriff aus Ihrer Welt zu verwenden – ein einwandfreies Alibi. Daß die Bilder so dicht zusammengerückt sind, ist reiner Zufall. Wir können uns da ziemlich sicher sein, da wir Darstellungen aus der gleichen Zeit kennen, bei denen die beiden Motive weniger eng beieinanderstehen. Aber so sind die Leute.

Es gibt nicht nur einen horror vacui, sondern auch ein Erschrekken vor dem Zufälligen, den Unberechenbarkeiten – der Kontingenz, wie die Philosophen das nennen, diesem Ursprung aller Religiosität – und allen Aberglaubens. Da haben die Kirchgänger mal diese beiden Bildchen gesehen und sich sogleich einen Reim darauf gemacht, vielleicht noch in Erinnerung an die überlieferten Greueltaten der Likedeeler. Dann verschwanden die Malereien für 380 Jahre unter einer Kalkschicht, aber in den Köpfen der Leute lebten sie weiter, denn deren Gehirne konnte man ja schlecht überkälken. Und nun beginnt der eigentliche Vorgang der Mythenbildung, der lebendige Prozeß einer Volkskreativität, auch wenn außer Liebe und Horror meist nichts dabei herauskommt. Jede Generation hat ihren Teil dazu beigetragen, ihre Erfahrungen, Ängste und Wünsche darin verwoben, und am Ende ist dann etwas entstanden, dessen Ursprung kaum noch auszumachen ist. Gut möglich, daß das Motiv hier einmal der Auslöser dieser Phantasterei gewesen ist. Ist Ihre Frage damit beantwortet?«

Folket hatte seine Wanderschaft beendet und war in der Mitte der Bühne stehengeblieben.

»Übrigens arbeitet die volkstümliche Überlieferung hier nicht anders als die große Epik. Bedenken Sie, daß so bedeutende abendländische Kulturleistungen wie der Parzival oder das Nibelungenlied aus einem ähnlichen, wenngleich natürlich wesentlich kunstvoller verwobenen Konglomerat unterschiedlichster Elemente verschiedenster Quellen bestehen.«

Nun war es an Jørgensen, durch eine weitere Frage zu zeigen, daß er zwar ein unwissendes, aber dennoch reizendes und vor allem aufmerksames Publikum gewesen war, ein Publikum aber auch, dem nichts entging und das nun für seinen Obolus auch die volle Leistung einforderte.

»Sie sagten vorhin, meine Frage nach der Beziehung der beiden Bildelemente sei hochinteressant. Was meinten Sie damit?«

»Wollen Sie das wirklich wissen? Nun denn …, auch auf die Gefahr hin, Sie mit meiner Antwort zu langweilen – die Verwandtschaft der Dinge untereinander, die die Natur oder der Zufall, wenn Sie so wollen, nebeneinander gestellt haben, ist nicht nur ein Problem für Hausfrauen, Kirchgänger und Polizisten, die, wie Sie wissen, dafür meist sehr schnell eine Lösung bei der Hand haben – Gottes unerforschlicher Ratschluß oder die Sterne oder die Vererbung oder kriminelle Veranlagung oder sonst was – und sich damit ihre Kontingenz-Kompensationskompetenz beweisen … können Sie mir folgen?«

»Wenn Sie diesen Zungenbrecher von Wort bitte wiederholen könnten …« sagte Jørgensen, ziemlich respektlos.

»Also dann noch mal langsam, von vorn, für die Angehörigen des gehobenen Dienstes«, konterte Folket. »Nicht nur die Hausfrauen also, sondern auch die Philosophen hegen seit alters her die Vermutung, daß die Nachbarschaft keine nur äußerliche Beziehung zwischen den Dingen sei, sondern Zeichen einer zumindest dunklen Verwandtschaft. Universale Konvenienz der Dinge nannten sie das. Sie brauchen sich diesen Begriff nicht zu merken, er wird Ihnen nie wieder begegnen. Er bezeichnet so etwa das, was man heute bei Computersystemen Kompatibilität nennt, also ein Zusammenpassen, eine Vereinbarkeit zweier Komponenten.

Diese Konvenienz ist es also, die nahe beieinander liegende Dinge assimiliert – denken Sie an die Physiognomien alter Ehepaare, die ursprünglich einmal wildfremde Menschen waren und sich dann im Laufe der Jahrzehnte immer ähnlicher werden. Oder an die bekannte Karikatur vom Seehundswärter, der so aussieht wie seine Schutzbefohlenen. Oder an zwei beliebige Wörter wie ›Herz‹ und ›Schmerz‹, die die Zufälligkeit des Reimes zu einer unauflösbaren inneren Einheit verschmolzen hat, wobei man noch nicht einmal mit Sicherheit sagen kann, was zuerst da war – der Reim, der die Dinge allererst in eine inspirierte Beziehung setzte, oder die vorgängige Zuordnung eines Organs zu einer Gemütsbewegung, die dann die beiden ursprünglich reimlosen Wörter solange assimiliert hat, bis sie sich reimten.«

Folket schickte sich nun an, von seinem Gerüst herunterzusteigen, mit den sicheren und eleganten Bewegungen eines Artisten, der seine Nummer mit Bravour vollendet hat und nun, nach einer letzten Verbeugung zum Publikum hin, zum Abschminken in die Garderobe eilt. Er war, wie sich herausstellte, als er jetzt vor Jørgensen stand, beinahe einen Kopf kleiner als dieser, und nun, außerhalb des Lichtes der Scheinwerfer, wirkten seine Gesichtszüge blaß, müde und faltenreich. An die 60 Jahre alt, schätzte Jørgensen. Er lächelte Folket freundlich an. Folket parierte mit einer undurchdringlich grinsenden Grimasse und zeigte dabei einige lange gelbe Zähne.

»Sind Sie beruflich hier?« fragte er.

»Abkommandiert zum Bildungsurlaub.«

»Na, da haben Sie ja für heute Ihr Pensum erfüllt.«

»Hier auf der Insel glaubt man nicht an einen Bildungsurlaub. Man glaubt, daß ich zur Aufklärung eines Verbrechens gekommen sei. Und das alles nur deswegen, weil meine Ankunft zeitgleich mit einer Beerdigung stattfand und mein derzeitiger Chef mich direkt von der Fähre mit zum Friedhof genommen hat. Ich glaube sogar, daß meine Anwesenheit überhaupt erst den Verdacht eines Mordes ausgelöst hat.«

»Soso«, sagte Folket. »Interessant.« Und wie um seinen vielen klugen und richtigen Worten noch eine Schlußpointe aufzusetzen, blickte er, während Jørgensen schon langsam zum Ausgang schlenderte, nach oben, zum Mann ohne Kopf, und sprach, mehr zu sich selbst:

»Merkwürdig eigentlich, daß ausgerechnet diese beiden Figuren bei dem Kalkattentat damals nicht mit übermalt wurden. Kein Zweifel, die Pinselstriche sind sauber um die beiden Motive herumgeführt worden.«

Der Ohrenkneifer

Zurück an seinem Schreibtisch, fingerte Jørgensen gedankenverloren in einem Stoß Papieren herum, bekritzelte sie mit Spiralen, Sternchen und bizarren Blütengebilden, bis er merkte, daß es Blätter waren, die zu diesem Fragebogen gehörten. ›Haben Sie Begegnungen mit bestimmten Personen oder Berufsgruppen‹, stand da, und ›Welches Erlebnis hat Sie besonders beeindruckt?‹

Ein Mann ohne Kopf. Von Jettes Horrorgeschichte blieb also nichts übrig als die tatsächliche Strandung einer Jacht. Aber das hatte er schon vorher gewußt. Immer wieder stranden Schiffe, werden von den Frühjahrsstürmen auf Klippen geworfen oder in seichte Buchten getrieben, mit oder ohne Kanonen, mit oder ohne wertvolle Ladung, Tee, Messinginstrumente ... Der Mann ohne Kopf hatte also mit dem Schiff so wenig zu tun wie seine Ankunft auf Lilleø mit dem Tod des Schafbauern. So weit, so gut. Und der Sextant? Eine Spur – vielleicht. Man würde sehen; man ›würde das Ergebnis der Untersuchung abwarten müssen‹ – die übliche Floskel, in der – aufgeschoben – immerhin eine Spur von Hoffnung aufgehoben war. Und sonst? ›Die Inhabitanten begegnen mir zuvorkommend, freundlich, abweisend, feindlich – Zutreffendes unterstreichen!‹ Inhabitanten! – Früher hätte man ganz ungeniert geschrieben: Die Eingeborenen ..., früher, als wir noch Kolonien hatten, dachte Jørgensen. Dänisch-Westindien oder die Nikobaren. Die Eingeborenen von Lilleø waren vor 180 Jahren der Besatzung der gestrandeten Jacht feindselig begegnet und hatten ihnen nicht, wie es ihre Christenpflicht gewesen wäre, in ihrer Seenot geholfen.

Inzwischen hatte Jørgensen die Ränder des Testbogens vollgemalt mit kopflosen Figuren und mit Köpfen, die aussahen wie Suppenterrinen oder Kürbisse, Köpfe mit Seemannsbärten, Köpfe, die die Zunge herausstreckten und auch einen Glatzkopf, der ein Kreuz auf der Stirn trug. Gewiß, Folkets letzte Bemerkung hatte ein weiteres Rätsel aufgeworfen …

Das Telefon klingelte, Maren war am Apparat. Ob sie den Sextanten nicht besser ans British Museum schicken solle. Jaja, sie kenne einen Kollegen dort, einen sehr netten Mann, der würde bestimmt … und Birte könne das Ding gleich morgen mit nach Kopenhagen nehmen und dort der Kurierpost … Birte? Ja, die Cessna-Pilotin, und sie wisse nicht, ob sich im Marinemuseum überhaupt jemand dafür so recht interessieren würde. Das könne dann eventuell ewig dauern, und Jørgensen sei doch schließlich nur noch zweieinhalb Monate hier …

Noch zweieinhalb Monate. Er stand auf, löste die Fensterhaken und drückte die angelehnten Flügel auseinander. Ein Ohrenkneifer plumpste vom Rahmen auf das Fensterbrett, krümmte sich, kam wieder auf die Beine und krabbelte eilig in irgendeinen Ritz.

Als Jørgensen wieder am Schreibtisch saß, fiel sein Blick auf die Swedenborg-Broschüre aus Kirsteins Dossier, die er zusammen mit dem Fragebogen aus der Küche hierhergeräumt hatte.

Er überflog noch einmal den Brief, den er Malte heute morgen vorgelesen hatte, dann griff er entschlossen zum Telefon.

»Ja, hier Torben Sko.«

»Hi, Torben. Hier ist Ansgar Jørgensen.«

»Aha, du bist es, Ansgar. Worum geht's denn diesmal, Herr Kommissar? Immer noch DIGIFOL?«

»Nein«, sagte Jørgensen im vollen Bewußtsein, den Arzt zu belustigen, »heute habe ich was anderes. Ich interessiere mich für Seuchen.«

Der Ton verfehlte nicht seine Wirkung.

»Ach, so ist das«, sagte Sko, »ja, also, an welcher Seuche ist der alte Larsen denn nun nach neuesten polizeilichen Erkenntnissen gestorben? An der Flußblindheit oder an Aids? War ja allgemein bekannt, daß der Schafbauer schwul war, wußtest du das nicht? Das können dir alle Stricher aus dem Hafen in Torsdal bestätigen.«

»Nicht jeder Schwule hat Aids.« Der Humor des Arztes hatte einen unangenehmen Beigeschmack. »Und nicht jeder Aidskranke ist homosexuell.«

»Schon gut«, murrte Sko, »also, um was für eine Seuche geht's?«

»Ich möchte etwas wissen über die Seuchensituation zu Anfang des 19. Jahrhunderts, oder genauer: im Jahre 1809. Kennst du dich damit aus?« Diesmal bot Jørgensen Schach.

»Sicher, sicher«, sagte der Arzt. »Was willst du denn wissen? Interessiert dich ein bestimmter Aspekt oder bloß alles, wie üblich?«

»Soviel wie möglich wäre schön. Wenn ich schon mal die Gelegenheit habe, einen Fachmann ...«

»Versuch nicht, mir zu schmeicheln, das funktioniert bei mir nicht«, unterbrach ihn der Arzt, der hörbar geschmeichelt anhob: »Tja, also ... es gab viele Seuchen, vor allem in den letzten beiden Jahrhunderten, und nicht wenige von ihnen kamen auch nach Dänemark. Ich könnte dir natürlich viel darüber erzählen, Seuchen sind geradezu ein Steckenpferd von mir, auch wenn wir hier leider kaum noch welche haben. Ich denke, Ansgar, du mußt deine Frage schon präzisieren.«

»Also schön. Wie war das zum Beispiel 1809 mit der Cholera?« Es war die erste Seuche, die Jørgensen einfiel.

»Ein schlechter Anfang«, tadelte Sko. »Die Cholera, mein lieber Ansgar, war zwar seit alter Zeit in gewissen Teilen Ostindiens, in Niederbengalen und Makabar, verbreitet, doch zeigte sie erst 1817 eine auffallende Neigung zur Wanderung und gelangte zum ersten Mal 1830 nach Europa. Es gab dann noch einige weitere Epidemien in der Mitte des 19. Jahrhunderts bis etwa 1863. In den 80er Jahren gab es noch eine besonders fürchterliche in Südeuropa, aber das war's dann auch.«

»Und die Pest?« Jørgensen wagte einen zweiten Versuch.

»Hahaha.« Der Arzt lachte dröhnend in den Hörer. »Die Pest gab es 1809 in Europa schon lange nicht mehr. Man muß schon sagen, deine Ratefähigkeiten sind begrenzt.«

»Wie wäre es, wenn du mir sagst, was es 1809 für Seuchen gab?« sagte Jørgensen etwas säuerlich.

»Wie gesagt, es gab viele ...«, Jørgensen war fest davon überzeugt, daß Sko schon längst ein medizinisches Lexikon aufgeschlagen hatte, »...aber ich kürze die Sache ab: Variola.«

»Und darauf hätte ich kommen sollen?«

»Variola sind nichts anderes als Pocken oder Blattern. Das Variolavirus war über Jahrhunderte in Europa verbreitet, und soviel ich weiß, sind in den vergangenen Jahrhunderten auch auf Lilleø eine ganze Menge Leute daran gestorben. Eine üble Sache. Es beginnt mit Schüttelfrost, hohem Fieber, Kreuz- und Kopfschmerzen. Am zweiten Tag der Infektion tritt ein initiales Exanthem im Schenkeldreieck auf, das gewöhnlich wieder ganz verschwindet. Am sechsten Tag des Eruptionsstadiums sieht man die typische Variolapustel mit dunklem, geschwollenem Saum und vertiefter Mitte, dem sogenannten Pockennabel. Von da an sind die verschieden schweren Fälle zu trennen. Am schlimmsten sind die schwarzen Pocken, erkennbar an den Haut- und Schleimhautblutungen, die innerhalb von drei bis fünf Tagen tödlich verlaufen.«

»Und wodurch werden die Pocken übertragen?«

»Überwiegend durch Tröpfcheninfektion, also Speichel und Blut. Seltener durch Schmier- und Staubinfektionen, zum Beispiel durch Fliegen.«

»Das heißt, die Gefahr war damals allgegenwärtig?«

»Das kann man wohl sagen. Für welches Jahr hattest du dich interessiert? 1809? Da hatten, glaube ich, wenige Jahre zuvor die Engländer das Variolavirus nach Lilleø eingeschleppt. Ich kann das noch mal nachlesen, wenn es dich interessiert. In diesen Zeiten lebte jeder mit der Seuchengefahr. Strengste Kontrollen und wochenlange Quarantäne waren an der Tagesordnung. Wenn du mir sagst, wozu du das alles brauchst, suche ich dir auch genaue Zahlen heraus.«

»Ich glaube, das ist nicht nötig«, sagte Jørgensen, der nicht die geringste Absicht verspürte, sich dem Arzt gegenüber mit der obskuren Schiffsgeschichte verdächtig zu machen. Er sah zu, daß er einigermaßen gesund aus der Sache herauskam.

Der Hörer klackte auf die Gabel.

Jørgensen reckte sich und starrte trübe zum Fenster hinaus, dann wanderte sein Blick zur Wanduhr. Er fühlte sich müde, hörte die Zimmerluft rauschen. Umständlich krabbelte er vom Stuhl runter und schlurfte die Treppe hoch ins Bad. Auf dem Klo kamen ihm viele Gedanken: Swedenborg, Seuchen, Schafbauer, Sextant und Schiff, alles ging kreuz und quer, verflocht sich zu einem unüberschaubaren Gespinst. Es gab nur eine Möglichkeit, dieses Knäuel zu entwirren: Er mußte dafür sorgen, daß die Gedanken den Kampf unter sich austrugen. Er zog ab, wusch sich Gesicht und Hände und begab sich in seine Kemenate. Dort klappte er einen Fensterflügel auf, zupfte die Vorhänge zu und zog sich aus.

Im Raum ein gedämpftes, gelbgefiltertes Licht, draußen hoppelte gelegentlich ein Auto über das Kopfsteinpflaster, eine Taube gurrte. Das Zimmer hatte sich im Laufe des Tages unangenehm aufgeheizt, und Jørgensen rann der Schweiß über den Rücken, als er sich splitternackt an das Tischchen setzte. Von allen Tischen im Haus war dies der am wenigsten genutzte. Nach anderthalb Monaten lagen hier nur ein paar Schriften, ein angefangener Brief an Anna, ein Kugelschreiber, der Briefbeschwerer. Jørgensen legte die Papiere zusammen und setzte das Steinmännlein auf den Stoß. Dann zog er die schweißklebrigen Beine vom Holzstuhl ab und schlüpfte ins Bett. Zwischen den frischen Laken war es zunächst angenehm kühl, und er schlug die Bettdecke um seine Füße, eine Angewohnheit, die er sich bei seiner Körperlänge eigentlich gar nicht leisten konnte. Der Rest der Decke reichte ihm dann gerade bis zur Brust, und so verbrachte er die Winternächte meist in einer zusammengekauerten Schlafstellung. Im Sommer war dies natürlich kein Problem. Es wurde heiß, und Jørgensen strampelte sich frei.

Taubengurren, Stille. Der Wind blähte leicht den Vorhang.

Er lag auf dem Rücken, die Arme parallel zum Körper, ein entspanntes Lächeln im Gesicht. Ganz allmählich trudelten die Gedanken wieder ein: Seuchen, Sextant... Noch konnte er ihren Verlauf ein wenig steuern, zumindest verhindern, daß sie sich unsinnig miteinander verknüpften, im wirren Bilderschnitt sich verliefen... Taubengurren. Der Sextant, der Sextant, der Sextant des Schafbauern, Schiff im Nor, Schafbauer, Seuchen auf dem Schiff, die Besatzung verseucht, der Schafbauer verseucht, der Schafbauer im Nor, der Schafbauer fährt auf dem Schiff mit dem Sextanten in die Seuche ...

Das Aufwachen nach solch einem unvorhergesehenen Nachmittagsnickerchen war immer eine kleine Qual. Benommen und mit staubtrockenem Schlund tastete Jørgensen nach dem Wecker. 19 Uhr. Demnach hatte er annähernd zwei Stunden geschlafen. Er seufzte, schwang sich aus dem Bett und riß die Vorhänge auf. Ein bißchen mehr Leben unten auf der Straße, die Vögel begannen ihren Abendgesang.

Sich die Augen reibend, trottete er mit zerknitterter Laune ins Bad, überlegte einen Moment, den tropfenden Brausekopf widerwillig musternd, ob er sich zur Belebung seines Kreislaufs unter die kalte Dusche stellen sollte, strich sich aber nur widerwillig die Arme, ging runter in die Küche und machte sich Tee. Wieder oben, steuerte er die Bibliothek an und dekorierte Kanne, Becher und Zuckerschale auf dem Tisch. Dann riß er ein Streichholz an und führte es an den Kerzenstummel, der leise prasselnd anbrannte. Nachdem er sich auf den Stuhl geklemmt hatte, wagte er nun wieder einen vorsichtigen Blick in seine Gedanken. So munter und wild sie am Nachmittag noch durcheinandergetollt waren, so träge und lustlos hockten sie jetzt beieinander, zu mürrisch, sich auch nur einen Millimeter zu bewegen.

Jørgensen wendete alle Kniffe an, versuchte es mit Tricks und Geduld, doch nichts half. Resigniert stand er auf und drehte einige Runden im Raum. Oben vom Regal nahm er schließlich einen Geigenkasten herunter. Das Instrument sah noch ziemlich intakt aus, und Jørgensen hob die Geige aus ihrem kleinen samtbeschlagenen Sarg und klemmte sie unter das Kinn. Mit gespieltem Pathos tanzte er, den Bogen über die Saiten schrammend, wie ein ungarischer Teufelsgeiger durch den büchertapezierten Raum, immer noch nackt, und stieß sich das Knie am Regal. Ein Schrei, ein Fluch, und er hatte schon die Lust an der Geige verloren. Behutsam legte er sie zurück und hinkte zum Tisch. Dort linderte er den Schmerz mit einem Schluck Tee, schlug irgendein Buch auf, senkte den Kopf in die Hände und dachte an Anna.

Etwa eine Stunde später klopfte es unten an der Haustür, und kurz darauf rief jemand: »Hallo!«

Jørgensen kam die Stimme bekannt vor, wußte sie aber nicht gleich einzuordnen. Am Treppenabsatz stand Maltes Sohn.

»Hej. Ich wollte ein Bier trinken gehen. Kommst du mit?«

In der Hafenkneipe spielte eine kleine Jazzcombo; ganz ohne Strom. Dementsprechend angenehm leise und zart belebte die Musik den Raum und forderte nur ab und an durch ein Crescendo, zwei Takte Fortissimo oder einen Beckenschlag ein wenig mehr Aufmerksamkeit.

»Du fährst jetzt die Nimbus?«

»Eine schöne Maschine. Sie gehört sicher zu den Dingen, von denen mir die Trennung schwerfallen wird.«

Bjørn blickte ihn erstaunt an.

»Kannst du denn damit nichts anfangen«, fragte Jørgensen, »wenn ich wieder weg bin?«

»Mal sehen. Im Grunde ist es ja auch piepe. Ich hab keinen Draht zu so altem Zeug. Sie entspricht einem ganz bestimmten Entwicklungsstand der Technik zu einer ganz bestimmten Zeit. Der ist lange überholt. Aus dem gleichen Hubraum holt man heute viermal soviel PS und braucht nur noch halb soviel Sprit. Aber jetzt, wo sie nun wieder repariert ist … mal sehn.«

Bjørn drehte den Kopf und fixierte die Musiker eine Weile nachdenklich. Dann drehte er sich wieder um und nippte an seinem Bier.

»Gefällt dir die Musik?« fragte Jørgensen.

»Die Musik? Weiß nicht. Einerseits hasse ich diesen kläglichen Versuch, Lilleø mit Jazz ein wenig aufzumöbeln … das wird ja sowieso nur für die Sommertouristen gemacht; im Winter gibt es hier keinen Jazz, andererseits … besser als nichts. Gehst du in Kopenhagen in Jazzkeller?«

»Selten. Ich interessiere mich nicht so sehr für Jazz. Eigentlich überhaupt nicht so richtig für Musik. Ich habe früher mal in einer WG gewohnt. Mein Mitbewohner hörte den ganzen Tag Musik, beim Essen, beim Lernen, beim Sex und auf dem Klo. Er hat so oft behauptet, daß ohne Musik nichts geht, bis ich ihm nicht mehr geglaubt habe.«

Jørgensen merkte, daß Bjørn ihm gar nicht zuhörte und statt dessen das Mädchen hinter dem Tresen beobachtete. Jetzt entdeckte sie ihn und winkte flüchtig rüber. Bjørn nickte und drehte sich mit einem Kasinolächeln wieder Jørgensen zu. Dabei fischte er ein Päckchen Zigaretten aus der Jacke und bot sie ihm lässig an.

»Nein danke«, wehrte Jørgensen ab, »ich rauche nicht mehr. Das heißt, nicht mehr so oft.«

»Du hast versucht aufzuhören? Ein Neujahrsgelübde?«

»Ich habe nie richtig geraucht. Nur gelegentlich, nach einem schweren Essen zum Beispiel. Manchmal verspüre ich auch heute noch Lust dazu. Aber jetzt nicht.«

»Schon mal Drogen genommen?«

»Ich bin Bulle. Und jeder Bulle, der einigermaßen glaubhaft über Drogen reden will, muß zumindest mal gekifft haben. Und die meisten trinken ja auch Alkohol.«

»Hahaha«, lachte Bjørn. Es klang nicht ganz echt. Überhaupt

schienen alle seine Gebärden und Gesten in dem Bewußtsein ausgeführt zu werden, daß das attraktive Mädchen hinter der Bar ihn genau beobachtete. »Was ist eigentlich mit deiner Knarre?«

»Meine Knarre?« fragte Jørgensen verblüfft.

»Na, deine Knarre eben«, meinte Bjørn mit einem Achselzukken. »Pa hat seine vor drei Jahren aus Versehen weggeschmissen.«

»So?« sagte Jørgensen.

»Ja, er hat uns diese Story oft erzählt. Sie waren mit dem Zollboot unterwegs. Ein nächtlicher Einsatz. Da gab es eine Bande von Rechtsradikalen, die schmuggelten Alkohol und Waffen in großem Stil von Lübeck nach Grølleborg. Das war ein richtiger Großeinsatz. Der ganze Seeweg wurde kontrolliert, und Pa hatte Anweisung erhalten, seine Dienstwaffe mitzunehmen. Er hatte aber kein Holster und deswegen die Knarre in den Hosenbund gesteckt. Da ist sie ihm ständig rausgerutscht, in die Unterhose, oder sie fiel ihm aus dem Hosenbein, hahaha. Schließlich hat er sie gepackt und geschrien: ›Am liebsten würde ich das Scheißding wegschmeißen‹, und er hat ausgeholt und so getan, als würde er sie über Bord pfeffern – da war sie ihm auch schon aus den Händen gerutscht. Hast du schon mal so was Dämliches gehört? Einfach, zack, über Bord geschmissen. Mann oh Mann! Er hat sich nicht getraut, das zu melden. Und du? Hast du deine mit?«

»Nein, die stand nicht auf der Liste. Wir haben eine Liste bekommen mit allem, was wir unbedingt mitzunehmen haben. Der Dienstausweis stand drauf, die Knarre nicht.«

»Scheiß Schießzeugs, ich hasse es.«

Das hatte Jørgensen nicht erwartet.

»Hast du schon mal jemanden abgeballert? Äh ...«, Bjørn lachte verlegen, »... ich meine, hast du schon mal getötet?«

»Nein, Gott sei dank noch nicht. Da habe ich bisher sehr viel Glück gehabt. Zweimal war's fast soweit.«

»Ja, da hast du echt Schwein gehabt. Wie soll man damit leben?«

»Tja, wie soll man damit leben. Manchmal geht es nicht anders. Ich kenne Kollegen, die getötet haben. Keiner hat bei der Polizei aufgehört; doch es hat andere Menschen aus ihnen gemacht, ja, das hat es. Einer von ihnen, Donald, gerade mal 28, so alt wie du etwa. Ein lustiger, quirliger Bursche, der stets gute Laune verbreitete. Dann, bei einem Einsatz, stürmen wir mit den Kollegen von der Schutzpolizei ein Haus. Dort wohnen hauptsächlich Drogenkranke, und einer von ihnen hatte einen Menschen getötet. Wir wollen ihn festnehmen. Mein Kollege stürmt die Treppe hoch, tritt die Tür auf und guckt direkt in die Mündung einer Waffe und … drückt ab. Der andere schoß auch, traf meinen Kollegen aber nicht.«

»Scheiße, da konnte dein Donald wohl nichts anderes tun.«

»Wohl kaum. Ein Reflex, das ging alles blitzschnell. Er wurde lange Zeit psychologisch betreut. Nach diesem Ereignis war er wirklich so was wie ein alter Mann geworden. Aber, und das ist das Seltsame, auch ein besserer Polizist.«

Bjørn blickte eine Weile ins Leere, dann verfinsterte sich sein Gesicht, und er schob kämpferisch das Kinn nach vorn.

»Hast du was gegen Drogensüchtige?«

»Ich?« Jørgensen riß die Augen auf. »Neinnein, kam das so rüber? Nein wirklich, ich …« Die Frage war so dämlich, daß Jørgensen einen Moment aus der Fassung geriet.

»Jaja«, machte Bjørn.

»Was soll das? Warum provozierst du mich? Ich habe doch sogar eben noch erzählt, daß ich selbst …«

Die Sache begann lächerlich zu werden.

»Sollen wir mal vernünftig darüber reden?« schlug Jørgensen vor.

Bjørn blickte ihn betont gelangweilt an. Jørgensen wurde unsicher. Hier saß er und erzählte Maltes erwachsenem Sohn vom bewegten Großstadtleben. Bjørn, der nie richtig von der Insel heruntergekommen war, der einem die Unzufriedenheit über sein Lebensschicksal sofort ins Gesicht kotzte. Und Jørgensen streute behutsam ein wenig Salz hinein, ohne Absicht, wie auch anders. Seine Situation war aussichtslos. Erzählte er Bjørn von Kopenhagen, seinem Beruf, fühlte der sich provoziert. Redete Jørgensen mit ehrlichem Interesse über das Landleben, so fühlte Bjørn sich vergackeiert. Wie auch immer er es versuchte, es konnte nur in die Hose gehen. Er überließ es Maltes Sohn, die Unterhaltung fortzusetzen.

»Noch'n Bier?« Bjørn stand auf und ging zum Tresen. Das Mädchen reichte ihm zwei Flaschen, und dann unterhielten sie sich; lange. Jørgensen lauschte der Musik und dachte an Anna. Der Schlagzeuger legte gerade ein Solo ein, rührte auf der Snare, eilte über die Trommeln, touchierte die Becken. Die anderen Musiker hielten ihre Instrumente leicht abgesetzt und beobachteten ihren Solisten mit wippenden Körpern.

Bjørn kam zurück.

»Warum wolltest du, daß ich mitkomme?« fragte Jørgensen.

»Ich weiß nicht. Du tust mir irgendwie leid. Das muß ja die Hölle an Langeweile sein für dich hier. Ich dachte, du freust dich, mal mit einem Jüngeren zusammen zu sein.«

Bjørn blickte Jørgensen nicht an, nestelte an der Zigarettenpackung.

»Das glaubst du doch selber nicht.«

Bjørn blickte auf. »Was? Spinnst du?«

»Das ist nicht der Grund, warum du gekommen bist. Aber du mußt es mir nicht sagen, das ist schließlich kein Verhör.« Jørgensen lächelte säuerlich.

Lange Zeit sagte keiner etwas. Die Musiker teilten dem Publikum mit, daß sie jetzt eine kurze Pause machten. Das Mädchen wollte eine Kassette einlegen, was eine kurze Auseinandersetzung mit dem Wirt zur Folge hatte. Sie warf das Tonband gekränkt auf die Anlage und drehte sich von ihm weg.

»Es wird geredet über dich; überall. Man glaubt nicht, daß du nur zufällig hier bist oder im Schulungsurlaub. Sie glauben, daß du wegen dem Tod des Schafbauern hier bist. Warum sollte sonst ein Kommissar nach Lilleø kommen?«

»Du weißt ganz genau, daß ich kein Kommissar bin. Was soll das also?«

»Ich weiß es, aber die Leute nicht. Außerdem spielt es auch keine Rolle, ob du Kriminalkommissar oder Kriminalassistent bist. Auf jeden Fall ist man mißtrauisch geworden.«

»Du auch?«

»Es sind mehr die Älteren. Mir ist das doch egal. Ich hab's halt nur mitgekriegt.«

»Was sagt man denn sonst noch?«

»Man glaubt nicht, daß der Schafbauer einen Herzschlag hatte. Sein Bruder soll etwas damit zu tun haben, Axel.«

»Kannst du mir einen vernünftigen Grund sagen, warum man diesen armen alten Mann umbringen sollte? Das ist doch absurd.«

»Natürlich ist es absurd, aber hier geht es nicht um vernünftige Gründe. Du bist hier, das reicht.«

Das Mädchen stand plötzlich am Tisch, zog einen Stuhl heran und zupfte eine Zigarette aus Bjørns Päckchen. Der ließ ein Feuerzeug klicken, die Zigarette brannte leise knisternd an. Dann schwatzten die beiden vertraut, ohne von Jørgensen Notiz zu nehmen.

Die Musiker griffen wieder zu ihren Instrumenten. One, two, three, four, eine dezente Fanfare des Saxophonisten, das Schlagzeug rollte an, der Bassist rupfte an den Saiten ein paar Akkorde und nickte dem Pianisten zu.

»Ich gehe jetzt, Bjørn. Hier sind 50 Kronen. Tschüs.« Er klemmte den Geldschein unter den Aschenbecher und stand auf. Bjørn hob kurz die Hand und lächelte, das Mädchen blickte ihn ausdruckslos an.

Die warme Luft fuhr Jørgensen in die Haare und blähte sein Hemd. Hinter ihm verklang die Musik. Gemütlich sah die Kneipe aus, Licht, Musik und Stimmengewirr drangen gedämpft in die Nacht. Er schlenderte zum Hafen und lauschte eine Zeitlang dem Glucksen zwischen dem Gebälk der Mole und den Schiffsrümpfen. Im Jachthafen hockten im Schein schwankender Lichter die Urlauber grillend und kichernd auf ihren Booten. Drüben in den Toilettenhäuschen rauschte eine Spülung; kurz darauf torkelte jemand aus dem grellen Eingangslicht in die Dunkelheit. Mit unsicheren Schritten balancierte die Gestalt über die Kette aneinandergeleinter Segelboote und verschwand.

*

Der Mann schreitet die Strecke ab, immer wieder.

Hier und da steckt er Pechfackeln in den sandigen Boden, die er entzündet, und rußige Rauchschlieren quellen aus den lautlos flatternden Flammen und steigen zum Himmel empor. Die Fackeln bilden einen weiten Kreis, und in diesem abgesteckten Zirkel sucht der Mann sich nun mit abgemessenen Schritten bestimmte Stellen, peilt von dort verschiedene Punkte an, sieht auf die Uhr, blickt zum Himmel und kratzt schließlich die Grasnarbe mit dem Stiefelabsatz kreuzförmig auf.

Er stellt sich auf den markierten Punkt und starrt minutenlang in eine bestimmte Himmelsrichtung. Dann sinkt sein Kopf auf die Brust, die Hände hängen schlaff hinunter, und wieder verweilt er so, minutenlang.

Die Zeit wird weitergehen. Das Leben ist größer als der Tod. Er schüttelt den Kopf.

Jetzt steht er vor einer der Fackeln, ganz dicht, und starrt ins Feuer. Seine Augen beginnen zu tränen.

Der Stoff seiner speckigen Jacke nimmt die Tränen auf und wischt sie fort.

Dann Kopfnicken.

Ruckartig wendet er sich um, kauert sich auf den Boden und beginnt zu suchen. Zuerst unter den Steinen, dort findet er nur wenige; dann unter morschem Holz und an der Grasnarbe der Weidezäune. Er sammelt sie mit der Hand, versteckt alle in der Faust.

Ein bißchen Reisig aufgetürmt und angezündet und schon streut er sie in die Flammen.

Einige Minuten steht er da und horcht, wie die Kellerasseln eine nach der anderen im Feuer knacken und zerplatzen. Der Mann verzieht den Mund, streicht sich durchs Gesicht.

Wieder dieses Starren.

Regungslos.

Warten.

Nicken.

Dann ergreift er den Spaten und stößt ihn entschlossen in den Boden. Er hebt ein Loch aus und versenkt einen in ein Tuch eingehüllten Gegenstand, wirft die Erde darüber und klopft sie mit der flachen Seite des Spatens sorgfältig fest. Als die Sonne hinter den Kiefernwald versinkt, nimmt er eine Wolldecke, entrollt sie und legt sich nieder. Eine zweite Decke schlingt er um seinen Körper, die Packtasche schiebt er unter den Kopf.

Es dunkelt, die Luft wird naß, Ziegenmelker umsausen die Fackelstöcke, die herunterbrennen, über Stunden.

In den Augen des Mannes spiegelt sich eine sternenübersäte Nacht.

Die Aale

»Ein Schiff?« fragte Malte. »Jetzt brauchst du plötzlich ein Schiff? Ich verstehe nicht, warum du dir dann diese Taucherglocke bastelst, wenn du eigentlich ein Schiff brauchst. Oder willst du jetzt schon dein Experiment machen? Ich denke, du bist noch nicht fertig?«

»Malte, hör auf, mich zu ärgern. Die Glocke wird noch früh genug fertig. Nein, ich brauche jetzt ein Schiff, was heißt Schiff, es muß nicht unbedingt ein Schiff sein, sondern es reicht auch ein kleines Boot. Das mit der Taucherglocke läßt dir wohl keine Ruhe, was? Wart's ab, gut Ding will Weile haben.« Jørgensen raschelte mit der Kuchentüte und reichte Malte eine Rumkugel. Wie zwei Jungen saßen die beiden auf der Hafenmauer und ließen die Beine baumeln.

»Die Taucherglocken-Affäre – ein unabgeschlossener Fall. Endlich haben wir einen«, nuschelte Malte.

»Vergessen wir mal für einen Moment die Glocke. Also noch mal: Ich habe vor, heute abend einen kleinen Ausflug zu machen, mit dir. Du wirst schon sehen, worum es geht. Aber ich brauche für diese Unternehmung ein Schiff, ein Boot, eine Jacht, was du willst.«

»Ich kann mir schon denken, worum es geht«, winkte Malte ab, »aber ich komme trotzdem mit. Du bist kein Seemann, Ansgar, und ich bin für dich ja, wie du schon mal ganz richtig bemerktest, irgendwie verantwortlich. Aber ruhig Blut, ein Boot müßte sich doch eigentlich auftreiben lassen. Noch was drin in der Tüte?«

Jørgensen zog jetzt ein Erdbeertörtchen ans Licht.

»Das müssen wir teilen, davon haben wir nur eins.« Ein stattlicher Katamaran glitt gerade an ihnen vorbei, an Deck ein sportlicher Herr, braungebrannt, mit blitzenden Zähnen.

Jørgensen seufzte. »So viele Schiffe. Kennst du die Geschichte von Tantalus?«

»Nee«, sagte Malte uninteressiert. Er untersuchte die Zusammensetzung des Törtchens. »Hmm, mit Vanillepudding.«

Da saßen sie und genossen die Mittagspause. An den Spundwänden drängelten sich die Quallen, blau und grün schimmerten Ölflecken auf dem Wasser.

»Ich weiß, wer ein Boot hat«, sagte Jørgensen schließlich. »Mausen!«

»Mausen? Mausens *Galathea*?« Herzhaftes Gelächter. »Da steig ich schon lieber in diese komische Taucherglocke; den Meeresgrund erreichen wir mit beiden, mit deinem Monstrum aber wahrscheinlich trockenen Fußes.«

»Ja, das gefällt mir, Mausens *Galathea*, warum bin ich nicht schon früher darauf gekommen.«

»He, jetzt mal langsam. Ich kann uns natürlich ein Boot besorgen, das ist kein Problem, wirklich, ich kenne einige, die uns …«

»Nein, Malte! Es muß Mausens *Galathea* sein. Ich fahre gleich nach Torsdal und frag ihn. Und du kommst mit heute abend.« Jørgensen knüllte die nunmehr leergefutterte Tüte zu einem Kügelchen, sprang auf und warf es übermütig auf ein vorbeituckerndes Touristenboot.

Malte sah ihn mit offenem Mund an.

Mausen knöpfte sich die Hose auf und pinkelte, bemüht, auf dem schwankenden Boot das Gleichgewicht zu halten, in hohem Bogen gegen die graulackierte Stahlwand eines riesigen Schwimmdocks.

Jørgensen hatte ihn gebeten, ihm seine *Galathea* zu leihen, und Mausen hatte sich auch damit einverstanden erklärt, jedoch darauf bestanden, 1. eine Kiste Bier mit an Bord zu nehmen, 2. ihn selbst, da er 1. seine *Galathea* niemals in fremde Hände gebe und 2. der alte Chryslermotor nur durch diese, und er hatte alle zehn gelben zittrigen Fingerstumpen in die Höhe gereckt, zärtlichen und einfühlsamen Finger gebändigt werden könne. Es war schließlich Jørgensen gewesen, der den Motor in Gang brachte, und dann ging es los, während Mausen, Malte und Jørgensen sich im Boot ihre Plätze suchten, die Möwen lärmend, mit einem sich aufschwingenden Gekeife kreuz und quer durch den Hafen jagten und die Sonne noch einmal ihre flachen Strahlen in den Abend goß. Das ist die Zeit, wo die Fischerboote in einer leise tuckernden Prozession den Hafen verlassen, sich um die Insel verteilen und ihrem stummen Beutezug nachgehen.

Die *Galathea* glitt gerade am Dock vorbei, als Mausen den Drang verspürte, Wasser zu lassen. In der einen Hand die Bierflasche, in der anderen sein Geschlechtsteil, redete er munter krächzend, den Kopf über die Schulter zu Malte und Jørgensen gedreht, von den Tricks und Kniffen der Makrelenräucherei. Nun war aber seine Blase voller als die Wand des Schwimmdocks lang, und die Touristen, die hinter dem Stahlkoloß auf ihren Jachten beim Abendbrot saßen, staunten nicht schlecht über das eigenartige Standbild mit Schlapphut und flatterndem Mantel, welches da so unvermittelt an ihnen vorbeischiffte.

Der Hafen lag nun hinter ihnen, und Jørgensen gab Anweisung, Kurs auf Nørreskøbing zu nehmen. Das Boot zog einen sanften Bogen um die letzten Ausläufer der Hafenmauer, folgte der Spur einiger ausgelegter Bojen und drehte dann nach Nordnordwest ab.

Malte hatte inzwischen seine Angel ausgepackt und wühlte in einem kleinen Zubehörkoffer. Jørgensen hockte sich zu Mausen und seinem Hund.

»Sag mal, wo hast du das Luxusschiffchen eigentlich gekauft?«

»Du findest sie häßlich, nicht? Hähä, ja, häßlich ist sie, die alte Dame, aber zäh ist sie auch. Wie die im Wasser liegt … unsinkbar!«

Mausen lachte meckernd, daß die Speicheltröpfchen nur so stoben. Malte spießte jetzt kleine glänzende Würmer auf einen Haken.

»Komm, gib's zu, du hast sie selbst gebaut. Dein Gesellenstück?«

»Nein.« Er nahm einen tiefen Schluck. »Ich war's nicht. Aber daß das 'ne Eigenfabrikation ist, das kann man schon erkennen, was? Jesper hat es mir verkauft, dieses hübsche Mädchen. Keine Ahnung, vielleicht hat er sie zusammengeschustert.«

»Duckt euch mal eben.« Malte stand schwankend auf, holte aus und warf den Blinker weit aufs Meer hinaus.

»Zum Abendessen gibt's Dorsch, meine Lieben … oder vielleicht, wenn wir Glück haben, sogar Meerforellen.«

Die einzige Bedingung, die Malte gestellt hatte, war, seine Angel mitnehmen zu können. Wenn Jørgensen schon nach versunkenen Schiffen und verlorenen Schätzen fahnden wollte, so könne man auch gleich das Unsinnige mit etwas Sinnvollem verbinden.

Jørgensen kramte in einer Plastiktüte und zog schließlich eine verschlissene Pferdedecke heraus. Mit ihr polsterte er die Sitzbank im Heck und schmiegte sich, vor Behaglichkeit fröstelnd, in die Ecke. Aus zusammengekniffenen Augen sah er die gelb und orange aufleuchtenden Uferstreifen an sich vorbeigleiten, dahinten zog Rauch über die Felder. Er beschattete die Augen, in der Ferne blinkte ein großer Frachter im Abendlicht, er ließ die Hand durch das seidige Wasser schleifen.

Wenig später passierten sie das kleine Eiland Halmø und trafen dort auf Maren Poulsen, die gerade damit beschäftigt war, ihre Reusen zu kontrollieren, und stolz auf ein glitschiges Knäuel Aale deutete, die sich in einer gelöcherten Holzkiste umschlangen. Man wechselte einige Worte und tauschte schließlich ein paar Flaschen Bier gegen eine Plastiktüte voll frischer Krabben. Die Sonne sackte, ein verschmierter roter Klecks, hinter den Horizont; die Luft wurde still und kühl.

Sie fuhren durch den Halmøsund, umrundeten Østebyflak und nahmen dann Kurs auf den Mühlendamm.

»Genau hier muß das Schiff damals entlanggekommen sein. Fahr jetzt mal langsamer!«

Mausen drosselte den Motor und ließ dann Jørgensens selbstgebastelten Tiefenmesser ins Wasser gleiten; eine Schnur, die alle Meter einen Knoten aufwies und mit einem Stein beschwert wurde.

»Hier zwischen Dejrø und Østebyflak ist das Wasser noch acht Meter tief.«

Jørgensen klingelte mit einem von Maltes Blinkern gegen seine Bierflasche und räusperte sich dann die Kehle frei:

»Meine Herren, versetzen wir uns in das Jahr 1809!« Er machte eine Kunstpause und fuhr dann fort:

»Die *Marygold,* eine stolze Jacht, im Besitz der Collins-Reederei, hat London verlassen und nimmt Kurs auf … tja, diese Frage kann ich erst dann mit Sicherheit beantworten, wenn ich über die Fracht letzte Gewißheit habe, aber davon später mehr. Also, sie segelt Richtung Ostsee nach, sagen wir, Schweden mit einer Ladung von, nun ja, hauptsächlich Tee. Die Reise verläuft zunächst ohne größere Zwischenfälle. Man passiert das Skagerrak und schwenkt hinein in das Kattegat mit Kurs auf Stockholm. So jedenfalls steht es in den Papieren der Versicherung. Doch dann ziehen sich die Wolken plötzlich zusammen, der Himmel trübt sich tintenschwarz, das Meer nimmt die Farbe von verschimmeltem Brot an. Noch weht kein Lüftchen, die vielzitierte Ruhe vor dem Sturm; an Bord der *Marygold* wird vielen der Kragen zu eng. Dann, ein Blitz zuckt über das Firmament, ein Windstoß läßt die Flagge knattern, die See schäumt auf, und schon geht es los! Es muß ein fürchterliches Unwetter gewesen sein. Der Mast hält der Gewalt des Sturms nicht mehr stand und knickt ab. Oder er wird gekappt, damit er das Schiff nicht in Stücke reißt. Die Segel sind nur noch Fetzen, die kläglich im heulenden Wind zappeln, die Takelage, ein wirres Gespinst, der Vordersteven ist gebrochen und hat ein großes Loch in den Bug gerissen, einen Teil der Mannschaft hat es schon über Bord gespült – kurz, das Schiff ist so gut wie manövrierunfähig und somit nur noch ein Spielball der kochenden See. Tatsächlich wird nur ein einziger dieses Inferno überleben! Seht her!« Jørgensen faltete ein Blatt Papier auseinander und hielt es mit gestreckten Armen hoch. Malte und Mausen rückten näher heran. »Dies ist eine Kopie aus den Annalen des Meteorologischen Instituts vom 24. 3. 1809! Da staunt ihr, was? Ein Orkan mit Windstärke bis zu so und so hatte weite Landstriche von Schleswig, Dänemark und Südschweden mit fürchterlicher Gewalt verwüstet und so weiter, hier, lest selbst.« Jørgensen reichte den beiden das Papier. »Auch einige Havarien sind verzeichnet, nur vom Untergang einer kleinen englischen Jacht namens *Marygold* steht natürlich nichts drin, auch unter den folgenden Datumsangaben nicht, das habe ich prüfen lassen.«

»Ansgar, ich muß sagen, du erstaunst mich immer wieder. Das

war gute Arbeit, mein Junge, vorbildliche Recherche, ich werde mich bei deinen Vorgesetzten lobend für dich verwenden.«

»Langsam, Malte, langsam. Das ist noch längst nicht alles. Also, wir verlieren an jenem Nachmittag das Schiff aus den Augen, Sturm und Gewitterdunkelheit haben es verschluckt. Doch dann taucht es wieder auf, hier vor Lilleø. Der Sturm hat sich ein wenig gelegt, es ist die Nacht vom 23. auf den 24. März. Stellen wir uns nun noch vor, daß es stockfinster war. Am Ufer brannten ein paar Lichter; das war alles, um sich orientieren zu können.«

Malte war skeptisch. »Meinst du wirklich, daß jemand so mir nichts dir nichts in diese Mausefalle fährt, mit nur knapp anderthalb Metern Wassertiefe? Die hatten schon verdammt gute Seekarten damals, jeder erfahrene Seemann hätte wissen müssen, daß er hier auf Grund läuft.«

»Es war eine stürmische Nacht. Von der Handvoll Besatzung war nur noch ein einziger am Leben; der Rest wurde aller Wahrscheinlichkeit nach über Bord gespült oder ist sonstwie draufgegangen, erschlagen von einem gebrochenen Mast oder so. Vielleicht konnte nur noch ein Mann so gerade eben das Ruder bedienen. Erinnerst du dich an Jettes Sage? Vielleicht war es wirklich der Kapitän.«

»Du meinst, er hat das Ruder gehalten und sich von Wind und Strömung in die Bucht treiben lassen, bis er auf Grund lief?« Mausen fischte ein Stück Kautabak aus seiner Weste und schob es in den Mund.

»Entschuldigt mal, möchtet ihr Jungens auch ein Stück? Als echte Seeleute?«

Jørgensen erinnerte sich an Maltes Lakritzbonbons und lehnte bescheiden ab.

»Genau, der Kahn treibt ins Nor, mit gebrochenem Mast und zerfetzten Segeln. Einen anderen Kurs konnte er also nicht einschlagen. Fahr jetzt mal langsam Richtung Mühlendamm.«

Mausen beschleunigte etwas und lenkte das Boot vorsichtig

in die Bucht. Hinter ihnen glitt langsam die Sonne ins Meer, ein paar Möwen umflogen kreischend das kleine Boot. Wind kam auf und kräuselte die See. Jørgensen hüllte sich in die Decke, zog die Beine an und nippte an seinem Bier.

»Also noch mal«, sagte er. »Das Schiff wurde irgendwo, etliche Seemeilen nördlich von Lilleø, vom Kurs abgebracht. Der Sturm hat es schwer beschädigt. Wo sollte er hin? Hatte der Kapitän überhaupt eine Ahnung, wo er hingetrieben war? Und selbst wenn er es so ungefähr gewußt hätte, ich frage noch mal, wohin zum Teufel?«

»Na, zu irgendeinem Hafen natürlich. Wenn er gewußt hätte, wo er war, dann hätte er als vernünftiger Mensch Torsdal angesteuert. Offensichtlich hatten sie stürmischen Wind aus Nordwest. Na, wunderbar, er wäre doch genau drauf zugefahren, die Lichter der Stadt kann man doch schon von hier aus sehen«, warf Malte ein.

»Ja, aber das hat er nicht getan. Und das war sein Glück. Aus irgendeinem Grund mußte er geahnt haben, daß das nicht ging. Guckt mal hier auf der Karte. Er hätte durch den Flintegrund gemußt. Verdammt schmale Fahrrinne, gerade mal ein paar Meter breit und jede Menge Sandbänke! Oder er hätte außen herum Skageholm Flak umsegeln müssen. Das hätte Zeit und Kraft gekostet; und außerdem ließ sich das Schiff nicht mehr richtig manövrieren.«

»Nicht sehr wahrscheinlich, daß er unter diesen Umständen noch in aller Ruhe seine Karten studieren konnte. Er war ein erfahrener Mann. Ich glaube, der hat das im Blut gehabt, der spürte es im Nacken, daß der Seeweg nach Torsdal unpassierbar war. Da gibt es ja die tollsten Geschichten. Und deswegen versteh ich auch nicht, wie er so dämlich sein konnte und in dieses verfluchte Nor schipperte, der Herr Kapitän.«

»Ich glaube nicht, daß er so dämlich war, Malte. Ich glaube vielmehr, daß er auf Nummer Sicher gegangen ist, als er das Nor ansteuerte. Flankiert vom Festland hat er sich so wohl die größeren Chancen ausgerechnet. Zwischen den beiden Landstrichen war das Wasser relativ ruhig. Neinnein, das war schon klug gemacht. So trieb er denn langsam in die Bucht. Mach jetzt mal den Motor aus, Mausen. Versuchen wir, uns in den Kapitän hineinzuversetzen. Er ist körperlich am Ende, vielleicht sogar verletzt. Seine Kameraden tot und über Bord. Er treibt dahin; läuft irgendwo hinter dem Damm auf Grund; das Boot hat Wasser gezogen und liegt zu tief. Der Wind droht es auf die Seite zu drücken. Und was dann? Malte, Mausen, was hättet ihr getan?«

Es dunkelte rasch, am Ufer zwinkerten die ersten Lichter auf.

»Ich hätte Hilfe gesucht. Hinein in dieses große Planschbekken und ab zum nächsten Hof«, sagte Malte.

»Und da erzählt er ihnen, daß er ein schiffbrüchiger Matrose sei und gerade an Land gespült wurde?« Jørgensen rieb sich die nun klamm werdenden Hände.

»Na ja, so ungefähr. Du hast doch gesagt, daß es einen mächtigen Sturm gegeben hat und ein Gewitter tobte. Die Bauern waren bestimmt noch auf, um das Vieh zu beruhigen. Bei nächtlichen Gewitterstürmen herrschte früher das reinste Chaos, vor allem wegen der Angst vor Blitzeinschlag. Ein Ding da rein, und die Scheune brennt wie ein Weihnachtsbaum. Feuerversicherungen für Bauernhöfe gab es nicht, oder sie waren zu teuer, und das heißt, daß mit einem Mal die ganze Existenz zum Teufel war. Kurz und gut, wenn er an Land wollte, hätten die Bauern das bestimmt mitgekriegt und ihm dabei geholfen.«

Jørgensen blickte grimmig vor sich hin.

»Du verkennst die Lage, Malte, vergißt die Seuchengefahr. Wenige Jahre zuvor brachten die Engländer die Blattern nach Lilleø, und viele sind daran gestorben. Seuchen waren damals eine sehr ernste Bedrohung. Zum Beispiel wütete noch zwischen 1817 und 1863 in allen Ecken Europas die aus Indien eingeschleppte Cholera.«

Malte hob die Augenbrauen.

»Ich muß euch ja nichts über Quarantänebestimmungen erzählen«, fuhr Jørgensen fort. »Unser Kapitän hätte die allergrößten Schwierigkeiten gekriegt, wenn er so mir nichts dir nichts in aller Öffentlichkeit vom Boot steigt und über die Insel marschiert.«

»Richtig«, murmelte Mausen, »die Quarantäne. Ich kann mich erinnern, wie wir mal festlagen vor Callao, ganze zwanzig Tage. Das muß man sich mal vorstellen.« Mausen schüttelte protestierend den Kopf.

»Aber was hat er gemacht?«

»Nun, an Land gekommen ist er auf jeden Fall. Fragt sich nur, wie.« Jørgensen erhob sich von seiner Bank und deutete auf die Küste. »Wenn ihr euch hier mal umschaut, Malte, Mausen, wie viele Höfe seht ihr dann?«

»Dafür brauch ich nicht aufzustehen«, sagte Malte. »Es sind zwei. Hier vorn der Hof von Jesse Olsen und hinten, nach Skovnæs zu, wohnen Torvalds, und ganz hinten liegt natürlich noch Jespers Hof Ellehavegaard.«

»Und früher?«

»Andere Höfe gab es hier nicht, zumindest soweit ich mich erinnern kann.«

»Woraus wir schließen können, daß es sich bei den Bauern damals nur um eine kleine Schar gehandelt hat, vielleicht zwei oder drei Familien. Sie haben das Schiff gesehen, das da ziellos vor sich hin trieb. Wer ist das, woher kommt das Schiff, aus welchem Land? Die Nacht liegt dunkel und schwer über dem Nor. Schemenhaft gaukelt das Wrack durch die trübe Finsternis. Der Mast ist gebrochen, kein Wimpel mehr zu sehen, der Schiffsname in der Dunkelheit nicht zu entziffern. Die Bauern haben Angst. Im fahlen Mondlicht, das für wenige Sekunden durch die Wolkendecke schimmert, erkennen sie einen einzigen Mann an Deck. Sind noch mehr auf dem Schiff? Wer lebt noch? Sie rufen in die Bucht. Keiner antwortet ihnen.« Jørgensen hantierte mit großartigen Gebärden. »Und dann die Seuchengefahr. Eine neue Epidemie auf Lilleø, das bedeutete wiederum den sicheren Tod ganzer Familien. Mit acht oder zehn Mann marschiert die Patrouille unruhig auf und ab, ausgerüstet mit allem, was der Stall an Waffen hergab, Sensen, Mistgabeln und vielleicht ein paar Flinten, an denen schon die Bohnen hochgerankt waren, und Laternen, mit deren Licht man bestenfalls gerade seine Schnürsenkel zubinden konnte.« Jørgensen reckte den rechten Arm in die Höhe, die Bierflasche in der Hand wie eine lodernde Fackel.

»Und dann?« fragten Malte und Mausen wie aus einem Munde. Jørgensen setzte sich wieder auf die Bank.

»Der Kapitän entkam zur anderen Seite hin, Richtung Torsdal, von wo aus man das Schiff wahrscheinlich nicht sehen konnte. Na ja, und irgendwie ist er dann nach England abgehauen.«

»Von London nach Stockholm, sagst du? Ich verstehe nicht, warum die nicht durch den Øresund gefahren sind. Lilleø liegt doch auf einer ganz anderen Route.«

»Tja, Mausen, das ist wirklich rätselhaft. Ich kann mir das auch nicht so richtig erklären. Vielleicht haben sie aus irgendeinem Grund vorher noch Kiel anlaufen wollen. Oder das Schiff ist durch den Sturm so weit abgetrieben worden, beschädigt, steuerlos.«

»Das kommt mir komisch vor«, murrte Mausen. »So weit? Und da soll wirklich nur Tee drauf gewesen sein? Mein Junge, mag sein, daß der alte Mausen nicht mehr ganz richtig tickt; aber da war bestimmt ein Schatz an Bord.«

»Ja, ganz richtig, das glaube ich auch. Aber sicher kein Gold und keine Juwelen, sondern etwas anderes.«

Malte holte tief Luft. »Aber was?«

»Kirstein hat damals in London angefragt, aber die haben ihm zuerst nur geschrieben, daß am 19. März 1809 eine Jacht von London nach Stockholm abgegangen ist. Die Fracht bestand angeblich nur aus Tee. Doch wahrscheinlich wußte nicht einmal die Besatzung, ob sich in den versiegelten Kisten tatsächlich nur Tee befand. Einzig den Auftraggeber aus Schweden hat man noch erwähnt: die Gesellschaft Fide et charitate.«

»Und wie ich dich kenne, weißt du auch längst, was für ein mysteriöser Verein das gewesen ist«, Malte hatte den Kopf in die Fäuste gelegt. Seine Anteilnahme wuchs von Minute zu Minute.

»Fide et charitate«, flüsterte Jørgensen, »in Glaube und Eintracht. Der Name einer Gesellschaft.«

»Welcher Gesellschaft? Spann uns nicht auf die Folter.«

Erneut richtete Jørgensen sich auf. Der Wind fuhr ihm in Kleidung und Haare. Das Boot schwankte bedenklich.

»Fide et charitate? Das ist die Swedenborg-Gesellschaft in Stockholm.«

»Swedenborg? Ist das nicht der, der dein Glockenspiel konstruiert hat?«

»Genau der.«

»Ein Zufall?«

»Nein, kein Zufall. Über Kirstein bin ich überhaupt erst auf diesen Swedenborg gestoßen.« Jørgensen setzte sich zurück in seine Ecke.

»Die Sache war so: Kirstein war bei seinen Recherchen an einen Mann geraten, einen Mitarbeiter der Lloyds-Versicherung, der unserem hochgeachteten Polizeimeister vorführte, wozu ein vorbildlich geordnetes Archiv nützlich sein kann. Ja, wieder ein geordnetes Archiv. Dieser Mann also fand folgendes heraus: Erstens, das Schiff war von einer Firma gechartert worden, die noch nie etwas mit Tee am Hut gehabt hat. Zweitens, die Fracht war viel zu hoch versichert, und drittens war die Sache vom Chef persönlich bearbeitet worden. Das muß einen stutzig machen. Die Vermutung liegt nahe, daß es mit diesem Schiff noch etwas anderes auf sich hatte.«

»Die Geschichte fängt an, spannend zu werden.«

»Ja, Malte, das finde ich auch, und ... das fand auch Kirstein. Er überlegte hin und her, ordnete sein Material. Also, bei der Untersuchung des Wracks hatte man damals nur eine Teekiste gefunden, eine einzige, und die enthielt auch brav ihren Tee. Gut, das kann an den Umständen gelegen haben. Es gab keine professionellen Taucher, kein richtiges Gerät, und man wußte ja auch von nichts. Warum sollte man diese traurigen Überreste Zentimeter für Zentimeter absuchen? Die Sache war peinlich genug. Der Bauernaufstand hatte sich als etwas übereifrig erwiesen, von Pest und Blattern keine Spur. Nein, nein, der damalige Landvogt hat die Sache schnell abgeschlossen. Die Ladung ging wohl im Sturm verloren oder wurde über Bord geworfen! Fertig! Aber Kirstein hatte noch andere Indizien. Den Adressaten.«

»Fidibus und trallala?«

»Genau! Fide et charitate, diese Swedenborg-Gesellschaft. Emanuel Swedenborg war ein berühmter Wissenschaftler, ein Universalgenie wie Leonardo da Vinci. Noch nie was von gehört? Tja, das habe ich vorher auch nicht. Wieder mal ein Beleg dafür, daß wir Skandinavier aus der Geschichtsschreibung ausgeschlossen werden. Außer den Wikingern nichts gewesen – von wegen. Ich habe da in Kirsteins Bibliothek ein interessantes Buch entdeckt. Ja, Swedenborg war einer der bedeutendsten Männer seiner Zeit, von der Königin geadelt und Mitglied der großen gelehrten Akademien von Uppsala und Petersburg. Und deswegen kam unser alter Freund Kirstein auch auf eine merkwürdige Idee. Er vermutete, das Schiff habe etwas geladen, was sich mit dem Adressaten in eine schlüssigere Verbindung bringen ließ als ausgerechnet Tee. Zum Beispiel wertvolle Dinge aus dem Nachlaß des in London verstorbenen Wissenschaftlers Swedenborg. Neben seinen Manuskripten war die wertvollste Hinterlassenschaft eine ganze Sammlung nautischer Instrumente, die Swedenborg als junger Mann einmal selbst angefertigt hatte.«

»Was waren denn das für Instrumente?«

»Kirstein hat sie aufgelistet, schön ordentlich, wie es seine Art war. Da waren, wenn ich mich recht erinnere, Proportionszirkel, Gezeitenrechner mit Mondkalender, Astrolabien, Gunter-Quadranten – fragt mich nicht, was das ist – und vielleicht auch ein Sextant. Der stand da zwar nicht dabei, aber ich hab da so was im Gefühl.«

»Jetzt kommt doch die entscheidende Frage: Warum schikken die Engländer dieses Zeug mit soviel Geheimniskrämerei nach Schweden?«

»Kirstein hatte da seine Vermutungen. Es war vielleicht ein Staatsgeschenk an die Schweden, oder die Schweden haben die Instrumente zurückgekauft für ihre eigenen Museen, immerhin war Swedenborg ja auch ein hoher und bedeutender Beamter in staatlichen Diensten gewesen. Aber der Adressat war ja die Swedenborg-Gesellschaft. Vielleicht fungierte sie als Tarnadresse, als Codename, um die beteiligten Regierungen aus dem Spiel zu lassen. Und es gibt noch die Möglichkeit, daß die Instrumente wirklich an diese Gesellschaft gingen, gekauft oder rechtlich erstritten. Wer weiß? Da sind noch viele Fragen offen. Immerhin liegt das 180 Jahre zurück.«

Mausen steuerte nun mit einem Paddel das Ufer an. Leise klatschend senkte sich das Holz in die See und schob das Boot behutsam vorwärts.

»Die müssen doch in England oder Schweden ihr Schiff beziehungsweise ihre Ladung vermißt haben«, sagte Malte nachdenklich durch den Nebeldunst seiner Pfeife.

»Sicher, aber woher sollten sie wissen, wo das Schiff lag? Es ist irgendwo auf dem Weg nach Schweden verlorengegangen und liegt auf dem Grund der Ostsee. Kirstein hat auch an die Swedenborg-Gesellschaft geschrieben, aber nie Antwort bekommen, vielleicht gab es die damals auch nicht mehr. Oder die haben das wohl nicht ernst genommen und wußten vielleicht auch gar nichts mehr über die ominöse Teebestellung, die ihr Verein vor 120 Jahren aufgegeben hatte und die nie ankam. Das alles war so geheim, daß schließlich niemand mehr etwas vermißte.«

»Und der Kapitän? Er interessiert sich überhaupt nicht für die wertvolle Fracht, und es macht ihm nichts aus, daß sie irgendwo im Brackwasser verrottet? Er verläßt sein Schiff, läßt die Ladung Ladung sein, und macht sich einfach so davon? Ich glaube, Ansgar, daß du den alten Jungen ganz schön unterschätzt. Das Ganze ist doch viel zu einfach, um wahr zu sein.«

Jørgensen blickte Malte erwartungsvoll an. »Na dann mal los. Ich bin gespannt auf deine Theorie.«

Malte nahm einen tiefen Zug aus der Pfeife und lehnte sich zurück. »Na schön. Du sagst, der Kapitän wußte nichts von der Fracht. Kann sein, kann aber auch nicht sein. Das Schiff ist viele Tage unterwegs. Lauer Seegang, um nicht zu sagen: totale Flaute. Die Stimmung an Bord ist schlecht.«

»Richtig!« knurrte Mausen. »Ich erinnere mich an das Jahr 1937. Da war ich noch ein junger Mann, Matrose auf der Pamir, das letzte Segelschiff, das diesen Namen noch verdiente. Das war ein Schiff, meine Lieben, eine Viermastbark, schneller als jedes Dampfschiff.« Mausen ließ die Bierflasche durch die Luft schnellen. »Wir lagen vor Yucatan. Völlige Windstille. Einen Furz hättest du am Luftzug erkannt. Die Stimmung an Bord war schlecht, sehr schlecht. Die einen langweilten sich, die anderen beschäftigten sich damit, ihre Kameraden zu piesacken. So ein junger deutscher Offizier war darin geradezu ein Großmeister. Er glaubte tatsächlich, er könnte mich schikanieren. Doch ehe er sich's versah, versetzte ich ihm …«, Mausen holte weit aus, ließ das Ruder fallen und ballte die Faust.

Jørgensen war sofort zur Stelle. Er erwischte das Paddel im letzten Moment.

»Ganz richtig, Mausen«, sagte Malte. »Und genauso war's an jenen Tagen im Jahr …«

»1809«, sagte Jørgensen.

»Ja genau, 1809. Und weil es nichts zu tun gibt, macht sich unser Kapitän Gedanken darüber, wieso niemand weiß, was in den Kisten ist. Die See ist still, das Schiff treibt dahin. Der Kapitän selbst übernimmt die Hundewache. Die Kameraden schlafen den Schlaf der Gerechten. Sein Blick ruht auf den Kisten, in denen nur ein Schatz lagern kann. Vier Mann und ein Auftrag stehen zwischen ihm und dem Glück. Ein reicher Mann, ein Gespann mit Pferden, ein Haus in Kent, eine Loge in der Oper. Der Kapitän wird schwach ...«

»Und ich, meinst du, denke immer sofort an ein Gewaltverbrechen.« Jørgensen grinste. »Mein alter Freund, diesmal bist du derjenige, dem die Phantasie einen Streich spielt.«

»Aber es könnte so gewesen sein«, verteidigte sich Malte. »Der Kapitän war nicht von Lilleø. Seine Kindheit war die Hölle. Er kämpfte sich durch die Slums von London, war Mitglied einer Bande. Hast du mal ›Oliver Twist‹ gelesen?«

Jørgensen schmunzelte in sich hinein. Offensichtlich spielten sie gerade verkehrte Welt.

»Kurz und gut, der Kapitän wird schwach und tötet seine Kameraden. Doch dann gerät er in den Sturm, verliert die Kontrolle über das Schiff und strandet im Nor. Die Fracht liegt unter Wasser. Unmöglich, daß er sie in jener Nacht noch bergen konnte. Er macht sich davon, kommt aber später wieder, bringt seine Kisten in Sicherheit, und wir fischen im trüben.« Malte strahlte. »Tja, so war das damals.«

Inzwischen war es fast völlig finster. Jørgensen fröstelte so sehr, daß er Mausen bat, den Motor anzulassen und wieder Kurs auf Torsdal zu nehmen. Nur Malte schien die Kälte nichts auszumachen. Er saß selbstzufrieden auf der Bank und schmauchte seine Pfeife.

»Übrigens, Malte«, fragte Jørgensen, als sie in den Hafen einliefen, »was ist aus dem Kapitän geworden? Ich meine, als er wieder in England war?«

»Er wurde achtzig Jahre alt«, Malte streckte sich, »er lebte in einem prächtigen Landhaus und entschlief friedlich, umringt von seinen Kindern und seiner Enkelschar.«

»Und woran ist er gestorben?«

»Woran er gestorben ist? Na, Herzversagen!« sagte Malte ungerührt.

Die Schafe

»Ach, du bist es, komm rein.«

Er zögerte einen Moment, trat dann aber ein. Umständlich schloß er die Tür, streifte die Gummistiefel ab und folgte seinem Bruder in die Küche.

Immer wieder hatte er diesen Besuch hinausgeschoben, er mochte seinen Bruder nicht. Er war ihm nicht gewachsen, das wußte er ganz genau. Es ging um geschäftliche Dinge, davon verstand Axel nicht viel, und er bereute schon, daß er Malte nicht Bescheid gesagt hatte. Ja, Malte hätte ihm geholfen, Malte konnte alles regeln.

Man kann es Starrsinn nennen, aber Axel hatte es sich nun mal in den Kopf gesetzt, diese Sache selbst zu klären. Jetzt bekam er weiche Knie. Obwohl – er kam nicht unvorbereitet. Den ganzen Morgen über war er geschäftig in Torsdal unterwegs gewesen und konnte nun ein gewisses triumphales Aufflackern auf seinen Gesichtszügen nur mühsam unterdrücken. Nervös tastete er ständig an seiner Jackentasche, bis ihn jedesmal ein leises Knistern unter dem speckigen Stoff beruhigte. Jens führte ihn in die Küche, als wäre er der Nachbar oder der Postbote. Das Wohnzimmer war das Reich der Familie, Jens' ganzer Stolz. Axel wußte, daß Jens ihn von seinen Verwandten fernhalten wollte. Außerdem achtete er penibel auf Reinlichkeit; sein eigener Bruder war ihm zu unappetitlich.

Jens' Familie, das waren seine Frau, sein Schwiegersohn und dessen drei Kinder. Seine Tochter litt seit einigen Jahren an einer unheilbaren Nervenkrankheit, und Jens hatte dafür gesorgt, daß sie in einem Heim auf Fünen untergebracht wurde. Axel hatte das nicht verstanden. Er mochte seine Nichte, und Malte hatte ihm damals versichert, sie hätte mit ein wenig Unterstützung und ein paar pflegerischen Handgriffen weiterhin mit ihrer Familie zusammenleben können. Jens war es gewesen, der seine

Frau und seinen Schwiegersohn zu diesem Schritt gedrängt hatte. Axel hatte sie seitdem nicht mehr gesehen.

»Was willst du?« fragte Jens und sah seinen Bruder finster an. Axel wich seinem Blick aus, nestelte verunsichert an der Tischdecke.

»Hast du einen Kaffee?« fragte er ausweichend, um Zeit zu gewinnen, sich auf eine passende Einleitung zu besinnen. Er wollte sich nicht streiten, bloß keinen Streit. Vielleicht sollte ich an einem anderen Tag wiederkommen. Jens sieht beschäftigt aus, ich halte ihn bestimmt von der Arbeit ab.

»Hier ist noch Kaffee von heute mittag. Wenn es dir nichts ausmacht … er ist noch warm.«

»Nein, nein, das macht nichts.« Er räusperte sich und nahm Jens die Tasse ab.

»Also, weshalb bist du gekommen? Doch nicht, um mit mir Kaffee zu trinken?« Die Ironie entging Axel keineswegs, und er pustete verwirrt in das lauwarme Getränk. Dann spürte er auf einmal einen Groll in sich wachsen, und der gab ihm schließlich den nötigen Mut.

»Ich will die Felder verkaufen, unten im Nor.« Es war raus. Jens grinste amüsiert.

»Ach was, jetzt auf einmal? Vorher hast du doch noch mit Malte so verbissen darum gekämpft. Hast Angst gehabt, daß ich sie dir stehle. Und auf einmal …? Brauchst du Geld?«

»Das geht dich gar nichts an«, schnauzte Axel, erhob sich halb und schlug dabei mit den Knöcheln im Takt auf die Tischplatte. »Ob ich Geld brauche oder nicht, ist allein meine Sache«, rief er, jedes Wort skandierend.

»Beruhige dich schon. Interessiert mich doch nicht, ob du Geld brauchst.« Jens lehnte sich, die Arme verschränkt, gegen die Spüle und musterte seinen Bruder aufmerksam.

»Was willst du denn für deine Felder haben. Wieviel Tønder Land waren das gleich?« Axel saß wieder auf dem Stuhl und schlürfte an seinem Kaffee. Warum bin ich nicht ruhig geblieben, tadelte er sich. Das ist doch genau das, was Jens will, daß du dich aufregst, damit er dich in die Pfanne hauen kann. Aber nun näherten sie sich langsam dem Punkt, auf den Axel die ganze Zeit hingefiebert hatte. Nun endlich sollte Jens sehen, daß er, Axel, durchaus fähig war, es mit ihm aufzunehmen. Gleich zog er den Trumpf, den Joker.

»Sechzigtausend Kronen für zehn Tønder Land.« Axel beobachtete seinen Bruder. Jens brach in schallendes Gelächter aus und rief mit gespielt erstickter Stimme:

»Sechzigtausend Kronen? Sag mal, weißt du überhaupt, was du da sagst, Bruder? Sechzigtausend Kronen für die paar Hektar unfruchtbaren Boden? Nur um ein paar Schafe oder Rinder zu weiden?« Seine Stimme schlug blitzartig um. »Willst du mich veräppeln? Bist du gekommen, um mir so einen Quatsch zu erzählen? Dann kannst du gleich wieder abhauen.« Das hatte gesessen. Genüßlich registrierte Jens, wie sein Bruder auf dem Stuhl unruhig hin und her rutschte. Axels Hände griffen immer wieder zur Tasse, und immer wieder vergewisserte er sich, daß sie keinen Kaffee mehr enthielt.

Jens sah ihn abwartend an.

»Das Land ist achtzigtausend Kronen wert. Guck hier.«

Endlich! Jetzt endlich war es soweit. Axel zog triumphierend einen Umschlag aus der Jacke und warf ihn mit einer schweren Geste auf den Tisch. So! Jetzt sollte Jens mal sehen. Und befriedigt beobachtete er, wie sein Bruder verblüfft die Brauen hob und nach dem Kuvert griff.

»Was ist das?«

»Überrascht, was?« Es war doch zu schön, einen Sieg so auskosten zu können.

»Ich war heute beim Notar. Ich hab das Grundstück schätzen lassen. Achtzigtausend Kronen.« Jens überflog das Schreiben und warf es dann achtlos auf den Tisch zurück, wo es sich sofort mit verschüttetem Kaffee vollsog. Hastig griff Axel nach dem Blatt und wischte es sorgfältig mit dem Ärmel trocken.

»Na und? Versuch mal, das Land für achtzigtausend zu verkaufen. Na los. Da kannst du lange warten. Preben Nielsen hat vor 'nem halben Jahr ein genauso großes Stück hinten am Mühlendamm verkauft. Dreißigtausend, mehr hat er nicht gekriegt. Und seine Felder sind durch den Wald geschützt und liegen höher. Die von Hans stehen ja das halbe Jahr unter Wasser. Also«, fügte er beschwichtigend hinzu, »ich will keinen Streit mit dir, Bruder. Ich gebe dir zwanzigtausend, und dann ist die Sache erledigt. Willst du das Geld jetzt? Du kannst es haben, ich hol es eben. Du kommst dann mit den Urkunden vorbei, und wir fahren zu Lars Andersen und bringen die Papiere in Ordnung. Einverstanden?«

Die Verhandlung bekam nun genau die Wendung, vor der sich Axel die ganze Zeit gefürchtet hatte. Er verlor die Übersicht. Jens war nicht gerade sonderlich beeindruckt gewesen. Ob die Geschichte mit Preben stimmte? Ihm gingen die Argumente aus, bevor er überhaupt welche vorbringen konnte, während ihm Jens mit einer Selbstverständlichkeit erklärte, daß er, Axel, maßlos und unverschämt sei. Jens war der klügere von beiden, da brauchte er sich keine Illusionen zu machen. Jens war immer der klügere gewesen, schon damals als Kind. Sechzigtausend Kronen, das war vielleicht wirklich ein bißchen viel. Dreißigtausend hatte Preben bekommen. Außerdem hatte Jens viel mehr Erfahrung mit solchen geschäftlichen Sachen. Wenn er sagt, zwanzigtausend ist ein guter Preis ... Aber hatte ihm der Notar nicht eingeschärft, bloß nicht runterzugehen mit der Summe? Da findet sich schon ein Käufer, hatte er gesagt. Warte ein halbes Jahr, dann kannst du immer noch sehen. Stück für Stück nachlassen, aber nicht unter vierzigtausend. Vierzigtausend! Axel wälzte die Summe in seinem Gehirn hin und her. Er sah seinen Bruder auf einmal fest an.

»Vierzigtausend.«

»Nun paß mal auf, Axel«, sagte Jens sanft. »Am besten, du gehst jetzt nach Hause und überschläfst das Ganze noch mal, ja? Wenn du es dir überlegt hast, kannst du wieder vorbeikommen. Zwanzigtausend Kronen sind viel Geld, vergiß das nicht. Du entschuldigst bitte, aber ich habe noch zu tun«, sagte Jens, ging voran zur Küchentür und lotste seinen Bruder mit einer verabschiedenden Gebärde auf den Flur. Bevor er die Haustür schloß, sagte er noch einmal mit gespielter Anteilnahme und indem er eine betrübte Miene aufsetzte:

»Ich weiß, es ist nicht leicht für dich, ohne Hans. Sei nicht dumm. Du bleibst auf diesen Feldern sitzen, bis du schwarz wirst. Wir sehen uns. Ach ja, hast du eigentlich Ärger gehabt in der letzten Zeit?«

»Ärger?«

»Ach nichts.« Jens hob noch einmal flüchtig die Hand. Die Tür rastete mit einem leisen Klicken ins Schloß. Axel stand unschlüssig vor dem herausgeputzten Haus und starrte auf ein funkelnagelneues Auto. Die frische Politur warf schwache Reflexe und spiegelte ein paar dunkle Wolkentürme. Schwere Regentropfen verteilten sich in dunklen Flatschen auf den Pflastersteinen, immer dichter, und perlten über den gewachsten Autolack. Die schwüle Luft roch süß und säuerlich und trieb ihm den Schweiß aus den Poren. Gesenkten Hauptes ging Axel langsam zu seinem Traktor, den er scheu hinter einer Ligusterhecke abgestellt hatte. Nach etlichen Fehlzündungen sprang die Maschine an und verschwand tuckernd im dichten Regenschleier.

Die Mücken

Die Sicht betrug nur wenige Meter, unaufhörlich prasselte der Regen auf die Insel, die Straßen waren wie leer gewaschen, die Touristen hockten mißmutig in ihren Bungalows, das Vieh stand dicht gedrängt auf den morastigen Weiden, einzig die Bauern freuten sich über das dringend notwendige Naß. Regenwetter seit nunmehr drei Tagen, und das im Hochsommer.

Malte hatte Jørgensen nach dem Bootsausflug dazu gebracht, die Polizeistube aufzuräumen, ein lästigstes Ordnen, ganz ohne inneres Motiv, allein um jemand anderem einen Gefallen zu tun. Mißmutig legte er seine vielen Käfer und Muscheln auf verschiedene Untertassen und sortierte die vergilbten Gräser aus den Gläsern. Auch die abgesägte Baumscheibe vom Walnußast bekam einen anderen Platz, wanderte von der Schreibtischecke in die Schublade. Und so verfuhr er mit allem, gab den Dingen nur einen neuen, versteckten Aufenthaltsort, aus den Augen, aus dem Sinn. Und wo er nun schon einmal dabei war, Ordnung in sein Leben zu bringen, langte er über den Tisch und angelte sich jenen unangenehmen Fragebogen, den er seit seinem schrecklichen Auftauchen vor zwei Wochen keines ernsthaften Blickes mehr gewürdigt hatte. Wie ein überzähliger Socken war er hin und her gewandert, vom Schreibtisch ins Regal, von dort ins Ablagefach, bis ihm schließlich auf der Fensterbank ein vorläufiges Bleiberecht eingeräumt wurde. Das Deckblatt war schon verlorengegangen, die erste Seite bereits vergilbt und voller Kaffeeflecken und Pflanzensaftspuren. Jørgensen blies die vertrockneten Blüten und Käferbeine fort und langte sich den Papierstoß. Widerwillig wühlte er in den Bögen.

»War Ihnen das Einführungsseminar eine Hilfe?« Einführungsseminar? Ja, richtig, diese Wochenendveranstaltung im Konferenzraum, wo irgendeiner aus der Bürokratie kluge Dinge auf soziologisch von sich gegeben hatte, mit einer Karte des Königreichs Dänemark, und dann diese freundlichen Hinweise: Die Dialekte unseres Heimatlandes sind äußerst abwechslungsreich, bedenken Sie bitte immer die zwischenmenschliche Situation mit Ihrem Dienststellenleiter, schulen Sie Ihre soziale Kompetenz. Beachten Sie immer genau, was im einzelnen auf Sie zukommt.

Das erste was kam, war die Ungeduld.

»Zeichnen Sie ein Tortendiagramm Ihres täglichen Zeitablaufs!«

Jørgensen suchte nach einem Zirkel, konnte aber keinen finden. Der handgemalte Kreis für die Torte geriet zu einem gelungenen Osterei.

Dann kam die Wut.

Er verfluchte die armen Dilettanten in der Polizeibehörde, die mit der seelenlosen Akribie einfältiger Briefmarkensammler den Pudding des Daseins in die Raster ihrer Fragebögen klekkerten.

In diesem Moment schellte das Telefon; Maren Poulsen war am Apparat. Es sei Post gekommen, aus dem British Museum, ja, ja, genau, das Päckchen mit dem Sextanten. Ob er nicht Lust habe, vorbeizukommen, ja, von ihr aus auch sofort. Ja dann, bis gleich.

Ein letzter verächtlicher Blick streifte die Bögen, als Jørgensen den Fuß auf den Stuhl stellte und sich die Schuhe zuschnürte. Doch wenige Augenblicke später, auf der Fahrt durch Kirkeby, lagerten sämtliche Fragebögen bereits in den verstaubtesten Truhen im Tiefkeller seines Gedächtnisses verborgen. Swedenborgs Sextant wartete auf ihn! Näherte er sich nun, nahezu drei Monate, nachdem er das erste Mal seinen Fuß auf Lilleø gesetzt hatte, der Auflösung eines Jahrhunderte umspannenden Rätsels?

Der Besuch bei Maren dauerte eine gute halbe Stunde, der Sextant wanderte hin und her, die vier Seiten des Untersuchungsberichts ebenfalls und wurden nur kurz überflogen.

Drei Tassen Kaffee im Bauch, das Paket, das Maren ihm freundlicherweise für ein paar Tage überlassen hatte, auf dem Gepäckträger, den Brief beigelegt, preschte Jørgensen zurück nach Nørreskøbing. Dort stellte er das Päckchen auf den Schreibtisch, entnahm den Brief und las den Untersuchungsbericht in Ruhe durch.

Dear Madam,
nachdem wir Ihren Brief und den mitgeschickten Sextanten erhalten haben, adressiert an Mr. Terry Jones, Assistent am Naval Dept., bedaure ich sehr, Sie darüber in Kenntnis setzen zu müssen, daß Mr. Jones in den nächsten zwei Monate leider nicht in unserem Hause sein wird, da er in Schottland beschäftigt ist.

Um Ihrem Wunsch jedoch trotzdem zu entsprechen, habe ich selbst den

Sextanten in unser Labor weitergereicht. Anbei also die Ergebnisse unserer Untersuchung. Ich hoffe, daß Sie mit unserer Expertise etwas anfangen können.

Wir beglückwünschen Sie zu diesem seltenen Sammlerstück, welches wir beiliegend zurücksenden, nachdem wir uns erlaubt haben, es für unsere Sammlungen zu fotografieren und zu dokumentieren. Es ist hier unter der angegebenen Nummer registriert.

Yours sincerely
John Spinner
Assistant Inspector

Report, concerning the scrutiny into Obj. ND-3-Y5-0785/03

Es handelt sich bei dem Untersuchungsobjekt um ein außerordentlich seltenes Exemplar eines Hybrid-Sextanten, ein Unikat, ein Liebhaberstück gewissermaßen. Seine Herkunft ist nicht feststellbar, der Rahmen trägt keine bekannte Herstellerkennzeichnung. Seine Gestalt zeigt die typische Form der Instrumente aus Ebenholz, wie sie zu Anfang des 19. Jahrhunderts, etwa von Roux in Marseille und Arbon & Krapp in Rotterdam angefertigt wurden. Für die Alhidade, den Index- und den Horizontspiegel wurden Elemente verwendet, wie sie charakteristisch für die Instrumente von Jecker sind.

Vieles spricht dafür, daß es sich hier um einen von einer mechanischen Werkstatt ausgeführten Nachbau in Messing eines wahrscheinlich schadhaft gewordenen Ebenholzrahmens handelt. Dies erklärt auch die Tatsache, warum eine Elfenbein-Skala in den Limbus eingelassen wurde, wie es nur bei Ebenholz-Ausführungen üblich war, bei Messinginstrumenten allerdings kaum bekannt sein dürfte. Diese Vermutung wird noch dadurch bestärkt, daß auch der Nonius aus Elfenbein besteht und auf die Alhidade aus Messing montiert ist, die bei dem ursprünglichen Gerät ebenfalls aus Holz gewesen sein dürfte.

Was die Spiegel angeht, die außerordentlich stark korrodiert sind, so läßt sich sagen, daß sie zwar der Bauweise von der Mitte des 19. Jahrhunderts entsprechen, aber ihre Halterungen nicht mehr die ursprünglich mit Zinnamalgam beschichteten Gläser tragen, sondern später mit Silber nachbeschichtet bzw. durch silberbeschichtete ersetzt wurden, wie es Anfang dieses Jahrhunderts üblich wurde.

Die Skala trägt eine Unterteilung in Abschnitte von je 20', so daß in Verbindung mit dem 20teiligen Nonius eine theoretische Ablesegenauigkeit von 1' erreicht werden kann, was bei einer praktisch zu erzielenden Einstell- bzw. Ablesegenauigkeit von ± 1' einem Distanzfehler zwischen

2 Punkten A und B, die mit exakt 30° angepeilt wurden, von ca. 0,05% entspricht.

Merkwürdig ist das Fehlen der beiden Schattengläser-Sätze. Zwar sind die Aufnahmepositionen dafür vorhanden, aber sie sind offensichtlich abmontiert worden, bevor das Gerät im Sand verschwand. Eine Entfernung durch Gewalteinwirkung ist ausgeschlossen, denn die Gewindelöcher tragen keine Bruchreste von Schrauben, und die Gewindegänge sind im gleichen Korrosionszustand wie das gesamte Instrument.

Daraus kann mit ziemlicher Sicherheit gefolgert werden, daß der Sextant zuletzt nur zur Winkelmessung zwischen terrestrischen Objekten benutzt wurde, nicht zur Peilung der Sonnenhöhe, und daß die Blenden, der besseren Handlichkeit und Transportierbarkeit wegen, entfernt wurden. Ein ›künstlicher Horizont‹, wie er, bei Fehlen des natürlichen, zur Winkelbestimmung vertikaler Objekte notwendig ist, muß ebenfalls entfernt worden sein, wenn anders er überhaupt vorhanden gewesen ist. Dies läßt sich nicht mehr eindeutig feststellen, da die entsprechenden Befestigungslöcher zwar vorhanden, aber auch zur Aufnahme eines Handgriffs gedient haben können, der merkwürdigerweise fehlt.

Das Fernrohr trägt Einkerbungen und Dellen von Stößen und steht, infolge Verbiegung seiner Halterung, nicht mehr in der korrekten axialen Position. Durch Eindringen von Salzwasser ist es beschädigt, und die Linsen sind eingetrübt und aus ihrem Sitz verschoben.

Auf der Unterseite des Rahmens sind, in schnörkelreicher Schreibschrift, etwa 6mm große Initialen eingraviert, die infolge der Korrosion und Oxydation des Metalls nur noch schwer zu entziffern sind. Es handelt sich aber mit großer Wahrscheinlichkeit um die Buchstaben GAA. Ob dies nun die Initialen des Eigentümers oder des Mechanikers sind, kann nicht beantwortet werden.

Das Gerät ist im aktuellen Zustand ausschließlich zur Messung terrestrischer Winkel geeignet und kann, mit hinreichender Genauigkeit, zur Ausführung einfacher Aufgaben der Triangulation benutzt werden, etwa zu Unterrichtszwecken. Eine seemännische Verwendung erscheint ausgeschlossen. Was den Erhaltungszustand angeht, so kann, ergänzend zu den bereits gemachten Angaben, folgendes festgestellt werden:

Aus Art und Tiefe der Korrosion sowie der Färbung der Oxydschicht läßt sich auf eine jahrzehntelange Einwirkung von Salzwasser, weitestgehend unter Luftabschluß, schließen. Die anhaftenden Verkrustungen aus Sand und Muschelpartikeln weisen darauf hin, daß das Gerät etwa 40 bis 60 Jahre in feuchtem Meeressand gelegen haben muß.

Aufgrund der groben Kratzspuren jüngeren Datums ist anzunehmen, daß ein größerer Teil der Sandschicht mit einer Drahtbürste unsachgemäß entfernt wurde.

Was das Alter des Sextanten betrifft, so gehen unsere Vermutungen dahin, daß der Rahmen Mitte des vorigen Jahrhunderts angefertigt wurde, als Kopie eines Ebenholzrahmens, wie sie bis etwa 1820 üblich waren, von dem auch Skala und Nonius übernommen wurden. Die Spiegel wurden zu Beginn unseres Jahrhunderts zum letztenmal erneuert.

Der Gesamteindruck ist zunächst irritierend und führt, wie Sie ja ebenfalls bemerkt haben, zu falschen zeitlichen Zuordnungen, was durch den Korrosionszustand noch zusätzlich bestärkt wird.

Über die Motivation, die zur Anfertigung dieses sonderbaren Gerätes geführt hat, läßt sich nur spekulieren. Offenbar spielten persönliche Motive eine Rolle, etwa der Erhalt, bzw. die Verbesserung eines alten Familienerbstücks, an dem der Eigentümer mit besonderer Pietät hing. Kostengründe sind auszuschließen, da die Neuanfertigung eines derartigen Unikats gewiß deutlich teurer war, als es der Erwerb eines zeitgenössischen Serienmodells gewesen sein dürfte.

Jørgensen ließ das Blatt sinken. Der flüchtige Eindruck, den er bei Maren Poulsen bekommen hatte, hatte sich bestätigt: Das Ergebnis war niederschmetternd. Mit einem Ruck riß er den Mantel vom Haken und trat aus der Tür. Ein wütender Wind fegte durch die Straße. Den Regen mit sich tragend, näßte er die Insel, tauchte sie in ein tristes Grau. Die Mantelschöße klatschten um die Schenkel, schon nach Sekunden troff Jørgensens Haar, der Regen peitschte sein Gesicht. Tief eingewickelt huschte er den Hafen entlang, sah hinaus aufs Meer, wo sich die Wellen türmten, der Wind über den Strand wirbelte und Tang und Abfall verteilte wie ein vom Wahnsinn gepackter Gärtner, der die Welt nach einem irren System scheinbar willkürlich umpflügte.

Jørgensen schritt weit aus, kämpfte sich vorwärts, den Feldern und Wiesen zu, die vor der Stadt lagen. In seinem Kopf bestritten die Gedanken den Kampf um eine neue Ordnung. Der Sextant, den Hans Larsen im Nor gefunden hatte, war keinesfalls ein Gerät, das Emanuel Swedenborg in London angefertigt und dort zurückgelassen hatte. Und er rührte auch nicht von jenem

Schiff her, das im Frühjahr 1809 im flachen Wasser des Nors gestrandet war. Die Beweislage gegen seine Vermutungen, alberne Hirngespinste, wie sich jetzt herausgestellt hatte, verleitet durch die aberwitzigen Spekulationen des alten spinnerten Kirstein, war eindeutig. Wie ein kurzer Windstoß war der Brief aus dem Museum über das Kartenhaus seiner Theorien hinweggefegt, hatte es einstürzen lassen, schon bei der ersten Probe seiner Standfestigkeit. Vierzig bis sechzig Jahre nur hatte der Sextant im feuchten Meeressand gelegen. Gut, das sagte noch nichts aus über sein wahres Alter, aber was war mit den Spiegeln, diesen vermaledeiten Spiegeln? Zu Beginn dieses Jahrhunderts, jawohl dieses Jahrhunderts, nicht des vorigen oder vorvorigen Jahrhunderts, waren sie ein letztes Mal erneuert worden. Was nützte es da noch, daß der Rahmen 130 Jahre alt war – der Sextant war erst in diesem Jahrhundert, irgendwann zwischen 1920 und 1945 im Nor verlorengegangen.

Natürlich konnte man sich fragen, wie er dort hingelangt war. Man konnte sich ja so manches fragen, auch über schwedische Gelehrte und geheimnisvolle Segelschiffe. Nicht zu vergessen all die vergifteten Bauern und hinterhältigen Herzmittel, verabreicht von gedankenlosen Ärzten, ausgenutzt von bösartigen Brüdern.

Malte hatte recht. Er war ein Träumer.

Ach, was heißt schon ein Träumer. Ein Phantast! Man mußte die Dinge schon beim Namen nennen, wozu sollte er sich etwas vormachen. Ansgar Jørgensen war ein Spinner. Gebt ihm ein paar blöde Käfer, und er bastelt daraus eine Philosophie. Gebt ihm Bücher, alte Schriften, und er phantasiert. Hundertprozentig. Gebt ihm einen Sextanten, ein Segelschiff und einen Herztod, und er stiftet garantiert eine Verbindung.

Der Wind pfiff ihm um die Ohren.

Und wenn man die Initialen herausbekäme? G.A.A.?

Gaagaagaagaa.

Er würde es nie erfahren.

Ein Spinner war er.

Er war von dieser Sorte. Immer gewesen, gegenwärtig und in Zukunft. Ein Phantast.

Schalterschluß. Klappe zu.

Am späten Nachmittag ließ der Regen nach. Durch die aufgewühlten Wolkenberge brachen dampfende Sonnenstrahlen und tauchten die Insel in ein malerisches Licht. Mücken tanzten im Goldstaub des Klofensters, ausgeliefert dem Spiel des Schöpfers, der unentwegt an den unsichtbaren Fäden ihres Mobiles zog. Überall tropfte es den Pflanzen aus den Kleidern. Den rechten Fuß auf die Klobrille gestellt, die Schulter an die Wand gelehnt, saß Jørgensen schon seit einiger Zeit still und beobachtete das muntere Treiben. Die Stellung hatte er sich schon als Kind angewöhnt und, von den Erwachsenen niemals dabei beobachtet, sie für sein Leben beibehalten. Der aufgestellte Fuß lockerte den Schließmuskel und verlieh der ganzen Angelegenheit etwas Gemütliches.

Eigentlich gab es wenig Angenehmeres als die Vertrautheit mit sich selbst, den Moment völliger Einsamkeit, der sich in der Feinabstimmung von Gedanken und Schließmuskel einstellt und Leib und Seele verbindet. Weit davon entfernt, den verborgenen Ort echter Intimität mit einer Philosophie zu befrachten, ihn durch die Sprache zugänglich zu machen für den Einbruch des anderen, fristete er sein gesammeltes Dasein auf dem Abort, der, von der Abgeschiedenheit eines zweifelhaften Ortes durchhaucht, ganz und gar sein eigenes Reich war. Da Malte das Klo nur zu gelegentlichen Pflichtbesuchen brauchte, sorgte Jørgensen selbst mit einer ihm in Haushaltsangelegenheiten eher fremden Sorgfalt für einen angemessenen Vorrat an Reinigungsmitteln und Papier, keinen Zweifel daran lassend, daß er der stolze Besitzer dieser Burg war.

Menschen, die nicht gerne auf der Toilette saßen und die Intimität mit sich selbst scheuten, die geradezu von Ekel erfüllt wurden, die die Toilette lieber verließen, als daß sie sie aufsuchten, waren Jørgensen stets suspekt gewesen. Doch nicht das Tabu, der gelassene Umgang mit der eigentlich menschlichen Tätigkeit, verlieh diesem Ort seinen Zauber, denn er erinnerte sich wohl an jene prekären Situationen, wenn er, von seiner Mutter schon frühzeitig ans Pinkeln im Sitzen gewöhnt, in der unangenehmen Männergemeinschaft öffentlicher Pissoirs sich verkrampfte und, das ohnmächtige Gemächt in der Hand, den strullenden Stieren in der Nebenbox mehr und mehr den Rücken zudrehte, um seine Untätigkeit zu verdecken.

Während er auf der Klobrille hockte, überfiel ihn von neuem die Vorstellung von einem Mangel an Realitätssinn, den er heute morgen auf der Hafenpromenade zu entdecken geglaubt, der ihn mit noch größerem Selbstzerwürfnis den ganzen Nachmittag träge an die Polizeistube gefesselt hatte, in der er wie ein gefangenes Tier planlos und müde umhergelaufen war. Sein wochenlanges Phantasieren, die ungebremste Neugier und Entdeckungslust, die er so sicher, so unbedarft gegenüber Malte verteidigt hatte – alles das hatte er nicht in Frage gestellt; jetzt nun schoß es empor mit einer Stärke, die wuchtiger über ihn herfiel als je, die sich revanchierte für die lange Zeit ihrer Mißachtung. Und während er sich noch damit retten wollte, daß vielleicht die Suche nach einer Antwort wichtiger war als die Lösung selbst, wurde ihm klar, daß er eben nur sich selbst darüber trösten wollte, daß er sich verrannt, verlaufen und verirrt hatte. Und wie er so darüber vor sich hin verzweifelte, verkrampfte sich sein Darm, den er durch die gewählte Vorzugsstellung hatte friedlich stimmen wollen, und ein von leichtem Schmerz begleiteter unangenehmer Druck kündete schleppend dumpf von einer Verstopfung.

Ein Gefühl der Ermüdung und Erschöpfung befiel ihn bei dem Gedanken, daß seine Phantasie ihn die ganze Zeit über genarrt und sich an seinem Verstand schadlos gehalten hatte, wie eine Geschwulst gewuchert war, und daß sie sein Leben, er selbst geworden war, und es ihm, der sie nährte, sie ganz und gar in sich trug und sich nicht hatte rühren können, nicht gelingen konnte, sie loszuwerden und abzustoßen. Wenn er jetzt hier auf dem Klo seinen Gedanken nachhing, wo wie zum Spott das Flöten der Amseln im Hof durch das offene Fenster tönte, und wo er solchermaßen verhöhnt und verlacht seinen einsamen Kampf mit dem Darm ausfocht, der sich nicht locken, nicht reizen ließ, einer jeden Kraftanstrengung trotzend in seinem Starrsinn verharrte, griff er unwillig nach dem zerknitterten Stoß Altpapier neben der Toilette, ob es ihm nicht durch die Beschäftigung mit anderen Gedanken gelang, die Aufmerksamkeit von seinem Darm abzulenken und ihn in seinem trotzigen Verharren listenreich zu übertölpeln. Jørgensen brauchte einige Zeit, bis er erkannte, was er in der Hand hielt. Und erst als seine Augen wiederholt die Zeile abgetastet hatten, in der sich der Satz »Zeichnen Sie ein Tortendiagramm Ihres täglichen Zeitablaufs« schwarz auf weiß von seinem Untergrund abhob, nahm er den Fragebogen wahr, den er heute nachmittag mit hierhergenommen hatte. Doch als er sich eben daranmachte, einige weitere Leerkästchen auszufüllen, wurde ihm gewahr, daß entweder die Wahl des Stifts, mit dem er heute morgen seine ersten Kommentare in die dafür vorgesehenen Raster hineingeschrieben hatte, oder die Position der Bögen zwischen Toilette und Badewanne nicht klug gewählt war, denn unter der tatkräftigen indirekten Mithilfe der tropfenden Brause waren die Eintragungen auf dem gewellten Papier nur noch zerlaufene Kleckse. Einen kurzen uninteressierten Augenblick lang begutachtete er das Machwerk, dann wendete er die einseitig bedruckten Bögen um und begann rasch einige Worte darauf zu kritzeln.

Nach einer Zeit lagen zwei dicht beschriebene Blätter auf dem Schachbrett der in schwarz und weiß quadrierten Fliesen. Blätter, übersät mit Namen: Gustav Anders Andresen; Gunnar Albert Albertsen; Georg Arne Andersen und so weiter und so fort.

Jørgensen überlegte, wieviel Namen und Kombinationsmöglichkeiten es wohl gab, die Initialen G. A. A. mit Leben zu füllen. Wahrscheinlich waren es nicht nur hundert oder tausend, sondern unendlich viele wie bei dem bekannten Gleichnis von dem mutmaßlichen Erfinder des Schachspiels, der sich mit dem bösen wissenden Lächeln des Mathematikers von seinem dummen König hatte versprechen lassen, ihn mit der vierundsechziger Potenz eines Reiskorns auf dem Schachbrett zu entlohnen.

Im Grunde genommen konnte er also genausogut auch bei Adam und Eva anfangen. Mißmutig nahm er den Stift und schrieb den Namen ADAM auf einen weiteren Papierbogen. Doch plötzlich hielt er inne, kaute einen Moment auf dem Stift und schrieb schnell zwei weitere Worte auf das Papier.

Auf dem Wasser gähnte ein Frachtschiff. Ein kurzer Hauch, tönte der ausgestoßene Atem hinweg über das Mastengewirr der Segelboote, am Hafenkiosk vorbei in die Brogade und verhallte vor dem Klofenster.

Jørgensen legte den Stift aus der Hand und sah auf. Ein Windstoß fuhr in den Raum und verwirbelte das Papier über die Fliesen. Er bückte sich und griff ein einzelnes heraus. Ein Blatt mit einem Namen darauf; einem Namen, den er ein einziges Mal in seinem Leben zuvor gelesen hatte, auf dem Friedhof in Torsdal, vor etwa zwei Monaten, zwischen den Eibensträuchern, ganz verblaßt, ›Giv mig, o Gud, din fred‹, das Blatt einer Silberpappel, und darunter in großen Lettern:

GEOFFREY ARTHUR ADAMS

II.

Der Schwärmer

Die Wasserspülung rauschte.

Mit einem Satz war Jørgensen vom Klo aufgesprungen, die Hosen hochgestreift, die Hände gewaschen, raus in den Flur und runter in die Küche. Dort setzte er rasch einen Kessel mit Teewasser auf, stürzte dann ins Büro und ließ sich auf seinen Stuhl fallen.

Adams!

Der Sextant war kein Instrument aus Swedenborgs Nachlaß, und er gehörte auch nicht zum gestrandeten Schiff, nein, der Sextant war das Eigentum gewesen von einem gewissen Geoffrey Arthur Adams.

Jørgensen schloß die Augen.

Er sah vor sich wieder seinen überfüllten Schreibtisch und dahinter einen schemenhaften Malte.

»Nein, nein, kein Amerikaner, ein richtiger Engländer, geboren 1868 in Snodland, gestorben 1927 hier auf Lilleø.«

Das waren seine eigenen Worte. Und dann hatten sie ein bißchen herumgerätselt. Wieso man den Leichnam nicht nach England überführt hatte, ob er vielleicht ein Reisender gewesen war, und ob er wohl Angehörige hinterlassen hatte.

»Vielleicht hat er hier gelebt und gearbeitet, im Hafen, auf der Werft, als Ingenieur oder so, Engländer sind gute Maschinenbauer.«

Das war Malte gewesen.

GEOFFREY ARTHUR ADAMS.

Das klang nicht gerade nach Maltes Werftarbeiter oder einem Seemann. Möglicherweise ein Freizeitsegler oder ein reicher Bauer englischer Abstammung, seit frühester Kindheit auf Lilleø ansässig, vielleicht sogar mit einer Einheimischen verheiratet. Aber die müßte doch auch schon längst tot sein und neben ihm begraben liegen.

Auf dem Grabstein stand nichts von einer Frau.

Nein, Adams war unverheiratet gewesen, beziehungsweise wenn doch, dann nicht hier auf Lilleø.

Jørgensen nahm den Sextanten vom Schreibtisch und wendete ihn hin und her. Das korrodierte Messing lag angenehm kühl und schwer in seiner Hand. Den Kopf auf die Tischplatte gelegt, betrachtete er sein Auge in einem der beiden kleinen Spiegel, fleckig, verlaufen und matt.

Wie war dieses Gerät ins Nor gekommen?

Hatte Adams selbst es dort verloren? Oder war es verschenkt, verkauft an jemand anderen, dem es schließlich irgendwo auf den Wiesen und Weiden abhanden gekommen war?

Aber so ein Unikat verschenkt oder verkauft man doch nicht. Ob Adams überhaupt wußte, was für ein kostbares Stück sein Sextant ist? Kostbar, wenigstens vom Standpunkt eines Sammlers aus. Als Gebrauchsgegenstand war das Ding ja nur noch bedingt tauglich gewesen; nicht mehr für die Seefahrt. Zumindest nach Meinung der Experten. Andererseits …

Die erste Frage, die es hier zu klären galt, war, ob Adams, wie Malte vermutet hatte, ein Einheimischer gewesen war oder ein Fremder, der sich, aus welchen Gründen und mit welcher Absicht auch immer, auf Lilleø nur vorübergehend aufgehalten hatte.

Jørgensen ging zurück in die Küche und holte das Glas mit dem Pulverkaffee aus dem Regal.

Ob Adams hier gelebt und gearbeitet hatte, dürfte nicht schwer herauszufinden sein, das ließe sich leicht nachprüfen. Wenn er hier gewohnt hatte, so stand dies in den alten Adreßbüchern, und außerdem mußte er in den Akten des Gemeindeamtes Spuren hinterlassen haben. Er wird ja zum Beispiel Steuern gezahlt haben, Gas, Wasser und Strom verbraucht. Das ist genausogut wie ein Fingerabdruck. Obwohl nach fast sechzig Jahren diese Akten bestimmt nicht mehr auf Lilleø lagern dürften – wenn man sie überhaupt über das Ende der amtlichen Aufbewahrungsfrist hinaus für archivierenswert befunden hatte. Im Gegensatz zu Kirstein hatten sich andere Dienststellen gewiß an die vorgeschriebenen Verfahrensweisen gehalten.

Die Adreßbücher aber mußten noch dasein!

Diese alten Verzeichnisse wurden vermutlich in der Gemeindebibliothek verwahrt. Ein verstaubtes Buch, irgendwo im Keller, nur hundert Meter von hier entfernt.

Jørgensen sah zur Uhr.

Kurz nach sechs.

Er füllte das Pulver in die Tasse, goß eilig Wasser darüber und stürzte ins Büro. Vielleicht hatte er noch Glück.

Er hatte.

Jaja, natürlich sei es schon spät. Aber es dauere doch gewiß nicht lange, und schließlich gehe es um Leben und Tod! Ob es dienstlich sei? Aber natürlich sei das dienstlich, sonst würde er wohl kaum anrufen. Die Frau äußerte noch, daß sie das nicht logisch finde, versprach aber, sich in einer Viertelstunde wieder zu melden. Jørgensen schickte ihr einen Kuß durch den Hörer und legte auf.

Zehn Minuten später rief die Dame von der Bibliothek zurück.

Zwölf Minuten nachdem er das erste Mal zum Hörer gegriffen hatte, stand Ansgar Jørgensen, Kriminalassistent im Schulungsurlaub, wieder in der Küche und warf einen Teebeutel in die noch schwach dampfende Tasse.

Dreizehn Minuten danach führte er die Tasse zum Mund, lief zur Spüle und spuckte das Gesöff, die ekelhafte Mixtur aus Pulverkaffee und Tee, prustend in die Spüle.

Vierzehn Minuten danach gab es bereits seit zwei Minuten einen ›Fall Adams‹.

Es mußte ihn geben!

Denn ein Ortsansässiger gleichen Namens, so hatte die Dame versichert, war in den 20er Jahren auf Lilleø nicht verzeichnet.

Geoffrey Arthur Adams war ein Fremder gewesen.

Jørgensen war weder überrascht noch enttäuscht. Irgendwie hatte er das geahnt.

Wenn aber ein Fremder auf Lilleø gestorben war, meinetwegen auch verunglückt auf der Werft, so mußte es seinerzeit eine Menge amtlichen Schriftverkehr gegeben haben, ganz sicher mit der Heimatgemeinde, und es konnte nicht ausgeschlossen werden, daß Kirsteins Dienststelle ebenfalls damit befaßt gewesen war. Und das bedeutete …

Aufs neue setzte Jørgensen Teewasser auf, wusch die Tasse ab und holte einen frischen Teebeutel aus der Blechdose vom Küchenregal.

Nun, es gab viele Möglichkeiten, warum sich ein Engländer vorübergehend auf Lilleø aufgehalten haben könnte. Zum Beispiel als Tourist, der mit der Fähre gekommen war oder der mit dem eigenen Boot einen Ostseetörn machte. Vielleicht hat er ja Verwandte besucht, eine verheiratete Schwester oder Tochter zum Beispiel, oder er war Seemann, dessen Schiff Nørreskøbing angelaufen hatte. Oder er war hier nur vorübergehend beruflich beschäftigt, als Landvermesser oder Monteur oder als Sachverständiger in einem Versicherungsfall und hatte in dieser Zeit im Gasthaus oder Hotel gewohnt. Und in allen Fällen hätte er sich eine Krankheit zuziehen können, die zum Tode führte, eine heimtückische Infektion, deren Viren er vielleicht bereits in sich hatte, als er kam. Oder es war ein Herzschlag. Tausend Möglichkeiten, und alle mehr oder weniger wahrscheinlich. Und alles nicht der Rede wert, wenn nicht dieser Mr. Adams seinen Sextanten im Nor …

Halt.

Wo wir gerade von Möglichkeiten reden … Es dauerte einige Sekunden, bis Jørgensen merkte, daß er nun schon dabei war, mit der Lieblingsphrase seines derzeitigen Vorgesetzten Ordnung in seine Gedanken zu bringen. Aber Malte hatte recht. Wer sagte denn, daß der Tod des Mr. Adams in einem zeitlichen oder gar ursächlichen Zusammenhang zu bringen war mit der Anwesenheit des Sextanten im Nor? Zu klären war also, bevor nach dem WARUM und WIE gefragt werden konnte, WANN der Sextant ins Nor gelangt war. Zu klären – nun, sagen wir besser: zu erwägen, denn klären … ?

Der Experte hatte verständlicherweise nur einen ungefähren Zeitraum angegeben, und so gab es immerhin drei Möglichkeiten, die alle völlig unterschiedliche Folgerungen zuließen. Denn das Instrument konnte *vor* dem Tod des Mr. Adams – und zwar einige Wochen oder gar Monate vor seinem Tod – oder in unmittelbarem Zusammenhang damit, oder aber erst viele Jahre *danach* im Sand verschwunden sein. Und diese drei Möglichkeiten mußte er jeweils in Zusammenhang sehen mit den möglichen Gründen für Adams' Anwesenheit auf Lilleø.

Jørgensen seufzte. Das war wieder mal die Suche nach der berühmten Stecknadel im Heuhaufen. Im Grunde zwar die übliche Arbeit wie in Kopenhagen, aber hier fehlten ihm jegliche technischen Hilfsmittel, auf die er zu Hause zurückgreifen konnte, und, was noch schwerwiegender war, jegliche Kompetenz. Er mußte unter Bedingungen arbeiten wie ein Agent, von dessen Tätigkeit der Vorgesetzte besser nichts wußte.

Also weiter im Text – Hypothese Nummer eins: Adams war ein Reisender gewesen, der Lilleø einen Besuch abstattete.

Sicher nicht Maltes Mr. Knickerbocker mit karierter Jacke, der Typus des spinnerten Engländers auf Reisen, dieser Witzfigur aus den Karikaturen der Jahrhundertwende, der mit Botanisiertrommel und Schmetterlingsnetz durch die Gegend streift, einen Uraltsextanten im Gepäck, mit dem er seine Position bestimmt. Vielleicht mag es solche Leute wirklich einmal gegeben haben. Aber nicht nur die Wahrscheinlichkeit, daß sich so einer ausgerechnet nach Lilleø verirrt haben sollte und dort gestorben ist, war äußerst gering – auch vom polizeilichen Standpunkt aus bot eine Figur, der schlichtweg jede verrückte Handlung zuzutrauen war, wenig Anhaltspunkte für Ermittlungen, die auf Logik, auf Folgerichtigkeit und vernünftige Motive angewiesen waren.

Nein, Geoffrey Arthur Adams war keine Witzfigur gewesen.

Es gibt Wahrscheinliches und Unwahrscheinliches.

Wahrscheinlich wäre gewesen, er hätte Verwandte besucht, weibliche natürlich, die nicht mehr den Familiennamen trugen, also hier verheiratet waren. Das könnte man anhand der Standesamtsregister überprüfen. Welcher Besucher aber schleppt einen veralteten Sextanten mit sich herum? Vielleicht ein Erbstück, das er der nächsten Generation übergeben will? Aber läuft man damit ausgerechnet im Nor herum und verliert es dann auch noch? Und wenn, dann erstattet man eine Verlustanzeige auf dem Polizeibüro. Und dann gäbe es darüber einen Aktenvorgang. Und wenn das Instrument, nach Adams' Tod, von den Kindern der Erben beim Spielen … oder wenn es von den pietätlosen Erben selbst verkauft worden wäre, an weiß Gott wen? Heieiei!

Erst mal Hypothese Nummer zwei probieren: Adams war Seemann gewesen, der tödlich erkrankte, als sein Schiff in Nørreskøbing vor Anker gegangen war. Er wird mitsamt seinem Seesack ins Krankenhaus gebracht und stirbt dort. Seine Heimatgemeinde wird benachrichtigt – aber was heißt denn Heimatgemeinde? Auf dem Grabstein war lediglich sein Geburtsort angegeben, und den hatte man vielleicht nur dem Paß entnommen. Ein Seemann mit englischem Namen kann überall auf der Welt zu Hause gewesen sein. Sagen wir also: Letzter Wohnsitz oder Angehörige sind über die Reederei nicht ermittelbar. Seine Habseligkeiten verbleiben auf Lilleø und werden, mitsamt dem Sextanten, irgendwann versteigert, der Erlös wird mit den Kosten für Krankenhaus und Bestattung verrechnet. Der Sextant gerät in die Hände von irgendwem, geht verloren, wird entwendet und vom Dieb im Nor vergraben, als die Sache für ihn brenzlig zu werden droht.

Jørgensen erhob sich und ging in die Küche, wo das vergessene Teewasser immer noch leise vor sich hin sprudelte. Es reichte gerade noch für eine Tasse. Er holte ein Küchenmesser aus der Schublade und fing an, Kartoffeln, die er tags zuvor gekocht hatte, abzupellen und in Scheiben zu schneiden. Eine schöne stumpfsinnige Tätigkeit, bei der er weiter seinen Gedanken nachgehen konnte.

Eigentlich hatte er gar keinen Hunger.

Und eigentlich gab es auch noch ziemlich viele Hypothesen, mit denen man Adams' Anwesenheit auf Lilleø erklären konnte.

Aber alle Möglichkeiten, die er sich durch den Kopf gehen ließ – Adams der Landvermesser, Adams der Versicherungsagent, Adams der … führten auch nur zu einem sich immer weiter verzweigenden System von Folgerungen, die letztlich unbeweisbar blieben.

Obwohl … Jørgensen wagte kaum, seinen Gedanken zu Ende zu verfolgen … Die Dreierkonstellation ENGLÄNDER – SEXTANT – NOR erinnerte verblüffend an einen anderen, 120 Jahre älteren Dreiklang, nämlich ENGLISCHE JACHT – GEHEIMNISVOLLE FRACHT – NOR. Aber konnte er Adams wirklich unterstellen, er habe nach dem gestrandeten Schiff gesucht? Nur wegen der übereinstimmenden Nationalität von SCHIFF und ADAMS, und weil JACHT und SEXTANT in Beziehung zum Nor und, mit Einschränkung, zur Seefahrt stehen?

Ein bißchen dünn das Ganze.

Was sich ihm aber nach all diesen Spekulationen als einzig plausible und immer wahrscheinlicher werdende Konsequenz aufdrängte, war die Tatsache, daß es unter Kirsteins Hinterlassenschaften eine Akte Adams geben mußte, so oder so.

Eine Stunde später stand Jørgensen in der Bibliothek, die Hände in die Hüften gestemmt und blickte ratlos umher.

Wo anfangen mit suchen?

Sicher, er hatte alle Akten der 20er und 30er Jahre längst geordnet und in kleinen Paketen übersichtlich auf dem Fußboden zwischengelagert. Und natürlich war keine ›Akte Adams‹ dabeigewesen, wie er Malte ja bereits vor zwei Monaten hatte versichern können. Das Archiv kam nicht mehr in Frage. Alles, was dort mit Kirstein irgendwie zusammenhing, hatte er durch die Luke nach oben geholt. Wo anders also als in der Bibliothek selbst hätte Kirstein die Unterlagen über Adams aufbewahren sollen? Sollte es diese Akte geben, so mußte sie demnach für Kirstein von besonderem Interesse gewesen sein.

Also – nachdenken!

Da fehlte eine Akte, die eigentlich vorhanden sein mußte.

Jørgensen lief auf und ab.

Dieser pingelige Kirstein, der jede Kleinigkeit in Aktenordner gezwängt und aufbewahrt hatte, sollte ausgerechnet mit einem so gewichtigen Vorgang wie dem Tod eines Ortsfremden schlampig umgegangen sein!?

Wenn also einige Akten fehlten, gab es dafür eine Erklärung; genaugenommen sogar mehrere, und wenn er es richtig überblickte, kamen wenigstens drei Personen in Frage, die dafür verantwortlich sein konnten:

Erstens: Kirstein selbst.

Der Polizeimeister kann sie entweder versehentlich irgendwohin verlegt oder absichtlich an einem unbekannten Ort verstaut haben. Gut!

Zweitens: Der Polizist aus Odense.

Diesem viel Interesse zu unterstellen an einem damals bereits vor mehr als zwanzig Jahren verstorbenen Engländer, gehörte nicht gerade zu den naheliegenden Möglichkeiten. Aber der Bursche hatte es immerhin fertiggebracht, durch gesunde Halbordnung eine beträchtliche Konfusion in Kirsteins Material anzurichten. Dabei konnte natürlich leicht etwas Wichtiges verlorengegangen sein.

Nun, in diesem Fall war eben nichts zu machen.

Jørgensen wischte den Gedanken weg.

Blieb noch ein Dritter: Malte.

Daß Malte sich für Kirsteins Kram nicht die Bohne begeisterte, war offensichtlich, denn dieser Adams, das hatte man ja gesehen, interessierte ihn ohnehin nicht mehr als ein ungesalzenes Radieschen.

Oder hatte ein noch unbekannter Sucher die Akten entfernt? Aber wer sollte das gewesen sein?

Nach alledem stand zu vermuten, daß höchstwahrscheinlich Kirstein selbst seine Aufzeichnungen über Adams, ob nun beabsichtigt oder unbeabsichtigt, an einem anderen Ort deponiert hatte. Jemandem, der wegen seniler Demenz vorzeitig den Dienst quittieren mußte, war es durchaus zuzutrauen, daß er seine sieben Sachen irgendwohin verschusselt hatte.

Nun, auch in diesem Fall hatte er ganz einfach Pech.

Oder war der Alte am Ende gar so verwirrt gewesen, daß er anfing, Teile seines Werkes zu vernichten, aus irgendeinem unerklärlichen Motiv? Oder hat er die fehlenden Akten mit zu seiner Schwester nach Torsdal genommen? Und wenn, wozu?

Nein, Jørgensen konnte sich beim besten Willen nicht vorstellen, warum Kirstein seinen großen Schatz, das private Archiv, freiwillig um wichtige Dokumente hätte dezimieren sollen. Der Polizeimeister hätte die ›Akte Adams‹ mit Sicherheit nicht aus der Hand gegeben, geschweige denn, irgendwo hingeschickt, ohne vorher eine Abschrift davon gemacht zu haben.

Blieb eigentlich nur noch die These, daß Kirstein die Akten absichtlich versteckt hatte.

Jørgensen trat ans Fenster und trommelte mit den Fingerspitzen gegen das vergilbte Pergamentpapier.

Nur … warum?

Warum bloß?

Hatte der skurrile Polizeimeister tatsächlich die Befürchtung gehabt, jemand anderes hätte sich für seine Unterlagen interessieren und sie entwenden können? Aus seinem eigenen Haus?

Enthielten sie vielleicht brisante Spekulationen, die Kirstein, nach offiziellem Abschluß der Untersuchung, privat angestellt hatte, und die er nicht zwischen den normalen Akten ablegen wollte? Wie auch immer, wenn die Unterlagen nicht weggekommen waren, mußten sie hier versteckt sein, an einem Ort allerdings, der Jørgensen bislang verborgen geblieben war.

Wo versteckt man seine Akten, wenn man mit ihnen noch etwas Besonderes vorhat?

Hinter Büchern. Der Raum war ja nur so tapeziert mit Regalen. Er brauchte das ganze Bücherfeld bloß einmal umzupflügen, und schon wäre das Rätsel vom verborgenen Schatz gelöst.

Jørgensen trat vor das erste Bord und zog kurz mit beiden Händen einen halben Meter Bücher nach vorn, stellte das Paket an der Regalkante auf Kipp, spähte darüber hinweg und griff sich dann den nächsten Schub. Als er auf diese Weise alle bis Schulterhöhe reichenden Buchreihen durchforstet hatte, nahm er sich einen Stuhl zur Hilfe und inspizierte die oberen Regalbretter. Aber so ausdauernd und sorgfältig er auch vorging, fand er doch nicht mehr als das eine oder andere nach hinten gerutschte Buch, schwärzliche Spinnweben und tote Fliegen. Was er nicht fand, das waren die gesuchten Akten.

Also: neue Hypothese!

Kirstein war ein zwar etwas sonderbarer, aber sicher auch sehr einfallsreicher Kollege gewesen. Eine Mappe einfach so hinter Bücher zu schieben, das war nicht seine Sache. Ein Mann wie er hatte Methode und sicherlich genügend Scharfsinn für ein besser ausgeklügeltes Versteck. Falltüren, doppelte Wände – das war gewiß schon eher sein Stil. Geniale Konstruktionen, trickreiche Mechanismen, Schnüre und Hebel. Wer etwas verbergen will, braucht Phantasie, handwerkliches Geschick und einen raffinierten Plan. Ein Ölgemälde, auf dem sich eine bestimmte Stelle eindrücken läßt und – schwupp! – springt ein Türchen auf und offenbart dem Eingeweihten eine geheime Kammer.

Schade nur, daß sich in Kirsteins Bibliothek keine Gemälde befanden, und viel Platz für einen verborgenen Raum gab es auch nicht. Aber hatte nicht die Falltür zwischen Bibliothek und Archiv bewiesen, welchen Spaß der alte Polizeimeister an doppelten Böden und geheimen Verbindungswegen hatte?

Mit frischem Mut machte sich Jørgensen ans Werk, klopfte jede Wand ab und untersuchte Zentimeter für Zentimeter die Holzdielen. Aber kein verdächtig hohler Laut kündete von einem geheimen Zwischenraum, kein Stück einer Diele ließ sich aufklappen.

Nach zwei Stunden weiterer vergeblicher Suche gab Jørgensen auf.

Er schaute ein letztes Mal ratlos im Raum umher, löschte das Licht und zog die Tür zu.

Es war schon fast elf. Im dunklen Flur empfing ihn der Bratkartoffeldampf des Abendessens, der hier sein Nachtasyl gefunden hatte und satt über dem zarten Geruch von Fensterkitt und Bohnerwachs ruhte. Nachdem er sich mühsam im dunklen Flur den Weg ertastet hatte, in die wohlig warme Bettwäscheidylle seiner Kammer eingetaucht war, sich ausgezogen und den Bademantel übergestreift hatte, stolperte er die Treppe hinunter, zündete eine Kerze an und saß wiederum unten im Büro und grübelte.

Der Sextant des Mr. Adams.

Vor ihm auf dem Tisch stand eine Flasche Aquavit, ein übriggebliebener Veteran aus Maltes Vorrat.

Er erhob sich von seinem Stuhl, zupfte den Bademantel zurecht, holte sich ein Glas aus der Küche, schenkte randvoll ein und goß den Schnaps in einem Zug herunter.

Es wurde ihm klar, daß er nicht darauf hoffen konnte, alle weiteren Informationen über die vielen seltsamen Ereignisse um gestrandete Schiffe, tote Bauern im Kornfeld, vergammelte Sextanten und mysteriöse Engländer im genau passenden Moment in einem unerschöpflichen Archiv zu finden so wie ein Detektiv in einem Kriminalroman.

Natürlich wäre es eine feine Sache, eine literarische Figur zu sein und die Verantwortung an einen allwissenden Autor abzugeben. Aber das Leben war nun mal kein Buch und Jørgensens Mutter kein Tintenfaß – eine Formulierung, die er einmal in einem Roman gelesen und die ihm sehr gefallen hatte. Obgleich, wenn Jørgensen es sich genau überlegte, das Leben schon einige Gemeinsamkeiten mit einem Kriminalroman hatte: Die ganze Spannung entsteht beide Male daraus, daß man nicht weiß, wie es weitergeht, obwohl das Ende ohnehin von Anfang an feststeht und man nichts weiter dafür zu tun braucht, als zu lesen, beziehungsweise zu atmen und zu essen. Und während er darüber nachdachte, fiel ihm ein, daß er, statt seine spekulativen Nachforschungen zu betreiben, auch genau so gut ein Buch schreiben und damit seine für Malte so alberne und lästige Beschäftigung in eine öffentlich angesehene und honorierte Tätigkeit überführen könnte. Doch was für ein Buch sollte das werden? Je länger er sich die Sache durch den Kopf gehen ließ, um so unentschiedener wurde er. Gab es nicht ohnehin schon viel zu viele Bücher? Was sollte er da noch Neues schreiben? Und *wie* vor allem? Die Tatsache, daß er zwischen nahezu allen Stilen vom mittelalterlichen Epos bis zum expressionistischen Roman, von der Sprache esoterischer Gruppen bis zu der eines Vernehmungsprotokolls wählen konnte, und daß es ihm vermutlich trotzdem nicht gelingen würde, eine angemessene Form für seine Gedanken zu finden, war verwirrend und frustrierend. Die wenigen neuen Varianten, die ihm einfielen, waren, eine Biographie zu schreiben, die von hinten nach vorn erzählt wurde und mit der Geburt endete, oder, noch besser, die Geschichten gar nicht erst zu Papier zu bringen, sondern dies späteren Schreibern zu überlassen, wie Homer oder den Barden oder Kollege Iske, der ständig aus seinen zahlreichen ungeschriebenen Werken zitierte. Aber wahrscheinlich war die ganze Stilsuche ohnehin vergebliche Liebesmüh, denn was wäre das schon für eine Geschichte, in der jemand ständig vor sich hin spekuliert und in der irgendwie ja doch nichts wirklich Bedeutsames geschieht. Alles in allem gefiel Jørgensen dann schon eher die Vorstellung, selbst eine Person in einem Roman, eine Figur im Buch des Lebens zu sein, und er fragte sich, was sich sein eigener Autor und Schöpfer wohl einfallen lassen würde, um ihm die nächsten Hinweise für seinen ›Fall Adams‹ zu geben.

Kurz nach zwölf saß Jørgensen noch immer im Büro. Ein weiteres Glas Aquavit in der Hand, brütete er vor sich hin. Hatte er sich schon wieder verrannt und war einer Spur gefolgt, die vor seinen Augen wieder einmal unvermittelt abbrach und nichts hinterließ als ein großes Fragezeichen? Hatte er sich nicht vor Stunden noch selbst zur Rechenschaft gezogen, sich nicht immer in jeden Unsinn zu vertiefen? Und nun saß er hier und sah nichts als Chimären. Engländer in Knickerbockerhosen, Seeleute und Bauern, Landvermesser und Reisende. Doch war andererseits der Sextant des Geoffrey Arthur Adams nicht die erste wirklich ernstzunehmende Geschichte, eine Spur vielleicht auf dem Weg zu einem richtigen Fall? Jetzt, wo er den Sextanten hatte, ein Beweisstück oder zumindest ein Indiz, das Kirstein damals gefehlt haben mußte? Die Frage war allerdings: ein Indiz wofür? Mußte er nicht, nachdem er so lange fast grundlos phantasiert hatte, die unvermittelt aufgetretene neue Chance ergreifen, die vielen wirren Fäden, die er bislang gesponnen hatte, zu entflechten, um sie endlich zu einem brauchbaren Muster zu verknüpfen, einem sinnvollen Ornament im Teppich des Lebens?

Um viertel vor eins faßte Jørgensen einen unwiderruflichen Entschluß. Er würde Ernst machen. Ernst damit, die Identität des Geoffrey Arthur Adams zu lüften. Und wenn er diesen mysterious englishman auch um den halben Erdball in einem fliegenden Koffer jagen müßte – er würde ihn kriegen.

Um zwei Uhr erhob sich Jørgensen von seinem Stuhl. Die Flasche Aquavit war inzwischen halb leer. Keiner würde ihn jetzt mehr aufhalten können, seine Recherchen belächeln oder verhindern. Mit unsicheren Schritten stolperte er die Treppe hinauf, und wenige Minuten später suchte er in der Bibliothek seine

Akten zusammen, wichtige Schätze wie das Rezeptblatt mit dem mysteriösen DIGIFOL, seine Aufzeichnungen über das gestrandete Schiff, seinen geheimen Netzplan, den er vor zwei Monaten entworfen hatte, den Brief aus dem British Museum, die Baupläne für die Taucherglocke und manche andere Bedeutsamkeit, die Jørgensen stolz sein eigen nannte.

Um viertel nach zwei faßte er einen zweiten wichtigen Beschluß. Von nun an würde er verdeckt arbeiten. Niemand sollte ihm mehr in die Karten schauen dürfen, schon mal gar nicht ein argwöhnischer Malte. Mit gläsernem Blick taxierte Jørgensen den Raum und starrte dann auf die große Standuhr. Fahrig und entschlossen packte er seine geheimen Dokumente und stakste mit schwankenden Schritten auf die Uhr zu, öffnete das Gehäuse und versenkte die Papiere im Sockel, tief unter dem Perpendikel und den mächtigen Gewichten, die schwer in der Feierlichkeit ihres dunklen Hängesargs baumelten. Mit übertriebener Umsicht drückte er das Türchen wieder zu und drehte den Schlüssel herum.

Hier würde nicht einmal der böse Wolf den Aktenstoß finden.

Um halb drei wankte Jørgensen zur Kammer und ließ die Zimmertür mit einem gekonnten Schwung ins Schloß fallen, bevor er sich mit weniger gekonntem Schwung aufs Bett warf und sich den Kopf an der Kante stieß. Doch der Schmerz, kaum in der Lage, die Signale an seine gewohnte Empfangsstation zu melden, verflüchtigte sich ziellos im Raum. Schon hatte der Geist seine sterbliche Hülle verlassen und blickte nun einfältig lächelnd auf sie herab. Und während der auf diese Weise glücklich Befreite in wirrem Gekicher neuen und fremden Ufern entgegenschwirrte, versackte der dumpfe Körper tief und schwer im weichen Torf der Bettdecke.

In diesem Augenblick flog ein großer, dunkler Nachtschwärmer gegen die Laterne vor dem Polizeihaus und torkelte in steiler Schraubenbahn zu Boden. Und wäre ein nächtlicher Spaziergänger gerade in diesem Moment vorbeigekommen und hätte den Strahl einer Taschenlampe auf das verunglückte Insekt gerichtet, dann hätte er die bleierne Maske auf dem Rücken des Schwärmers gesehen, den fahlen Totenschädel, der auch noch die Zähne bleckte, als der kleine Flugdrache am nächsten Morgen tot im Rinnstein lag.

Der Fasan

Jørgensen traute seinen Augen nicht.

Da war er nun heute morgen mit fürchterlichen Kopfschmerzen erwacht, hatte zunächst erfolglos sein Gedächtnis durchstreift auf der Suche nach einem Anhaltspunkt, wo er letzte Nacht bloß seinen ganzen Kram hingetan hatte, konnte sich dann schließlich doch noch an die Standuhr erinnern, hatte kopfschüttelnd in den Uhrenkasten hineingegriffen, die Papiere ertastet, sich gewundert, was für Materialmengen er da am Vorabend hineingestopft hatte, und, nachdem er den Packen herausgehoben hatte, festgestellt, daß er da sehr viel mehr in den Händen hielt als nur seine eigenen Unterlagen, nämlich auch noch einige dikke und sehr verstaubte Mappen, die er noch nie gesehen hatte und aus deren Rändern gelbliches Papier und bröselige Zeitungen herauswucherten.

Jørgensen legte den ganzen Packen auf die Tischplatte und trat einen Schritt zurück.

Dann stieß er einen langen und leisen Pfiff aus, während sein Herz zum Galopp ansetzte.

Er wischte sich mechanisch die vom Staub ergrauten Finger an der Hose ab und trat wieder an den Tisch.

Hab ich jetzt einen Schatz gehoben oder nur einen Haufen Abfall? Jørgensen neigte den Kopf zur Seite und beugte sich hinab.

Drei Akten.

Mit zitternden Fingern hob er seine eigenen Unterlagen ab und legte sie beiseite. Dann der Blick auf den Rest. Ein Stapel von etwa acht Zentimetern Höhe, ein dunkelroter Deckel, vom Staub der Jahre verblichen und scheckig, mit abgefingerten Ekken und voller Tintenflecke.

Kreuz und quer verschnürt!

Und versiegelt!

Richtig versiegelt, mit Siegellack und Petschaft.

Das sah nicht nach Abfall aus.

Er legte alle drei Akten nebeneinander und befreite sie mit dem Taschentuch vom gröbsten Staub.

Die Mappen waren beschriftet, und es war die Schrift, daran bestand kein Zweifel, die ihm inzwischen nur allzu vertraute Schrift des Polizeimeisters Lars Christian Kirstein.

Auf den Akten standen Jahreszahlen und auf einer von ihnen »1927« und darunter in kleineren Ziffern »27. November«. Und dahinter war ein † gezeichnet.

»1927«, murmelte Jørgensen. War das nicht die Jahreszahl auf dem Grabstein gewesen? Auf dem Grabstein von Geoffrey Arthur Adams?

Schon wollte er das Siegel öffnen, die Schnüre durchschneiden, als ihn Zweifel beschlichen.

Jørgensen fragte sich, ob er überhaupt befugt oder, in diesem besonderen Falle, ob er würdig sei, dieses Siegel aufzubrechen. Jetzt, wo er so nahe am Ziel stand, verließ ihn der Mut.

Dann gab er sich einen Ruck. Langsam nahm er den Brieföffner aus der Schublade und setzte zum entscheidenden Schnitt an, vorsichtig unter dem Siegel her. Schließlich könnte man es ja später mit Klebstoff wieder …

Das Siegel war gebrochen, der Bann gelöst.

Feierlich setzte Jørgensen sich am Tisch zurecht und schlug langsam den Deckel auf.

Was er da sah, raubte ihm den Atem.

Ja, kein Zweifel, er hatte einen Schatz gehoben.

*

Ein Mann stapft durch den kalten Wintertag. Sein grüner Mantel, vom Wind gebauscht, den Hut tief ins Gesicht gedrückt, so geht er schon eine ganze Weile mit vor sich herschwingendem Spazierstock, als zwischen den kahlen Bäumen, deren dürre Äste sich wie in verstörter Klage zum grauen Himmel emporstrecken, endlich der Hof auftaucht.

Vorbei an den weißgepuderten Hagebuttensträuchern, über den zu Matsch und Brei zertretenen Schnee der Auffahrt, und dann steht er vor der Tür, hebt den Stock und klopft.

Man öffnet die Tür, man bittet ihn herein, man hilft ihm aus dem Mantel, fragt nach dem werten Befinden.

Der Polizeimeister nickt kurz und geht voraus in die Stube, wo ein wildes Feuer im Kamin prasselt; im großen Ledersessel soll er Platz nehmen. Hans Frederik sei noch in den Ställen, er müsse aber jeden Moment kommen. Ob er nicht einen Schnaps wolle.

Aus einem Schrank holt Karen die Flasche und zwei Gläser.

Sie gießt ein … stellt die Flasche ab … blickt apathisch zum Fenster hinaus. Der Gast legt Bein über Bein und setzt die Fingerspitzen gegeneinander.

Sie warten.

Dann – die Stubentür fliegt auf, und Hans Frederik Terkelsen betritt den Raum.

Der Polizeimeister steht auf.

Die beiden geben sich die Hand, setzen sich an den Tisch, reden ein paar Worte und heben die Gläser.

*

»Skål, Ansgar.«

»Skål, Jesper.«

Jørgensen und Jesper Terkelsen nickten sich zu und kippten den Jägermeister hinunter. Sie saßen in der guten Stube, ausgestattet mit dem Mobiliar noch von Jespers Eltern. Ein heller Eckraum mit zwei Fenstern, Tüllgardinen davor, ein runder Tisch mit geschweiften Beinen, Polsterstühle, mit hellblauem Samt bezogen. In den Raumecken standen zwei Sessel mit Schonbezügen, dazwischen eine Campingliege mit Bettzeug, auf der Jesper schlief, wenn es ihm in seinem Schuppen zu kalt wurde, und ein grauschwarz emaillierter Ofen. Es roch aufgeräumt und sauber, der Geruch alter Möbel, die, seit ewigen Zeiten unverrückt, ihr Parfum verströmten. Abgesehen von der Liege, die den unerwarteten Eindruck einer improvisierten Notschlafstelle für Verwandtenbesuch erweckte, hatte der Raum den gleichen musealen Charme wie das nachgebaute Kapitänszimmer bei Maren Poulsen.

»Ich habe da so ein komisches Ding in meiner Scheune«, sagte Jesper, »sieht aus wie ein riesiger Blumenkübel, nur daß er auf dem Kopf steht und eckig ist. Was soll ich damit machen?«

»Ja, ja, ich weiß schon. Meine Taucherglocke. Die mach ich noch fertig. Steht sie dir im Weg?«

»Laß nur. Das drängt ja nicht.« Jesper kicherte und zog sich vor Wonne quiekend an der Nase. »Hihi, jaja, und dann willst du damit ins Wasser. Dann bist du ein großer Meeresforscher. Ich habe schon gehört, daß du so einer bist, der sich immer für alles mögliche interessiert. Für unser Fresko in Svanninge. Für das Nor. Für den Damm. Und daß du viele Pflanzen sammelst.«

Jørgensen lächelte diplomatisch. Der bestinformierte Mann der Insel, hatte Malte einmal gesagt. Was wußte Jesper eigentlich nicht? Hätte er auch gewußt, wo die ›Akte Adams‹ lag?

»Ja, das mit dem Nor weißt du sicher von Kristensen. Der hat mir viel erzählt. Sehr interessant. Ihr hattet doch in eurer Familie auch mal so einen Experten, der sich für die Geschichte der Insel begeistert hat. Dein Vater? Malte hat mir so was gesagt.«

»Nein, nicht mein Vater. Mein Großvater, Hans Jakob, der hatte hier so eine Art Heimatverein gegründet.«

Genau, dachte Jørgensen, »mit suspekter religiöser Ausrichtung«.

»Ein strenger Verein war das. Da wurde nicht jeder aufgenommen. Da mußte man ganz bestimmte Bedingungen erfüllen. Mein Großvater hat nur Mitglieder akzeptiert, die genug Ernst für die Sache mitbrachten. Ich habe leider kaum noch Erinnerungen an ihn. Eigentlich kenne ich ihn gar nicht. Ich war ja erst drei Jahre alt, als er starb. Was ich von Jakob weiß, haben mir alles meine Eltern erzählt.«

»Was für ein Bild hast du von ihm? Was hat dein Vater, was hat deine Mutter über Hans Jakob erzählt? Ich meine, wenn man jemanden nur aus Berichten kennt, dann übernimmt man doch die Vorstellungen, die der Erzähler hat.«

»Das stimmt schon, obwohl mein Vater nicht gern über Hans Jakob geredet hat. Dabei wollte ich immer so viel von ihm wissen. Aber Frederik sagte fast nichts. Ihr Verhältnis war nicht gut. Das meiste weiß ich von meiner Mutter.«

»Und Hans Jakobs Frau, hast du die noch gekannt?«

»Nein, meine Großmutter ist sehr früh gestorben. Bei der Geburt meines Vaters. Er war das erste Kind, und darum hat er auch keine Geschwister gehabt. Mein Großvater hat nicht wieder geheiratet. Mein Vater ist bei Hans Jakobs Schwester aufgewachsen. Als Frederik aus der Schule kam, mußte er praktisch schon die Verantwortung für den Hof tragen. Frederik hat ihm immer vorgeworfen, daß er keine richtige Kindheit verleben konnte. Ja, mein Vater war ein sehr ernster Mann, ich kann mich kaum erinnern, daß er mal gelacht hat.«

Jesper schenkte noch einen Jägermeister nach. »Hans Jakob soll sich dann ganz aus dem Haus zurückgezogen haben. In der Scheune hatte er sich eine Unterkunft gebaut. Er und dieser Andersen lebten bei den Ställen im Nor.«

»Der mit den Krücken.«

»Genau der.«

Jørgensen schmunzelte. »Dann liegt das ja gewissermaßen in eurer Familie, das mit dem Schlafen in Schuppen und Scheunen. Du hast doch da draußen auch dein Sommerquartier.«

»Nein, bei mir ist das was anderes. Ich bin da drüben im Nor dichter bei den Tieren. Und ich will auch die Sommergäste nicht stören, wenn die hier in dem anderen Teil des Hauses wohnen. Mein Großvater dagegen hatte überhaupt keine Lust mehr zu der Hofarbeit. Darüber hat es zwischen Frederik und ihm immer wieder Streit gegeben. Er sollte sich um das Vieh kümmern, wenn er schon nicht mit aufs Feld ging. Aber nein, er mußte ja in schlaue Bücher gucken, das war wichtiger. Meine Mutter hat dann viel getan. Obwohl die mit dem Haus und den Kindern, mit Knut und mir, ja schon genug Arbeit hatte.«

»Hm, also, wenn ich das richtig verstehe, dann war dein Großvater ein ziemlicher Außenseiter und Sonderling. Eigentlich gar kein echter Bauer. Womit hat er sich hier die Zeit vertrieben? Nur mit seinem Heimatverein, mit seinen Forschungen?«

»Ja, ein Sonderling war er wohl. Aber ganz gelehrt, ganz philosophisch. Auch ein bißchen verrückt.« Jesper ließ den rechten Zeigefinger an der Schläfe kreisen und gluckste. »Er hat immer Zwieback mit Milch gegessen und dazu süßen Kaffee getrunken. Von morgens bis abends. Und Schokolade. Und ... da fällt mir ein, er konnte schöne Musik machen, das hat mir meine Mutter erzählt, schöne traurige Lieder hat er auf dem Bandonion gespielt. Und dann die vielen Katzen, die er gehabt hat. Das war ein richtiger Tick von ihm. Er aß mit ihnen zusammen und unterhielt sich mit ihnen, hat richtige Reden gehalten. Ja, das war alles ganz merkwürdig.« Jesper nickte ernst und furchte die Stirn. »Ich glaube, das kommt von zuviel Bildung.«

Ein Porträt, ein Charakterbild von Hans Jakob, oder nur eine Sammlung von Anekdoten, vom Vater an den Sohn weitergegeben? Jørgensen dachte an einen anderen Außenseiter, Hans Larsen, den Schafbauern, und an die Geschichten, die Malte über ihn erzählt hatte, damals, im Auto, als sie zum Friedhof gefahren waren. Was bleibt, schaffen die Dichter. Und der Klatsch der Nachbarn und Verwandten. Oder es steht in den Polizeiakten.

»Da gibt es noch die Geschichte mit dem Fasan.« Jesper hatte nur einmal kurz an seinem Likör genippt, und Jørgensen hatte ihn noch gar nicht angerührt.

»Einmal war mein Vater mit einem Fasan nach Hause gekommen, den er auf den Feldern geschossen hatte. Als Hans Jakob das sah, bekam er einen richtigen Wutanfall. Warum sein blutdürstiger Sohn gute brave Tiere abknalle.«

»War dein Großvater Vegetarier?« warf Jørgensen ein.

»Vegetarier? Ja, ich glaube schon. Er soll viel Möhren und Salat gegessen haben – Kaninchenfutter.« Jesper schüttelte verständnislos den Kopf. »Mein Vater hat dann voller Wut den Fasan ausstopfen lassen und Hans Jakob vor die Tür gestellt. Der hat aber gar nicht geöffnet. Meine Mutter hat mir erzählt, daß ich dann das Tier in den Arm genommen und immer gestreichelt haben soll und nicht mehr hergeben wollte. Überleg mal, der kleine Jesper. Ich durfte den Vogel dann behalten. Er stand in unserem Kinderzimmer. Und ich habe ihn heute noch, nebenan im Büro. Komm, ich zeig ihn dir.«

Jespers Büro war ein schmaler Raum gleich neben dem Hauseingang. Vor dem Fenster stand ein Schreibtisch, voll mit Papierkram, Zeitungen, Prospekten, dem Telefon und einer alten Schreibmaschine. Hier erledigte er neben den üblichen, die Landwirtschaft betreffenden Schreibarbeiten auch die Korrespondenz mit seiner kleinen Schar von Feriengästen, die schon viele Jahre kamen und mit denen ihn inzwischen ein fast familiäres Verhältnis verband.

An der Seitenwand stand ein riesiger dunkler Schrank, auf dem, neben leeren, übereinandergestapelten Obstkisten, auch der Fasan seinen Platz gefunden hatte.

»Hans Jakob muß ein interessanter Mensch gewesen sein, Jesper. Hast du eigentlich ein Foto von ihm?«

»Nein, es gibt keine Bilder mehr. Die sind alle beim großen Brand weggekommen. Das ist sehr schade.«

Der große Brand. Jesper redete nur vom ›großen Brand‹. Daß sein Großvater bei diesem Brand ums Leben gekommen war, brachte er nicht über die Lippen. Er war doch sonst völlig unbefangen gegenüber Hans Jakob. Was bekam Jørgensen hier zu hören? Von wegen Heimatverein. In Kirsteins Akten stand das etwas anders. Jesper wußte aus irgendwelchen Quellen über jeden Schritt Bescheid, den Jørgensen auf dieser Insel tat, und glaubte gleichzeitig, daß sein Großvater nur ein zugegebenermaßen sonderbarer Eigenbrötler war. Das paßte doch hinten und vorne nicht.

Was wußte Jesper Terkelsen wirklich?

»Ja«, sagte Jesper, »das ist alles vernichtet worden. Seine ganze wissenschaftliche Arbeit, alle Unterlagen, alle Bücher. In Andersens Kammer gab es aber noch ein paar Gegenstände von ihm. Die müßten eigentlich oben auf dem Dachboden in einer der Truhen liegen. Willst du dir das mal angucken?«

»Gerne«, sagte Jørgensen.

Sie erhoben sich von den Stühlen und verließen den Raum.

Jesper, der auf Socken in der Wohnung herumgelaufen war, zog im Vorraum seine zerschlissenen Pantoffeln an.

*

Kirstein wartet geduldig, die Hände auf dem Rücken übereinandergelegt, während Frederik in die Gummistiefel steigt.

Frederik geht voran, sie verlassen das Haus, über die Straße, runter zu den Ställen.

Der Wind bläst jetzt stärker, und Kirstein schlägt den Kragen hoch. Es fängt wieder an zu schneien. Die Flocken wirbeln ihnen um die Füße, sie gehen mit gesenkten Köpfen auf die große Scheune zu.

Das Tor schwingt auf.

Im Inneren der Scheune ist es pechschwarz.

Frederik entzündet eine Laterne, reicht sie Kirstein, greift nach einer anderen; plötzlich ein Huschen, hier und da, aus allen Ecken glühen Katzenaugen, in banger Erwartung erstarrt. Die beiden suchen sich einen Weg durch Maschinen, Stroh und

Gebälk, dann bleibt Frederik stehen und leuchtet mit der Laterne eine wurmstichige, grob zusammengezimmerte Stiege hinauf. Er steigt mit vorsichtigen knarzenden Schritten voraus. Kirstein folgt.

Auf halber Höhe der Scheune wächst eine Kammer in die Dunkelheit, ebenfalls grob gezimmert, von einem wirren Gestänge gestützt. Frederik steht vor einer Tür, klopft und ruft den Namen seines Vaters.

Stille.

Noch einmal … Der Name ›Hans Jakob‹ verhallt stumpf im Dachraum.

Die Tür ist nicht verschlossen, sie betreten die Kammer, sie machen Licht.

Kirstein blickt in einen karg eingerichteten Raum.

Frederiks Vater ist nicht da.

Auf einem Tisch türmen sich Bücher, in der Ecke steht eine geschwungene Liege, auf der sich ein Bandonion krümmt. An einem dicken rostigen Zimmermannsnagel hängt ein abgewetzter Schlafrock; eine zottelige Perücke auf einem grob geschnitzten Holzkopf in der Ecke des Raumes; an einer Schnur, die quer durch die Kammer gespannt ist, baumeln zig Laternen, in allen Formen, Größen, Farben.

Kirstein geht zu dem Tisch und sieht sich eine Weile suchend um. Dann nimmt er einen großen, schweren, in Leder eingebundenen Folianten von der Platte.

Wenn der Herr Vater dieses Buch wiederhaben möchte, soll er ihn in Nørreskøbing aufsuchen. Er hat keine Lust auf dieses Versteckspiel.

Kirstein klemmt sich den Band unter den Arm und rümpft die Nase.

Dicke Büschel Lavendelzweige aus dem Spätsommer füllen den Raum mit einer durchdringenden und betörenden Süße. In dieser schäbigen Rumpelkammer ein geradezu ekelhaft anmutender Duft.

Aber es riecht noch nach etwas anderem.

Der Polizeimeister geht zu einem Stuhl und hebt ein verbeultes Zinntellerchen, einen Aschenbecher, von der Sitzfläche, hält ihn Frederik hin.

Auf dem Teller qualmt ein kleines, aus einer Pfeife geklopftes Häufchen Tabak.

Die beiden sehen sich an.

Hans Jakob Terkelsen muß noch vor wenigen Minuten hiergewesen sein.

*

Die fleckigen Holzdielen knarrten, als Jørgensen und Jesper sie betraten, und auf jeden Schritt folgte schwach ein dumpfer Hall, begleitet von einem kaum merklichen Schwingen. Hier und da bedeckten Reste eines schäbigen Balatums den Boden, das wohl schon vor Jahrzehnten ausgemustert und entsprechend der mit den Räumen verbundenen Werthierarchie immer weiter abwärts bis in den Keller gewandert war, von wo es dann zuletzt zum Dachboden aufgefahren und in diesem Endlager, unbeschadet einer jeden Prüfung auf irdische Brauchbarkeit, seinen zeitlosen Frieden gefunden hatte. Hier, im Archiv des individuellen Lebens im Gewand einer beseelten Rumpelkammer, teilte der abgewetzte Wollfilz sein Domizil mit alten Schränken und Truhen, in denen schon Jespers Urgroßeltern ihr selbstgewebtes Linnen aufbewahrt hatten. Neben den unverrückbaren wuchtigen Möbeln gruppierten sich wackelige Stühle mit verschlissener Polsterung, flankiert von hochbeinigen Blumenständern, wie Jørgensen sie von alten Fotografien her kannte. Unwirklich, wie jene Zeit erscheint, die gerade drei Generationen zurückliegt – zu lange her, als daß sie nicht längst aus den Erinnerungen der Lebenden farblos und matt ins Archiv der Erzählungen abgelegt wäre, zu kurz vergangen jedoch, um als das durch Phantasie und Unwissen geschliffene Bild einer historischen Epoche zu glänzen –, erinnerte das Möbelstück, auf dem einstmals vielleicht eine stolze Zimmerlinde der Guten Stube einen exotischen Hauch verliehen hatte, nun an die halbseidene Requisite eines Fotoateliers, auf die der Großvater, die Würde seiner Haltung betonend, lässig die Hand ruhen läßt.

Neben den aus ihrer Zeit gerissenen Möbeln standen alte Matratzen hochkant an der Wand, in der Mitte faltenreich eingeknickt wie der Bauch eines altersgebeugten Greises. Ein rostiges Fahrrad, dessen mürbes und rissiges Sattelleder schon das Aussehen von Pappe angenommen hatte, stemmte sich gegen ihren drohenden Sturz.

Besonders auffallend waren die Unmengen übereinandergestapelter leerer Kartons und Schachteln, übriggeblieben von den Anschaffungen der letzten vierzig Jahre, die einst aus ihnen wie bei einer Geburt behutsam herausgehoben worden waren und denen die auf dem Dachboden verwahrten Hüllen wahrscheinlich am Ende ihres Lebenszyklus auch zu Särgen wurden. Auf einen kleinen Fußschemel wie auf ein Ruhekissen gebettet, entdeckte Jørgensen einen sorgfältig gefalteten Danebrog, der auch diesen abgelegenen Raum in die große Volksgemeinschaft mit einschloß; regelmäßige Weckrufe fuhren in ihren Schlaf, wenn die Fahne, aus ihrer versteckten Ruhestätte hervorgeholt, am Mast im Vorgarten aufgezogen wurde und um den gekalkten Mast zappelte.

Sich zwischen alten Mänteln und Anzugjacken hindurchdukkend, gelangten sie in den unbeleuchteten hinteren Teil des Dachbodens. Und während Jørgensen noch immer die bewegenden und beweglichen Gegenstände studierte und sorgfältig jene Dinge, die von Geburt an zum Haus gehörten, von jenen zu trennen bemüht war, die wohl von Feriengästen vergessen, aussortiert oder weggeworfen zu sein schienen und auf diese Weise vom Speicher adoptiert worden waren – schlaffe Wasserbälle, Plastikautos, zerknautschte Kindergummiboote und Korksandalen der vorletzten Modesaison –, machte Jesper sich an einem rissigen Holzbrett zu schaffen, das, an einem Dachbalken fest installiert und damit zu den lebenswichtigen Organen des Hauses gehörend, einem Elektrozähler und einigen verschnörkelten Porzellansicherungen Halt bot. Altersschwach und von den besorgten Fingern der Handwerker wohl schon oftmals wieder zusammengeflickt, sendete diese Zentrale den Lebenssaft durch ein Labyrinth brüchiger Leitungen zu den Synapsen in den Wohnräumen. Eine schwache Glühbirne erleuchtete nun den hinteren Raum, und Jørgensen wunderte sich über die vielen Gänsefittiche, die, zwischen die Sparren und Ziegel des Dachs gesteckt, im matten Schein des Lichtes sichtbar wurden. Ein seltsamer Aberglaube, um böse Geister vom Dach zu vertreiben? Oder nur naturwüchsige Handfeger, die hier praktisch und griffbereit aufbewahrt wurden?

Zielstrebig bahnte sich Jesper den Weg zu einer der zwei großen Truhen, die wie mächtige Sarkophage an der Wand standen.

Als der schwere Deckel hochgeklappt war, sah Jørgensen, während er Jesper in scheuer Neugierde über die Schulter blickte, allerlei Krimskrams unter den suchenden Bauernfingern ins Licht des Dachbodens treten. Kleinen Schachteln mit Schrauben und Beschlägen folgten altertümliche Gewichtstücke für eine Balkenwaage; braune Fotografien zeigten standhafte Matronen mit ebenso faltenreichem Gewand wie Gesicht in wackeligen Rahmen. Zu einem klobigen Bügeleisen, dessen Griff zu einem Omega gebogen und dem sein Ende von Anfang an auf diese Weise eingezeichnet war, gesellten sich die birnenförmigen Porzellanknöpfe ausrangierter Zuggardinenschnüre und ein Handarbeitskörbchen, in dem nichts als ein paar Mottenkugeln verrieten, daß hier einmal Stoff aufbewahrt worden war, und deren Naphtalingestank den Geruch der alten Truhe überlagerte.

Als nächstes erschien ein Stoß Bücher und Hefte, Traktätchen und religiöse Erbauungsschriften, die »Vom zukünftigen Reich« und »Vom kommenden König« kündeten.

»Kannst du was damit anfangen?« Jesper förderte ein in dunkles Leder gebundenes Buch zum Vorschein und drückte es Jørgensen in die Hand.

Der Einband war ziemlich abgegriffen und zeugte entweder von einer schlechten Behandlung oder einer regelmäßigen Lektüre.

Jørgensen schlug es auf. Eine Bibel.

Bei flüchtigem Durchblättern zeigte sich, daß jemand offenbar jede Seite mit handschriftlichen Notizen gespickt und in einer klaren und präzisen Kupferstecherschrift Streichungen und Ergänzungen, Vermerke und Kommentare vorgenommen hatte. Wer, um Himmels willen, fuhrwerkte so pietätlos in der Heiligen Schrift herum?

»Du hast doch gesagt, daß du dich für meinen Großvater interessierst. Schau dir die Sachen nur in aller Ruhe an.« Jesper nickte Jørgensen ermunternd zu.

»Und dieses Buch gehörte wirklich Hans Jakob?«

»Das hier gehörte alles meinem Großvater, da besteht gar kein Zweifel.« Jesper zog ein gerahmtes Bild hervor und lehnte es gegen die Truhe, so daß auch der streng blickende ältere Herr mit der Lockenperücke Gelegenheit hatte, den Krimskrams, mit dem er ja nun schon seit Jahrzehnten im Dunkeln die Zeit totschlug, bei Licht zu betrachten.

Jørgensen schaute in ein bekanntes Gesicht. Es war der gleiche Herr, dessen Porträt über seinem Tisch im Polizeihaus hing. Der Musiker.

»Dieses Bild hier …«, Jørgensen nahm es in die Hand und hielt es Jesper hin. »Wer ist das?«

Jesper zuckte die Achseln. »Nie gesehen. Kenn ich nicht. Ganz schön feiner Pinkel, was? Du kannst es behalten, wenn du willst.«

»Und das Buch? Kannst du mir das leihen?«

Jesper winkte ab. »Komm, nimm es mit.« Er hob die Schwarte vom Boden, griff in die Seiten und blätterte kurz vor und zurück. »Hier, die Schrift von meinem Großvater. Sieh mal, wie der da rumgekritzelt hat. Siehst du? Und ganz sorgfältig gemalte Buchstaben. Ja, so war er auch.«

Die beschlagnahmten Beweisstücke in der Plastiktüte auf dem Gepäckträger, fuhr Jørgensen über die Landstraße zurück nach Nørreskøbing.

Kurz hinter Kirkeby bemerkte er, daß seine Schätze bedenklich verrutscht waren. Noch eine Kurve, und seine kostbare Fracht würde zwischen Löwenzahn und Schafgarbe im Straßengraben landen.

Vorsichtig brachte Jørgensen die Maschine zum Stehen.

Die Federn des Gepäckträgers hatten über die Jahre sichtlich an Spannkraft verloren. Er packte die Tüte und hängte sie kurz entschlossen an die Lenkstange, doch schon bei geringfügiger Beschleunigung schlenkerte sie dort so wild hin und her, daß er sie wieder abpflückte und vor sich auf den Tank zwischen seine Beine klemmte. Langsam tuckerte er die Landstraße entlang; die Kornfelder standen in vollem Gelb, und ein kühler Luftzug umspielte ihn, als er den Hügel hinab auf Nørreskøbing zurollte. Kurz darauf holperte die Nimbus über das Kopfsteinpflaster hinweg, durch das Spalier der Häuser, die sich behaglich aneinanderdrängten in der Wärme des Sommerabends.

Jørgensen erkannte Annas Handschrift sofort.

Er spürte eine freudige Erregung. Der erste Einbruch des früheren Lebens in seine neue Welt. Und einen schöneren konnte er sich nicht denken.

Den Brief unter dem Arm, ging er die Stiegen hinauf in die Schlafkammer, streckte sich auf dem Bett aus und öffnete den Umschlag. Zu seiner Freude fand er das gewünschte Literaturverzeichnis der Schriften Swedenborgs. Er schnappte sich den beiliegenden Brief, faltete die Blätter auseinander und suchte den Anfang. Anna saß an seinem Bett; sie erzählte von Kopenhagen, dem Botanischen Garten, gemeinsamen Freunden und wie sie Marmelade einkochte, mit Wollsocken in der Küche, weil der Fußboden über dem Keller selbst im Sommer nicht richtig warm wird. Und gleich einem längst vergessenen Traum stiegen Bilder in ihm auf, Bilder einer weit entfernten Vergangenheit, eines anderen Lebens, seltsam fern und vertraut zugleich. Die Wohnung in Brøndby, der vom Flieder durchduftete Garten, dessen Trauben nun schon längst verblüht waren, der Blauregen und die Clematis, über denen für zwei, drei Stunden die volle Mittagshitze stand, bis die Schatten des Hauses sie langsam einholten, sie zudeckten für einen langen schweren Nachmittag; die trägen Stunden im Polizeihaus an der Otto-Mønstedgade, das Schwitzen der Kollegen über Berichten und Iskes endloses Gerede über seine Frau und den mißratenen Sohn, der jetzt Design studieren wollte, seinen Traum vom Eigenheim und daß der Volvo bald erneuert werden mußte. Jørgensen legte das Blatt aus der Hand. Der Duft von blühenden Levkojen strich zum offenen Fenster herein. Die Gärten standen in voller Pracht, die Blumen trieben hervor, wo es Gott gefiel, und die Einfriedungen schienen gepflanzt, mehr um den Schritt zu hindern, als ihn zu lenken. Ein Bild, gemalt in den Farben eines Romans, der Welt eines keltischen Märchens, zerbrechlich und schmerzhaft vergänglich zugleich, bedroht von der lanzenstarrenden Welt schwarzer Krieger, dem Fluch einer alten Sage. Um das ganze Bild schloß sich der Rahmen, weiß und etwas abgeblättert, ein mehrfach überlackiertes Holz, dessen alter Anstrich, eine Nuance gelblicher als das jüngere Deckweiß, wie Zahnschmelz zwischen blitzend weißen Porzellanfüllungen hervorschimmerte. Und Jørgensen dachte an den Rahmen, der sein eigenes Leben eingrenzte; ein sehr angenehmer Rahmen, wie er fand. Die Beine ausgestreckt, drehte er sich auf die Seite, drückte das Kopfkissen fest an die Wange und sog den Geruch frischer Wäsche in sich hinein. Dann griff er sich das Verzeichnis von Swedenborgs Werken, eine Auflistung aller Schriften, mit kurzen Inhaltsangaben und Kommentaren.

Der große Ingenieur und Naturforscher Emanuel Swedenborg, mit dessen technischen Visionen er sich nun schon seit über einem Monat beschäftigte, hatte deutlich mehr Bücher geschrieben, als Jørgensen bislang geglaubt hatte. Als Mathematiker verfaßte er das erste schwedische Lehrbuch der Algebra, er begründete die Geologie und die Krillographie, fand eine Methode, die geographische Länge eines Standortes zu errechnen, und forschte schließlich nach dem Ursprung der Planeten und der Gruppierung der Sterne. Auf mehreren Wissensgebieten nahm er Erkenntnisse des 19. und 20. Jahrhunderts vorweg, die zum Teil erst sehr viel später überhaupt zu Problemen wurden, wie die Atomtheorie, die Wellentheorie des Lichts, die Theorie der Wärme als Bewegung, und, einundzwanzig Jahre vor Kant, die Nebulartheorie. Jørgensen kam aus dem Staunen nicht mehr heraus. Es gab kaum ein Gebiet, auf dem sich Swedenborg nicht mit eigenen Theorien betätigt hatte. Der Mann war noch um vieles bedeutender gewesen, als er bislang ohnehin schon angenommen hatte. Auf wen war er da nur gestoßen?

Ob nun das Wesen der Elektrizität als eine Form der Ätherbewegung und ihr Zusammenhang mit dem tierischen Magnetismus oder Physiologie des Körpers und des Gehirns, es fand sich nahezu keine naturwissenschaftliche Frage von größerer Bedeutung, mit der Swedenborg sich nicht beschäftigt hatte. Mal waren es die Drüsen, die Atmung und die Herzbewegung, mal war es die Monro-Öffnung zwischen den beiden Seitenkammern des Gehirns, die seine biologische Neugier erregt hatte. Daß Swedenborg neben der Taucherglocke noch an einem Flugapparat, einer Dampfmaschine und einem Schleusensystem getüftelt hatte, wußte Jørgensen bereits. Doch daß der Universalgelehrte überdies ein neues Maß und Gewichtssystem ersonnen, neue Ideen für den Bergbau vorgeschlagen und Anregungen zu einer Exportgesellschaft für Schwedens Schätze, Eisen und Teer und Salz, gegeben hatte, war ihm neu. Mit Leichtigkeit erlernte Swedenborg die wichtigsten europäischen Sprachen. Er gab Hinweise zur Deutung der ägyptischen Hieroglyphen und skizzierte, fast zweihundert Jahre vor Freud, den »Plan der Methode, um die Analysierung der Wünsche und Neigungen des Gemüts festzustellen«. Jørgensen zählte insgesamt fünfundzwanzig Schriften über alle erdenklichen Wissensgebiete.

Dann kam noch ein zweiter Block, der mindestens noch einmal so viele Bände enthielt. Doch während er zuvor Dinge gelesen hatte, die noch einigermaßen verständlich waren, wurde nun alles ziemlich rätselhaft. »Himmlische Lehre«, »Vom Neuen Jerusalem und seiner Himmlischen Lehre«, »Weißes Pferd«, »Jüngstes Gericht«, »Enthüllte Offenbarung«, »Himmel und Hölle« …

HIMMEL UND HÖLLE

Ja, dieses Buch hatte Jørgensen schon einmal gesehen.

In der Bibliothek war es dunkel und kühl.

Jørgensen blickte auf den Tisch, dorthin, wo seit jenem ersten Tage, an dem er den Raum betreten hatte, unberührt der Stapel Folianten lag, den zu verrücken er sich nicht getraut hatte.

HIMMEL UND HÖLLE

Er zog das Buch aus dem Stapel heraus und öffnete den schweren ledernen Deckel.

Da stand: »Hans Jakob Terkelsen, Ellehavegaard.«

Terkelsens Buch auf Kirsteins Schreibtisch. Wie kam das zusammen?

Er blätterte weiter:

DE COELO ET EJUS MIRABILIBUS; ET DE INFERNO, EX AUDITIS ET VISIS. OPUS EMANUELÍS SWEDENBORG.

Das hatte er erwartet.

Als er die nächste Seite umblätterte, blickte er in ein bekanntes Gesicht.

Das hatte er nicht erwartet!

Auf dem Kupferstich lächelte, wissend mit dünnen Lippen, derselbe Mann, der über seinem Bett hing, der Mann aus Hans Jakob Terkelsens Truhe.

Lebhafte Röte belebte seine Wangen, als er die Seiten weiter durchblätterte und die vielen Überschriften studierte: WEISE

UND EINFÄLTIGE IM HIMMEL; DER DRITTE ZUSTAND DES MENSCHEN NACH DEM TODE; ÄUSSERE ERSCHEINUNG, LAGE UND VIELFALT DER HÖLLEN, DIE SPRACHE DER ENGEL.

Er vertiefte sich in diese fremde Welt, las und las und vergaß darüber die Zeit. Es wurde düster um ihn herum, die Augen begannen zu schmerzen.

Vieles verstand er nicht, vieles blieb rätselhaft. Aber er wollte weiterkommen, und schließlich traf er eine Entscheidung.

Um den Fall Adams zu lösen, brauchte er mehr Informationen. Informationen, die er nur in Kirsteins Akten finden konnte. Kurz vor Mitternacht öffnete er das zweite Siegel.

Der Hund

Es ist eine eisige Nacht, es ist windig, und es ist keine Seele zu sehen.

Da und dort schimmert der Schatten eines Gehöfts durch den nebligen Dunst; die Bauern schlafen, das Vieh döst in den Ställen.

Seit Tagen fällt spärlich ein feiner Schnee, der sich in dünnen Wehen über das Land legt. Vom Luftstrom ergriffen, wirbelt er nun über die Felder, schichtet sich an jedem Vorsprung und überzieht die Insel mit weichen Konturen. Die abwandernden Dünen jedoch reißen jedesmal schmutzige Flecken auf, und die braune Ackererde dringt pockennarbig durch den zarten Schneefirn.

Jetzt mischen sich Eiskörner unter den Wind, und das Käuzchen in der alten Pappel drückt sich tiefer in seinen warmen, mit Gras und Dunen gefütterten Unterschlupf. Durch einen kleinen Spalt des im Alter spröde und rissig gewordenen Baumes äugt es starr in die windzerzauste Dunkelheit.

Andersen kann nicht mehr.

Seine Krücken finden kaum noch Halt, glitschen über vereiste Steine, die Füße, in dicke, gefütterte Schuhe gepackt, tapsen hilflos durch die zerklüfteten Furchen, stoßen stumpf gegen alles, was sich ihnen in den Weg legt. Die Beine schmerzen, sein Körper ist schweißnaß, in dicken weißen Wolken keucht er den Atem in die Nacht. Eben noch konnte er Emerson sehen, in seiner Schaffelljacke, der als letzter ging. Doch unbeirrbar zieht der Trupp sich geschmeidig wie ein Lindwurm durch die Feldraine; keiner dreht sich um, keiner nimmt von ihm Notiz.

Da! Ist da jemand? ... Nein, nein, da ist keiner.

Ich komme mit, hat er gesagt; das laß ich mir nicht entgehen, das gibt einen Spaß, hat er gesagt, und der Alte hat nur erwidert: Sieh zu, wie du klarkommst. Sofort aufgesprungen und zur Tür gehumpelt, sie aufgerissen und geschrien: Auf geht's Jungs. Los! Los! Und er hat sie in den Schnee gewinkt mit seiner Krücke. Das ist unsere Nacht, hat er jedem, der stumm an ihm vorbeiging, zugeraunt. Diese tapferen Jungs in ihren Kapuzenjacken, den Fellwesten und Lappen um die Stiefel gewickelt. Die erkennt keiner, die Gesichter vermummt bis zu den Augen, ja, alle vermummt, bis auf ihn, man würde ihn ja eh gleich erkennen, den Krüppel. Und abhauen ...?

Andersen beißt in den Schulterriemen seiner Packtasche und hastet wie irre zwanzig, vierzig, fünfzig Meter voran. Er ist allein, von den anderen keiner mehr zu sehen, sie haben ihn abgehängt. Tränen der Wut und Verzweiflung schießen ihm in die Augen; der Wind treibt sie über seine stoppeligen Wangen, er schmiert sie mit dem Handrücken weg. Noch einmal, mit allen Kräften, wuchtet er sich vorwärts auf seinen Krücken, daß ihm der Schnee nur so um die Füße wirbelt, die Augen halb geschlossen, das Kinn vorgereckt, noch bis zu dieser Pappel da, und dann läßt er sich, völlig erschöpft, mit zitternden Gliedern zu Boden sinken.

Andersen schließt die Augen, der Sturm läßt nach, ein Gefühl der Behaglichkeit durchströmt seinen ermatteten Körper.

Øtinger, du trägst die Farbe, Gaardager, du die Leiter, Justinus, in diesem Sack sind die Geräte, Emerson, du gehst rüber zum Pfarrhaus und sorgst dafür, daß da Ruhe ist. Mittnacht, mein Junge, du trägst das Buch. Wir werden das Buch brauchen.

Ich paß am Tor auf, hat er geschrien. Aber wer hat ihn, den Krüppel, denn schon beachtet. Alle standen um den Tisch, auf dem der Alte saß, mit gekreuzten Beinen wie ein Schneider. Sieben Kerzen tropften ihr heißes Wachs auf die Tischplatte, sieben Mann sind sie, und dann hat der Alte von ihrer Mission gesprochen.

Andersen lächelt selig, läßt eine Krücke los, greift mit der Hand in den pulvrigen Schnee und reibt ihn sich über das immer noch erhitzte Gesicht.

Wir haben oft über dieses Bild gesprochen, es gehört nicht zu unserem Glauben, aber es enthält, wie ihr alle wißt, die große Prophezeiung. Decken wir den anderen Unfug zu und lassen jenes Bildnis mit neuer Kraft erstrahlen.

Erstrahlen, denkt Andersen, sein Gesicht eine einzige grinsende Grimasse. Erstrahlen! Für einen Moment fallen ihm die Augen zu, er reißt sie wieder auf. Ein neues Gefühl rüttelt seinen nach Schlaf dürstenden Körper. Er klopft sich auf den Bauch und kichert. Dann streift er mit ruckartigen Bewegungen seine Packtasche vom Rücken, löst die Schnalle und zieht allerlei Nahrungsmittel hervor. Die Tasche als Sitz, den Oberkörper gegen einen Baum gestützt, Brot und Wurst vor sich auf dem weit über die Beine reichenden Mantel ausgebreitet, kaut er gierig, und wenn der Schlund ihm zu trocken wird, stopft er sich Schnee mit hinein.

Aah, das ist gut! Zufrieden sieht er sich um.

Dahinten leuchtet noch schwach ein Hof. Der Nebel lichtet sich, und dort drüben streunt ein großer brauner Hund winselnd und mit eingekniffener Rute über die scheckig gefrorenen Äcker.

Andersen wirft ihm einen Stein nach und dann ein paar rohe Flüche. Er wird uns noch alle verraten, der Drecksköter, verdammter Drecksköter, du Wechselbalg, na warte. Zerreißen werde ich dich, du Scheißvieh du. Er spuckt aus, daß ihm das halbzerkaute Brot über den Mantel stiebt.

Kalt ist ihm nicht. Aber die anderen hätten warten können. Na, vielleicht auch besser so. Wenn's plötzlich ans große Abhauen geht, was war dann mit ihm? Dann war er dran, dann hatten sie ihn! Hoppla, oh, oh, neinein. Da warten wir lieber hier, gemütlich und in aller Ruhe. Nein, die Kälte macht ihm keine Sorgen. Wie bei einer Zwiebel schichten sich die zerlumpten Kleidungsstücke um seinen Körper, nein, die Kälte macht ihm wirklich nichts aus. Und um sich die Zeit zu vertreiben, zieht Andersen ein Messer aus dem Mantel und schält von einem morschen Ast die Borke herunter. Dann hält er plötzlich inne, tippt sich an die Stirn und tastet an den Mantelschößen herum. Das nächste, was er da nun herauszieht, ist eine kleine Flasche mit sehr starkem Schnaps. Er löst den Stopfen, nimmt einen tiefen Schluck, setzt die Flasche ab, stößt ein langes genüßliches Ächzen aus und haut den Korken gut gelaunt mit der flachen Hand zurück in den Flaschenhals. Jetzt hat er alles, und vor sich hinsummend widmet er sich wieder seiner Schnitzerei, und die Gedanken, die ihm nun durch den Kopf gehen, sind ihm sichtlich sehr angenehm, denn sie hinterlassen in seinen Zügen die Spuren eines zufriedenen Lächelns.

*

Zwischen alten Linden schimmerte hell das Schiff der kleinen Kirche, halb verdeckt vom grünen Blätterwerk. Auf eine merkwürdige Weise paßte sie in die Landschaft, obwohl sie mit ihren grellweiß gekalkten Stufengiebeln, den leuchtend roten Ziegeldächern, besonders aber mit der Buchsbaum- und Kiesgeometrie des sie umgebenden Friedhofs und dem unendlichen Himmelblau als Hintergrund auch sehr gut auf einer griechischen Insel stehen konnte.

Andächtig schritt Jørgensen durch das blaugrau gestrichene

Gestühl und Holzwerk, unter den Votivschiffen hindurch, die, drei an der Zahl, unter der Decke schaukelten, Zweimaster und Dreimaster, in voller Takelage, aber ohne Besegelung. Unendlich fern und erhaben kreuzten sie, unbemannte Geisterschiffe, durch den Luftraum mit Kurs auf den Hochaltar, als wollten sie dort, an dem Ort ihrer Erlösung, endlich vor Anker gehen.

Um den Altarraum schwang sich eine niedrige halbrunde Balustrade mit einer umlaufenden Bank, bezogen mit rotem Samt.

Große schachtartige Fensterdurchbrüche in den mächtigen grobverputzten und gekalkten Bruchsteinmauern, durch die helles Licht einfiel, tauchten den Raum in eine friedliche, heitere Sonntagstimmung, eine säkularisierte Feierlichkeit ohne jeglichen Ausdruck von Transzendenz, ein romantisches Biedermeier, dem allein die Spuren eines nur wie versehentlich hierher verirrten Rokoko die Erdenschwere zu nehmen schienen.

Jørgensens Blick wanderte über die gekalkten Deckengewölbe, deren Rippen mit blaßroter und kalkblauer Bandornamentik zart gemustert waren, herunter zur mittschiffs angelegten goldgeränderten und mit üppigen Schnitzereien verzierten Kanzel und von dort auf die andere Seite, zu der kleinen Holztür kurz vor dem Chor. Die Tür war zu, kein Kabel schlängelte sich durch den Kirchenraum. Jørgensen drückte die Klinke, die Tür gab nach, schwang auf. Er betrat die kleine Kapelle und sah sich um.

Der Raum war leer. Keine Spur war geblieben, kein Kabel, kein Gerüst, keine Flaschen, keine Dosen und keine Geräte. Der Spuk war vorüber, die Arbeit beendet, der weißgewandete Herr war abberufen worden, auf eine andere Baustelle.

Jørgensen trat vor und begutachtete das restaurierte Fresko. Der Weltenrichter thronte in neuer Herrlichkeit auf dem Regenbogen, und die Teufelchen gingen in altem Glanz ihrer Drecksarbeit nach. In der unteren Ecke des Freskos das mysteriöse Motiv.

Jørgensen stand, die Beine übereinandergeschlagen, an die meterdicke Wand gelehnt und strich sich den Schnurrbart.

Wie viele waren es gewesen? Fünf, sechs, oder ein Dutzend?

»Eine kleine Schar.« Kirstein hatte keine genaue Zahl genannt.

Sie stellen die Eimer mit der Kalkfarbe auf die Steinplatten, dann fummeln sie mit klammen Fingern ihre Schwänze hervor und pissen hinein, alle miteinander.

Sie gehen das Risiko ein, erwischt zu werden, während sie ein Kunstwerk zerstören. Derweil sie sich über das JÜNGSTE GERICHT hermachen und es verschwinden lassen, sparen sie etwas aus. Sie umpinseln diese eine Stelle mit einem in zwei hastigen Schwüngen ausgeführten Kreis.

Den Mann, der den eigenen Kopf in den Händen trägt.

Und das halbversunkene Schiff.

Jørgensen sah sie vor sich. Männer in dunklen Klamotten, mit Fellwesten, Kapuzenjacken, Wollmützen, Tücher im Gesicht. Immer wieder tauchen sie ihre breiten Pinsel in die Brühe, einer hastiger als der andere, bis nur noch der eine bewußte Fleck frei ist.

Dann plötzlich hören sie von weitem den Pfarrer: He, ist da wer? Wer seid ihr? Was macht ihr da drin? Dann Geschrei und hektische Flucht. »Wo ist Emerson?« Raus aus der Kapelle, durch die Kirche, die Farbe schwappt aus dem Eimer, schneller, nur raus jetzt … über den Hof, ab in die Nacht.

Der Pfarrer flucht ihnen hinterher. Verrückte, Spinner, verfluchte Bande, verdammte Sektierer!

Verdammte Sektierer, murmelte Jørgensen, ja, dem Herrn Pfarrer muß in der Hast etwas aufgefallen sein. Einen dieser Brüder hatte er wohl erkannt.

Wie hieß es in Kirsteins Protokoll?

Einen hageren Mann, von mehr als gewöhnlicher Länge.

*

Kirstein nickt. Den Mann kennt er. Und weiter? Wer war noch dabei?

Der Pfarrer zuckt hilflos mit den Schultern. In *der* Dunkelheit? Und alle waren vermummt.

Sie starren zur weißgetünchten Wand hinauf. Da, wo die Farbe noch naß ist, schimmern die Konturen des Gemäldes durch, der Pfarrer wendet sich ab. Es stinkt hier, Kirstein zieht ein Taschentuch hervor und knüllt es sich unter die Nase.

Und hier? Da sind sie wohl nicht fertiggeworden. Er zeigt mit dem Stock auf die untere Ecke der Wand. Selbst die Fugen des Mauerwerks scheinen durch den dünnen feuchten Putz hindurch.

Der Pfarrer zuckt wieder die Schultern und seufzt. Das JÜNGSTE GERICHT. Ein Meisterwerk spätmittelalterlicher Kalkmalerei. Wer kommt für den Schaden auf? Der Geisterbursche soll zahlen … er und seine Galgenbrüder. Es waren ungefähr fünf.

Ungefähr?

Der Pfarrer breitet die Arme aus. Es war ja alles so dunkel, alles so schnell gegangen …

Kirstein unterbricht ihn mit einer Handbewegung. Ob ein Krüppel dabeigewesen sei? So ein Gedrungener, mit Krücken?

Nein, der war nicht dabei, da ist sich der Pfarrer sicher. Der hätte doch gar nicht abhauen können. So einen nimmt man doch nicht mit bei … bei so was. Ob der Herr Polizeimeister den Rest der Bande kenne. Ob es wirklich diese Sektierer waren.

Der Pfarrer hat doch den einen erkannt, diesen Großen, das konnte doch nur … warum er dann noch so eigenartige Fragen stelle? Jeder weiß doch, wer das hier angerichtet hat.

Der Pfarrer mustert betreten seine dünnen, von der Kälte blau angelaufenen Finger.

Sie verlassen die klamme und zugige Kapelle, betreten die Kirche.

Auf den Steinplatten, auf dem Läufer, überall weiße Flecken. Ein Eimer, quer ins Gestühl geschleudert; auf dem Mittelgang liegt ein struppiger Quast.

Kirstein steht oben vor dem Altar, ein Heiliger, mit seinem fast bis zum Boden reichenden Mantel, und er rollt eine Zigarre zwischen den Fingern. Scheu und ehrfurchtsvoll blickt der Pfarrer, unten auf einer Bank zusammengesunken, zu ihm auf.

Das wird nicht reichen, schnarrt der Polizeimeister.

Der Pfarrer nickt ergeben.

Trotzdem Anzeige?

Der Pfarrer ballt die Faust und läßt sie auf die Bank niedersausen.

Ja, verdammt!

Dann massiert er sich mit verkrampfter Miene die Handknochen.

Ja ... Anzeige.

Der Polizeimeister äußert, daß er nicht viel versprechen könne. Er muß eine Untersuchung beantragen. Das Material ist ausgesprochen dürftig. Der Pfarrer muß sich darüber klar sein, daß man hier wahrscheinlich zu keinem befriedigenden Ergebnis kommen wird. Er soll seine Vorgesetzten informieren, daß sie den Schaden begutachten lassen und entscheiden, wie weiter zu verfahren ist. Kurz – ob eine Beseitigung des Geschmiers vom finanziellen Gesichtspunkt aus gesehen überhaupt zu vertreten ist. Dies ist nicht die erste Anzeige gegen diese Sektierer. Einige konnten mit einer Geldstrafe geahndet werden. Dieser Schaden hier aber wird die Mittel der Täter bei weitem übersteigen. Gefängnis für diese Bande, vorausgesetzt, wir können ihnen die Tat einwandfrei beweisen, ist alles, was dem Herrn Pfarrer zur Genugtuung versprochen werden kann.

Von Genugtuung oder gar Rache will der Pfarrer nichts wissen. Er ist schließlich Christ. Es geht ihm nur um die künstlerische und spirituelle Bedeutung dieses Meisterwerks spätmittelalterlicher ...

Jaja. Kirstein nickt.

Dann vereinbaren sie einen Termin im Polizeihaus, geben sich die Hand.

Der Polizeimeister verläßt die Kirche, raus in den Wintertag.

Die Sonne steht tief und blendet.

Er nimmt den Zwicker ab, reibt sich die Augen, klemmt

die Brille wieder zurecht und zieht prüfend die Luft ein. Dann drückt er den Hut tief in die Stirn und schreitet langsam durch die Platanen und über den zusammengefrorenen Kies zum Kirchhofsportal hinaus.

*

Jørgensen stand noch immer in der Kapelle und blickte durch eines der beiden Fenster, ein schmales Lichtband quer über dem Gesicht.

Nachmittag. Ruhe. Erwartung noch größerer Ruhe. Gräber, deren Kreuze im hellen Licht schimmerten. Um sie herum gruppierten sich Bäume und Büsche, dazwischengekleckste Blumen, die so harmonisch ins Bild paßten, als hätte ein Komponist ihre Partitur geschrieben und nicht der Friedhofsgärtner. In diesem Konzert dominierte nicht die Stimme des Menschen, nicht der Gesang. Hier hatte seit mehreren hundert Jahren die Begleitung die Führung übernommen, niemand anders als die Landschaft selbst bestimmte den Ton, der sich an diesen hellen Sommertagen nur an sich selbst berauschte. Jørgensen konnte sich vorstellen, eines Tages hier begraben zu werden, an diesem Ort, der weder Vergangenheit noch Zukunft zu kennen schien, gut verwahrt unter einem verwitterten Granitstein, rund geschliffen von den finsteren Meeren der Ursuppe. Aber zugleich ahnte er dunkel, daß er kaum hier hingehörte. Unbeteiligter Zuschauer und zeitweiliger Gast, der er nur war, hatte er bis zu seiner letzten Ruhestätte wohl noch eine weite Wegstrecke in der Welt zurückzulegen. Wenn es denn überhaupt einen endgültigen Platz gab. Hatte er nicht in den letzten Tagen bei Swedenborg gelesen, daß auf Erden wie im Himmel nichts endgültig sei, daß alles ein Gleiten und Treiben im Strom des Werdens ist, ohne einen Anfang und ohne ein Ende? Selbst zwischen Leben und Tod, Wachsein und Träumen, Schein und Sein besteht kaum ein bedeutsamer Unterschied. Das eine Leben setzt sich in das andere fort, und der Tod ist bloß ein Übergang. Und mit einem Mal kam ihm in den Sinn, daß all dies tatsächlich nur ein Schein sein könnte, eine Traumwelt, ersonnen in der Phantasie eines Märchenerzählers. Ob dieser phantastische Schwindler wohl der Höchste selbst war, ob Gott diese zauberhafte Kulisse gemalt hatte, um die Menschen damit zu täuschen?

Als Jørgensen vom Fenster zurücktrat und sich wieder dem Fresko zuwandte, blickte er ins Dunkel. Erst nach mehreren Sekunden nahm das Bild vor seinen geblendeten Augen erneut Gestalt an, der Weltenrichter setzte sich auf die runde Ruhebank des Regenbogens, die Füße auf dem Fußschemel der Weltkugel, die Fürsprecher gruppierten sich nach und nach um ihn herum, und auch der Mann ohne Kopf fand sich wieder ein.

Allein in der Kapelle, vor sich an der Wand das Zeugnis eines großen sechzig Jahre alten Rätsels, das doch nur eine Fußnote war in der langen Geschichte eines viel größeren Rätsels, das des ewigen Kreislaufs vom Leben und Sterben auf Erden. Drei Tage lang hatte er sich in die Bibliothek zurückgezogen und die phantastischen Visionen Swedenborgs studiert. Und dann diese zweite Mappe: die Akten zur Übermalung des Freskos im Januar 1926 und dem Treiben dieser merkwürdigen Sekte, angeführt von Hans Jakob Terkelsen, einem Swedenborgianer, wie Kirstein angenommen hatte. Das übermalte Fresko, die nebulösen Aktionen der Terkelsen-Schar, der vermeintliche Mord an Adams, das gestrandete Schiff – über all dieses hatte Kirstein penibel ermittelt wie kein zweiter, gegrübelt, spekuliert und seine Überzeugung dargelegt. Doch so genau er die Sektierer und ihre Umtriebe auch observiert, sich des Folianten bemächtigt und allem Anschein nach selbst die Schriften ihres Meisters studiert, ja, sogar ein Swedenborg-Porträt in seiner Kammer aufgehängt hatte, wie Feldherren es schon mal mit dem Bild ihres Gegners zu machen pflegen – er war nicht weitergekommen, war in seinen Ermittlungen steckengeblieben, weil es ihm offenbar nicht gelingen wollte, eine schlüssige Verbindung herzustellen zwischen den Visionen des Geistersehers und den Motivationen, die die Umtriebe der Sekte bestimmt haben mochten, die Leitidee herauszufinden, die hinter allem stand. War es da nicht seine, Jørgensens Pflicht, jetzt, da ihn das Schicksal oder wer auch immer hierhergeführt und Kirsteins Mappen hatte finden lassen, damit sie ihn auf den gleichen Kenntnisstand wie den Polizeimeister brachten, endlich Klarheit in die Sache zu bringen, jene Klarheit, um die Kirstein bis zuletzt vergeblich gerungen hatte?

Und das Buch auf dem Tisch? Hatte er es bewußt dort zurückgelassen, als Schlüssel, als stummen Hinweis, als ein Vermächtnis womöglich für einen Späteren, für einen, der vielleicht mehr Glück haben würde – für ihn, Ansgar Jørgensen?

Ja, er würde Ernst machen, der Sache nachspüren, sehen, ob er die jahrzehntealte Saat nicht doch noch zum Blühen brachte. Und wie der Apostel des Nordens seinen Geist in der Einsamkeit des Klosters Corbie mit ungewöhnlichen Kenntnissen bereichert hatte, so würde er, der weltliche Ansgar, in seiner Isolation auf Lilleø, die ihm die Strenge Observanz des SASOWA-Projekts auferlegte, nach der Einsicht und Weisheit streben, die ihn erhaben und geachtet machen sollte unter den Heiden und Christen, den Räubern und Polizisten.

Aber noch schien ihm die Aufgabe, vor der er stand, zu groß. Noch lauerten überall nur Verwirrung und Durcheinander, und wann immer er einen einzelnen Faden aus dem großen Knäuel herauszog, vermochte er nichts weiter damit anzufangen, als ihn erneut mit anderen zu verknüpfen, und schon bildete sich in seinem Geist ein neuer Wirrwarr, ein neues Rätsel, an dessen Lösung auch Kirstein gescheitert war, obwohl er den allem Anschein nach wichtigsten Zugang vor sich auf dem Tisch in der Bibliothek liegen hatte, die Schriften Swedenborgs, ein Stück des großen Flachses, den der schwedische Seher vom Jenseits gesponnen hatte. Wie mochte Kirstein das empfunden haben, und wieviel davon hatte er wohl verstanden von diesem von soviel Liebe zu Sinnlichkeit und Humanität erfüllten grandios-verrückten Jenseitsentwurf eines genialen Wissenschaftlers, eines Erforschers des Sichtbaren wie des Unsichtbaren, der den Himmel nicht mit der Seele des Mystikers erlebt, sondern mit der Genauigkeit eines Ingenieurs vermessen hatte?

Der Mensch, der stirbt, kommt nicht auf direktem Wege in den Himmel, sondern er wandelt auf Erden umher als Geist. Man wacht auf, und alles ist wie vorher. Man wäscht sich, zieht sich an, frühstückt und geht spazieren. Es ist hell und warm. Ein Tag, gerade so wie heute. Tausend Düfte erfüllen die Luft, die Häuser schillern in den schönsten Farben. Und überall blühen die Blumen. Man entdeckt hier etwas und da etwas und sieht sogar völlig neuartige Farben, die einem vorher entgangen sind. Gut gelaunt geht man nach Hause und wartet auf den Nachmittagsbesuch. Die Freunde, die kommen, sind irgendwie ein bißchen anders. Manche sind viel freundlicher, liebevoller und offener, andere dagegen verkniffener als sonst und wirken irgendwie durchtrieben. Und so geht das immer weiter, bis man sich eines Tages von den guten oder bösen Freunden verabschiedet und, je nach Wunsch, in den Himmel oder in die Hölle eintritt. Für Swedenborg war das Leben auf der Erde eine Parallelwelt, bevölkert von Lebenden ebenso wie von Geistern, den unsichtbaren Gästen in unseren Stuben und Kammern, auf den Feldern und in den Wäldern. Lag hier wirklich der Schlüssel, um das Gedankengebäude der Sektierer aufzuschließen und die Geisterseher und Bilderschänder in ihrem rätselhaften Treiben zu verstehen, allen voran Hans Jakob Terkelsen, ihren Anführer, dem Kirstein sogar einen Mord zugetraut hatte, den Mord an einem unschuldigen Engländer, einem Hobbyarchäologen auf der Suche nach dem sagenumwobenen Schiff?

Er trat in den Tag, die schwere Kirchentür hinter sich zuziehend. Andächtig streifte er über den kleinen Friedhof, studierte die Grabsteine aus Granit und Marmor, die nichts weiter von den Bewohnern der unterirdischen Kisten verrieten als belanglose Eckdaten und zuweilen einen abgegriffenen Spruch, der einen

Wunsch oder eine Hoffnung ausdrückte. Wen schreckte es nicht, reduziert auf eine austauschbare Zahlenfolge und ein vorgefertigtes Sprüchlein aus dem Katalog eines Bestattungsunternehmers, den Weg in die Ewigkeit anzutreten? Wie verführerisch hingegen war die Vorstellung, keinen Unterschied zwischen Wachsein und Träumen zu erleben und ebenso keine große räumliche und zeitliche Kluft zwischen den Welten. Vielleicht veränderte der Tod tatsächlich weder die Persönlichkeit noch den Lebensstil. Das mußte Terkelsen begeistert haben. Swedenborgs Himmel war ein Himmel der Sinnlichkeit. Immer wieder sprach er von den Blumen, die von den Geistern berührt wurden, und deren Duft von ihnen wahrgenommen werden konnte.

Wie schön die Grabsteine zwischen den Blumen schimmerten! Und auch Jørgensen gefiel auf einmal der Gedanke, tot zu sein und in einer anderen Welt zu leben, unbemerkt und von niemandem erkannt. Hatte sich sein Geruchssinn vielleicht schon geschärft, war erwacht aus den Kerkern des irdischen Daseins?

Mit schnellen Schritten steuerte er auf eine Stockrosenstaude zu, tastete behutsam nach den ersten geöffneten Blüten und reckte seine große Nase dicht an die Pollen, die Augen geschlossen, um den Duft besser aufnehmen zu können. Aber er mochte sich noch so lange vor den Stockrosen aufhalten, sie riechen, ihren unsichtbaren, unveränderlichen Duft sich vorstellen, ihn verlieren und wiederfinden, sich eins fühlen mit dem Sog, in dem sich ihre Blüten zum Licht wendeten – er roch doch nichts vollkommen Neues. Allein die Schönheit all der kleinen Formen und Düfte erschien ihm mit einem Mal deutlicher als je zuvor, nicht nur die Ordnung der Natur, die ihn, den Sammler, stets aufs neue verblüfft und gereizt hatte, sie zu erforschen, sondern auch der Glanz, den jede einzelne Erscheinung ganz ungeachtet ihres großen Zusammenhangs besaß. Wie oft gehen wir im Alltag mit den Dingen um, als seien sie wirklich nur das, als was sie unserer Vernunft erscheinen; wir betrachten sie als Gegenstände, ohne tiefer in sie einzudringen, ohne an ihre besondere Beziehung zu uns zu denken, so wie wir auch um die Fliegen, die Ameisen, die Gräser am Wegesrand wissen, ohne in der Entdeckung ihrer Geheimnisse einen Fortschritt zu machen. Als seien diese Wesen tatsächlich einfach nur vorhanden, belanglos in ihrem natürlichen Treiben, Krabbeln, Blühen und Vergehen, unabhängig und ohne Rücksicht auf uns.

Jørgensen hatte sich auf eine Bank niedergelassen, die Arme ausgebreitet auf der Rückenlehne, die Beine ausgestreckt mit wippenden Füßen. Neben ihm, am Fuße einer Linde, umkreisten Wespen ihre Beute im Abfallkorb, eine weich gefüllte Eispapierhülle, festgehakt im Gitternetz der Korbwandung. In satten Schlieren lief die Flüssigkeit süß und rosa aus dem Papier, träufelte davon ab und rann in einem dünnen zähen Rinnsal über den Kies. Eine Zeitlang beobachtete Jørgensen das Treiben der Wespen.

In Swedenborgs Himmel gab es keine Wespen, keine Bienen und keine Käfer. Wo kamen sie hin, die Myriaden von Insekten? Es schien, als ob Gott sie vergessen hätte, als er die Passierscheine ausstellte für die prächtigste aller Welten. Waren sie nur Fingerübungen gewesen, frühe Studien, derer sich ihr Schöpfer nicht mehr erinnern wollte, wie so mancher Künstler an die Werke seiner Jugend?

Mit einem Mal war der Spuk vorbei. Die Wespen setzten sich nieder, eine nach der anderen, vorwärts krabbelnd, tastend, lekkend, den süßen Saft aufschlürfend, um plötzlich ohne erkennbare Ursache abzudrehen, davonzufliegen, auf der Suche nach einer neuen Galaxis.

Jørgensen erhob sich von der Bank und flanierte weiter über den Friedhof. Was von alledem hatte Terkelsen wohl verstanden? Was hatte ihn, den Bauern, der kein Theologe war, an Swedenborg so begeistert, daß er diese ominöse Sekte gegründet hatte? War ihm sein Dasein als Bauer einfach zuwenig gewesen, hatte er versucht, den Dingen des Lebens auf den Grund zu gehen? Ein philosophierender Bauer, ohne einen ernsthaften Gesprächspartner, von niemandem verstanden, umgeben nur von einer Schar einfältiger Tölpel, geschart um den großen Lehrmeister, dessen Reden keiner von ihnen so recht begriff, zusammengehalten nur durch spektakuläre, aber im Grunde läppische Aktionen, eine Art kindisches Räuber-und-Gendarm-Spiel, durch das sie sich den Status von etwas Besonderem verschaffen wollten, der dann doch nichts Bedeutendes und Erhabenes war, sondern nur ein öffentliches Ärgernis. Und andere Namen hatte er ihnen verliehen – zur Tarnung? Oder als neue Identität, wie man es bei Novizen macht, die in einen Orden eintreten?

Und warum ausgerechnet Swedenborg, der überall in der Natur beseeltes Leben witterte? Jørgensen konnte sich nicht erinnern, jemals einen Bauern getroffen zu haben, der tatsächlich ein sentimentales Verhältnis zu Tieren und Pflanzen gehabt hätte. Nicht zuletzt Malte hatte ihn unmißverständlich darüber belehrt. Naturschwärmerei ist eine Erfindung von Städtern. Ein schwärmerischer Bauer? Der kann sich vielleicht an einem Mähdrescher begeistern oder einem neu gedeckten Scheunendach, oder er besäuft sich vor Freude, wenn ein Hoferbe geboren wird. Aber ein Landmann, der bei jedem geknickten Roggenhalm und jedem geschlachteten Kalb den Verlust von Schönheit und Beseeltheit beklagt und ins Grübeln gerät über den Sinn seiner grausamen Taten – diese Vorstellung war ähnlich absurd, wie wenn man einem Polizisten zumutete, einen Mord als Kunstwerk zu betrachten.

In diesem Moment endeten Jørgensens Spekulationen dadurch, daß er vor sich einen auffälligen Grabstein erblickte, einen grauen Findling, der aus einem mit Efeu überwucherten schmucklosen Grab herausragte. Auf dem Stein erkannte er die eingemeißelte Kontur einer Katze in etwas weniger als halber Lebensgröße. Jørgensen beugte sich vor, um die flach eingravierte und nur noch schlecht erkennbare Schrift zu entziffern.

HANS JAKOB TERKELSEN
1879–1928

Er trat einen Schritt zurück.

Sollte er nun überrascht sein oder nicht? Natürlich war Terkelsen hier auf dem Svanninge-Friedhof begraben worden, wo denn auch sonst. Wer auf Ellehavegaard wohnte, gehörte zur Kirchengemeinde Svanninge. Und doch rührte ihn das Grab seltsam an. Der plötzliche Einbruch der Realität erzeugte ein beklemmendes Gefühl. Wie das Kind eines Strafgefangenen, das seinen Vater nur aus Erzählungen und von Fotografien kennt, unweigerlich verwirrt, wenn nicht gar bestürzt ist, wenn es ihm, der in der Phantasie längst sein von allem Wirklichen losgelöstes Eigenleben führt, später dann in Fleisch und Blut gegenübersteht, so daß es mit dem Gewinn des realen Vaters den Verlust des imaginären betrauert, so sah sich auch Jørgensen durch seine Entdeckung nicht wenig verunsichert. Unter dem Efeu lag ein Mensch begraben, keine Sagengestalt oder eine literarische Figur, sondern ein Mensch, der tatsächlich einmal gelebt hatte. Obwohl, wenn Jørgensen es recht bedachte, nach seiner jüngsten Lektüre ja keineswegs ausgemacht war, daß Terkelsen tatsächlich hier, wenige Fußbreit vor ihm, in der Grube lag. Vielleicht blickte er ja längst gütig lächelnd von einer Zinne des Himmlischen Jerusalem auf ihn herab oder wandelte noch immer als Geist unentschieden auf der Erde herum, warum nicht sogar über diesen Friedhof? Und vielleicht blickte er Jørgensen gerade über die Schulter und bestaunte diesen fremden Kommissar, der sich so eindringlich mit ihm beschäftigte.

Was Terkelsens irdische Aktionen anbetraf, so hatten sie die Polizei damals freilich ganz nett auf Trab gehalten. Denn wie sich Kirsteins ausführlichen Berichten entnehmen ließ, war die leider nicht einwandfrei beweisbare Übermalung des Freskos kein Einzelfall gewesen. Schon zuvor hatte die Terkelsen-Schar wiederholt den Sonntagsfrieden gestört. Vor der Kirche in Torsdal musizierten sie einmal so laut mit ihren Handzuginstrumenten und Posaunen, daß der Gottesdienst dadurch behindert wurde, und in Svanninge war es zu einer Auseinandersetzung mit einigen Gläubigen gekommen, als Terkelsen vor der Kirche eine Gegenpredigt hielt, deren Inhalt im allgemeinen Trubel zwar kaum wahrgenommen wurde, aber immerhin ausgereicht hatte, ein Handgemenge auszulösen. Dann hatte ein Bauer in Oldekær Anzeige erstattet, weil Terkelsen widerrechtlich einen Zaun auf dessen Feldmark abgerissen hatte. Beim Bau einer Telegrafenleitung durch das Nor, im Sommer 1926, hatte die Sektiererbande einen regelrechten Kleinkrieg angezettelt, bei dem die Bauarbeiter mehrfach bedroht und auch tätlich angegriffen worden waren. Als schließlich eines Nachts zwei Masten umgesägt wurden, hatte Kirstein sich schließlich sogar an Grølleborg gewandt, und ihm waren über mehrere Wochen zwei Konstabler zum Schutze der Drahtzieher zur Verfügung gestellt worden. Und nicht zuletzt gab es da noch eine Reihe von Anzeigen, bei denen es um ein Holzgerüst ging, das Terkelsen und seine Kumpane auf Næbbet, einem kleinen, dem Mühlendamm vorgelagerten Eiland, aufgestellt hatten. Ein Bauer namens Jensen, dem das Terrain gehörte, hatte mehrfach dagegen Klage geführt, daß sich die Terkelsen-Bande auf seinem Grundstück herumtrieb und dort sogar unbefugt »Bauwerke« errichtete.

Jørgensen hob den Kopf und schaute hinüber zur Kirche, dorthin, wo vor sechzig Jahren Hans Jakob Terkelsen gestanden und seine Gegenpredigt gehalten hatte. Zu gerne hätte er gewußt, was dieser sonderbare Laienbruder den Kirchgängern da wohl erzählt hatte. Konnte es sich bei Hans Jakobs Swedenborgerei nicht einfach nur um ein groteskes Mißverständnis handeln? Die Störung der Sonntagsruhe, ein gefällter Baum, ein übermaltes Fresko, der Partisanenkrieg gegen den Bau der Telegrafenleitung und das Holzgestell auf Næbbet – nichts davon ließ sich sinnvoll mit dem verknüpfen, was er bei Swedenborg gelesen hatte. Der schwedische Seher war ein ruhiger und bescheidener Mann gewesen, kein Eiferer oder Prediger, der anderen Menschen gegen ihren Willen seine Visionen auftischte. Auch von spiritistischen Sitzungen oder Bilderschändungen keine Spur! Und doch, dessen war er sich sicher, mußte es irgendeine Verbindung zwischen

Swedenborgs Lehre und Terkelsens Treiben geben, ein Bindeglied, dessen Bedeutung, insbesondere auch für den ›Fall Adams‹, er kaum zu ermessen wagte.

Noch einmal blickte Jørgensen auf das von Efeu überwachsene Grab, dann wendete er sich zum Gehen. Als er den Kirchhof verließ, entdeckte er vor sich auf dem Kies ein kleines graues, filziges Knäuel. Er hob es auf, fingerte eine Weile daran herum und schaute dann an der großen Linde empor, die direkt neben dem Portal stand. Irgendwo da oben im Baum mußte eine Eule ihr Versteck haben. Eine Zeitlang noch blickte er suchend umher, dann warf er das Gewölle weg und ging hinüber zur Nimbus an der Friedhofsmauer.

*

Das Käuzchen hüpft auf den Rand des Einfluglochs und dreht den Kopf. Es weht kaum noch ein Lüftchen, der Mond blitzt für einen kurzen Moment durch die Wolkenberge. Minutenlang hockt es da, regungslos, dann fährt es sich mit dem Schnabel noch einmal durchs Gefieder und schwingt sich lautlos in die Nacht.

Als das Käuzchen nach Stunden zu seinem Nest heimkehrt, sieht es, wie ein Trupp Männer sich den schlappen Körper des Krüppels auf die Schultern lädt und schweigend in den aufwirbelnden Pulverschneewolken verschwindet.

Die Nattern

Bauer Jensen geht voran.

Am ausgestreckten Arm baumelt eine Laterne, mit dem anderen begleitet er wild gestikulierend seine aufbrausenden Reden. Alle paar Schritte dreht er sich zu Kirstein um und schüttelt den Kopf. Nein, das sieht er sich nicht mehr länger mit an. Jetzt ist Schluß!

Der Polizeimeister, in derben Stiefeln und mit Lederschäften an den Beinen, sucht den Boden nach trockenen Stellen ab. Der Mann geht ihm auf die Nerven.

Seit einer halben Stunde schon suchen sich die beiden einen Weg durch die matschigen Weiden. Die eisige Nässe legt sich ihnen um die Leiber, kriecht die Ärmel hinauf, den Nacken hinunter. Aber wenigstens hat es aufgehört zu regnen.

Den Bauern ficht das alles nicht an. Er hat sich in Hitze geredet; plump und kraftvoll stapft er durch die aufspritzenden Pfützen.

Und warum ausgerechnet auf Næbbet? Das kann er nicht verstehen. Warum ausgerechnet da, auf seinem Grund und Boden? Da ist doch nichts, da gibt es nichts.

Kirstein seufzt tief durch. Was muß der Mann immer so schwätzen. Warum kann er den Schnabel nicht halten!

Die Stiefel ziehen jetzt Wasser. Er hätte sie noch einfetten sollen, vorher. Doch Jensen hat ihm keine Ruhe gelassen. Schnell, schnell, kommen Sie, das müssen Sie sich ansehen, Herr Kirstein. Das geht jetzt schon seit Wochen so. Ein Fall für die Polizei. Das muß endlich aufhören.

Wiederum seufzt Kirstein. Der Bauer hebt die Hand. Jetzt mal ganz still sein.

Pst, hören Sie?

Kirstein hört nichts. Mit dem Hören hat er seine Probleme.

Hören Sie das? knurrt Jensen. Was ist das für ein Wahnsinn?!

Kirstein konzentriert sich. Ja, tatsächlich, durch die kalte Nacht klingen seltsam wimmernde Töne, traurig wie der Regen und das Meer und das Geschwätz des Bauern Jensen, der jetzt unbeirrt, nun aber leicht geduckt, seinen Marsch wieder aufnimmt.

Minuten später zeigt der Bauer auf einen hellen Schein am Nachthimmel. Gleich sind sie da.

Hier wird der Boden Gott sei Dank etwas fester. Wenige Meter vor ihnen liegt der Damm.

Jensen huscht vor, an der Böschung entlang, fünfzig Schritte etwa, dann bleibt er stehen. Ganz nah nun die Töne, die Schreie.

Durch dieses Gebüsch noch, dann können sie über die Dammkrone sehen. Kirstein zieht sein Taschentuch hervor und putzt den Zwicker.

Sie sehen sich an und nicken.

Dann drückt Bauer Jensen die Zweige zur Seite, so daß sie nun den Blick auf das kleine Eiland Næbbet frei haben.

Was sie dort sehen, ist in der Tat von großer Befremdlichkeit.

*

Es gibt ein Land der reinen Lust, wo unsterbliche Heilige regieren. Der Tag verdrängt die Nacht, und Vergnügen verbannt den Schmerz. Dort herrscht ewiger Frühling, und die Blumen welken nie. Wie eine schmale Meerenge, so trennt der Tod dieses Land von unserem.

Obwohl sie so klein ist, daß man sie in einer halben Stunde umrunden kann, gestaltet sich die Insel erstaunlich abwechslungsreich. Dichtes Gesträuch bildet einen kleinen Hag und schirmt das Stück Strand dahinter sorgsam gegen unbefugte Blikke ab. Wo die Vegetation schwächer ist, schimmert heller Kies hervor. Hier und da zeigen sich mit Schilf bewachsene Tümpel, die, versprengten Bombentrichtern gleich, davon künden, wie großmäulige dolchbezahnte Ungeheuer sich in finsterer Vorzeit in den Untergrund gefressen und Kies für den Bau des Nord-Ostsee-Kanals abgetragen haben. Mit den Jahren waren die schweren Bißwunden des Leviathan vernarbt, der umliegende Kies nachgerutscht, Wasser hatte sich in den Gruben gesammelt, Pflanzen und Tiere waren von wer weiß woher eingewandert.

Seitdem waren die Jahre und Jahrzehnte vergangen, wie die Wolken am Himmel treiben. Ein großer Krieg hatte Schatten über das Land geworfen, König Frederik war gestorben und

König Christian an die Regierung gekommen. Ein zweiter, noch schrecklicherer Krieg und eine langjährige Besatzung hatten die Nation erschüttert, und manch einer machte sich Sorgen, wohin das alles noch führen würde. Aber die Büsche wucherten weiter, das Schilf sproß, auf den Teichen gediehen die Wasserlinsen, und auf ihrem Grunde bildete sich allmählich eine immer dikkere Schicht von dunklem Modder. Ein stiller Mörderfrieden lag in der Luft. Libellen schwirrten in gewohntem Zickzack dicht über der Wasserfläche, verfolgt von den Blicken lüstern kauernder Frösche, hingesprenkelt auf den sumpfigen Uferrändern und schmackhafte Beute bäuchlings lauernder Nattern, der Lieblingsspeise des geduldig und reglos harrenden Graureihers.

In diesen Tagen sah man den Kriminalassistenten Ansgar Jørgensen gelegentlich auf der kleinen vorgelagerten Insel herumlaufen, die man im Volksmund Næbbet, den Schnabel, nannte. Zur Überfahrt diente ihm ein alter und schon ziemlich gebrechlicher Fischerkahn, den er, allem Anschein nach herrenlos, im Schilf vorgefunden hatte. Vorwärts getrieben durch kräftige Stöße mit einer Stange, glitt das morsche Gefährt über das stille Wasser und erreichte trotz seiner Altersschwäche sicher das andere Ufer.

Mit Jørgensens Ankunft hatte eine neue Spezies dieses abgeschiedene Reich betreten und sich unter das stumme Treiben gemischt. Mal sah man ihn an einem Tümpel sitzen und blitzschnell nach einer Natter greifen, ein anderes Mal spazierte er barfuß und mit nacktem Oberkörper den Strand entlang und bückte sich nach Muscheln. Doch fehlte jede Spur der Ausgelassenheit, und je näher man ihm gekommen wäre, um so mehr hätte ein Beobachter ihm ansehen können, wie konzentriert er bei all seinen Beschäftigungen war. So konnte es vorkommen, daß er mehr als zwei Stunden unbeweglich zwischen den Findlingen saß, die Beine angehockt und einen großen Folianten auf den Knien, in dem er nachdenklich blätterte.

Doch auch einen Eremiten packt einmal der Hunger. Dann

stand Jørgensen auf, schnappte sich den Blechtopf zu seinen Füßen und füllte ihn mit Meerwasser. Auf den kleinen Propangaskocher gesetzt, bildeten sich im Wasser nach einer Weile kleine Bläschen. Derweil schälte Jørgensen seine mitgebrachten Kartoffeln und legte sie behutsam in den Topf. Als die Meersalzkartoffeln gar waren, versetzte er sich in die unglücklich glückliche Lage Robinson Crusoes. Dankbar darüber, daß Gott ihn in dieser schweren Stunde so gnädig wie reichhaltig mit einem Sack Kartoffeln aus dem Wrack seines untergegangenen Schiffes beschenkt hatte, verzehrte er sein karges Mahl mit dem größtmöglichen Genuß.

Etwas stieß an sein Knie. Er verschluckte sich. Vor ihm im Sand wälzte sich eine Katze.

»Wo kommst du denn her?«

Er faßte das Tier im Nacken, zog es zu sich herauf und kraulte es unter dem Kinn. Doch mit einem Mal hielt er inne. Eine marmorierte Katze, die eine Gesichtshälfte schwarz, die andere weiß! Und als er die Augen sah, die aus dem Dunkel der Höhle in die Helligkeit des Lichts blicken, daß ihre Pupillen sich verkleinern zu einem Fokus, der die Wirklichkeit des Tages schärfer werden läßt, erinnerte er sich an jene Katze, die ihm gleich in der ersten Woche auf der Insel im Dunkel der Nacht erschienen war, das Trugbild eines Alptraums, weggewischt am nächsten Morgen, abgelegt ins Reich der Phantasie. Aber das war im Polizeihaus gewesen, in Nørreskøbing, viele Kilometer entfernt.

Ein Gesicht wie Tag und Nacht. Und Augen, die verschiedener nicht sein konnten, das eine hellblau, klar und rein, das andere bernsteinfarben, trübe schimmernd und matt.

Die Katze streifte ihn mit einem kurzen Blick aus ihrem gelben Auge, und einen Moment schien es Jørgensen, daß ein heller Schein aufflackerte, ein Schein fremdartig und ernst, der keinen Widerspruch zuließ. Mit einem energischen Ruck wand sie sich aus seinen Händen und sprang zu Boden.

Während er den Topf im Meer ausspülte, strich die Katze langsam davon und verschwand im Strandhafer, erschien aber kurze Zeit später wieder auf der Kuppe einer Sanddüne und hockte sich hin.

Jørgensen ging ihr nach, und als er oben auf der Düne angekommen war, setzte sich die Katze erneut in Bewegung. In gleichbleibendem Abstand folgte er ihr ins Innere der Insel. Ging er etwas schneller, forcierte auch die Katze das Tempo, und wenn er seinen Schritt drosselte, weil ihm der Strandhafer zu sehr in die Füße schnitt, blieb sie stehen, drehte den Kopf zurück und wartete.

Jørgensen lächelte. Das Tier schien ihn zu mögen. Er hatte gelesen, daß auch Swedenborg eine ausgeprägte Zuneigung zu Katzen gehabt und sie in seiner Theologie ganz besonders bedacht hatte. Sie entstanden aus Menschen, die zwar begeistert allen Predigten lauschten, sich aber um deren Inhalt nicht kümmerten. Ihre Eigensinnigkeit bewahrte sie vor dem Einfluß des Guten ebenso wie des Bösen. Da diese Menschen nach ihrem Tod sich weder für den Himmel noch für die Hölle entscheiden mochten, geistern sie so lange als Katzen umher, bis ihnen am Ende doch noch die Eingebung kommt, sich ihren Ort zu wählen. Es kann Jahrhunderte dauern, bis sich eine Katzenseele für ihren entsprechenden Platz im Jenseits entscheidet, nur daß die Menschen dies natürlich nicht merken, da sich ihr Zeitempfinden von jenem der Geisterwelt völlig unterscheidet.

Nach einer Weile gelangten sie auf eine kleine Anhöhe, fleckenweise von bodendeckenden Salzpflanzen überzogen. Wieder hockte sich die Katze hin und blinzelte den Begleiter mit ihren verschiedenfarbigen Augen erwartungsvoll an. Jørgensen sah sich um. Von hier aus hatte man eine schöne Sicht über die ganze Insel. Die Büsche im Westen, die zugewachsenen Tümpel und Kieshügel im Süden und im Norden den von der Brandung ausgefransten Strand, malerisch dekoriert mit buntgefleckten Steinen. Im Osten der Blick über die Bucht nach Lilleø zum Mühlendamm, wo dicht nebeneinander zwei Menschen standen und auf das Meer hinaussahen.

Jørgensen wußte nur zu gut, an welchem Ort er sich hier befand. Da lagen sie, die großen Steine. Sorgfältig nebeneinandergesetzt, bildeten sie auch heute noch einen Kreis. Ein Durchmesser von fünf Metern, wenn er sich recht an Kirsteins mathematisch genaue Notizen erinnerte. Nur der Aussichtsturm fehlte natürlich. Den hatte Bauer Jensen also tatsächlich abgerissen. Doch da mußten zumindest … Jørgensen musterte den Boden und wurde rasch fündig. Halb mit Sand und Kies bedeckt, staken mehrere von Wind und Salz gegerbte Balken und Bretter im Boden. Das waren keine Zaunpfähle und auch kein Treibholz. Manche der Balken hingen noch immer zusammen. Knirschend gaben die rostigen Nägel unter dem Ruckeln nach, und Jørgensen legte einige von ihnen frei und stapelte sie auf. Nach einer Weile bildete sich ein ganzer Berg aus diesen gebleichten und teerverklebten Holzstücken. Er wischte sich den Schweiß von der Stirn, begutachtete den zusammengesammelten Haufen, setzte sich in den Sand und versuchte vergeblich, die Katze auf seinen Schoß zu locken.

Er streckte die Hand aus.

»Komm, ich erzähle dir eine Geschichte«, flüsterte er.

Die Katze schien eine Weile zu überlegen. Dann schritt sie zögerlich etwas näher an Jørgensen heran, blieb im Abstand von gut einem Meter stehen und hockte sich hin.

»Es ist die Geschichte von zwei merkwürdigen Männern.«

Das Tier blinzelte ihn an.

Jørgensen beugte sich nach vorn.

»Vor vielen, vielen Jahren lebte einmal auf Lilleø ein Polizist, ein fleißiger und überaus korrekter Mann, der seinem Dienst gewissenhaft und pünktlich nachging. Er verfolgte Hühnerdiebe, entdeckte versetzte Grenzsteine, schlichtete Schlägereien in der Hafenkneipe. Er kontrollierte Pässe und half dem Kollegen vom Zoll, Alkoholschmuggler zu fangen. Man achtete und respektierte ihn, und zu Weihnachten spendierten ihm die Leute regelmäßig eine Gans. Doch im Inneren seiner Seele spürte der Polizist eine große Verbitterung. Und wenn die anderen Inselbewohner ihre Abende in der Kneipe verbrachten, mit Bier, Kartenspiel und Politisieren, saß er einsam über seinen Büchern. Er war mürrisch und wortkarg, weil er seine Begabungen im Beruf nicht entfalten konnte. Ihm fehlte jede Nähe zum Volk, zu den Leuten um ihn herum, die ein ganz anderes Leben führten als er. Menschen interessierten ihn nur aus der Distanz. Als kühler und genauer Beobachter lief er unter ihnen umher, mied jeden eindringlichen Kontakt und sammelte nur die Fakten, die Daten und die Begebenheiten. Doch auch das befriedigte ihn nicht so recht. Er fühlte sich leer dabei. Und dennoch hegte er immer noch die Hoffnung, aus all dem gesammelten Material, das er in seinem Archiv angehäuft hatte, irgendwann einmal lebendige Funken zu schlagen. Aber es war ihm nie gelungen, nie ... und das bedrückte ihn. Alle seine Entwürfe, ein Buch über die Insel und ihre Bewohner zu schreiben, ihr Leben, ihre Freuden und ihre Sorgen, blieben Makulatur.«

Jørgensen sah sein Gegenüber erwartungsvoll an. »Vermutlich fragst du dich, warum so ein Mann auf Lilleø geblieben ist, in einer Welt, wo er sich so offensichtlich fehl am Platze fühlte. Tja, trotz allem Haß auf das lächerliche Inselleben hat er wohl sehr an Lilleø gehangen. Und letztlich auch irgendwie an seinen Bewohnern, deren Teil er ja war. Und vielleicht fehlte ihm für einen Ortswechsel auch schlicht die Phantasie und der Mut.«

Die Katze leckte sich die Pfoten.

»Tagein und tagaus belauschte unser Polizist die Geschehnisse auf der Insel und wartete ganz insgeheim auf seine Stunde. Denn das, was ihm fehlte, war eine Aufgabe, an der er seinen Geist und seinen Scharfsinn wetzen konnte, die große Herausforderung in seinem Berufsleben auf dieser Insel, wo er sich sonst immer nur mit Belanglosigkeiten beschäftigen mußte.«

Jørgensen nickte vor sich hin.

»Und eines Tages fand er dann diese Herausforderung. Ein Mann erregt seine Aufmerksamkeit, ein Bauer, der sich nicht so verhält, wie sich ein normaler Bauer zu verhalten hat, ein Mann, der ebenso fehl am Platz auf dieser Insel zu sein scheint wie er selbst. Denn wie unser Polizist ist auch der Bauer ein Außenseiter, ein Sonderling, der in seiner Heimat wie im Exil lebt. Und auch die Intelligenz dieses Mannes läuft ins Leere, und sie spinnt ihren Besitzer allmählich in eine Wahnwelt ein. Ja, mein Freund, die beiden waren sich wohl ähnlicher, als jeder von ihnen wahrhaben wollte.«

Jørgensen blickte die Katze nachdenklich an.

»Der Polizist entdeckt in seinem Widersacher etwas von sich selbst, etwas Absonderliches, etwas, was er an sich selbst am meisten haßt. Es war der Haß auf das eigene und ihm zugleich in gewisser Weise überlegene Spiegelbild ... Du könntest mir ruhig etwas aufmerksamer zuhören. Du tust ja gerade so, als ob du das schon alles wüßtest.«

Die Katze hatte sich in eine flache Sandmulde gelegt und räkelte sich gleichmütig. Jørgensen sah ihr eine Zeitlang zu. Dann stand er auf, ging zu dem Steinkreis hinüber und umschritt ihn langsam, die Hände auf dem Rücken verschränkt.

»Es gehen merkwürdige Gerüchte über die Insel. Von einer Sekte ist die Rede und von seltsamen Gebräuchen. Der Bauer führe ein Doppelleben, heißt es, er habe eine zweite Natur oder das zweite Gesicht oder so ähnlich. Sogar von Spuk ist die Rede. Der Polizist beschließt, der Sache nachzugehen, Licht in das dunkle Treiben zu bringen. Er stellt den Bauern zur Rede, aber vergeblich. Er ist abweisend, gibt keine Auskünfte, sein Privatleben gehe die Polizei nichts an. Auch macht er wenig Hehl daraus, daß er von unserem Polizisten nicht viel hält. Doch so richtig verrückt scheint er nicht zu sein, und nachweisen kann man ihm auch nicht viel, zumindest nichts, was ein Eingreifen der Obrigkeit rechtfertigen würde.«

Bei einem besonders dicken Stein in der Runde blieb Jørgensen stehen und senkte die Stimme.

»Aber unser Polizist gibt nicht auf. Er ändert nur seine Taktik und geht nun von hinten an den Fall heran.«

Jørgensen ließ sich zu Boden fallen und duckte sich hinter den Findling, die Augen starr auf die Katze gerichtet, die noch immer in ihrer Mulde lag.

»Er tarnt sich und fängt an, den Bauern zu überwachen und sein Treiben heimlich zu belauschen. Er schleicht nachts herum. Er beobachtet, macht sich Notizen, versucht ein vollständiges Bild von der Sache zu bekommen. Und was er dabei entdeckt, ist in der Tat überaus befremdlich.«

*

Eine Gruppe von Menschen bewegt sich singend um einen gewaltigen prasselnden Scheiterhaufen. Ihre nackten glänzenden Körper winden sich im Schlangentanz, kehlige Schreie aus allen Richtungen feuern die Männer und Frauen an, die die Arme heben und senken und rudernd mit den Flammen ringen.

Ein dichter Kreis aus Pechfackeln grenzt das Schauspiel nach außen ab.

Ja, das sind sie, flüstert Kirstein.

Diese Brut! Jensen stößt einen langen und verwickelten Fluch aus schräg verzogenen Lippen hervor.

Kirstein stößt ihm den Ellenbogen in die Seite.

Nicht weit von den Tänzern steht ein turmhohes Gerüst aus zusammengefügten Holzlatten, behängt mit allerlei totem Getier, Schnitzereien, irdenen Töpfen, Seetang und wer weiß, was sonst noch alles, kaum zu erkennen in dem bewegten Licht des Scheiterhaufens. Eine dünne Leiter krümmt sich um mehrere Ekken hinauf, bis zu einer kleinen überdachten Plattform. Überall sitzen und klettern Katzen auf dem hölzernen Gestänge, starren mit gelb und grün leuchtenden Augen auf das schrille Treiben.

Und dort, am Fuße dieses Gerüstes, im Halbschatten, steht der Krüppel und keift ein irres hysterisches Gelächter aus, das mal lauter wird, mal sich senkt zu einem Weinen, einem kläglichen Gezeter.

Kirstein ist blaß geworden. Auf so etwas war er nicht vorbereitet.

Bauer Jensen, wie versteinert.

Aus der Dunkelheit löst sich jetzt eine Gestalt. Ein langer, dünner Mann mit gelockter Perücke und einem um die Schultern geworfenen gold-roten Schlafrock greift nach einer Fackel und nähert sich mit festen Schritten dem hölzernen Turm. Behend turnt er hinauf, und, kaum oben angekommen, schwenkt er den brennenden Knüppel hin und her, daß es nur so faucht und Flammenfetzen am schwarzen Firmament verglimmen. Er hat sich dem offenen Meer zugewandt und stößt helle, durch Mark und Bein gehende Schreie in die Nacht, und immer wieder kreist er mit den Armen, gibt diese rätselhaften Signale. Der Trupp um den Scheiterhaufen ist in ehrfurchtsvollem Schweigen erstarrt.

Dann ein alles durchdringender Aufschrei, und der Mann auf dem Gerüst schleudert die Fackel weit von sich, daß sie irgendwo im kurz aufglitzernden Meer erlischt.

Es ist still geworden, eine lähmende Ruhe, nur das Feuer knackt und kracht leise vor sich hin.

Der Mann im gold-roten Mantel steigt langsam, wie in Trance, vom Turm herunter, wird von einigen helfenden Händen aufgefangen und zu einem Stein gebracht, wo man ihn bettet und mit nassem Seetang bekränzt.

Das Feuer sackt mit einem Ruck ein Stück in sich zusammen, die Gruppe hüllt sich in scharlachrote Gewänder und stimmt wieder diesen fremdartigen Gesang an. Hand in Hand bewegen sie sich um den niedergebrannten Scheiterhaufen.

Kirstein erhebt sich, wendet sich ab.

Er hat genug gesehen.

*

»So, oder so ähnlich, war das, was der Polizist damals zu Augen bekam«, flüsterte Jørgensen und verließ seine Deckung. Er setzte sich neben die Katze in den Sand.

»Seit jener Nacht stapeln sich im Polizeihaus die Papiere. Unser Polizist spürt jeder Kleinigkeit nach, notiert alles sehr penibel und legt Dossiers an. Irgendwann wird er sein Gegenüber schon auf frischer Tat erwischen, ihn eines wirklichen Vergehens gegen die Gesetze überführen. Sicher, der Bauer war ein seltsamer Mensch, aber das war nicht strafbar. Nur einige Bagatellen konnte der Polizist dem Bauern und seiner Bande nachweisen, die mit ein paar Kronen geahndet wurden. Lächerlich. Der Polizist wartete auf eine richtig große Sache, die ausreichte, diesen Querulanten hinter Schloß und Riegel zu bringen.

Und dann, eines Tages, hatte er Glück. Ein Mann kommt nach Lilleø, ein Fremder, ein Udenø. Sein Name: Geoffrey Arthur Adams. Ein neugieriger Mensch, der sich für die Insel und ganz besonders für das Gebiet des Graasten-Nors interessiert! Er quartiert sich im Oldekær-Kro ein, und man macht ihn mit dem Bauern bekannt, ein Mann, der sich gut auskennt und ihm viel erklären kann. Sie verabreden sich, und dann, an einem nebligen, stürmischen Novembermorgen, passiert es. Es kommt zur Katastrophe. Der Fremde wird diesen Tag nicht überleben. Unser Polizist bekommt endlich seine Chance:

An die Königlich Dänische Polizeidistriktsdirektion Grølleborg
(Zustellung durch Boten)

Betreffs des
UNFALLTODES DES HERRN ADAMS, GEOFFREY ARTHUR, englischer Staatsangehörigkeit,
ZU LILLEØ, am 27. NOVEMBER 1927,
ergeht folgender Bericht:

Am 27. November 1927, mittags, um 12.50 Uhr, erscheint Herr Terkelsen, Hans Jakob, geboren in Torsdal am 2. Januar 1872, Landwirt auf Ellehave-

gaard, Gemeinde Oldekær, im Polizeihaus von Nørreskøbing, in Begleitung des Arztes, Jens Kroman, aus Nørreskøbing, und meldet den tödlichen Unfall eines Herrn Adams, Geoffrey Arthur, englischen Staatsbürgers, laut Paßdokument geboren in Snodland, am 29. September 1868, wohnhaft in Folkestone, Grafschaft Kent, derzeit Besuches halber auf Lilleø, wohnhaft gewesen im Oldekær-Kro, Zimmer No. 2.
Benannter Terkelsen ist dem Unterfertigten persönlich bekannt.
Herr Hans Jakob Terkelsen befindet sich in einem deutlich erregten Zustand. Seine Kleidung ist verschmutzt und durchnäßt. Als Zeuge des von ihm gemeldeten Unfalls gibt er den Hergang des Unglücksfalls wie folgt zu Protokoll:
Am späten Nachmittag des 19. November 1927 sei ein Herr Adams auf seinem Hof vorstellig geworden. Er habe sich in gebrochenem, aber verständlichem Dänisch danach erkundigt, ob benannter Hans Jakob Terkelsen ihm den Gefallen erweisen könne, ihn mit dem Gebiet des Graasten-Nor bekannt zu machen. Er, Adams, habe sich dabei auf Auskünfte berufen, die er von Hans Bertil Nielssen, Gastwirt und Pächter des Oldekær-Kro, erhalten habe. Besagter Nielssen habe ihn, Hans Jakob Terkelsen, dem Adams als einen Mann benannt, der das Gebiet des Nors sehr gut kenne, weil er dort Wiesen und Weiden habe und überdies mit Eifer der Heimatforschung obliege (siehe beigefügtes Protokoll der Vernehmung des Nielssen, Hans Bertil).

Zum Zeitpunkt der Verabredung mit ben. Terkelsen befand sich Herr Adams bereits seit 13 Tagen auf Lilleø. Ben. Hans Jakob Terkelsen hatte sich bereit erklärt, Herrn Adams durch das Gebiet des Graasten-Nor zu führen. Laut Aussage von ben. Terkelsen gab es die erste Führung am 20. 11., und für den heutigen Tag, Freitag, den 27. November hatten sie sich für vormittags, 9.30 Uhr, verabredet. Zur Rede gestellt, warum sie ihre Erkundigungen ausgerechnet an einem so stürmischen und regnerischen Tag anstellten, gab ben. Terkelsen an, besagter Adams habe darauf bestanden, da die Zeit seines Aufenthaltes auf Lilleø sehr knapp bemessen sei und er, als Engländer, das schlechte Wetter gewohnt sei.
Man sei dann trotz des Sturmes zur verabredeten Zeit von Ellehavegaard aufgebrochen, kreuz und quer über die Felder gelaufen, wobei Terkelsen dem Adams die Entwässerungsgräben gezeigt habe, sowie die Stelle, wo der Anlegesteg der Fähre, die einst Skovnæs mit Holmnæs verband, sich mal befunden habe. Als dann heftige Hagelschauer einsetzten, habe man in einem kleinen Waldstück Schutz gesucht.
(Anm. des Unterz.: Es handelt sich bei besagtem Wald um eine seinerzeit

im Rahmen der Trockenlegung angelegte Aufforstung, heute im Besitz der Nor-Genossenschaft.)
Terkelsen sei vorausgegangen und habe plötzlich hinter sich ein Krachen und einen Schrei vernommen. Er habe sich umgeblickt und gesehen, daß bes. Adams einige Meter hinter ihm reglos auf dem Boden lag, neben einem dicken Aststück.
Nach der Uhrzeit des Unfalls befragt, gab ben. Terkelsen an, daß es kurz nach elf gewesen sein müsse.
Bes. Adams hatte eine große Wunde am Schädel, die stark blutete, und die augenscheinlich von dem heruntergestürzten Ast verursacht worden war. Adams war ohne Besinnung.
Daraufhin sei ben. Terkelsen sofort losgelaufen, zum nächstliegenden Hof, Morsminde, um Hilfe zu holen. Von dort habe man dann sogleich den Knecht losgeschickt, daß er den Arzt verständige. (Einzelheiten siehe Bericht des Arztes, Jens Kroman)
Bes. Terkelsen selbst sei daraufhin mit dem Besitzer des Hofes Morsminde, Peder Pedersen, zu dem Verunglückten zurückgekehrt. (Dazu Protokoll Vernehmung bes. Pedersen)
Zu diesem Zeitpunkt war nach Meinung der beiden Bauern bereits der Tod eingetreten.
Der Arzt ist um 12.15 Uhr an der Unfallstelle eingetroffen und bestätigte das Ableben des Adams.
Um 12.20 kam der vom Arzt telefonisch benachrichtigte Krankenwagen zur Unfallstelle und nahm den Toten mit.
Daraufhin hat sich ben. Terkelsen in Begleitung des Arztes und in dessen Kraftwagen zur Polizeistation Nørreskøbing begeben, um den Unfall zu melden.
Eine Überprüfung der Zeiten und der zurückgelegten Wege bestätigt die Wahrscheinlichkeit der Angaben sowie die Tatsache, daß die Hilfsmaßnahmen unverzüglich von seiten bes. Terkelsens eingeleitet worden waren.

NACHTRAG

Nach Auskunft der Wirtsleute Nielssen sei der genannte Geoffrey Arthur Adams mit der Suche nach bestimmten Zeugnissen der dänischen Geschichte befaßt gewesen. Ein besonderes Interesse habe er geäußert an den vermuteten Überresten des Wracks eines Schiffes, das vorzeiten im Gebiet des heutigen Gråsten-Nor gestrandet sei (siehe Vernehmungsprotokoll der Eheleute Nielssen). Dies widerspricht der Darlegung des Terkelsen, der dies abstreitet und zu Protokoll gab, Adams habe sich für eine historische Fährverbindung interessiert. Des weiteren habe sein Interesse Fragen betreffs Geschichte, Eindämmung und Trockenlegung des Nors gegolten.

1. Bei dem von den Ehel. Nielssen genannten Wrack handelt es sich aller Wahrscheinlichkeit nach um Reste des gleichen Schiffes, das, privaten Nachforschungen des Unterzeichneten zu Folge, im Jahr 1809, von London kommend und mit Bestimmungshafen Stockholm, vom Kurs abgekommen und im Gebiet des heutigen Graasten-Nor gestrandet ist. Ob noch Überreste des Schiffes bei Eindeichung des genannten Gebietes 1856 gefunden wurden, ist nicht aktenkundig; über den genauen Ort der Strandung läßt sich nichts Sicheres angeben.
2. Der genannte Hans Jakob Terkelsen ist der Polizeibehörde hierorts als ein Mann von zweifelhafter Aufrichtigkeit bekannt. Sein Interesse an Fragen der Heimatforschung kann amtlicherseits bestätigt werden. Herr Hans Jakob Terkelsen steht einer heimatkundlich interessierten Vereinigung mit suspekter religiöser Ausrichtung vor. Gegen diese Vereinigung sind in der vergangenen Zeit mehrfach Anzeigen eingegangen, unter anderem wegen Störung der öffentlichen Ordnung und insbesondere des Sonntagsfriedens. Die Gottesfürchtigkeit ben. Terkelsens muß bezweifelt werden.
Das Aststück, welches die tödliche Kopfverletzung verursacht hat, wurde sichergestellt.
Die persönlichen Habschaften, die der Tote bei sich getragen hatte, wurden ihm vom Arzt abgenommen und dann dem Unterzeichneten ausgehändigt.
Die Hinterlassenschaften des Adams (siehe beigefügte Auflistung) wurden vom Oldekær-Kro ins Polizeihaus verbracht und werden hierorts bis auf weiteres verwahrt.
Die näheren Umstände des Unfalls, insbesondere der Todesursache durch einen herabstürzenden Ast, würden meines Erachtens eine weitere Untersuchung erfordern, und mir erscheint dieses, in Ansehung der, wie obig erwähnt, suspekten Person des genannten Terkelsen, angebracht zu sein.
Mit Bitte um Anweisungen, wie in diesem Falle weiter zu verfahren sei.
Ausgefertigt durch Lars Chr. Kirstein, Polizeimeister,
Nørreskøbing, den 2. Dezember 1927.

(Unterschrift)

Anlagen:
Bericht des Arztes
Protokoll der Vernehmung der Ehel. Nielssen
Protokoll der Vernehmung des Landwirtes Pedersen
Liste der Hinterlassenschaft des Adams
Notizbuch des Adams
Paßdokument des Adams

Der Arzt bescheinigt, daß der Tod eintrat infolge einer offenen Impressionsfraktur des Schädels im Bereich des os parietale mit starken Verletzungen der Kopfhaut und in die Gehirnmasse eingedrungenen Knochensplittern. Nachfolgende posttraumatische Blutungen haben zur Bildung eines subduralen Hämatoms und irreversiblen Hirnschädigungen und dadurch zu einem Herz-Kreislauf-Versagen mit letalem Ausgang geführt. Ursache ist ein heftiger Schlag durch das stumpfe und splitterige Ende eines beim Sturm aus größerer Höhe herabgestürzten Astes gewesen. Aus dem Tonus der Haut, dem Fortschritt der Leichenstarre, die der Arzt bei seinem Eintreffen festgestellt hat, kann geschlossen werden, daß der Tod unmittelbar eingetreten ist. Dann folgt noch die Beschreibung der Körperlage, in der er den Toten vorgefunden, der Zustand seiner Kleidung, die Gegenstände, die er bei sich gehabt hat, und so weiter und so fort.

Auch das Protokoll von der Vernehmung der Wirtsleute Nielssen bringt nichts anderes als das, was in dem Bericht unseres Polizisten bereits zusammengefaßt zu lesen ist.«

Jørgensen grub die nackten Zehen in den Sand, bis er kühl und feucht wurde, die Arme stützten ihn nach hinten hin ab.

»Adams hatte das Schiff gesucht. Dieses eine berühmte Schiff.

Woher aber um alles in der Welt wußte er von diesem Schiff? Wer, außer einigen Bewohnern von Lilleø vielleicht, wußte von der Strandung im Graasten-Nor? Gut, daß das Schiff verlorengegangen ist, konnte man in England nachforschen, das hatte unser Polizist ja auch getan. Aber in England konnte man doch nicht wissen, an welcher Stelle. Bei dem Toten wurden keine Unterlagen gefunden, die einen Hinweis darauf hätten geben können, wie er an seine Informationen gekommen war und was er gesucht hatte. Und vor allem: keine Geländeskizzen, keine Karte – merkwürdig bei jemandem, der mit einem Sextanten Vermessungen durchführt. Das Instrument war ebenfalls verschwunden.

Dann ist er verunglückt. Ein Unfall, ein im Sturm heruntergebrochener Ast hat ihm den Schädel zertrümmert, bestätigt durch den Untersuchungsbericht des Arztes. Solche Fälle gibt es. Unser Polizist hat notiert, daß er das corpus delicti aufbewahren will, in seinem Archiv. Und dort habe ich es ja auch gefunden, gleich in der ersten Woche, und gewiß wäre es da auch die nächsten Jahrzehnte geblieben, wenn Malte und ich den Ast nicht vor ein paar Wochen beim Johannisfest verfeuert hätten. Nur ein kleines Stück gibt es noch, ein abgesägtes Scheibchen, irgendwo in der Schreibtischschublade.«

Jetzt sprang er auf. Die Katze zuckte zusammen, duckte sich weg und glitt mit einem Satz auf einen skelettierten Ast, der aus dem Sand wachsend sich zäh und mager in die Luft verzweigte.

»Was wissen wir noch?

Adams hatte keine Angehörigen mehr und wurde daher auf Lilleø beigesetzt.

Der Bauer hat Adams als letzter lebend gesehen, ist mit ihm zweimal im Nor gewesen. Er kennt irgendeine Stelle, die Adams wichtig gewesen ist, die ihm keine Ruhe ließ.

Etwa die Stelle, wo das Schiff liegt?

Der Bauer hat darauf seine eigene Antwort gehabt. Im Protokoll behauptet er gegenüber dem Polizisten, Adams hätte sich für den genauen Ort interessiert, wo damals die Fähre von Holmnæs nach Skovnæs angelegt habe. Adams hätte sich nur für diese alte Fähre, den Dammbau und die Trockenlegung des Nors begeistert, das sei alles.

Wo aber sind Adams' Unterlagen geblieben? Und wer reist extra von England nach Lilleø, im Spätherbst, im November, um nach den Spuren irgendeiner historischen Fährverbindung auf einer kleinen dänischen Insel, über so eine Pfütze von seichtem Meeresarm hinweg, zu forschen!

Der Polizist hat nicht an die Geschichte vom Unfalltod geglaubt. Er weiß von dieser Sache mit dem gestrandeten Schiff, kennt als Einwohner von Lilleø die Sage, hat Bendsens Aufzeichnungen gelesen und eigene Nachforschungen angestellt. Für ihn steht fest, daß es nicht nur ein Opfer gibt, sondern auch einen Täter. Und das ist nicht ein herabstürzender Ast gewesen, sondern ein Mensch, und der hat ein bekanntes Gesicht und trägt einen ihm wohlbekannten Namen. Die privaten Aufzeichnungen unseres Polizisten sind eindeutig und lassen daran keinen Zweifel. Und der Bericht des Arztes? Wie viele Verbrechen bleiben andererseits unerkannt, weil sogenannte Hausärzte bei der Ermittlung der Todesursache schlampig arbeiten. Nein, der Polizist glaubt nicht an einen Unfall! Handfeste Beweise hat er zwar nicht, nur ein paar zweifelhafte Indizien, aber er hat offenbar eine eindeutige Meinung über den Charakter des Bauern. Und das reicht ihm.

Er schreibt einen Bericht und äußert seinen Verdacht.

Und dann, aus heiterem Himmel, die Hiobsbotschaft:

An den Leiter der Polizeidienststelle Nørreskøbing, Lilleø
Herrn Polizeimeister Lars Christian Kirstein

Was unser Polizist da hat lesen müssen, war ein harter Schlag. Seine Behörde hat ihm nämlich geantwortet, daß keine Veranlassung bestehe, weitere Untersuchungen einzuleiten. Bei Würdigung des vorliegenden Materials sei man zu dem Ergebnis gekommen, daß die Tatsache eines Unfalltodes als hinlänglich bewiesen anzusehen sei. Für weiterführende Ermittlungen sehe man hierorts keine Veranlassung, da es unwahrscheinlich sei, daß Material zutage gebracht würde, welches, im Widerspruch zu dem Vorliegenden, Erkenntnisse brächte, die ein weiteres, insbesondere strafrechtliches Vorgehen rechtfertigen würden.

Überdies hat man bei der Heimatgemeinde des Adams in Folkestone telegrafisch Erkundigungen eingeholt, des Inhalts, daß Angehörige des Adams nicht bekannt seien. Er, Adams, habe dortselbst einen kleinen Antiquitätenhandel betrieben, sei aber hoch verschuldet gewesen. Aus diesem Grunde habe es auch die Gemeinde abgelehnt, die Kosten einer Überführung der Leiche nach England zu übernehmen. Daraufhin sei vom

Amtsgericht Grølleborg der Beschluß ergangen, daß Geoffrey Arthur Adams zu Lasten der Gemeinde Torsdal beerdigt werden solle. Die Hinterlassenschaften des Adams seien in das Eigentum ebendieser Gemeinde, zu deren beliebiger Verwendung, zu überführen.

Keine weiteren Nachforschungen erforderlich, der Unfall erscheint ausreichend bewiesen, die Sache wird eingestellt. Und als hätte das nicht gereicht, findet man noch eine verantwortungsvolle Aufgabe für den Polizisten: Er soll veranlassen, daß ein Schild aufgestellt wird, mit der Warnung vor herabfallenden Ästen. Ein Schild! Ein kleines Schild! Der Fall Adams wird mit einem kleinen Schild aus Blech abgeschlossen. Vertan die große Gelegenheit, die einmalige Chance, gescheitert an den Klippen der Bürokratie, dem Desinteresse der Ämter an der Wahrheitsfindung, wenn sie nur Arbeit mit sich bringt und das Risiko des Irrtums und kein Dank zu erwarten ist, außer dem eines unbedeutenden kleinen Polizisten auf einer unbedeutenden kleinen Insel.« Jørgensen sah die Katze prüfend an.

War dies das Ende? Vorbei der große Traum von einem richtig großen Ereignis, einem echten Kapitalverbrechen, mit einem überführten Mörder und einem Polizeimeister, der es endlich, endlich geschafft hat, die Fesseln, die ihn ein Leben lang zusammenschnürten, zu sprengen? Nein, gewiß nicht, dieser Traum war noch nicht zu Ende, noch nicht.

Es ist Nacht geworden, wie ein eingesperrter Marder läuft unser Polizist in seiner Bibliothek hin und her, verflucht Gott, die Welt und die Bezirksdirektion. Aber er wird sich nicht abbringen lassen von seinem Fall, von niemandem! Von nun an wird er eben auf eigene Rechnung weiter ermitteln.

Wer einen Mordverdacht hat, wird versuchen, diesen zu erhärten, und sucht, wenn er schon die Tat nicht eindeutig beweisen kann, zunächst einmal nach einem Motiv.«

Jørgensen ging nun vor der auf dem Ast hockenden Katze auf und ab.

»Der Polizist wußte zu diesem Zeitpunkt über die englische Jacht Bescheid. Er nahm an, daß Adams auf der Suche nach den Messinginstrumenten war. Offensichtlich zweifelte er keine Sekunde an seiner Hypothese, daß Swedenborgs Geräte an Bord gewesen waren.

Die Fracht mußte der Grund für eine Auseinandersetzung zwischen dem Bauern und Adams gewesen sein. Der Bauer wußte anscheinend etwas über die Stelle, wo das Wrack lag. Er verlangt einen Anteil, Adams bietet zuwenig, er wird gierig, es kommt zum Streit, und der Bauer erschlägt kurzerhand diesen Mr. Adams ...

Monatelang fahndet unser Polizist weiter, sammelt Indizien, trägt Berge von Material zusammen. Das Schiff rückt immer mehr in den Mittelpunkt seiner Recherchen. Doch er begreift die Zusammenhänge nicht; begreift nicht, welche rätselhafte Bedeutung dieses Schiff für den Bauern hat, für diesen seltsamen Menschensohn.«

Der Fuchs

Es ist jetzt heller Tag, Kirstein ist allein auf dem Eiland, er wandert hin und her.

Vom Scheiterhaufen ist nicht mehr geblieben als schwarzer Aschenschlamm, vom Regen aufgeweicht und durch Steine und Gras gespült.

Kirstein will sich nicht die Stiefel schmutzig machen, schreitet nur ein paarmal um die Feuerstelle herum; noch immer geistern ihm die Bilder der letzten Nacht durch den Kopf.

Er kommt zu der Stelle, wo man ihn niedergelegt hat, ein Polster aus Schilf, Gras und Seetang, klitschnaß, vom Wind auseinandergerissen.

Kirstein hockt sich nieder, zaust ein wenig in dem Kraut, zupft ein Bündel heraus, schnüffelt daran. Mit einem Stöckchen stöbert er herum, doch er findet nichts, was ihn ein wenig näher an *ihn* herangebracht hätte.

Er steht auf, sucht mit gesenktem Kopf weiter, liest schließlich einen löchrigen Socken vom Boden auf. Mit spitzen Fingern läßt er ihn eine Weile am ausgestreckten Arm baumeln; ein nasser, stinkender Socken ist alles, was diese Bande ihm dagelassen hat.

Kirstein lächelt nicht. Er ist ernst, auch jetzt, er ist immer ernst, das Lachen ist ihm schon vor langer Zeit erloschen.

Der Socken fällt zu Boden, die schweren Stiefel steigen darüber hinweg.

Er sieht sich um.

Es gibt noch mehr Spuren, sicherlich, da steht der Turm, das windschiefe Gerüst mit seinem albernen Schmuck. Er hat Bücher gelesen, schon lange her, die über ferne Länder berichteten, und er weiß, daß es dort viele merkwürdige Dinge gibt. Und dort auch könnte er sich diesen traurigen Turm vorstellen. Die Ausgeburt eines primitiven Gehirns, einer archaischen Kultur, die sich an solch einen Schabernack klammern muß, aus verachtenswertem heidnischen Geisterglauben.

Was soll dieser Turm?

Er versetzt ihm einen Tritt. Keine böse Geste, eher Unsicherheit, oder um mal zu sehen, ob das Ding auch stabil ist. Vier Masten, einfach in den Boden gerammt, kreuz und quer mit Latten und Leisten verstrebt, eine schmale Leiter, flach ansteigend, mit Stricken an das Gestell gezurrt.

Er setzt den Fuß auf die erste Sprosse, ein lässiges, belangloses Bein, er ruckelt, und es knarrt ganz leise. Schon ist er mitten auf der Leiter, balanciert sich gebückt aufwärts und betet zu Gott, daß ihn niemand dabei erwischt. Doch wer sollte ihn schon beobachten? Es ist grau, es ist diesig, es ist noch früh am Tag. Er bewegt sich um den Turm, vorbei an all diesem toten Zeug, an Hausrat und an vergammelten Lebensmitteln. Aufgequollenes Dörrobst löst sich unter dem Geruckel und stürzt klatschend in die Tiefe. Noch ein paar Windungen, dann steht er auf wackeligen Bohlen, die Hand am Gerüst und keucht sich den Atem ruhig. Das Taschentuch, er steht breitbeinig wie an Deck eines Schiffes, säubert sich die Finger.

Man kann weit blicken. Kirstein entdeckt vieles wieder und vieles auch nicht, manches verschwindet vor seinen Augen, wenn der Wind die Dunstwolken verschiebt. Es juckt in seinem Bauch, so hoch, und es schwankt ganz schön, hoppla! Mit solchen Gefühlen hat er nicht gerechnet, und der Ärger darüber vertreibt blitzschnell eine kurz aufflackernde kindliche Erregung. Und dem Ärger folgt Kühle, eine professionelle Gelassenheit, die er mit einer frischen Zigarre zementiert.

Was sieht *er*, wenn er hier oben steht? Der Galgenvogel. Was sieht er bloß?

Kirstein beugt sich über das Geländer. Auf einem kleinen Mast, der von unten schräg zu ihm hinaufguckt, klemmt der weißgrinsende Schädel eines Fuchses. Über seinem eigenen Schädel hängen die Fittiche von irgendeinem Vogel.

Er bläst den Rauch ruhig aus geweiteten Nüstern. Die Ellenbogen ruhen auf dem Geländer, die Hände sind gefaltet.

Was … was … was … sieht dieser Mensch.

Minuten vergehen, und es passiert nichts. Kirstein blickt aus angestrengten Augen, er blickt eine halbe Stunde vielleicht.

Und während er dasteht, teilt sich der Nebel, dort zur See hin, ein Tunnel mit klarer Sicht, und am Ende sieht er etwas vorbeiziehen, ein grauer Punkt, ein verschwommener Klecks mit einem Schweif von weißer Gischt.

*

Jørgensen deutete auf einige Balken, die noch immer unter dem Sand lagen und wie gutgetarnte Vipern gerade mal ihre Nasenspitzen erkennen ließen. Er stand auf, zog sich ein Brett heraus, legte es vor sich in den Sand und verteilte darauf ein paar kleine

Steine. Dann kniete er nieder, spreizte die Hände und wühlte mit den Fingern den umliegenden Sand auf.

»Ein Schiff auf hoher See, an Bord eine unbekannte Fracht, über die später viel gemunkelt wird. Niemand kennt die Mission, in der es unterwegs ist, und wahrscheinlich wird es auch niemand jemals herausfinden. Der Sturm hat das Schiff leckgeschlagen und treibt es in die Holmnæs-Bucht. Die Besatzung ist krank, geschwächt, verletzt, doch keiner der Bauern am Ufer, die das Spektakel beobachten, läßt die Überlebenden an Land kommen. Sie sterben als Opfer einer unterlassenen Hilfeleistung, einer grauenhaften unmenschlichen Verweigerung. Und wer ist der Rädelsführer bei dieser schrecklichen Tat? Niemand anders als der Urahn unseres Bauern.«

Während Jørgensen die Steinchen vom Brett herunterrutschen ließ und im Sand verbuddelte, näherte sich die Katze dem Schauplatz der Havarie und blickte den Erzähler aufmerksam an.

»Mit den Jahren wächst dann Gras über die Geschichte. Ein Teil der Bucht wird eingedeicht und trockengelegt, und bald weiden Kühe und Schafe auf dem ehemaligen Meeresboden.«

Er schaufelte einige Handvoll Sand über das Schiff und das aufgewühlte Meer, strich ihn glatt und verstreute darüber ausgerupftes Gras und ein paar Blüten.

»Bald spricht niemand mehr von der Nacht, dem Schiff und der verweigerten Hilfe. Wirklich niemand? Gerüchte entstehen und entwickeln mit den Jahren ein phantastisches Eigenleben. Auch unser Bauer kennt diese Geschichten, natürlich kennt er sie, sein eigener Urgroßvater – oder war es der Ururgroßvater – war ja entscheidend darin verwickelt. Und er nimmt den Schnack der Leute ernst. Sein Vorfahr ein mutmaßlicher Verbrecher, ein hartherziger Unmensch? Einer, der das Leben mehrerer Seeleute auf dem Gewissen hat?«

Jørgensens Augen flackerten, als er der Katze eindringlich ins Gesicht sah, die sich jetzt vor ihm hingehockt hatte und ihm gebannt zuzuhören schien.

»Der Bauer kommt ins Grübeln. Wie wir wissen, war er ein Mann von großer Phantasie und einem kaum unterdrückten Hang zu außergewöhnlichen Gedanken. Auf seinem Hof am Rande des Nors ist er nur wenige Kilometer vom Ort des damaligen Geschehens entfernt. Er stellt Spekulationen an, und immer, wenn er über den Mühlendamm geht und über seine Weiden schaut, überkommt ihn ein seltsames Gefühl. Irgendwo hier, denkt er sich, müssen das Schiff und die Toten im Meeressand liegen, irgendwo unter diesen grünen Wiesen. Und da ihn die Sache nicht mehr losläßt, beginnt er zu suchen, erst nur sporadisch, dann aber systematisch. Er durchkämmt das ganze Gebiet nach dem versunkenen Schiff. Niemand weiß, ob er dabei fündig wurde. Mag sein, mag aber auch nicht sein; er hat niemandem davon erzählt.«

»Bis hierhin«, fuhr Jørgensen fort, »ist alles noch eine ganz normale Geschichte. Doch dann spitzen sich die Ereignisse zu. Irgendwann in diesen Tagen nämlich fällt dem Bauern ein dickes altes Buch in die Hände – weiß der Himmel, wo er es gefunden oder erworben hat. Es ist schwer zu lesen, ein mühseliger und ungelenker Stil und voll mit theologischen Anspielungen und Voraussehungen. Aber unser Bauer kämpft sich durch, und je mehr er sich damit beschäftigt, um so mehr begeistert ihn das, was er da liest.«

Mit einem raschen Sprung kam Jørgensen auf die Füße, spähte suchend umher, lief auf und ab und kam wenige Minuten später mit einem alten zerfledderten Möwenflügel zurück. Behutsam legte er ihn auf das Gras und die Blüten.

»Der Bauer staunt. Vom Himmel ist in dem Buch die Rede, von der Hölle und der Auferstehung, vom Jüngsten Gericht und der Apokalypse. Davon steht in der Bibel zwar auch allerhand geschrieben. Aber dieser Himmel und diese Hölle sind völlig anders.

Der Bauer fängt Feuer. Nächtelang hockt er nun über dem schweren Folianten und liest aufgeregt darin herum. Und über die Tage und Wochen bemerken seine Freunde und Bekannten eine merkwürdige Wandlung. Es geht etwas in ihm vor, etwas Rätselhaftes, Unbegreifliches – etwas Verrücktes.

Verrückt gemacht von einem Buch? Ja, wäre es das Buch der Bücher gewesen und vor über 1000 Jahren, er hätte ein Märtyrer werden können, ein Heiliger. So aber sah man in ihm nur einen Narren.

Was ihn jedoch besonders fasziniert, sind nicht die neuartigen Entwürfe von Himmel und Hölle, sondern noch etwas ganz anderes.

Es gibt, so liest er in dem Buch, keinen klaren Unterschied zwischen dem Diesseits und dem Jenseits. Jeder Mensch, der stirbt, lebt zunächst als ein Geist weiter fort und entscheidet sich erst später dafür, im Himmel oder in der Hölle leben zu wollen. Und auch im Himmel durchläuft er erst noch mehrere Stufen der Reife, bis es ihm bestenfalls gelingt, ein Engel zu werden. Die Welt ist demnach voller Geister, und das jenseitige Leben durchdringt das diesseitige, es kommt nur darauf an, es zu spüren und zu erkennen.

Das geht dem Bauern unter die Haut. Hat er nicht schon längst die Stimmen des Jenseits in sich vernommen, nicht in ungezählten Alpträumen die Rufe vom Schiff und die verzweifelten Schreie der Sterbenden gehört? Lebten sie nicht immer noch im Nor, fort und fort, ruhelos umherwandelnd auf der Suche nach ihrer Erlösung? Langsam, aber sicher leuchtet in der Phantasie des Bauern ein Bild auf, alles bekommt mit einem Mal einen Sinn. Und dann stößt er in seinem Buch auf eine zweite Sache, ebenso großartig und geheimnisvoll wie das mit den Geistern. Es ist die mystische Lehre von den Entsprechungen.«

Jørgensen machte eine Pause und sah die Katze erwartungsvoll an.

»Es war ein langer Tag gewesen. Das Vieh mußte versorgt werden und das Scheunendach ausgebessert. Es ist finstere Nacht, als der Bauer ins Haus geht. Er stiehlt sich leise in seine Kammer, in sein kleines Studierzimmer, das er sich eingerichtet hat, ein stiller abgeschiedener Ort, ganz für ihn allein. Und wieder einmal greift er nach dem schweren Buch auf dem Tisch und liest darin, viele Stunden lang. Schon steht der Morgen vor dem Fenster, beschlagen und blind vom heißen Atem des Bauern, als er das Buch endlich aus der Hand legt und in einen tiefen traumlosen Schlaf fällt. Danach sieht er die Welt mit anderen Augen, nichts entgeht seinem prüfenden Blick. Nicht nur das Schicksal des Menschen, nein, alles ist durchdrungen von himmlischen Kräften. In allem, was auf Erden kreucht und fleucht, liegt etwas Geistiges verborgen, das geradewegs vom Himmel kommt. Doch erst nach dem Tod vermag das Geistige sich aus seiner irdischen Form zu befreien, und alles, was zunächst nur ein Hauch, eine Idee, ein Versprechen von etwas Göttlichem ist, vollendet sich. Und so, wie die Prophezeiungen aus dem Alten Testament sich im Neuen Testament erfüllen, so besteht das ganze irdische Leben aus Ankündigung und himmlischer Erfüllung.«

Die Katze stand still, keine Bewegung mehr.

»Nun beginnen einige sehr merkwürdige Dinge. Der Bauer fängt an, ein paar andere Bauern um sich zu sammeln und erzählt ihnen von seiner Lektüre. Nach und nach bildet sich jene Schar, von der ich dir bereits erzählt habe, eine richtige Sekte, die ihren Stützpunkt hier auf Næbbet hatte. Und genau da, wo wir uns jetzt befinden, zimmern sie sich ein Gerüst.«

Jørgensen stand auf, griff sich eine Latte vom Holzstapel und rammte sie, knapp neben seinem verbuddelten Schiff, in den Sand.

»Ein Hochstand, mit Blick auf das offene Meer; ein Signalturm für Rauch- und Feuerzeichen; ein Aussichtsturm in Erwartung ... ja, in Erwartung von was eigentlich?«

Die ganze Zeit über hatte er die Katze nicht aus den Augen gelassen.

»Komm mit!«

Diesmal ließ sich seine Begleiterin nicht erst lange bitten. Unbekümmert tappte sie heran und ließ sich das Fell kraulen. Dann faßte er das Tier unter dem Bauch, hob es zu sich herauf und spazierte, die Katze im Arm, die Anhöhe hinunter zum Strand. Das Wasser blitzte und funkelte im frühen Abendlicht. Er streckte den Arm aus und wies aufs Meer hinaus.

»Von dort mußte es kommen. Irgendwo dort am Horizont auftauchen, herabgesegelt aus dem grünen Wolkenmeer, gefahren über den Ozean, in die Ostsee hinein bis in die Holmnæs-Bucht.

Das Schiff!

Das zweite Schiff, das göttliche Schiff, das Schiff mit der großen herrlichen Mission: der Suche nach den Seelen der Toten. ›Und das Meer gab die Toten heraus, die darin waren, und der Tod und sein Reich gaben die Toten heraus, die darin waren; und sie wurden gerichtet, ein jeder nach seinen Werken.‹ Die Offenbarung des Johannes. Ja, das wird sein. So wird es sein an dem Tag, an dem alles wieder ist, wie es gehört, hatte er an den Rand geschrieben. Die Prophezeiung würde sich erfüllen, und alle irdische Qual verkehrte sich in ihr Gegenteil. Das Buch zeigte ihm den Weg zur Wahrheit. Alles geschah zweimal, auf jede Tat folgte die Erlösung. Der Herr vergaß sie nicht, die Seelen der Ertrunkenen, er würde seine Kinder zu sich rufen, zu sich auf sein prächtiges Schiff. Bruder Jakobus, Bruder Jakobus, siehst du die Zeichen? Deute sie uns, erzähle uns, was geschieht. ›Und ich sah die Seelen derer, die enthauptet waren; diese wurden lebendig und regierten mit Christus tausend Jahre. Die anderen Toten aber wurden nicht wieder lebendig, bis die tausend Jahre vollendet wurden.‹ Weißt du, was das bedeutet?«

Die Katze auf seinem Arm schnurrte und rieb ihren Kopf an seiner Brust.

»Ich gebe zu, am Anfang hatte ich keinen Schimmer. Die ganze Offenbarung des Johannes war in der Bibel des Bauern mit Kommentaren versehen, einiges unterstrichen und anderes mit einem dicken Stift geschwärzt. Es schien gerade so, als wollte unser Geisterseher den Text umschreiben. Aber dann habe ich mir die Stellen genauer angesehen, und irgendwie ergibt sich daraus fast so etwas wie ein System. Aber bis ich das begriffen hatte, habe ich mir Tag und Nacht den Kopf zergrübelt, habe herumgerätselt und die Streichungen und Kommentare wieder und wieder gelesen, bis mir ganz wirr vor Augen wurde und ich langsam glaubte, selber verrückt zu werden.

Aber ich kam langsam vorwärts bei meinen Bemühungen, mich in die krause und verschrobene Gedankenwelt dieses Exegeten hineinzuversetzen.

›Die Seelen derer, die enthauptet waren.‹ Das war der erschlagene Kapitän, der Mann ohne Kopf. Irgendwann mußten sich die beiden Geschichten vermengt haben; die alte Spukgeschichte vom Mann ohne Kopf am Drejet und die Erzählung vom gestrandeten Schiff im Nor. Und der Bauer glaubte daran, fester als jeder andere. Warum sonst war er mit seiner Bande des Nachts in die Svanninge-Kirche eingedrungen, wo man ein Jahr zuvor das alte Fresko wieder freigelegt hatte, das Fresko mit seiner geheimen Prophezeiung. In der Stunde des Weltenrichters wurde alles wieder lebendig, freigelegt vom Kalk der Zeit. Diese Ankündigung, diese Verheißung mußte gesehen werden, und da das Auge nur das sieht, worauf es hingewiesen wird, überkalkte die Sekte den ganzen Rest. Nur das Schiff war wichtig, darauf kam es an – das Schiff und der Mann ohne Kopf.«

Jørgensen ließ sich vorsichtig auf den Sand nieder. Eine kurze Zeit noch verweilte die Katze mit geschlossenen Augen und behaglich eingerollt in seinen Armen. Dann befreite sie sich und haschte nach einem verwehten Halm.

»Wenn du es genau nimmst«, fuhr Jørgensen fort und blickte versonnen aufs Meer, »wenn du es genau nimmst, war das Ganze natürlich nur ein Mißverständnis, denn *so* hatte es gewiß nicht in dem Folianten gestanden, den der Bauer so andächtig studiert hatte. Aber die Menschen glauben ohnehin lieber als zu wissen, ohne dabei genau wissen zu wollen, was sie glauben.

Der Bauer und seine Sektenfreunde warten auf das Schiff. Tag für Tag, Nacht für Nacht. Und Woche um Woche, Monat um Monat verstreichen, und noch immer zieht der Schutzpatron der ertrunkenen Seeleute über die Felder und Wiesen, trifft sich mit seinen Jüngern auf Næbbet, kämpft gegen den ›singenden Draht‹ der Telegrafenleitungen in seinem heiligen Nor. Und wahrscheinlich weiß nur er allein, an welcher Stelle sich die Reste des Wracks befinden, wo die Geister hausen und ruhelos auf den Tag ihrer Erlösung warten ...«

Jørgensen hob den Kopf.

Die Sonne hüllte sich in finsteren Dunst, ein letzter Lichtstrahl blitzte über den Abendhimmel, und dann verbarg die Gnädigste ihr Antlitz in den Wolkenkissen.

Fröstelnd schaute er sich um.

Von der Katze fehlte jede Spur.

Die Amsel

Wo seid ihr denn?

Mit einem kräftigen Zug öffnet er das Scheunentor und tritt aus dem Dunkel, die Lockenperücke thront ihm auf dem Kopf.

Kein Tier zu sehen. Die Reste der Katzenmahlzeit liegen breit verstreut. Gräten und Federn, ein umgestürzter Milchnapf.

Der Meister hüstelt in ein Taschentuch und greift nach dem Knotenstock mit dem silbernen Knauf. Rasch zurrt er noch den Rentierrock fest, strafft sich und setzt seine sorgsam gemessenen Schritte über den Hofplatz.

Er streift umher – was gibt es Neues in seinem Königreich? –, wirft von hier und dort einen Blick über die Äcker, auf die Buchsbaumhecken, steckt die Nase in den Gänsestall, besucht die Schafe und sieht dann nach dem lieben Federvieh, das um den Misthaufen streunt, amüsiert sich über den eitlen Spreizgang des

Hahns. Erspäht er eine Heuschrecke, einen Warzenbeißer oder eine Grille vor sich im Gras, so hüpft er in keckem Sprung, dem luftigen Insekt gleich, behende darüber hinweg.

Kein Leben ist so gering, daß ihm nicht auch der Meister einen Moment Aufmerksamkeit schenkt, an diesem kühlen, aber strahlend blauen Spätsommertag.

Schattenmuster auf dem Wellblechdach des Schweinestalls. Von Flechten bekränzt, liegt hier das Taufbecken, der Pferdetrog, zwischen den Rasenfetzen, die kleinen Scheiben der Scheunenfenster spiegeln blendend das Licht. Vor dem Schuppen huschen zwei Mäuse an der Mauer entlang, verweilen einen kurzen Moment, als sie den Meister sehen, und verschwinden dann durch ein kleines Loch in der Wand. Er sieht ihnen nach, schüttelt amüsiert den Kopf und spaziert weiter. Unter dem Walnußbaum schließlich bleibt er stehen. Er ist groß und schön, der Baum, und der Meister bewundert seine Kraft, den mächtigen stämmigen Leib, die gewaltigen Arme, die gefingerten Zweige. Andächtig lehnt er sich an den Giganten, streift mit dem Finger über die graue, silberglänzende Rinde, greift schließlich beherzt ins rotgefiederte Laub und pflückt eine Frucht ab. Er tritt drei Schritte zurück, betrachtet erneut den mächtigen Baum, und wieder schüttelt er den Kopf. Gewiß, jeder andere hätte in den kleinen Kugeln nichts gesehen als Früchte.

Er lächelt.

Dann sucht er sich auf dem Norweg einen spitzen Stein und ritzt die noch unreife Nuß auf. Der Schädel ist gespalten, die dikke grüne Schale öffnet sich. Er wird sie aufbewahren, die Schale, sie ist gut gegen die Wunden des menschlichen Kopfes und lindert ihren Schmerz. Doch mehr noch als die Schale verzückt ihn der Kern; ein kleines, helles, schrumpeliges Gehirn tritt hervor; gut und heilsam für die inneren Schmerzen des Kopfes.

Gott selbst öffnet uns die Falten seines Mantels und verrät den Willen in seinen Zeichen.

Der Eisenhut, der Eisenhut, der tut dem kranken Auge gut.

Welk und eingetrocknet hängen die Blüten. Doch das Zeichen ist lesbar in den Samenkörnern.

Geschickt legt er sie frei, und staunend schaut er sie an. Winzige schwarze Pupillen, eingefaßt in weiße Schalen.

Überall streift er jetzt umher und gerät ein ums andere Mal in Verzückung.

Der alte Obstgarten ist ein ganz besonderer Ort; ein verwilderter Ort. Das Gras zwischen den Bäumen steht hoch und ist jetzt welk, es gibt Brennesseln und wilde Brombeeren, Springkraut und Farn. Irgendwo in diesem Dickicht hat er sich einen beschaulichen Platz geschaffen, eine kleine Holzbank auf eisernen Füßen, und da setzt er sich nun eine Weile nieder.

Schließt die Augen. Horcht.

Aber es gibt nicht viel zu hören. Und darum pfeift der Meister zwischen den Zähnen ein paar schrille Töne.

Warum tut er das? Wem gilt dieser Ruf?

Es dauert eine Minute, dann treffen die ersten Katzen ein. Sie springen vom Dach des Schweinestalls, kriechen aus der Hecke, hüpfen durch das Gras.

Von überall hört er sie jetzt, die Stimmen, begleitet von leisem Gesang. Das sind sie. Sie sind es, die singen, wenn die Orgel des Windes spielt. Sie sind da, stehen hier und dort auf den verwilderten Beeten, zwischen den Apfel- und Birnbäumen. Und hier, gleich zu seiner Linken, sitzt sonst immer der Kapitän. Er kommt als erster und bleibt bis zuletzt. Der Kapitän bleibt, ist der Sturm auch noch so stark. Wo steckt er denn heute nur?

Jetzt erzählt er ihnen von seinen Ideen. Er möchte einen Park anlegen, mit Rabatten, Obelisken und Statuen rund um den Hof.

Und sich endlich mehr um den Gemüseanbau kümmern. Ihm gehört immer noch Land, und er sieht sich und die Gemeinschaft auf dem Feld arbeiten und anschließend in der Stube mit einigen Auserwählten bei süßem schwarzem Kaffee sitzen, während sie sich philosophischen oder naturkundlichen Studien widmen.

Aber da trübt sich des Meisters Miene. Nein, davon wird er wohl absehen müssen. Wer denn aus seiner bunten Schar käme dafür in Frage? Øtinger vielleicht? Auch Øtinger war letztlich nicht mehr als nur ein einfacher Bauer, obgleich er sich wie kein zweiter aufs Spielen verstand. Immerhin, mit Øtinger könnte er eine schöne Partie L'Hombre spielen.

Nun ja, nun ja, er würde sich die Bande schon erziehen.

Die Katzen rücken näher, springen ihm auf Schoß und Schultern, wälzen sich um seine Füße.

Der Meister ist mit den Gedanken wieder bei seinem Garten. Eine Trauerweide müßte noch gepflanzt werden, ergänzt durch einen kleinen munteren Wasserfall, eine Grotte natürlich und auch einen antiken Tempel.

Oh, wie wäre das herrlich! Stellt euch vor, meine Lieben, ein richtiger Tempel.

Die Katzen halten in ihrem Treiben inne und starren ihn undurchdringlich an.

Kein Tempel? Nur eine Grotte?

Aber – der Meister erhebt sich und geht mit großen Schritten kreuz und quer durch das Gras –, aber wo, meine Lieben? Eine Grotte, das dürfte schwierig werden. Dafür brauchen wir einen Hang. Soll ich vielleicht einen Hang aufschütten lassen?

Jetzt ist der Meister beweglich, diese Gedanken bringen ihn in Schwung. Haha, die ganze Bande schüttet mir einen Hang auf. Und im gleichen Handstreich haben wir auch einen See. Wir nehmen die Erde dort raus, der Meister zeigt das Gebiet, und schütten sie hier auf. Und so haben wir gleichzeitig das Wohnhaus aus unserem Blick. Was meint ihr, meine Lieben?

Doch die ›Lieben‹ sind verschwunden. In aller Stille haben sie sich verabschiedet. Der Meister ist ihnen heute ein wenig zu aufgekratzt.

Kein Problem für ihn. Diese Launen ist er gewohnt. Spätestens wenn ihnen der Magen knurrt, sind sie alle wieder da.

Er schleicht aus dem Obstgarten und blickt die Rampe hoch.

Über das Drejet rollt eine Kutsche, ganz weit weg noch, ein kleiner Punkt.

Nichts weiter als eine Kutsche. Und doch beschleicht den Meister ein ungutes Gefühl.

Soll er warten? Soll er gehen?

Er weiß nicht so recht, tritt schnell hinter den Walnußbaum.

Die Kutsche kommt näher. Zwei Pferde mit schweißnassen Flanken.

Das Gefährt schwenkt ab, rollt über den Kies auf das Wohnhaus zu. Aus der Küche kommt Frederik mit langen Schritten und öffnet die Kutschentür.

Ja, das ist er. Das ist unser lieber, geehrter Gesetzeshüter Lars Christian Kirstein.

Der Meister zieht sich zurück. Nicht hastig, oh nein, weit entfernt! Er zieht sich würdevoll zurück, bleibt sogar noch einen unnützen Augenblick stehen, nur um mal zu sehen, ob sein Rock richtig sitzt. Ach, dahinten auf den Feldern, da ist ja auch Andersen. Er beschattet die Augen. Der hat sich ganz schön rar gemacht in letzter Zeit, ist auf einmal so beschäftigt. Der Meister schlendert um ein Stallgebäude und ... hastet auf das Scheunentor zu.

Als es zu dunkeln beginnt, hockt der Meister neben Ofen und Kaffeeröster in der Kammer und liest in seinem Buch. Immer wieder gleitet sein Blick über die Seiten. Er weiß, denn das Buch hat es ihn gelehrt, daß es mehr gibt in dieser Welt als nur das Sichtbare, das, was all die anderen Menschen sehen, wenn sie in die Welt blicken. Überall gibt es Leben auf den vielen Sternen und Erdenkörpern im Weltall, und keine dieser Myriaden von Seelen erlischt mit ihrem Tod. Ein Größerer, als wir es sind, hat uns in der Hand und geleitet uns nach dem Ende in eine andere Welt.

Seine Augen schließen sich. Das ist Balsam für seine Seele. Schon ist er weit weg, weg von den Bauerntölpeln, weg von seinem Hof, umgeben von Gleichgesinnten im hellen Licht des

Himmels. Die himmlischen Höfe liegen auf sanften Hügeln, und hier gibt es Säle, Studierzimmer und Schlafgemächer in großer Zahl, ringsumher Gärten, Gebüsch und Felder. Hier sitzt er mit ihnen zusammen, sie essen und trinken, lachen, singen und musizieren. Es ist eine Freude, hier zu sein, umgeben von allen, die reinen Herzens sind.

Er merkt nicht, daß er einschläft, und nicht, daß Frederik des Nachts in seine Kammer kommt. Er sieht seinen Vater auf dem Stuhl, zusammengekauert, das Bandonion in der Hand, den Kopf gesenkt.

Er holt die Wolldecke vom Bett und deckt ihn zu; nimmt das Instrument und hängt es an den Haken.

Dann zieht er leise die Tür zu.

Die junge Frau öffnet und lächelt den Polizeimeister charmant an.

Er sei herzlich willkommen.

Man geht in die Gaststube, wo bereits frischer Kaffee auf einem der Tische dampft.

Kirstein wirft seinen Mantel über eine Stuhllehne, streicht sich die Weste glatt und setzt sich hin.

Die jungen Wirtsleute plaudern lebhaft, erzählen von dem Engländer und seinem plötzlichen Tod. Und ach! von der verstorbenen Mutter des Wirtes. Soviel Unglück auf einmal!

Nach Unglück sehen die beiden aber gar nicht aus.

Kirstein zündet eine Zigarre an. Der Kro hat sich gemacht, seit sie ihn übernommen haben. Richtig schmuck sieht es aus. Hell und freundlich.

Noch Kaffee, Herr Kirstein?

Ja, gerne, danke.

Und Kuchen?

Ja, auch Kuchen.

Zum ersten Mal seit langem fühlt Kirstein eine wohltuende Wärme in sich. Er blickt, den Zigarrenrauch entspannt aus seinen Nüstern blasend, durch das kleine, von gelb-weiß gestreiften Gardinen eingefaßte Strebenfenster. Draußen glitzert das erste Eis auf den Pfützen, und … Kirstein reckt sich ein Stück vor, da steht er ja, sein neuer Kraftwagen.

Die Wirtsleute nicken anerkennend. So was Schönes. Ein ganz wunderbares Automobil.

Der Polizeimeister gibt sich einen Ruck. Weshalb er ja eigentlich hier sei … Er schlage vor, sich jetzt das Zimmer von Herrn Adams anzuschauen.

Die Wirtin springt flink voran. Einen Moment noch, nur eben die Schlüssel …

Sie kramt in der Theke, findet nicht, was sie sucht, und flucht leise vor sich hin. Und, ah doch, da ist er ja.

Wir schließen sonst nie ab, wissen Sie, aber in diesem Fall meint mein Mann, es sei besser.

Das ist Kirstein egal. Trotzdem nickt er zustimmend mit dem Kopf.

Gut gemacht.

Ob der Terkelsen mal hiergewesen sei?

Hans Jakob? Ach, da sagen Sie was. Der war hier und wollte auch rauf ins Zimmer. Das konnten wir natürlich nicht zulassen. Er hat fürchterlich getobt, der Unmensch. Hat er denn wirklich den Adams …?

Wir wissen noch nichts Genaues, brummt Kirstein. Es war offensichtlich ein Unfall. Er wolle ja nicht drängen, aber er sei wegen des Zimmers hier.

Ja richtig, die Sachen.

Die Wirtin eilt die Stufen hoch, rechtsherum, erste Tür auf der linken Seite, Gästezimmer 2.

Sie hantiert mit dem Schlüssel, stößt die Tür auf und macht einen Schritt zur Seite.

Kirstein tritt auf die Schwelle, wirft einen Blick durch den Raum.

Das war also sein Zimmer. Na denn.

Er geht hinein, sieht sich um.

Alles sehr ordentlich. Gut. Mit beiden Händen öffnet er die Flügel des Kleiderschranks. Dort hängen ein schwerer Reisemantel, ein Anzug über dem Bügel, dort liegen Hemden, Unterwäsche, Wollsocken, Taschentücher und ein altmodischer Hut, ziemlich hoch und mit auffallend breitem Rand. Er mußte ihn vergessen haben an jenem Tag...

Dann das Bettschränkchen: ein Nachttopf aus Porzellan, ein paar feinere Schuhe. Obendrauf eine Lesebrille, ein Reisewekker, ein Röllchen mit Tabletten, Pomade.

Auf dem Tisch liegen drei Bücher: eine dänische Grammatik, ein Wörterbuch, ein englisches Buch über Schiffsgattungen.

In diesem Buch stecken ein paar Zettel als Lesezeichen, Fahrscheine von Zügen und Bussen und ein dünnes Heftchen mit Fährverzeichnissen. Und dann noch eine halbgeleerte Flasche Rotwein, ein Federkasten mit Stiften aller Art, ein Lineal voller Tintenflecke, ein Zirkelkasten.

Kirstein öffnet eine lederne Mappe; sie enthält eine Karte von Fünen, Smørland, Lilleø und anderen Inseln.

Und der Koffer?

Die Wirtsleute stehen abwartend in der Tür und zeigen jetzt auf das Bett. Da drunter.

Der Polizeimeister zieht einen mit zahllosen bunten Etiketten beklebten Reisekoffer hervor, legt ihn aufs Bett, läßt die Schlösser aufschnappen. Schmutzige Wäsche, alte Zeitungen, sonst nichts. Er klappt ihn wieder zu, betrachtet die Etiketten.

Sieh an, Mister Adams ist viel herumgekommen. Imperial Hotel, Kairo!

Die Wirtsleute ziehen die Brauen hoch.

So, und die Schaufel da? Gehört die auch ihm?

Nein, die haben die beiden ihm geliehen. Für seine Forschungen.

Sonst noch was? In der Gaststube vielleicht?

Nein. Einen Moment. Die junge Frau huscht ins Zimmer und nimmt schmutziges Geschirr vom Tisch.

Es gab englisches Frühstück, Haferbrei und Rührei. Das mochte er. Sie wird verlegen und eilt mit wehendem Rock aus dem Raum.

Kirstein schlägt die Bettdecke zurück. Dort liegt ein sorgfältig gefaltetes Nachthemd.

Er streicht das Bett wieder glatt. Setzt sich.

Packen Sie alles zusammen. Ich nehme es gleich mit.

Was nun mit der Miete sei, fragt der Wirt, die stehe noch aus.

Das wird geregelt. Er wünscht jetzt, ein wenig allein zu sein. Und die Tür soll er bitte schließen.

Der Wirt bollert die Stiege hinunter.

Der Polizeimeister sitzt auf der Bettkante und starrt gegen die Tür.

*

Alles war weiß, gleißend, der helle Lack. Das Bett verschmolz mit der Tapete, mit der Decke. In Holz, der Boden und der Tisch. Die Sonne war auch im Zimmer, in hellen Flecken an der Wand, Dreiecke auf den Dielen, auf dem Bett. Und dort lag eingerollt, sie gehörte wohl dahin, natürlich eine Katze. Wieder diese Katze. Das Fell marmoriert, schwarzweiß.

Jørgensen setzte sich auf die Bettkante, streichelte ihr das Fell, sie schnurrte, er kraulte ihr das Kinn, sie streckte sich, schlug die Augen auf; hellblau und bernsteinfarben.

»Mr. Adams«, murmelte Jørgensen, »kennst du ihn noch? Diesen Engländer? Hier hat er gewohnt, genau zehn Tage. Ich habe Papiere über ihn, hier, einen Brief, siehst du? Ein Bekannter von Adams hat ihn an Kirstein geschrieben. Er erzählt uns ein wenig über diesen Engländer. Interessiert dich das?«

Die Katze gähnte, grub die Krallen weit von sich in die wollene Überdecke, drehte sich dann behaglich einmal über den Rükken und schnurrte sich wieder in den Schlaf. Jørgensen warf sich zurück. Er sank tief in die aufgeplusterten Decken, die Wolle wärmte ihm den Rücken, das Sonnenlicht zog eine scharfe Kante über sein Gesicht. Mit geschlossenen Augen, die Lider orangerot, lag er matt, den Brief auf der Brust, und seine Hände krampften sich einen Moment in die Überdecke. Dann legte er sie, die flachen Handteller nach unten, entspannt neben sich.

Wer warst du, Geoffrey Arthur Adams?

Was wußtest du von dem Schiff? Was genau hast du gesucht?

Du warst Ingenieur, Geoffrey. Ein Schiffsingenieur. Doch da hattest du kein Glück. Du warst verschuldet, hast dein Büro verkauft und schließlich ein Antiquariat eröffnet. Du hast dich interessiert für alte Sachen, jaja, schön alt mußten sie sein, wie dieses Schiff zum Beispiel.

Wie aber konntest du von dieser kleinen, unbedeutenden, zufällig vor Lilleø verlorengegangenen Jacht wissen? Wie nur?

Ich weiß, du kannst es mir nicht mehr sagen. Aber ... hast du dich *ihm* anvertraut? Hast du? Das war ein Fehler, Geoffrey Adams, aber wer konnte das ahnen ...

*

Nein, das würde er nicht einmal ihm erzählen. Andersen stampft mit den Krücken durch den aufgeweichten Rasen. Er hat viel nachgedacht in letzter Zeit, und die Zeichen scheinen ihm nur allzu deutlich. In der Gemeinschaft findet er kein Gehör, und er will sie auch gar nicht mehr warnen. Lange genug haben sie ihn gequält, und der Meister, der liebe, gute Meister, er ist immer so voller Sorge und Kummer, so daß er auch ihn nicht mit seinen Ahnungen behelligen will. Aber das hindert ihn nicht, Pläne zu machen. Der Meister wird noch zur rechten Zeit davon erfahren. Die Gemeinschaft soll doch der Teufel holen.

Während er mit den Krücken durch die Stallungen stolpert, muß er eine Weile über den Teufel nachdenken. Den gibt es ja gar nicht, hat der Meister gesagt. Das hat er nicht verstanden. Den Teufel soll es nicht geben? Haha. Sicher gibt es den Teufel. Und wenn er auch nicht gerade wie ein Ziegenbock aussieht, den Teufel muß es geben, da ist sich Andersen sicher.

Dann denkt er wieder an seine Pläne. Aufwendige Pläne. Auch für einen beweglicheren Menschen nicht mal so eben umzusetzen. Und die Zeit drängt. Aber Andersen ist zuversichtlich. In seiner Brust schlägt ein stures Herz. Das sagte seine Großmutter immer. Junge, du hast ein stures Herz; das kann dich noch mal weit bringen.

Andersen hält in seinem ziellosen Marsch inne, nimmt die Krücken in die eine Hand und wischt sich mit der anderen eine Träne aus dem Augenwinkel. Er fühlt sich gut. Er fühlt sich groß. Er sieht eine Aufgabe, die er umsetzen kann, und das Geschwätz der anderen ist weit entfernt.

Es gibt mehr Dinge, als dein Verstand begreifen kann, murmelt der Mann an der Pferdebox. Wer außer uns kennt denn das Nor? Thorvald hat ein paar Felder dort und Ruager und die Larsens, gewiß. Aber was wissen die schon. Nein, mein Freund, das Nor kennen nur wir.

Der Mann blickt sich arrogant um.

Wir werden uns hüten, irgendwem davon zu erzählen, ergänzt der im blauen Gewand und sieht Andersen streng an.

Andersen weicht dem Blick aus. Er hat noch nie etwas verraten, und er will es ihnen erklären, aber die anderen beachten ihn gar nicht mehr. Ein Raunen geht durch die Gemeinschaft, oben am Geländer ist *er* aufgetaucht, eine brennende Laterne in der Hand. Schritt für Schritt steigt der Meister die Stiegen herab. Auf dem Kopf diese schöne gelockte Perücke, den Scharlachmantel umgeworfen, schreitet er über das Stroh. Gnädig nickt er allen zu. Øtinger zuerst, danach Gaardager und Emerson, dann Mittnacht und den anderen. Auch Andersen erhascht einen kurzen Blick.

Alle schweigen. Gleich geht es los.

Der Meister hängt die Laterne an den großen Nagel im Balken und besteigt die Holzkiste. Er sieht sich um. Es ist alles wunderbar angeordnet. In den Haltern brennen neue Kerzen, das Stroh ist sorgsam geharkt, der weiße Stoff, über sein Podest geworfen, scheint ein frisches Leinentuch zu sein. Er wird Øtinger später noch seinen Dank aussprechen.

Jetzt hebt er die Arme und zeigt ihnen die gespreizten Handflächen.

Die Gemeinschaft sucht sich ihre Plätze auf den im weiten Halbkreis zurechtgestellten Schemeln, Kisten und Hafersäcken. Man legt die Hände in den Schoß und senkt den Blick zu Boden.

Der Meister wirft den Mantelschoß zur Seite und zieht die Bibel hervor.

Er hebt an: Überall leben Menschen auf den zahlreichen Erdenkörpern im großen Weltgebäude, meine Freunde, wir sind nicht allein. Es gibt keinen Grund, sich in Eitelkeit zu sonnen. Demut und ein gerechtes Herz, Aufgeschlossenheit und Freundlichkeit jeder Kreatur gegenüber, das ist unser Gebot. Und wie zur Bestätigung kommt aus allen Ecken das leise Maunzen der lauernden Katzen. Die Gemeinschaft lauscht ergeben der Predigt.

Er erzählt ihnen, was sie schon längst wissen, weil er es ihnen jedesmal erzählt. Und trotzdem ist es immer wieder eine rechte Freude, ein Ohrenschmaus geradezu, nichts tut ihnen so wohl in diesen schweren Zeiten.

Das Leben, meine Freunde, meine Brüder und Schwestern, das Leben endet nicht mit dem Tod. Nein, nach dem Tode tritt der Mensch eine Reise an. Eine Reise in die Welt der Geister.

Wie hatten sie noch gestaunt, als er ihnen zum ersten Mal davon erzählte. Viele kamen gar nicht mehr wieder. Das war ihnen zu fremd. Von was, verflucht noch mal, redet er? Eine Geisterwelt? Hokuspokus, so was!

Doch einige blieben.

Und der Meister fährt fort:

Ihr wißt, daß dann die Zeit der großen Entscheidung kommt. Wir müssen nicht davon sprechen, meine Freunde, denn ein jeder unter euch wird an jenem Punkt, von dem es keine Rückkehr gibt, seine Wahl treffen. Habt ihr gesündigt? Seid ihr schlechte Menschen? Ich weiß, daß da noch einige unter uns sind, die in sich gehen müssen. Rechenschaft ablegen für gewisse Untaten. Noch viele von euch töten. Ja, ihr tötet, meine Freunde. Ihr habt noch nicht abgeschworen dieser stinkenden Begierde nach dem Fleisch von Bruder Tier.

Aus der Reihe der Zuhörer kommt ein protestierendes Gemurmel. Kaum einer kann ohne Viehhaltung sein karges Leben fristen. Kaum einer sitzt unter ihnen, auf dessen Tisch sich nicht die unbezahlten Rechnungen stapeln. Sie brauchen das Vieh. Der Meister ist nicht gerecht.

Ihr habt es nicht leicht. Viele eurer Familien sind zerstritten. Und viele geben der Gemeinschaft die Schuld daran. Doch trifft unsere Gemeinschaft hier eine Schuld? Was sind das für niederträchtige Behauptungen? Was tut die Gemeinschaft nicht alles, um endlich die Insel von ihrem Bann, ihrem Fluch zu befreien, vor dem der ach so kluge und überhebliche Rest schon längst kapituliert hat?

Jetzt gibt es Beifall. Heftiges Nicken und vereinzelte Zurufe.

Gemach, meine Freunde.

Die Geister leben unter uns, und wir müssen unterscheiden zwischen denen, die ihren Frieden schon gefunden haben, und jenen, die seit vielen, vielen Jahren immer noch nach Erlösung dürsten.

Die Katzen im Dachstuhl fauchen auf, aber der Meister bringt sie mit einer Geste zum Schweigen.

Wir, meine Freunde, wir haben die große Aufgabe, und ich bin sicher – er hebt die Stimme –, ich bin sicher, meine Freunde, wir werden sie lösen.

Begeisterung. Einer springt auf, als wolle er gleich mit irgend etwas loslegen, aber da ihm nichts Rechtes einfällt, läßt er sich wieder auf seinen Schemel sinken. Andere strecken die Arme nach vorne und spreizen die Handflächen. Sie alle glauben an diese Aufgabe. Sie wollen daran glauben, denn sie alle haben ihre bitteren Nöte, und auch sie dürsten nach einer Erlösung. Nur haben sie im Gegensatz zu den anderen Inselbewohnern ein greifbares Ziel vor Augen, werden vom Pfarrer nicht vertröstet auf ein weit entferntes Paradies im Jenseits. Sie geben sich in den Dienst der Geister. Schaurig ist das und wagemutig, aber sie dienen gern, wenn ihnen dafür nur der Wams gefüllt wird. Ein lächerlicher Haufen von abergläubischem Volk.

Mit der Begeisterung ist es auf einmal vorbei. Es ist eine Unruhe ausgebrochen. Man ist sich nicht einig. Manchen dauert die Suche nach dem erlösenden Gegenstand zu lange, und sie wollen doch so bald schon den lang verdienten Lohn und Dank einstreichen. Obwohl sie alle so was Ähnliches denken, gibt es tadelnde Blicke. Man ist streng in der Gemeinschaft, und mit einem anbiedernden Seitenblick auf den Meister werden die Abtrünnigen zur Rechenschaft gezogen. Man muß eben Geduld haben. Und man darf den Glauben nicht verlieren. Das kann schlimme Folgen haben. Er sieht sich dem Ziel nahe, das hat der Meister gesagt. Und wenn der Meister doch selbst …

Ja, ja, sicher, aber trotzdem. Wie lange denn noch? Und … ist es nicht alles so hoffnungslos? Wo sollen sie noch suchen? Viele sehen in der Aufgabe des Bewahrens einen Irrweg. Die Geister sollen ihre Ruhe haben, wir werden dafür sorgen. Aber soll das ewig so weitergehen? Und was wird aus uns? Aber die Gemeinschaft gibt uns doch so viel Kraft, werfen andere ein. Und Zuversicht, ergänzen sie. Und der Zeitpunkt ist wirklich nicht mehr allzu fern. Sie wollen den Meister fragen.

Die erwartungsvollen Augen richten sich aus dem Halbdunkel hinauf zu dem langen und hageren Mann. Dieser jedoch hört sie nicht mehr.

Er steht da, grau, mit eingefallenen Wangen und blickt hinauf ins Gebälk, durch die flackernden Schatten der Katzenkörper, in das schwarze Nichts des Scheunendachs.

Die Kerzen in den großen Haltern sind längst erloschen. Die Scheunentür steht weit offen, der kalte Herbstwind fährt in das Stroh.

Andersen überlegt. Hier drinnen wäre er geschützt bei seiner Arbeit. Doch *er* wird es ihm nicht erlauben. Und Frederik? Er müßte eigentlich mit Frederik sprechen, denn er wird Platz brauchen. Zwischen den Stallungen? Warum nicht. Drei Monate will er sich noch Zeit lassen, dann kommt kein langer Frost mehr. Die Vorstellung, wie der Hofplatz sich verändern wird, die Vorstellung, was die anderen für ein Gesicht machen werden, kitzelt ihm in den Gedärmen. Trotzdem wäre es schön gewesen, wenn er in der Scheune ...

Naja, es geht wie gesagt auch anders. Er hinkt zu seinem Schuppen zurück und wirft sich noch einen Mantel über. Dabei streift er mit einem Blick den mit Blättern übersäten Tisch, und ihm fällt wieder ein, daß er ja noch Papier braucht. Er will die da oben fragen, und dann kann er mit Frederik auch gleich die Sache abklären. Es gefällt ihm nicht, daß er sein Geheimnis jetzt schon preisgeben muß. Aber er wird eben nur Andeutungen machen, und Frederik ist keine Gefahr.

So kommt er aus der Kammer, arbeitet sich mühselig die Rampe hoch. Doch auf einmal bleibt er stehen. Ihm ist ein Gedanke gekommen, ein Gedanke, der ihm keine Ruhe mehr läßt, eine plötzliche Eingebung. Jetzt endlich hat sein Projekt auch einen Namen: *Galathea* ... er wird es *Galathea* nennen, das klingt nicht schlecht, ja, Andersen nickt, das hat Klang: *Galathea.* Und den Namen noch ein weiteres dutzendmal vor sich hersagend, nimmt er seinen Gang wieder auf, erklimmt die Rampe und verschwindet schließlich hinter der Hagebuttenhecke.

Es ist Mitte November. Morgens liegt schon Rauhreif auf den Feldern, aus den Schornsteinen der Bauernhäuser quillt der dicke weiße Rauch ihrer Holzöfen.

Der lange und hagere Mann sitzt allein in der Kammer, vertieft in seine Studien. Da klopft es unten an der Scheunentür. Er steht auf und steigt die Stiege hinab. Einer aus der Gemeinschaft wird es sein, denkt er und ist etwas unwirsch.

Aber er irrt sich.

Ein gedrungener Mann steht im Rahmen, ein Mann, gekommen von weit her, ein Mann, den er noch nie zuvor gesehen hat …

*

Ja, Geoffrey Arthur Adams, du kamst im falschen Moment. Ein paar Jahre früher, ein paar Jahre später, wer weiß …

Hier hast du also gewohnt; in diesem Zimmer, in diesem Bett hast du geschlafen. Ein schönes Zimmer. Du hast dich eingerichtet. Den Koffer aufgeklappt. Alles schön ordentlich. Ah ja, die Bücher, die Schreibutensilien, das alles hast du sicher auf dem Tisch ausgebreitet. Dann die Kleidung. Deine Aufregung konntest du kaum zügeln. Warum auch. Alles schien ideal zu sein für deine Unternehmungen. Nette Menschen hier, alle sind hilfsbereit. Was sollte noch schiefgehen.

Du hast eine Flasche mit Wein geöffnet. In dem Brief steht, daß du ganz gerne getrunken hast. Warum nicht? Ein guter Wein … Schließlich hattest du was zu feiern. Alles läßt sich ganz gut an. Jetzt nur noch …, und in zwei bis drei Wochen bist du wieder zu Hause.

Ja, hier hast du gewohnt, hier hast du deine Pläne geschmiedet. Hier, im Oldekær-Kro hattest du deinen Stützpunkt.

Und an diesem Tisch dort hast du gesessen und deine Notizen gemacht. Das Reisetagebuch. Du hast niedergeschrieben, was dir durch den Kopf ging. Kurz und trocken.

Ein sehr ergreifendes Dokument, Geoffrey Adams, denn darin hast du unbewußt den Countdown deines eigenen Todes verfaßt!

Abschrift und Übersetzung aus dem Notizbuch des Adams

14. November
Ankunft / Einquartierung im Torsdal-Kro

15. November
Ausflug nach Graasten-Nor / abends Unterlagen geordnet

16. November
2. Ausflug zum Nor / Bauer nach Nor gefragt, hatte keine Ahnung / Oldekær-Kro entdeckt / beschließe, mich umzuquartieren

17. November
Einquartierung im Oldekær-Kro / frage Wirt nach einem Kenner des Nors / Tip: ein gewisser Hans Jakob Terkelsen vom Hof Ellehavegaard

18. November
Erste Messungen im Nor

19. November
Suche Terkelsen auf / großer Hof direkt am Rande des Graasten-Nors / netter intelligenter Mann!

20. November
Zusammen mit Terkelsen im Nor gewesen / hatten viel Spaß / dann mache ich Andeutungen über meine Pläne / Terkelsen merkwürdig unruhig / drängt umzukehren / Bauern haben immer so viele Sorgen …

21. November
Magische Anziehungskraft des Nors / grüble Tag und Nacht / lese vor dem Einschlafen noch einmal die Aufzeichnungen durch / was für ein Fund, dieses Journal / was für ein Abenteuer!

22. November
Trauer im Oldekær-Kro / Mutter des Wirts entschlafen / bedrückte Stimmung im Haus / bin den ganzen Tag im Nor / muß über Tod nachdenken …

Jørgensen schlief ein. Sein Körper krümmte sich, er zog die Beine an. Er träumte vom kleinen Geoffrey, von einer Kinderschar, die lärmend durch die sanften Hügel Englands zieht, ein Lehrer vorneweg. Ein regnerischer Herbsttag in Kent, in Snodland. Ein Schulausflug, die Lunchpakete hüpfen auf den Rücken, einige haben sie nach zünftiger Art an einem langen Stecken befestigt und stramm über die Schulter gelegt, und dort baumeln sie wie Wimpel, ein Ledersäckchen, ein Baumwolltuch. Der Lehrer hebt die Hand, der Trupp bleibt stehen. Du da, nenne mir die Namen dieser, dieser, und dieser Pflanze. Der Lehrer tippt mit dem Knotenstock ins Gebüsch. Die Kinder machen eine Gasse frei, und der kleine Geoffrey tritt vor.

Scharbockskraut, Wiesenraute, Schafgarbe, murmelte Jørgensen.

Der Lehrer nickt. Sehr gut! Der Regen hat aufgehört, ein Vogel stöbert im Unterholz herum. Geoffrey denkt an das, was seine Mutter immer sagt: »Und nach dem Gewitter singt immer eine Amsel.«

Später wachte Jørgensen auf. Er reckte sich, faltete die Papiere zusammen, steckte sie weg.

Dann kraulte er noch einmal durch das Fell der Katze.

»Du weißt, wo ich jetzt hin muß, nicht wahr?«

Jørgensen stand auf und verließ das Zimmer. Er schlich die Treppe hinunter, durch die Gaststube, raus zu seinem Motorrad.

Von dem Pächter des Oldekær-Kro hatte Jørgensen erfahren, daß die alte Wirtin, Pedersine Nielssen, noch lebte.

Die Schweine

Das Altenheim SOLSKIN lag am Ortsrand von Torsdal, auf einer leichten Anhöhe am Wasser, mit einem freien Blick aufs Meer. Wenn man vom Uferweg einige Treppenstufen erstiegen hatte, kam man in einen winzigen Park mit Blumenrabatten und hohen schattigen Bäumen. Mehrere geschwungene und asphaltierte Wege durchzogen die Anlage. An einigen Stellen standen weißlackierte Bänke oder kleine Sitzgruppen aus Gartenmöbeln. Trotz oder vielleicht wegen des heißen trockenen Wetters hielt sich niemand hier draußen auf.

Das Haus war ein schon älterer eingeschossiger Bau, dessen rechtwinkliger Grundriß einen Teil des Parks begrenzte. Der Eingang, ein hohes zweiflügeliges Portal, das sich nach Passieren einer Lichtschranke von selbst öffnete, befand sich in einem kleinen Vorbau, genau im Winkel des Gebäudetrakts.

Hier drinnen war es angenehm kühl. Auf der Sonnenseite waren die Jalousien heruntergelassen, aber schräg gestellt, so daß der spiegelblanke Linoleumfußboden mit weißen Gitterfeldern überzogen war, die sich zum Teil auch noch über die Blattpflanzenkübel erstreckten. Das Büro lag gleich rechts hinter dem Eingang.

Jørgensen zögerte und klopfte dann entschlossen an die Tür.

»Hallo Pedersine, hier ist Besuch für dich, ein Freund von Malte Hansen.«

Auf dem Bildschirm zappelten tonlos die Helden der Olsen-Bande. Pedersine Nielssen, im Rollstuhl, war vor dem Fernsehapparat eingeschlafen, wurde aber sogleich wieder munter und lächelte Jørgensen aus zahnlosem Mund an.

»Malte Hansen?«

»Ein Freund von Malte Hansen. Pedersine, setz dir die Zähne wieder ein.«

Die alte Frau griff in den Schoß, wickelte aus einem Taschentuch ihre Prothese aus und schob sie sich in den Mund.

»Diese blöden Zähne«, sie sah zu Jørgensen hinauf. »Die klemmen.« Dann sah sie wieder zu der Leiterin, tippte aber mit dem Finger auf Jørgensen.

»Wer ist das? Dieser junge Mann hier?«

»Ein Freund von Malte, Pedersine.«

Jaja, an Malte konnte sie sich noch gut erinnern, sie waren ja sozusagen Nachbarn gewesen in Oldekær, haben früher oft im Kro Familienfeste gefeiert. So, und der sei also immer noch im Dienst? In ihrer Familie habe es auch mal einen Polizisten gegeben, ja, ihr Onkel, also der jüngste Bruder ihrer Mutter, aber nicht hier auf Lilleø. Der war damals versetzt worden nach … nach …, sie glaubte, Faaborg war das gewesen.

Die Leiterin verließ den Raum. Jørgensen zog sich einen Stuhl heran, schlug die Beine übereinander.

»Und Sie sind also auch bei der Polizei? Das haben Sie richtig gemacht, junger Mann. Ja, das ist ein schöner Beruf, da hat man ein geregeltes Auskommen, und vor allem im Alter, da braucht man sich keine Sorgen zu machen. Aus Kopenhagen? Da hört man ja soviel von, mit diesem Rauschgift und immer Banküberfälle, nein, das ist nichts für mich. Diese Aufregung, dafür bin ich jetzt zu alt. Was haben wir hier doch für ein schönes und friedliches Leben.«

Jørgensen sprach mit leiser Stimme: »Wie alt sind Sie jetzt, Frau Nielssen?«

»Warten Sie … 86? … Nein 85, glaube ich.«

Dann war sie damals also 27 Jahre alt gewesen. Jørgensen drehte den Kopf zum Fenster und blinzelte in den Tag.

»Ja, es ist sehr schön hier auf Lilleø. Und es kommen viele Touristen hierher. Feriengäste und Segler. War das früher auch schon so? Ich meine, als Sie noch den Oldekær-Kro besaßen?«

»Nein, was meinen Sie? Früher? Also, ganz früher, da kam nur selten mal jemand von außerhalb. Ferien hat hier keiner gemacht.«

»Können Sie sich noch an einen Engländer erinnern?«

»Engländer? Wie kommen Sie jetzt auf Engländer? Ich verstehe Sie nicht.«

Jørgensen rieb sich mit den Händen durch das Gesicht und dachte einen Moment nach.

»Als Sie noch jung waren, Frau Nielssen, Ende zwanzig, da hatten Sie mal einen Gast aus England. Der war etwa eine Woche da. Das muß doch was Außergewöhnliches gewesen sein. Ein richtiger Engländer.«

Pedersine sah Jørgensen aus gerunzeltem Gesicht fragend an. Dann entspannten sich ihre Gesichtszüge langsam, der Blick löste sich aus Jørgensens Augen und wanderte durch ihn hindurch, ins Ferne. Schließlich nickte sie langsam mit dem Kopf.

»Ja, da war mal ein Engländer. Jetzt wo Sie davon sprechen ... Menschenskind, an den habe ich gar nicht mehr gedacht. Doch, richtig, dieser Engländer. Das muß noch vor dem Krieg gewesen sein ... oder noch früher, kurz nach meiner Heirat. Wie hieß er doch gleich?«

»Können Sie sich nicht mehr erinnern? Hieß er nicht Adams?«

»Nein, das weiß ich nicht mehr, das ist ja auch schon so lange her. Wie soll der geheißen haben? Adam?«

»Adams, Geoffrey Arthur Adams.«

»Adams, ja, kann sein, daß er so hieß, es war ein seltener Name, so hieß bei uns keiner. Was für ein komischer Name, Adam. Wie Adam und Eva, die der liebe Gott aus dem Paradies vertrieben hat.«

»Wie war das denn damals? Als dieser Mann bei Ihnen gewohnt hat. Wissen Sie noch, wie er aussah? Was er so gemacht hat?«

»Das war ein höflicher junger Mann, nein, so jung war er gar nicht mehr. Der war damals viel älter als ich, der muß bestimmt schon an die fünfzig gewesen sein ... er sah aber jünger aus. Und höflich, das war er. Ein richtiger Engländer eben. Man konnte ihn kaum verstehen, er sprach ja englisch, gut, ein paar Worte dänisch auch, das klang ganz komisch, richtig zum Lachen ... wir haben uns natürlich nichts anmerken lassen. Das wäre unhöflich gewesen einem Gast gegenüber. Aber was für eine gute Erziehung der hatte. Wie soll ich sagen ...« Sie rang mit kantigen Gesten und gekrallten Händen sichtlich nach den passenden

Worten. »Wie ein richtiger ... Gentleman, so sagt man doch, Gentleman, eine vornehme Erscheinung, und so elegant, wie der sich bewegen konnte ... und auch beim Essen.« Pedersine sah sich mit einer langsamen Bewegung um. »Könnten Sie mir bitte Wasser nachschenken? Es ist furchtbar heiß.«

Jørgensen holte die Flasche von der Kommode und schenkte ein. Dann setzte er sich wieder und sah Pedersine lächelnd an.

»Daß Sie das noch alles so genau wissen. Das liegt doch schon bald 60 Jahre zurück.«

»Ja, das ist ganz eigenartig. Fragen Sie mich nicht, was es gestern zu essen gab, das weiß ich nicht mehr. Aber von früher, da fällt mir immer mehr ein. Worüber sprachen wir doch gerade?«

»Über Mister Adams.«

»Ja, Adams, so hieß er wohl. Das war ein stattlicher Mann. Keinen Bart oder so, aber warten Sie mal, eine Glatze hatte er, glaube ich, ja, er war fast kahl. Und lieb sah er aus. Ich war ja so'n junges Ding damals noch. Und dieser ... Adams stellte schon was Besonderes vor. Ein richtiger Engländer. Er hatte ein sehr fleischiges Gesicht. Mehr wie eine Frau, ein bißchen weiblich kann man sagen. Bis auf die Glatze natürlich, haha.«

Pedersine hatte ein helles mädchenhaftes Lachen.

»Um uns hat er sich aber kaum gekümmert. Der war beschäftigt mit seinen Forschungen, den ganzen Tag. Wir sahen den Herrn nur zu den Mahlzeiten. Ja, die mußten wir ihm aufs Zimmer bringen, da studierte er in seinen Büchern. Ein richtiger Stubenhocker war das, ach nein, nein nein, war er nicht, er war ja meistens draußen an der frischen Luft. Ach, ich weiß auch nicht mehr so genau.« Sie griff sich mit der Hand an die Stirn und senkte den Kopf. »Der suchte nach irgend etwas. Mit einer Schaufel lief er rum. So eine Art Forscher war das.«

»Frau Nielssen, jemanden wie Sie, der so gut beobachten kann und der so ein hervorragendes Gedächtnis hat, den können wir bei der Polizei gut gebrauchen.«

»Na, was wollen Sie denn mit so einer alten Schrulle wie mir noch anfangen. Ich tauge doch zu nichts mehr. Ich sitze nur noch rum, den ganzen Tag lang. Manchmal kommt so eine junge Frau, die arbeitet auf einem ... auf einem – wie heißt das noch gleich – auf einem Biohof arbeitet die, und die unterhält sich mit mir, das ist sehr nett. Meistens schaue ich mir durch dieses Fenster unsere schöne Insel an. Dahinten, das Meer. Hm. Wissen Sie, ich habe das Meer immer gemocht. Es ist so klar und rein, so sauber. Und dann die weißen Schiffe ... ganz herrlich. Ich warte immer auf die schönen Schiffe. Manchmal kommen da ganz große mit vielen Masten vorbei. So langsam, man glaubt gar nicht, daß die sich überhaupt bewegen, und doch sind sie dann plötzlich weg. Da fällt mir wieder ein, dieser Engländer, dieser Mister Andresen ...«

»Mister Adams.«

»Ja, der hat sich auch für Schiffe interessiert, damals. Er hat uns gefragt danach, nach einem versunkenen Schiff, drüben im Graasten-Nor sollte das liegen. Aber wir hatten davon noch nie was gehört. Vielleicht haben wir ihn auch nicht richtig verstanden, er sprach ja nur ganz wenig dänisch. Aber es war irgendwas mit einem Schiff. Wir haben ihm dann gesagt, da solle er am besten Terkelsen nach fragen. Terkelsen, der kannte sich aus. Jakobus Terkelsen, die Leute haben ihn immer Jakobus genannt, aber eigentlich hieß er Jakob, Hans Jakob. Den können Sie nicht kennen, Herr Kommissar, aber das war ein komischer Mensch. Ha, richtig unheimlich war der. Es wurde immer viel über ihn geredet. Er war immer Gesprächsthema. Wir hatten wohl alle ein bißchen Manschetten vor ihm. Keiner wußte so recht, was er eigentlich wollte, mit seiner Bande. Richtige Spinner waren das. Das waren ja doch schon lauter erwachsene Männer und Weiber, mit Familien. Aber die benahmen sich sehr unschicklich. Und alle diese Heimlichkeiten. Die zeigten sich fast nie in der Öffentlichkeit. Nur auf den Dorffesten, da tauchten die schon mal auf. Nur die Männer! Ganz stumm waren die immer, die haben mit keinem gesprochen. Mit uns Frauen schon mal gar nicht. Was wollten die da? Ich glaube, die wollten nur mal zeigen, was für tolle Kerle sie waren, daß man sie auch nicht vergißt. Sie setzten sich an einen Tisch, tranken und rauchten, und wenn der alte Terkelsen dann aufstand, gingen die anderen alle hinter ihm her, so im Gänsemarsch. Jakobus Terkelsen, jaja. Richtige Kindsköpfe waren das …«

Jørgensen hatte noch eine Frage, traute sich aber nicht, Pedersine zu unterbrechen, aus Angst, ihr dünner Gedächtnisfaden könnte plötzlich abreißen.

»Und eines Tages ist er dann verbrannt, der Terkelsen. Furchtbar war das. Ganz, ganz furchtbar! In seiner Scheune ist er verbrannt. Das war wirklich eine schlimme Geschichte! Da hatten Kinder mit Feuer gespielt, einer von den Larsen-Jungen soll es gewesen sein. Sie können sich gar nicht vorstellen, was das für eine Aufregung gegeben hat. Was für ein Trubel hier auf Lilleø, Menschenskind, lauter fremde Leute kamen hierher, mit Automobilen. Das war was Besonderes, die gab es nämlich kaum. Ganz schicke Männer fuhren darin, hohe Beamte.«

»Und Adams? Der war doch auch ums Leben gekommen. Ein Unfall.«

»Das habe ich doch schon erzählt. Oder nicht? Es wurde viel gestorben, damals. Erst meine Schwiegermutter und kurz darauf Mister Adams. Er starb bei seinen merkwürdigen Forschungen. Ein Ast soll ihm auf den Kopf gefallen sein. Der arme, liebe Mann.« Pedersine gähnte, und dabei rutschte ihr Gebiß ein Stück aus dem Mund. Sie nahm es ganz heraus und wickelte es wieder in das Taschentuch. »Diese blöden Zähne. Sagen Sie mal, wer waren Sie eigentlich noch gleich? … Ach ja, ein Freund von Malte Hansen. Soso. Die Hansens haben bei uns früher oft gefeiert, wir waren Nachbarn, müssen Sie wissen. Das ist so furchtbar lange her, so furchtbar lange.« Pedersine zupfte sich den Rock zurecht und schloß dann beide Hände um das kleine Bündel in ihrem Schoß. »Haben Sie noch Fragen? Ich bin müde, wissen Sie. Könnten Sie mir das Kissen da reichen?«

Als Jørgensen das Kissen vom Bett hochgenommen hatte und es der alten Frau in den Nacken legte, bemerkte er, daß sie bereits eingenickt war.

Er verließ leise den Raum, ging, in Gedanken versunken, durch den schattigen Korridor zum Haupteingang des Altenheims zurück und trat hinaus in den gleißenden Sommernachmittag.

*

Der lange und hagere Mann steht in seiner Kammer und ist totenbleich. Er versucht zu begreifen, was da passiert ist, doch seine Gedanken hüpfen ihm wie wild im Kopf, nichts läßt sich fassen, die Verwirrung ist zu groß.

Er blickt aus dem Fenster und sieht über den öden, verregneten Hofplatz. In Andersens Kammer brennt Licht. Doch der Krüppel kann ihm nicht helfen, der ist beschäftigt mit seinen eigenen Problemen, irgend etwas brütet der aus, dieser Narr. Er hat gegenüber der Gemeinschaft verschiedene Andeutungen gemacht, aber wer hat da schon so genau zugehört.

Der hagere Mann richtet den Blick auf den fernen Kiefernwald, der, im verwaschenen Grau der Dämmerung, trostlos hin und her wogt.

Und dann taucht da plötzlich dieser Mann auf.

Kaum zu verstehen, der Kerl. Was will er? Zweimal war er da. Mit breitem freundlichen Grinsen. Eine Wachstuchtasche baumelte ihm über der Schulter. Er habe Fragen zu diesem Gebiet. Warum nicht? Der hagere Mann hat sich sogar ein wenig geschmeichelt gefühlt. Nicht viele kommen zu ihm, sind freundlich und stellen kluge Fragen. Er hat dem Fremden alles gezeigt. Hat ihm viel erzählt, mühselig, über jenen tatkräftigen Arzt, der den Damm errichtete. Über die technischen Probleme. Daß der Wind noch lange den Sand über die angrenzenden Äcker wehte. Und wie allmählich die Pflanzen von dem neuen Land Besitz ergriffen und sich über die Jahrzehnte eine dünne Schicht mit fruchtbarer Erde ausbildete. Getreide? Nein, das könne hier nicht wachsen, dafür reiche es nicht. Und er hat mit seinem Stab über die Wiesen und Weiden gezeigt und den fremden Mann auf die Kühe und Schafe aufmerksam gemacht. Dann waren sie wieder ein Stück weitergegangen. Viel geredet haben sie nicht mehr.

Am nächsten Tag ist er dann wiedergekommen und hat nach dem Schiff gefragt.

Der hagere Mann wendet sich vom Fenster ab und geht zum Tisch. Dort stopft er sich eine Pfeife mit dem guten Kardustabak, um seine aufgeputschten Nerven ein wenig zu beruhigen.

Woher weiß dieser Mann soviel? Das ist ihm ein Rätsel. Das kann er nicht verstehen. Aber was bedeutet das schon? Sicher hat ihm irgendeiner diese Geschichte erzählt. Nein, ein Geheimnis ist es ja nicht gerade, daß irgendwo im Nor ein Schiff liegt. Wer weiß das nicht?

Der hagere Mann lacht auf.

Ha, wer weiß das nicht? Ein Schiff liegt da.

Und was wissen sie noch? He?

Die wissen doch mal gar nichts, diese Tölpel.

Der Fremde aber … ja, der Fremde wußte mehr.

Vom Hofplatz her hört man jetzt das Quietschen einer Schubkarre, und kurz darauf werden ein paar Worte gerufen. Der hagere Mann dreht ein wenig die Lampe herunter, horcht auf. Eine Stalltür rappelt, die Schubkarre verschwindet.

Der Mann zieht ruhig an seiner Pfeife.

Das Instrument hat seine Aufmerksamkeit erregt. Ganz eifrig hat der Fremde damit herumhantiert. Hier und dort. Und Karten hat er ausgebreitet. Und gemessen hat er und wieder in die Karten geguckt und wieder gemessen.

Ja … er hat Messungen gemacht, und warum? Weil er ein Schiff gesucht hat. Irgendein Schiff? Nein – dieses eine Schiff!

Darüber muß in der Gemeinschaft gesprochen werden. Wie ernst die Lage ist? Bewahrt Ruhe, meine Freunde, bewahrt Ruhe! Wir müssen abwarten.

Er ist ja nicht weitergekommen mit seinen komischen Messungen. Was plustert der sich nur auf? Spielt den großen Entdecker, tut, als wüßte er schon alles, und dann … gar nichts. Kein Ergebnis. Schlechte Karten, falsche Zahlen. Wer weiß, ob er überhaupt vernünftig mit dem Ding umgehen kann. Das ist gar nicht so einfach, oh nein, eine Wissenschaft ist das. Hatte er denn eigentlich Papier, Zirkel, Stifte dabei, he?

Der hagere Mann erinnerte sich nicht mehr so recht. Ihm kommt das Ganze absurd vor, lächerlich. Der Fremde hat ihn gefoppt, das ist doch klar. Wollte ihn ein bißchen herausfordern. Hat mit den Wirtsleuten geredet, und die haben ihm unter Gekicher ein wenig von dem komischen Heiligen erzählt. Den müssen Sie mal fragen nach seinem Nor, dann sehen Sie ja, was passiert.

Und er war darauf reingefallen.

Das ist ärgerlich, in der Tat. Aber berührt es ihn? Berührt es ihn wirklich? Sollte ihn dieser Streich nervös machen? Bewahre!

Der hagere Mann lächelt entspannt. Der Fremde macht ihm keine Sorgen mehr. Der kommt bestimmt nicht wieder, er hat ein wenig dafür gesorgt, daß ihm die Lust am Nor vergeht. Hier wird es ein bißchen sumpfig, be careful, haha. Mitten rein in den Matsch. Oh, er hat das falsche Schuhwerk an, jaja. Man kann sich schon vorstellen, daß das hier alles mal Wasser war, wie? Das zufriedene Grinsen hat er dem Fremden allerdings nicht so recht aus dem Gesicht zaubern können. Doch ein weiteres Mal wird der feine Herr sich sicher nicht durchweichen lassen, da ist sich der lange, hagere Mann sicher.

Aber die Karten …

Er hat Karten gehabt. Die eine Karte vom Nor … Sie sah alt aus. Mehr eine Skizze. Ungenau, aber auch … ja, er hat ihm über die Schulter geblickt bei seinen Messungen, und da hat er es deutlich gesehen. Auf dieser Skizze gab es noch keinen Damm; im Nor stand Wasser!

Was hat das zu bedeuten?

Wieso hat dieser Fremde eine Skizze, eine so alte Skizze vom Graasten-Nor? Woher?

Der hagere Mann denkt nun schnell und wendig.

Die Wirtsleute, na so was. Die haben diese Zeichnung noch gehabt. Ja, sie haben so eine Skizze. Vom Großvater vielleicht, der hat sich mal dafür interessiert, fertig!

Lohnt es, sich noch weiter mit der Sache zu beschäftigen? Ganz bestimmt nicht. Morgen will er die Gemeinschaft zusammenrufen, und dann gibt es viel zu lachen über den Fremden.

Jetzt hat er Hunger, und er bereitet sich sein Abendessen, will mit gutem Appetit loslegen ... bekommt aber keinen Bissen runter; die Gabel sinkt ihm auf den Teller zurück. Er wendet den Kopf.

In Andersens Kammer ist das Licht erloschen, aus den Ställen hört man das Gequieke der Schweine, der Regen rauscht weiterhin monoton gegen die Scheiben.

Der hagere Mann hat jetzt keinen Hunger mehr. Er schleicht zu seiner Liege, das Buch im Arm. Seine Hand ruht auf dem Folianten, als er versucht, sich in den Schlaf zu summen.

Und gegen Mitternacht springt er dann auf, der lange, hagere Mann, stürmt die Stiege runter, greift sich die Axt und hastet ins Nor. Bei den Telegrafenmasten bleibt er stehen. Der Wind fegt ihm den Regen durch die zerzausten Haare, als er ausholt und das Eisen mit aller Kraft in das Holz schmettert. Noch ein Schlag und noch ein Schlag, und er spürt nichts mehr, keine Kälte, keine Angst, nur noch die dumpfen Schläge und das zersplitternde Holz.

*

Abschrift und Übersetzung aus dem Notizbuch des Adams

23. November
Terkelsen merkwürdig distanziert / als ich zum Hof komme, schlägt er gerade einen verkrüppelten Mann / dann auf einmal sehr nett / zuckt mit

den Schultern / Andersen (so heißt der Krüppel) habe gestohlen (glaube ihm nicht) / Terkelsen hat heute keine Zeit für mich

24. November
Bitte Terkelsen eindringlich, mir die Stelle zu bezeichnen, von der er sprach / komme mit meinen Messungen nicht weiter! / *er gibt ausweichende Antwort*

25. November
Grabe im Nor / zwecklos!!! / muß Terkelsen noch einmal fragen

26. November
Sturm und Regen / fahre trotzdem nach Ellehavegaard / Terkelsen ist einverstanden / morgen früh soll es losgehen / wenn uns bloß das Wetter keinen Strich durch die Rechnung macht

27. November
Habe unruhig geschlafen / Vorfreude? / ist heute der große Tag? / muß mich zusammennehmen, um nicht lauter Luftsprünge zu machen (in meinem Alter ist das nicht mehr schicklich) / das Wetter ist eine Katastrophe / hoffentlich hält Terkelsen sein Wort ...

Hoffentlich hält Terkelsen sein Wort ...

Als du diese letzte Eintragung machst, Geoffrey Adams, am Morgen des 27. November, hast du nur noch wenige Stunden zu leben!

Welches Wort?

Welches Versprechen hat Terkelsen dir gegeben?

*

Der lange, hagere Mann läuft auf und ab.

Die Verzweiflung hat sein Gesicht verzerrt, er reckt im Krampf den Hals nach vorn, streicht sich mit den Händen immer wieder über die Beine. Hier, in der Kammer, findet er keine Ruhe. Er eilt aus der Scheune, über den Hofplatz, sieht nichts, hört nichts, und so verhallt Andersens fragender Schrei in der grauen Luft.

Jetzt ist er draußen im Nor, der Sturm heult ihm um die Ohren, noch einmal läuft er die Strecke ab. Sein Plan ist genial. Einfach, aber genial. Ja, ein verflixt genialer Plan. Die Vorbereitungen haben ihn etwas Mühe gekostet, immer dieser schnüffelnde Andersen, aber schließlich hat doch alles geklappt. Der hagere Mann schüttelt sich. Es kommt ihm alles ein wenig kühn vor, zu kühn vielleicht. Aber jetzt ist es zu spät!

Nun verfällt er in einen leichten Trab, und aus seiner Kehle dringen wimmernde Laute, ein Aufschluchzen, ein Aufbäumen seiner verstörten Seele. Dann geht ihm die Luft aus, sein Herz rast, daß es ihm glatt die Brust zersprengen will, und am Entwässerungsgraben kniet er nieder, schöpft Wasser. Es ist kalt, das Wasser, eisig kalt, aber es tut ihm gut, es rinnt ihm durch den Mantel über die hämmernde Brust.

Kurz darauf hat er das Wäldchen erreicht, und als er da alles zu seiner Zufriedenheit vorfindet, macht er sich auf den Rückweg.

Er läuft nicht mehr, er taumelt durch das Gras. Der Fremde mag kommen.

Den Abend verbringt er in religiöser Meditation, bis auch das ihn nicht mehr mit der ersehnten Entspannung erfüllt. Er löscht das Licht, legt sich nieder, aber in dieser Nacht wird er keinen Schlaf finden …

Unten auf dem Hofplatz steht Andersen und blickt zum Scheunenfenster empor. Er ist unruhig, irgend etwas geht hier vor, er hat das schon längst gespürt, und das bestärkt ihn in seinen Ahnungen.

Und wenn auch alle anderen die Zeichen nicht erkennen und ihn verspotten, so arbeitet er doch weiter an seinen Plänen. Ja, er hat noch viel zu tun, und darum gibt er sich jetzt einen Ruck und hinkt, mit beiden Krücken weit ausholend, zurück in seine Kammer.

Der Maulwurf

Die Katze hatte schon auf ihn gewartet.

Sie kam ihm aus der Scheune entgegen, als ihre feinen Ohren das Geräusch seiner schweren Schritte auf dem kiesbedeckten Hofplatz vernahmen, und begrüßte ihn freundlich. Aber sie gab ihm nicht die Pfote, und auch ihr Blick war ins Leere gerichtet.

Den Maulwurf störte es nicht. In dem dunklen Land, aus dem er kam, war man es gewohnt, jedermanns Eigenart und Absonderlichkeit zu respektieren, und außerdem klopfte sein Herz voll hoffnungsfroher Erwartung, und all sein Sinnen war nur auf den verborgenen Schatz gerichtet, von dem außer ihnen beiden niemand wußte und dessen geheimnisvollen Ort sie nun gemeinsam aufsuchen wollten.

Vor lauter Aufregung und freudiger Hast hatte er morgens kaum gegessen, denn etwas weitaus Köstlicheres wartete ja auf ihn, und der Gedanke daran ließ ihn mit der Zunge über die Lippen fahren.

Die Katze hatte noch nie zuvor einen Maulwurf gesehen. Es gab keine Maulwürfe auf der Insel. Sie galten hier als Feinde, und man hatte vor vielen, vielen Jahren Krieg gegen sie geführt und sie vertrieben, als Vorsichtsmaßnahme, damit nicht ihre Wühltätigkeit die Dämme beschädige, die man errichtet hatte als Schutz gegen das Meer. Dieser Maulwurf war also von anderswoher auf die Insel gekommen, und er hatte nicht die Absicht, die Dämme zu unterminieren. Aber etwas anderes wollte er umgraben, und das war in den Augen der Katze noch viel gefährlicher, ja geradezu ein Sakrileg. Der Ort barg ihr Geheimnis, und so sollte es auch bleiben.

Stürmische Böen fegten seit Tagen über das Land und trieben den beiden Wanderern feinen Regen ins Gesicht. Die Katze bedeutete dem Maulwurf, daß man nun den noch halbwegs geschützten Weg verlassen müsse, dorthinüber gehe es nun, zu dem Baum dahinten, der sich schemenhaft im Regendunst abzeichnete. Der Maulwurf konnte ihn kaum erkennen; seine Augen waren nicht allzu scharf.

Die Katze schlüpfte geschmeidig unter dem Zaun hindurch, der Maulwurf folgte ihr etwas behäbiger nach, bedacht darauf, seinen feinen Pelz nicht zu zerreißen. Sie kämpften sich vorwärts durch das häßliche Wetter, den Kopf eingezogen und den Blick nach unten gerichtet auf das welke und nasse Gras. Die Katze ging mit langsamen weiten Schritten und hob bei jedem Tritt die Füße, während der Maulwurf recht unbekümmert einherlief. Da, wo er herkam, waren die Wiesen meistens naß. Haut ab, brummte er gutmütig den Kühen zu, die sich den beiden Wanderern neugierig genähert hatten.

Ob es der Katze auch nicht allzu unangenehm sei, wollte der Maulwurf wissen, und hier habe er früher schon einmal gegraben, sagte er. Er wies auf einen aufgeworfenen Hügel aus Erde und Sand, aus dem weiße, regennasse Muschelstücke hervorglänzten.

Der Maulwurf war ein Fachmann und hatte Erfahrung im Ausgraben, und wie sie an seinen Spuren sehen konnte, hatte er sich dem verschwiegenen Ort schon einige Male gefährlich genähert, und so war es verständlich, daß sie ihn im Auge behalten wollte, in ihrem linken Auge, dem bernsteinfarbenen, dem bösen Auge, das wie durch einen trüben Schleier seine Wege argwöhnisch beobachtete.

Sie schritt schweigend neben ihm, die Pfoten in den Taschen ihrer Regenjacke vergraben. Den Maulwurf störte das nicht; sie hatten ein gemeinsames Ziel, und es gab wenig zu reden. Seine großen Hände klatschten im Takt der Schritte gegen die Beine, und vom Gleichmaß dieses Geräusches angeregt, kam ihm eine alte Melodie in den Sinn, deren Text er vergessen hatte bis auf wenige Bruchstücke, ein Lied aus fernen Tagen, dessen Klängen er nachlauschte, und die er mit lautlosen Bewegungen seiner

Lippen begleitete. Als sich doch unwillkürlich ein paar grummelige Töne und Wörter daruntermischten, blickte ihn die Katze eine Weile nachdenklich an, und dann lächelte er leicht verlegen, nickte ihr freundlich zu und sagte etwas vom schlechten Wetter. Denn da, wo er herkam, verstand man sich auf Gespräche über das Wetter.

Zu dumm nur, daß er heute morgen in der Aufregung vergessen hatte, seinen Hut mitzunehmen. Wie konnte ihm das nur passieren, bei diesem Wetter. Nun, er würde es schon überleben, dachte er vergnügt und schlug den Pelzkragen hoch.

Sie waren bei dem kahlen Baum angelangt und blickten sich um. Dicke dunkle Wolken jagten über den Damm, der sich jetzt dahinten am Horizont abzeichnete.

Der Maulwurf, im Schutz des Baumes, zog ein Instrument aus seiner Umhängetasche aus Wachstuch hervor und peilte die Mühle an, deren Silhouette mit ihren sich wie rasend drehenden Flügeln über die Dammkrone hinausragte, und notierte zufrieden einige Zahlen auf seiner Karte. Die Katze starrte ihn an, mit zusammengekniffenen Augen, die Hände in den Taschen, aber er bemerkte es nicht.

Es entstand eine kleine Meinungsverschiedenheit über die einzuschlagende Richtung. Der Maulwurf hatte noch eine ungefähre Vorstellung davon, wo es nun eigentlich langgehen mußte, und war etwas irritiert, als die Katze zögerte. Vielleicht war sie sich auch nicht so sehr sicher und mochte es nur nicht eingestehen.

Aber dann gab sie ihm recht, und ihr blaues Auge blickte freundlich zu ihm hinüber, als sie ihren Weg fortsetzten. Das andere Auge konnte er nicht sehen.

Sie kamen an einen der dunklen Entwässerungsgräben, die das Nor durchzogen, die Ränder gesäumt mit hohem Schilf, dessen gelbe Halme vom Sturm wild hin und her gezaust wurden. Die Katze wußte Bescheid in ihrem Revier und kannte einen Steg, der ein Stück weiter oben hinüberführte, und sie zeigte mit der linken Hand in die Richtung. Es war eine schwankende Bohle, glitschig von der Nässe und ohne Geländer. Der Maulwurf zögerte einen Augenblick, schließlich war er nicht mehr der Jüngste, aber dann ging er doch als erster hinüber, entschlossen, wenn auch vorsichtig, langsam, mit winzig kleinen Schritten und mit halb aus den Ärmeln ragenden Armen, mit denen er, um das Gleichgewicht zu halten, lebhaft in der Luft herumruderte. Denn da, wo er herkam, schätzte man es, gefahrvolle Situationen mutig anzugehen.

Unterdessen bewegten sie sich nun langsam, aber sicher immer näher auf jenen einen Ort zu, jenen heiligen Ort, dessen Friede nicht gestört werden durfte, von nichts und niemandem, und die Katze betrachtete den Maulwurf von hinten sehr aufmerksam, seinen unsicheren Gang, seinen regennassen, nur noch spärlich behaarten Schädel, und sie bewegte langsam die rechte Pfote in der Tasche, und ihre Schnurrhaare sträubten sich, und es entfuhr ihr ein leises Fauchen. Der Maulwurf, auf der anderen Seite des Grabens angelangt, blickte sich erstaunt um nach dem Geräusch, was seine feinen Ohren da soeben vernommen hatten, aber die Katze sah ihn freundlich an und kam mit zwei raschen, sicheren Sätzen und ohne die Hände aus der Tasche zu nehmen, über den Steg zu ihm hinübergesprungen.

Die Katze traute ihren Augen nicht, als sie vor sich mehrere frischaufgeworfene Erdhügel erblickte und der Maulwurf ihr zu verstehen gab, daß er hier schon vor Tagen versuchsweise einmal gegraben habe. Er holte seine Karte hervor, erläuterte der Katze, die blaß geworden war, seine Überlegungen und fragte sie stolz, ob er nicht schon gute Arbeit geleistet habe, denn hier, ganz in der Nähe, im Umkreis von 100 Metern, müsse doch das große Geheimnis verborgen sein, und jetzt sei *sie* am Zuge.

Da fegte ein Hagelschauer über sie dahin, und die Karte des Maulwurfs, die bereits arg vom Regen durchnäßt war, zerriß in zwei Teile. Die Eiskörner prasselten auf sie hernieder, und der Maulwurf schrie auf, als ein besonders großes Stück auf seinen

Schädel schlug. Dort hinüber, schnell, dort hinüber, rief die Katze, laß uns dort Schutz suchen. Und sie liefen, so rasch sie nur konnten, auf das Wäldchen zu, das wabernd hinter den Hagelschleiern seine kahlen Zweige wie in bewegter Klage vor dem grauen Himmel schwenkte.

Außer Atem gelangten sie dort an, und der Maulwurf schüttelte sich die Eisstücke aus dem Kragen, lachte erleichtert, zeigte auf ein schwarzes Kreuz, das er auf einem Stück seiner Karte eingezeichnet hatte. Hier muß es liegen, das Schiff, rief er, sieh mal, genau dort, wo wir soeben gestanden haben, aber da war die Katze rasch hinter ihn getreten und nahm zum ersten Mal ihre rechte Pfote aus der Tasche, und sie hielt darin einen schweren, spitzen Stein, und als der Maulwurf rief, daß er den Ort ganz aus … da durchraste ihn plötzlich eine ungeheure Hitzewelle, und da endlich sah er, von einem grellen Blitz erhellt, das Schiff, nach dem er so lange gesucht hatte, wie es, umhüllt von einem goldenen Strahlenkranz, der allmählich bernsteinfarben wurde und trübe, lautlos in der Nacht verschwand.

Der Pappelbock

Der lange und hagere Mann steht auf dem Platz vor der großen Scheune und beobachtet den verkrüppelten Andersen, wie er sich abplagt mit einem großen Stück Holz, auf das er die Axt immer wieder niedersausen läßt. Die Späne fliegen hierhin und dorthin, und Andersen keucht, daß ihm der Dampf nur so vor dem Mund hängt.

Auch dem hageren Mann tritt trotz der Kälte der Schweiß auf die Stirn. Er wundert sich nicht wenig über diesen Menschen, der ihm, ganz auf seine Arbeit konzentriert, noch nicht einmal einen Blick schenkt. Was ist bloß in ihn gefahren, in diesen Narren? Was hampelt er hier herum wie besessen? Welcher Floh hat diesen Trottel gebissen?

Andersen sieht nichts, hört nichts. Er ist ganz bei der Arbeit. Es hat System, was er da macht. Er hat Skizzen in der Hand, die er studiert. Er nimmt Maß, er guckt mit scharfen Augen und aus allen Richtungen auf sein Werk. Der Stamm scheint nun erst einmal fertig bearbeitet zu sein. Er wuchtet ihn auf eine Art Gestell und nimmt dann präzise Justierungen vor. Dort ein Keil ... und noch einer. Etwas zur Seite, hier ein Stück höher. Dann klaubt er seine Krücken vom Boden auf und entfernt sich Richtung Werkstatt.

Der hagere Mann steht einfach nur da.

Andersen kommt zurück, irgendein neues Werkzeug in der Hand. Er schüttelt düster den Kopf. Es wird wieder Sturm geben, murmelt er.

Und weiter geht's.

Dieser Narr! Der hagere Mann wendet sich ab, verläßt die Stallungen und schlägt seinen Weg ein. Immer der gleiche Weg. Seit Monaten schon. Jeden Tag. Sein gold-roter Rock greift nach dem Wind, der Wind greift nach der Perücke, und so bewegt er sich flatternd den schlammigen Weg entlang, aus dem links und rechts Büsche und Sträucher in die Höhe stechen.

Er ist jetzt allein. Und es ist Ruhe. Er reckt den Hals im Krampf nach vorn und beschleunigt ein wenig seinen Schritt.

So geht er über Stunden.

Dann, am frühen Abend, ist er meistens wieder zurück. Und oft ist der Junge da.

Auch heute. Er sitzt auf dem Brunnenrand und schnitzt an einem Hölzchen. Andersen hat jetzt ein paar Fackeln entzündet und arbeitet immer noch. Die beiden blicken auf. Nein, sie blicken nicht zu *ihm*. Sie blicken zum Damm hinauf, wo zwei Menschen stehen. Der eine entfernt sich, der andere kommt hinunter und geht in die Ställe. Mit Schubkarre und Mist und frischem Heu geht er hier herein und dort heraus; man beachtet ihn nicht. Der hagere Mann betritt die Scheune, der Junge mit der zerlöcherten Wollmütze hüpft vom Brunnen und folgt ihm nach.

Und am Tag darauf? Und dann darauf?

Es ist immer das gleiche, der Krüppel arbeitet wie verrückt. Der lange hagere Mann macht seine Spaziergänge, der Junge ist fast immer da. Wo sind die anderen, hat er mal gefragt? Welche anderen? Ich weiß nicht, wovon du sprichst. Da hat er nie mehr gefragt; es war ihm auch recht so.

Und wieder so ein Tag. Doch heute ist es ein schöner Tag, die erste warme Frühjahrsluft. Der Junge turnt im Geäst einer Pappel und hantiert mit der Säge. Frederik hat ihm erlaubt, herumzusägen, wie er nur möchte. Mit den schlanken Pappelästen kann man ein Geländer bauen. Zur Kammer hinauf ist es sehr gefährlich. Ganz schmal und direkt in den Abgrund. Der Junge ist voller Pläne. Er blinzelt in den Himmel.

Von hier oben hat man einen weiten Blick, und er sieht den roten Mantel ganz weit dahinten. Mal ist er weg, dann sind da Büsche, mal taucht er wieder auf, mal verharrt er auch eine ganze Weile. Die Äste plumpsen aus der Krone; der Junge klettert vom Baum herab … und was ist das? Er steht noch auf einer Sprosse und beugt sich vor. Ein Stück Rinde läßt sich lösen, und dahinter findet er einen großen Käfer. Ein toller Käfer. Mit langen Fühlern und ganz starr. Am Abend erklärt der Mann ihm, daß dieser Käfer Pappelbock heißt, und daß er den Winter über da hinter der Borke geschlafen habe und daß es noch zu früh sei, ihn zu wecken.

Und am gleichen Abend noch suchen sie zusammen einen Platz an der Pappel, wo der Käfer die Wochen bis zum Sommer weiter ruhen kann.

*

Es dämmerte. Im alten Obstgarten erwachte ein Igelpärchen und stöberte wackelnd durch den verlassenen Rasen, der hier überall zwischen den Stallgebäuden in großen und kleinen Flekken wucherte, auf der Suche nach knusprigen Insekten. Der eine Igel fand einen großen Käfer, der andere schnüffelte eine gekalkte Wand entlang und hielt dann vor der Scheunentür einen Moment inne.

Sie stand weit offen.

Der Igel setzte ein paar zögerliche Schritte vor, blickte nach links, blickte nach rechts. Das Gebäude schien verlassen. Eilig trippelte er über den kühlen Steinboden, prüfte die eine und die andere Ecke, diesen und jenen Gegenstand, kroch unter einem alten, mürben Sattel her, wälzte ein wenig Stroh um und kletterte über rostiges Eisengestänge. Besorgt äugte er zur Eingangstür. Sie stand immer noch offen, tief gelbes Licht erfüllte den Platz dahinter, die Luft summte vor vielen kleinen Insekten. Der Igel krabbelte ein Stück weiter und erstarrte plötzlich. Er schnaufte, zog sich langsam zurück. Nein, die Scheune war doch nicht so ganz verlassen. Vor ihm im Stroh wälzte sich ein Mann in unruhigem Schlaf. Der Igel setzte vorsichtig ein paar Schritte zurück, drehte um und eilte aus der Scheune. Seine Partnerin fing ihn draußen ab, und Seite an Seite zogen sie vom Hofplatz, krochen tief in die schützenden Hecken und Büsche des Nors.

Der Mann in der Scheune schlug die Augen auf, rappelte sich hoch. Er sah sich um. Dunkelheit. Durch die Tür sah er den mondhellen Platz. Er tastete im Stroh und fand seinen Rucksack. Aus ihm nahm er eine Decke. Er hockte sich vor den Verschlag der Pferdebox, hüllte sich ein, und so saß er bis zum Morgen.

Dann, als es Tag wurde, trat er aus dem Gebäude. Aus dem Gartenschlauch, der sich vor dem Schweinestall im Gras kringelte, trank er kühles Wasser, bespritzte sich das Gesicht, und ein wenig Wasser strich er sich auch in die Haare. Hinter dem Weidenzaun stand ein Pferd mit abgewinkeltem Bein. Im Obstgarten drüben pflückte er ein paar Äpfel und hielt sie dem Tier hin. Es nahm die Äpfel, es schmatzte, es bekam davon etwas Schaum vor dem Maul.

Er kraulte dem Pferd die Stirn und gab ihm einen sanften Klaps. Jetzt nahm er seine Wanderung auf, schulterte seinen

Rucksack, lief los. Ja, er hüpfte sogar ein bißchen, ein kleiner Sprung hier, ein kleiner Sprung da. So wird es einem warm. Es riecht alles sehr stark an so einem frühen Morgen. Würzig.

Der von dichten Sträuchern eingefaßte Hohlweg, der den Wanderer ins Nor führte, lichtete sich, und jetzt konnte man über die weite Fläche der Wiesen und Weiden blicken, wo vereinzelt Kühe mampfend im glitzernden Tau lagen.

*

Der lange und hagere Mann geht mit schnellen Schritten. Kein Ziel vor Augen, doch von einer peinigenden Unruhe getrieben, läuft er Stunde um Stunde. Er möchte alles berühren, möchte mit den Füßen hier und da stehen, und das alles zur gleichen Zeit. Das kann er nicht, ein verrückter Gedanke, und so begnügt er sich damit, die Grenzen seines Nors abzulaufen, jeden Tag, immer den gleichen Weg.

Auf dem Damm schöpft er dann meistens ein wenig Atem. Die Beine schmerzen ihm vom vielen Laufen, die Sehnen sind gereizt und brennen ihm unter der Haut. Es sind immer die gleichen Stationen. Der Damm, das Wäldchen und ebenjene Stelle, jene mutmaßliche Stelle, um derentwillen er den Verstand verlor.

Er hat sie alle erschlagen wollen, seine lieben Katzen, und sie hinabschicken an den Ort, von wo sie hergekommen waren. Mit dem Beil stand er plötzlich in der Hand, um ihn herum sprangen die aufgeschreckten Tiere, er hieb ein paarmal in die Luft, bis Andersen ihm in die Arme griff. Dann war er zusammengebrochen, hatte geweint, die ganze Nacht.

Der hagere Mann läuft weiter.

Statt dessen hat er seine Laternen vergraben. Ihm war die Nutzlosigkeit dieser Tat bewußt, aber es verschaffte ihm einen Moment der Befreiung. So wie diese täglichen Wanderungen, von denen er jeden Abend heimkehrt und sich erschöpft auf sein Lager schmeißt. Wenn er Glück hat, findet er sogar ein wenig Schlaf.

Wenn nicht, greift er zum Instrument, spielt und spielt, auch dabei vergißt er die Zeit.

So vergeht der Winter, und so vergeht der Frühling.

Der hagere Mann läuft immer noch.

Jetzt blüht das Nor, eine Farbenpracht, für die der hagere Mann nur noch ein flüchtiges Auge hat. Immerhin, auch das lenkt ein wenig ab, und er pflückt Sträuße, wie er es schon immer getan hat, die hängt er in seine Kammer und die verteilen einen wohltuenden Duft.

Der Junge kommt fast täglich. Ihn stört das nicht. Der Junge ist ihm eine angenehme Gesellschaft; der Andersen hämmert auf dem Hofplatz an seinem Schiff und faselt unzusammenhängendes Zeug. Von Zeit zu Zeit macht er rätselhafte Andeutungen, er, der Meister, solle sich bereit halten. Was hat das zu bedeuten?

Dem hageren Mann ist das gleich. Andersen, soviel ist ihm klargeworden, hat beschlossen, die Insel zu verlassen.

Er läuft immer noch, doch jetzt ist es Nacht. Eine Nacht ohne Schlaf, wie so viele schon.

Er läuft in einer späten Sommernacht.

*

Die Scheinwerfer warfen einen Lichtkegel, der einen Moment verharrte und langsam, mit anschwellendem Motorengeräusch abdrehte, um dann über die Ebene zu schnellen.

Das Auto brauste vorbei und erstarb irgendwo im Dunkel der Landstraße. Aufsteigende Feuchtigkeit umschlang seine Beine, kondensierte an der glatten Oberfläche der Gummistiefel und rann in Zickzacklinie zurück in den aufgeweichten Boden. Wo der Untergrund naß war, saugten sich die Sohlen in den Morast und befreiten sich mit einem schmatzenden Laut. Hier hatte die Trockenheit, die die Insel seit Wochen ausdörrte, ein letztes feuchtes Refugium übriggelassen; noch immer stand ein Rest Wasser in den Tümpeln, hier und da glänzten silbrig nasse Flekken auf den Norwiesen. An anderen Stellen war die Grasnarbe fester, die Stiefel wateten durch den Dunst, der den Boden überzog, als schwitze die Erde mit eigentümlicher Verzögerung die Hitze des sterbenden Tages aus. Aus dem Nebel ragten die stumpfen Enden der Zaunpfähle. Schwärzliche Pilze, welche die weiße Decke durchbrachen, oder doch nicht wie Pilze, nichts Gewachsenes, sondern Gemachtes. Die Geometrie der punktierten Linie verriet sie als Menschenwerk. Letzte Spuren, die von Zivilisation zeugten, oder vielmehr die ersten Spuren der Elementargeometrie seßhaft gewordener Jäger und Sammler; Furchen ziehen und Einhegen. Ein Käuzchen rief; dunkel und bedrohlich der Kiefernwald, der sich perspektivisch zu einem düsteren Horizont hin verjüngte. Auf der anderen Seite streckten sich Felder, bis ein milchiger Dunst sie gegen den Nachthimmel auflöste.

Die Nacht ist anders. Sie löscht das Unverwechselbare der Gegend und stärkt die Sinne. Jørgensen schritt kräftig aus. Kurz darauf vernahm er unmittelbar vor sich das Schnaufen der Rinder, die Schatten der Tiere; starr, in Gruppen zusammengedrängt, beobachteten sie den Wanderer, fremd und unverwandt. Die warme Ausdünstung ihrer Felle mischte sich mit der Kälte des Taus zu einem eigentümlichen Geruch.

Er schlich weiter über die Felder, überstieg Zäune, während er dann und wann die Taschenlampe aufblitzen ließ, wenn der Untergrund gar zu sumpfig wurde.

Irgendwo vor ihm, dahinten vom Graben her, hörte er ein Geräusch. Rasch hockte er sich nieder und setzte das Fernglas an die Augen.

Nichts … absolute Stille.

Kein Mensch weit und breit.

Wiesen und Weiden, soweit das Auge reichte.

In einem Tümpel, drei Schritte entfernt, gluckst und platscht es, dann drückt ein Frosch seinen Ruf meckernd in die Luft. Weiter drüben, von hier, von da, aus allen Richtungen antworten ihm seinen Artgenossen.

Es plumpste und klatschte in Doktor Bierings Entwässerungsgräben.

Was ist das?

Er glaubte, einen Mann gesehen zu haben. Mitten auf den Norwiesen bei den Tümpeln.

Jørgensen hob erneut das Glas.

Aus dem Schilf des Grabens erhob sich schwer ein großer Vogel, beschrieb einen Kreis und strich fort in Richtung Mühlendamm. Er senkte das Glas, hob es erneut, doch zu spät, das runde Feld zuckte ziellos umher. Ein Fischreiher oder eine Rohrdommel? Der grauen Färbung wegen hätte er auf einen Reiher getippt, aber nachts wird ja alles grau.

Eine halbe Stunde später hatte er den Damm erreicht. Zur Norseite hin verlor sich der Bodennebel rasch in einem grauen Nichts. Ein lauer Wind wehte die fauligen Gase verrottender Organismen über die Dammkrone. Keine Lichtquelle weit und breit; allein der helle Mond kleckste hintereinander ein paar silberne Tupfen ins schwarze Wasser. Wie mit Lineal und Wasserwaage abgemessen, trennte der Horizont Luft und Meer. Am Ufer lagen zwei Boote, dunklen Särgen gleich, im flachen Wasser, darüber die tief gewölbte Daunendecke des Himmels.

Vorsichtig tastete Jørgensen sich durchs hüfthohe Gesträuch und kletterte hinunter zum Strand. Vom leisen Klatschen der Wellen umspült, erspähte er einige Ankerspinnen auf den Steinen. Wie nächtlich an Land gekrochene Riesenkrebse lauerten sie den kleinen Krabben auf, die seitwärts an ihnen vorbeihuschten, die trippelnden Beine im Gleichschritt wie mechanisches Blechspielzeug.

Jørgensen kletterte wieder den Damm hinauf, ging auf der Krone entlang bis zum Ende. Hier führte ein Siel unter dem Damm hindurch. Dunkel lagen dahinten die Höfe von Skovnæs. Der Weg wand sich durch eine dichte Buschgruppe, und dann hatte er einen freien Blick auf die Felder.

Überall war jetzt die Ernte in vollem Gang. Die Mähdrescher

dröhnten und klapperten über die nächtlichen Felder. Die Lichtarme ihrer Scheinwerfer zuckten durch das Dunkel, die gewaltigen Messerwalzen blitzten auf vor ihrem Strahl, und die ausgeblasene Streu stiebte als greller Funkenregen zu Boden. Wie ferngesteuerte riesige Roboter zogen sie schwankend in seltsamer Prozession ihre Bahnen kreuz und quer über die Felder, änderten unverhofft, wie der plötzlichen Eingebung eines unsichtbaren Steuermannes folgend, ihre Richtung und pflügten dann wieder mit aufjaulendem Motor tief durch das gelbe Meer des reifen Korns und schoren alles kahl. Und irgendwo im Dunkel des Feldrains warteten andere Ungetüme darauf, daß die eisernen Schnitter ihre vollgefressenen Mägen entleerten, um nun ihre geräumigen Bäuche zu füllen. Und dann brummten sie davon und reihten sich ein in die lange Schlange der Wartenden vor den gewaltigen Kornspeichern in Pitom und Ramses, um die Ernte der sieben fetten Jahre einzubringen, so wie der kluge Joseph es dem Pharao geraten hatte …

Jørgensen rieb sich mit den Händen über die schmerzenden Augen. Seine Stirn war heiß und pochte im Rhythmus seines Pulsschlags.

Er lief weiter; lief noch mehrere Stunden, näherte sich weit nach Mitternacht dem Hof Ellehavegaard.

*

Ein Jahr vergeht, der hagere Mann läuft täglich seine Strecke, hockt in seiner Kammer, geistesabwesend, kaum ansprechbar. Und Andersen? Ja, Andersen, der paßt auf. Er baut sich ein Boot, der Andersen. Auf dem Stallgelände zimmert er bei Tag und bei Nacht. Wer sich der Scheune nähert, muß an ihm vorbei. Dieser Junge, der ist öfter da. Der kann kommen und gehen, wann er will. Und manches Mal sehen Frederik und Karen oben in der Kammer Licht, und dann hocken die beiden zusammen, und zarte Bandonionmusik weht über den Hofplatz, dort, wo Andersen

in dicke Fellwesten gehüllt über seiner Arbeit eingeschlafen ist. Sie bringen ihm das Essen, dem Großvater, sie bringen ihm Holz, sie lassen ihm seinen Frieden.
Ein seltsamer Frieden.
Ein seltsam unruhiger Frieden …

*

Jørgensen stolperte durch die nachtdunklen Stallungen und blieb an der großen Scheune stehen.

Er stieß die Tür auf … trat ein.

*

Der Junge mit der zerlöcherten Wollmütze fürchtet sich nicht.

Er kennt den Weg, auch im Dunkeln, das macht ihm keine Probleme. Behend schlängelt er sich durch das Gerümpel und springt die Treppe hoch. Sein Herz klopft ein wenig. Er bindet sich flugs die Schuhe auf, pocht an dic Tür und ist schon drinnen.

Hier ist es warm. Alles in gelbem, braunem und rotem Licht. Es knistert lustig im Bullerofen, darüber hängen die schönen Blumensträuße.

Der große hagere Mann nickt ihm freundlich zu und schreibt weiter.

Der Junge läuft hin und her. Zu Hause war es mal wieder soweit gewesen. Eine umgestoßene Milchkanne, der Knecht griff zum Stock. Schnell raus, den Geheimweg entlang und über die Äcker. In Sicherheit.

Er setzt sich auf das Bett, streicht über das hübsche Tuch; ein roter, weicher Stoff, mit Schnörkeln und Löchern. Er zieht die Mütze vom Kopf und greift mit den Fingern durch die kaputte Wolle. Eine Zeitlang brütet er vor sich hin. Dann legt er die Mütze beiseite und sieht sich um.

Der Mann am Tisch seufzt auf.

Der Junge kennt das. Es bedeutet nichts.

Auf dem Wandbord liegt ein kleines Holzkästchen. Das nimmt er jetzt herunter und kauert sich damit auf den Boden. Doch etwas fehlt. Er sieht den Mann fragend an, und der zeigt auf das Bett.

Da, da soll es liegen.

Der Junge schlägt das Tuch auf, und richtig, dort liegt das Rentierfell. Er zieht es vom Bett herunter, breitet es auf dem Boden aus. Herrlich weich. Die Beine untergeschlagen, den Kopf ganz nah am Boden, öffnet er das Kästchen.

Der hagere Mann steht auf. Der Junge weiß, daß jetzt die Musik kommt.

Diese schöne Musik.

Der Mann greift sich das Instrument und hockt sich auf einen Schemel.

Halt, noch nicht. Der Junge holt Tabak und Pfeife vom Tisch und reicht sie dem Mann.

Ach ja, der Tabak. Und hier, ein Stück Schokolade.

Jetzt ist alles bereit, und nun wird es gemütlich. Das Bandonion zieht pfeifend die Luft ein. Dann kommen die Töne. Der Junge nimmt ein Kartenspiel aus dem Kästchen, teilt es auf dem Boden aus. An vier Stellen verteilt er die Könige. Jedem ordnet er eine dieser prächtigen, duftenden Damen zu. Das sind die Königreiche.

Die Buben sind die Haushofmeister, hat *er* gesagt. Sie kümmern sich um den Hofstaat. Hier die schneidigen Asse, die es auf die Prinzessinnen abgesehen haben; da die Achter. Die Sieben ist die garstige Schwester. Die Gemeine. Neun und zehn sind auf der Jagd. Zwei bis sechs sind der Rest. Diener, Mägde und so.

Stunden vergehen, die Kammer ist voll mit süßem Tabakduft.

Der Junge sieht auf. Etwas ist anders als sonst. Er wird unruhig.

Es ist die Musik.

Er spielt andere Lieder jetzt. Sehr traurige Lieder. Dem Jungen wird es wund und weh ums Herz. Was ist los?

Er beugt sich wieder über seine Karten. Der König weint. Die Dame kann ihn nicht trösten, sie ist auf Besuch bei ihrem Bruder. Ein Kammerdiener bringt seinem Herrn heiße Schokolade. Alle sind bekümmert. Der Haushofmeister schickt einen Boten. Doch der Weg ist gefährlich, Wölfe lauern überall, Diebe und Räuber. Der Junge läßt Signale geben. Auf allen Burgen weiß man jetzt Bescheid. Der König sucht seine Dame. Er verschiebt die Karten. Aus dem Dickicht des Rentierfells kommen die Jäger des Königs mit einer Meute Hunde …

Die Musik bricht ab.

Der große hagere Mann legt das Instrument beiseite, kniet sich zu dem Jungen runter, wischt die Karten auf dem Boden zusammen. Dann sieht er dem Jungen in die Augen und streicht ihm über das Haar.

Lächelt schwach.

Es ist spät geworden, mein Junge. Ich bin so müde. Es ist an der Zeit.

Er erhebt sich wieder und geht ans Fenster.

Da steht er, groß und schön. Und mit leiser Stimme sagt er:

Geh, mein Junge … geh!

*

Er hastete, den Kopf gesenkt, mit schnellen Schritten die Rampe hoch auf die Landstraße.

Nach Hause.

Der Wind wehte kalt. Ein Fieber hatte ihn ergriffen. Sein Körper zitterte. Kalt und heiß. Die Beine wurden schwach, er stolperte, rappelte sich auf, und der Rotz lief ihm nur so aus der Nase. Der Atem pfiff durch seine Lungen.

Lauf … lauf!

Und als Jørgensen Stunden später dann mit brennenden Augen

und glühenden Gliedern im Schein der Kerze vor dem Schreibtisch hockte, öffnete er die dritte Akte.

Der Hahn

Jetzt schlagen die Flammen aus dem Dachstuhl, greifen gierig in die Luft, zerplatzen zu Funkenwolken, die glitzernd in den eisigen Himmel stieben. Das ganze Mauerwerk scheint zu glühen, und hinter den geschwärzten Fensterleibungen leuchtet grell eine wabernde Hölle, in der die Flammen Tarantella tanzen, sich zu bizarren Blüten formen, ihre skurrilen Bilder immer wieder verwischen, immer wieder neu entwerfen, mit einer geradezu anarchistischen Unstetigkeit und Aggression. Ein Balken zerbirst donnernd im Flammenbrei, Feuerzungen lecken durch die Fenster die Mauern hoch, ziehen sich wieder ins Innere zurück, um mitzulärmen, mitzutoben, bloß nichts zu verpassen, dabeizusein, das infernale Vernichtungswerk zu vollenden. Wie ein gigantischer Brenn- und Schmelzofen, der unablässig nach Nahrung schreit, steht die große Scheune lichterloh brennend, und ihr flackernder Schein erhellt epileptisch die starren Gesichter der hypnotisch gebannten Zuschauer.

Der kalte Novembertag hat die ersten Schneeflocken gebracht, ein zarter Flaum, schmutzig gescheckt, auf den Teichen knirschendes Eis. Der Junge mit der zerlöcherten Wollmütze ist früh aufgewacht heute morgen in der kalten Kammer, durch das Dunkel dringt der ruhige Atem seiner schlafenden Geschwister. Schnell angezogen und runter in die Küche; auf dem Tisch stehen dicke Milch und Brot bereit. Der Junge ißt und trinkt und hibbelt unruhig auf dem Stuhl herum. Am Vortag hat er sich aus Metallplatten und Lederriemen Gleitschuhe gefertigt, jetzt will er raus zum Brosø, drüben im Nor. Es dämmert, der Knecht tritt in die Küche und zeigt ihm ein totes Käuzchen. Es wird einem Brauch zufolge an die Scheunentür genagelt, zu welchem Zweck weiß der Junge nicht, der Knecht ist schon wieder draußen. Der Junge läuft in die Scheune, kramt seine Gleitschuhe aus dem Versteck und haucht sie, da das kalte Metall an seinen Fingern schmerzt, mehrfach an. Dabei fällt ihm auf, daß die Gleitfläche noch ein wenig stumpf ist, und er stöbert im Werkzeugschuppen herum, bis er einen Schleifstein findet. Dann sammelt er Spucke, läßt sie auf das Eisen tropfen und zieht den Stein mit gleichförmigen Bewegungen über die Kufen. Um sich von dem brillanten Ergebnis seiner Arbeit zu überzeugen, spiegelt er die aufgehende Sonne in dem Metall, läßt die Reflexe über die Hauswand huschen. Hinter den Küchenfenstern sieht er seine Geschwister hantieren, das treibt ihn zur Eile. Schnell noch Wachs, überlegt der Junge und erhitzt über einer Kerzenflamme ein Pfännchen mit Paraffinbrocken. Die Metallplatten erwärmt und eingepinselt, dann poliert. Mit freudig klopfendem Herzen schnallt er sich die nunmehr fertig gefirnißten Gleitschuhe probeweise um – alles paßt, nun los! Er trabt über die gefrorene Ackerkrume und winkt zu seiner Mutter hinüber, die zwei dampfende Kühe vor sich hertreibt. Über den Damm, an Ellehavegaard vorbei, den Norweg runter zu den Ställen, zur großen Scheune. Dort späht er durch die Tür und sieht Hans Jakob und den hinkenden Andersen im Streit. Hans Jakob kommt ihm entgegen und schiebt ihn freundlich aus dem Gebäude. Vor der Tür geht er in die Hocke, und auf gleicher Höhe mit dem Jungen fragt er nach den Gleitschuhen. Der Junge mit der zerlöcherten Wollmütze hat ihm von seinen Plänen erzählt und zieht nun stolz die mit Riemen versehenen Metallplatten aus der Jacke. Hans Jakob prüft und lobt die Arbeit, reicht sie zurück und geht wieder in die Scheune, die Tür hinter sich zuziehend. Der Junge galoppiert ausgelassen den Norweg entlang, hüpft in munteren Sprüngen über jeden Zweig, jeden Stein und erreicht bald darauf den Bro-Teich.

Den ganzen Vormittag verbringt er auf dem Eis, den Nachmittag auf dem Hof. Gegen Abend schickt ihn seine Mutter nach Ellehavegaard, zu Frederik, und er trödelt, nachdem er ein Paket abgeliefert hat, noch eine Zeitlang zwischen den Stallungen des Terkelsen-Hofes.

Die Tür des Schafstalls öffnet sich mit einem grunzenden Laut, und die Tiere schrecken zusammen, als er sich zu ihnen hineinschleicht. Im Stroh raschelnd, drängen sie sich schützend gegeneinander und starren ihn schweigend an. Der Junge geht zu einem Getreidesack, formt die Hände zu einem Kelch und schöpft den Futtertrog voll Korn. Die Schafe glotzen ihn unschlüssig an, bis schließlich Hunger und Neugier die Furcht besiegen und die Tiere vorsichtig näher trippeln. Völlig bewegungslos hockt der Junge vor dem Trog und beobachtet die mampfenden Viecher. Einen Wolf nachahmend, läßt er auf einmal ein Knurren durch seine Kehle rollen; die Schafe zucken zurück, raschelnd, und starren wieder, dicht beieinander. Der Junge kichert eine Zeitlang vergnügt, steht auf, schließt die Tür und geht rüber zu dem von Sträuchern umwucherten Schuppen. Er muß sich ein wenig durch die starren Zweige kämpfen, um an die Fenster zu kommen. Kopf und Hände so an die Scheiben gepreßt, daß sie die Lichtreflexe ersticken, blickt er in Andersens Wohnkammer. Das Feldbett mit der grauen Decke, der Bullerofen, ein paar selbstgezimmerte Möbel. An der Wand ein fleckiger, gesprungener Spiegel, auf einem Bord das Rasierzeug, Seife, ein Bild. Andersen ist nicht da, auf dem Tisch liegt ein geschnitztes Segelschiffchen. Der Junge vergleicht Andersens handwerkliches Geschick mit seinem eigenen und befindet großzügig, daß die Arbeit durchaus gleichwertig mit den Gleitschuhen ist, wenn auch nicht so nützlich. Der Gedanke, daß Andersen plötzlich auftauchen könnte, ist ihm unbehaglich, und vorsichtig hält er nach links und rechts Ausschau. Der Tag neigt sich allmählich, der Himmel: grau in grau, winzige Schneeflocken wirbeln durch die Luft. Der Junge befreit sich aus dem Gesträuch und läuft zur großen Scheune. Ob Andersen hier ist? Stille überall, die Tür ist verschlossen, und ganz unmittelbar überkommt den Jungen ein Gruseln; die Vorstellung, dem verkrüppelten Andersen hier in die Arme zu laufen, läßt ihn frösteln, und er lenkt nun seine Schritte entschlossen Richtung Drejet. Zu Hause will er seinen Geschwistern von den Gleitschuhen erzählen, oder besser doch nicht? Mal sehen … kommt ganz darauf an. Worauf es ankommen soll, weiß der Junge mit der zerlöcherten Wollmütze selber noch nicht so genau, und auf dem Nachhauseweg denkt er sich krampfhaft ein paar schwierige Bedingungen aus, die an die Offenlegung seines Geheimnisses geknüpft werden sollen.

Ein dunkler Fleck am Himmel, eine Bewegung. Der Junge hebt den Kopf. Über ihm rudert schwerfällig ein Reiher; er folgt dem Vogel mit verklärten Blicken durch die Luft – ein langgezogener Schrei. Der Junge bleibt verwundert stehen. Sekunden Stille, dann ein zweiter. Jetzt weiß er, daß nicht der Reiher geschrien hat, da, dahinten! Frederik rennt über die Straße, die Knechte, und dort kommt Karen aus dem Haus, den kleinen Jesper auf dem Arm; Verwirrung, ein paar fragende Rufe, dann schreien alle durcheinander. Und da, auch Andersen auf den Krücken, er fuchtelt herum und brüllt, strauchelt, rafft sich hoch und schreit. Nie hat der Junge jemanden so schreien hören, und dann wird alles lebendig.

Er eilt zurück über die Felder, verschanzt sich hinter einem Erdwall, und nun sieht auch er den dicken weißen Rauch aus der großen Scheune quellen, durch die Fenster ein heller Schein.

Das Feuer bricht nun aus allen Öffnungen; Frederik, ein paar Knechte hasten zu den Pumpen. Eimer her, die meisten stehen apathisch rum, in langen Sätzen kommen die Leute von den Nachbarhöfen, wo ist der Alte?

Aus dem Hühnerstall dringt plötzlich ein bestialisches Gezeter. Niemand hat an dieses flache Gebäude gedacht. Man glaubt es in sicherem Abstand und hat sich lediglich damit begnügt, ein paar Eimer Wasser über das Blechdach zu kippen. Jetzt schlägt der Wind um, und über den klapprigen Schuppen rollt eine erbarmungslose Glutwelle, aus der sich eine Funkenkugel löst, die wie ein bengalisches Licht über dem Pultdach zerplatzt, und ein Glimmerregen rieselt schaurig schön auf das Gebäude herab, welches sich in dieser Ofenhitze, ungeachtet der jetzt abdampfenden Feuchtigkeit, an mehreren Ecken gleichzeitig entzündet.

Frederik Terkelsen ist mit zwei Sätzen am Stall. Doch die Hitze treibt ihn zurück, und verzweifelt, mit wild hin und her eilenden Augen, Blut tropft ihm aus den verklebten Haaren, der struppige Bart angesengt, greift er sich eine herumliegende Schaufel, packt sie am äußeren Ende, holt aus und schmettert die flache Seite mit einem so gewaltigen Schlag gegen die Tür, daß sie aus den Angeln bricht und schräg nach hinten wegkracht. Einige Sekunden passiert nichts, dann ergießt sich das Federvieh in den Hof, hysterisch kreischend, flatternd, und stiebt in alle Richtungen auffliegend davon. Noch immer aber kommen Schreie aus dem Stall, und den Zuschauern bricht der kalte Schweiß aus. Alle starren auf die schwarze Türhöhlung und erwarten wohl nichts anderes, als daß der Teufel selbst herausspringt, doch aus dem Gemäuer torkelt auf einmal der Hahn, mit qualmendem Gefieder, ein merkwürdiges Gekeife ausstoßend, auf die Menge zu, dreht ab und fährt flügelschlagend mitten in die brennende Scheune, wo die Flammen ihn blitzartig ergreifen und in eine zuckende Feuerkugel verwandeln, die schließlich im Flammenmeer verschwindet, und aus dem Himmel schaukeln eine Handvoll Federn und legen sich schneeflockengleich auf den eisigen Boden.

Dies alles bekommt der Junge mit der zerlöcherten Wollmütze nicht mit. Er schlendert auf der anderen Seite der Scheune hinüber zur Pferdeweide und blickt, die angenehme Wärme des Feuers im Rücken spürend, über die Koppel. Die Dämmerung ist jetzt so weit fortgeschritten, daß er bereits die hintere Abzäunung nicht mehr erkennen kann. Einzig die Kopfpappeln ragen in Schemen aus dem hauchdünnen Bodennebel und glotzen geisterhaft, in kleinen Gruppen zusammengedrängt, auf den rot schimmernden Abendhimmel. Die Weide ist leer, die Pferde stehen oben im Stall, warm, gemütlich, mit gefüllter Krippe, ein Bein in Ruhestellung abgeknickt. Dort sitzt er manchmal, wenn er darf, mit Hans und den beiden Jungen von Skansegaard auf der Holzwand, und alle vier lassen die Beine baumeln, rauchen imaginäre Zigaretten, üben sich im Weitspucken und erzählen einander von ihren Wünschen und Träumen. Ab und zu dröhnen ihre Hacken gegen die Holzschalung, und die Kühe, hinten im Stall, antworten mechanisch mit einem trägen Muhen. Nicht immer wird er von den älteren Kameraden geduldet, und so ist es für ihn ein ganz besonderer Genuß, im trüben gelben Lampenlicht bei den warmen Pferden zu sitzen, rumzualbern und den erlogenen Geschichten der Älteren zu lauschen.

Hinter ihm ertönt jetzt das Gebimmel der Feuerwehr; noch mehr Stimmen werden laut, Befehle geschrien. Wieviel Zeit mochte vergangen sein?

Der Junge mit der zerlöcherten Wollmütze dreht sich wieder der brennenden Scheune zu, kneift die Augen zusammen, legt die Handflächen vor das Gesicht und spreizt die Finger. Noch hebt sich das Bauwerk schwarzrot vor dem helleren Himmel ab, aber in einer halben Stunde vielleicht wird es schon umgekehrt sein. Der Junge schließt die Hände zu einer undurchdringlichen Wand und zählt langsam bis hundert. Dann spreizt er die Finger wieder und vergleicht den neuen Eindruck mit dem vorhergegangenen. Eine Veränderung ist nicht erkennbar. Nun kauert er sich nieder, lehnt sich, Brennesseln und Gestrüpp zur Seite drückend, gegen einen Zaunpfosten und wiederholt diesen fotografischen Vorgang noch weitere drei Mal, als etwas seine Beine streift. Der Junge erschrickt nicht, er streckt vielmehr eine Hand aus und krault die schwarzweiß marmorierte Katze, die ihn anblickt. Er tuschelt eine Weile mit ihr, dann dreht das Tier ihm den Rücken zu, setzt sich, schlingt den Schwanz um den Körper und verharrt regungslos auf die Scheune starrend.

Der Junge hebt wieder die Hände vor das Gesicht, und als er die Finger zum siebten Mal öffnet, macht er eine Entdeckung, daß ihm das Blut in den Adern stockt und eine eisige Hand nach seinem wie wild zappelnden Herzen greift, und in sein Gedächtnis, das bis dahin nur mit den üblichen Kindheitsbildern angefüllt ist, brennt sich ein Entsetzen, welches sich nie wieder löschen lassen wird.

Aus unerklärlichen Gründen ebbt die Flammenraserei im mittleren Teil der Scheune auf einmal ab, und das verkohlte Gerüst des Dachstuhls wird in scherenschnittscharfen Konturen sichtbar. Und genauso schwarz zeichnen sich die Umrisse eines unförmigen Gegenstandes ab, der an einer dünnen Verbindung am Kehlbalken hängt, einige Sekunden, dann reißt er ab, sackt lautlos in den Leib der Scheune, und die Flammen schlagen unverändert hoch.

Ein Geräusch schreckt ihn, bringt ihn zur Besinnung. Vor ihm steht sein älterer Bruder. Was er hier mache.

Der Junge weiß genau, was er gesehen hat. Und während die Bauern auf der anderen Seite der Scheune noch über den absurden Selbstmord des Hahns schwatzen und die Feuerwehrleute um das Gebäude hüpfen, rennt der Junge in panischer Hast über den harten Boden, vorbei am Unglücksort und sich unablässig mit den dreckigen Handballen über die tränenverschmierten Augen reibend, dem heimischen Hof zu.

Und als die Nacht schließlich ihr schwarzes Tuch über das glimmende Gerippe wirft und es langsam erstickt, liegt der Junge mit der zerlöcherten Wollmütze in seiner Kammer unter der Decke und wimmert sich leise in den Schlaf.

Der Schwan

Er saß im Bett.

Es war Vormittag. In der Kammer, Dämmerung. Nur wenig Licht drang durch die Vorhänge.

Mit zittrigen Fingern blätterte er durch die Akte, die dritte und letzte Akte aus dem Erbe des Polizeimeisters. Er starrte hohl vor sich hin. Er fühlte sich bedrängt, erschlagen, erdrückt von all den wirren Bildern, die ihm durch den erschöpften Kopf geisterten.

Geoffrey Arthur Adams war tot. Hans Jakob Terkelsen war tot. Ein kleiner Junge rückte in den Mittelpunkt von Kirsteins Interesse. Der gleiche Junge, der dem Geisterseher Jakobus in jenem letzten Jahr ein ständiger Begleiter gewesen war, der Junge von Gammelgaard, der kleine Axel Larsen.

Jørgensen hustete und blätterte vor, blätterte zurück, schloß die Augen und fiel in einen leichten Schlaf.

Er öffnete die Augen.

Die Blätter waren ihm halb aus der Mappe gerutscht. Ein paar lagen auf dem Boden. Er sammelte alles zusammen und legte die Akte auf den Tisch.

Dann stand er mühsam auf und schlurfte ins Bad.

Axel Larsen.

Er hörte das Wasser plätschern, drehte den Hahn. Die Seife, da der Lappen. Einseifen. Das heiße Wasser dampfte aus dem Lappen in sein Gesicht. Und wieder ... frisches Wasser. Er stieß auf.

Auf die Toilette setzen. Und ganz ruhig bleiben. Er lehnte den Kopf gegen die kühle Emaille der Badewanne. Aus den Augenwinkeln konnte er eine Flasche mit einem Reinigungsmittel sehen. Ein merkwürdiges Etikett, mit einem geschwungenen Schwan drauf. Ein scharfes Zeug. Aber es macht sauber. Es ist nicht schlecht.

Er stieß wieder auf.

In der Bibliothek.

Das Buch da, das habe ich gesucht. Ah ja, das ist interessant.

Er trug das Buch in sein Zimmer, kauerte sich ins Bett.

Draußen zogen wohl Wolken vor, im Zimmer wurde es noch ein Stück grauer.

Er lag da und betrachtete einen Bildband über das rauhe Landleben um die Zeit der Jahrhundertwende. Die ersten zwanzig Jahre dieses Jahrhunderts, die Zeit Kirsteins, die Zeit, in der Kristensen und die Larsen-Brüder geboren wurden, die Zeit, in der man das Telefon erfand, Auto, Flugzeug und Grammophon. Karge Felder und Bauernhöfe im Nebel, trostlos wirkend in Schwarz und Weiß. Lange Zeit vertiefte sich Jørgensen in das Buch, bis er es schließlich ergriffen zuklappte.

Er sah sich um nach Stift und Papier. Und wieder einmal malte er Kästchen, in die er Namen schrieb ... AXEL, JENS, KIRSTEIN, JAKOBUS ...

Er zog Striche von einem zum anderen ... hielt inne, zerknüllte das Blatt.

Starrte ins Leere.

Nein!

So ging das nicht.

Hier hatte sich ein Schicksal vollzogen, das Schicksal eines Kindes, eines zehnjährigen Bauernjungen, den niemand jemals so richtig geliebt hatte, noch nicht einmal seine eigene Mutter. Jørgensen betrachtete noch einmal die alten braunen Fotografien, die harten Physiognomien der Menschen vom Lande. Bäuerinnen in Holzpantinen und streng blickende Männer mit Schnurr- und Kinnbart, ernst und hart. Gesichter einer Zeit, in der sich Jespers und Maltes Vätern noch mit jeder von Pferd und Pflug auf ihren undankbaren Äckern gezogenen Furche auch eine tiefe Furche auf der Stirn eingrub. Die todernsten traurigen Kindergesichter, schon früh, viel zu früh ins Joch genommen, gekrümmt unter den Lasten, die man auf ihre kleinen Schultern geladen hatte, nein, das waren schon keine Kindergesichter mehr gewesen, wie Erwachsene blickten sie ins Leben, schmächtige deformierte Körper, reingesteckt in Vaters abgetragene Hemden und Hosen, gekürzt, gewendet, abgeschnitten und angeflickt, immer vom Älteren an den Nächstjüngeren weitergegeben. Maren Poulsen bewahrte noch solche Kleidungsstücke in ihrem Museum auf. Aber auch diese Kinder hatten gespielt, trotzdem, wie alle Kinder, waren im Frühjahr über die Wiesen getollt, hatten in den Gräben Frösche gefangen, hatten sich geprügelt, hatten ihre Häuptlinge gehabt und ihre Tölpel, solche wie Axel, denen die Großen immer davongelaufen waren, die immer als erste gefangen wurden beim Räuber-und-Gendarm-Spiel, die auch immer als erste und einzige erwischt wurden von den Erwachsenen und Prügel bezogen, richtige Bauernprügel mit einem Knüppel oder dem Peitschenstiel, für alles und nichts, das Leben war grausam und hart, Erbarmen nur ein Wort für sonntags, das gab es nur in der Kirche und nur aus dem Munde des Pfarrers. Aber die, die selbst ihren Heiland vergebens darum anflehten, die gewährten es auch anderen nicht. Herr, erbarme Dich unser … Jørgensen lachte bitter auf. Auge um Auge! Zahn um Zahn! Lutheraner, bibelhart, hochfahrend und fromm, im Wechselbad zwischen Selbstgerechtigkeit und reuiger Zerknirschung, zu der die Erweckungsprediger sie aufstachelten, die damals überall durch die Lande zogen. Aus ihren Erbauungsschriften hatte die Großmutter abends vorgelesen, vom kommenden König und der Herrlichkeit seines Reiches, vom Neuen Jerusalem. In ihrem Versammlungshaus TABOR sangen sie mit rauhen Stimmen zu dem süßen weichen Gejaule eines alten Harmoniums, dessen ausgeleierte Bälge knarrten und dazwischenfauchten, als sei der Leibhaftige darin eingesperrt. Armer Axel.

Aber das Wichtigste fehlte auf diesen Bildern: der Geruch der Armut, die Kälte, die Härte der Stimmen, der grelle Widerspruch zwischen der Trostlosigkeit einer Kindheit und der jubelnden Natur, die dennoch jeden Morgen die Sonne darüber aufgehen ließ, strahlend und warm im Sommer, so wie sie seit je in herrlicher Unschuld ihren Glanz verbreitet hatte auch über jegliches Übel, Böse und Entsetzen. Ein wunderschöner Morgen, und schon sieht man alles wieder in einem anderen Licht. Dieser große Trost und Betrug, frisches Grün und zwitschernde Vögel und darunter die Hölle.

Aber es war Winter gewesen, damals, als die Scheune brannte, und nicht die Sonne hatte ihr Licht verbreitet, sondern das tödliche, alles verzehrende Feuer …

*

Lars Christian Kirstein, im verkohlten zusammengesunkenen Gebälk, im grünen Kleppermantel und mit breitkrempigem Hut, stochert, ein Stöckchen in der Hand, in der matschigen und halb zusammengefrorenen Asche. Neben ihm ein Polizeikommissar aus Grølleborg und Frederik Terkelsen, alle stumm. Es beginnt zu schneien, nasse Flocken; am Norweg, neben einer gestutzten Pappel, der Junge mit der zerlöcherten Wollmütze.

Man hat die Reste, den schwarzen unförmigen Brocken, der einmal Hans Jakob Terkelsen gewesen war, noch am Vormittag weggeschafft, zur Beerdigung vorbereitet. Ein Unfall, davon geht man aus. Der Kommissar ist am Vormittag auf Lilleø eingetroffen, nicht wegen des Brandes, der Grund ist eine Unterredung mit Kirstein in anderen Angelegenheiten. Doch jetzt sind sie hier versammelt, noch immer steigen dünne stinkende Rauchfäden aus den Trümmern.

Die drei Männer unterhalten sich leise, der Mann im grünen Kleppermantel stellt Fragen, der Herr aus der Stadt stellt Fragen, Frederik blickt zu den Stallungen hinüber, aus denen sich nun ein Knecht löst, der eine Schubkarre mit klappernder Schaufel und Brecheisen vor sich herschiebt.

Der Junge drückt sich dicht an den Baum.

Die Männer auf dem Trümmerhaufen blicken stumm auf den hageren Mann, der ihnen, ebenfalls wortlos, die Schaufel reicht. Der im grünen Mantel und der aus der Stadt zeigen auf verschiedene Stellen, Frederik stößt die Schaufel in den schwarzen Morast. Der Knecht hebt die Eisenstange aus der Karre und hebelt an bestimmten Orten den Untergrund frei, wälzt Steine und Balkenstummel aus dem Weg.

Als der Wind jetzt ein wenig dreht, wehen dem Jungen die Schneeflocken und der kalte Brandgeruch ins Gesicht; noch dichter preßt er sich gegen den Stamm, die Hände verkrallt in die Borke, den Kopf vorgereckt; aus zusammengekniffenen Augen starrt er auf die Ruine.

Der Knecht gibt ein Zeichen, die übrigen versammeln sich um ihn und senken die Köpfe zu Boden. Frederik geht in die Knie, gräbt mit bloßen Händen, zeigt den anderen irgend etwas, hält einen Gegenstand auf dem flachen Handteller, steht auf, dreht ihn zwischen Daumen und Zeigefinger, reicht ihn herum und läßt das Ding, kaum daß es wieder bei ihm angelangt ist, mit einer matten Geste fallen. Alle nicken ernst, der Herr Kommissar und der im grünen Mantel wischen ihre Finger an großen Taschentüchern sauber. Wieder wird gemurmelt, der feine Herr lacht plötzlich kurz und trocken auf. Dann wieder gesenkte Stimmen. Frederik entfernt sich von den anderen, geht dem Jungen entgegen. Der Junge mit der zerlöcherten Wollmütze schiebt sich hinter die Pappel; mit schlurfenden Stiefelschritten, Frederik, ganz nah, groß, gebeugt, das Haar verklebt, der Geruch von saurem Schweiß mischt sich kurz mit der geräucherten Luft. Frederik läuft die Rampe hinauf, über die Straße, zum Hof.

Lange Zeit passiert nichts, dann nähert sich ein Automobil, schaukelt die Rampe hinunter und hält vor den Stallungen. Ein Mann in Uniform steigt aus: Feuerwehr.

Der Junge streckt, schildkrötengleich, den Kopf wieder vor.

Kurze Begrüßung, und alles noch mal von vorn: Schaufeln, Stochern; der Feuerwehrmann hält die Hände hinter dem Rükken verschränkt, zwischen den Fingern die Mütze. Dabei redet er lebhaft, dann und wann zuckt der eine oder andere Arm nach vorn zu einer knappen Gebärde und klinkt sich wieder hinter dem Rücken ein, die Hände spielen weiter mit der Mütze.

Später verabschiedet sich der Kommissar, sein Wagen tuckert in Zeitlupe hinauf auf die Landstraße und verschwindet. Frederik kommt zurück, der Knecht geht zu den Ställen.

Der Mann mit dem Kleppermantel rückt den Zwicker zurecht und formt den Mund zu einer Schnute; zwei Falten ziehen sich scharf von der Nase um die Lippen und setzen die Mundpartie wie bei einem Clown vom Rest des Gesichtsfeldes ab. Er wirft mit einem jähen Ruck den Arm in die Höhe, klappt den Unterarm ein, taucht Zeige- und Mittelfinger senkrecht in das Innere seines weiten Mantels und zieht einen länglichen Gegenstand ans Licht. Der Feuerwehrmann mustert Kirstein mit einem zerstreuten Blick, und Terkelsen zieht die Brauen zusammen, als der Mann im grünen Mantel mit wendigen Bewegungen ein Streichholz anreißt, die Zigarre entzündet und den brennenden Span achtlos wegschnippt. Dann betrachtet Kirstein aufmerksam den kleinen Glutkegel, bläst ihn an, setzt die Zigarre zwischen die Lippen, rückt noch einmal am Zwicker und dreht den Kopf langsam in Richtung Norweg, bis sein Blick, zwei blinkende Brillenscheiben, die aufgerissenen Augen des Jungen trifft.

Die Abendsegler

Die Stare schwärmten, die Weiden rauschten in der glitzernd klaren Luft. In seinen Mantel gehüllt, wanderte der Mann über das Feld. Tritt auf Tritt folgte er der schwarzweiß marmorierten Katze.

Er drehte sich um.

»Na, wo führst du mich hin?«

Sein Blick schweifte über den Roggen, beschrieb einen Bogen über die Hügelkuppe, tastete sich entlang der Büsche und Bäume und verweilte schließlich auf dem grauen, halb verfallenen Hof.

»Erzähl es mir«, flüsterte er, »kennst du diesen Ort?«

Das rostige Dach des abgetakelten Gehöfts glänzte im Sommerlicht, als der Mann langsam den Hügel herunterschritt. Von hier oben nahm sich Gammelgaard etwas weniger trostlos aus.

Der Hofplatz verbarg sich hinter dem Wohnhaus, und die großen schweren Bäume und die verwilderten Büsche faßten die Gebäude ein wie eine abgeschiedene Lichtung.

Obwohl seine Hände heiß und naß waren, fühlte er sich nicht krank. Sein Kopf war klar, kühl blieben die Gedanken. Er schwitzte unter dem Mantel, doch ihn auszuziehen wäre Leichtsinn gewesen.

Der Roggen stand in voller Reife, etwas mickrig, kein Wunder bei der Trockenheit der letzten Wochen. Und doch hatten die anderen Höfe längst ihre Ernte eingefahren. Warum kümmerte sich Axel nicht darum? Die Zeit war überreif, das konnte ein Laie sehen. Hatte ihn der Alkohol schon so zerfressen? Ein ganzes Roggenfeld; war das etwa kein Geld? Und ihm kam der Gedanke an seine Phantasien vom Innenleben des Larsenschen Hofes. Intarsien und Gobelins, die barocke Zauberwelt von Gammelgaard. Traurige Luftspiegelungen, nicht mehr.

Mittlerweile hatte er sich dem Hof bis auf eine Entfernung von vielleicht zwanzig Metern genähert und blieb stehen. Behende und lautlos duckte sich die Katze ins Dunkel und verschwand hinter der Scheune und den Stallungen. Das Licht, mittagssatt und schlafdösend. Es machte wenig Sinn, sich näher an das Gehöft heranzuwagen, um am Ende noch entdeckt zu werden, wie er, der Polizist im Schulungsurlaub, als Vogelscheuche auf fremdem Grund und Boden herumschweifte. Ausgerechnet er, der Udenø, der Wanderer zwischen den Hecken, in den Gärten und entlang der Strände über Wiesen, Weiden und Äcker. Schon mutig genug, daß er sich in den Roggen gewagt hatte und darin umhergegangen war. Doch die Neugier, das Gehöft aus verschiedenen Perspektiven und in allen Winkeln zu ergründen, war stärker. Vorsichtig machte er sich daran, die Stallungen in gebührendem Sicherheitsabstand zu umrunden.

Jørgensen zog den Rotz in der Nase hoch. Was tat er hier eigentlich? Woher nahm er sich das Recht, Axel so unverfroren zu belauschen? Ein sonderbarer Schutzengel war er, wie er sich hier an die Fersen des alten Bauern geheftet hatte, ohne Auftrag und von niemandem dazu aufgefordert.

Wiederum hatte er sich dem Hof gefährlich genähert. Ein einzelnes Huhn lungerte hinter dem Stall herum, stolzierte über den Misthaufen und ließ sich darauf nieder. Jauchegeruch verband sich mit vielen unbekannten Düften zu einem süßen schweren Brei, der Scharen von Insekten anzog, die unruhig umherflirrten, sich mal hierhin und mal dorthin verteilten und wieder verschwanden. Staubig und verschmiert, von rostigem Eisen zerteilt, erschien eine Galerie blinder Fenster entlang der Rückwand und gliederte den Bimsbeton. Wieviel Tiere mochten hier untergestellt sein?

Er stieg den Hügel weiter herauf und stand kurz darauf vor einer kleinen Baumgruppe. Der Pflanzenwuchs war dichter, als er vom Feldweg aus gedacht hatte, und verdunkelte sich rasch zu einem kleinen abgeschlossenen Urwald. Jørgensen gelangte zu einer winzigen Lichtung, die von den Bäumen verdeckt gewesen war. Einen phantastischen Ausblick hatte man von hier. Kornfelder und Wiesen, so weit das Auge reichte; darin die vergammelte Oase des Larsen-Hofs; am Horizont der blaue Streif des Meeres. Auf der anderen Seite kauerte Ellehavegaard zwischen Stoppelfeldern, und dahinter erstreckte sich grün das Nor.

In Gedanken versunken, setzte er sich an einen Findling. Die Büsche und Sträucher schirmten den kleinen Hügel so wunderbar ab, daß Jørgensen auf der Anhöhe von allen Seite aus gut geschützt, nahezu unsichtbar war. Lange Zeit saß er so da, die Augen geschlossen, und lauschte der Stille, die ihn umgab. Ab und zu summte ein Insekt vorbei, und Ameisen krabbelten über seine Füße. Von Zeit zu Zeit säuselte das Blättergeflirr der Eschen im leichten Luftzug; und bei jedem jähen Windstoß schien es ihm, als sei der letzte eben erst abgeklungen; die jüngst verflossene Stunde stand noch ganz nah der anderen am Himmel, und er verlor allmählich das Gefühl für die Zeit, die er hier saß. Es hatte gewiß indessen etwas stattgefunden, die Bauern trieben ihr Vieh in die

Ställe und wechselten ihre Kleidung, in den Wohnstuben wurde es behaglich, man aß Brote, Frikadellen und trank Bier. Nicht so für ihn. Er saß hier nutzlos rum, kein Vieh brauchte seine Hilfe, keine Frau und kein Abendbrot warteten auf ihn.

Allmählich kühlte der Tag aus, die Mücken sammelten sich zum Abendtanz. Er streckte die Beine von sich, lehnte sich zurück an den Findling und hüllte sich in seinen Körper wie in eine Wolldecke. Was Axel Larsen da hinten jetzt wohl trieb? Ob er im Wohnhaus saß oder noch in den Ställen beschäftigt war? Woran er wohl gerade dachte. Sicher waren es die immer gleichen Alltagsgedanken eines Bauern, die Jørgensen ohnehin nie richtig verstehen würde. Und doch hatte sich zweifelsohne eine Verwahrlosung eingeschlichen. Die noch nicht gemähten Felder gaben Zeugnis davon ab. Der Alkohol war nun endgültig zum Mittelpunkt von Axel Larsens Leben geworden.

Jørgensen fühlte sich unbehaglich. Wieder fragte er sich, wer ihm das Recht gab, sich so in dieses ihm fremde Schicksal einzumischen. Aber er spürte, daß es hierfür einen inneren Zwang gab, eine Notwendigkeit, und so blieb er stehen, und sein Blick drang durch die mürben Mauern von Gammelgaard.

Axel ging gerade in seine Stube, zog die Jacke aus, klopfte sich am Türrahmen den Dreck aus den Stiefeln. Und dann? Fernsehen gucken, die Nachrichten vielleicht oder eine Vorabendserie über das glückliche Landleben des Tierarztes Dr. Jakobsen. Und danach ab in die Küche, auf dem Gasherd eine Flamme entzündet und die Gemüsesuppe vom Vortag aufgesetzt.

*

Zuerst das Tischgebet, darauf, daß wir gesund bleiben; der Junge schließt den Alten mit ein, immerhin sind sie doch Freunde gewesen. Die Suppe ist heiß, der Junge stochert appetitlos in der Brühe und ordnet die Gemüsestücke zu Figuren. Die Mutter sieht ihn scharf an, der Knecht lacht und erzählt von einem anderen

Brand. Damals, wie er die Schweine gerettet hat, einen Teil wenigstens, der Rest mußte notgeschlachtet werden. Ekelhafte Sache, lacht der Knecht und tunkt einen Brocken Brot tief in den Teller. Hans, neben der Mutter, ganz ruhig, als wäre nichts passiert, wie artig er ißt, völlig unbeteiligt. Jens fragt nach dem Käuzchen. Die hätten besser auch eines an das Tor genagelt. Der Knecht, belehrend, den Zeigefinger in die Höhe: Gegen Brandstiftung hilft auch kein Käuzchen. Die Mutter verlangt Ruhe.

Brandstiftung? Der Junge kann es nicht glauben.

Na, ein Blitz war es wohl nicht, meint der Knecht, und wenn's bloß ein einziger Funke war, der muß irgendwo hergekommen sein. Es gibt immer eine Erklärung. Terkelsen, der arme Teufel, vielleicht hat er geraucht.

Unsinn, sagt die Mutter und steht auf. Kein Bauer zündet seine eigene Scheune an. Terkelsen war vorsichtig.

Der Spinner, brummt der Knecht. Aber auch er glaubt nicht, daß es Unvorsichtigkeit gewesen ist, eingeschlafen mit brennender Pfeife, neinnein. Brandstiftung, beharrt der Knecht, wie damals, da hatten die Nachbarjungen gezündelt. Wie er sie dann verdroschen habe, die haben nie wieder mit Feuer gespielt.

Jens wird unruhig, zappelt auf dem Stuhl herum, die Mutter legt Hans Kartoffeln nach. Der blickt gelassen auf seinen Teller und schweigt. Der Knecht immer noch beim Thema. Der Hahn war ein böses Omen. Der Terkelsen war verflucht. Vielleicht richtig so, daß er umkam. Der Herrgott hat gerichtet. Die Mutter befiehlt dem Knecht zu schweigen, eine flüchtige Bekreuzigung.

Trotzdem, murmelt der Knecht, auch der Herrgott hat den Funken nicht gelegt.

Jens klappert mit der Gabel, die Mutter steht auf und räumt das Geschirr zusammen.

Der Axel war's!

Stille, dann eine Ohrfeige, was soll das, Junge! Die Augen wandern von Jens zu Axel zu Jens.

Unter Tränen: Er war doch drüben, kurz vor dem Feuer, und nach Rauch hat er auch gestunken.

Aber Junge, alle haben doch so gerochen, wir waren dann ja alle dabei, sagt die Mutter, die verschmierten Teller mechanisch absetzend. Der Knecht stumm.

Alle Augen jetzt auf Axel, Schwindel, die Mutter ganz nah.

Wo bist du gewesen Junge, was hast du getan?

Die Verblüffung ist zu groß, er versteht gar nichts mehr, dann – wachsendes Entsetzen.

*

Der Topf mit der Suppe schien leer; Axel war satt. Im Wohnhaus blitzte hektisch der Fernseher, durch das staubtrübe Fenster drang matt ein blauer Lichtschein.

Empfindlich kalt war es mittlerweile geworden. Jørgensen wischte sich den Rotz von der Nase und wandte sich zum Gehen.

Da raschelte es hinter ihm im Gebüsch. Ein schwarzweiß marmorierter Kopf kam zum Vorschein.

»Du schon wieder.«

Die Katze baute sich vor ihm auf und maunzte. Dann trippelte sie wieder los, drehte aber schon nach wenigen Schritten den Kopf und blitzte Jørgensen aus ihrem bernsteinfarbenen Auge an.

»Ich soll dir folgen?«

Gemeinsam schritten sie aus dem Gebüsch ins Freie. Das Korn wehte im Abendwind, und auch in die Bäume unten am Gammelgaard kam Bewegung. Nach und nach färbte sich die Luft; düster schunkelten erste Wolken am Firmament.

Im Stall ging das Licht an. Also da war Axel jetzt.

Jørgensen umklammerte sich mit den Armen. Der Mantel hielt nicht mehr warm genug; seine Glieder schmerzten, und eine unangenehme Feuchtigkeit kroch an ihm hoch.

Fahles Abendlicht breitete sich über die Insel. Unten auf der anderen Seite Richtung Eskebjerg flaggte ein Danebrog wild ergriffen.

Noch immer bedeutete ihm die Katze, ihr zu folgen.

»Was willst du von mir?« Jørgensen bückte sich nieder. Doch kaum daß er das Tier berühren konnte, sprang es behende davon. Ein letzter, fast flehender Blick über die Schulter, und die Katze verschwand im Roggen.

Kurze Zeit später türmte sich ein kleiner Haufen Reisig am Feldrain, und Jørgensen entzündete ihn nach einigen Mühen. Vielleicht sollte er die Flammen klein halten, daß nicht der Rauch das Mißtrauen der umliegenden Höfe entfachte. Von Larsen unten war zwar kaum etwas zu erwarten, aber die beiden Höfe Richtung Eskebjerg im Abstand von einigen hundert Metern könnten doch auf ihn aufmerksam werden. So stieß er die Zweige etwas weiter auseinander, und das Feuer sank zusammen. Vor den Flammen kniend, die Ellenbogen aufgestützt auf den Schenkeln, das Gesicht in die Hände gestützt, seine Augen weit geöffnet, kauerte er vor dem schwach brennenden Feuer. Er dachte an Axel Larsen, den Bauern von der traurigen Gestalt. Die alten Fotografien vom Vortag fielen ihm wieder ein. Und dann Larsens fleischiges unrasiertes Gesicht, und wie wortkarg er gewesen war, damals bei ihrem ersten Zusammentreffen hier auf diesem Hof da unten. Gar nicht richtig beachtet hatte er ihn, hatte einfach nur weiter auf seinem Pflug herumgehämmert, als ob Jørgensen Luft für ihn gewesen wäre. Und er selbst? Was hatte er in Larsen anderes gesehen als einen dummen tölpelhaften Bauern, den grobschlächtigen simplen Bruder eines vermeintlichen Mordopfers.

Zwei Abendsegler zuckten in zackigem Manöver über den Himmel. Morgen werden sie wieder schlafen, von keinem entdeckt und gestört, und niemand weiß, daß es sie überhaupt gibt, würde nicht ein Spuk sie zu lautlosem Leben erwecken. Und wieder dachte er an Larsen, sah das aufgerissene Kindergesicht vor sich, von allen anderen vergessen, festgehalten allein in Kirsteins Akten. Selbst die Zeit sackte zusammen wie die Flügel einer Fledermaus, wenn nicht die Aufmerksamkeit ihr für wenige kurze Stunden des Erinnerns Spannung verlieh.

Das Feuer war fast erloschen, und Jørgensen spürte, wie ihm ein Schauer durch den Körper fuhr. Kalt klebte das Hemd auf seiner Haut, als er den Hügel hinabblickte, auf den heruntergekommenen Hof, und als er außerdem beobachtete, wie die Katze wieder aus dem Roggen zum Vorschein kam und langsam, wie von einem Magneten gezogen, hinunterstrich, dem dunklen Hof entgegen, da überkam ihn ein heftiges Frösteln. Nun stellte sich auch das Kratzen in seinem Hals wieder ein. Schwerfällig, mit schmerzenden Gliedern erhob er sich vom Boden, trat schnell die restliche Glut aus, stand dann da und wickelte sich fest in seine Jacke. Und die vielen fremden Gesichter starrten ihn an, fordernde Blicke, aus gefurchten Brauen. Sie kamen näher und hielten die Hände auf, große Hände, kleine Hände, Hände, die sich zu Fäusten ballten, vorstießen und sich in den Himmel reckten.

Jørgensen wich einen Schritt zurück.

Sie fingen an zu murmeln, der Kreis schloß sich langsam, in ruckartigen kleinen Schritten.

Er drehte sich um, richtete den Blick starr über das gewellte Land.

Der Schweiß brach ihm aus allen Poren. Nur schnell nach Hause, dachte er und stolperte mit schwindenden Kräften den Hügel hinunter.

Er rannte schon seit Stunden, näherte sich jetzt der Stadt. Der Mond stand grell da oben, hier unten erstreckten sich die letzten Ausläufer der öden Äcker. In großen Sätzen sprang er über den lehmigen Boden, die Füße versanken knöcheltief, befreiten sich mühsam mit einem teigigen Watschen. Von den Verfolgern war keine Spur mehr zu sehen. Dennoch waren sie da irgendwo hinter ihm, ja, ganz sicher waren sie da; er hastete weiter, eine Gänsehaut kroch über seinen Scheitel. Er beschleunigte den Schritt, erreichte die Landstraße. Dann fingen die Laternen an. Dann kamen die ersten Häuser. Durch die Straßen, durch die Straßen. Links und rechts und geradeaus. Waren das nicht Schritte hinter ihm? Jaja, ganz deutlich. Schneller! Und endlich tauchte das rote Backsteinhaus auf, da am Ende der Straße, die grüne Tür, er rannte durch, die Treppe hoch über den Flur in die Bibliothek. Ein Griff, der Teppich flog zur Seite, und da war sie, die Klappe. Er kniete nieder, und als er sie an einem großen und ehernen Ring nach oben klappte, schlug ihm muffig-kühler Kellergeruch entgegen. Ja, er mußte in dieses ungewisse Nichts hinabsteigen. Rückwärts, Stufe für Stufe, begab er sich immer weiter in die Finsternis. Es wurde zunehmend kühler; die steilen Leitersprossen waren nunmehr steinerne Stufen, die er mit schlafwandlerischer Sicherheit hinabwanderte. Kondenswölkchen bildeten sich bei jedem Atemzug, sein Herz raste; in panischer Angst zu ersticken, sog er die eisige Luft tief in seine Lungen. Es schmerzte wie tausend Nadelstiche, und doch ging es weiter, tiefer, immer tiefer. Ganz unmerklich, aber dennoch stetig, vernahm er ein ansteigendes Murmeln, dessen Echo an den Stalakmiten und Stalaktiten, die parallel zur Treppe wuchsen, hin und her geworfen wurde, sich brach und überschlug. Ein rastloses Wispern, eindringlich, flehend. Jørgensen spürte, wie jemand hinter ihm die Treppe hinabstieg. Panik ergriff ihn, er wollte rennen, doch vergeblich, die Beine versagten ihm den Dienst. Langsam und mechanisch nahmen sie Stufe um Stufe. Auch war es ihm nicht möglich, sich umzudrehen; was immer hinter ihm her war, es kam unaufhaltsam näher. Die Stimmen hoben sich drohend, begannen hysterisch zu kreischen. Schon vernahm Jørgensen einen scharfen Atem hinter sich; sein ganzer Körper war von einer Gänsehaut überzogen. Schweiß rann ihm über das Gesicht, blendete seine Augen. Aber dann, dort hinten, ein Licht, ein unruhiges, flackerndes Licht. Irgendwie war Jørgensen bewußt, daß in diesem Licht Rettung lag. Mit jeder Stufe näher. Das Wesen hinter ihm konnte nur noch wenige Schritte entfernt sein. Ein abscheulicher Geruch verbreitete sich in den Gewölben; ohrenbetäubendes Geschrei waberte durch die Gänge, brach ab, um dann mit doppelter Wut erneut loszubrausen. Noch wenige Meter, dann hatte er es geschafft. Gleich, gleich hat er mich! Bitte, Licht, komm doch näher. Ja, ich spür seinen Atem im Nacken, er hebt die Hand, er packt mich – jetzt!

Mit einem Schlag erstarben die Stimmen; Jørgensen hatte es geschafft. Er hatte die Schwelle überschritten, nun war er gerettet. Er befand sich in einer Art Grotte, die mit Pechfackeln an den Wänden erleuchtet wurde. Die Luft war stickig, aber angenehm warm. In der Mitte des Raumes stand ein großer Tisch. An ihm saßen etwa ein Dutzend Gestalten, in altertümliche Kostüme gehüllt. Lauter wildfremde Gesichter, und doch kam Jørgensen der ein oder andere bekannt vor.

Ein alter hagerer Mann am Kopfende stand auf und kam ihm mit ausgebreiteten Armen entgegen.

»Hallo, hallo, da bist du ja. Wir haben auf dich gewartet. Komm, setz dich zu uns.« Wärme durchflutete Jørgensens Körper, sein Herz. Er fühlte sich geborgen und wollte sich zu diesen netten Menschen gesellen, mit ihnen schwatzen und lachen. Aber irgend etwas machte ihn unruhig; irgend etwas, das mit dem Wesen auf der Treppe zusammenhing. Hatte er sich getäuscht? Lag hier gar nicht die ersehnte Rettung, die Erlösung? War er gar in eine Falle getappt? Hatten die Schreie ihn womöglich gewarnt?

»Nun komm schon. Was hast du? Traust du dich etwa nicht?« fragte der Greis einschmeichelnd.

»Habt ihr gehört, Freunde? Der Kommissar traut uns nicht.« Ein entrüstetes und beleidigtes Murmeln erhob sich am Tisch, und Jørgensen tat es bitter leid. Er wollte niemanden enttäuschen, und langsam schritt er auf den freien Platz, an der Mitte des Tisches, zu. Lächeln und einladende Gesten. Aus einem Krug wurde eine dunkelrote Flüssigkeit ausgeschenkt und Jørgensen aufmunternd entgegengehalten. Doch plötzlich fiel sein Blick auf eine kleine Laterne in der Mitte des Tisches. Er schrie auf, drehte sich um und rannte zurück; rannte, rannte, rannte. Nur zurück! Dröhnendes Gelächter verklang hinter ihm in der Tiefe. Die Stufen hoch, drei, vier auf einmal, schneller, schneller. Und wieder war jemand hinter ihm. Er verdoppelte das Tempo, glitt aus, rappelte sich wieder hoch. Überall Wispern wie aus tausend Kehlen. Ich schaffe es nicht, er holt mich ein. Jørgensen taumelte, wurde langsamer, blieb stehen, entspannte sich und ließ sich rückwärts fallen. Die Wände drehten sich; fallen, nur fallen lassen.

Er schlug die Augen auf, tastete nach dem Licht, das Laken warf er über das Fußende. Dann nahm er ein Handtuch, tunkte es in den Eimer mit Wasser und wrang es aus, wischte sich den Schweiß vom Gesicht. Diesen Vorgang wiederholte er einige Male. Jørgensen griff nach dem Fieberthermometer; schüttelte die blaue Flüssigkeit in ihr Reservoire zurück und schob es sich unter die Zunge.

Die Uhr zeigte halb drei, das Thermometer 40° Celsius.

Verdammt! Er drückte zwei Tabletten aus der Verpackung und spülte sie mit Wasser runter. Dann löschte er das Licht und legte sich langsam zurück. Die Glieder schmerzten, und es dauerte eine Weile, bis er die richtige Lage gefunden hatte. Der Schweiß klebte ihm das Laken auf den Körper. Noch war es angenehm kühl, doch gleich würde es seine fiebrige Körpertemperatur angenommen haben und eine unerträgliche Hitze entwickeln. Er hoffte, bis dahin eingeschlafen zu sein.

Der Weberknecht

Es klopft dreimal, ganz zaghaft. Kirstein steht schon bei der Tür und öffnet mit würdevollem Schwung.

Du kommst aber reichlich spät!

Der Junge, die Augen auf den Boden gerichtet, die Hände ineinander verpreßt. Kirstein mustert ihn, den Zwicker zurechtrückend, den Mund gespitzt.

Wie bist du hergekommen?

Aage hat mich gebracht. Ganz kläglich, nur gehaucht.

Der Knecht. Kirstein räuspert sich.

Der Junge weiß nicht, ob das eine Frage ist, und nickt verwirrt. Kirstein schließt die Tür mit gleichem Schwung und geht voran ins Arbeitszimmer.

Leg deine Sachen ab. Häng sie dort auf. Ein Wink zum Ofen. Draußen stieben wütende Wirbel nassen Schnees, dem Jungen tropft es von allen Gliedern. Noch die Mütze ab, die Haare verklebt in alle Richtungen, mit dem Ärmel fährt er sich über den Nasenrotz.

Die Schuhe auch?

Die Schuhe auch. Kirstein schraubt am Ofen, öffnet eine Klappe und zwängt zwei Scheite hindurch. Klappe zu und dann wieder an einem Schräubchen gedreht.

Der Junge steht daneben, die eine Körperhälfte schon ganz warm, ganz naß und kalt noch die andere. Die Beine abwechselnd angehoben, fummelt er sich die tropfenden Schuhe von den Füßen.

Kirstein richtet sich wieder auf, klopft sich die Hände sauber, gründlich, und fragt, ob er etwas trinken möchte.

Der Junge ist überrascht.

Kirstein auf dem Weg zum Fensterbrett, dreht sich um und blickt ihn mit gekräuselter Stirn an, und sich spitz räuspernd, wiederholt er mit ebenso gespitzter und gekräuselter Stimme:

Was du trinken möchtest. Heiße Milch? Möchtest du vielleicht ein Glas heiße Milch trinken?

Der Junge nickt.

Setz dich dorthin; ich bin gleich wieder da. Und schon ist Kirstein aus dem Zimmer.

Der Stuhl hat eine Sitzfläche aus dunkelgrünem Leder. Dunkelgrün ist auch der Raum und braun und Messing, und genauso ist auch der Geruch in diesem Zimmer. Die Möbel rücken jetzt zusammen, überall Augen, der Junge blickt nach hier und da, über die Schulter nach hinten, ein ausgestopfter Vogel auf dem Wandbord, der grüne Regenmantel bauscht sich, die Tür knarzt. Über die Diele fegt der Wind, dann ein Rums! Und die Tür ist zu.

Es gibt viele Pflanzen hier, stellt der Junge fest; große Pflanzen mit dicken, fleischigen Blättern in winzigen Töpfen. Und es gibt viele Bücher, einen Radioapparat, ein Telefon, eine Schreibmaschine und eine halboffene Tür mit Fensterchen und Gitterchen, davor eine Klappe, auch halb offen, dahinter ein schwarzes Nichts. Über die Holzscheite in der Kiste beim Ofen krabbelt jetzt, mit dürren, wackeligen Beinen, ein Weberknecht. Warm ist es hier, eine ungewohnte Wärme. Zu Hause ist es kalt, in der Schule, in der Kirche. Der Junge streicht mit der Hand durch die Zimmerluft, betastet den Schreibtisch; seine Ohren glühen, er zieht den Rotz nach oben und atmet durch den Mund.

An der Zimmertür ein kratzendes Geräusch. Klar, denkt der Junge, eine Katze!

Froh über so etwas Vertrautes rückt der Junge auf dem Stuhl herum und lehnt sich zurück, die Hände auf dem Schoß.

Kirstein kommt ins Zimmer und stellt die dampfende Milch auf den Tisch.

Sie sitzen sich nun gegenüber. Kirstein stellt die Ellenbogen auf die Platte und verflicht die Finger.

Der Junge sieht sich um. Wo ist die Katze?

Welche Katze meinst du?

Eben hat eine Katze an der Tür gekratzt.

Ich habe keine Katze, sagt Kirstein.

Draußen beginnt es zu dunkeln. Es ist Dezember. Der Wind heult von neuem auf.

Der Junge ist irritiert. Ich habe doch …

Kirstein unterbricht ihn. Wir wollen uns unterhalten, wir beide.

Ja.

Sagst du mir deinen Namen?

Ja, aber …

Natürlich kenne ich ihn, ich will ihn trotzdem hören.

Ich heiße Axel Larsen.

Nur ›Axel‹ Larsen?

Nein, Axel Sven Larsen.

Axel, weißt du, warum du hier sitzt, warum du herkommen mußtest?

Schweigen, der Blick auf die Hände, die Hände um das heiße Milchglas, dann Achselzucken.

Weiß nicht.

Gefällt es dir hier? Magst du den Vogel da? Es ist ein Käuzchen. Jemand hat es vor Jahren an meine Tür genagelt. Hier draußen, an die Eingangstür. Hast du so was schon mal gesehen? Ich glaube, da wollte mir einer einen tüchtigen Schrecken einjagen. Was meinst du?

Der Junge erstarrt, eine Gänsehaut vom Nacken bis zum Scheitel … das Käuzchen …

Ich habe es ausstopfen lassen, so, da sitzt er nun, der kleine Kerl auf seinem Ast und paßt auf. Wir warten, weißt du. Vielleicht kommt er wieder, der … na ja, und dann haben wir ihn. Aber vielleicht kommt er auch gar nicht mehr. Junge, bist du blaß! Trink endlich die Milch.

Ich will nach Hause.

Nein, du bleibst noch ein bißchen hier.

Eine Weile wird nicht geredet.

Kirstein, die Stimme gesenkt, ruhig: Es hat gebrannt, Axel, weißt du nicht mehr? Die Scheune, Axel, die große Scheune von Ellehavegaard.

Ja, ich weiß.

Das war fürchterlich. Aber es war nur eine alte Scheune, verstehst du? Ein Schuppen, nur Gerümpel und Stroh. Es ist keine Katastrophe, wenn so was abbrennt. Das kostet nur Geld. Das ist alles.

Ja, es war toll.

Was bitte?

Das Feuer war toll.

Nein, Axel, es geht nicht um das Feuer. Es war jemand in der Scheune, Axel, Frederiks Vater ... Ja, wahrscheinlich ein Unfall.

Der Junge schluchzt auf, schlägt die Hände vors Gesicht, der ganze Körper zuckt.

Warum bin ich hier?

Tja ... Axel.

Kirstein legt ihm ein Tuch bereit. Der Junge greift es und knüllt es sich vor die Augen.

Du weißt, was dein Bruder gesagt hat?

Der Junge wird unruhig: Wer? Wer hat das gesagt?

Kirstein erstaunt: Jens. Das weißt du doch, oder? Von ihm wissen wir das.

Was wissen! Was wissen!

Nein, wir wissen nichts. Von ihm haben wir es gehört. Er sagt, du warst bei der Scheune an diesem Tag ... und hast mit Feuer gespielt; hast du?

Der Junge schreit auf. NEIN! Ich habe nicht mit Feuer gespielt.

Dein Bruder sagt aber, du hast nach Feuer gerochen.

Jetzt Eifer.

Bei uns zu Hause riecht alles nach Rauch. Unser Ofen ist nämlich kaputt und so, und Aage brennt immer das Laub weg.

Kirstein steht auf und geht ein wenig auf und ab, kerzengerade, nur der Kopf, der Hals ist nach vorne geknickt. Dann dieses Naserümpfen, immer abwechselnd, erst der eine, dann der andere Nasenflügel. Mit Daumen und Zeigefinger an den Zwicker und die Hände wieder hinter den Rücken verschränkt, schließlich bleibt er beim Ofen stehen, fächert die Hände auf und greift nach der wabernden Ofenluft.

Axel, wo warst du an diesem Abend? Ganz ruhig gefragt.

Schweigen.
Es wird immer wärmer in der Stube.
Ich glaube, du hast meine Frage verstanden.
Ich war zu Hause.
Und das Paket? He? Du hast doch ein Paket rübergebracht, nach Ellehavegaard. Junge, warum sagst du das nicht? Ein Paket. So groß etwa, da, so! Hast du rübergebracht, das wissen wir doch.
Ja, das habe ich rübergebracht.
Na schön, ... und dann!?
Dann bin ich zurück.
Aha. Aber zu Hause bist du nicht gewesen. Auch nicht auf Skansergaard. Hast du dich vielleicht verlaufen?
Ich habe Schreie gehört.
So! Schreie! Was für Schreie, wer hat geschrien?
Alle. Von Ellehavegaard. Alle. Und dann sah ich ja den Rauch.
Kirstein holt tief Luft.
Langsam, Axel, ganz langsam ... Also, du bist nicht runter zu den Ställen gegangen? Hast nicht ein paar Zweige zusammengesucht und hast Feuer gemacht, so wie Aage?
Nein, nein, nein!
Kirstein, gerade wieder zum Ofen gedreht, wirbelt herum.
Sag die Wahrheit, Junge!
Ja ... doch.
Also doch. Du hast Feuer gemacht.
Nein.
Ja, was denn nun, verdammt noch mal?
Ich war bei den Ställen. Nur so. Bin ein bißchen rumgelaufen; wirklich, ich habe kein Feuer gemacht, und dann bin ich gegangen.
Und dann die Schreie?
Ja ... und der Qualm.
Und wie weiter? Du weißt nicht etwa, wie spät es war?

Der Junge grübelt, trinkt endlich einen Schluck Milch.

Vielleicht fünf. So, ja, etwa fünf.

So genau weißt du das?

Ja, in Frederiks Stube ist ja eine Uhr.

Und wie spät war es auf der, als du gegangen bist?

Halb fünf.

Und dann bist du runter zu den Ställen, bist ein bißchen rumgelaufen, halbe Stunde etwa, und wolltest dann nach Hause. Und dann hast du diese Schreie gehört.

Ja.

Wo warst du da genau?

Da, wo's nach Graasten reingeht.

Du hast die Schreie gehört, hast dich rumgedreht und den Qualm gesehen?

Ja.

Und weiter?

Ich bin zurückgelaufen.

Du bist zurückgelaufen. Aha. Und dann?

Ich bin zur Weide gegangen, auf der Rückseite. Dann zu den Büschen. Da hab ich …

Halt! Was für Büsche?

Die da bei den Bäumen, wo die …

Die Stimme des Jungen ist fast nicht mehr zu hören.

Wo die was?

Da, wo die Käuze immer drin sind.

Kirstein, weit über den Tisch gebeugt, fährt verblüfft zurück.

Da, wo die Käuze immer drin sind? Meinst du die Weiden, mit den hohlen Stämmen?

Ja, die Weiden.

Ach da … ja, jetzt weiß ich ungefähr wo. Also, da hast du gesessen.

Ja.

Nur so da rumgesessen?

Ich habe das Feuer angeguckt. Der Junge flüstert nur noch.

Über dem Ofen hängt ein Bild. Ein Mann ist dort ans Kreuz geschlagen; das ist Jesus. Er hat die Qualen hinter sich, er ist tot, sein Kopf auf die Brust gesunken, der Körper zerschunden, zerkratzt, gemartert. Eine Frau kniet links, flehend, eine zweite steht daneben, ebenfalls flehend, gestützt von einem Mann. Ein weiterer Mann steht rechts, barfuß, in einem roten Umhang. Auf der linken Hand ruht ein aufgeschlagenes Buch, die rechte zeigt zum Gekreuzigten. Der Junge starrt das Bild an, im Ofen lärmt und brodelt es, dann und wann ein scharfes Knacken.

Alles ist wieder lebendig. Die Scheune, das Feuer. Wie von einem Fieber gepackt schüttelt sich der Junge, ihn fröstelt, obgleich die Hitze im Raum unerträglich wird. Ist jetzt alles vorbei? Kann ich jetzt gehen? Der Junge will es gerade fragen, hebt den Kopf und sieht vor sich einen schmalen und leicht gebeugten Mann mit einem Blick, der immer abwesend ist; jede Bewegung ist gemessen, nie hektisch, aber dennoch voll innerer Unruhe. Immer wieder erhebt er sich aus dem Stuhl und durchmißt den Raum, immer wieder hantiert er am Ofen. Die Klappe auf, in gelben Schlieren lodert das Feuer, blendend hell im gedämpften Raum; ja, im Raum ist es jetzt nahezu finster, nur blakende und schmökende Petroleumlampen, die Schatten immer in Bewegung.

Aus dem Magen des Jungen hebt sich eine Übelkeit, er ringt sie nieder, betrachtet ein Schiffsmodell, den Radioapparat, die Tapete, überwuchert mit komplizierten Ranken, der Druck wird größer, er stößt auf, Magensäure verätzt ihm den Rachen.

In diesem Moment öffnet Kirstein einen Fensterflügel. Der kalte Wind fährt ins Zimmer, umspült das Gesicht des Jungen. Das Blut steigt ihm wieder in die Wangen, die Übelkeit weicht zurück.

Wenn du frierst, sagst du Bescheid. Du siehst schlecht aus, bist du krank?

Erkältet. Der Junge zieht wieder den Rotz nach oben.

Noch heiße Milch? Mit Honig? Das ist gut, es hilft mir auch immer. Kirstein lächelt, zum ersten Mal, nur kurz, schon wieder erloschen.

Nein, danke schön.

Gut, du sagst, wenn du etwas möchtest. Wo waren wir stehengeblieben, Axel?

Weiß nicht.

Hast du nicht in den Büschen gesessen und das Feuer angeguckt?

Ja.

Bist du jemandem begegnet, Axel? Hat dich jemand gesehen? Verstehst du mich? Ich will wissen, ob jemand bestätigen kann, daß alles so war, wie du sagst, daß du bei den Büschen warst.

Nein, sagt der Junge mit Nachdruck.

Kirstein murmelnd: Keine Zeugen also.

Plötzlich, wie ein Schlag, kommt dem Jungen der Gedanke: Sein Bruder hat ihn ja gesehen, Hans. Das, was er die ganze Zeit nicht erzählen wollte, aus Angst, aus dieser wahnsinnigen Angst, man könnte alles mißverstehen. Doch jetzt ... Neinnein, was für ein Glück, oder nicht? Hans weiß, daß er nicht lügt, jaja. Der Junge mit klopfendem Herzen und verwirrt. War das wirklich Glück? Sollte er davon erzählen? Seit Tagen lebt er mit der Angst, sein Bruder wird ihn verpetzen, dieser enorme Druck und jetzt ...

Nach einer Pause: Mein Bruder hat mich gesehen.

Jens?

Nein, nicht Jens, Hans.

Kirstein furcht die Stirn. Hans? Soso, aha, das werden wir prüfen.

Kirstein seltsam uninteressiert, der Junge bereut sofort alles.

Kommen wir zum Thema zurück. Kirstein massiert sich die Nasenwurzel, mit verkniffenem Gesicht, wie unter Kopfschmerzen.

Du hast dir den Brand angeguckt. Und weiter? – He, Junge, was ist? Du weinst? Warum weinst du?

Schweigen, nur das Pendel der großen Standuhr schlägt ruhig seinen Takt, Kirstein steht jetzt mit dem Rücken zum Raum. Er zupft einen Zigarillo aus seiner Westentasche, betrachtet ihn einen Moment unentschlossen und steckt ihn wieder zurück.

Ist es wegen Hans Jakob?

Der Junge nickt; Kirstein sieht es nicht.

Du hast ihn gemocht, nicht wahr? Du warst oft drüben bei ihm. Ihr habt euch verstanden, ihr zwei, was? Wart ihr Freunde?

Der Junge nickt wieder. Er hat immer so schöne Musik gemacht.

Kirstein sieht ihn lange und prüfend an.

Du hast nicht gezündelt, Axel. Das mit Hans Jakob war ein Unfall. Wir haben eine Petroleumlampe gefunden. Ein altes Ding, undicht wahrscheinlich; das geht dann ganz schnell ...

Der Junge hebt langsam den Kopf, die Stimme auf einmal klar und gefaßt.

Das war kein Unfall, Herr Kirstein.

Nein? War es nicht? Was war es denn deiner Meinung nach?

Jakobus hat sich umgebracht. Mit einem Seil um den Hals, so wie der Müller.

Ich verstehe nicht ...

Der Junge wiederholt mit Nachdruck: Er hat sich umgebracht.

Kirstein wird blaß.

Was sagst du da? Das hast du gesehen? Großer Gott, und von welchem Müller redest du?

Ich habe es gesehen. Der Junge, die Arme verschränkt, immer noch mit fester Stimme.

Hans Jakob hat immer vom Müller erzählt. Der hat sich auch aufgehängt, am Flügel seiner Mühle. So hat er es gemacht.

Kirstein schwankt, setzt sich, steht wieder auf, schließt das Fenster, setzt sich wieder.

Du irrst dich sicher, was redest du, es war dunkel, bis zu den Büschen sind es über hundert Meter, du hast dich getäuscht, Axel.

Die Augen des Jungen füllen sich wieder mit Tränen. Kirstein stöhnt auf, der Junge erzählt ihm alles, weint leise in sich hinein. Kirstein schüttelt den Kopf, langsam, von links nach rechts nach links. Er ist jetzt allein, der Junge weit weg, ein entferntes Schluchzen.

Er hat sich also umgebracht, sagt Kirstein schließlich, und in seiner Stimme schwingt Unglaube, Verblüffung und auch ein wenig Entsetzen mit.

Sie sitzen eine Zeitlang schweigend da, jeder bei seinen eigenen Gedanken. Und als das Schweigen langsam drückend wird, der Junge anfängt, unruhig auf seinem Sitz hin und her zu rutschen, hebt Kirstein den Kopf und fragt:

Möchtest du gerne ein wenig Musik hören?

Ja, Herr Kirstein.

Der Polizeimeister erhebt sich, geht an ein Regal, nimmt einen Geigenkasten herunter, öffnet ihn und setzt das Instrument an die Schulter. Ein kurzer Moment der Konzentration, und schon wimmern die ersten wackeligen Töne durch den Raum. Es schrammt und quietscht, und trotzdem ist die Melodie so unendlich zart und süß, daß Axel anfängt zu zittern und ihm die Tränen von neuem in die Augen schießen.

Kirstein steht da, mit geradem Körper, seinen langen Hals zur Seite verrenkt, der Kopf ruht auf dem Instrument, die Augen geschlossen. Nur sein rechter Arm scheint seltsam belebt, schwingt hin und her, vibriert, ruckt vor, ruckt zurück und zieht gleichmäßige Bahnen. Die Finger der Linken tapsen auf dem Holz, spazieren über die Saiten.

Dem Jungen schwimmt es vor den Augen, er schließt sie, reißt sie auf, blinzelt und schließt sie wieder.

Vor den Fenstern tanzen die Schneeflocken, der Wind hat etwas nachgelassen, selten erzittern jetzt die Scheiben, das Jaulen im Ofen, nur noch ein gelegentliches Schnaufen.

Nun wechselt Kirstein die Stellung, eine Vierteldrehung zur Seite, die Töne werden quirliger, der Bogen springt auf und ab, in kleinen Wolken stiebt das Kolophonium ins Zimmer, ein Schweißtropfen perlt über seine Schläfe.

Er spielt lange, die Stücke werden immer heiterer, und nach einem endlosen Tremolo bricht die Musik plötzlich ab.

Ruhig und umsichtig verstaut Kirstein die Geige in ihrem Kasten und räumt ihn weg. Dann klopft er dem Jungen auf die Schulter, die erste Berührung, und fragt:

Hat es dir gefallen?

Heftiges Nicken.

Sehr.

Können wir jetzt weiterreden?

Ja.

Kirstein setzt sich mit halbem Hintern auf den Tisch, etwas hölzern, läßt das Bein baumeln und wippt mit einem Lineal.

Du hast vorhin Jakobus gesagt, nicht Jakob. Warum hast du Jakobus gesagt?

Unser Knecht, der Aage, nennt ihn so, Jakobus. Ich glaube, der Aage hat Angst vor ihm. Dann macht er sich lustig über Hans Jakob und sagt Spinner und daß das noch ein schlimmes Ende nimmt. Hans Jakob hat so komische Freunde und dieser Andersen ... Die treffen sich manchmal, und dann darf ich nicht dabeisein. Das mit der Kirche sollen die auch gemacht haben, das mit dem Gemälde. Das sagt Aage.

Kirstein nickt.

Vergessen wir für einen Moment die Kirche. Hans Jakob war krank, Axel, du wußtest das nicht. Nicht krank, wie du es kennst, kein Fieber oder Übelkeit. Es war in seinem Kopf. Er hat an seltsame Dinge geglaubt; er hatte merkwürdige Gedanken. Ganz viele, und die ließen ihm keinen Frieden. Auch nachts nicht, dann ist es am schlimmsten, dann kann man sich nicht ablenken. Hans Jakob hat sehr darunter gelitten, bis es ihm zuviel wurde. Er hat geglaubt, wenn er sich tötet, ist endlich Ruhe, und da, wo er jetzt ist, hat er Ruhe. Unser Herr hat sich seiner angenommen. Er wird Rechenschaft ablegen müssen für seine Taten, das muß er. Aber unser Herr ist auch für ihn gestorben. Gott verzeih ihm seine Sünden.

Kirstein hebt den Kopf und sieht dem Jungen in die Augen.

Wir wollen noch etwas für ihn tun. Und danach fühlst du dich besser, ja? Danach kannst auch du wieder ruhig schlafen.

Er hebt feierlich die Stimme: Komm, Axel. Laß uns ein kleines Gebet sprechen.

Die Fleischfliege

Er begriff nicht, wie er an diesen Ort gekommen war.

Offensichtlich befand er sich in einer Art Grotte. Es war kalt, und dunkle Schatten tanzten im Fackellicht an den gewölbten Wänden auf und nieder. Sein Körper befand sich in der Waagerechten, irgendwo zwischen Decke und Boden. Er lag auf dem Rücken, auf einem harten knotigen Untergrund, vielleicht einem Gestell aus zusammengebundenen Holzknüppeln. Er versuchte den Kopf zu drehen, doch sein Körper reagierte nicht.

Ein neuer Versuch ... keine Bewegung. Er überlegte, versuchte die Ursache dafür herauszufinden. Man schien ihn gefesselt zu haben an Händen und Füßen, die Arme ruhten dicht am Körper und waren an das Gestell geknüpft, ebenso die Beine. Kein Körperteil ließ sich bewegen, kein Finger und keine Zehe; nur die Augen gehorchten ihm noch.

Er hatte keine Schmerzen, und auch sein Verstand funktionierte geschmeidig. Nach einigem Grübeln kam er schließlich zu der Lösung, daß dafür wohl irgendeine Art Droge verantwortlich sein mußte, die sich lähmend auf seinen Muskelapparat auswirkte.

Aber wer hatte ihm diese Droge verabreicht?

Diese Frage beanspruchte jetzt seine ganze Aufmerksamkeit. Doch er kam zu keiner Lösung. Sosehr er auch nachdachte, es war ihm nicht möglich, seine mißliche Lage mit irgendeiner Person in Zusammenhang zu bringen.

Aus der Wölbung der Decke nach allen Seiten hin konnte er folgern, daß er sich in einem abgeschlossenen Raum befinden mußte. Allein, wie ihm schien, denn es war totenstill.

Aber irgend jemand mußte ihn hierhin geschafft haben! Irgend jemand hatte dieses Gestell gebaut, irgend jemand die Fackeln entzündet.

Aber wer?

Grabesstille um ihn herum. Aus dieser Stille konnte er keine Antwort erwarten.

Er drehte die Augen so weit es ihm möglich war in alle Richtungen. Wenn er sie ganz nach unten richtete, konnte er die Zipfel zweier paralleler Holme sehen, wie bei einer Sänfte. Und bei diesem Blick über seine Füße hinweg fiel ihm noch etwas auf, ein Detail nur, aber es jagte ihm einen eisigen Schauer über den Körper. Er trug eine Art Gewand, ein schön besticktes, weißes und etwa knielanges Hemd, und auf die Brust waren ihm Blumen gelegt worden. Das Ganze hatte den Geruch einer Beerdigung, oder … jetzt schwitzte er kalt … einer Opferzeremonie.

Eine Opferzeremonie!

Er schloß die Augen, und die Gedanken schwammen ihm schlaff durch den Kopf.

Mein Gott, stöhnte er, was mache ich hier bloß. Was ist das nur für ein makabrer Spuk.

Aber was war das? Er konnte sprechen. Ja, er konnte seine eigenen gewisperten Worte hören. Merkwürdigerweise bekam er wieder ein wenig Hoffnung, als er seine eigene Stimme vernahm.

Und wieder stellte er sich nur die eine Frage: Wer hatte ihm das angetan?

Er begriff die Zusammenhänge nicht. Hatte er nicht eben noch in seinem Bett gelegen, mit Fieber und Aspirin? Und jetzt war er auf einmal hier im Hades angeschnallt auf einer Totenbahre. Wie paßte das zusammen? Wo war die Verbindung, das fehlende Stück in seinem Gedächtnis?

Chloroform? Und dann eine Injektion?

Ein Gift, das seinen Bewegungsapparat lähmte, ihn aber zugleich bei vollem Bewußtsein ließ?

Er hörte Stimmen.

Undeutlich. Ein Gemurmel, das nicht aus diesem Raum kam. Sicher mündeten verschiedene Seitengänge in die Kammer, und aus einem dieser Gänge kam das Gemurmel mehrerer Stimmen.

Dann brach es ab.

Aber er war sicher, daß er nun gleich jemanden zu Gesicht bekommen würde. Innerlich bereitete er sich auf diese Konfrontation vor. Er befahl sich, nicht die Nerven zu verlieren und kühl seine Fragen vorzubringen.

Er wartete.

Und dann hörte er Schritte. Langsame Schritte, bedächtige Schritte. Sie umkreisten ihn, an den Grottenwänden krochen Schatten hoch, von hier, von da, aus allen Richtungen. Weiß Gott, es fiel ihm verdammt noch mal nicht leicht, die Nerven zu behalten, und obwohl seine Glieder einen unbändigen Drang dazu verspürten, waren sie noch nicht einmal in der Lage zu zittern.

In sein Gesichtsfeld traten etwa ein Dutzend vermummte Köpfe. Schwarze Kapuzen, in die man lediglich zwei schmale Schlitze geschnitten hatte. Und aus diesen Schlitzen blitzten ihn finstere Augen an, Augen voll eiserner Entschlossenheit.

Er fühlte sich an eine Situation im Krankenhaus erinnert, als er vor einer Operation vom Chefarzt und seinen Spießgesellen am Bett visitiert wurde.

Und obwohl es ihn drängte, in ein befreiendes Gelächter auszubrechen, konnte er keinen Ton über seine Lippen bringen.

Himmel, ihm wurde schwarz vor Augen, sein Atem ging rauh und scharf wie Sandpapier.

Was für eine gottverfluchte Operation wartete hier auf ihn?

Die Gestalten verschwanden aus seinem Gesichtsfeld, so lautlos und unergründlich, wie sie gekommen waren.

Er richtete die Augen gegen das Gewölbe.

Ein Ruck ging durch das Gestell, er näherte sich ein Stück der Decke, hatte Bewegung unter sich. Offensichtlich wollte man ihn von hier fortschaffen.

Die Bande formierte sich zu einem langen Zug, und es ging los, wie schwerelos gleitend.

Bedingt durch ihre Wölbung, kam die Decke nun immer näher, und als er schon glaubte, gleich mit ihr zusammenzustoßen, tauchte sein Körper ab in ein finsteres Nichts.

Ein Gang, eng und schmal und ohne Ende. Kein Licht, aber nun eine nahezu unerträgliche Kälte. Der Trupp ging im Gleichschritt, der tiefe Atem seiner Träger war deutlich hörbar.

Das nächste, was er feststellte, war, daß die Droge langsam an Wirkung verlor. Ein Kribbeln durchlief seine Gliedmaßen, es juckte wie der Teufel, aber endlich konnte er seine Finger ein wenig bewegen. Auch der Kopf ließ sich ein Stück zur Seite drehen. Nicht, daß ihm das irgend etwas gebracht hätte. Er war gefesselt, und zwar mit äußerst stabilen Stricken, wie es schien, und noch immer lag er wie in einen Schraubstock eingespannt, aber er wertete die Wiederbelebung seiner Glieder als positives Zeichen. Wer weiß, vielleicht würde es ihm sogar noch gelingen, sich von den Fesseln zu befreien, wer weiß, wer weiß …

Er konnte jetzt nichts anderes tun, als abzuwarten. Und irgendwie war er sogar ein wenig gespannt auf das, was ihn erwartete.

Es dauerte eine Ewigkeit. Wie viele Stunden der Zug durch diesen Tunnel kroch, konnte er nicht abschätzen.

Die Zeit verstrich zäh wie Fliegenleim, aber es war zu ertragen. Das Schweigen allerdings ging ihm auf die Nerven. In einem plötzlichen Anflug von Übermut beschloß er, es mit einem Lied zu versuchen, und mit brüchiger Stimme brabbelte er eine alte Volksweise vor sich hin.

Die Folge war, daß man ihn nun knebelte. Ein alter, stinkender Socken wurde ihm in den Mund gepreßt und das Ganze einmal um den Kopf herum verschnürt.

Er glaubte zu ersticken, sein Magen bäumte sich auf, die Augen traten ihm hervor.

Er schnaufte heftig, aber er zwang sich zur Ruhe.

Die Hände, die ihn berührt hatten, waren sehr unterschiedlich gewesen. Da gab es kleine, knotige, dünne, und einer schien gewaltige Pranken zu haben. Es war alles wie der Blitz gegangen, aber schweigend; keine Stimme, kein Geräusch. Noch nicht einmal dieser Zwischenfall hatte sie genötigt, sich untereinander zu verständigen. Jeder wußte, was zu tun war.

Der Trupp marschierte und marschierte.

Und auf einmal gab es eine Veränderung.

Wind wehte ihm ins Gesicht. Ein lauer, wohltuender Wind.

Dann wurde es heller. Man hatte das Ende des Tunnels erreicht und trat ins Freie. Es wurde heller, heller als diese schwarze Hölle, aber dennoch war es Nacht. Er sah Sterne glitzern und den vollen Mond hoch oben am Himmel stehen.

Immerhin stimmte die Jahreszeit noch. Es war Sommer gewesen, als er sich im Polizeihaus niedergelegt hatte, und dies war eine milde Sommernacht, ganz klar, ein unverwechselbarer Geruch.

Der Mond leuchtete die Umgebung genügend aus. Er wußte genau, wo sie nun waren. Nur wie der Ort in Beziehung zu diesem Tunnel stand, das konnte sein Hirn nicht begreifen.

Sie befanden sich am Rande des Nors. Genauer gesagt, an der Gabelung auf dem Mühlenweg, etwa hundert Meter von Ellehavegaard entfernt. Er kannte die Stelle. Hier hatte er mal in den Büschen gesessen und ein Goldammerpärchen belauscht. Sie bauten sich gerade ein Nest und waren voller Lebensfreude und

Zärtlichkeit zueinander. Geradezu absurd kamen ihm nun diese Erinnerungen vor, angesichts seiner unbegreiflichen Lage.

Der Zug wartete einen unerklärlichen Augenblick, bevor er sich wieder in Bewegung setzte. Sie hatten das Ziel offenbar noch nicht erreicht, und er stellte jetzt eigene Spekulationen darüber an, wohin die Reise wohl ging. Das nämlich hing ganz davon ab, in welche Richtung des Mühlenweges der Trupp sich nun wandte. Und das wurde schnell klar: Es ging nicht nach Ellehavegaard, sondern geradewegs zum Mühlendamm.

Zum Mühlendamm?

Was sollte er beim Mühlendamm? Was hatten diese Gesellen dort mit ihm vor? Nun, er hatte genug Zeit, darüber nachzudenken, bei diesem Tempo konnte der Marsch sich noch über ein paar weitere Stunden hinstrecken.

Als nächstes beschäftigte ihn die Frage, in welcher Zeit er sich befand.

In seiner Kammer im Polizeihaus war es das Jahr 1985 gewesen. August 1985. Da die Jahreszeit stimmte, glaubte er sich auch im richtigen Jahr zu befinden, obwohl ... sicher war er sich da keineswegs. Die Gewänder der Vermummten entsprangen nicht gerade der letzten Mode. Vielmehr erinnerten sie an längst vergangene Zeiten. Aber vielleicht hatten sie sich ja auch nur für diesen okkulten Zauber so archaisch herausgeputzt; ein Mummenschanz der ganz üblen Sorte. Gleich würde es ein aufjauchzendes Hallo geben, und die Masken flögen nur so von den Köpfen. Er würde mitlachen, natürlich, der Spaß war es allemal wert gewesen. Unglaublich, aber ihr habt mir einen ganz schönen Schrecken eingejagt, Jungs.

Jungs?

Wer zum Teufel steckte unter diesen Kapuzen? Es gab kein fröhliches Hallo, und er wußte, daß es auch nie ein fröhliches Hallo geben würde. Dieser Ausflug war kein Spaß.

Er war sicher, daß sich unter dem schwarzen Stoff bekannte Gesichter verbargen. Waren sie alle dabei? Terkelsen? Kirstein?

War der mit den Pranken nicht Torben Sko gewesen? Konnte das sein? Und … war auch Malte dabei?

Seine Augen füllten sich mit Tränen; sie rannen ihm links und rechts über die Schläfen, um die Ohren herum und verliefen irgendwo an seinem Hinterkopf.

Sie marschierten mit ihm jetzt durch einen Hohlweg, die gleiche Strecke, die er schon so oft gegangen war. Und ihm kamen Erinnerungen an einen schönen Tag im Frühsommer, wo Kristensen ihm die Geschichte des Nors erzählt hatte.

Er schluchzte auf.

Und nun sollte dies vielleicht das letzte Mal sein, daß er diesen Weg sah; hier drüben, in der feuchten Delle, hatte er da nicht einmal eine Orchidee gefunden? Chaktyo…pu…, pu… Er versuchte, den Namen auszusprechen, aber er kaute nur wie auf Watte.

Die Vermummten gingen hintereinander, die Köpfe tief gesenkt, in einer langen schnurgeraden Prozession. Der Himmel war pechschwarz, das Nor aber schimmerte weiß wie Borax im Licht des Mondes. Sand und Steine knirschten unter ihren schweren Schritten. Sie bewegten sich mit einer schrecklichen, verbissenen Stille. Jeder trat in die Fußstapfen seines Vordermanns. An den Seiten ihres Weges erhoben sich niedrige Staubwolken, wie Gischt, die vom Bug eines Schiffes nach hinten zurückfällt. Für seine geweiteten Augen waren diese Vermummten so realistisch wie ein Foto und doch so unfaßbar für seinen nach Logik schreienden Verstand.

Vielleicht war es dieses monotone Immergleiche um ihn herum, das ihn so verstörte. Es gab keine Abwechslung; das Tempo, das Schweigen, der Klang der Schritte, nichts veränderte sich.

Unter Anspannung aller seiner Kräfte versuchte er, das Kinn auf die Brust zu drücken und nach vorne zu schauen. Und da sah er etwas, das ihm zuerst nur als eine weitere Requisite dieses Horrors erschien. Doch dann auf einmal weiteten sich seine Augen, und eine eisige Hand fuhr ihm über das Herz, als ihm plötzlich klarwurde, was er da gesehen hatte.

Das Grauen hatte ein Zentrum, einen Mittelpunkt. Und das waren nicht diese verhüllten Gestalten und nicht seine gefesselten Hände und Füße. Es war dieses Boot, das weiter vorne in einem Gestell zwischen zwei Pferderücken an der Spitze des Zuges schwankte. Sein Kopf fiel ermattet zurück.

Unbeirrt und in gleichmäßigem Tempo bewegte sich der Zug weiter dem Damm entgegen.

Er sah geisterhaft Weiden und Pappeln über sich vorbeiziehen. Mal kamen lange Abschnitte mit hohem Gesträuch, die den Mond verdeckten, dann Stellen mit freiem Blick über die Norwiesen. Auf einer Weide standen ein paar Kühe ganz nah am Zaun und glotzten ihm stupide vor sich hin kauend nach. Dann wieder Hecken, Gebüsch, Bäume, bei der nächsten Lücke konnte er den Damm erkennen.

Er wandte sich ab. Noch etwa eine halbe Stunde, dann waren sie da.

Ob es Andersens Boot war?

Ja, es war Andersens Boot, er wußte es. Und es war für ihn bestimmt, er sollte darin transportiert werden. Man würde ihn fortbringen, aber wohin? Was hatten sie mit ihm vor? Die ganze Bande würde keinen Platz in dem kleinen Kahn finden, nur ein paar Auserwählte vielleicht. Wollten sie ihn hinüber nach Næbbet rudern? Dort waren ja schon einmal kultische Feste gefeiert worden, nur diesmal war zweifelsohne er die Hauptattraktion.

Welche Martern hatte man sich für ihn ausgedacht? Sollte er den Flammentod sterben? Oder auf einem Altar, den man eigens zu diesem Zweck errichtet hatte, geopfert werden? Der Gedanke an den nahe bevorstehenden Tod brachte ihn vollends aus der Fassung. Er drehte den Kopf hin und her, fing an, in seinen Knebel zu wimmern, sein Körper wurde weich, kein Aufbäumen mehr, kein Zerren an den Riemen, die Kraft hatte ihn verlassen.

Schon konnte er das Meer riechen, den fauligen Geruch der flachen Bucht. Er hörte die Wellen gegen die Steine klatschen.

Das Boot füllte jetzt sein Blickfeld aus. Sie hatten die Rampe erreicht, das Schiff stieg höher und höher, dann drehte es sich nach links, und er sah es mit nacktem Mast über die Dammkrone hinweg, als scharfe Silhouette vor dem Nachthimmel, zwischen den Pferden und Menschen, die sie am Halfter führten.

Nun neigte sich sein Körper nach hinten, immer steiler, seine Träger erklommen die Rampe und befanden sich kurz darauf auf dem Damm.

Hundert, vielleicht auch zweihundert Meter ging es oben weiter.

Dann stiegen sie zur anderen Seite wieder hinunter. Das Meer lag erstaunlich weit zurück und gab ein großes Stück Strand frei. Überall im Sand steckten Fackeln, in weitem Halbkreis angeordnet, mit der offenen Seite zur See hin. Das also war die Arena, hier sollte die Zeremonie stattfinden. Und Næbbet? Er drehte müde den Kopf. Nein ... drüben auf dem kleinen Eiland war alles dunkel. Die Reise sollte also nicht nach Næbbet gehen.

Die Pferde wurden ins Wasser geführt, und als es das Boot trug, spannte man sie aus und brachte sie an den Strand zurück. Das Boot lag still in der leise glucksenden Ostsee.

Ein Mann bewegte sich am Ufer, blickte zum Boot hinüber und kehrte um. Es war die Art, wie er sich bewegte, die zuviel war für seinen mürben Verstand. Der Mann hatte zwei Krücken in der Hand und hinkte weit ausholend auf die Gruppe zu.

Er verlor die Besinnung. Als er die Augen wieder aufschlug, hatte er den Knebel nicht mehr im Mund. Auch lag er nicht mehr auf dem Gestell. Sie hatten ihn in den Sand gelegt, die Hände auf den Rücken gebunden. Die Vermummten stellten sich rechts und links von ihm auf.

Doch zunächst passierte nichts, nur sein Gewand sog sich voll Wasser und klebte ihm kühl auf dem schmerzenden Rücken.

Dann hörte er ein Insekt summen. Ein penetrantes lautes Gesummse. Es mußte ein Riesenviech sein, das da um seinen Kopf schwirrte, mal näher, mal weiter weg, dann ganz nah, und dann verstummte es. Das Tier hatte sich auf ihm niedergelassen. Er hatte keine Kraft mehr, sich zu schütteln, zu wälzen. Es krabbelte ihm über die Stirn und erschien riesig groß und verschwommen auf seinem Nasenflügel.

Sein Herz raste.

Er wollte die Augen schließen, sich diesem Grauen entziehen, und doch riß er sie immer weiter auf. Der häßliche Kopf einer dicken Fleischfliege, mit großen Facettenaugen und einer bestialischen Fratze, starrte ihn an.

Wieder verlor er für kurze Zeit die Besinnung.

Die Fliege war weg, die Gestalten standen noch immer in Reih und Glied.

Diese lähmende Ruhe machte ihn wahnsinnig. Er wollte schreien. Alles sollte raus, seine ganze verbliebene Kraft wollte er in diesen Schrei legen, seine Wut, sein Entsetzen über den Wahnsinn, den er nicht verstand.

Aber nur ein klägliches Röcheln kroch ihm aus der Kehle. Er lenkte damit noch nicht einmal die Aufmerksamkeit der Verschwörer auf sich.

Wieder vergingen Minuten, und dann, endlich, kam Leben in die Bande.

Der erste begann zu sprechen … aber … er verstand kein Wort. Es war eine fremde Sprache, der seinen nicht unähnlich, aber doch so verschieden, daß noch nicht einmal einzelne Wortfetzen ihm einen Sinn ergaben. Es war eine strenge Stimme, und sie sprach in einem anklagenden Ton. Nachdem der erste Redner geendet hatte, kam der nächste an die Reihe, und so ging es weiter bis hin zum letzten. Er kannte alle Stimmen, die eine besser, die andere schlechter, und das wunderte ihn, wo er doch sicher war, einigen von ihnen nie begegnet zu sein. Es waren Männerstimmen ebenso wie Frauenstimmen.

Es war unerträglich.

Er weinte völlig hemmungslos, er verkrallte seine gebundenen Hände in den Sand.

Dann wurde es feierlich, ja, geradezu schamlos festlich. Die Vermummten drehten ihm den Rücken zu und traten an einen im Sand aufgestellten Tisch, auf dem sich vielerlei Speisen und Getränke türmten. Es wurde wieder gesprochen, das gleiche Gemurmel wie damals in der Grotte. Wie eine Ewigkeit kam es ihm vor; waren Stunden vergangen? Oder gar Tage? Man war ganz bei der Sache drüben am Tisch, und erst als der letzte seinen Hunger und seinen Durst gestillt hatte, kamen sie wieder zu ihm herüber.

Sie bauten sich auf, wieder in zwei Reihen, und jetzt wurde gesungen.

Er glaubte den Verstand zu verlieren, der ganze Spuk bekam nun eine makabre Lächerlichkeit, aber das Lachen wollte nicht so recht heraus aus seiner Brust. Er wälzte schwer die Luft ein und aus, sein ganzer Körper war mit einer Gänsehaut überzogen.

Und er stellte sich nur eine Frage: Wohin würde ihn das Boot bringen?

Die Singerei war beendet, kräftige Hände hoben ihn vom Boden auf, und er wurde, die Füße voran, zum Boot getragen, das auf dem finsteren Meer ruhig vor sich hin dümpelte. Die Träger gingen schwerfällig im nassen Sand. Ihr Atem roch penetrant nach Frikadellen und Bier.

Sie erreichten das Wasser, es plumpste, und salzige Tropfen sprangen ihm auf die Lippen. Die im Mond- und Sternenlicht glitzernde See stieg höher an ihn heran, die Träger wateten nun bis zu den Hüften durch die Fluten. Das Boot war nur noch wenige Meter entfernt, und nun sah er auch, daß bereits jemand darin Platz genommen hatte. Krücken lugten über die Bordwand, der Mann im Boot war Andersen.

Er krümmte seinen Körper, zuckte hin und her, gewann plötzlich enorme Kräfte. Er stieß mit dem Kopf gegen seinen Nebenmann, zog die Beine an, ließ sie wieder nach vorne schnellen, er spuckte, er schrie ... doch es war zwecklos, ein hilfloses Gezappel, die Griffe wurden fester, Hände schlossen sich über seinem Mund. Die Verschwörer waren von seinem Angriff überrascht worden und wurden bei dem Gerangel ebenso wie er durchnäßt bis auf die Haut. Ihr Atem ging schwer. Mit den Füßen berührte er das Boot, sie hoben ihn über die Bordwand, zwei kletterten hinterher, banden ihn an den Mast. Er hatte auf diesen letzten Metern die Augen geschlossen; jetzt, als er still am Mast lag, öffnete er sie langsam. Die beiden, die ihn gefesselt hatten, waren wieder im Wasser und arbeiteten sich zurück ans Ufer. Er senkte den Blick ins Boot, sah vor sich einen Körper liegen. Einen Toten, in weiße Laken geschnürt, mumifiziert, und dennoch mit klaren Gesichtszügen. Es war ein Gesicht, das er noch nie zuvor gesehen hatte, und doch wußte er, wem es gehörte.

Der Tote, der da zu seinen Füßen lag, war der Engländer Geoffrey Arthur Adams.

Und noch jemand war im Boot. Zitternd in die Ecke gezwängt, hockte da ein Junge, ein kleiner Junge, der ihn mit ängstlichen, weit aufgerissenen Augen anstarrte. Er trug Holzschuhe, eine kurze Hose, einen gestrickten blauen Pullover und auf dem Kopf ... eine zerlöcherte Wollmütze.

Er konnte nicht sprechen, sein Körper gehorchte ihm nicht mehr, schlaff hing er in den Fesseln, das schaukelnde Boot warf seinen Kopf von einer Seite auf die andere. Der Mann hinter ihm im Heck holte jetzt den Anker ein und setzte das Segel. Er sah noch einmal zum Strand hinüber, wo sie alle standen, und erkannte noch, wie sie sich schließlich abwandten, auf die Dammkrone stiegen und vom Dunkel verschluckt wurden.

Das Boot knarrte, als es sich in den Wind drehte, das Meer rauschte auf, und ein jäher, kräftiger Wind trieb sie auf die offene See hinaus, dort, wo in weiter Ferne große Wellen sich hoben und senkten und ein aufbrausender Wind heulend und pfeifend um sich selber jagte.

Der Blutegel

Die Vorhänge flatterten, blähten sich auf, fielen zurück.

Draußen war ein schöner heller Vormittag.

Er hatte unten die Tür klappern hören und wußte, daß er gleich Besuch bekam.

Jemand bollerte schwer die Treppe hoch, kam über den knarrenden Flur und klopfte an die Zimmertür.

Jørgensen ordnete schnell sein Bett.

Ein wuchtiger Mann betrat den Raum. Sein Gesicht war von einem feuerroten Bart umflammt, auf dem Kopf klebten ein paar verschwitzte Haarsträhnen. Sein massiger Körper war in einen grauen Anzug gezwängt. Die Weste stand offen, und es hatte den Anschein, als würde sie den gewaltigen Bauch nicht mehr umfassen können. Etwas x-beinig und plattfüßig kam er ins Zimmer gestampft, in der Hand einen Koffer aus braunem Leder.

»Hi! Ich bin Torben Sko«, brüllte der Mann.

Jørgensen streckte müde die Hand aus.

»Hi, Torben. Schön, daß du so schnell kommen konntest. Wie du siehst, bin ich noch nicht angezogen«, lachte er, bemüht, seine mißliche Lage ins Scherzhafte zu ziehen. Es war ihm unangenehm, so kränkelnd und kümmerlich im Bademantel vor diesem Arzt zu sitzen, der ihn zudem auch noch empfindlich an seinen früheren Mathematiklehrer erinnerte.

»Dann woll'n wir mal, Ansgar.« Der Arzt griff Jørgensens Hand. Aber nicht um sie zu schütteln, sondern er setzte vielmehr behutsam Zeigefinger und Mittelfinger auf das Handgelenk und betrachtete aufmerksam seine Armbanduhr.

»Der Puls ist ein wenig langsam. Leg dich mal.«

Jørgensen legte sich; Torben untersuchte ihn gründlich, klopfte den Rücken ab und ließ das Stethoskop wie einen kleinen Käfer über Jørgensens Oberkörper hüpfen.

»Jetzt mal tief Luft holen.«

Rasselnd sog Jørgensen die von Schweiß und Krankheit gesättigte Luft in seine Lungen. Diesen Vorgang mußte er einige Male wiederholen, bis der Arzt schließlich zufrieden nickte. Dann legte er ihm eine Manschette um den Arm und pumpte sie auf.

Torben Sko war trotz seines barschen und einschüchternden Auftretens kein unangenehmer Mensch. Seine massige Gestalt mitsamt den dicken fleischigen Pranken bewegte er ausgesprochen behutsam und mit einem erstaunlichen feinmotorischen Geschick. Er gehörte zu jener Sorte Ärzte, bei denen man sofort und bedingungslos die Waffen streckt.

»38,9«, murmelte er und blickte Jørgensen unverwandt an. »Die Blattern sind's nicht, aber du hast dir da ein böses Virus eingefangen, ich hätte viel eher kommen sollen. Du sagtest am Telefon, daß du schon seit einer Woche Fieber hast.«

»Ich …«

Muß ich mich rechtfertigen, du Koloß? Bin ich vielleicht ein kleines Kind? Krieg ich jetzt geschimpft?

»Was passiert nun?« fragte Jørgensen matt. »Werde ich jetzt zur Ader gelassen? Werde ich gezwungen zu purgieren? Oder wird mir ein halbes Kilo Kalomel verabreicht?«

»Sag mal, Ansgar, du hast mich doch damals am Telefon schon so verblüfft. Im Ernst, lernt man so was auf der Polizeischule?«

»Nein.« Jørgensen lächelte schwach. »So was lernt man nur im Schulungsurlaub auf abgelegenen Inseln.«

»Aderlaß und Purgieren«, wiederholte Torben grinsend, »das geht zurück in die Zeiten der heroischen Medizin. Sehe ich so aus, als käme ich aus dem vorigen Jahrhundert?«

»Nein«, sagte Jørgensen ruhig. »Aber heroisch.«

Wieder starrte Torben Sko seinen Patienten ungläubig an und brach in dröhnendes Gelächter aus.

»Heroisch!« keuchte er. »Ja, das kann man wohl sagen.« Offensichtlich fühlte er sich mit dieser Beschreibung ein wenig geschmeichelt. Liebevoll strich er sich über den Bauch.

»Keine Angst, Kommissar, meine Methoden sind nicht von gestern. Der Aderlaß war eine riskante Sache, und die Ärzte haben es damals oft zu weit getrieben. Man sagt, daß sie so manchen ins Grab befördert haben mit ihren Praktiken aus dem Folterkeller. Kalomel, weißt du, was das für'n Zeug ist?«

»Nein.«

»Kalomel ist Quecksilberchlorid. Wenn man es einnimmt, setzt nach kürzester Zeit vermehrter Speichelfluß ein. Salivation ist das Fachwort. In den heutigen toxikologischen Lehrbüchern wird Salivation als frühes Zeichen von Quecksilbervergiftung aufgeführt; eine der gefährlichsten Formen der Schwermetallvergiftung. Du hast außerdem noch die emetischen Medikamente vergessen, wie Brechweinstein, die dem Patienten den Magen umkrempeln. Oder die diaphoretischen, die heftige Schweißabsonderungen auslösen. Und das Schröpfen natürlich, oft mit Blutegeln, medizinischen Blutegeln – noch so eine Form, faule Flüssigkeiten zu entfernen.«

»Aber«, unterbrach ihn Jørgensen, »warum wollten die dem Patienten alle Körpersäfte entziehen? Das ist doch Wahnsinn.«

Torben Sko stand auf, ging zum Fenster und öffnete beide Flügel mit einer einzigen präzisen Bewegung. Bei Jørgensen klemmte das Fenster immer, und er mußte jedesmal eine Weile rütteln, bis der Rahmen die Scheibe freigab. Doch für Torben Sko gab es keinen Widerstand. Er wuchtete sein Gesäß auf das Fensterbrett und verschränkte die Arme. Das Stethoskop baumelte ihm um den Hals.

»Die Ärzte haben damals an eine unikausale Krankheitstheorie geglaubt. Sie gingen davon aus, daß alle Symptome von einer einzigen, tiefer liegenden Ursache herrührten, nämlich vom schlechten Blut. Das Gegenmittel war, es zu beseitigen. Selbst George Washington soll diesen Vampiren zum Opfer gefallen sein. Der Präsident hatte seinerzeit sicher die beste medizinische Versorgung. Er erkrankte eines Tages an einer schweren Halsentzündung, die ihm wohl Schwierigkeiten beim Atmen bereitete. Sein Pfleger zapfte ihm einen halben Liter Blut ab, aber das brachte allem Anschein nach keine Erleichterung. Ein Arzt wurde gerufen, der bald nach seiner Ankunft einen Schröpfkopf an der Kehle ansetzte und einen weiteren halben Liter Blut abzapfte.«

»Mein Gott!« entfuhr es Jørgensen.

»Es kommt noch besser«, sagte Torben und warf sich mit einer schnellen Bewegung eine Pastille in den Mund, die er zuvor mit spitzen Fingern aus einer kleinen Papiertüte gefischt hatte. Eine Wolke von Eukalyptusduft verbreitete sich im Raum.

»Dann kamen noch zwei weitere Ärzte dazu, um sich mit dem ersten zu beraten; sie entschieden zwei gegen einen, den Präsidenten ein weiteres Mal zur Ader zur lassen. Diesmal zapften sie ihm einen Liter ab. Es hieß, daß das Blut langsam und dick floß. Zu diesem Zeitpunkt war der Präsident dehydriert. Anscheinend mußten die Ärzte den letzten Tropfen Blut buchstäblich aus ihm herauspressen. Washington starb noch am selben Abend.«

»Entschuldige Torben. Kannst du mir mal die Flasche da reichen?« Torben gab ihm das Wasser.

»Weißt du, ich habe nämlich keine Lust zu dehydrieren.«

»Das ist sehr vernünftig. Trink viel Wasser, je mehr, desto besser.« Er kramte seine Sachen zusammen und stopfte sie in den Koffer. Dann ließ er die Schlösser hörbar einschnappen. Jørgensen wußte, daß dies gleichsam die Einleitung zu seiner Abschlußrede war.

»Also, du hast dir da irgendein Virus eingefangen. Nichts Tödliches, aber auch nicht ganz ohne. Eigentlich würde ich dich lieber ins Krankenhaus einweisen.«

»Das will ich aber nicht«, sagte Jørgensen entschieden.

»So? Du bist aber ein ganz schöner Dickkopf, Kommissar. Ich sagte außerdem ›würde lieber‹. Du stehst hier ja ganz gut unter polizeilicher Bewachung. Außerdem hast du das Schlimmste hinter dir. Ich verschreibe dir ein Mittel, damit wir den Schleim aus den Bronchien kriegen.«

Torben hatte ›wir‹ gesagt. Diese typische Arztfloskel, die dem Patienten eine rege Anteilnahme vorgaukeln sollte; tatsächlich verfehlte es nicht seine Wirkung. Mit einem so starken Mitstreiter an der Seite fühlte sich Jørgensen jeder Krankheit gewachsen.

»Dann sieh zu, daß du regelmäßig Wadenwickel machst und kühle Tücher auf die Stirn legst, damit wir das Fieber in Schach halten. Wie ich sehe, habt ihr hier ein Thermometer. Du solltest stündlich messen. Wenn es über 40,5 steigt, ruf mich sofort an. Ich werde den Apotheker bitten, dir das schleimlösende Präparat vorbeizubringen. Versuche außerdem, ein wenig über deine Krankheit zu meditieren; denk drüber nach. Dein Körper hat alle Kräfte mobilisiert, um den Virus auszumerzen. Du solltest Anteil daran haben und nicht so tun, als hätte dein Geist nichts mit dem Kampf deines Körpers zu tun.«

»Ja, Doktor.« Jørgensen fiel erschöpft in seine Kissen zurück. Sanft drangen die Geräusche der Stadt in das Zimmer. Der eine Fensterflügel klapperte leise im Wind.

»Siehst du das Buch da auf dem Tisch? Das große braune? Kennst du das?«

Torben trat an den Schreibtisch und zückte eine Lesebrille aus der Hemdtasche.

»Himmel und Hölle«, entzifferte er, pfiff durch die Zähne und schielte ihn über den Rand seiner Brille hinweg an: »Daß es so schlimm mit dir steht, hätte ich nicht gedacht. Kopf hoch, mein Junge, für solche Lektüre ist es noch etwas zu früh. Himmel und Hölle ... wenn's dann soweit ist, hat man sowieso nicht die Wahl. Ich werde wohl in den Himmel kommen. Und du, Kommissar?«

»Ich hab mich noch nicht entschieden.«

»Noch nicht entschieden?« fragte Torben verblüfft. »Was soll das heißen? Willst du etwa zu den Teufelchen? Dich durchbraten lassen? Du bist kein Christ, mein Freund. Etwa ein Sektierer?«

Jørgensen lachte. »Das Buch gehört nicht mir.«

Torben untersuchte den Einband und klappte den Deckel auf.

»Ausgeliehen? Aber nicht aus der Gemeindebibliothek«, stellte er fest. »Aber hier steht ein Name …«

»Moment!« Jørgensen unterbrach ihn mit einer Geste. Dann hustete er krampfhaft in ein Taschentuch, lehnte sich aus dem Bett und spuckte einen zähen Schleim in den Eimer. Ein langer Speichelfaden hing ihm am Mundwinkel und reichte bis in den Plastikeimer hinab. Wie von einer unsichtbaren Schere zerschnitten fiel das eine Ende ab, das andere schnellte nach oben und bildete ein Tröpfchen an der Unterlippe. Er prustete, wischte sich den Mund trocken und legte sich zurück. Der Arzt hatte währenddessen ungerührt in dem Buch geblättert. Jetzt schüttelte er den Kopf.

»Das ist Schund, Ansgar. Lies was Vernünftiges. Du bist doch an Medizin interessiert. Wenn du willst, bring ich dir morgen was Besseres vorbei.« Jetzt hatte Torben die Bibel entdeckt. »Hier!« rief er triumphierend, »doch kein Sektierer! Das Buch der Bücher. Die gute Nachricht. Das nenne ich Krankenlektüre.« Doch als er sich das Werk genauer anguckte, verfinsterte sich sein Gesicht schlagartig. »Was ist denn das für eine Schmiererei, sag mal.«

»Nicht von mir, Doktor.«

»Schrecklich, wie manche Menschen mit Büchern umgehen. Meinen Kindern habe ich früher immer die Ohren langgezogen, wenn sie in ihren Büchern herummalten.«

Jørgensen sagte nichts. Es war angenehm, einfach nur dazuliegen und Torbens gewaltiger Stimme zu lauschen. Eine überaus irdische Stimme, sehr präsent, sehr unbekümmert, voller Alltag und routiniertem Tatendrang. Er fühlte sich aufgehoben. Ein innerer Krampf begann sich langsam zu lösen. Der Arzt machte noch keine Anstalten, seine Visite zu beenden. Im Gegenteil. Er legte die Bibel aus der Hand und griff sich nun den Bildband über Fünen.

»Ein Bilderbuch?«

Jørgensen nickte.

»Ja, so sah es hier mal aus. Kaum zu glauben. Guck dir diese

Gestalten an. Verbrechergesichter. Untererernährt. Kleinwüchsig. Vitaminmangel. Gicht. Rheuma, was du willst. Damals Arzt zu sein, das war kein Spaß. Und hier. Sieh dir das an. Kinderarbeit. Und die hatten noch Kinder. Das ist sicher nur eine einzige Familie hier.« Er klopfte auf ein Bild. »Fünfzehn Gestalten. Und einer liegt oben in der Kiste. Tja, Ansgar, was sagst du dazu? Es sieht heute anders aus auf Lilleø, was?«

»Ja, Torben, so sieht es aus.«

Torben legte das Buch weg und zog sich einen Stuhl heran. Er wurde ernst.

»Es gibt auch andere Seiten.«

»Was meinst du?«

Torben seufzte. »Ich bin, wie du weißt, der Hausarzt auf Gammelgaard. Also der Arzt von Axel Larsen. Du kennst ihn ja. Ich mache mir ernsthafte Sorgen. Und ich glaube, was da abläuft, ist langsam ein Fall für die Polizei.«

Jørgensen richtete sich auf. »Was meinst du?« wiederholte er.

»Axel trinkt. Ziemlich viel in letzter Zeit!«

»Das ist nicht strafbar, Torben.«

»Der Bursche steckt in der Klemme. Er ist völlig hysterisch geworden. Schlägt alles kurz und klein und säuft und säuft. Er hat irgendeine wahnsinnige und unbeschreibliche Angst. Aber ich bekomme nichts aus ihm raus. Gar nichts. Nur soviel, daß er sich offensichtlich bedroht fühlt. Er hat den Hof verrammelt und verriegelt. Die reinste Festung. Als ich das letzte Mal da war, stand er zitternd vor mir mit einer rostigen Flinte in der Hand. Ein Fall für den Psychiater, fürchte ich. Oder … fürs Heim.«

Jørgensen senkte den Kopf. »Armer Axel.« Dann blickte er dem Arzt in die Augen.

»Du sagst, daß er sich bedroht fühlt. Weißt du Näheres?«

»Es geht immer noch um seinen Bruder. Um Hans. Axel soll ihn umgebracht haben. Seinen Bruder umgebracht – Himmel, was für ein gnadenloser Schwachsinn.«

»Wer sagt das?«

»Viele. Zu viele. Ihr habt doch selbst mal in diese Richtung gedacht. Nimm es mir nicht übel, aber wer weiß, ob ihr diese Lawine nicht sogar letzten Endes losgetreten habt. Ich sage nur: DIGIFOL.«

»Wir haben Anrufe bekommen und uns daraufhin ein wenig umgesehen. Das ist alles.« Jørgensen lachte bitter auf. »Aber offensichtlich hat das schon gereicht.«

»Was für Anrufe?«

»Anonyme Anrufe. Aber wir haben herausbekommen, daß Jens der Anrufer war. Er hat seinen eigenen Bruder angezeigt. Sein Bruder sei ein Mörder.«

Torben sprang auf und rang mit den Händen. »So was Erbärmliches. So was Niederträchtiges. Dieses Schwein. Na warte Bürschchen, wenn ich dich in die Finger kriege.«

»Laß ihn, Torben. Was bringt das noch? Malte hat ihn damals zur Rede gestellt und ganz schön runtergeputzt. Ich glaube, er hält sich jetzt aus der Sache raus.«

Torben grunzte nur vor sich hin und öffnete noch einmal seinen Arztkoffer. Er holte ein paar Butterbrote hervor und eine halbvolle Flasche Aquavit.

»Ein Butterbrot, Kommissar? Mit Leberpastete.«

Jørgensen drehte sich weg. »Willst du mich quälen? Ich habe heute morgen einen Teller Zwieback mit Milch gegessen. War schwer genug, das runterzukriegen.«

»Zwieback mit Milch. Was ist denn das für eine Erfindung? Klingt nicht genießbar.« Torben biß herzhaft zu.

»Was war jetzt mit dieser Bedrohung? Du hast doch eben gesagt, Axel sei bedroht worden.« Jørgensen fiel wieder matt in seine Kissen zurück.

»Ein Zettel. An der Scheunentür. ›Wir schämen uns für diesen Dreck. Er gehört nicht zu uns.‹ Ein Stachel, mitten ins Fleisch. Er ist Dreck, er gehört nicht zu uns … Ein Kerl wie der Axel. Immer nett, immer hilfsbereit. Ekelhaft. Ihr müßt was tun.« Torben hatte seine Brote verschlungen und spülte jetzt mit ein paar kräftigen Zügen Aquavit nach. Nicht ohne Jørgensen vergeblich aufzufordern, auch mal diese Medizin zu probieren, verstaute er alles wieder in seinem Koffer. Dann watschelte er ans Fenster, blickte auf die Straße hinunter und klimperte, mit dem Rücken zum Raum, an der Verriegelung herum.

»Was sollen wir tun, Torben? Axels Unschuld beweisen?«

Torben zuckte mit seinen fetten Schultern.

»Und wie sollen wir das anstellen?«

»Exhumieren.«

Jørgensen lachte stumm. »Erzähl das mal Malte.«

»Das werde ich auch, worauf du dich verlassen kannst.«

»Ist es für eine Exhumierung nicht schon viel zu spät? Ich meine ... viel wird von ihm wohl nicht übrig sein.«

Torben schwieg eine Weile. Dann sagte er, die Straße rauf und runter blickend: »Wir haben einen ausgesprochen trockenen Sommer gehabt, eine regelrechte Dürre. Sein Körper dürfte in entsprechendem Zustand sein. Die Leute glauben, er sei vergiftet worden. Diese Giftspuren könnte man finden.«

»Wir werden keine Genehmigung bekommen. Es gibt keine akuten Verdachtsmomente, keine Indizien, nichts. Nur ein paar Gerüchte und einen aufgebrachten Mob.«

»Ist das etwa nichts?«

»Es ist zu wenig, fürchte ich. Glaubst du nicht, daß sich mit der Zeit die Sache wieder einrenkt?«

»Schwer zu sagen.«

»Glaubst du, daß Axel in Gefahr ist? Glaubst du, die Leute wollen ihm wirklich ans Leder? Das ist doch lächerlich.«

Torben drehte sich wieder zum Raum hin. »Keiner wird Axel auch nur ein Haar krümmen. Nein, das läuft anders hier. Er wird aus der Gemeinschaft ausgeschlossen. Psychologische Kriegsführung. Heute ein kleiner Zettel an der Tür, und morgen baumelt da vielleicht schon etwas ganz anderes.«

»Aus der Gemeinschaft ausgeschlossen. Das war er doch schon

immer, oder nicht? Hat er etwa Bekannte, Freunde, geht er zum Banko, ins Kino, in den Kro?«

»Nein, er trinkt zu Hause, das ist billiger. Du hast recht und gleichzeitig auch nicht. Ja, er ist allein, aber er ist ein Lilleøbo, mit allem, was dazugehört. Es ist eine Art magischer Rückhalt. Er hat seine Wurzeln auf dieser Insel. Und durch diese Wurzeln nimmt er Wasser auf. Wasser, das ihn am Leben hält, das verhindert, daß er depressiv wird, den Sinn nicht mehr sieht in den Dingen, die er tagtäglich verrichtet. Ja, er ist ein Lilleøbo. Aber wenn man ihm das nimmt, dann ist es vorbei. Jens hat das begriffen. Er wußte genau, wo er seine niederträchtige Attacke starten mußte. Ein Gerücht? Nichts leichter als das. Ein anonymer Anruf, sagtest du? Na bitte. Perfekt.«

»Ich kann nicht mit Axel reden. Ich habe es versucht. Er reagierte überhaupt nicht. Ich bin nämlich kein Lilleøbo. Ich bin ein Fremder und habe das auch oft genug zu spüren bekommen. Der Kommissar aus Kopenhagen.«

Der Arzt setzte sich wieder auf den Stuhl und blickte Jørgensen prüfend an. »Kein Kommissar?«

»Es ist doch egal, was ich bin. Die Leute sehen, was sie sehen wollen. Aber es geht ja auch nicht um mich.«

»Was ist mit Malte? Er kann mit Axel reden.«

»Und was? Das bringt doch alles nichts. Und Malte windet sich. Ich kann das verstehen. Ich glaube, er weiß selbst, daß er für diese heikle Aufgabe nicht der richtige Mann ist.«

Torben überlegte ein Weilchen.

»Gut, ich werde mit ihm reden. Mal richtig auf den Busch klopfen … ich meine, mal vorsichtig fragen.«

»Und was?« fragte Jørgensen noch mal.

»Na, wie wir vorgehen sollen. Daß er mit euch redet. Daß er selbst versucht, die Gerüchte zu entkräften, was weiß ich. Mehr fällt mir im Moment auch nicht ein.«

»Ich fürchte, das hat keinen Zweck. Torben, es wäre gut, wenn du uns weiterhin über seinen Zustand auf dem laufenden hältst.

Und red mal mit Malte wegen der ...« Jørgensen nickte dem Arzt zu, der ihm die Hand gedrückt hatte und jetzt ernsthaft Anstalten machte, den Raum zu verlassen. In der Tür drehte sich Torben Sko noch einmal zu seinem Patienten um und sagte, als habe er dessen letzten Satz gerade erst aufgefangen: »... Exhumierung.«

Dann verließ er den Raum.

Die Rohrweihe

Tage vergingen. Tage, in denen Jørgensen sich langsam von seiner Krankheit erholte. Nur selten verließ er das Polizeihaus, meist verdöste er den Tag in seinem Zimmer und hörte Radio. Aus dem Büro hatte er sich Maltes Rätselheft nach oben geholt. Stundenlang saß er mit angezogenen Knien im Bett, löste kniffflige Fragen und trank literweise Kamillentee mit Honig. Torben kam noch einmal vorbei und war mit seinem Patienten sehr zufrieden. Das Fieber sank, der Appetit kehrte zurück, und morgens machte Jørgensen gymnastische Übungen. Seinen ganzen Willen konzentrierte er nun darauf, die Krankheit loszuwerden. Er fing mit kleinen Spaziergängen an; wanderte manches Mal den Strandvej hinunter, dort, wo die Stadt sich allmählich ausfranste, lief am Wasser entlang und weiter um die abgenagten Sandklippen herum und kehrte oft erst bei Anbruch des Abends zurück. Er saß auch gerne den halben Tag auf der Hafenmauer, beobachtete das Treiben der Fischer und Segler, die An- und Ablegemanöver der Fähre.

Mit jedem Tag fühlte er sich frischer.

Und dann war es soweit. Auf dem Garagenvorplatz bockte er die Nimbus auf, putzte sie, ölte sie, machte sich bereit für einen größeren Ausflug.

»Ich habe in den letzten Jahren immer Pfadfinderlager hier gehabt«, sagte Jesper. »Aber so viele wie diesmal waren es noch nie.«

Sie saßen nebeneinander vor dem Schweinestall und genossen die Mittagsruhe.

Jørgensen war heute morgen schon sehr früh erwacht und hatte sich munter und gesund gefühlt. Der Besuch bei Jesper war eigentlich nicht geplant gewesen. Aber dann war er ihm am Eingang des Norwegs geradezu in die Arme gefahren.

Jesper hatte ihn nicht fortgelassen und ihm gleich eine Menge Fragen gestellt: Ob es dem Kommissar inzwischen wieder bessergehe, was Torben Sko gesagt habe und was Malte so mache. Den habe er schon ewig nicht mehr gesehen.

Und so hatte Jørgensen die Nimbus abgestellt und neben Jesper auf einer umgekippten Obstkiste Platz genommen.

»Wie läuft das eigentlich mit den Pfadfindern? Lohnt sich das Geschäft überhaupt?«

Jesper grinste. »Kleinvieh macht auch Mist. Und wie ich gerade sehe«, fügte er mit einem Blick auf zwei dünne Gestalten mit nacktem Oberkörper hinzu, die über die Weiden hinweg mit zwei schlenkernden Eimern auf sie zukamen, »haben sie gerade wieder welchen gemacht.«

Die beiden Pfadfinder kletterten über den Zaun, blieben bei ihnen stehen und debattierten eine Weile mit Jesper über die Entsorgung ihres Dungs; Jesper gab ihnen Hinweise und versprach, das Plumpsklo in den nächsten Tagen durch eine bessere Konstruktion zu ersetzen. Er habe damit begonnen, im Schweinestall eine Trennwand einzubauen und eine Dusche und ein Chemieklo zu installieren. Er zwinkerte den tiefgebräunten Zeltfreunden aufmunternd zu. Wenn sie nächstes Jahr wiederkämen, sei hier der modernste Campingplatz von ganz Lilleø entstanden.

Die beiden zuckten gleichgültig mit den Schultern und verschwanden mit ihren Eimern hinter dem Gebäude.

Jørgensen zog die Luft ein. Der Wind, der um die Stallecke säuselte, wehte ihnen den durchdringenden Geruch aus dem Überlaufgraben der Jauchegrube in die Nase.

»Wird Zeit, daß ich das Zeug mal wieder abpumpen lasse«, gähnte Jesper und faltete die Hände über dem Bauch.

Jørgensen sah über die Weiden. Nach all den Tagen im Dämmerlicht seiner Krankenstube genoß er es, seine Augen wieder einmal der Helligkeit und den kräftigen Farben auszusetzen, die ruhigen Bilder einfach in sich aufzunehmen, sich von ihrem Frieden erfüllen zu lassen, unbefragt, ohne jedes Warum und Wozu. Eine stillgestellte Zeit. Wie schön das alles ist, die Wiesen mit den Buschgruppen, dahinten die zarte Silhouette des Kiefernwaldes, die zwei angepflockten Schafe davor und Jespers Gänse, die sich am Rande eines kleinen Teiches niedergelassen hatten, die Köpfe im Gefieder verborgen.

Schön wie an dem Tage, als er mit dem Fahrrad zum ersten Mal hier heruntergefahren und von der Straße in den Norweg abgebogen war. Lehrer Kristensen hatte schwitzend am Weidezaun gestanden, Stock und Baskenmütze in der Hand und die Jacke über dem Arm, und die kleinen Steine auf dem sandigen Weg hatten die Schutzbleche scheppern lassen. Eine Idylle, vol-ler Licht und Frieden, wo das schläfrige Tickern der Trafos an den Weidezäunen der Zeit ihren Takt angab. Ferien auf dem Lande. Ein kleines bißchen Aufregung mal, wenn der Tierarzt die Lämmer kastrierte oder ein junges Mädchen sein dickes Pferd einfangen wollte, wenn eine neue Gruppe Pfadfinder kam und dahinten im Nor die Zelte aufschlug.

Und noch immer tickten die Trafos, die Pferde waren noch da und die Pfadfinder. Auch der Norweg sah aus wie immer, wenn auch etwas staubiger und rissig, wegen der langen Trockenheit. Man konnte meinen, es habe sich seit Monaten nichts Besonderes ereignet.

Und doch ... es hatte sich etwas ereignet.

Es hatte sich viel ereignet.

Sehr viel.

Jørgensen atmete tief durch.

Damals hatte er angefangen, eine Taucherglocke zu bauen; sie stand noch immer in der Scheune, unvollendet. Der Hof war ihm sehr vertraut geworden, Jesper, der hilfsbereite Freund, hatte ihn schalten und walten lassen, ihm mit Werkzeug ausgeholfen, ihm Kaffee gebracht …

Dann hatte er diese Akten entdeckt und …

Er sah zum alten Obstgarten hinüber.

Was empfand er? – Er empfand nicht viel.

Er war noch nicht einmal erschrocken darüber, daß ihn keine tiefen Gefühle mehr bewegten. Ihm war es in einer gewissen Weise gleichgültig. Der Ort hatte nicht mehr den Zauber der ersten Wochen, aber er hatte auch keinen Schrecken. Und merkwürdigerweise beunruhigte ihn das nicht.

Ellehavegaard – der Elfengartenhof.

Ein Hof mit einer seltsamen Geschichte. Er hatte diese Geschichte kennengelernt, besser vielleicht als jeder andere. Ja, besser vielleicht sogar als Jesper, der die Vergangenheit verbannt, vergraben hatte, tief unter der Fülle der Alltäglichkeiten, die sein Leben bestimmten. Und doch war diese Geschichte jetzt ohne Herzschlag, ohne Blut, nur noch ein schöner Ort auf einer schönen Insel, nicht mehr.

Daß dies so war, schaffte ihm auf eine nie gekannte Weise Befriedigung.

Wieder atmete Jørgensen tief durch.

»Was ist los, Ansgar? Fühlst du dich nicht wohl? Du hättest vielleicht doch noch ein paar Tage im Bett bleiben sollen.«

Eine Stimme wie von weit her.

»Ansgar?«

Der Kuchen war groß, rund und weich und obendrauf eine Decke aus Mohnstreuseln. Dann verzogen sich die Konturen, traten klarer hervor. Der Mohn wurde grau, grau wie Jespers Stoppelhaare.

Jørgensen rieb sich die Augen. »Hast du was gesagt?«

»Ich sagte … Na ja, ich meine, du siehst immer noch ein bißchen angegriffen aus.«

Jørgensen lächelte und sah ihn an. Ob er ihm von den Exhumierungsplänen erzählen sollte? Das war doch mal wieder was Handfestes für die Gemüter der Leute hier. Aber wahrscheinlich wußte er schon längst davon. Er wußte doch auch sonst alles, wenigstens alles, was er wissen wollte. Das alte Spiel vom Hasen und Igel. Ick bün all door.

»Soll ich uns ein Bier holen?« fragte Jesper. Der Igel blieb bei seiner Freundlichkeit.

»Ja, gerne, Jesper.«

Er verschwand in seinem Schuppen.

Das helle Weiß des bedeckten Himmels begann sich allmählich einzutrüben. Jørgensen stand auf, reckte seine kühl gewordenen Schultern und ging Jesper entgegen, der mit zwei Flaschen zurückkam.

»Sieht aus, als wenn wir endlich Regen bekommen. Wird aber auch höchste Zeit. Die Brunnen sind schon fast leer. Vor fünf Jahren hatten wir auch so einen trockenen Sommer. Da haben Tankschiffe die Insel mit Wasser versorgen müssen. Skål, Ansgar.«

»Skål, Jesper.«

Eine Weile musterten sie schweigend den Himmel.

»Ich muß dir auch noch deine Erbstücke zurückbringen, die du mir mal mitgegeben hast. Dieses Bild und die Bibel von Hans Jakob.«

»Brauchst du die Sachen nicht mehr?«

»Nein, ich glaube nicht. Ich bringe sie dir in den nächsten Tagen vorbei.«

Keine weiteren Fragen. Jespers neugieriger Geist verlor offenbar sofort jedes Interesse, wenn es um bestimmte Dinge der Vergangenheit seiner Familie ging.

Sie tranken ihr Bier.

Die Rohrweihe strich im Tiefflug über die Wiesen, segelte langsam auf den Wald zu und verschwand aus dem Blickfeld. Das

Fernglas senkte sich. Aus dem Schlick tönte das Pfeifen der Austernfischer; ab und zu schrie ein Kiebitz.

Der Abend war milde und warm. Jørgensen hockte in seinem Versteck am Mühlendamm und schaute in die unendliche Einsamkeit. Er öffnete die Weinflasche und trank in ruhigen gleichmäßigen Zügen. Die Beine angehockt, den leichten Wind im Haar, hob er das Fernglas und wartete auf die Rückkehr der Weihe.

Der kleine Kreis wanderte über Wiesen, morsche Baumstümpfe und Tümpel; Holzpfähle glitten vorbei, ein Pferdetrog kam ins Bild. Im Büschelgras erspähte Jørgensen einen kleinen Schwarm braungetüpfelter Brachvögel. Dahinter erhob sich der Wald; schwarz fielen die Schatten der Bäume in den frühen Abend.

Irgendwo hier unter dem Sand lag ein fast zweihundert Jahre altes Schiff. Aber wen interessierte das noch. Bald waren die letzten tot, die noch davon wußten, und die Geschichte fand ihren Frieden. Der heimliche Beobachter würde den Schauplatz wieder verlassen haben, und die letzten Planken im Nor werden verrotten, und die Kühe trampeln darüber hinweg wie seit hundertzwanzig Jahren schon, und die Sage wird sich verflüchtigen und erst viel später vielleicht von einer Lehrerin oder Schriftstellerin wieder in einem Märchenbuch eingefangen werden. Und wahrscheinlich war das auch alles gut und richtig so.

Das Glas wanderte weiter. Hinten am Horizont gewahrte Jørgensen die Höfe von Skovnæs, die staubigen roten Ziegeldächer glühten matt in der Dämmerung.

Drüben auf der anderen Seite, irgendwo hinter dem Wäldchen, lag Ellehavegaard. Dann kamen wieder die Bäume ins Bild, aber von der Rohrweihe fehlte jede Spur. Jørgensen richtete das Glas auf die Baumkronen und suchte die Wipfel ab. Blättergeflirr, lichtdurchsprenkeltes Grün, mal verschwommen, mal schärfer. Eschenzweige, vom Wind bewegt.

Er fuhr zusammen. Eschen? Wie war er auf Eschen gekommen? Noch einmal richtete er das Glas auf die Bäume. Ohne Zweifel, das waren Eschen, erkennbar an ihren typischen Fiederblättern.

Jørgensen schüttelte ungläubig den Kopf, murmelte vor sich hin, und dann, wie von einem plötzlichen Windstoß erfaßt, rannte er hastig los, auf das Wäldchen zu. Die Gummistiefel versanken bis zum Rand im Morast, das Fernglas um seinen Hals schlenkerte wild hin und her, die Brachvögel schreckten pfeifend auf und stoben aufgeregt flatternd davon. Um ihn herum tanzten die Mücken. Jørgensen ruderte durch den Matsch, hüpfte von Grasnarbe zu Grasnarbe, preschte durch die Pfützen und Tümpel des Brackwassers, den Wald starr vor Augen.

»Geoffrey Arthur Adams.« Das Wäldchen war nur noch zweihundert Meter entfernt. Jørgensen schnaufte, matschspritzend und keuchend spurtete er weiter.

Völlig erschöpft erreichte er den Wald. Er sah nach oben, griff einen Zweig und riß ihn ab. Kein Zweifel. Der Baum, vor dem er stand, war eine Esche! Die zweite Prüfung erbrachte das gleiche Ergebnis. Und die anderen Bäume? Der da vorn war ein Ahorn, und dann der nächste, ganz klar, eine Buche, und der da eine Ulme. Hinter dem Weißdorngesträuch standen Silberpappeln, viele Silberpappeln, und dann kamen noch ein paar Buchen. Baum für Baum inspizierte er das Terrain, prüfte hier und dort, sammelte Blätter, stellte Vergleiche an, durchwanderte das Wäldchen kreuz und quer, suchte schwer atmend nach einer anderen Baumart, die ebenfalls gefiederte Blätter hatte. Viele verschiedenartige Laubbäume hatte man damals hier angepflanzt, hatte Kristensen gesagt. Einen aber offenbar nicht. Diesen einen nicht! Er verließ das Wäldchen und sah sich nach wenigen Metern noch einmal um. Das Dämmerlicht verflüchtigte sich in der Tiefe des hereinbrechenden Abends. Ein leichter Wind zupfte an den Blättern in seiner Hand.

Ein Frösteln durchlief seinen Körper.

Das mußte ein toller Sturm gewesen sein, damals.

Jørgensen ging langsam zurück. Am Mühlendamm packte er seine Sachen zusammen, zog die Jacke an, stopfte die leere Weinflasche in die Tasche und schwang sich auf die Nimbus. Und dann raste er wie besessen durch den Staub des Mühlenwegs zurück auf die Landstraße, zurück zum Polizeihaus, hastete ins dunkle Büro, machte Licht an und langte sich eins seiner Bestimmungsbücher.

Die Echte Walnuß, Juglans regia

Sehr langsam wachsender Baum, wird bis 30 Meter hoch, der frühestens nach 20 Jahren Früchte trägt; silbrig-graue Rinde; sehr tief gehende und weit ausstreichende Bewurzelung; edellaubholzreiche Wälder Südosteuropas; in Mitteleuropa als Kulturpflanze eingebürgert; verlangt humusreiche, feuchte, tiefgründige Böden.

Humusreiche, tiefgründige Böden ... Der Boden im Nor bestand aus salzhaltigem Sand und Ton, die Humusschicht konnte damals höchstens zwanzig Zentimeter ...

Es gab keine Walnußbäume im Wäldchen, und es hat dort auch nie welche gegeben.

Jørgensen mußte sich erst mal setzen.

Terkelsen erschlägt Adams mit einem Stein, einem Knüppel, vielleicht sogar wirklich mit diesem Ast? Das hatte Kirstein vermutet, und Jørgensen war sich sicher, daß diese Vermutung zu Recht bestand. Alle Umstände wiesen darauf hin. Die Tat eines Verrückten, der einen Augenblick lang die Kontrolle über sich verloren hatte. Aber er konnte es nicht beweisen. Denn worin liegt der Unterschied, ob einem ein herabstürzender Ast den Schädel zerschlägt oder ob ein Mensch diesen Ast als Mordwaffe schwingt? Wenn der Ast offensichtlich wirklich frisch vom Sturm abgerissenen worden war? Das war Kirsteins Problem, und dieses Problem war für ihn unlösbar und wäre, in dieser Formulierung, für jeden unlösbar gewesen, der keinen aufwendigen wissenschaftlichen Apparat zur Verfügung hatte.

Jørgensen saß vor dem aufgeschlagenen Buch und blickte ins

Leere. Er hatte die Beine weit von sich gestreckt, die Arme auf die Tischplatte gelegt und zwirbelte einen Bleistift zwischen den Fingern.

Wie hatte Folket sich ausgedrückt? ›Wenn man Edgar Allan Poe Glauben schenken darf, dann ist das Unverhüllte am schwersten zu enthüllen. Die Gewohnheit und die Vergeßlichkeit sind die gefährlichsten Verhüller. Und natürlich der scharfe Blick, der darum blind ist, weil er etwas Bestimmtes sucht und daher das Unbestimmte nicht sieht. Und dann das, was in den Tiefen der Seele verborgen ist. Da versagen unsere reellen Maßstäbe.‹

Ja, das muß wirklich ein toller Sturm gewesen sein, murmelte Jørgensen, über mehrere Tage hat er gewütet, und er hat große Verwüstungen angerichtet, Dächer abgedeckt und viele Äste von den Bäumen gerissen. Als Terkelsen den Ast am Abend des 26. November auf seinem Hof liegen sah, heruntergebrochen von seinem Walnußbaum, muß es ihm in seinem Wahn wie ein Fingerzeig Gottes erschienen sein: Siehe, hier ist das Werkzeug, mit dem du den Frieden der Geister vor dem Frevel dieses Fremden beschützen kannst. Und er hat ihn des Nachts noch ins Wäldchen getragen, ob als gottgesandte Waffe oder auch nur, um auf alle Fälle ein überzeugendes Alibi zu haben – niemand kann mit Sicherheit sagen, ob Irrsinn oder Kalkül oder eine absurde Mischung aus beidem ihn dazu bewogen hatten.

Und Kirstein? Er glaubte an eine Tötung im Affekt, also an Totschlag. Auf diesen Aberwitz jedoch, einen raffinierten oder vom Wahn inspirierten Mord, konnte er nicht kommen. Und daher auch nicht auf den Gedanken, die Identität der Mordwaffe zu untersuchen. Jahrelang hat er sie aufbewahrt, hat die Lösung gewissermaßen in den Händen gehalten und dennoch nicht gesehen. Welcher Mensch, welcher Polizeibeamte kennt sich denn auch schon mit den verschiedenen Laubholzarten so genau aus, daß die feinen Unterschiede ihm sofort hätten auffallen und ihn stutzig hätten machen müssen?

Und was war mit ihm? Alles hatte er bislang genau zum richtigen Zeitpunkt gefunden. Doch das einzige Indiz, das wirklich entscheidend zur Klärung des Mordfalles beitrug, erkannte er erst jetzt, ausgerechnet als es ihm kaum noch etwas bedeutete.

Jørgensen klappte das Buch zu, stand auf und ging im Büro hin und her. Malte war mittags schon gegangen. Er räumte die schmutzigen Tassen in die Küche, kam wieder zurück, sah durch die Fenster auf den Vorplatz, wo das Licht der Straßenlaterne auf sein verdrecktes Motorrad fiel. Dann holte er die Holzscheibe aus der Schreibtischschublade und legte sie vor sich auf den Tisch. Das corpus delicti, der letzte Rest davon, so unanschaulich und abstrakt wie ein Präparat, wie ein vertrockneter Blutstropfen auf einem Objektträger, in dem ein Laborant einmal die Erreger einer todbringenden Krankheit nachgewiesen hatte.

Ein einfaches Stück Holz. Er hatte es vor vier Monaten abgesägt, geschliffen, geglättet; ein schönes Muster, die Jahresringe fast regelmäßig rund wie die Ringe auf einer Zielscheibe, der dunkle Fleck in der Mitte die Zwölf ...

Was geschah weiter?

Adams' Papiere, seine Karte, das im Notizbuch erwähnte Journal? Zerrissen, verbrannt.

Der Sextant? Weggeworfen irgendwohin, in das erste beste Wasserloch, was soll's? Sollte man ihn doch später ruhig finden. Vielleicht hat Adams ihn auch in der Hast verloren, als sie zum Wäldchen hinüberrannten, um dort Schutz vor dem fürchterlichen Hagelschauer zu suchen ...

Der abgerissene Ast, der Hagelschauer – waren das wirklich Fingerzeige Gottes gewesen oder eine raffinierte Falle, die ihm der Teufel gestellt hatte? Fürchterliche Zweifel müssen Terkelsen geplagt haben, nach der Tat, als er wieder zur Besinnung gekommen war. Er hatte sich von allen zurückgezogen, seine Bande aufgelöst, nur noch Andersen war in seiner Nähe, beschäftigt mit seinen hektischen Tüfteleien. Und der Junge. Eine Heimstatt hatte er bei ihm gefunden, einen Ort der Ruhe, hier, in der Kammer des freundlichen, stillen Bandonionspielers, der einen Menschen getötet hatte …

Und dann, eines Tages, in einer Winternacht, hatte er sie nicht mehr ertragen, konnte er sie nicht mehr betäuben mit seiner Musik, die Stimmen in seinem Kopf, die ihn erst rasend gemacht hatten und dann nur noch müde. Er hatte aufgegeben, die Laterne zu finden und auf das Schiff zu warten. Keine Predigten mehr, keine Sekte, keine Andachten mehr in seiner Dachkammer. Er wollte die Welt fliehen, die irdische wie die überirdische. Nur hinaus aus Swedenborgs ewigem Kreislauf des Lebens, der ihm früher so viel Mut und Vertrauen gegeben hatte. Nun konnte er sich nichts Schlimmeres mehr vorstellen, als ewig in seinem Körper zu leben, mit Seele und Leib weiterzuleben in Swedenborgs Geisterwelt. Nichts sollte bleiben von ihm, nur noch Asche, Staub, der verwehte, der nicht dafür taugte, in einem menschlichen Leib erweckt zu werden, der den Himmel und die Hölle überlistete, weil es keinen Körper mehr gab, der noch auferstehen konnte.

Jørgensen legte die Holzscheibe zurück in die Schublade und stand auf. Er ging nach oben, entkleidete sich, stellte sich unter die Dusche und ließ das warme Wasser lange auf sich herabströmen. Und so hörte er nicht, wie nun allmählich ein anderes, stärkeres Rauschen einsetzte und die Luft erfüllte, endlich, seit Wochen herbeigesehnt von den Bauern, von allen Lebewesen auf dieser Insel, Regen für die ausgedörrten Wiesen; Regen, der den Staub von den Straßen spülte; Regen, der die morastigen, stinkenden Gräben wieder in lebendige Wasserläufe verwandelte; Regen, der den Grundwasserspiegel hob, so daß die Pumpen der Viehtränken die Bottiche wieder füllen konnten; Regen, der die stumpf gewordenen Ziegeldächer wieder hellrot leuchten und in den Gärten den kräftigen Geruch der Erde aufsteigen ließ.

Nun konnten alle zufrieden sein.

Er zog sich an und ging in die Bibliothek.

Auf dem Tisch lag ein Stoß engbeschriebener Blätter. Er zögerte einen Augenblick, dann setzte er sich an den Tisch, nahm das oberste Blatt, überflog es kurz und holte dann sein Schreibzeug aus der Schublade und machte sich an die Arbeit.

Zwei Stunden später, es war mittlerweile dunkel geworden, legte er den Federhalter nieder, gähnte, schloß die Augen und strich sich mit den Handflächen durchs Gesicht. Dann gab er seinem Körper einen Ruck, stand auf, trat ans Fenster und öffnete einen der Flügel.

Es regnete immer noch. Von der Straße stieg der schwere Geruch von feuchtem Staub auf.

Am Haus gegenüber prasselte ein Wasserstrahl aus der verstopften Regenrinne aufs Pflaster hinunter. In der Straße standen mehrere Pfützen, die von den Laternen mit Lichtsplittern gesprenkelt wurden.

So starrte er lange in die Dunkelheit.

Auf dem Tisch wurde der Tee kalt, die Feder trocknete ein.

Die große Standuhr schlug ruhig ihren Takt.

Er hebt die Hand, fährt mit den Fingerspitzen über das Glas, den Spuren der Tropfen nach, immer im Zickzack.

Geisterhaft leuchtet sein Spiegelbild in der Finsternis; aus den Augen rinnt Wasser.

Ein Auto rollt die Straße herunter, bleibt stehen, Wagentüren klappern, leise klingelnde Schlüssel, im Nebenhaus wird die Tür aufgestoßen, Licht erhellt die gegenüberliegende Hauswand, auf den Stufen eines Eingangs hockt die schwarzweiß marmorierte Katze.

Sie hockt da, regungslos.

Den Schwanz um den Körper geschlungen.

Es passiert nichts …

… dann dreht das Tier den Kopf.

Ihre Blicke treffen sich.

Das Pendel der Uhr schwingt … tack … tack … tack … tack … tack … fünfmal.

Die Katze steht auf und eilt, dicht an die Häuser gedrückt, davon. Kurz darauf klingen Schritte durch den sanft rauschenden Regen die Straße hinab.

Es sind langsame Schritte, es sind schwere Schritte. Man sieht nichts, doch da, an der Hauswand, kriecht der verzerrte Schattenriß eines Menschen hoch und verschmilzt mit der Nacht.

Schritte.

Eine von Regen und Dunkelheit ummantelte Gestalt bewegt sich über das Pflaster und bleibt auf Höhe des Polizeihauses stehen. Setzt nach Sekunden einen zögerlichen Schritt vor, dreht sich plötzlich um, geht zurück ... taucht Minuten später wieder auf.

Nachdem sie sich mehrmals nach links und rechts umgesehen hat, wechselt die Gestalt die Straßenseite und ist nun vom Fenster aus nicht mehr sichtbar.

Jørgensen ging zum Schreibtisch zurück, griff nach dem Becher und trank den lauwarmen Tee in aller Ruhe aus. Dann verschraubte er das Tintenfäßchen und verstaute es zusammen mit der Feder in der Schublade. Mit zwei, drei Handbewegungen hatte er das Papier, die Unterlagen, die sich über den Tisch verstreuten, zu einem Stoß geordnet und in einer Mappe abgelegt.

Er blies die Kerze aus, verließ die Bibliothek, ging über den Flur, die Treppe hinunter, in den Vorraum und öffnete behutsam die Eingangstür.

Auf dem Absatz stand Axel Larsen, mit wirrem, völlig aufgelöstem Gesicht, klitschnaß, und glotzte ihn aus hohlen Augen an.

Jørgensen lächelte sanft und trat zur Seite.

»Du kommst aber reichlich spät!«

*

Der volle Mond wirft ein Bündel fahler Lichtstrahlen durch das Gitternetz des Scheunenfensters. Genug Licht, um sich im weißgetünchten, aus Ziegel- und Feldsteinen gemauerten Bau zurechtzufinden. Doch der Mann benötigt diese Hilfe nicht. Immerhin hat er das Gebäude selbst errichtet, mit seinen eigenen Händen, die jetzt auf den Knien ruhen.

Zwischen den Fingern hält er ein Seil, etwas struppig geworden im Laufe der Jahre, aber noch immer fest und zuverlässig und dienstbereit für seinen Herren.

So sitzt er schon seit Stunden, unbeweglich, die starren Augen gerichtet ins Nichts.

Schließlich erhebt er sich langsam und steigt ruhig und bedächtig auf einen Stuhl. Er dreht den Kopf nach oben und mustert einen waagerechten Balken, stark und groß im Gebälk des Dachstuhls.

Mit einer raschen Bewegung wirft er das Seilende über das Holz und knüpft es fest. Am anderen Ende des Taus befindet sich eine Schlinge, genau in der Höhe seines Kopfes. Mit einem kräftigen Ruck prüft er die Stabilität seiner Konstruktion. Am Balken hängt eine Petroleumlampe. Er nimmt sie, wirft sie mitten ins Stroh. Er wartet einen Moment. Jetzt steigt dicker weißer Qualm auf, aus dem immer größere Flammenspitzen emporzüngeln. Gut. Nun legt er sich die Schlaufe vorsichtig um den Hals.

Seine Arme hängen entspannt, die Hände gelöst, seine Gesichtszüge finden den lang ersehnten Frieden, als er schließlich einen Schritt nach vorn setzt.

III.

Die Trauermäntel

»Exhumieren?« brüllte Malte, »was soll das heißen?«

Jørgensen saß auf der Tischkante und blickte ihm fest in die Augen. »Es muß sein, Malte.«

»Nein, nein, Ansgar, so geht das nicht. So geht das einfach nicht. Ich kann ja verstehen, daß du dich mit unserer Art zu leben ein wenig schwertust und dich hier vielleicht auch langweilst. Wahrscheinlich kommen dir die Menschen hier ein bißchen beschränkt und zurückgeblieben vor; aber du mußt uns, verdammt noch mal, respektieren.«

»Ich respektiere euch auch, ich weiß nur nicht, was das mit den Tatsachen zu tun haben soll.«

»Tatsachen? Was denn für Tatsachen? Hier gibt es nur eine Tatsache, nämlich die, daß Hans Larsen eines ganz natürlichen Todes gestorben ist. Fertig aus.«

»Ja, Tatsache ist aber auch, daß Axel gestern abend bei mir war.«

»Bei dir?« fragte Malte verblüfft. »Was hat er denn gewollt? Daß du seinen Bruder ausbuddelst, zerschnipselst und untersuchst?«

»Sagen wir, er hielt das, ebenso wie ich, für eine Möglichkeit.«

»Was denn für eine Möglichkeit? Drück dich mal klarer aus. Glaubst du nicht, daß durch so eine Aktion die Gerüchte nur noch schlimmer werden?«

»Nein. Torben hat sich das ausgedacht. Wir exhumieren den Schafbauern, lassen die Leiche obduzieren und geben ihm eine zweite Beerdigung, ohne großes Tamtam. Aber wir sorgen dafür, daß im ›Amtsavis‹ ein Artikel erscheint, der die Sache offiziell klarstellt und den Gerüchtemachern gründlich den Kopf wäscht oder so ähnlich. Dann können wir nur noch hoffen.«

»Ansgar, Ansgar, das ist mir nicht geheuer, muß ich dir sagen. Ganz und gar nicht. Und was ist, wenn das nicht klappt?«

»Wir müssen es versuchen, Malte. So geht es auf keinen Fall weiter. Der Artikel erscheint dann zeitgleich mit meiner Abreise. Der Kommissar verläßt die Insel. Der Fall ist erledigt.«

Malte lief auf und ab.

»Sollen wir das machen? Sollen wir das wirklich machen? Vielleicht hast du recht, die Situation ist in der Tat bedrohlich geworden. Es ist ja nicht so, daß ich das nicht auch schon längst gemerkt hätte. Torben redet von nichts anderem mehr in letzter Zeit. Verflixt und zugenäht, die Leute wollen nun mal glauben, daß es hier ein Verbrechen gegeben hat. Aber gleich eine Exhumierung ...? Das geht eindeutig zu weit. Was war denn jetzt mit Axel? Er war bei dir?«

»Es war gestern abend. Axel kam gerade von den Feldern zurück. Er hat es erst gar nicht gesehen, sondern ist gleich ins Haus gegangen. Später, als es schon dämmerte, fiel ihm ein, daß er noch Öl nachfüllen mußte beim Traktor. Er wollte das nicht auf den nächsten Tag verschieben und ging noch mal zur Scheune rüber. Er trat durch die Tür und spürte, wie etwas in seinen Nacken tropfte. Axel dachte sich weiter nichts dabei und wischte mit der Hand drüber. Während er dann im Licht der Taschenlampe das Öl in den Trichter goß, hörte er ein gleichmäßiges Tropfgeräusch hinter sich. Axel wurde neugierig. Er leuchtete mit der Lampe auf seine Hand ... sie war blutverschmiert. Entsetzt richtete er den Lichtkegel auf das Scheunentor; und was er da sah, reichte aus, um ihn dazu zu bewegen, noch gestern um elf hier vorbeizukommen.«

»Was hat er gesehen, Junge? Nun sag schon.« Malte, der die ganze Zeit über Runden im Raum gedreht hatte, blieb stehen und breitete auffordernd die Arme aus.

Jørgensen räusperte sich die Kehle frei. »Über der Tür hing ein Schaf, verkehrt herum angenagelt. Der Kopf, schön sauber abgeschnitten, steckte auf einer Stange neben der Tür.«

»Um Gottes willen!«

»Wir sind dann noch hin und haben diese Schweinerei weggemacht. Es war eins von seinen Schafen, eins aus dem Nor.«

»Warum hast du mir gestern abend nicht Bescheid gesagt?« fragte Malte. »Das geht mich doch auch was an.«

»Axel wollte es nicht. Er war ihm ... wie soll ich sagen ...«

»Ja?«

»Es war ihm irgendwie peinlich. Du solltest das nicht sehen.«

Schweigen.

»Verstehe«, knurrte Malte, »wenn ich das Schwein erwische, das das verbockt hat ...«

Verbockt, im wahrsten Sinne des Wortes, dachte Jørgensen. Torben hatte recht gehabt. Aber ein Tier an ein Scheunentor nageln ... das ist also die Art von deftigen Scherzen, wie sie auf dem Land getrieben werden. Die Sache hatte den gleichen anachronistischen Geruch wie diese Sage vom Mann ohne Kopf, diese Schiffsstrandung oder der Tod von Geoffrey Arthur Adams.

Jørgensen seufzte, Malte brütete ratlos vor sich hin.

»Das ist noch nicht alles, Malte.«

»Was kommt denn jetzt? Willst du noch jemanden ausgraben?«

»Nein. Du wirst es nicht glauben, aber ich habe einen Anruf bekommen, aus Kopenhagen. Man habe dort gehört, daß es hier auf Lilleø einen Mord gegeben hat. Kannst du dir vorstellen, wie sehr die Luft schon brennen muß, wenn meine Dienststelle über irgendwelche dubiosen Kanäle Wind davon bekommen hat, daß hier angeblich ein Mann ermordet worden sein soll?«

»Ach du liebes bißchen! Da steckt bestimmt die Presse hinter.«

»Schon möglich. Man fragt an, was es damit auf sich hat. Und man erwartet umgehend einen ausführlichen Bericht von uns.«

Jørgensen spielte mit einem Kugelschreiber, wirbelte ihn durch die Luft, fing ihn auf, klopfte auf die Tischplatte und bog ihn hin und her.

»Ironie des Schicksals«, grinste Malte.

»Wieso Ironie des Schicksals?«

»Na ja, es ist nämlich so«, druckste er herum, »weißt du, auch ich habe einen Anruf bekommen. Aus Odense.«

»Na … und?«

»Also, meine Vorgesetzten erwarten umgehend einen Bericht im Fall Hans Larsen.«

Der Kugelschreiber zerbrach mit einem Knall.

Die beiden sahen sich lange an.

Die Exhumierung fand in aller Frühe an einem Montag statt. Außer Malte und Jørgensen waren noch zwei Experten aus Odense anwesend, ein Gerichtsmediziner und sein Gehilfe. Sie waren heute früh mit der ersten Fähre gekommen und fuhren einen Kombiwagen mit abgedunkelten Scheiben. Der Pfarrer stand schweigend neben der Grube. Schon bald stießen die Spaten der beiden Totengräber auf die Holzkiste und legten sie behutsam frei. Sie schlangen ein Seil um die Enden des Sargs, kletterten aus dem Loch und zogen vorsichtig, Stück für Stück, die schwere Kiste nach oben.

Genauso vorsichtig setzten sie ihre Last ab und blickten den Gerichtsmediziner fragend an.

Der Arzt nickte.

Jørgensen merkte, wie er Probleme mit seinem Kreislauf bekam. Seine Hände zitterten leicht, das Blut wich ihm aus dem Kopf. Unbewußt faltete er die Hände und flehte um spirituellen Beistand. Malte stand da wie versteinert, der Pfarrer murmelte vor sich hin. Jørgensen versuchte, Blickkontakt mit ihm aufzunehmen, aber vergeblich.

Einer der Totengräber setzte die Brechstange an, hebelte mit einem Ruck den Deckel auf und klappte ihn zur Seite.

Jørgensen wandte sich ab, ging ein paar Schritte und übergab sich. Malte reichte ihm wortlos ein Taschentuch.

Der Mediziner beugte sich über den Leichnam und sagte irgend etwas zu seinem Assistenten.

Aus hygienischen Gründen mußte der Tote in einen geruchsdichten Zinksarg umgebettet werden. Normalerweise wäre das in einem Extraraum bei der Kapelle durchgeführt worden, dort, wo sonst die Verstorbenen für die Beerdigung vorbereitet werden. Doch die Zeit drängte, wenn sie das Schiff noch erreichen wollten. Zudem liefen sie kaum Gefahr, von jemandem beobachtet zu werden.

Der Verwesungszustand konnte schon als fortgeschritten bezeichnet werden. Es war deshalb nicht ganz einfach, den Körper an einem Stück umzuquartieren. Der Mediziner und sein Gehilfe streiften sich Latexhandschuhe über und gingen ans Werk.

Jørgensen erholte sich langsam und drehte sich wieder dem Grab zu. Malte tippte ihm auf die Schulter und deutete auf den Ausgang. Dort hinten, beim schmiedeeisernen Tor, war ein Mann aufgetaucht und blieb unschlüssig stehen. Malte ging ihm entgegen.

»Schau es dir besser nicht an, Axel. Dein Bruder kommt zurück; das schwöre ich dir.«

Axel starrte auf den Boden.

Die Experten hatten ihre Arbeit beendet. Sie schlossen den Deckel ihres Spezialsarges und luden ihn in den Wagen.

»Sollen wir euch noch bis zur Fähre begleiten?« fragte Jørgensen.

»Nein nein, das ist nicht nötig. Wir telefonieren dann, auf Wiedersehen, Herr Pfarrer.«

Die Autotüren wurden zugeschlagen, der Wagen rollte an und verschwand hinter der Friedhofsmauer.

Der Pfarrer kam auf Jørgensen zu.

»Ist das der Bruder dort hinten?«

»Ja, Axel Larsen. Ich habe …«, Jørgensen brach ab. Er hätte heulen können und wollte weg, nur weg von hier.

Der Pfarrer blickte Jørgensen einen kurzen Moment fragend an, dann wandte er sich ab, und sie gingen gemeinsam auf die beiden am Tor zu.

»Laßt mich mit ihm allein«, sagte der Pfarrer. Malte und Jørgensen verabschiedeten sich und stiegen in den Morris.

»Verdammte Scheiße!« sagte Malte.

Jørgensen sagte nichts.

Der Kellner brachte zwei neue Flaschen Tuborg und schenkte ein. Jørgensens Blick wanderte zur Theke, wo ein auffallend hübsches Mädchen die blankpolierten Messinghähne virtuos bediente. Eine gutgelaunte Männerclique umlagerte den Tresen, verlangte lautstark nach Bier und bemühte sich, die Aufmerksamkeit des Mädchens durch zotige Witze auf sich zu lenken. Deutsche Segler, die ihre paar Brocken Dänisch zusammenrafften, um aus ihnen spaßige Bemerkungen zu basteln. Routiniert und mit einem unverbindlichen Lächeln schob sie ihnen die Biere zu, faßte mit einer schnellen Bewegung vier, fünf leer getrunkene Gläser und trug sie zur Spüle.

Der Wirt selbst saß, ein Handtuch über der Schulter, inmitten einer Schar älterer Damen und erzählte mit lebhaften Gesten irgendwelche lustigen oder spannenden Geschichten, deren Sinn und Pointe Jørgensen verborgen blieb. Die Damen jedenfalls applaudierten mit affektiertem Gejauchze und verlangten Zugabe um Zugabe.

Aus den irgendwo im Raum versteckten Lautsprechern dröhnte ein Lied der Rockgruppe Gasolin. Das Mädchen an der Bar horchte erfreut auf, vollführte mit übertriebenem Schwung eine halbe Pirouette zur Musikanlage und drehte, indem sie zum Rhythmus mit dem Kopf nickte und in den Knien federte, den Lautstärkeregler um einige Einheiten höher und begann überdies, Kim Larsens Text mitzusingen.

Direkt neben der Bar befand sich die Tür zu den Toiletten, und daneben hing das große Tuborg-Plakat. Ein alter durstiger Mann, die Beine leicht gespreizt, den Körper gestützt gegen das klobige Holzgeländer einer kleinen Brücke. Von der Sonne gepeinigt, naßgeschwitzt, mit trockener Kehle, einen langen Fußmarsch vor oder hinter sich durch die ausgedörrte und vor Hitze flimmernde Landschaft, wischte er sich den Schweiß aus dem Nacken. Irgendwie kam Jørgensen die Szene vertraut vor. War er diesem Mann nicht schon mal begegnet? Er ergriff sein Bier und stürzte es in einem Zuge herunter.

»Mann, hast du aber einen Durst«, sagte Malte tonlos.

Jørgensen schwieg.

»Siehst du das Mädchen da, an der Bar?«

Jørgensen nickte.

»Hübsch ist sie und jung. Sie wird die Insel früher oder später verlassen, so wie die meisten jungen Leute hier. Keine Zukunftsperspektive auf Lilleø. Die Bevölkerungszahlen nehmen seit Anfang des Jahrhunderts konstant ab. Hast du den Artikel gestern gelesen? Es gibt keine Arbeit mehr. Eine Handvoll landwirtschaftlicher Unternehmen wird sich die Insel aufteilen. Die meisten Höfe liegen dann verlassen und verfallen oder werden als Ferienhäuser zurechtgemacht. Es ist doch jetzt schon so. In den Sommermonaten sind Nørreskøbing und Torsdal voll von Boots- und Ferienhaustouristen. In der übrigen Zeit ist hier tote Hose. Nørreskøbing! Mein Nachfolger wird hier eines schönen Tages der Sheriff einer Geisterstadt sein. Das sind doch fast alles nur noch Zweitwohnungen von Udenøs. Und dann die Geschäfte. Solche traditionsreichen Läden wie Crantz oder Ingvars Boghandel, Jensens Varehus oder der Gamle Bagergaard machen zu oder werden zu Boutiquen, Ramschläden und Imbißbuden für die Touristen und jungen Leute umgebaut.

Vor zehn Jahren, da sah alles noch ganz anders aus, da gab's noch Hoffnung. Diese Alternativen gründeten hier Landkommunen und Biohöfe und arbeiteten nackend auf den Feldern. Etwas sonderbar, zugegeben, aber immerhin voller Begeisterung. Nach zwei Jahren war der Spuk wieder vorbei. Ein Bauernhof ist eben kein Abenteuerspielplatz, und zum – wie heißt das? Selbstverwirklichen? – ist er auch nur bedingt geeignet. Harte Knochenarbeit Tag für Tag, und am Ende reicht es kaum für das Nötigste.

Nimm doch nur mal diese Idee mit der Brücke, von Lilleø rüber nach Smørland. Selbst Jesper ist dafür, weil eine Brücke Fortschritt ist, und als Anhänger und Wähler der Fortschrittspartei Glystrups ist er natürlich für Fortschritt, immer und überall. Er ist ja auch für Alufenster und Plastiktischdecken und neumodische Stalltüren und Sonderangebote bei Brugsen. Aber dann wiederum ist er natürlich auch gegen die Brücke, weil dann alles Gesindel, die Strolche und Verbrecher vom Festland, auf die Insel strömt und uns in Angst und Schrecken versetzt, die Hühner stiehlt und so weiter. Dreiste Frauen wie Tove Holberg, diese resolute Krankenschwester, die ohne wen zu fragen einfach in die Häuser geht und auf den Speichern nach altem Trödel herumstöbert. Denn alles Böse kommt vom Festland auf die Insel und nicht umgekehrt, so ist das nun mal in der Welt«, seufzte Malte und hob das Bierglas an den Mund.

»Wenn du es genau nimmst, Ansgar, bin ich eigentlich auch nur so ein Fossil wie die Larsens oder unser guter Lehrer Kristensen. Wenn ich hier mal aufhöre, in zwei Jahren vielleicht schon, dann wird es ›Das hier‹ nicht mehr geben, dann wird alles anders. Dann kommt ein junger Beamter von irgendwoher, der Uniform trägt und einen Toyota fährt. Die Bibliothek wandert zum Antiquar oder wird auf dem Trödelmarkt verramscht. Vielleicht interessiert sich ja auch die Kommune dafür. Kirstein hat keine Nachkommen mehr, die noch Anspruch darauf erheben könnten. Sie ist einfach übriggeblieben, gewissermaßen inoffizielles Gemeindeeigentum. Und irgendwann kommen dann auch die Sprayer und beschmieren die leeren Häuser. Sieh dir die schönen alten Schoner an: alles Fassade! Wenn sie nicht reichen Deutschen gehören, dann wohltätigen Stiftungen, die jugendliche Kriminelle durch See-Erfahrung resozialisieren wollen, oder sie werden für Betriebsausflüge gechartert, für Besäufnisse auf See. Leute wie Mausen verschwinden dann auch, und auf den Bänken am Hafen sitzen junge Fixer. Dann kannst du das, was mal unsere Substanz war, nur noch im Museum besichtigen, ausgestopft und hinter Glas. Larsens vergammelter Hof wird dann im Freilichtmuseum naturgetreu wiederaufgebaut, so wie jetzt die Bruchstücke der alten Jachten bei Maren Poulsen. Prost, Ansgar.«

Jørgensen blickte Malte eine Weile nachdenklich an. Dann sah er auf seine Hände, die gedankenverloren mit einem Bierdeckel spielten, auf dem der Naturschutzbund mit zwei turtelnden Trauermänteln für den Erhalt bedrohter Tierarten warb.

»Aber alles Alte war doch auch einmal neu, Malte. Die Zeit geht weiter, und wenn einem schon so viel am Alten liegt, weil es voll von Erinnerungen und Poesie ist, dann ist es doch tröstlich, daß das Neue dem gleichen Schicksal unterliegt und irgendwann eben auch alt sein wird. Hier auf Lilleø geht alles den gleichen Gang wie überall, vielleicht nur ein wenig langsamer.«

»Mag sein«, räumte Malte ein, »die Frage ist nur, ob die neuen Dinge überhaupt die Qualität haben, um in Würde altern zu können.«

Jørgensen lächelte. »Das klingt nach Swedenborg.«

»Swedenborg? War das nicht dein technisches Universalgenie?«

»Er war nicht nur Techniker, sondern auch ein Mystiker, ein Seher. Einer, der in seinen Träumen das Geisterreich ausgekundschaftet hat, den Himmel und die Hölle.«

Malte hob abwehrend die Hand.

»Kein Wort davon. Ich kenne diese Brüder«, grunzte er. »Alle diese Spinner, die nachts Alpträume haben, von ihrem religiösen Quatsch fabulieren und schon glauben, der liebe Gott zupfe sie tatsächlich am Nachthemd und diskutiere mit ihnen seine zukünftigen – wie nennt ihr das? – Umstrukturierungen? Wir hatten mal ein paar von denen hier, das ist ... na vielleicht fünf, sechs Jahre her. Sind über die Höfe gezogen und haben weiß der Himmel was erzählt, vom lieben Gott, vom Sündenpfuhl, und daß die Welt untergehe; das Übliche also. Und außerdem wollen sie, daß du dein Leben änderst, keinen Kaffee mehr trinkst und kein Bier, von morgens bis abends betest und dich auf das ewige Leben vorbereitest. Wenn du nicht mitspielst, wechseln sie untereinander Blicke und sehen dich mit verzeihender Geduld an. Du kennst das ja, dieses alberne Lächeln der notorischen Besserwisser. Und am Ende sind sie dann meistens schon zufrieden, wenn du ihnen ihre Traktätchen abkaufst.«

Eine Weile sagte keiner etwas.

»Ich weiß nicht Malte, ob du da vorhin wirklich recht hattest. Ich glaube, jeder Aufbruch, jede Bewegung, erzeugt ihre Gegenbewegung. Die 70er brachten die Kommunarden, und tu bloß nicht so, als hätte dich das zuerst nicht stark befremdet. Heute siehst du das vielleicht nostalgisch verklärt, weil du gesehen hast, was danach kam, die Yuppies und die Managerseminare.«

Malte nickte zustimmend.

»Eines Tages vergeht auch denen die Lust an Lilleø, und die nächsten werden kommen, die gewandelten Computerkids der kommenden Generationen. Und wie die Kommunarden im Geist der Wandervögel der 20er Jahre, so werden sie auf ihre Art im gleichen Geist leben wollen, nackt tanzen mit ihren Kindern, die Haare bis zum Hintern. Und Bjørn wird vom Traktor runtersehen, sich an die faltige Stirn tippen und den Kopf schütteln, genau wie du damals. So ist's halt im Leben. Es geht immer weiter, man muß im Grunde nicht einmal was dafür tun.«

»Ich bin skeptisch, Ansgar. Willst du noch ein Bier?«

Jørgensen nickte. Malte ging an die Bar und kam kurz darauf mit zwei Flaschen zurück.

»Anna schreibt, daß sie kommen will. Sie holt mich ab. Dann lernst du sie ja endlich mal kennen.«

»Ist euch das nicht verboten worden? Du darfst doch nur Kontakte mit uns Einheimischen haben. Dafür stecken die dich bestimmt ins Kittchen.«

Die Stare

Der Sommer ging zu Ende, die Insel veränderte ihre Farbe. Überall sah man jetzt Traktoren über die Äcker schleichen. Das erste gelbe und rote Laub wehte zusammen und wirbelte über die Straßen. Auf den Telefonleitungen sammelten sich die Stare.

Jørgensen war allein im Polizeihaus und räumte auf.

Er machte sich daran, die welken Halme wegzuschmeißen und die ungezählten Käfer zusammenzusuchen, die über fünf Monate nahezu jede ehemals freie Fläche, ob Schreibtisch, Schränkchen oder Fensterbank, wie die Schausammlung eines koleopterologischen Instituts hatten erscheinen lassen. Einige seiner Schätze hatte Jørgensen so liebgewonnen, daß er sie nur sehr ungern in einer Schachtel verstaute. Fast wehmütig erinnerte er sich daran, wie oft er sie gegen Maltes Bedenken, was denn die Besucher davon halten sollten, und seine Aufforderung, den Krimskrams und das Ungeziefer wegzuschaffen, verteidigt hatte. Zu den schönsten Kuriosa aus Jørgensens Raritätenkabinett zählte zweifellos das mehr als drei Zentimeter lange Exemplar eines Pappelbocks, den er einige Tage zuvor tot hinter der Borke einer Pappel gefunden und zur Bestimmung mitgenommen hatte. Aber auch Laufkäfer, Skarabäen, Schnell- und Weichkäfer hatten ihren Weg aus der Natur unter seine Lupe gefunden und krümmten sich trocken auf ihren Ablagen. Die wertvollsten Stücke drapierte er schließlich behutsam auf einen Frühstücksteller. Schon als Kind hatte er sich darüber gewundert, daß nicht nur schillernde Käfer, sondern auch funkelnde Mineralien und bizarr geformte Muscheln in den Augen der Erwachsenen keinen Wert darstellten. Allenfalls tropische Kristalle und kitschig glasierte Muscheln aus der Südsee hatten einen gewissen Preis und vervollständigten, zu Aschenbechern entwürdigt, die Tischfeuerzeugkultur ihrer neuen Besitzer. Fies bemalt und vergoldet, spottete die solchermaßen veredelte Natur dem himmlischen Kunsthandwerker Hohn, den seine irdischen Adepten, ohne weiterhin Probleme damit zu haben, sich als gute Christen zu fühlen, der ästhetischen Fehlbarkeit bezichtigten. Und so waren es nicht die Naturfreunde, welche die Schätze der Schöpfung in Läden und auf Märkten feilboten, sondern kleine Krämerseelen, die ihre in Glaskästen gepfropfte Ware mit der gleichen, alle materiell wertlose Schönheit verachtenden Listigkeit verkauften, mit der Kolumbus und seine Spießgesellen den Indianern Glasperlen gegen Gold eintauschten.

Die Dinge, die ihm ans Herz gewachsen waren, sollten einen würdigen Platz in Kirsteins Bibliothek bekommen. Mitnehmen nach Kopenhagen wollte er nichts.

Jørgensen widmete sich nun den Schubladen seines Schreibtischs. Sie waren voll. Randvoll. Und womit? Er schüttelte den Kopf, ging in die Küche und holte sich einen Müllsack. Dann entleerte er die Schubladen auf die Tischplatte. Nach und nach füllte sich der Sack mit allem möglichen Krempel. Kommissar Jørgensen räumt auf, murmelte er vor sich hin. Manchmal seufzte er wehmütig, und manchmal legte er auch den einen oder anderen Gegenstand auf einen Extrastapel. Das wollte er noch aufheben, vorläufig behalten, vielleicht bis es ihm in ein paar Tagen leichterfallen würde, sich davon zu trennen.

Zwischen den Papieren fand er ein kleines Holzscheibchen.

Das Stück vom Ast des Walnußbaums. Er drehte es in den Händen. Was sollte er jetzt damit noch anfangen? Einen letzten Beweis führen? Er zuckte die Achseln.

Er schrieb ein paar flüchtige Zeilen auf ein Blatt Papier und stopfte es zusammen mit dem Holzstück in einen großen Umschlag.

Dann schrieb er Annas Adresse vom Botanischen Museum Kopenhagen drauf.

Um auch diese Sache ordnungsgemäß zu Ende zu bringen.

Er ließ alles so liegen, wie es lag, und ging zur Post.

Er spazierte dann noch ein wenig herum, aß am Hafenkiosk einen Hot Dog, beobachtete das Ablegemanöver der Fähre, ging wieder zurück zum Polizeihaus. Am frühen Nachmittag hatte er das Büro aufgeräumt.

Karg sah es hier jetzt aus. Und irgendwie auch schön. Es gefiel ihm, alles so scheinbar unberührt zu sehen.

Maltes Schreibkraft konnte demnächst wieder hier einziehen. Er hatte sogar den frech und wild grinsenden Kim Larsen auf seinen angestammten Platz zurückgestellt. Nur die venezianische Gondel für das Schreibmaterial war auf rätselhafte Weise verschwunden.

Jørgensen saß am Schreibtisch, ordnete noch ein paar Dinge. Als es nichts mehr zu verschieben gab, fing er an, sich zu langweilen. Er dachte an die ersten Tage, damals Anfang Mai, als er sich hier gerade eingerichtet hatte und wie sein innerer Schwung durch einen unspektakulären Dienstalltag gebremst worden war.

Und plötzlich stand er auf.

Ihm war etwas eingefallen. Da gab es noch etwas, eine Sache, die er noch zu Ende bringen mußte.

Ja, jetzt wußte er, was noch zu tun war.

Es regnete unaufhörlich.

Jørgensen arbeitete wie verrückt in Jespers Scheune. Er kam vorwärts, die Taucherglocke nahm langsam Gestalt an. Bei Kerzenlicht und ewig plätscherndem Regen, mit Butterbroten und Kaffee, den Jesper ihm regelmäßig brachte, schuftete er tagelang, bis ihm die Hände bluteten. Malte kam vorbei, unterhielt sich ein wenig mit ihm. Kein Zweifel, er war neugierig geworden, die Sache fing an, ihn zu interessieren. Es gibt zwei Möglichkeiten, den Dingen auf den Grund zu gehen, philosophierte er, entweder man legt ihn trocken, wie Biering, oder man macht es wie du und steigt zu ihm hinab. Und dieser schöne Satz gestattete es ihm, in dem irritierenden Treiben seines Kollegen doch noch etwas Vernünftiges zu erblicken. Wenn Jørgensen sich erschöpft und von plötzlicher Lustlosigkeit befallen für ein Stündchen auf sein Strohlager niedersinken ließ, waren es Malte und Jesper, die ihm neuen Mut zusprachen. Und so rappelte er sich immer wieder auf, packte sich die Werkzeuge und hämmerte, schraubte, hobelte und kalfaterte weiter drauflos. Und er baute die Taucherglocke zu Ende.

Zwei Tage später saß Jørgensen auf der Bettkante im Polizeihaus und klebte saubere Pflaster auf seine Wunden, Spuren, die die ungewohnte Handwerksarbeit hinterlassen hatte.

In ein paar Tagen wird auch alles andere zu Ende gehen. Nur noch zehn Mal schlafen, hätte seine Mutter gesagt, die dem kleinen Ansgar auf diese Weise die Zeit bis zum Beginn der Sommerferien faßbar machen wollte. Ob er vielleicht schon mal anfangen sollte, die Koffer zu packen?

Das Zimmer roch genauso wie am ersten Tag, und das würde wohl auch in zwanzig Jahren noch so sein, denn gegen diesen eingeborenen Geruch von Fensterkitt, Bettwäsche und Lack hatten die Duftmarken der Bewohner keinerlei Chancen. Auch die Bilder an den Wänden schienen Wohnrecht auf Lebenszeit zu beanspruchen. Verblichen und verschrumpelt würden sie irgendwann mit ihren mürben alten Rahmen zu Boden sinken und sich in Staub auflösen. Dann tritt auch diese Jacht ihre letzte Reise an, Swedenborg geht ein in seine Geisterwelt, und von dem wüsten Getümmel der Seeschlacht wird nichts bleiben als Rauch und Asche. Jørgensen war aufgestanden, um dieses Bild näher zu betrachten. Ein Öldruck, wie sie um die Jahrhundertwende hergestellt wurden, von den Jahrzehnten mit einer unlösbaren Staubschicht und zahllosen Fliegenklecksen überzogen. Schwer zu erkennen, was da vor sich ging und wer da gegen wen kämpfte. Der Himmel war dunkel und alles in Rauch und Feuer gehüllt, dessen Widerschein sich auf den Wellen und in den zerrissenen Segeln fing. Zwei große Schiffe im Vordergrund und dazwischen mehrere kleine Boote mit den Silhouetten von Ruderern. Viele Flaggen und Wimpel, aber nur sehr undeutlich zu erkennen.

Was aber zunächst aussah wie Brand, erwies sich bei genauerem Hinsehen lediglich als das Mündungsfeuer der Kanonen, und auch die gewaltigen Qualmwolken waren keine Spuren der Vernichtung, sondern nur Pulverdampf. Alles sehr theatralisch, wie ein Riesenfeuerwerk auf See. Was Kirstein daran wohl gefallen haben mag?

Jørgensen schüttelte den Kopf und ging wieder hinunter in das aufgeräumte Büro.

Und da es im Moment keine konkrete Aufgabe zu erledigen gab, nahm er sich nun wohl zum x-ten Mal den Wust von Papieren vor, den ihm seine Dienststelle vor über zwei Monaten beschert und dessen Bearbeitung er Monat für Monat vor sich hergeschoben hatte. Er stöberte eine Weile kreuz und quer darin herum, unschlüssig, womit er beginnen sollte. Die Unterlagen bestanden nicht nur aus dem umfangreichen Fragebogen selbst, sondern auch noch aus einem Begleitheft, in dem, wie bei einer Steuererklärung, zu jeder einzelnen Frage genaue Anleitungen zur richtigen Bearbeitung gegeben wurden, sowie aus einer 100 Seiten starken Informationsbroschüre, die die Probanden in den tieferen Sinn des SASOWA-Projekts einweihen sollte. Obwohl sie sehr zerlesen wirkte, hatte Jørgensen ihrem Inhalt bislang noch keine Beachtung geschenkt, sondern sie nur zum Pressen von Pflanzen benutzt, wozu sie wegen ihres saugfähigen Papiers hervorragend geeignet war. Und als er sie nun in seinem Anfall von Pflichtbewußtsein wenigstens einmal durchblättern wollte, fand er darin zu seiner Freude noch einige schöne große Exemplare der tentakelartigen Blätter der Sichelmöhre, deren Saft ein zartes grünes Muster auf den Seiten hinterlassen hatte.

Die Fragen waren in Rubriken unterteilt. Persönliche, geographische und materielle Rahmenbedingungen, psychische Befindlichkeiten, Dienstliches, Kreativaufgaben.

Die ersten Fragen waren leicht zu beantworten, denn man brauchte bloß Kreuzchen hinter einer Auswahl vorgegebener

Möglichkeiten zu machen. Er las weiter, erst langsam, dann immer schneller, überflog die Fragen nur noch, ohne sich Gedanken über mögliche Antworten zu machen:

›Wie beurteilen Sie die zwischenmenschlichen Beziehungen Betreuer Dienststelle Bevölkerung berufliche Erfahrungen vor Ort anwenden erstellen Sie eine Liste mit den zehn wichtigsten Gegenständen an Ihrem unmittelbaren Arbeitsplatz persönliches Verhältnis zu Ihrem Betreuer Subordination Kompetenzeinschränkung wie ist Ihre menschliche Begegnungsfrequenz pro Tag gibt es besondere Konflikte während der Assimilationsschulung ist das Freizeitangebot ausreichend leisten Sie Überstunden Nacht- und Wochenenddienst einschließlich Teil- und Bereitschaftsdienst …‹

Schließlich flimmerten nur noch Satzfetzen und Wortsalat an seinen Augen vorbei.

Jørgensen holte tief Luft.

»Was meinst du dazu, Maja? Soll ich das wirklich ausfüllen?«

Die Katze hatte die ganze Zeit regungslos wie eine Sphinx auf der Tischplatte gelegen, und sie drehte jetzt nur ein wenig den Kopf.

»War das ein ›Nein‹?« fragte Jørgensen. »Hm? Du könntest dich ruhig etwas klarer ausdrücken.«

Er brütete vor sich hin.

»Hi! Mein Junge.«

Malte betrat den Raum und wuchtete einen Karton auf die Theke. »Da bist du ja wieder. Und? … mit der Taucherglocke fertig geworden? Jesper meinte so was.«

Jørgensen nickte.

»Sehr gut … Hier, neuer Stoff vom Zoll. Butzelmann. Irgend so'n Kräuterschnaps aus Deutschland.« Er angelte sich eine Tonflasche aus der Kiste, schraubte sie auf, hielt die Nase dran und grinste breit. »Riecht scheußlich.«

Jørgensen hörte gar nicht zu.

Aus einem Stückchen Schnur und einem Radiergummi hatte

er sich ein Pendel gebastelt. Das ließ er jetzt über den Fragebögen kreisen. So, oder doch so ähnlich, hatte er es schon mal bei seiner esoterischen Kollegin Gitte gesehen.

»Was machst du da?« fragte Malte.

»Ein Gottesurteil; je nachdem, wohin das Pendel ausschlägt, fülle ich den Mist aus oder nicht.«

»Was zum Teufel ist ein Gottesurteil?«

»So haben es die Theologen früher gemacht, wenn sie ein gerechtes Urteil fällen, oder, genauer, die Verantwortung für ihre Untaten Gott in die Schuhe schieben wollten, damit ihr Ansehen keinen Schaden nimmt. Die Drecksarbeit der Exekution haben sie dann allerdings der sogenannten irdischen Gerichtsbarkeit überlassen. Du siehst, die Idee der Gewaltenteilung ist schon sehr alt. Und sehr praktisch.«

»Soso, und jetzt willst du deine Schularbeiten von Gott machen lassen. Sechs Semester Theologiestudium haben dich schon ganz schön korrumpiert, muß ich sagen.«

Jørgensen lächelte milde. »Sagen wir, ich delegiere sie nur an eine höhere Instanz. Delegieren können ist die große Kunst aller Führernaturen.«

»Und da soll dir Gott aus der Patsche helfen, du bist doch jetzt Polizist, dachte ich.«

»Richtig. Und darum werde ich es auch nicht Gott überlassen, sondern dem Kriminaltechnischen Institut. Die können das besser und verfügen außerdem auch über die erforderliche technische Allmacht für so eine große Aufgabe. Die können aus Tortenflecken mehr herauslesen als Psychologen aus Tortendiagrammen. Wenn die diese Bögen analysiert haben, wissen sie alles über mich und meine Assimilationsschulung.«

»Kein schlechter Gedanke. Du willst sie also nur ausfüllen, wenn das Pendel in eine ganz bestimmte Richtung schlägt. Du weißt doch, daß die Pendelbewegungen unmittelbar von deinem Willen abhängen. Der überträgt sich in winzige Bewegungen. Mit dem bloßen Auge gar nicht zu sehen.«

Malte stellte zwei Schnapsgläser auf den Tisch. »Einen Butzelmann, der Herr?«

»Schenk ein.«

»Trinken wir auf deinen Tauchapparat.«

Sie kippten das Zeug weg.

»Der Aquavit war besser«, sagte Malte, ohne mit der Wimper zu zucken.

Jørgensen röchelte. »Die Jungs vom Zoll haben dich verarscht, Malte. Das Gesöff ist toxisch.«

»Genau, ein schleichendes Gift. Wenn du zuviel davon trinkst, siehst du irgendwann genauso aus wie dieser bucklige Kamerad auf dem Etikett hier.« Malte verstaute die Flaschen im ›Geheimversteck‹, in der Arrestzelle unter der Pritsche.

»Was ich noch sagen wollte, Ansgar, du warst doch mal im Altenheim, in SOLSKIN, und hast da eine alte Frau besucht, Pedersine Nielssen. Ich kenne eine Pflegerin, die in dem Heim arbeitet, Liz Sørensen. Die hat mir erzählt, daß die gute Pedersine seitdem nicht mehr zur Ruhe kommt. Sie möchte unbedingt noch mal mit dir sprechen. Hast du ihr etwa schöne Augen gemacht?«

»Ja«, sagte Jørgensen.

Malte kicherte albern und stapfte, dem Männlein auf der Butzelmannflasche nicht unähnlich, im Raum herum.

Sie waren im Garten von SOLSKIN, der sich leicht abschüssig bis hinunter zum Meer erstreckte. Die Reifen des Rollstuhls knirschten über den gepflasterten Weg. Jørgensen schob. Pedersine Nielssen hatte eine Decke über ihre Beine gelegt, und für alle Fälle hielt sie noch einen gefalteten Schal im Schoß. Die Zähne hatte sie eingesetzt.

»Diese junge Frau vom Biohof, die sich manchmal um mich kümmert, Johanne, die hat jetzt geheiratet. Einen Dänen. Sie kommt aus Deutschland.«

»So?« sagte Jørgensen.

»Ja, Johanne ist wirklich ein tüchtiges Mädchen. Warten Sie mal. Halten Sie mal an. Das hier ist mein Lieblingsplatz.«

Jørgensen stellte die Bremsen fest. Hier stand eine Bank, abgeschirmt von ein paar Büschen. Man schaute hinunter zu einem Strand aus weißen, glattgeschliffenen Steinen, auf dem überall Knäuel und Fetzen von trockenem Tang lagen.

»Riechen Sie das? … Riechen Sie doch mal.«

Jørgensen schnupperte.

»Dieser Geruch ist das Schönste.«

Jørgensen setzte sich auf die Bank und schlug die Beine übereinander. Die Ellenbogen aufgesetzt, schaute er über das Wasser. Es war schon ein wenig kühl, und Pedersine kroch mit ihren Händen in den warmen Schal. Jähe Windstöße verwuschelten ihnen die Haare.

Er fühlte sich wohl.

Dann tat er etwas Ungewöhnliches. Er zündete sich eine Zigarette an. Zweimal im Jahr verspürte er Lust dazu.

»Sie rauchen? Ich habe früher auch geraucht.«

Jørgensen hielt ihr die Schachtel hin. Mit zittrigen und aufgeregten Fingern zupfte sie sich eine Zigarette heraus. Jørgensen gab ihr Feuer. Sie zog den Rauch tief in ihre Lungen und ließ ihn genüßlich aus Mund und Nase strömen, ihre Haltung war routiniert, nicht so verspielt wie bei Jørgensen, der nur ein wenig an dem Stengel herumnippte. Eine Raucherin.

»Früher hatte ich immer eine Zigarettenspitze.« Sie rauchte langsam und intensiv.

»Frau Nielssen, ich habe gehört, daß Sie mir was Wichtiges mitteilen möchten. Was war das?«

»Ich soll Ihnen was mitteilen? Was denn?« Pedersine klopfte ihre Asche ab.

»Ja, das haben Sie dem Fräulein Liz gesagt, der Pflegerin.«

»Das weiß ich gar nicht mehr. Was soll denn das gewesen sein?«

Jørgensen lächelte.

»Es ist schlimm, wissen Sie, ich vergesse soviel.«

Sie schwiegen. Sie drückten schließlich ihre Zigaretten aus. Und dann sagte Pedersine:

»Ja, ich mußte die ganze Zeit an Sie denken, junger Mann, und an diesen komischen, an diesen netten Engländer, diesen … irgendwie seid ihr euch ähnlich. Ja, und dann ist mir noch was eingefallen. Mein Mann, also Bertil … der hat damals, als wir das Zimmer … wir haben das Zimmer natürlich gründlich saubergemacht und die Betten frisch bezogen und die Matratzen gelüftet, denn wenn so ein Gast längere Zeit da drin geschlafen hat … also wir haben dann immer alles gelüftet, die Matratzen rausgelegt, und da haben wir … Können Sie mir mal das Kissen im Rücken … das ist etwas verrutscht, … danke, Herr Kommissar. Ja, der Rücken macht mir zu schaffen, aber das ist schon länger. Da habe ich schon als junge Frau drunter zu leiden gehabt, immer diese Schlepperei, die schweren Bierkisten und die Matratzen und dann ewig diese Bückerei beim Bettenmachen und Schrubben, das haben wir Frauen früher ja alles machen müssen … Was wollte ich noch gerade sagen, ich wollte doch gerade … Ach ja, und da haben wir damals, als wir das Zimmer aufgeräumt haben, da haben wir unter den Matratzen zwei Bücher … eigentlich waren es mehr so dicke Hefte, ja, die haben wir da gefunden, und ich sagte noch, wie kommen die denn dahin, die sind doch nicht von uns, und da meinte Bertil, also mein Mann, ob die wohl dem Engländer gehört haben, und da habe ich gesagt, daß wir das melden müssen. Da waren nämlich die von der Polizei … Kirstein, Kirstein hieß er, und noch so einer, die waren gekommen, damals, als das mit dem Unfall passiert war, und die haben alles mitgenommen, was dem Engländer gehört hat. Aber Bertil meinte, daß wir das behalten dürfen, diese Bücher, weil wir haben sie ja gefunden, und außerdem hatten wir auch noch Miete zu kriegen. Ja, und dann hat Bertil die Sachen weggeschlossen, und ich sollte aber mit keinem darüber reden, und das habe ich auch nicht getan, Bertil kannte sich in solchen Dingen besser aus als ich. Ja, und als er dann starb, ich hatte da schon gar nicht mehr dran gedacht, also kurz vor seinem Tod, er ist ja leider nicht alt geworden, ich mußte die Wirtschaft dann alleine weiterführen, das war nicht leicht, das können Sie mir glauben, junger Mann, vor allem dann im Krieg, da hatten wir wieder so viele Fremde hier, Deutsche ... Aber das haben Sie ja nicht miterlebt, Sie sind ja noch so jung ...«

Jørgensen wurde aufmerksam. Sehr aufmerksam. Er starrte die alte Frau an.

»Und diese Bücher haben wirklich Mister Adams gehört? Sind Sie ganz sicher, Frau Nielssen?«

»Es waren keine Bücher. Es waren mehr so Hefte. Haben Sie noch eine Zigarette für mich?«

»Diese Hefte. Sie sagen, diese Hefte gehörten Mister Adams.«

Jetzt wurde er nervös.

»Natürlich, sie gehörten ihm. Wir haben sie gefunden. Und kurz vor seinem Tod, da hat Bertil mir diese Sachen, diese Hefte gegeben und hat gesagt, Pedersine, paß gut darauf auf, wer weiß, was das einmal wert ist. Ja, das ist mir wieder eingefallen, als Sie neulich von diesem Engländer sprachen. Mr. Albert oder wie der hieß.«

»Frau Nielssen, wo haben Sie denn diese Hefte?«

»Oben in meinem Zimmer. Gut versteckt. Manche Dinge muß man gut verstecken, jaja. Aber Sie können sich das ruhig mal ansehen. Vielleicht wissen Sie ja, ob das noch was wert ist. Aber nur angucken!«

Er saß auf dem Mühlendamm, oben an der Böschung zur Seeseite hin, zwischen den großen Steinen. Vor ihm auf den Knien lagen die beiden Oktavbände. Ein Logbuch das eine, oder genauer, das Schiffsjournal, das Adams in seinem Notizbuch erwähnt hatte. Es war ein fleckiges, in Leinen eingebundenes Heft. Dem Stempel zufolge stammte es aus einem Londoner Antiquariat.

Und das andere Buch? Jørgensen blätterte eine Zeitlang aufmerksam darin herum. Eine Autobiographie, reichlich zerfleddert und über hundertfünfzig Jahre alt: *Denkwürdigkeiten aus meinem Leben*. Der Verfasser war ein gewisser Magnus von Dernath und der Inhalt ein Wust schwerverständlicher Dinge; die Erinnerungen eines Diplomaten an seinen Dienst am Hof Christians VII.; seine Zeit als Gesandter beim Schwedenkönig Gustav IV.; die Frage der schwedischen Thronfolge und dergleichen mehr. Von Leuten war die Rede, deren Namen er noch nie zuvor gehört hat, Königen, Herzögen, Grafen, Freiherrn, Adligen, ausländischen Diplomaten, hohen Beamten. Und ab und zu ein wenig Vertrautes: Napoleon kam darin vor und auch der Zar Alexander.

Jørgensen schüttelte den Kopf.

Adams hatte diese beiden Bücher mit sich herumgeschleppt, sie sogar wie einen Schatz unter seiner Matratze verborgen. Seine Augen wanderten von den *Denkwürdigkeiten* zum Journal und vom Journal zu den *Denkwürdigkeiten*. Noch einmal griff er sich die Autobiographie, blätterte darin herum und legte sie dann zurück auf seine Knie.

Ein Buch für einen Experten, für einen, der ihm dies alles erklären konnte.

Er wußte, wem er es geben würde.

Die Enten

Die alte Schule in Kirkeby war ein schmuckes Fachwerkhaus, ein langgezogener ebenerdiger Trakt, reetgedeckt, mit frischgekalkten Feldern, hellblauen Fensterrahmen und einer hübschen bunten Tür mit blankgeputzten Messingbeschlägen. Zur Straße hin wurde es von einem schmalen Gartenstreifen gesäumt, in dem viele bunte Asternstauden und die letzten Stockrosen ihren spätsommerlichen Farbenzauber ausbreiteten. Als Schule wurde das Haus schon lange nicht mehr benutzt; ein Bus fuhr die Kinder von Kirkeby jeden Morgen in das neue Schulgebäude nach Nørreskøbing und brachte sie nachmittags wieder zurück. Die Räume mit den niedrigen Decken und den hellen Holzdielen wurden nur noch von Kristensen und seiner Frau bewohnt.

Alles war still, bis auf das Geschnatter der Enten, die auf einem Tümpel gegenüber der Landstraße lauthals ihre Beziehungsprobleme regelten. Jørgensen trat durch die winzige Pforte in den Vorgarten und betätigte den Türklopfer. Als sich nichts regte, ging er um das Haus herum und fand die beiden Alten draußen am Kaffeetisch sitzen.

Eine überschwengliche und herzliche Begrüßung. Man stellte ihm sogleich ein Gedeck hin, goß Kaffee ein und häufte Berge von Kuchen auf seinen Teller. Wie es ihm denn ergangen sei in all der Zeit, man habe sich ja so lange nicht gesehen, ja, sie selbst seien erst seit einer Woche aus Jütland zurück, die Tochter sei dort verheiratet, auch mit einem Lehrer, und die drei Enkelkinder hätten Oma und Opa ganz schön in Trab gehalten.

»Hier, sieh mal, die zukünftigen Heimatforscher«, lachte Kristensen.

Jørgensen betrachtete die Fotos der kleinen Nackedeis, die mit Eimer und Schaufel den Strand von Fanø umgruben nach Muscheln, Krabbenscheren und Plastikmüll.

Hinter dem Schulhaus lag eine große Rasenfläche, und dahinter erstreckte sich der sogenannte Wald, Kristensens ganzer Stolz, den er in den 50er Jahren selbst angepflanzt hatte, mit allen Baumarten, die, seinen Nachforschungen zufolge, früher einmal auf Lilleø beheimatet waren. Leider hatte er alles viel zu dicht gepflanzt, so daß der mehr als dreißig Jahre alte Bestand inzwischen zu einem nahezu undurchdringlichen Verhau herangewachsen war, und Jørgensen kam, nachdem ihn der alte Lehrer, mit einer Machete bewaffnet, hindurchgeschleust hatte, arg zerkratzt wieder zum Vorschein. Dann mußte er noch ein weiteres Prunkstück bewundern, einen drei Meter hohen Mammutbaum mitten auf dem Rasen, gezogen aus einem Steckling, den er von einem seiner ehemaligen Schüler erhalten hatte, der inzwischen am Botanischen Museum in Kopenhagen arbeitete und ihn immer noch regelmäßig besuchte. Alfred Jenssen. Jørgensen kannte ihn flüchtig, ein Kollege von Anna.

Kristensen, der Privatier, war im Gegensatz zu seiner adretten Frau recht schlampig gekleidet. Zu seinen alten Schlabberhosen trug er ein altmodisches, vielmals geflicktes, weißes, kragenloses Hemd mit weiten Ärmeln, die an den Manschetten fadenscheinig waren und eingerissen und fleckig von Speiseresten und verklekkertem Kaffee, aber er trug es mit der Souveränität eines Gelehrten, der sich, wenn überhaupt, dann höchstens von fadenscheinigen Argumenten und unsauberen Beweisen aus der Ruhe bringen läßt und den die Spuren des Lebens nur jenseits der Bannmeile seiner Hemdbrust interessieren.

»So, Ansgar, und nun erzähl mal, woher eigentlich dieses seltsame Buch stammt, das du mir da geschickt hast.«

»Dernaths *Denkwürdigkeiten*? Sie gehörten einem Mr. Adams. Vielleicht kannst du dich noch erinnern. 1927, da war mal ein Engländer hier, der nach einem Schiff gesucht hat.«

»Ein Engländer? Ist das der, der damals verunglückt ist? Das hat hier ja seinerzeit viel Staub aufgewirbelt.«

»Ja, diesen Engländer meine ich. Er wurde auf dem Torsdal-Friedhof begraben. Sein Grab ist immer noch da.«

»Jaja, ich weiß. Und dem hat das Buch gehört? Und wo hast du das jetzt auf einmal ausgegraben?«

»Ausgegraben ist schon richtig. Aber nicht unter Sand oder Akten, sondern unter 20 Zentimeter Seegras. Seine Zimmerwirtin hatte es beim Bettenmachen gefunden, unter der Matratze, und nicht abgeliefert.«

»Die Wirtin? Pedersine etwa? Lebt die denn noch?«

»Ja, in SOLSKIN. Ich habe sie aufgesucht, nachdem ich in Kirsteins alten Akten von dieser Adams-Sache gelesen hatte. Sie hat eine Schwäche für Polizisten, und vielleicht wollte sie ja auch ihr

Gewissen erleichtern und die alten Scharteken endlich lossein, nachdem sie sie ihr Leben lang wie einen Schatz gehütet hatte.«

Jørgensen brachte sein Anliegen vor und erwähnte auch das andere Dokument, in dessen Besitz er gelangt sei, und drückte seine Vermutung aus, daß es etwas mit dem gestrandeten Schiff zu tun haben könnte, von dem Bende Bendsen in seinem Tagebuch ...

»Ah, dieses rätselhafte Schiff, ich habe davon gelesen, interessant, erzähl weiter, gibt es neue Erkenntnisse darüber?«

Jørgensen berichtete von Kirsteins Schiffsdossier, verschwieg aber alles, was mit dem Sextanten, mit Adams oder mit Terkelsen zu tun hatte ... Soso, da hat der Herr Kirstein also auch ... und hat niemandem was davon erzählt, typisch, dieser alte Geheimniskrämer. Als junger Lehrer sei er ihm gelegentlich begegnet, so etwa gegen Ende der 30er Jahre, ein strenger und schweigsamer Mensch. Ja, und was sei mit diesem anderen Dokument? Ein Schiffsjournal! Kristensen zog die Augenbrauen hoch. Doch nicht etwa von diesem Schiff? Möglicherweise? Was, bestimmt sogar? Das halte er für unwahrscheinlich, daß davon noch ... nach fast 200 Jahren ... Ob er sich da ganz sicher sei? Ja? Irrtum ausgeschlossen? Das Datum ... der Name ... wie hieß es? *Marygold?* Goldmarie, schöner Name für ein Schiff. Pechmarie wäre in diesem Fall wohl treffender gewesen. Ein englisches Schiff, eine Jacht, und sie sei beschossen worden? Beschossen! Von einem Kutter? Mit Ruderern? Wann war das gewesen? 1809? Sehr interessant!

Kristensen lehnte sich zurück, legte die gefalteten Hände vor sich auf den Tisch, schloß die Augen und nickte. Und nun verstehe der Herr Kriminalassistent die Zusammenhänge nicht, schicke ihm einen seiner zufällig aufgefundenen Schätze, die Lebenserinnerungen eines dänischen Diplomaten aus der napoleonischen Zeit, und bitte um Erklärung. Ja, das wolle er gern tun, aber man solle doch besser ins Haus gehen, es werde allmählich kühl, jetzt, wo die Sonne hinter seinem Wald verschwunden sei.

»Also nun, Ansgar, dann wollen wir mal ...« Der alte Lehrer goß Kaffee ein.

Jørgensen eröffnete die Unterrichtsstunde mit einer freimütigen Erklärung seiner Unwissenheit und steckte damit das Spielfeld ab, auf dem Kristensen nun seine historischen Figuren und Ereignisse entfalten konnte.

»Am besten wir fangen ganz von vorne an, denn sonst verstehst du wahrscheinlich kaum etwas.«

Kristensen rührte aufreizend lange in seiner Kaffeetasse. Dann klopfte er mit dem Löffel gegen das Porzellan und legte ihn zurück auf die Untertasse.

»Da haben wir zunächst einmal das Jahr 1800. Das weltpolitische Barometer weist auf Sturm. Napoleon Bonaparte, der gefürchtete und bewunderte Komet, zieht über den europäischen Nachthimmel. Der Sturm bedroht nicht nur England, sondern ganz Europa. Im Mai 1800 zieht Napoleon mit seiner Armee über den Großen St. Bernhard, greift die Österreicher bei Marengo im Rücken an und besiegt sie. Auch Norditalien ist jetzt in seiner Hand, und nun drängt es ihn nordwärts, gegen Preußen und das zu England gehörige Hannover. Soweit die große Geschichte, die Weltgeschichte sozusagen. Aber natürlich gibt es auch noch eine andere, kleinere Geschichte, die Geschichte nämlich unseres Vaterlandes, und die ist gar nicht so unbedeutend. Im Jahr 1800 ist Dänemark militärisch und politisch gesehen ein wichtiger Faktor. Du darfst nicht vergessen, daß wir zu dieser Zeit noch zusammen mit Norwegen ein stattliches Staatsgebilde sind und nach den Engländern über die zweitgrößte Flotte der Welt verfügen. Das ist immerhin beachtlich, und die nüchtern kalkulierenden Engländer werden darum, bei allem Wohlwollen uns gegenüber, auch nicht müde, unsere Flotte durch allerlei Bestimmungen zu kontrollieren und sie – wenn sie es für nötig halten, uns mal wieder zu zeigen, wer hier der Herr der Meere ist – auch durch kriegerische Aktionen zu dezimieren, wie bei der Schlacht auf der Reede von Kopenhagen im April 1801.«

Kristensen ließ zwei Zuckerwürfel so effektvoll in seine Kaffeetasse plumpsen, daß dieses Bombardement deutliche Einschlagspuren auf seinem Hemd hinterließ.

»Übrigens hatten diese Attacken auch schon mal einen erheiternden Aspekt«, fügte er hinzu, »denn bei der Beschießung von Helsingør zum Beispiel war das einzige Objekt, was sie dabei in Trümmer legten, die Residenz ihres eigenen Konsuls.

Im Mai 1803 bricht der Krieg wieder aus, und schon im Juni stehen die Truppen Napoleons unter dem Kommando des Marschalls Bernadotte an der Elbe, direkt an den Grenzen unserer Herzogtümer Holstein und Schleswig. Eine fatale Nachbarschaft für uns, und eine Lage, die dadurch nicht angenehmer wird, daß England nun als Gegenmaßnahme die Elbmündung blockiert. Von beiden Seiten droht uns Gefahr. Hier die Franzosen, die sich anschicken, zum Krieg gegen England gegebenenfalls auch über uns herzufallen. Auf der anderen Seite die Engländer, die nicht davor zurückschrecken, ihre im Krieg mit Napoleon unverzichtbare Vormachtstellung auf dem Meer mit allen Mitteln auch gegen uns Dänen durchzusetzen. Zur Verteidigung stellen wir in Holstein Truppen auf, vis-à-vis den Truppen Bernadottes. Und so bleibt die Lage unverändert bis zum Jahr 1806 – militärisch betrachtet. Inzwischen jedoch blüht überall die Geheimdiplomatie, in London und Sankt Petersburg, in Berlin, in Wien und Stockholm. Eine neue Koalition gegen Napoleon hat sich gebildet: England, Österreich, Rußland und neuerdings auch Schweden. Deren König Gustav IV. hegt einen geradezu fanatischen Haß gegen den Kaiser der Franzosen. Am 2. Dezember 1806 kommt es zur Schlacht von Austerlitz. Der Korse siegt; ganz Mitteleuropa ist in seiner Hand. Kannst du dir vorstellen, Ansgar, was das für uns bedeutete?«

Kristensen lehnte sich über den Tisch, wobei er mit den Ärmeln die Kuchenkrümel plattwalzte, wie Napoleon die Truppen der Koalition, und sah seinem Gegenüber erwartungsvoll in die Augen.

»Eine Katastrophe! Wir hatten nur noch die Wahl zwischen zwei wirklich miesen Möglichkeiten, wie in der griechischen Tragödie. Frankreich oder England, wer würde den Krieg für sich entscheiden? Keiner konnte das damals voraussehen, und doch war es wichtig, hinterher auf der Seite des Siegers zu stehen.«

Jørgensen legte sich ein neues Stück Kuchen auf den Teller und goß Kaffee nach.

»Wenn man England wirkungsvoll bekämpfen wollte, mußte man es vom Festland isolieren, das heißt, seine Flotte und damit seinen Handel lahmlegen, und das leitete Napoleon im November 1806 mit der Kontinentalsperre ein. Jeder Warenverkehr mit England war nun verboten, und umgekehrt unterbanden die Engländer jeden Verkehr mit den Häfen Frankreichs und seiner Verbündeten. Da sie sich militärisch kaum etwas anhaben konnten, verlegten die beiden Weltmächte ihre Kriegführung völlig auf das ökonomische Gebiet, und wir gerieten nun endgültig zwischen die Fronten. Sagt dir der Name Tilsit was?«

»Außer Tilsiter Käse nicht viel«, gestand Jørgensen.

»Also gar nichts. In Tilsit schloß Napoleon, der inzwischen fast das ganze Deutsche Reich besetzt hatte, im Juli 1807 mit seinen beiden Gegnern Preußen und Rußland Frieden. Aber wenn Sieger, die noch nicht alles haben, was sie haben wollen, Frieden schließen, dann ist meist ein Pferdefuß dabei, und das bedeutet für andere aufs neue Krieg. Und so war es auch hier. Denn sein Hauptgegner war immer noch England und damit automatisch auch das englandfreundliche Schweden. So, und nun wirst du dich fragen, was das alles mit uns zu tun hat.«

Jørgensen nickte.

»Napoleons Kontinentalsperre hatte noch eine Lücke: die dänisch-norwegische Küste. Und daher wollten die beiden neuen Freunde, Napoleon und der Zar Alexander, unsere beiden Reiche Dänemark und Norwegen zwingen, ihre Häfen für die englische Flotte zu sperren, ein Ansinnen, das von uns entschieden zurückgewiesen wurde, denn das hätte ja auch das Ende des für uns so wichtigen Englandhandels bedeutet. Soweit alles klar?«

»Alles klar, das heißt, ich verstehe noch nicht, wieso uns dann die Engländer ...« In Jørgensen wurden ein paar Erinnerungen wach.

»Das wirst du gleich sehen, paß auf. Als Handelsnation war uns die ganze Zeit über daran gelegen, möglichst neutral zu bleiben. Aber das war nun zum Teufel. Am 2. August 1807 gab Napoleon seinem Marschall Bernadotte, der inzwischen rings um Holstein alles erobert hatte, die Instruktion, uns zum Krieg gegen England zu zwingen, oder aber Bernadotte marschiere in unsere beiden Herzogtümer ein. Auf der anderen Seite forderten die Engländer ein rasches Bündnis, was uns im Zweifelsfall als das kleinere Übel erschien. Als Pfand eines solchen Bündnisses sollten wir, also der Gesamtstaat Dänemark-Norwegen, allerdings unsere Flotte an England ausliefern und damit die englische Seemacht verstärken. Als die Regierung diese dreiste Forderung zurückwies, kamen die Engländer mit einem stattlichen Geschwader in den Sund geschippert und beschossen drei Tage lang Kopenhagen, verwüsteten die Stadt, plünderten die Magazine und Zeughäuser, zerstörten die Schiffe auf den Helligen und führten die Flotte nun nicht mehr als Pfand, sondern ganz einfach als Kriegsbeute mit sich fort. In aller Freundschaft natürlich.

Nach dieser unfreiwilligen Kriegserklärung schloß unser erzürnter Kronprinz Frederik VI. – dummerweise, wie sich dann später herausstellen sollte, aber wer konnte es ihm damals verdenken – ein Bündnis mit Napoleon.

So war nun das eingetreten, was wir nie gewollt hatten. Wir kämpften auf der Seite unserer eigentlichen Feinde gegen unsere eigentlichen Freunde. Wir waren kriegführende Macht im Bunde mit Napoleon geworden. Natürlich ist die Bezeichnung ›kriegführende Macht‹ eine ziemliche Übertreibung, denn womit sollten wir denn Krieg führen? In Ermangelung der Möglichkeit, eine neue reguläre Kriegsflotte zu schaffen, mußten wir uns auf den Bau kleiner Kanonenboote beschränken und kämpften mehr wagemutig als erfolgreich gegen die englischen Schiffe, die die Ostsee beherrschten. Nur hier und da kam es zu etwas ernster zu nehmenden Seegefechten, etwa vor Fehmarn und Alsen.«

»Und bei einem solchen Gefecht hat es dann auch unsere Jacht, ich meine natürlich die englische, die *Marygold*, erwischt?«

»Langsam, langsam, Ansgar. Jetzt wird es erst richtig spannend. Wenn man denn einen Krieg überhaupt als eine spannende Angelegenheit bezeichnen kann und nicht vielmehr als eine Katastrophe oder ein Possenspiel.«

Kristensen holte eine Flasche Aquavit aus dem Schrank, setzte zwei Gläser auf den Tisch und schenkte ein. Katastrophe oder Possenspiel – er war ganz in seinem Element.

»Die Beschlagnahme unserer Flotte und der Krieg mit England hatten für die Wirtschaft natürlich katastrophale Folgen. Die vom Seehandel lebenden Unternehmer und Geschäftsleute – und das waren in unserem Inselstaat nicht wenige –, Händler, Reeder, Lagerhausbesitzer – erlitten enorme Gewinneinbußen. Und die weitere Folge: Arbeitslosigkeit bei Seeleuten, Schauerleuten, Lagerarbeitern, Schiffsausstattern, Werftarbeitern und stagnierende Geschäfte bei allen, die von deren Heuer und Löhnen leben. Kneipen, Gasthäuser, Krämer – die ›Bräute‹ nicht zu vergessen.

Und was macht man, wenn der reguläre Handel nicht mehr funktioniert?«

Jørgensen zuckte die Schultern: »Schmuggel, Schleichhandel?«

»Nein, noch viel drastischer. Man greift zu den gleichen Methoden wie eh und je: Man holt sich mit Gewalt, was man braucht und legal nicht bekommt. Man greift zum Mittel der Piraterie. Krieg, Handel und Piraterie – dreieinig sind sie, nicht zu trennen, konstatiert Goethe zur gleichen Zeit zynisch, aber wahrheitsgemäß.«

»Eine nette Trinität«, warf Jørgensen ein, »und im Gegensatz zu der berühmteren anderen auch von jedem Laien zu verstehen, wenngleich kein Konzil es jemals wagen würde, sie zum Dogma zu erheben.«

»Der Krieg, der Vater aller Dinge, die Piraterie, sein Hurensohn, und der Handel, der unheilige Geist, der darüber schwebt. Aber solche Wahrheiten darf man nur dem Teufel in den Mund legen, und das tut Goethe ja auch. Die Wahrheit sagen und sie gleichzeitig widerrufen durch die Unglaubwürdigkeit dessen, der sie ausspricht. Ganz schön schlau, jaja. Übrigens ein außerordentlich bemerkenswertes Kapitel unserer Geschichte und ein Lehrstück obendrein, leider ziemlich in Vergessenheit geraten.«

Der Lehrer schenkte noch ein Gläschen Aquavit nach.

»Es handelt sich hier also eindeutig um einen nationalen Notstand, und in so einer Situation muß der König eingreifen, was er auch tut. Er erläßt ein ›Reglement for Kaperfarten og Prisernes lovlige Paadømmelse, gegeben zu Unserer Stadt und Festung Rendsburg am 14. September 1807‹. Damit wird die Piraterie von höchster Stelle legitimiert. Er ermächtigt die Provinzbehörden, Kaperbriefe auszustellen. Sie gestatten es, unter peinlich genau festgelegten Bedingungen einen nach allen Regeln der gewaltsamen Marktwirtschaft privat organisierten Kaperkrieg zu führen. Der Krieg richtet sich gegen Handelsschiffe, die entweder den Engländern gehören oder in ihren Diensten fahren, aber auch gegen neutrale Schiffe, die kriegswichtige Waren an Bord führen.«

Kristensen stand auf, kramte in seinem Aktenschrank, zog Schubladen auf und schob sie wieder zu, fand schließlich ein altes Exemplar des Reglements und hielt es Jørgensen unter die Nase. Der blätterte eine Weile darin herum, las einige Sätze laut vor und legte es dann beiseite. Schön, dieser altertümliche Stil: … ›tun wir hiermit Unseren allergnädigsten Willen kund‹ … ›in Unseren Reichen und Landen‹ … ›alle Schiffe der Großbrittannischen Majestät und dero Untertanen‹ … Aber ansonsten hatte es viel Ähnlichkeit mit den pingeligen Wenn-und-aber-Sätzen, mit denen im Handelsgesetzbuch die Formalitäten bei Vertragsabschlüssen geregelt werden.

»So, und wie funktioniert das Ganze nun?« fragte Kristensen, der Jørgensen bei der Lektüre schweigend über die Schultern gesehen hatte und jetzt, in Wollsocken und geräumigen Filzpantoffeln, wieder zu seinem Stuhl zurückschlurfte und sich, die Hände auf die Oberschenkel gestützt, langsam niederließ. »Nun, im Grunde genommen genauso wie im richtigen Wirtschaftsleben. Geldleute bilden Aktiengesellschaften, die geeignete Schiffe, erworbene oder eigene, mit Kanonen und Besatzung ausrüsten, um auf Kaperfahrt zu gehen. Nach einem genau festgelegten Schlüssel sind auch die Besatzungsmitglieder, vom Kapitän bis zum Schiffsjungen, am Gewinn dieser vaterländischen Raubzüge beteiligt. Vermögensbildung in Arbeitnehmerhand nennt man das heute. Die Aktien wurden breit gestreut, und auch immer mehr kleine Leute legten nach und nach ihre Spargelder in Kaperaktien an. Und wie es sich für richtige Aktiengesellschaften gehört, werden auch mit ihren Papieren Spekulationsgeschäfte getätigt. Gingen Kaperboote verloren oder operierten glücklos, dann brachten sie ihren Eigner-Aktionären natürlich hohe Verluste ein, da sich die Investitions- und Unterhaltskosten nicht amortisierten. Ihre Aktien fielen. Wenn ein Schiff jedoch erfolgreich operierte, konnte man Profit machen und mit den plötzlich interessant gewordenen Aktien große Spekulationsgewinne einstreichen.

Ein spannendes Spiel. Das Risiko ist sehr hoch, nicht nur, was den kriegerischen Erfolg oder Mißerfolg anbelangt, sondern auch deshalb, weil erst ein Prisengericht über die Rechtmäßigkeit des Beutezugs entscheiden muß. Man konnte die Räuber schadenersatzpflichtig gegenüber dem geschädigten Schiffseigentümer machen, wenn die Prisennahme gegen die strengen Auflagen verstoßen hatte. So was konnte schnell geschehen, sei es aus Leichtsinn oder aus Unwissenheit. Manchmal war die Ladung nur mangelhaft geprüft worden, oder die Schiffsführer fanden sich in dem komplizierten Regelwerk nicht zurecht.

Diese Mischung aus Gewalt und Legalität, der Macht der Kanonen und der Macht der Paragraphen hat schon etwas Absonderliches. Eigentlich geht es zu wie im normalen Wirtschaftsleben, nur daß nun über den Erwerb von Ressourcen nicht Verhandlungsgeschick, Bestechung oder Marktmacht entscheiden, sondern wieder einmal die Kanonen.«

»Kanonen«, fragte Jørgensen, »wo hatten sie die denn her? Ich denke, die Engländer hatten die Zeughäuser geplündert?«

»Nun, erstens haben die nicht alles gefunden, weil sie sich so genau nicht auskannten, und zweitens – kannst du dir vorstellen, daß jemand, der ernstlich Kanonen haben will, keine aufzutreiben weiß? Du darfst die Findigkeit der Waffenhändler nicht unterschätzen. Für Geld beschaffen die alles. Das war auch schon früher so.«

»So, ihr beiden, nun macht erst mal Kampfpause«, rief Frau Kristensen und nahm ihrem Mann, der gerade wieder nachschenken wollte, die Aquavitflasche aus der Hand. »Abendessen. Ansgar, du bleibst natürlich«, kam sie Jørgensens möglichen Einwendungen rigoros zuvor. Mit wenigen Griffen hatte sie den Kriegsschauplatz von Marengo und Austerlitz von den Resten der Kaffee- und Kuchenschlacht befreit und für sich und die beiden Strategen, die ihr zurückgelehnt, mit eingezogenen Bäuchen und erhobenen Händen, Platz machten, das Abendessen aufgetragen.

Jørgensen, der schon befürchtet hatte, zum Zeugen einer weiteren Beschießung von Helsingør zu werden, stellte erleichtert fest, daß Kristensen sich mit der Geste eines weitsichtigen Feldherrn eine große weiße Serviette in den Kragen stopfte, die ausreichenden Schutz bot gegen den Beschuß mit Projektilen aus seiner eigenen Küche.

Das Essen war ausgezeichnet. Kristensen kaperte sich mehrere Male ein saftiges Stück Schweinebraten, und Jørgensen, der sich in der letzten Zeit eher kärglich ernährt hatte, lobte die Köchin mit aufrichtigem Überschwang.

Da Frau Kristensen den Eßtisch zum Patiencelegen benötigte, verzogen sich die beiden mit Aquavitflasche und Gläsern in des Lehrers Studierzimmer, ein mit Büchern bis unter die Decke vollgestopfter kleinerer, nur mit einem Tisch und zwei altmodischen gepolsterten Lehnstühlen möblierter Raum. An den Wänden hingen mehrere Glastafeln mit gepreßten und schon ausgeblichenen Getreidesorten, ein Barometer mit kyrillischer Beschriftung in einem verschnörkelten schwarzen Holzgehäuse und eine Postkarte mit Christian X. zu Pferde, wie er nach der Wiedervereinigung 1920 in Nordschleswig einreitet.

Jørgensen sah dem alten Lehrer gedankenverloren zu, der einige Bücherstapel auf dem Fußboden verschob, um vor dem Kamin Platz zu machen, in dem er nun einen vorbereiteten Holzstoß entzündete.

»Reden wir also erst einmal wieder vom großen organisierten Krieg, dem normalen Krieg, wo reguläre Armeen regulär aufeinander eindreschen«, begann Kristensen, nachdem sie Platz genommen und er die Gläser wieder gefüllt hatte. Jørgensen wollte eigentlich nichts mehr trinken. Er merkte, daß er schon genug hatte, und erinnerte sich an die Nacht im Polizeihaus, an die Geschichte mit der Uhr, aber dann auch an die unverhofften Erkenntnisse, die ihm das eingebracht hatte, und so ließ er Kristensen lächelnd gewähren.

»Und da muß ich noch mal auf den Juli 1… zurückkommen…«

»Den Vertrag von Tilsit?« erinnerte sich …gensen.

»Richtig, den Vertrag von Tilsit. Da h… nämlich Napoleon mit Rußland in einem Geheimvertrag …lich vereinbart, im Falle einer weiterhin feindseligen H… des Schwedenkönigs Gustav Adolf IV. in Schweden ei… Das heißt, Rußland sollte sich das damals noch sch… Finnland einverleiben, und Napoleon wollte von Dä… …s Südschweden angreifen.

Kaum daß unser gebeutelter Staat mit Napoleon verbündet ist, wird er nun auch noch in den Schwedenfeldzug mit hineingezogen. Im Februar/März 1808 überfällt Rußland das schwedische Finnland, Napoleons Marschall Bernadotte marschiert mit einem Armeekorps von 32 000 Mann, unterstützt durch holländische und spanische Hilfstruppen, in unsere Herzogtümer Schleswig und Holstein ein und besetzt auch Jütland und Fünen. Vor allem die Spanier waren zu diesem Unternehmen gepreßt worden. Napoleon wollte dort im Süden freie Hand haben und beorderte den Marquis de la Romana mit seinen Truppen zu Bernadotte nach Norddeutschland.«

Was für ein Name, Marquis de la Romana, dachte Jørgensen. Er würde ihn in den Fundus der rätselhaften Feldherren mit klangvollem Namen aufnehmen, in dem bereits der Söldnerführer Freiherr von Mansfeld, ein gewisser Piccolomini und der Herzog von Marlborough herumgeisterten.

»Da sich Bernadotte jedoch auf die Ergebenheit dieser gezwungenen Hilfstruppen nicht verlassen konnte«, fuhr Kristensen fort, »ließ er sie in kleineren Abteilungen zwischen seinen französischen Kolonnen marschieren – er ›korsettierte‹ sie, wie der Feldmarschall Rommel das einmal nannte, der in Afrika mit seinen unzuverlässigen italienischen Truppenkontingenten ähnlich verfuhr.«

»Na, d[illegible] verstand ja was von Panzern«, lachte Jørgensen und versuchte, [illegible]h die seltsame fischbeinarmierte Kombination in Khakirosa v[illegible] Militär und Miederwaren bildlich vorzustellen.

»Die Ren[illegible]rger und Schleswiger sahen diesen bunten Heerwurm wie in [illegible]m Guckkasten an sich vorbeiziehen. Immer neue Figuren, [illegible]nen prächtiger als die anderen. Vor allem die stolzen cheva[illegible]en Spanier in prächtigen Uniformen, mit schöner Musik un[illegible]n, rassigen Araberpferden aus Andalusien hatten es ihnen a[illegible]. Es gab viel zu bestaunen und zu belachen, nicht zuletzt di[illegible] Regenschirme, die den Söhnen des sonnigen Südens in un[illegible]egenfeuchten Land unentbehrlich

Gegner, unseren Christian August von Augustenburg gerichtet. Er war ein sympathischer Prinz aus angesehenem nordischem Fürstengeschlecht, ein tüchtiger Soldat und nicht zuletzt auch ein Mann, dem die Norweger zugetan waren. Das war im Gesamtstaat keineswegs selbstverständlich, denn da gab es fast unentwegt Reibereien zwischen den beiden mehr schlecht als recht miteinander vereinten Ländern. Kurz und gut, die Schweden spekulierten auf Christian August als ihren neuen König und auf Norwegen als Morgengabe. Dem Prinzen von Augustenburg blieben solche Erwägungen natürlich nicht verborgen, und, ehrgeizig wie er war, sah er sich im Geiste schon längst als König nicht nur der Schweden, sondern des ganzen Nordens überhaupt.

Nur ein einziges Mal in ihrer Geschichte waren die drei nordischen Völker in einem Großreich vereinigt gewesen. Und seit dieser Zeit war der Wunsch nach einer Wiedervereinigung nie so stark gewesen wie im Frühjahr 1809. Wer konnte dafür ein besserer Kandidat sein als Christian August. Als holsteinischer Adeliger ist er zwar staatsrechtlich ein Däne, von seinen nationalen Interessen her aber ein Holsteiner mit durchaus eigenen Ansichten. Nicht nur die Schweden, auch die gebildeten Kreise in Kopenhagen sahen eine glänzende Zukunft für den Norden voraus. Soweit die offizielle Geschichte«, schloß Kristensen seine Einleitung.

»Und die inoffizielle?«

»Die inoffizielle, Ansgar, steht hier.« Kristensen ·ommelte mit Zeige- und Mittelfinger auf dem Oktavbändche· herum und blickte Jørgensen dabei tief in die Augen.

»Wenn ich das richtig sehe, handelt es sich b· unserem Buch tatsächlich um einen Schatz, denn was hier ·schrieben steht, habe ich noch nirgendwo sonst gelesen. N·t bei Thrige, nicht bei Lund, nicht bei Holm und bei Steenstr·uch nicht.« Er deutete mit einer Daumenbewegung über Schulter auf das Bücherregal hinter ihm, wo Rücken an ·ken, groß, aber unwissend, die mehrbändigen Historien ·emarks standen. »Kein

Geschichtsschreiber nennt diese Quelle. Sie ist versiegt und vergessen, genauer gesagt, sie war es, bis vor zwei Tagen.«

»Dann habe ich also tatsächlich etwas Wichtiges entdeckt?« Jørgensen konnte es kaum glauben.

»Sagen wir, gefunden. Um es zu entdecken, muß man es erst verstehen und richtig zu deuten wissen. So wie Kolumbus Amerika im Grunde genommen ja nicht entdeckt, sondern nur gefunden hat, denn daß es ein neuer Kontinent war, wußte er ja überhaupt nicht – falls man das alles überhaupt so sagen kann. Denn gefunden haben natürlich wir, ich meine die Wikinger, den amerikanischen Kontinent. Aber das ist nun mal das Schicksal von uns Skandinaviern, daß uns niemand so richtig für voll nimmt. Im übrigen kann man sich natürlich auch fragen, ob eigentlich Kolumbus zuerst die Indianer, oder die Indianer zuerst den Kolumbus gefunden und dabei eine unangenehme Entdeckung gemacht haben ...«

»Komm, spann mich nicht so auf die Folter«, unterbrach Jørgensen ein wenig ungehalten den philosophischen Exkurs seines Gegenübers.

»Was steht denn nun bei Dernath so Brisantes, was die anderen Historiker deiner Ansicht nach nicht genügend beachtet oder übersehen haben?«

»Ja, Magnus von Dernath«, murmelte Kristensen und blätterte dabei vorsichtig durch die Seiten, als müsse er sich besinnen, »Graf zu Hasselburg in Holstein, dänischer Gesandter in Stockholm und ein Erzfeind des Hauses Augustenburg. Auch er hat mitgemisch n der großen Weltgeschichte und, soweit ich sehe, gar nicht wen Aus seinen Aufzeichnungen geht nämlich hervor, daß in Stockho bereits zu Beginn des Jahres 1809 eine andere Variante zur Kan datur Christian Augusts durchgerechnet wurde. Ohne Zweifel ßten die Wahl des Augustenburgers und die Spekulationen übe n mögliches skandinavisches Großreich in England auf Widerst stoßen. Die Engländer, Beherrscher der Meere, würden die n Union niemals dulden. Eine Kriegserklärung von seiten Englands war wahrscheinlich. Und die Franzosen? Waren sie mit der Wahl Christian Augusts einverstanden? Sicher, ein Holsteiner auf dem schwedischen Thron war besser als der Franzosenfeind Gustav Adolf IV. Aber würde ein skandinavischer Zusammenschluß nicht auch Napoleons Mißfallen erzeugen? Es bestand durchaus die Gefahr, daß sich die Krise durch die Wahl Christian Augusts nur verschärfte. Denn erstens stand gar nicht fest, daß der Holsteiner die Vision, Dänemark/Norwegen und Schweden zusammenzuführen, jemals verwirklichen konnte – zumal es in Dänemark ja immerhin auch einen König mit eigenen Interessen gab –, und zweitens wäre weder den englischen noch den französischen Erwartungen an Schweden tatsächlich gedient. Solcher Art waren die Überlegungen einer schwedischen Adelsclique unter Mitwirkung unseres Diplomaten Magnus von Dernath. Die drohende Thronfolge des Augustenburgers sollte um jeden Preis verhindert werden.«

»Und woher wollte man einen anderen Kandidaten nehmen, einen, der die anstehenden Probleme tatsächlich lösen konnte?«

»Eben.« Kristensen nickte. »Das war die Frage. Und dann kam den Politstrategen im Umkreis des Magnus von Dernath eine zunächst völlig abenteuerlich klingende Idee. Man darf ja nun nicht vergessen, unter welchen äußeren Bedingungen die Kandidatensuche erfolgte. Im ehemals schwedischen Finnland stehen die Russen und strecken gierig die Hand nach Schweden aus; in der Ostsee kreuzen die Engländer und beschießen alles, was nicht niet- und nagelfest ist; im südlichen Dänemark hocken die Franzosen mit ihren Hilfstruppen und lauern auf die erstbeste Gelegenheit, in Schonen einzufallen. Abkunft, Adel, Sympathie oder Großreichträume – das alles du nun keine Rolle mehr spielen. Es ging darum, zu retten, woch zu retten war. Und deshalb war es Dernaths und seireunde Plan, einen Mann für den Thron zu gewinnen, deächlich ein Machtfaktor war und nicht ein sympathischemer. Noch einmal also, wer konnte das sein? Mit den Ruaren keine Geschäfte zu machen, geschluckt werden oder nicht, das war die einzige Frage. Mit den Engländern? Wie hätte das aussehen sollen? Blieben also nur die Franzosen.«

Kristensen beugte sich vor, stützte die Ellbogen auf den Tisch und sah, um die Wirkung seiner letzten Worte zu studieren, Jørgensen über die gefalteten Hände hinweg starr in die Augen.

»Wie? Wieso denn die Franzosen? Ich denke, das waren ...«, fragte Jørgensen nun völlig irritiert.

»Du hast ganz richtig gehört, die Gegner Schwedens, die Franzosen, oder, genauer, der zur Zeit in Dänemark, nämlich auf Alsen, stationierte französische Marschall Bernadotte.«

»Ein Marschall Napoleons als schwedischer König? Und mit welcher Begründung?« Jørgensen, der vor ein paar Minuten noch geglaubt hatte, etwas von politischen Vorgängen begriffen zu haben, verstand nun gar nichts mehr und schüttelte ungläubig den Kopf.

»Es klingt merkwürdiger, als es war«, versicherte Kristensen, erfreut über Jørgensens Verblüffung. »Denn es gab kaum noch etwas zu verlieren. Und der Gedanke dahinter war ebenso einfach wie brillant. Bernadotte war ehrgeizig, eitel und sein Verhältnis zu Napoleon durchaus nicht unproblematisch. Könnte man Bernadotte mit der schwedischen Krone als Köder nicht dazu bringen, seinem Kaiser in den Rücken zu fallen? Sicher, man mußte die Zustimmung Englands einholen, aber warum sollten die Engländer nicht auf den Plan eingehen? Ein Verräter Bernadotte als Schwedens König, das bedeutete, Napoleon zu schwächen. Zweitens verhinderte es das von Christian August angestrebte skandinavische Großreich, das England ohnehin nicht zulassen würde. Und drittens war der Kriegsmann Bernadotte genau der Richtige, den Russen an der finnischen Front Einhalt zu gebieten.«

Kristensen hatte [illegible]ernaths *Denkwürdigkeiten* vom Tisch genommen und blätterte gedankenverloren darin herum.

»Merkwürdig, daß man das tatsächlich bisher übersehen hatte. Nun ja, Privatdruck, geringe Auflage, numerierte Exempla-

Im Kamin knackte das Holz.

»Das Schiff verschwand – für immer. Über den Verbleib gibt es keine Informationen. Und auch der Name dieses Unglücksschiffes wird wohl immer ein Geheimnis bleiben. Ein Geheimnis, verborgen auf dem Grund des Meeres.«

Jørgensen erhob sich ebenfalls und trat an die Bücherwand. Dort stand er einen Moment, schüttelte dann langsam den Kopf und sagte, die Regale emporblickend.

»Nein, Anders, dieses Geheimnis liegt nicht auf dem Grund des Meeres. Der Name ist bekannt. Dieses Schiff war – die *Marygold.*«

Der Taschenkrebs

Der 15. September war noch einmal ein richtiger, schöner Sommertag, und hier, im Windschutz der Dünen von Kirkebymark, wo Jørgensen das Motorrad abgestellt hatte, mit dem er und Kristensen an den Strand gefahren waren, verbreitete die Sonne selbst am Nachmittag noch eine angenehme Backofenwärme. Der alte Lehrer, nicht nur äußerlich erhitzt, sondern auch innerlich zum Glühen gebracht durch das Feuer der Begeisterung, was noch einmal in ihm entflammt worden war, hatte Stiefel und Socken mitsamt Sockenhaltern abgelegt, die Hosenbeine umgekrempelt und auch die Röhren der Unterhose nach innen geschlagen, so daß seine weißen, haarlosen, mit Pigmentflecken und lila [illegible] übersäten Altmännerbeine nach langer Dunkelhaft noch einmal das Abenteuer von Meerwasser, Sand und Strandhafergekitzel genießen konnten. Adams' von Motten angefressener Hut aus deren [illegible], den Jørgensen ihm verehrt hatte, diente als Sonnenschutz, der sich vom[…] trug ihn mit der Würde eines Monarchen, der sich vom Hauch der Geschichte umweht fühlt, wenn er, angetan mit seiner [illegible], im Begriffe steht, selbst Geschichtsträchtiges zu vollbringen.

Jørgensen dagegen hatte sich aller Kleider entledigt und trug nur noch seine inzwischen ebenfalls historische Hose mit den abgeschnittenen Beinen.

Kristensen, in der Hand einen zierlichen violetten Regenschirm als Zeigestock, inspizierte das Terrain.

»Lokaltermin, im Maßstab 1:300000; das dürfte reichen. Dann beträgt der Abstand England/Jütland etwa zwei Meter, und Lilleø ist immerhin noch 10 Zentimeter groß. Wir kommen also mit einer Fläche von 3x2 Metern zurecht.«

Jørgensen steckte auf dem flachen feuchten Sand ein entsprechendes Rechteck ab, legte die Landkarte daneben und fing an, die Umrisse der englischen Ostküste, Jütlands und der dänischen Inseln, wenigstens derjenigen von den insgesamt 500, die hier in Betracht kamen, in den Sand zu malen.

Er hüpfte gewandt herum, hantierte mit Zollstock und Stöckchen, kennzeichnete die strategisch wichtigen Orte mit hellen Muscheln, stand zwischendurch immer mal wieder auf und begutachtete sein Werk von oben. Kristensen überwachte die Arbeit und gab Lob und Kritik.

Nun konnte es losgehen. Jørgensen hob an:

»Es ist der 19. März 1809. London, dichter Nebel. Im Hafen liegen geisterhaft die Schiffe. Masten und Takelage bilden ein undurchdringliches Dickicht. Es ist früh am Morgen, am Kai legt ein kleines Schiff ab, eine Jacht, und gleitet bei ablaufender Flut langsam die Themse hinunter. An Bord befinden sich vier Mann Besatzung, der Kapitän, der Steuermann, zwei Matrosen und … ja, und dann noch ein ›Kaufmann‹.« Jørgensen warf Kristensen einen Blick zu. Er bemannte eine Muschel mit verschiedenfarbigen Steinchen und schob sie über den Sand. »Die Ladung ist offiziell als Tee deklariert für einen unverfänglichen schwedischen Empfänger, die Swedenborg-Gesellschaft in Stockholm.

Die *Marygold* segelt also von England zurück, diesmal aber nicht mit Kurs auf den Øresund in Richtung Schweden, sondern auf den ebenfalls von England kontrollierten Großen Belt.«

Kristensen, von Jørgensens Worten entzündet, trug den zusammengelegten Regenschirm nun wie eine Flinte über der Schulter. Mit Adams' hohem Hut auf dem Kopf stand er breitbeinig im flachen Wasser und ließ die Füße von kleinen Wellen umspülen; wie ein Pilgervater, der gerade am Strand von Massachusetts das Gelobte Land betreten hatte.

»Es hat mich zwei Nächte gekostet, die Route zu rekonstruieren«, sagte Jørgensen, »und sie mit Zirkel und Lineal auf der Karte einzumalen. Mühevolle Arbeit für eine Landratte wie mich. Viele Fachausdrücke, und außerdem ist ja alles in englisch geschrieben, in schwer leserlicher Handschrift und einiges wie in Eile notiert, zum Teil verblaßt und offenbar auch mit Wasser in Berührung gekommen.«

Jørgensen lief hin und her und sammelte Muscheln, Steinchen und Strandhaferstengel. Mit den Halmen, an die er vorbereitete Datumszettel heftete, markierte er die Tagespositionen von London bis zur Nordspitze von Jütland und vervollständigte den Kurs der Jacht mit einer Perlenschnur aus kleinen Muschelstücken.

»Zurück zum 19. März: Zunächst verläuft die Fahrt glatt, günstiger Wind, gute Stimmung an Bord; der Kaufmann hat sein Quartier im Deckshaus, gemeinsam mit dem Kapitän; alles ist sehr beengt, aber er reist schließlich nicht zu seinem Vergnügen. Er fühlt sich sicher, seine Tarnung ist perfekt. Und ... die Mission steht kurz vor ihrer Vollendung. Er lehnt an der Reling und läßt sich die Gischt ins Gesicht spritzen. Gewiß, es gibt noch viele Gefahren, vor allem das Wetter könnte ihnen einen Strich durch die Rechnung machen. Doch danach sieht es im Moment nicht aus. Es ist strahlender Himmel, und es bläst ein guter achterlicher Wind. Was der Kaufmann nicht weiß, ist, daß er bereits zu diesem Zeitpunkt unter Beobachtung steht. Der Steuermann am anderen Ende des Schiffes runzelt die Stirn und fängt an sich zu wundern.«

»Der Steuermann?« fragte Kristensen.

»Ja, der Steuermann, der einzige, der die spätere Katastrophe überleben wird. Also, er steht an Deck und wundert sich: Warum hat dieser Kaufmann sich bloß auf so eine unkomfortable Reise eingelassen, auf einem so kleinen Schiff? Nun ja, Tee ist eine wertvolle Ladung, gewiß. Und vielleicht war das ja auch die schnellste Verbindung für ihn nach Stockholm, wo er wegen Geschäften dringend erwartet wurde. Merkwürdig aber, daß er seine Fracht nie aus den Augen läßt. Und das, obwohl der Laderaum doppelt verriegelt ist. Warum diese Vorsichtsmaßnahmen? Und dann … Trotz der verhältnismäßig ruhigen See wird der Kaufmann krank, er kotzt in einen Eimer, erleidet einen Schwächeanfall, kippt um. Legt er sich nun aber in seine Koje und pflegt sich gesund? Nicht die Spur. Er bleibt an Deck, nimmt seinen Platz über dem Laderaum ein. Es gibt vieles, was darauf hindeutet, daß dies offenbar seine erste Seereise ist; ungewöhnlich für einen Händler, der sich schon im vorgerückten Alter befindet.«

Kristensen, ganz in Konzentration, patrouillierte vor der Landkarte auf und ab.

»Am 22. März kommt es zu einem Zwischenfall«, fuhr Jørgensen fort. »Am Horizont taucht ein Schiff auf. Es zeigt keine Flagge, und man fängt an zu fluchen. Ein Däne? Der Kaufmann wird unruhig. Der Steuermann nutzt diesen Moment, um sich der eifersüchtig bewachten Ladung zu nähern. Ein Test, nur um mal zu sehen, wie dieser Kaufmann reagiert. Doch es klappt nicht, alle sind mit dem fremden Schiff beschäftigt, der Kapitän ruft den Steuermann zu sich. Was er von dem Zweidecker hält? Ja, es ist ein Engländer, ein ehemaliger Däne, sagt der Steuermann grinsend, und alle atmen auf.

Dann gibt es vorläufig keine nennenswerten Ereignisse mehr; der Steuermann sammelt weiter seine Indizien über den zweifelhaften Kaufmann, und unsere Jacht segelt um Skagens Horn herum in das Kattegatt. Wir schreiben den 22. März; es ist zehn Uhr morgens.«

Kristensen rammte seine Flinte mit einem festen Stoß in den Sand und kniete sich nun zu der Sandkarte hinunter. Er war jetzt hautnah dabei.

»Gute Sicht, ruhige See«, berichtete Jørgensen weiter. »Der Kaufmann kommt an Deck; spricht leise mit dem Kapitän. Beide, mit Fernrohr, betrachten aufmerksam die Kimm. Wieder zieht ein englisches Kriegsschiff vorbei, ein echtes diesmal; sie tauschen einen Flaggengruß. Der Steuermann tritt an den Kaufmann heran und fragt beiläufig, ob er schon mal in Indien gewesen sei. Fragt ihn nach einigen Häfen dort, wo Tee umgeschlagen wird. Der Kaufmann überlegt eine Weile, sagt erst ja, gibt dann allgemeine, nichtssagende Antworten. Der Steuermann fragt dann, aus welcher Gegend Englands er komme. Er stamme aus ... Yorkshire, erwidert er nach einer Pause. Der Steuermann ist irritiert. Natürlich kennt er den Dialekt der Leute aus Yorkshire, und man spricht dort, kein Zweifel, mit einem deutlich anderen Akzent.«

Jørgensen, auf den Knien, brachte sein Muschelschiff auf Südkurs und pflügte langsam durch den Sand.

»Nun schwenkt die *Marygold* in den Großen Belt; auf der Höhe von Fünen muß es bereits Nacht sein; im Morgengrauen des 23. März kommt Langeland an Steuerbord in Sicht ... dann Kursänderung um 90° Richtung Alsen ...«

»Halt!« rief Kristensen, und Jørgensen blickte auf.

»Bis hierhin entspricht der Kurs, mit einigen Abstrichen, ja dem Zielhafen. Aber nun steuert das Schiff in die entgegengesetzte Richtung. Demnach mußte zumindest der Kapitän in die Geheimaktion eingeweiht gewesen sein.«

»Ich nehme an, nur bis zu einem gewissen Punkt. Vermutlich kannte er die wahre Identität seines Begleiters und wußte daher auch, daß es sich um eine, sagen wir, besondere Mission handelte. Er erfuhr es spätestens in dem Augenblick, als ihm der ›Kaufmann‹ einen versiegelten Brief der Reederei aushändigte, in dem Anweisung gegeben war, einen neuen Kurs einzuschlagen.«

»Steht das so im Journal?«

»Nein. Da heißt es: ›Habe Weisung von der Reederei, neuen Kurs zu segeln. Kurs ist ...‹, und dann die entsprechende seemännische Formulierung sowie Position, Datum und Uhrzeit: 23. März, 4.00 p.m. Also nachmittags. Von Alsen kein Wort. Wir wissen nicht, was der Kapitän sich dabei gedacht hat. Vielleicht irgendwelche Verhandlungen mit den Franzosen. Was Diplomaten eben so treiben. Den genauen Zweck dieser ›besonderen Mission‹ brauchte er doch auch gar nicht zu wissen.«

»Und die Mannschaft hat ›den Anweisungen des Kapitäns bedingungslos Folge zu leisten‹. Mannschaften haben keine Fragen zu stellen. Was sie sich dabei denken, interessiert keinen.«

»Außer uns«, erwiderte Jørgensen.

»Also, hinter Langeland Kurswechsel. Neuer Kurs ist xyz, das heißt im Klartext Alsen.«

»Richtig«, sagte Jørgensen. »Und bis zu diesem Augenblick verläuft auch alles nach Plan. Aber dann, auf der Höhe der Südspitze von Langeland, geschieht die Katastrophe, genauer gesagt, der Katastrophe erster Teil.«

Er markierte die Stelle im Sandmeer und sah zu Kristensen auf.

»23. März, 4.45 p.m. Das Barometer ist gefallen, die Wolkendecke ist dichter geworden und hängt sehr tief, der Wind hat gedreht auf Nordost und merklich aufgefrischt. Die Jacht macht gute Fahrt, Geschwindigkeit 10 Knoten. Drei Strich an Backbord kommt ein kleiner Segler auf und hält Kurs auf das Boot. Entfernung etwa eine halbe Seemeile.

Yard für Yard schiebt er sich näher heran. Der Kapitän wird unruhig. Kurze Zeit später hat der Segler auf eine Viertelmeile aufgeholt, ein schneller Kutter, zusätzlich mit Ruderern bemannt, jetzt ist die dänische Flagge zu erkennen. Er signalisiert der Jacht beizudrehen.

Ein Kaper, verflucht!

Der Kapitän ist unschlüssig. Was soll er tun? Er berät sich mit dem Kaufmann. Sie beschließen, der Aufforderung nicht Folge zu leisten. Sie hoffen darauf, daß die aufkommende Dämmerung und der zunehmende Seegang ihnen noch ein Entkommen ermöglichen. Und dann erscheint ein weißes Wölkchen auf dem Kutter und Sekunden später ein Knall ... der Kaper hat den ersten Schuß abgefeuert!«

Ein kurzer Strich mit dem Zeigefinger markierte die Schußbahn und endete kurz vor der Muschel.

»Glück gehabt. Fünfzig Yards zu kurz. Der Kaufmann wird immer nervöser, die Angst um seine wertvolle Ladung macht ihn völlig fertig. Was ist, wenn die Papiere in Feindeshand fallen? Auch dem Kapitän bricht der Schweiß aus, aber dennoch gibt er mit sicherer Stimme die Kommandos. Stürmische Böen drehen jetzt über dem Schiff, aber sie haben keine andere Chance: Härter an den Wind. Der Steuermann sieht hinüber zu dem bibbernden Kaufmann: auch nicht gerade besonders kaltblütig, der Herr, also wohl doch kein Schmuggler wie vermutet, aber was dann? Die Frage bleibt unbeantwortet, denn genau in diesem Moment fällt der zweite Schuß!«

Der Zeigefinger streifte die Muschel.

»Verdammt, das war knapp. Der Kanonier versteht sein Handwerk. Und dann ... der dritte Schuß. Er geht in die Takelage und beschädigt die Backbordwanten. Einer der Matrosen brüllt auf. Ein schwerer Gegenstand ist herabgestürzt und hat ihm den Kopf zerschmettert, eine Juffer vermutlich.«

»Oder ein Block; der ist schwerer, wegen seiner Rollen aus Bronze«, verbesserte Kristensen.

»Wie auch immer«, Jørgensen blieb unbeirrt. »Noch immer halten sie ihren Kurs. Einige Taue sind zerrissen, aber das Schiff ist noch seetüchtig. Und während die Mannschaft kämpft und Stoßgebete in den Himmel schickt, geschieht das Wunder: Der Kaper dreht ab.«

»Verstehe«, sagte Kristensen, »das immer schlechter werdende Wetter, die Dämmerung ...«

»Genau. Das Wetter. Der Kaufmann ist sichtlich erleichtert, Zentner fallen von seinen Schultern. Schnell eilt er an Deck, in der Hand eine Flasche Rum, und schenkt jedem ein Wasserglas voll ein; netter Kerl, denkt der Steuermann, auch wenn er mich angelogen hat. Diesen Tonfall kennt er doch, was spricht der Kerl bloß für einen Akzent? Er kommt schon noch dahinter, irgendwann wird es ihm einfallen.

Dem Matrosen allerdings ist nicht mehr zu helfen. Sein Schädel ist Brei, er war auf der Stelle tot.«

»Und er bekommt ein Seemannsgrab. Der Kapitän spricht den üblichen Bibelvers. Das ist doch sicher auch im Journal verzeichnet.«

»Gewiß«, antwortete Jørgensen und entfernte ein Steinchen aus der Muschel. »Alle Toten wurden ordnungsgemäß registriert.«

»Alle Toten«, murmelte Kristensen. »Wie viele?«

»Alle. Bis auf einen.«

»Den Steuermann?«

»Den Steuermann.«

Jørgensen stand auf, reckte sich und rieb den feuchten Sand von den Knien. »Machen wir erst mal Kaffeepause, bevor es mit dem Leidensweg der *Marygold* weitergeht.«

Sie kletterten auf allen vieren den Hang hinauf, setzten sich in eine Mulde zwischen die Dünen, packten den Spankorb aus, den Frau Kristensen ihnen mitgegeben hatte, aßen Blätterteigstücke und blickten wie von einem Feldherrnhügel auf ihren Kriegsschauplatz hinab. Die Nachmittagshitze brütete über dem Strand. Kristensen spannte den kleinen violetten Regenschirm auf, steckte ihn als Sonnenschutz in den Sand, nahm Adams' Hut ab und wischte sich den Schweiß von der Stirn.

»Nach dem Schiffsjournal war es ja wohl ein ziemlich kleines Boot gewesen, das den Überfall auf unsere Jacht unternahm, ein Segelkutter mit ein paar Ruderern.«

»Die Boote, die gegen die feindliche Handelsflotte Krieg führten, waren meist nur kleine Fahrzeuge«, erläuterte Kristensen, »Segler und mitunter sogar nur Ruderboote, mit 12–15 Mann Besatzung. Nußschalen also, die nur in Küstennähe operieren konnten. Größere Schiffe waren kaum aufzutreiben, oder die Aktionäre hatten dafür kein Geld, und ausgerüstet waren sie mit einer, höchstens zwei Kanonen oder Drehbassen, die nur kleine Kugeln verschießen und damit großen Handelsschiffen mit dicken Planken eigentlich keinen ernsthaften Schaden zufügen konnten.«

»Und damit hatten sie trotzdem Erfolg? Verstehe ich nicht so ganz.«

»Tja, was entschied über den Erfolg, den sie ja in der Tat hatten, wenn die echten blutrünstigen Methoden der Piraterie nicht erlaubt waren? Ehrlich gesagt, das ist mir bis heute nicht klargeworden. Muß wohl auch viel Psychologie mit im Spiel gewesen sein, der Überraschungseffekt, Bluff, Unkenntnis über die wahre Stärke des Gegners, so ähnlich wie beim Pokern. Unsere kleine Jacht mußte dem Kaper natürlich als leichte Beute erschienen sein.«

»Trotzdem, ganz schön mutig, die Jungs, mit solchen Schiffchen Krieg zu führen«, sagte Jørgensen und wischte sich die Blätterteigkrümel von den Beinen.

»Vergiß nicht, daß sie durch ihre Beteiligung am Gewinn ja auch bestens motiviert waren«, erklärte Kristensen. »Ihr Wagemut wuchs mit der Größe der in Aussicht stehenden Beute. Und nahm demzufolge auch ab, wenn sie den Eindruck gewannen, daß es sich nicht lohnt.«

»So wie bei unserer Jacht. Was kam denn für die Mannschaft dabei heraus? Soviel wie bei der üblichen Vermögensbildung in Arbeitnehmerhand? Ein paar Kronen?«

Kristensen lachte. »Oh nein, ganz im Gegenteil. Ein vom Prisengericht anerkannter Beutezug konnte nicht nur über die Eigentümer, sondern auch über alle Besatzungsmitglieder einen enormen Geldsegen ausschütten, so daß selbst Schiffsjungen, die barfuß liefen und keine heile Hose über dem Hintern hatten, sich unversehens im Besitz von vielen hundert Reichstalern befanden. Das war, für damalige Verhältnisse, für einen Schiffsjungen schon ein kleines Vermögen. Ein Matrose bekam das Doppelte, der Steuermann das Acht- und der Kapitän das Sechzehnfache. Um dir einen Vergleich zu geben: Für Erwerb und Ausrüstung eines normalen kleinen Kaperbootes rechnete man mit 1200 Reichstalern.«

Jørgensen pfiff anerkennend.

»Das waren ja wahrlich prachtvolle Renditen, wenn das Unternehmen glücklich verlief. Ist das den Leuten nicht zu Kopf gestiegen?«

»Das kann man wohl sagen. Und es zeigten sich auch hier bald die üblichen Folgen, die plötzlicher Reichtum überall auf der Welt hervorruft. Die Hafenstädte entwickelten das hektische Treiben von Goldgräberstädten, wenn das Geld von denen, die damit nichts anderes anzufangen wußten, als es auf den Kopf zu hauen, in die Kneipen und Bordelle getragen wurde. Wüste Saufgelage, Schlägereien, Prostitution blühten auf. Die vom Glück verwöhnten Seeleute fuhren singend und krakeelend in Kutschen durch die Straßen. Desperados aus aller Welt wurden von diesem Treiben angelockt. Bald waren die Besatzungen der Kaper international gemischt wie Söldnerheere. Reich gewordene Kaperfahrer kauften Häuser, hielten sich Kutschen und Dienerschaft und machten sich auf den ersten Logenplätzen in der Oper breit, während viele große Handelshäuser fallierten. Es war eine hohe Zeit für Abenteurer und Spekulanten. Die Nation feierte ihre berühmten ›Seehelden‹, deren Namen bald jedes Kind im Lande kannte. Und viele kühne Seeleute verspielten dabei auch ihr Leben.«

»Um wieder auf unsere Jacht zurückzukommen – also, eins verstehe ich nicht. Wenn man in Kriegszeiten so eine heikle Mission durchführt, da trifft man doch gewisse Vorkehrungen, damit das Unternehmen auch erfolgreich verläuft. Dieser Akt von Geheimdiplomatie erscheint mir dagegen höchst dilettantisch ins Werk gesetzt, oder?«

»Dilettantisch ist schon das richtige Wort. Aber ich glaube, daß dies die normale Art ist, wie fast alle derartigen Unternehmen ablaufen. Die meisten Menschen haben völlig falsche Vorstellungen davon. Sie denken, so was würde immer bis ins kleinste geplant.«

»So, wie sie es im Film vom großen Postraub in England gesehen haben«, warf Jørgensen ein.

»Sie glauben, alle Eventualitäten würden berücksichtigt, und es sei überhaupt ein perfekter Apparat, der da am Werke ist, wenn es um so wichtige Dinge wie eine Thronfolge geht, eine Maschinerie, die mit der Präzision eines Uhrwerks abläuft und berechenbare Ergebnisse produziert. So wenigstens haben es sich die Staatstheoretiker seit dem Absolutismus immer wieder ausgemalt, und so wird es auch von allen gern geglaubt und öffentlich dargestellt. Aber das Gegenteil ist der Fall. Wie überall im Leben, so regieren auch hier Zufall, Intrigen, Leichtsinn, Glück, Ignoranz, Ahnungslosigkeit, Bluff, Großmäuligkeit, guter Glaube und böser Hintersinn, und wie diese schönen menschlichen Eigenschaften alle heißen. Interessengruppen arbeiten gegeneinander und versuchen sich auszutricksen, und wenn es dann an die Ausführung geht, da wird gewurstelt und geknausert, da werden die falschen Leute eingesetzt oder die richtigen, die man aber nur vage informiert und nur unzureichend geschützt losrennen läßt. Denn vor allem muß ja dafür Sorge getragen werden, daß es niemand gewesen ist, wenn die Sache herauskommt oder schiefgeht.

Diese Mission Goldmarie … In unserem Fall war es ja nur eine kleine Clique, die das ausgeheckt hat, sozusagen undercover. Das Ganze war eher ein Glücksspiel, wo man eilig und mit geringem Einsatz einen dicken Fisch an Land ziehen wollte. Denk an das, was ich dir von unserem Kaperkrieg erzählt habe. So ähnlich mußt du das auch bei der Aktion Bernadotte sehen. In Stockholm und London herrschten wahrscheinlich ganz falsche Vorstellungen über die Gefahren des Kaperkrieges, oder man hat die Warnungen einfach in den Wind geschlagen, die Gefahr heruntergespielt oder sich auf die Macht und Hilfe der ruhmreichen englischen Flotte verlassen, was weiß ich. Man hatte es noch nicht einmal für nötig befunden, die Schiffspapiere und Frachtbriefe geschickt zu fälschen, man ließ das Schiff brav unter englischer Flagge segeln mit Ladung für Schweden – beides Länder, mit denen wir uns im Krieg befanden und deren Schiffen unsere Kaper auflauerten. Der helle Wahnsinn. Gewiß, man hatte den Gesandten als Kaufmann kostümiert und ihn wahrscheinlich auch mit Papieren versehen, die ihn gegenüber englischen und schwedischen Schiffen legitimierten. Aber ansonsten hat man auf sein Glück vertraut. Und letzten Endes war der Einsatz ja auch nicht allzu hoch. Nur ein paar Menschenleben. Denn Schiff und Ladung waren ja gut versichert, und für die Witwe des schwedischen Unterhändlers war wohl auch hinreichend gesorgt. Und der Kapitän? Ein erfahrener Abenteurer, ein Söldner, ein Desperado, wie man sie in Kriegszeiten überall findet und der es gewohnt war, sein Leben aufs Spiel zu setzen. Wahrscheinlich hatte man ihm auch eine dicke Prämie versprochen. Solche Helden hatten wir auf unseren Kaperschiffen haufenweise. Komm, Ansgar, machen wir weiter …«

Die beiden Strategen verließen den Feldherrnhügel und eilten zurück zu ihrer Sandkarte.

»Der Katastrophe zweiter Teil«, begann Jørgensen. »Die Beschießung, so glimpflich sie auch abgelaufen ist, hat dennoch verheerende Folgen gehabt. Kaum daß der Kaufmann den Rum eingeschenkt hat, blitzt es am Firmament. Der Alkohol schwappt aus den Bechern. Es donnert; der Himmel verfinstert sich, die Zeit reicht nicht mehr aus, die Segel zu bergen. Schon fegt der Sturm über die See. Ein Mann fehlt, also muß der Kapitän selbst mit anpacken. Und der Kaufmann steht hilflos herum, versteht die gebrüllten Befehle nicht, läuft, stolpert über Deck, verheddert sich in den Tauen, stürzt bei dem immer stärkeren Seegang gegen die Bordwand, schreit auf, sein Oberarm ist gebrochen und die Schulter zerquetscht, und dann geht alles Schlag auf Schlag.

Ein Focksegel fliegt davon, die beschädigten Backbordwanten halten dem Winddruck nicht mehr stand, sie zerreißen mit lautem Knall. Der zweite Matrose, der hinaufgeklettert ist, um das Toppsegel zu reffen, stürzt herab; die überholende See spült ihn von Bord. Der Steuermann bindet das Ruder fest und hilft dem Kapitän, das Gaffelsegel zu bergen, aber da fährt eine furchtbare Böe hinein, und der Mast zersplittert in Mannshöhe und begräbt die drei restlichen Männer unter einem Gewirr von Rahen, Segeln und Tauen. Der Steuermann kann sich als erster befreien, ergreift eine Axt, schlägt wie wild auf die Taue ein, kappt sie, damit das Boot freikommt von der zerstörten Takelage, die über Bord fliegt, so daß sich das Schiff wieder aus seiner bedenklichen Schräglage aufrichten kann. Als er sich umblickt, erfaßt ihn Entsetzen. Auf dem Deckshaus liegt der Kapitän, tot, der stürzende Mast hat ihm die Brust zerquetscht. Und der Kaufmann? Er liegt regungslos auf den Planken, auf dem Rücken, rutscht auf dem nassen Deck hilflos hin und her, sein Kopf hat eine große Wunde und schlägt immer wieder im Rhythmus des heftig schaukelnden Bootes gegen die Bordwand. Er wimmert vor sich hin, der Steuermann bindet ihn fest. Der Kaufmann blickt ihn mit weit aufgerissenen Augen an, seine Lippen formen Wörter, der Steuermann legt sich über ihn, hält das Ohr an seinen Mund, der Kaufmann krallt sich an ihm fest mit seinem unverletzten Arm, flüstert ihm etwas zu … die Teekisten … die eine … die aus Blech … über Bord werfen … darf auf keinen Fall … ein Geheim… Der Steuermann starrt ihn an, aber der Kaufmann sagt nichts mehr. Und da fällt ihm plötzlich ein, woran ihn der eigentümlich singende Tonfall erinnert: an einen Schweden.«

Jørgensen machte eine Pause und strich mit den Händen durch den Sand.

»Der Steuermann erhebt sich, befreit sich aus dem Klammergriff des Toten, kriecht zum Deckshaus, sieht auf den Chronometer: 8.30 p.m.; schon finstere Nacht. Der Sturm läßt allmählich nach. Er untersucht die Taschen des toten Schweden, findet

Papiere in der Innentasche, liest ... erbleicht, zerreißt dann alles in Fetzen, wirft es über Bord. Er nimmt das Seefahrtsbuch des Kapitäns und der verunglückten Matrosen an sich. Das kann er unbedenklich abliefern, wenn ... ja, wenn ... Dann versucht er, an Klüverbaum und Maststumpf ein kleines Notsegel zu setzen. Die Sichel des zunehmenden Mondes geistert hinter den Wolkenschleiern vorüber ... das Schiff macht kaum noch Fahrt, außerdem zieht es Wasser, ein Leck, sinnlos, jetzt danach zu suchen oder es abzudichten, träge treibt das Boot dahin wie das Floß der Medusa. Dann bestattet er die Toten, bindet ihnen Eisenstücke an den Leib, kippt sie über Bord. Im Deckshaus, beim Schein einer eilig angezündeten Kerze, wirft er einen Blick auf die Seekarte, versucht, die Position abzuschätzen, dann kommt er wieder an Deck, sieht am Horizont eine unregelmäßige dunkle Linie. Land! Die Küste von Lilleø. Er will das Fernrohr aus der Jacke holen, aber die Tasche ist leer, verflucht, das Glas ist weg, er muß es verloren haben. Er lotet die Wassertiefe aus ... nur noch 10 Fuß! Er denkt an die Botschaft des geheimnisvollen Schweden, mit der Axt zerschlägt er die Verriegelung des Laderaums, öffnet die Luke, steigt hinein, hievt die Kisten an Deck, das Wasser steht ihm schon bis zu den Knien. Nun beginnt er, die Kisten über Bord zu werfen, erst die aus Holz, sie sind zu leicht, treiben davon und sinken nicht, schade um den Tee! Die Metallkiste liegt ganz unten, sie ist kleiner, aber genauso schwer, er zögert, wartet noch, einen Augenblick lang blitzt ihm der Gedanke durch den Kopf, daß er nun der alleinige Besitzer eines großen Geheimnisses ist, eines Schatzes. Er glaubt es nicht. Kein Gold, dazu wiederum ist die Kiste zu leicht, er schüttelt sie, kein Klappern, kein Rasseln verrät den Inhalt. Und warum hätten die letzten Worte des Schweden der Vernichtung handfester Schätze gelten sollen. Nein, diese Kiste barg etwas anderes. Papiere vielleicht? Wichtige Dokumente? ... Was tun? Sollte er nicht lieber ... und was könnte der Inhalt dieser Kiste für seine Zukunft bedeuten? Geld? Reichtum? Oder ... vielleicht gar ... den Strick? ... Da knirscht es zum ersten Mal unter dem Kiel, und als das Boot in die Bucht von Holmnæs treibt, vorbei an den zwei flachen kleinen Inseln, die die Durchfahrt verengen, da erfaßt ihn kalte Angst, Geld und Reichtum sind ihm plötzlich völlig egal, und mit dem fixen Gedanken, der Teufel selbst könnte in dieser Blechkiste hocken, wirft er sie mit letzter Kraft weit über Bord.«

»Der Teufel?« meinte Kristensen, »ich weiß nicht. Der letzte Wille eines Sterbenden, der ging ihm nicht mehr aus dem Kopf. Laß uns den Schauplatz mal genauer ansehen. Die Rolle da, neben dem Essenskorb, die brauchen wir jetzt.«

Die Rolle war eine große kolorierte Landkarte von Lilleø aus dem Jahre 1776, eine Reproduktion, die die Sparkasse von Laurup einmal als Jahresgabe an ihre treuen Kunden verschenkt hatte.

Neben der Sandkarte, auf der sie die Route der Jacht abgesteckt hatten, begann Jørgensen, das Nor zu rekonstruieren. Mit einem Brett, einem Stück Treibholz, zog er zunächst eine plane Fläche.

»Warum legst du die Fläche so tief?«

»Das Nor muß etwa in Meereshöhe liegen wie in echt. Und wir wollen es doch auch unter Wasser setzen, direkt vom Meer aus, ohne daß das Wasser gleich wieder versackt.«

In diesem Augenblick kam ein kleiner Junge mit einer Schaufel am Strand entlanggelaufen. Er blieb einen Moment unschlüssig stehen und hockte sich dann still dazu.

Kristensen zeichnete mit der Spitze seines kleinen Sonnenschirms die Konturen des Nors auf die planierte Sandfläche, die große, langgestreckte Bucht, die an ihrem hinteren Ende von der Dünenkette des damals noch unbefestigten Drejet abgeschlossen wurde. Im Eingang zur Bucht die beiden hintereinanderliegenden Holme Næbbet und Skovnæsholm, die zwei Durchfahrten ins Nor ermöglichen, rechts oder links an ihnen vorbei. Die Position der wenigen Bauernhäuser am Rande des Nors sowie ganz hinten, am Beginn des Drejet, Ellehavegaard.

»Willst du uns beim Bauen helfen?« fragte Jørgensen und blickte den kleinen Jungen aufmunternd an. »Wir brauchen noch Baumaterial.«

Der Junge suchte am Strand herum und kam dann mit einem toten kleinen Taschenkrebs zurück, den er Kristensen zögernd hinhielt.

»Den nehmen wir von nun an als Schiff.« Kristensen tauschte die Muschel gegen den Krebs aus.

Jørgensen und der Junge begannen nun, Wasser und Land zu scheiden, die Zwischenräume auf Kristensens Zeichnung vorsichtig auszuheben, das Ufer zur Stenagre-Seite hin leicht ansteigend zu modellieren und am Drejet eine wilde Dünenlandschaft anzuhäufeln. Und sie arbeiteten sorgfältig und hingebungsvoll, der Junge mit altersgemäßem Geschick und Jørgensen mit der Professionalität eines Erwachsenen, der die Erfahrungen seiner Kindertage im Umgang mit Sand gerade wieder ausgegraben hat, während Kristensen breitbeinig neben ihnen stand, die Hände in die Hüften gestemmt wie ein Unteroffizier, der seine Rekruten beim Ausheben eines Schützengrabens beaufsichtigt.

Jørgensen und sein kleiner Gehilfe setzten das Nor vorsichtig unter Wasser und ließen den Krebs in die Bucht hineintreiben.

»Also, das Schiff treibt langsam und lautlos in die Holmnæs-Bucht. Plötzlich reißt die Wolkendecke auf. Im fahlen Schein des Mondes erkennt der Steuermann das rettende Ufer. Immer wieder rutscht das Schiff über Sandbänke, es liegt tief im Wasser, die Bordwand ragt nur noch knapp zwei Fuß heraus. Er hat seine letzten Habseligkeiten zusammengesucht, seinen Seesack, das Journal in die Jacke gestopft, und nun steht er am Bug und lotet mit einer Stange die Wassertiefe.

Da flammen ein, zwei schwache Lichter am Ufer an der Backbordseite auf, jemand hat Fackeln entzündet, der Geruch verbrannten Teers zieht über die Bucht, er glaubt, einige Figuren zu erkennen, die sich lebhaft bewegen, er vernimmt undeutliche Rufe, irgendwo läutet nun auch eine Glocke. Und dann fällt ein Schuß …«

»Dann hat das Boot die rechte, die breitere Passage genommen, sonst wäre es viel zu weit ab vom rechten Ufer gewesen, und man hätte es gar nicht bemerkt. Die Leute werden hier gestanden haben«, erklärte Kristensen und steckte an der bezeichneten Stelle zwei Stöckchen in den Sand.

»Genau«, sagte Jørgensen. »Er hat die rechte Passage gewählt. Vom Schiff aus sieht er nun, wie sich am Ufer Leute versammeln. Und der Steuermann glaubt auch zu wissen, wer da auf ihn wartet: französische Soldaten!«

»Richtig«, ergänzte Kristensen. »Normalerweise hätte man hier, auf dieser kleinen und strategisch unbedeutenden Insel, zwar keine Truppen stationiert, aber es hatte einen Anlaß gegeben, der dies erforderlich machte. Im Hafen von Torsdal lagen infolge des darniederliegenden Seehandels eine ganze Reihe kleinerer Schiffe, die die Engländer sich gerne unter den Nagel gerissen oder wenigstens zerstört hätten. Einige ihrer Kriegsschiffe kreuzten vor Frederikshale und beschossen die Stadt am 10. April 1808, also knapp ein Jahr zuvor, ohne allerdings größeren Schaden anzurichten, da sie bei der Kanonade keine Brandgeschosse, sondern nur Vollkugeln verwendeten. Unsere praktischen Seemannsfrauen haben diese Kugeln später zum Mahlen von Senfkörnern verwendet. Übrigens haben die Batterien nördlich von Torsdal kräftig zurückgeschossen. Aber dieser Vorfall hat dann die französischen Freunde bewogen, Truppen zu unserem Schutz hierher zu verlegen, und zwar zweihundert Spanier, die uns allerdings einige Sorgen bereiteten, denn es gab häufig Reibereien mit den Einheimischen, ganz entgegen ihrer Beliebtheit an anderen Orten. Gott sei Dank dauerte dieser Spuk nicht allzu lange. Nach dem Abzug der Spanier kam dann eine Kompanie Franzosen hier herüber.«

»Und wie lange blieben die?«

»Bis zum April 1809, als Bernadotte nach Italien beordert wurde.«

»Und unsere Jacht ist im März 1809 gestrandet. Das erklärt so einiges.«

»In der Tat«, erläuterte Kristensen. »Der Steuermann ist Engländer, und am Ufer stehen seine Gegner, französische Soldaten, Küstenwachen, auf der Hut vor einem englischen Landeunternehmen? Wer denn sonst steht in einer solchen Nacht am Strand und gibt Schüsse ab? Warnschüsse? Und das Glockengeläute? Hoffentlich hat man ihn noch nicht entdeckt. Er verbirgt sich hinter dem Deckshaus, sieht zum Ufer hinüber, wo die Fackeln brennen, auch ein Teerfaß hat man jetzt noch entzündet, und er verflucht zum zweiten Mal den Verlust des Fernrohrs. Zum Glück ist er weit genug entfernt vom Ufer, das Licht der Fackeln reicht nicht bis zum Schiff, im Gegenteil, denkt er, es blendet eher die Soldaten und hindert ihre Sicht. Das Wrack treibt langsam weiter; es macht höchstens noch einen halben Knoten Fahrt. Wieder fällt ein Schuß. Aber sie zielen nicht auf ihn; ist wohl nur ein Signal gewesen, für Verstärkung. Ob sie das Boot vom Ufer aus überhaupt noch sehen können? Jetzt, wo die Mondsichel wieder hinter einer geschlossenen Wolkendecke verschwunden ist?«

»Aber bei Bendsen steht überhaupt nichts von Soldaten«, unterbrach Jørgensen, »er spricht von Bauern, die die Besatzung nicht an Land lassen wollten. Wer hat denn da nun geschossen?«

»Nun, es müssen keine Franzosen gewesen sein«, räumte Kristensen ein. Vielleicht war es ja tatsächlich eine Bauernmiliz. Überall im Lande wurden damals Milizen aufgestellt, zur Verstärkung unserer regulären Truppen, die es ja auch noch gab. Diese Milizen waren zum Teil abenteuerlich bewaffnet, wie im Mittelalter, mit Forken und Mistgabeln, und vielleicht hatte auch der eine oder andere eine Flinte. Das Kommando hatten übrigens die Gutsbesitzer oder die Deichgrafen, und, wenn keine noblen Herren zur Verfügung standen, die Eigner derjenigen Höfe, die eine wichtige strategische Lage hatten. Krieg konnte man mit so einer Truppe natürlich nicht führen, aber zum Wacheschieben, Alarmauslösen und Trommellärmveranstalten reichte es. Die französischen Truppen lagen in dieser Nacht sicher in ihren warmen Quartieren und schliefen.«

»Ich hatte zuerst vermutet, die Bauern hätten Angst vor Seuchen gehabt und darum die oder den Schiffbrüchigen nicht an Land lassen wollen. Torben, den ich mal danach gefragt habe, sprach von Blatternepidemien, die damals grassierten.«

»Das war schon richtig, das mit der Angst vor epidemischen Krankheiten, und insbesondere hier auf Lilleø hatte man üble Erfahrungen damit gemacht, denn die Kindsblattern, die erst einige Jahre zuvor durch englische Schiffe eingeschleppt worden waren, hatten viele Todesopfer gefordert. Aber zurück zu unserem Steuermann. Was ist aus ihm geworden? Wie ist er den Franzosen beziehungsweise unseren Bauernkriegern entkommen?« fragte Kristensen.

»Er wartet ab, was passiert. Aber es passiert weiter nichts. Die Situation ist unverändert. Irgendwo läutet noch immer die Glokke, aber die Stimmen werden allmählich leiser. Er befürchtet, daß man nun ein Ruderboot aussetzen werde, um die Sache aufzuklären, aber nichts geschieht. Vielleicht haben die Leute ebensoviel Angst vor dem unbekannten Schiff wie er vor ihnen. Oder sie glauben, sich getäuscht zu haben, oder sie haben nur den Befehl, niemanden an Land zu lassen, wer weiß. Das Boot treibt weiter, entfernt sich langsam von den Fackeln am Ufer, und irgendwann sitzt es unwiderruflich fest. Die Gelegenheit zur Flucht ist günstig. Hier, weit vom rechten Ufer, kann ihn keiner mehr sehen. Er lotet die Wassertiefe: sieben Fuß! Er wird schwimmen müssen zum gegenüberliegenden Ufer, wo alles dunkel ist und still. Im Deckshaus sind noch zwei Bänke. Vorsichtig holt er sie heraus, bindet sie aneinander und läßt das Gebilde auf der Steuerbordseite langsam und leise zu Wasser. Dann zieht er seine Öljacke aus, seine Seestiefel, bindet alles zusammen und legt es auf das kleine

Floß. Er läßt sich ins Wasser gleiten und beginnt zu schwimmen, das Floß stößt er vor sich her. Nach einiger Zeit spürt er Grund unter den Füßen, und irgendwann kriecht er über Tang und glitschige Steine ans Ufer. Den nächsten Tag über gelingt es ihm, sich versteckt zu halten, und in der folgenden finsteren Nacht entwendet er ein kleines Segelboot und entkommt auf die offene See, wo er, völlig erschöpft, am Tag darauf von einem englischen Kriegsschiff aufgefischt wird.«

Sie waren wieder zu ihrem Lagerplatz in den Dünen hinaufgestiegen und tranken den letzten Schluck Kaffee aus der Thermoskanne, während der kleine Junge sich über die restlichen Kuchenstücke hermachte. Nach all dem langen Hocken, Stehen und Auf-den-Knien-Rutschen, brauchten sie jetzt etwas Bewegung. Ein leichter Wind war aufgekommen, als sie am Strand entlanggingen, aber es war noch immer angenehm warm. Der Junge lief mit ihnen, mal vorneweg, mal hinterher, und sammelte Muscheln und Steine.

»Ich glaube, wir können uns das, was danach geschehen ist, ziemlich genau ausmalen«, begann Kristensen. »Diese Geschichte hat ja ihre eigene Logik.

Also erstens: Der Steuermann hat das Schiffsjournal nicht abgeliefert, sondern unterschlagen und für verloren erklärt. Denn wenn er es abgeliefert hätte, wäre es in den Archiven der Admiralität oder ähnlichen Gräbern verschwunden, als geheime Verschlußsache, und es hätte Adams nicht in die Finger fallen können. Außerdem wäre man dann wohl davon ausgegangen, daß der Steuermann es gelesen hätte und damit zum potentiellen Zeugen eines Staatsgeheimnisses geworden wäre, und das bedeutete peinliche Untersuchungen, Verhöre oder Schlimmeres – kurz, er hatte also allen Grund, jede Form einer möglichen Mitwisserschaft von vornherein auszuschließen. Es wird auch ohne das Journal für ihn schon schwer genug gewesen sein, den Ahnungslosen zu spielen.

Zweitens: Er hat den zuständigen Stellen – Seeamt, Reederei

– einen ziemlich wahrheitsgetreuen Bericht über die Ereignisse geliefert, bei dem er nur alles das weggelassen hat, was ihn in irgendeiner Weise belasten könnte. Er wird erzählt haben, daß er wegen der Havarie, um das angeschlagene Schiff zu erleichtern, die gesamte Ladung über Bord geworfen habe; er hat die persönlichen Papiere der Besatzung abgeliefert und über ihre Todesursache berichtet und wird das auch alles beschworen haben, also die ganze offizielle Prozedur.

Und daraus ergibt sich, drittens, ganz klar, daß die Engländer genau wußten, wo die *Marygold* havarierte, beziehungsweise daß und wie diese Mission gescheitert ist. Natürlich hatte der Versicherungsmensch bei Lloyds, der Kirstein die Auskünfte erteilt hat, davon keine Ahnung, denn dieses Geheimnis liegt in ganz anderen Archiven vergraben. Vielleicht wird es später mal irgendein Historiker durch Zufall ausbuddeln. Sind meine Folgerungen richtig?«

»Ich denke schon. Der Steuermann hat das unterschlagene Journal später als privates Tagebuch der Ereignisse weitergeführt und die ganze Geschichte der ›besonderen Mission‹ aus seiner Sicht aufgeschrieben, genauso, wie ich sie dir erzählt habe, na ja, mit ein paar kleinen, aber unwesentlichen Ausschmückungen meinerseits. Worum es wirklich ging, ist ihm jedoch verborgen geblieben. Denn es fehlte ja der zweite wichtige Stein zu dem Puzzle, und erst Adams, dem der Zufall, oder, wie man angesichts des unglücklichen Ausgangs wohl besser sagen muß, dem das Schicksal diese beiden Bücher in die Hände gespielt hat, fand die richtige Lösung und zog die gleichen Schlüsse wie wir.«

»Adams wollte das Schiff ausgraben, sagtest du?«

»Nein, er wollte mehr, nehme ich an, nämlich die Blechkiste und die darin verborgenen Dokumente, und dazu mußte er allerdings die Lage des Wracks kennen.«

Kristensen überlegte eine Weile.

»Wenn man von der Stelle an, wo die Jacht ins Nor getrieben ist, bis zum Punkt ihrer Strandung eine Linie zieht, so ist dies der geometrische Ort, auf dem das Ding liegen muß, wenn es stimmt, daß der Steuermann irgendwo auf dieser Strecke die letzte Kiste über Bord geworfen hat.«

»Richtig. Eine Linie von vielleicht 300 bis 400 Metern. Das ist immer noch viel Spielraum, aber ein definierter. Nach den Angaben in seinem Notizbuch zu schließen, wollte er im November 1927 wohl zunächst nur die Lage des Schiffes ermitteln, denn mehr Zeit hatte er für seine Nachforschung nicht eingeplant. Er hätte zu Hause weitere Überlegungen anstellen können und wäre später wiedergekommen, im nächsten Frühjahr vielleicht, um dann mit den notwendigen Genehmigungen und ausgerüstet mit einem Metalldetektor – schließlich war er gelernter Ingenieur – nach der Kiste und den Dokumenten zu suchen. Und wenn die Papiere noch lesbar gewesen wären, hätten sie unter den Historikern gewiß beträchtliches Aufsehen erregt und ihm, so hoffte er wohl, viel Geld eingebracht, wenigstens genug, um seine Schulden zu bezahlen.«

»Wahrscheinlich hätte Adams seine Schätze überhaupt nicht behalten oder verkaufen dürfen.« Kristensen schüttelte den Kopf. »Auf solche Dokumente erhebt in der Regel der Staat den alleinigen Besitzanspruch, und in diesem Falle hätten sich sogar die Regierungen dreier Staaten um die Eigentümerrechte streiten können, und Adams hätte bestenfalls eine Belohnung und die Erstattung seiner Auslagen bekommen.«

Sie waren stehengeblieben und blickten aufs Meer, wo Dutzende weißer Segel über dem Wasser schwebten. Man konnte sich kaum vorstellen, daß irgendwo da draußen, bei strahlendem Frühlingswetter, am Palmsonntag des Jahres 1808, ein englisches Geschwader vor Anker gelegen und den Hafen von Torsdal beschossen hatte. Und ein Jahr später, in einer sturmzerrissenen Nacht, ein Wrack hier vorbeigetrieben war, mit drei Toten an Bord. Der Einbruch des Irrsinns in eine Welt, die nichts als Ruhe und Frieden zu verheißen schien, wenigstens jetzt, an diesem schönen Spätsommernachmittag.

»Nun wollen wir, nachdem wir unsere kleine Geschichte zu Ende gebracht haben, auch noch sehen, wie es mit der großen Weltgeschichte weitergegangen ist«, begann Kristensen nach einer Weile und setzte sich wieder in Bewegung. »Der Witz an der ganzen Sache ist doch, daß diese Mission Bernadotte dann wider Erwarten doch noch geklappt hat, wenn auch erst mehr als ein Jahr später.«

»Und? Wurde er wirklich König von Schweden? Ich dachte, die hießen alle Karl oder Gustav?«

»Ja, Bernadotte wurde tatsächlich König. Nach der Verhaftung Gustavs IV. und nachdem Dernaths Clique nichts mehr von ihrem geheimen Schiff gehört hatte, wählte der schwedische Adel im Juni 1809 den kinderlosen Herzog von Södermanland als Karl XIII. zum König. Er war ein altes und gebrechliches Männlein und fungierte eigentlich nur als Strohmann, als Übergangslösung, bis ein geeigneterer Kandidat bereitstand. Schon ein gutes halbes Jahr später nämlich erkor die stärkste Fraktion des schwedischen Adels, gegen den Willen der Dernath-Clique, wie wir nun wissen, ihren Favoriten Christian August von Augustenburg zum Kronprinzen.«

»Aber wieso kam man dann trotzdem noch auf Bernadotte?«

»Nun, zunächst hatten die Schweden sich ziemlich getäuscht, als sie glaubten, Christian August werde das Seine dazu tun, Norwegen von Dänemark zu trennen, das Land als Morgengabe mitzubringen und dann eine Vereinigung mit Dänemark anzustreben. Statt dessen holt er für die schwedische Kronprätendatur ausdrücklich die Genehmigung unseres Königs Friedrich VI. ein und legt seine zivile und militärische Kommandogewalt über Norwegen nieder. Die Schweden sind ziemlich enttäuscht. Und dann, am 28. Mai 1810, stirbt der Thronfolger. Ganz plötzlich. Und natürlich gibt es eine Menge Gerüchte, ein Giftmord oder etwas Ähnliches, die Dernath-Clique stecke dahinter oder gar unser König persönlich, der nun ebenfalls mit dem schwedischen

Thron liebäugelt. Und damit geht die Frage nach der schwedischen Krone in die nächste Runde. Ich will dich jetzt nicht mit Details langweilen, über die es viel zu sagen gäbe. Tatsache ist, daß sich diesmal die Bernadotte-Fraktion offiziell durchsetzt. Und anstatt für Herzog Friedrich Christian, den Bruder Christian Augusts, entscheidet man sich nun für den französischen Marschall. Auch diesmal läuft alles streng geheim ab und sehr chaotisch, allerdings zu Lande. Ein Offizier reist im Juli nach Italien und umschmeichelt den Anwaltssohn aus der Gascogne, den schwedischen Thron anzunehmen. Und so wird, mit Napoleons Einverständnis, ein schwarzhaariger Katholik, ein Mann, der kein Wort der Landessprache versteht und sie auch nie richtig erlernt, Kronprinz von Schweden.«

»Ich dachte, er wurde König?«

»Das wurde er auch, aber erst acht Jahre später, und er nahm dann den Namen Karl XIV. Johann an. Man konnte und wollte den armen Karl XIII. nicht einfach aus dem Wege räumen wie seinen Vorgänger. Doch faktisch ist nun Bernadotte, der zum Protestantismus übergetreten war, seit dem November 1810 der mächtigste Mann Schwedens, eine Stellung, in der er sich auch gleich wunderbar bewährt, indem er seinem alten Chef Napoleon kaltblütig in den Rücken fällt und die Franzosen aus Dänemark vertreibt. Als nächstes erobert er Norwegen und bringt es als eigenständig verwalteten Staat in eine Konföderation mit der schwedischen Krone. Der Anfang vom Ende unseres Gesamtstaates übrigens. Jetzt spielt Schweden die erste Geige im Ostseeraum, und wir spielen eigentlich kaum noch mit. Von nun an wird uns mitgespielt, erst von Bernadotte, dann von Bismarck, dann von Hitler und demnächst, wie ich vermute, von der Europäischen Union.«

Der Strand war nun völlig menschenleer. Zwischen ihren Zehen kräuselte sich der feuchte Sand, und die kleinen bunten Steinchen glitzerten im Licht, wenn das Wasser sie überspülte.

»Was wird nun eigentlich aus unserer Entschlüsselung der ersten ›Aktion Bernadotte‹? Wir müssen jetzt doch irgendwas damit anfangen. Es gibt bestimmt eine Menge Historiker, die sich dafür interessieren werden.«

Der Junge hatte flache Steine gesammelt und ließ sie über das Wasser titschen. Jørgensen tat es ihm nach, und auch Kristensen steckte seinen Schirm in den Sand, hängte den Hut darüber und bückte sich nach geeigneten Wurfgeschossen.

»Ja, was wird aus so einer Geschichte? Ein Satz im Geschichtsbuch, vermute ich, vielleicht aber auch nur ein Nebensatz, etwa: ›Nachdem ein erster Versuch der Kontaktaufnahme mit Bernadotte im März 1809 fehlgeschlagen war ...‹, oder so ähnlich. Und dann gibt es natürlich noch mindestens zwei hochgelehrte Aufsätze mit einander widerstreitenden Thesen über die möglichen Erfolgsaussichten der Mission, die Rolle Dernaths innerhalb seiner Clique, die Strategie der Engländer und so weiter. Und am Ende beklagt sich ein Student, der das alles zufällig gelesen hat und ein Thema für seine Dissertation braucht, über die frühere Unwissenheit oder Naivität der Geschichtswissenschaft und schreibt selbst eine aufgeblasene Arbeit darüber.«

»Und warum willst du das nicht machen? Immerhin könntest du doch auf diese Weise Lilleø in die Geschichtsbücher bringen, das wäre doch mal was.«

Kristensen zog seine Stirn in Falten. »Lilleø hat nie eine Rolle in der Weltgeschichte gespielt und sich immer ganz wohl dabei gefühlt. Nein, nein, das soll auch so bleiben. Ich jedenfalls werde diesen Aufsatz nicht schreiben. Die Bernadotte-Geschichte steht nun seit bald 200 Jahren auf herkömmliche Weise in unseren Büchern, warum sollte man da noch einen Nebensatz hineinflicken?«

Er lachte plötzlich laut auf und sagte: »Weißt du, wer sich am meisten darüber freuen würde? Maren Poulsen. Sie könnte dann doch ein kleines Zimmer leerräumen, das Inventar woanders hineinstopfen und eine Bernadotte-Stube einrichten, mit allerlei dynastischem Krimskrams, schwedischem und französischem, mit

Fahnen, Uniformen, Teekisten und dem Marschall und der Dernath-Clique als Panoptikumsfiguren. Und als Krönung des Ganzen ein Diorama des Nors mit der Strandung, schön dämonisch, Fackeln, Leichen, Mond und so. Du kannst sie ja dabei beraten, mit der Erfahrung, die du jetzt hast.«

Kristensen zog seine Uhr aus der Tasche. Es wurde Zeit, so langsam den Heimweg anzutreten.

»Nein, nein, Ansgar, im Grunde ist es doch viel lustiger, wenn alles beim alten bleibt und nur wir beide davon wissen. Im übrigen kommt es auf die Wahrheit auch gar nicht an. Irgendein Dichter hat mal gesagt, die nackte Wahrheit sei die Hurenbraut des Barbaren; die Kultur beginne erst dort, wo man etwas zu verbergen habe.«

»Also kein Kommentar?«

»Keinen Kommentar für die Historikerzunft. Aber vielleicht wäre es ja ein hübscher Stoff für einen Roman über die Geheimdiplomatie zur Zeit des Napoleonischen Krieges. ›Der Fürst von Ponte Corvo‹ oder so ähnlich. Wäre das nichts für dich? Du hast deine Sache vorhin doch sehr gut gemacht. Für die Geschichtswissenschaft bin ich mittlerweile zu alt und auch viel zu müde, um mich auf diesem Schlachtfeld noch profilieren zu wollen. Ein Buch über das Nor – ja, das möchte ich noch gerne schreiben, vielleicht auch mit diesem berühmten Nebensatz. Aber ich fürchte, dazu komme ich nicht mehr, und vor allem wird meine Frau mich nicht lassen, sie will nicht, daß ich mich wieder in meinem Studierzimmer vergrabe, anstatt die restlichen Jahre, die uns noch bleiben, in ihrer Gesellschaft zu verbringen. Außerdem ist es auch richtiger, wenn nach guter alter Sitte mal wieder ein Udenø diese Arbeit verrichtet, einer von außerhalb, wie es immer war bei wichtigen Ereignissen auf Lilleø. Und falls sich jemand für unser Nor interessieren sollte, will ich ihm auch gern unsere nette Anekdote erzählen – falls man mich damit überhaupt ernst nimmt.«

Der Himmel begann sich am Horizont allmählich violett zu

verfärben, und der Sonnenball warf schon ein langes orangenes Zackenband über das Meer.

»Da haben wir die Geheimnisse des Nors ja doch noch entschlüsselt, wer hätte das gedacht«, sagte Kristensen. »Und dann auch noch da, wo ich sie nie vermutet hätte. Die wirklich großen Dinge findet man eben nicht, wenn man danach sucht, die bekommt man als Geschenk, und zwar dann, wenn man es am wenigsten erwartet.«

Ein Bauer, der nach seinem Vieh gesehen hatte, erschien nun am Rande der Dünen und sah den drei einsamen Strandwanderern nach. Gleich würde die rote Sonnenscheibe im Dunst am Horizont versinken. Der Abendwind spielte in den schwarzen Knäueln von ausgetrocknetem Tang und verstreute ihn über den Sand.

Ein untersetzter alter Mann mit breitkrempigem hohem Hut, den Sonnenschirm noch immer aufgespannt, dachte an den Text eines belanglosen Nebensatzes. Er stellte sich vor, wie sich der Marschall aus Wachs in einem Bernadotte-Zimmer des Søfartsmuseums ausnehmen würde, und freute sich auf die Bratkartoffeln zu Hause.

Ein jüngerer Mann von langer schmaler Statur, mit ausgefranster halblanger Hose, der dem Alten hilfreich unter den Arm griff, fragte sich, ob er nun zufrieden sein sollte oder nicht. Ein englisches Schiff war gestrandet, 180 Jahre zuvor. Ein englischer Antiquar hatte mehr als ein Jahrhundert später deswegen den Tod gefunden. Ein Bauer hatte sich in seiner Scheune erhängt. Die Welt war wieder geordnet, durchgefegt wie der vom Wind gesäuberte Strand.

Und ein kleiner dunkelhaariger Junge dachte an einen Taschenkrebs, den er doch nicht hätte wegwerfen, sondern lieber mit nach Hause nehmen sollen, um ihn seiner Mutter zu zeigen.

»Und genau so war es?« fragte Malte und schenkte Tee nach.

»Genau so hätte es sein können; ein Indizienbeweis, ein schlüssiger und sinnvoller, aber nicht unbedingt ein zwangsläufiger, wenngleich auch von großer historischer Evidenz. Die Geschichte, ich meine die historisch einwandfrei verbürgten Ereignisse sind ja dann genauso abgelaufen, nur ein gutes Jahr später.«

»Und Lilleø hätte in diesem politischen Geschäft eine bedeutende Rolle gespielt, indem hier bei uns eine geheime diplomatische Mission von europäischer Bedeutung gescheitert ist?«

»So ist es, vielleicht, wahrscheinlich, sehr wahrscheinlich, oder möglicherweise ... ach, frag mich doch was Leichteres!«

»Und natürlich hat wieder keine Sau was davon gemerkt; unser ewiges skandinavisches Schicksal.«

»Nein, vielmehr das typische Schicksal vieler geheimer Unternehmungen. Denk daran, wie viele Verbrechen unerkannt bleiben, nur weil Hausärzte bei der Festlegung der Todesursache...«

»... schlampige Diagnosen! Ja, ich weiß«, sagte Malte, »irgendwie beunruhigend.«

»Ich finde, es hat auch was sehr Beruhigendes, daß wir nicht alles wissen. Eigentlich wollen wir das doch auch gar nicht, oder? Lilleø soll bleiben, was es ist, eine kleine ruhige und vor allem friedliche Insel. Ich glaube nicht, daß sie sich in den dikken und strengen Geschichtsbüchern sehr wohl fühlen würde. Aber eine ganz andere Sache würde mich doch noch brennend interessieren ...«

»Und das wäre?«

»Nun, wie es in Larsens Wohnzimmer aussieht.«

Malte lachte. »Eines Tages, wenn Axel tot ist, wirst du auch das erfahren. Und es wird genauso sein, wie du es dir vorgestellt hast: Eine schmutzige und verkommene Altmännerwirtschaft. Und dann wirst du sicher enttäuscht sein, denn deine Phantasie war bestimmt viel lebhafter als diese langweilige echte Wirklichkeit. Ach, übrigens, wo wir gerade von Larsen reden ... Es ist Post gekommen. Aus Odense. Vom gerichtsmedizinischen Institut.«

Jørgensen mußte erst einen Augenblick überlegen, dann zog er die Augenbrauen hoch.

»Und?«

»Nichts. Natürlich nichts. Oder hast du im Ernst etwas anderes erwartet? Hier, lies selbst.«

Er schob Jørgensen das Schreiben hinüber, der es rasch überflog. Fachchinesisch, kaum verständlich für einen Nichtmediziner, Nichtpathologen und andere Laien. Mußte er auch nicht verstehen. Entscheidend war nur der letzte Satz, waren nur zwei Worte: negativer Befund.

»Zufrieden?« fragte Malte. Vor zwei Monaten hätte dieses Wort noch wie ein Vorwurf geklungen. Aber nun ...

»Siehst du?« fügte er begeistert hinzu, »ich habe dir doch gesagt, es hat hier seit über 200 Jahren keinen Mord mehr gegeben.«

Der alte Lehrer stapfte über den Mühlenweg. Er ging mit langsamen Schritten und trat mit dem rechten Bein etwas schwerer auf, so als mache ihm die Hüfte zu schaffen oder das Knie. In der Rechten trug er einen selbstgeschnitzten Knotenstock, den er bei jedem zweiten Schritt aufsetzte und dazwischen jedesmal mit elegantem und scharf akzentuiertem Schwung in die Höhe pendeln ließ wie ein Tambourmajor seinen Stab, und die Leichtigkeit dieser Geste stand im Widerspruch zu den wuchtigen, ja fast grimmigen Stößen, mit denen er ihn dann wieder gegen den Boden preßte. Er trug derbe Schuhe und trotz des milden herbstlichen Nachmittags eine braune Lederjoppe, die er allerdings nicht zugeknöpft hatte und die seiner Erscheinung, zusammen mit dem flatternden fransenbesetzten Wollschal, der Baskenmütze und dem Fernglas um den Hals, ein gewisses sportliches Aussehen verlieh. Gelegentlich blieb er stehen, setzte das Glas an die Augen oder fummelte in seinen Taschen herum, zog auch mal eine Uhr hervor, die er mit ausgestrecktem Arm vor sich hielt und dann nach kurzem Nicken wieder einsackte. Der Regen hatte den Weg an vielen Stellen aufgeweicht, und so hatte er seine Mühe damit, an den Pfützen und morastigen Stellen mit halbwegs sauberen und trockenen Schuhen vorbeizukommen.

Hinter ihm kamen jetzt in langsamer Fahrt zwei mit Schlammspritzern besprenkelte Motorräder über die Buckel und Dellen des Grasweges herangewippt, und der alte Lehrer blieb stehen, ließ die beiden vorbei und rief ihnen ein paar Worte zu, die mit Lachen und Winken quittiert wurden. Er blickte ihnen nach, bis sie hinter den Büschen verschwunden waren, und er hörte die Motoren ihrer Maschinen aufheulen, als sie, am Ende des Weges, die Rampe zum Mühlendamm hinaufbretterten.

Die Herbstsonne stand niedrig, und die Gruppe Menschen, die sich auf dem Damm versammelt hatte, sah im Gegenlicht und aus einiger Entfernung wie ein Scherenschnitt aus, allerdings ein recht bewegter.

Die meisten erkannte er schon von weitem. Einige hatten bei ihm mal die Schulbank gedrückt, dieser Rotkopf etwa mit der lauten Stimme, der alle um Haupteslänge überragt, und dann diese Zappelliese da, die zwischen den Leuten hin und her läuft und so lebhaft gestikuliert, die hat das Stillsitzen offenbar immer noch nicht gelernt, jaja ... und die mit der großen Tasche und der Thermoskanne in der Hand, die gerade den beiden Typen mit dem Kinderwagen Kaffee ausschenkt ... Lehrerin hat sie einmal werden wollen und dann doch auf Graasten eingeheiratet ... so geht das im Leben.

Die beiden Motorradfahrer waren nun bei der Gruppe angekommen, bockten ihre Maschinen auf, setzten sich quer auf die Sättel, mit Blick auf das Wasser, und plötzlich hatten sie Bierflaschen in der Hand. Und wer ist der andere da, der bei ihnen steht und ebenfalls mit einer Flasche herumfuchtelt, der mit dem

Schlapphut und dem langen Mantel? Das ist doch nicht etwa … richtig! Daß der immer noch lebt! Mein Gott, wie lange ist das schon her … wo der sich wohl all die Zeit herumgetrieben hat … Und den, der sich gerade die Schirmmütze abnimmt und am Kopf kratzt, den kennt er natürlich auch, und auch diesen untersetzten Burschen da mit der Pfeife, der sich jetzt mit den Motorradfahrern unterhält.

Von der rechten Seite her kam langsam ein altes Lastauto auf der Dammkrone angefahren. Gefahren? – na ja, es kam eher herangeschaukelt, so als müsse es gegen schwere See ankämpfen. Kurz vor den Leuten hielt es an, mit einem Knall, und eine Figur mit Hut löste sich langsam aus der Fahrzeugkontur und schlenderte, die Hände in den Taschen, auf die Gruppe zu. Mit diesem Hut … so läuft hier doch nur einer herum, dachte der alte Lehrer. Mit diesem schmierigen Filz, den er nie abnimmt, noch nicht einmal, wenn er mit Kunden redet.

Er war nun an der Rampe angelangt, verharrte einen Moment und machte sich dann schnaufend an den etwas beschwerlichen Aufstieg. Eine ältere Frau in Gummistiefeln kam winkend, einen dicken Strauß Salzastern und mehrere Plastiktüten in der Hand, von den Brackwassertümpeln in der Wiese auf ihn zugeeilt, begrüßte ihn und griff ihm mit der freien Hand hilfreich unter den Arm.

Oben auf dem Damm machte man ihm Platz, nickte ihm freundlich zu, schüttelte ihm die Hand, bot ihm auch einen Becher Kaffee an, und der junge Mann mit der Kippe lässig im Mundwinkel und seine hübsche Freundin, die auf der Bank gesessen hatten, standen auf, damit er sich nun setzen konnte.

Der alte Lehrer reckte sich ein wenig, drehte sich nach links und nach rechts und zählte die Anwesenden: 17 Personen, wenn er keinen übersehen hatte, dazu dieser geschmückte Kinderwagen, das Auto und die zwei Motorräder, … nein, drei, dahinten stand ja auch noch eins, dieses alte Ding da. Wer wohl damit gekommen war?

Er angelte ein Blechdöschen aus der Westentasche, nahm eine Prise und ließ sich dann auf der Bank nieder. Von ihm aus konnte die Vorstellung nun beginnen.

Aber noch gab es nichts zu sehen. Nur ein paar Seevögel, die regungslos als schwarze Kleckse auf der spiegelglatten Wasserfläche der Holmnæs-Bucht vor sich hin träumten. Kormorane, Enten, der Lehrer sah durchs Fernglas, murmelte etwas vor sich hin, sagte nein, nein, zu den Umstehenden, die ihn fragend anblickten. Ganz weit dahinten die Fähre nach Grølleborg, auch sie schien sich kaum zu bewegen, und das Geräusch ihres Dieselmotors konnte man nicht hören, dazu machten die Leute zuviel Krach, einige wenigstens. Der Monarch mit dem Schlapphut stand jetzt bei den Musikanten und begann zu tanzen, mit weitausgestreckten Armen, in jeder Hand nun eine Bierflasche, zu einem Lied, das nur die Älteren noch kannten und mitsummten, ein Schlager aus einer deutschen Operette der Jahrhundertwende. Die Einlage des Pausenclowns, die man dankbar zur Kenntnis nahm, sonst gab es ja noch nichts weiter zu sehen. Der Typ mit der Pfeife und die beiden Ledermänner lachten plötzlich laut auf, aber nicht wegen der humpeligen Sprünge des Tänzers, denn den beachteten sie kaum. Vielleicht ein Witz über einen Kollegen oder den Mann mit der Schirmmütze, der dem mit dem Filzhut gerade wortreich und lange die Hand schüttelte. Eine Wette, oder wird da gerade ein Geschäft abgeschlossen? Da soll die Schirmmütze man bloß auf der Hut sein und sich nicht übers Ohr hauen lassen, von dem da. Die Frau mit den Gummistiefeln, die neben den Ledermännern auf der Erde saß und in ihren Plastiktüten herumsortierte, lachte ebenfalls, ja, ja, bei diesem Typ mußte man höllisch aufpassen. Immer wieder drehte der eine oder andere den Kopf nach rechts, ob nicht endlich bald einmal ... und immer wieder sah man auf die Uhr, es würde nun aber allmählich Zeit. Die junge Frau hatte sich von der Gruppe entfernt, war zu dem alten Motorrad gegangen und hatte ihre Strickjacke geholt; wenn man so lange herumstand, wurde es einem doch schon kalt. Der Rotkopf hatte dem Tänzer inzwischen die leeren Bierflaschen abgenommen und ihm eine neue in die Hand gedrückt.

Da, endlich ...

Alle Köpfe flogen nach rechts, wo hinter der Landzunge, von der Tag und Nacht diese ewige stinkende Rauchfahne der kommunalen Müllkippe wie ein unverlöschliches Fackelzeichen über das Wasser wehte, langsam ein Kutter sichtbar wurde und Kurs nahm in die Holmnæs-Bucht, ein Krabbenkutter, der an einem seiner Auslegerarme ein prall gefülltes Netz ... nein, kein Netz, sondern ... alle reden drauflos, jeder äußert seine Vermutungen, bis auf die drei, die offenbar Bescheid wissen und lächeln, aber nichts sagen.

Wieder einmal stehen Menschen am Wasser und starren gebannt auf ein kleines Schiff, 180 Meter vom Ufer entfernt, von dem ihnen jemand zuwinkt.

Aber diesmal wird das Erscheinen des Bootes jubelnd begrüßt. Die beiden Musikanten blasen und fiedeln aus Leibeskräften und schlagen auf die Pauke, daß der alte Kinderwagen bedenklich ins Schwanken gerät. Und auch die anderen Zuschauer zeigen sich mit den Vorgängen da drüben auf dem Kutter in Anteilnahme verbunden.

Der Rotkopf feuert mit donnernder Stimme ein paar knappe Sätze in die Luft, die mit einem Schwall von Gelächter beantwortet werden.

Der Hallodri mit Schlapphut und speckigem Mantel prostet mit hochgerecktem Arm immer wieder seinem Kumpel auf dem Boot zu und fängt an, lauthals von seinen Abenteuern zu schwadronieren. Aber das will nun keiner hören, denn gerade ist jemand von unten in dies komische Gebilde, das da am Ausleger hängt, hineingeklettert.

Gut, daß wenigstens einer ein Fernglas dabeihat, denn auf die Distanz hin kann man die Einzelheiten nicht so genau erkennen.

Aber der alte Lehrer, das Glas starr vor die Augen gepreßt, hält seine Schüler auf dem laufenden, erklärt ihnen die Vorgänge und beantwortet geduldig alle Fragen.

Nanu, da scheint irgendwas nicht zu klappen, die dunkle Kiste wird nun langsam zu Wasser gelassen.

Auch von den beiden Höfen am Nor sind jetzt einige Leute zu der Gruppe herübergekommen, um ebenfalls nach dem mysteriösen Schiff zu sehen ... Was ist denn da eigentlich los? Die Zappelliese erklärt es ihnen laut und eilig.

Da! Jetzt taucht das Ding ins Wasser, langsam verschwindet es.

Keiner spricht mehr, die Menge hält den Atem an, die Musikanten haben ihre Instrumente abgesetzt, der Kinderwagen hat aufgehört zu schaukeln. Nur der mit dem Schlapphut ... Aber dann brüllt der Rotkopf ihm zu, er solle nun endlich mal die Klappe halten.

Auch die beiden Wikinger haben sich von ihren Motorrädern erhoben und stehen nun breitbeinig da, mit verschränkten Armen, in den Händen immer noch die Bierflaschen.

Gut, daß wenigstens ein Arzt in der Nähe ist, für alle Fälle.

Dann ist die Kiste unter der Wasseroberfläche verschwunden, es gibt nichts mehr zu sehen, nichts mehr zu kommentieren, jetzt kann man nur noch abwarten.

Allmählich wird es etwas langweilig.

Dann merken einige, daß ihnen langsam kühl wird, und sie fangen an, mit den Armen zu schlenkern und ein paar kleine Schritte zu machen. Der junge Mann zündet sich eine neue Zigarette an, das Mädchen neben ihm hat ihre Strickjacke zugeknöpft und betrachtet nun gelangweilt ihre Fingernägel. Die Frau mit der Thermoskanne schenkt wieder Kaffee aus.

Langsam beginnt man, wieder miteinander zu plaudern, sieht von Zeit zu Zeit auf die Armbanduhren.

Das Schiff hat sich nun langsam in Bewegung gesetzt, das Seil beginnt ganz schwach und gemächlich zu pendeln, dann hängt es wieder ruhig. Der Lehrer kann diese Feinheiten genau erkennen und erstattet Bericht. Nach hundert Metern Fahrt hört man, wie der Motor wieder gedrosselt wird und das Schiff langsam zum Stillstand kommt.

Ein anderes Geräusch, ein hoher, jaulender Ton, den sie vorhin auch schon mal vernommen haben, läßt die Leute aufhorchen. Da, das Seil wird wieder hochgezogen! Das kann man auch ohne Fernglas erkennen, denn es hängen dicke Büschel von Seetang dran, die sich nach oben bewegen.

Na, endlich, alles gutgegangen!

Wassertriefend erscheint der schwarze Kasten wieder an der Oberfläche, schwenkt über das Deck und bleibt dort, in halber Mannshöhe, leicht pendelnd hängen.

Die zweite Gestalt auf dem Boot klopft gegen den Kasten, erhält aber offensichtlich keine Antwort, denn sie duckt sich jetzt und schaut von unten hinein.

Da, sie wird ganz aufgeregt, läuft zur Reling, beugt sich vor, schaut nach allen Seiten auf das Wasser und fängt an, wie wild zu gestikulieren. Da stimmt doch was nicht! Der Lehrer erhebt sich mechanisch von der Bank, das Glas immer noch vor den Augen, setzt ein paar Schritte vor und wäre fast von der Dammkrone ... aber Gott sei Dank, der Rotkopf faßt ihn noch rechtzeitig am Arm.

Der Lehrer senkt das Glas und schüttelt den Kopf. Kein Zweifel, der Kasten ist leer.

Leer? Wieso denn leer!

Und während man schon mit dem Schlimmsten rechnet, gibt es auf einmal ein paar glucksende Geräusche irgendwo zwischen Ufer und Schiff, und prustend taucht der Vermißte unvermittelt auf, winkt lachend mit der Hand und schwimmt zum Boot.

Obwohl keiner so richtig weiß, was das alles zu bedeuten hat, bricht nun bei den Leuten auf dem Damm allgemeiner Jubel aus; alle winken zurück, und alle reden durcheinander, die Musikanten beginnen aufs neue mit ihrem Radau, die Ledermänner haben sich wieder quer auf ihren Maschinen niedergelassen, der untersetzte Bursche kramt erleichtert seine Pfeife hervor.

Da steht der Lehrer auf, hebt den Arm, bittet die Klasse um Ruhe, um Aufmerksamkeit, zeigt zum Schiff hinüber und setzt wieder das Glas an die Augen. Er hat was gefunden da unten! Da, er hält was in der Hand! Jetzt wird es noch einmal spannend. Was ist das, kann man was erkennen? Alles hängt an den Lippen des Lehrers. Sag schon, was siehst du?

Tja, was mag das sein? Eine Suppenterrine, eine Schiffslaterne?

Nein, es ist nur ein alter mit Miesmuscheln überkrusteter Eimer.

Und unter dem Gelächter der Zuschauer zieht Jørgensen aus diesem Eimer einen Fisch hervor, eine tote Meerforelle und schwenkt sie mit emporgerecktem Arm wie zum Abschied, als letzten Gruß vor dem nun schon abendlich gelben Himmel.

Ein Abschied, ein letzter Gruß – nein, das Winken mit der Meerforelle haben die Leute auf dem Damm ganz anders verstanden, nämlich als Wink der Erinnerung, daß sie auch nicht vergessen, sich nachher noch in Jespers Scheune zu einem Abschiedsfest einzufinden, alle miteinander, zu einem Fischessen, und weil Jørgensen diese eine Meerforelle nicht auf wundersame Weise vermehren konnte, so hatte sein Fährmann, als Dank für die vier Flaschen Aquavit, mit denen er für die kleine Seefahrt belohnt worden war, aus seinem eisgekühlten Depot eine stattliche Menge Dorschfilet herausgerückt, wenigstens genug, damit sein seltsamer Fahrgast die Leute angemessen bewirten konnte. Und auch Malte hatte sein Depot inspiziert und einige Flaschen seiner neuesten Errungenschaft zur Verfügung gestellt, zu Testzwecken, wie er sagte.

Jesper hatte die Gänse in den Stall gescheucht und dann die Scheunentore weit aufgestellt, die letzten Überreste von Jørgensens Handwerkerei beiseite gefegt und aus Kisten, Eimern, Brettern, antiken Melkschemeln und Futtertrögen Sitzgelegenheiten geschaffen. Eine alte Tür, auf eine ebenso alte gußeiserne Badewanne gelegt, diente als Tisch.

Die Gäste hatten Salate und Kuchen mitgebracht, der Tisch wurde mit Kerzen dekoriert, und als die Truppe nahezu vollständig war, kam Torben, der solche Auftritte liebte, auf der Nimbus angetuckert, mit Beiwagen – wo er den wohl so schnell aufgetrieben hatte –, und schleppte mit wortreichem Getöse die Bierkästen herbei.

Die beiden Wikinger hatten inzwischen ein Feuer entfacht, ein großes Blech darüber aufgehängt und angefangen, die Fische zu braten. Die seien aber nicht besonders groß, lästerten sie, aber der Fischer sagte, sie verständen doch nichts von großen Fischen, sie fingen ja noch nicht einmal die kleinen, die auf dem Lande herumliefen, vielleicht sollten sie es mal mit Schleppnetzen hinter ihren Motorrädern versuchen, er würde ihnen schon zeigen, wie man so was macht.

Endlich kam der Lastwagen, und die noch fehlenden drei pellten sich aus dem Fahrerhaus. Maren Poulsen hatte darauf bestanden, daß die Taucherglocke gleich ins Museum gebracht wurde, ohne das Alteisen allerdings, das könne Thomsen behalten und noch mal verkaufen.

Und dann umringten noch einmal alle den Gastgeber und Helden des Tages, und er mußte die Fragen beantworten, die sie ihm zuriefen, und er tat es auch, freundlich und geduldig, und er gab Malte den Schlüssel zum Archiv zurück, der sich nun auf wundersame Weise wieder eingefunden hatte. Und Jette, die für ihr Leben gern sang, meinte, das Lilleø-Lied müsse nun unbedingt noch eine vierte Strophe bekommen, worin nun, neben den schönen Mädchen, den fleißigen Landleuten und den kühnen Schiffern, auch die mutigen Polizisten gepriesen werden, die der Sache auf den Grund gehen ... die untertauchen, rief Torben ... und sich dabei nasse Füße holen, ergänzte Malte, der nun auch von allen Seiten gefragt wurde, warum er denn Torben das Motorrad verkauft habe, anstatt selbst damit zu fahren, und wieviel Kronen er ihm für das alte Ding abgeknöpft ... aber das sei ein Geschäftsgeheimnis, über das er nicht reden wolle, grinste Malte, und einige lachten.

Gelächter gab es auch, als Jesper sich weigerte, Pernilles Salat zu probieren, weil er kein Kaninchenfutter esse, und Mausen dazwischenrief, er sei der gleichen Meinung, denn er habe nur ein einziges Mal Salat gegessen und dann drei Tage lang Hasenköttel geschissen und er esse immer nur das gleiche wie sein Hund, der auch keinen Salat anrühre, aber da bat Torben um Ruhe, gab Schenström und Madsen ein Zeichen und sang die schöne Arie vom Postillon von Longuimeau, und alle meinten, so stimmungsvoll hätte das Waldhorn noch nie geklungen, und Kristensen erklärte, Jespers Scheune habe auch eine besonders schöne Akustik.

Draußen war es dunkel geworden, das Feuer unter dem Blech war zusammengesunken, und alle waren satt und zufrieden.

Und wo war der mutige Polizist geblieben? Er fehlte schon eine ganze Weile in der Runde, wo immer noch gesungen, musiziert, gelacht und erzählt wurde, aber jetzt, zu vorgerückter Stunde, fast nur noch im Dialekt der Insel, dem Idiom der Inhabitanten, wie es auf einem uns inzwischen gutbekannten Papier heißt und dessen Grad der Verständlichkeit mit einem Kreuz an der richtigen Stelle angegeben werden sollte.

Ja, er hat sich von der Truppe entfernt, ist in die Nacht hinausgegangen, ins Nor, so weit, daß man den Gesang und das Lachen kaum noch vernimmt, und das Licht in der Scheune von Ellehavegaard nur noch ein winziger leuchtender Punkt ist, der durch die Büsche schimmert, wie in jener finsteren Nacht vor 180 Jahren, als das Schiff in die Bucht getrieben war, als die Geschichte begonnen hatte, diese winzige, lächerlich kleine Geschichte, die in einer Walnußschale Platz hatte, aber in der doch die ganze, die große Geschichte der Welt mit all ihrer Erhabenheit, ihrem Schmerz, ihrem Dreck und ihrer Komik eingeschlossen war.

Er setzte sich auf den Rand einer Viehtränke, sah über die Wiesen und Weiden, wo früher einmal Meer gewesen war, bis ein tatkräftiger Mann den Damm hatte aufschütten lassen, Gräben gezogen und eine Pumpmühle errichtet hatte. Und er dachte an die zwei seltsamen Männer, deren Wege sich hier tödlich gekreuzt hatten, und dachte auch an den Jungen mit der Wollmütze, der heute abend nicht dabei war, weil er nie irgendwo dabeigewesen war. Und so saß er eine Weile, und die Kühe kamen langsam auf ihn zugeschritten und blieben in einem magischen Halbkreis vor ihm stehen und starrten ihn an.

Die Staubläuse

Anna sagte, Marx habe gesagt, Hegel habe einmal irgendwo bemerkt, daß alle großen weltgeschichtlichen Tatsachen und Personen sich zweimal ereignen, und daß er, Marx, ergänzt habe, er, Hegel, habe vergessen hinzuzufügen: das eine Mal als große Tragödie, das andere Mal als lumpige Farce, und sie, Anna, füge weiterhin hinzu, daß dies auch die ganz kleinen Tatsachen und Personen betreffe, und daß es nicht immer eine lumpige Farce sein müsse, sondern auch eine rührende sein könne, todtraurig und komisch in einem.

Es war ein trüber Septembermorgen, als Larsen sein zweites Begräbnis hatte. Die Zahl der Trauergäste war jetzt noch kleiner. Außer Jørgensen und Malte war nur noch Anna mitgegangen.

»Wenn nichts gesprochen wird am Grab und wenn das Wetter schlecht ist und wenn sowenig Leute da sind, geht es schnell«, sagte Anna.

Jørgensen sagte nichts. Er fühlte sich nicht wohl in seiner Haut, und er suchte Annas Hand und drückte sie fest.

Nach der Beerdigung saßen sie zusammen im Polizeihaus, aßen Kuchen, tranken Kaffee. Malte und Anna hatten sich viel zu erzählen, sie lachten und blickten immer wieder zu Jørgensen hin, der still geworden war und ruhig seinen Kaffee trank. Dann stand er auf und sagte, daß er nach oben in die Bibliothek gehen wolle. Es könne eine Weile dauern.

Oben in der Bibliothek. Der späte Nachmittag schien warm und mild durch die mit vergilbtem Pergamentpapier beklebten Fenster auf eine mit toten Fliegen dekorierte Fensterbank. Die Standuhr schlug ihren langsamen Takt, auf der Tischplatte lagen die altehrwürdigen Schreibutensilien, seit Jahrzehnten unbenutzt. Alles war wie immer.

Nein – nichts war wie immer.

Zum letzten Mal nun stand Jørgensen in diesem Raum, der ihm so vertraut geworden war wie keinem anderen. Fünf Monate lang hatte er ihn in Besitz genommen, darin gelebt und in alten Akten gelesen, sich gefreut und gelitten, seinen Tee getrunken, die Kerze angezündet und gelöscht und unsichtbar seine Spuren hinterlassen, die nun, für immer oder jedenfalls für eine längere Zeit, in das Geheimnis dieses Raumes eingegangen waren. Er hatte hier eine Welt gefunden, in der er nun nichts mehr verloren hatte.

Noch einmal, ein letztes Mal, war er mit sich allein.

Er schaute sich um, er inspizierte den Raum, er versuchte sich vorzustellen, mit welchen Empfindungen er zum ersten Mal hier eingetreten war, sein Erstaunen, seine Irritation.

Es gelang nicht.

Es war nicht mehr der gleiche Raum wie damals. Kein Winkel in diesem Zimmer war unberührt, kein Blick streifte jungfräuliches Terrain; kein Buch, das er nicht befingert und herausgezogen, keine Diele, auf der er nicht gesessen und geschwitzt hatte. In den alten Holzregalen zu seiner Linken standen Rükken an Rücken, in langen Reihen und wie mit der Linealkante abgemessen, die Früchte seiner archivarischen Arbeit, Ordner und Mappen in Reih und Glied, alle sorgfältig geordnet und sortiert, datiert und beschriftet; Kirsteins Hinterlassenschaft, sein Vermächtnis für niemanden, nun aber griffbereit und dienstbar für jeden, den es danach gelüstete, die Ereignisse vergangener Jahrzehnte zu studieren; griffbereit aber auch für die achtlosen Hände von Packern, die das alles irgendwann in Transportkisten verstauen und für die nächsten Jahrzehnte in den dunklen Kellerräumen eines Zentralarchivs einlagern würden, bis zum Tage ihrer letzten Auferstehung, ihrem Weg in den Reißwolf oder in die Flammen. Doch bis dahin boten sie sicher noch vielen Generationen von Staubläusen eine abwechslungsreiche ökologische Nische.

Nein, hier hatte er nichts mehr zu suchen, nichts mehr zu erledigen.

Nur noch das eine.

Eine halbe Stunde lang saß er regungslos auf dem Stuhl. Die Züge entspannt, die Augen geschlossen. Ansgar Jørgensen, Kriminalassistent beim Kommissariat für Gewaltverbrechen in Kopenhagen, dachte nach.

Eigentlich konnte er doch mit sich zufrieden sein, oder etwa nicht?

Der Schulungsurlaub war vorbei, die aufgetragene Arbeit erledigt, die Mission erfüllt. Sogar einen Fall hatte er gelöst, ohne Auftrag. Nach fast fünf Monaten intensiver Fahndung war er dem Rätsel eines vor 180 Jahren gestrandeten Schiffes auf die Spur gekommen und allem, was damit zusammenhing: eine geheime Verschwörung gegen den schwedischen König und eine diplomatische Intrige von hoher Brisanz. Ein Unfall, der ein Mord, und ein weiterer Unfall, der ein Selbstmord war. Das war mehr, als man erwarten konnte; man mußte zufrieden sein. Aber hatte man denn überhaupt etwas erwartet?

Ob *er* wohl mit ihm zufrieden war? Er sah auf zu der Fotografie an der Wand ihm gegenüber. Aber der alte Polizeimeister, der fünf Monate auf den Fremden, der da an seinem Tisch gesessen, gelesen und geschrieben, regungslos herabgesehen hatte, blickte genauso starr und verschlossen wie immer durch seinen Messingkneifer.

Er war einem Rätsel auf die Spur gekommen, einem Geheimnis und hatte es aufgeklärt – Geheimnis? Jørgensen strich sich mit Daumen und Zeigefinger über den Schnurrbart. Außer ihm selbst hatte eigentlich nur Folket eine Art Geheimnis geahnt, als er auf die nicht übermalten Partien des Freskos aufmerksam machte, aber es hatte ihn nicht weiter interessiert. Konnte man denn überhaupt von einem Geheimnis reden, wenn niemand eines vermutete? Ein Geheimnis, das man erst erläutern mußte, bevor die Lösung verstanden werden konnte, und die dann nur mit einem beiläufigen »Aha, ach so, so war das also« zur Kenntnis genommen wird oder nur mit einem Nebensatz in den Geschichtsbüchern, wie Kristensen resigniert behauptete? Braucht ein Geheimnis denn nicht eine Gruppe, für die es etwas bedeutet?

Und ein gelöstes Geheimnis?

Was ist eine Seifenblase, nachdem sie geplatzt ist, denn noch wert, so herrlich und faszinierend sie auch einmal geschillert haben mag? Kinder zerstören ihr Spielzeug, um das Geheimnis der Bewegung zu erkunden, das Wunder im Inneren des Blechmännchens, das es gehen macht. Und was ist das Wunder dann anderes gewesen als ein paar Federn, ein bißchen Draht und kleine Räder, in die das Gebilde beim Öffnen zerfällt, eine Handvoll belangloser Einzelteile, die das Wunder nicht erklären. Und wer mag denn einen einmal spannend gewesenen Krimi zum zweiten Mal lesen, wenn er die Lösung weiß? Und wie läppisch werden plötzlich die faszinierenden Vorführungen des Zauberkünstlers, wenn man den Trick durchschaut hat. Was man bewundert, ist dann nur noch die Fingerfertigkeit, mit der die Täuschung vollzogen wird. Das bißchen Artistik – allenfalls für Eingeweihte von Interesse, Fachchinesisch gewissermaßen, mit dem man andere nur langweilt. Und ist nicht eigentlich jeder Mensch, nicht nur dieser Mann ohne Kopf, ein Geheimnisträger, der Besitzer einer Illusionserzeugungsmaschine, des Geheimnisses seiner selbst, auch wenn er es nicht wie dieser vor sich herträgt?

Er atmete tief durch. Geheimnis oder nicht – die Geschichte mußte in jedem Fall ein ordnungsgemäßes Ende haben.

Und er nahm den Füllfederhalter vom Tisch, öffnete die Kappe und schrieb:

»Lilleø, den 29. September 1985.«

Er berichtete von der Schiffsstrandung und dem napoleonischen Krieg, erwähnte das Schiffsjournal der *Marygold*, die *Denkwürdigkeiten* Magnus von Dernaths, schilderte die Begebenheiten in allen Details. Die nächsten Seiten gehörten Terkelsen und Kirstein, die Übermalung des Freskos wurde kommentiert, Kirsteins Vermutungen bestätigt oder angezweifelt, dann kam der Mord an Adams und dessen Beweis durch die Holzverwechselung zur Sprache, anschließend der Hofbrand und die schicksalhafte Verbindung zwischen Terkelsen und Axel. Zu guter Letzt schrieb er von Hans Larsen, dem gefundenen Sextanten, dem Infarkt im Kornfeld, der Obduktion, die Axel von jedem Verdacht befreite, und der zweiten Beerdigung.

Und dann, als letzten Satz:

Und so wurde der Fall gelöst von Ansgar Jørgensen, Kriminalassistent aus Kopenhagen, der von Anfang Mai bis Ende September 1985 einen Schulungsurlaub auf Lilleø verbrachte.

Er setzte ab, legte den Federhalter zur Seite und las das Geschriebene noch einmal durch.

Zögerte einen Moment.

Griff sich einen dicken schwarzen Filzstift. Und schwärzte den letzten Satz bis zur Unkenntlichkeit.

Nickte zufrieden.

Er schob die Seiten zusammen, befestigte sie mit einer Büroklammer und legte sie in einen alten, freigewordenen braunen

Aktendeckel. Dann kramte er den Siegellack aus der Schublade, erhitzte ihn über der Kerze, erneuerte alle drei erbrochenen Siegel, und schließlich, in einem letzten Akt, versiegelte er auch die vierte, die eigene Mappe. Dann blickte er sich um, überlegte einen Augenblick und vollzog eine kulturelle Tat.

Mit feierlichen Schritten ging er hinüber zur Standuhr, öffnete das Gehäuse und versenkte die Mappen und die beiden Bücher, das Journal und die *Denkwürdigkeiten* in die staubige Finsternis des Sockels, tief unter dem Perpendikel und den Gewichten.

Dann schloß er den Kasten, drehte den Schlüssel herum und ging zur Tür.

Zögerte.

Drückte die Klinke.

Blieb stehen.

Etwas fehlte noch.

Er durchquerte den Raum, rückte den Stuhl vor dem Schreibtisch zurecht und schob das große schwere Buch zurück in die Mitte der Tischplatte.

Dann zog er die Tür hinter sich zu.

Die Möwen

Der Hafen von Leby schlief noch.

Jørgensen schlenderte mit verschränkten Armen, den Trenchcoat fest an seinen Leib gedrückt, um den Anleger. Tatsächlich hatte er diesen Mantel seit dem Tag seiner Ankunft, damals, im Mai, nicht mehr getragen, genauso, wie diese blankpolierten schwarzen Lederschuhe. Die Hose war ein lange im Koffer gehüteter Schatz, deren leichter, weicher Stoff nun ungewohnt luftig um seine langen Beine schlackerte. Er setzte vorsichtig Schritt vor Schritt, den Kopf zu Boden gesenkt; der Wind kroch ihm in den Nacken.

Malte stand, was sonst, Pfeife rauchend an seinem Wagen, vertieft in ein ruhiges Gespräch mit einem Mann, der offensichtlich mit seinem Jeep und dem dahinter gespannten Anhänger auf die erste Fähre wollte. In einem dritten Auto saß jemand und las bei laufendem Motor im *Ugeavis*.

Und Anna, hinten beim Leuchtturm, die Hände in der dicken Daunenweste vergraben, blickte bewegungslos über das Meer.

Kalte Farben, in denen der Hafen heute morgen gemalt worden war. Ein Traktor, von einer Wolke Möwen umschwärmt, überpinselte Strich für Strich die sich hinter Leby erhebenden dunstigen Stoppelfelder mit herbstbraunen Tönen.

Jørgensen sprang auf einen zementierten Sockel und turnte die Spundwände entlang, während er sein Gleichgewicht am dikken Rumpf der Fähre stützte, die sich noch ganz sanft im Schlaf schaukelte. Kein Rauch, kein Geräusch, kein Licht verriet, ob überhaupt Leben in ihr war.

Fünf Monate war es her.

Auch ein kühler Tag, früh am Morgen, und doch schien der Schauplatz von damals mit dem heutigen keinerlei Verwandtschaft zu haben. Früher hatte Jørgensen in Kopenhagen mit einer ganz bestimmten Buslinie fahren müssen, die am Bahnhof startete und ihn nach Stunden wieder dorthin zurückbrachte. Obwohl der Bus lediglich auf der einen Seite eines Wartestreifens losfuhr und auf der anderen hielt, dauerte es eine ganze Zeit, bis er begriffen hatte, daß es sich tatsächlich um ein und denselben Bussteig handelte. Die Perspektive war eine andere, die Richtung, aus der man kommt, hinterläßt offensichtlich einen prägnanteren Eindruck als die Beschaffenheit des Ortes.

Noch immer lief dieser Klecks weißer Möwenscheiße quer über das Fenster der Kommandobrücke.

Auf der anderen Seite der Mole, die wie ein gewaltiger Arm den Hafen zerteilte, mit dem Leuchtturm in der Faust, auf der anderen Seite lag der Jachthafen von Leby. Was für ein irritierendes Wort, bei dem man an Orte wie Monaco oder Nizza denkt. Hier gab es kaum noch Jachten; die wenigen Boote, die dort vor sich hin dümpelten, waren bereits für einen langen Winterschlaf präpariert. Das Ende der Saison.

Deng! Deng!

Jørgensen richtete den Blick auf die entfernte Werft. Ein mittelgroßer, im Hafen Leby jedoch geradezu riesig wirkender, verschlissener Frachter lag am Kai.

Deng! Deng!

Man konnte nicht sehen, wer da hämmerte, nur ein Schweißgerät bratzelte ab und zu in grellen bläulichen Blitzen.

Anna schaute ebenfalls zur Werft hinüber. Sie hopste ein wenig auf der Stelle, rubbelte sich die Arme und versuchte immer wieder, den kaum vorhandenen Kragen ihrer Jacke aufzustellen. Dann drehte sie sich zu Jørgensen um und winkte.

Jørgensen winkte zurück.

Sie gingen sich entgegen …

… trafen sich in einer Umarmung …

… spazierten eng umschlungen zum Anleger zurück.

Der Hafen von Leby wurde wach.

Am Kiosk rappelten sich die Plastikjalousien lärmend hinauf, ein Radio tönte plötzlich, eine Frau kam aus der Bude, stellte die Eistafel auf und stopfte eine frische Tüte in den Mülleimer. Ein Mann, der auf seinem Moped durch den Hafen kurvte, winkte ihr zu.

Auch die Fähre wälzte sich nun aus dem Schlaf. In und an ihrem Leib flammten Lichter auf, der schwere Dieselmotor sprang wummernd an, eine schwarze Wolke in den Himmel hustend. Aus der Bordwand sprudelte Wasser.

Anna und Jørgensen standen jetzt vor der Rampe. Ein hastiger Bursche im blauen Overall zog die Absperrkette zur Seite. Ein zweiter Overall kam mit einem Netz Brötchen und verschwand im Schiffskörper …

Ja, nun war es langsam soweit.

Malte blickte auf.

Sie standen zu dritt an seinem 12M, warteten noch ein wenig.

Gedankenverloren zog Jørgensen ein Taschentuch aus dem

Mantel und putzte Maltes Rückspiegel sauber. Dann blickte er auf.

Jetzt kam mit eiligen Schritten der Kapitän über die Anlegebrücke und faltete einen Zettel auseinander. Er lief vor, er lief zurück, er betrachtete sich die Nummernschilder, er blickte prüfend auf sein Papier, er machte sich irgendwelche geheimnisvollen Notizen.

Die Autos wurden aufs Schiff gewinkt, eins nach dem anderen.

Es war soweit!

Malte umarmte Anna.

Dann Jørgensen.

Anna war schon vorgegangen.

An der Reling winkten die beiden noch einmal zu Malte hinunter.

Das Ablegemanöver verzögerte sich noch um einige Minuten. Ein Matrose erklärte, daß die Fähre noch auf den Linienbus warten müsse.

Dann glitt das Schiff aus dem Hafen, alles wurde kleiner, kleine Häuser, kleine Autos, kleiner winkender Malte …

Jørgensen sah noch, wie er sich umdrehte, ins Auto stieg und wegfuhr.

Wo wollte er gleich noch hin …? Zu Jesper? Ins Büro? Nein, er mußte heute morgen doch noch … In Jørgensen krampfte es sich zusammen; seine Hand suchte in fahrigen Bewegungen nach dem Taschentuch.

Sie blickten schweigend zurück auf die immer kleiner werdende Insel, deren Felder, Bäume und Häuser allmählich verschmolzen zu einer diesigen braungrauen Silhouette. Die Blicke wie hypnotisiert auf das schaumig bewegte breite Band des Kielwassers gerichtet.

Anna brach zuerst das Schweigen. Als müsse sie sich gewaltsam aus der Versunkenheit lösen, dieser Starre und Leere, die auch ihr Gemüt in Bann geschlagen hatte und zu verdunkeln drohte, lächelte sie Jørgensen an und legte ihm den Arm um die Schultern.

»Ein halbes Jahr warst du fort. Die Magnolien begannen gerade zu blühen, weißt du noch? Und jetzt sind schon alle Felder kahl und abgeräumt.«

Jørgensen lächelte sanft.

»Aber mit meiner Arbeit bin ich gut vorangekommen. Der Katalog geht in drei Wochen in Druck. Ohne deine Hilfe hätte ich das nicht geschafft, du hast dir so viel Mühe gemacht, armer Ansgar, wo hast du bloß die Zeit dafür hergenommen, neben deiner Arbeit?«

»Arbeit ist gut«, seine Züge entspannten sich langsam.

»Mir ist immer noch nicht klargeworden, womit du dich die ganze Zeit beschäftigt hast. Außer alte Bauern auszugraben und Taucherglocken zu bauen?«

»Ich habe ein Archiv geordnet.«

»Ein Archiv? Und dazu hast du ein halbes Jahr gebraucht?«

»Ein Archiv ist eine ganze Welt. Das zu ordnen, reicht ein Menschenleben nicht aus.« Jørgensen knetete seine Finger. »Ja, und dann habe ich begonnen, eine Geschichte zu schreiben, nur so für mich, um etwas zu verstehen, eine Geschichte, die zwei Menschenalter zurückliegt und in einer anderen Zeit, in einer anderen Welt spielt – nun, spielt ist wohl nicht richtig ausgedrückt –, die sich ereignet hat, zugetragen hat, die Geschichte eines seltsamen Mannes und seiner Freundschaft zu einem kleinen Jungen und eines anderen Mannes, der gekommen war und einen Frieden störte, oder, man kann sagen, der einen Spuk beendete und damit das Schicksal des Jungen besiegelte, damals, in einer schrecklichen Nacht. Und schließlich die Geschichte eines Polizisten, der versucht hatte, die Welt wieder in Ordnung zu bringen, was ihm aber nicht mehr gelang. Es gibt darüber nur einige trockene Protokolle, und daher mußte ich mir den Verlauf dieser Begebenheiten selbst rekonstruieren.«

»Und dieses Holzscheibchen, das du mir geschickt hast? Der Walnußast? Was hatte der damit zu tun?«

»Es war Walnuß, nicht wahr? Ja, der Ast war auch ein Stück dieser Geschichte.«

»War es wirklich nur eine Geschichte oder nicht vielmehr ein Fall, den du lösen wolltest?«

»Ein Fall schon, aber einer, den ich nicht lösen kann, außer in meiner Geschichte.«

»Dann hast du ja einen richtigen Roman geschrieben. Etwa einen Kriminalroman? Wie soll er denn heißen?«

»Nun, vielleicht ›Kommissar Jørgensens schwerster Fall‹? Wie findest du das?«

»Ich weiß nicht. Du bist doch gar kein Kommissar. Und wie fängt deine Geschichte an?«

»Wie viele Romane«, sagte Jørgensen, beugte sich weit vor, stützte die verschränkten Arme auf die Reling und lächelte Anna aus windverkniffenem Gesicht an. »Mit einem Sonnenaufgang.«

Sie lachten.

Er löste seinen Blick aus Annas Augen, sah über sie hinweg. Der Morgennebel hatte die letzten Konturen der Insel verschluckt.

Anna schmiegte sich an Jørgensens Seite.

»Als du vorhin das Taschentuch herausgeholt hast, ist ein Stück Papier aus deiner Tasche gefallen, ein Zettel, mit so einem blauen Rand, der Wind hat ihn gleich ins Wasser geweht. Sah aus wie ein Rezeptblatt. Das war doch wohl hoffentlich nichts Wichtiges.«

»Nein, da stand nichts Wichtiges drauf.« Jørgensen überlegte einen Moment. Dann verbesserte er sich:

»Jedenfalls nichts, was jetzt noch wichtig wäre.«

ENDE

Inhalt

I

II

III